U0145982

大河

张新科 著

译林出版社

图书在版编目（CIP）数据

大河 /张新科著.—南京：译林出版社，2023.7
ISBN 978-7-5447-9824-2

Ⅰ.①大…　Ⅱ.①张…　Ⅲ.①长篇小说－中国－当代
Ⅳ.①I247.5

中国国家版本馆 CIP 数据核字（2023）第 098332 号

大河　张新科／著

责任编辑　侯擎昊
封面题字　尉天池
装帧设计　侯海屏
校　　对　戴小娥
责任印制　闻嫒嫒

出版发行　译林出版社
地　　址　南京市湖南路 1 号 A 楼
邮　　箱　yilin@yilin.com
网　　址　www.yilin.com
市场热线　025-86633278
排　　版　南京展望文化发展有限公司
印　　刷　南京新世纪联盟印务有限公司
开　　本　718 毫米 ×1000 毫米　1/16
印　　张　32.5
插　　页　2
版　　次　2023 年 7 月第 1 版
印　　次　2023 年 7 月第 1 次印刷
书　　号　ISBN 978-7-5447-9824-2
定　　价　78.00 元

版权所有·侵权必究

译林版图书若有印装错误可向出版社调换。质量热线：025-83658316

运河宽宽，
日儿圆圆，
大船运米，小船运盐，
顽皮的孩子数白帆，
白帆如鱼贯，
数也数不完。

一九三七年，
日本鬼子进了中原，
举着东洋刀，
浑了运河滩。

运河宽宽，
月儿弯弯，
大船被烧，小船被掀，
没娘的孩子望星灿，
星灿乌云拦，
望也望不穿……

——运河民谣

引 子

1937年7月7日，北平西南宛平县城的卢沟桥突然响起了枪声，弹如飞蝗，声裂长空。消息传到八百里外的山东济南，整座城市一下子变得躁动不安。

毗邻济南大明湖西铜元局前街的工务局大门口，沸反盈天围着一群壮汉。这群人大多光头赤膊，手拎镐、锨、铁钎、扁担等各色家伙。明眼人一望便知，他们手中的家伙为河工所用。壮汉全是当地街头打流混事的地痞流氓，额头、脖颈、臂膀以及前胸后背处，十之八九不是刺着龙就是画着虎，个个脑满肠肥，形若恶煞。

几天前，工务局门前仅有三五个这样的人来回逡巡，而今天却一下子聚集了一百多号。

"咻！"随着一声尖厉的口哨，壮汉立刻停下吼叫，碎步跑动着，从高到低开始列队。弹指间，十排十列的队形骤然呈现。四四方方的队伍中，每个壮汉都宛如久经沙场的士兵，昂首挺胸，目不斜视地伫立着。

这时，一个脸上带有半尺长刀疤的头目出列，走到了队列的正前方。"疤瘌脸"站定之后，没有说话，从左到右扫视一眼队伍后，扬起了右手。"疤瘌脸"的右手刚刚落下，站在第一排的七八个壮汉几乎同时向前迈出一步，接着高高举起手中的铁锨，然后猛然向各自额头砍去。"哐当"一阵闷响，鲜血顺着他们的额头流向两腮、鼻梁和下巴，直至染红了圆鼓鼓的肚皮……

成百上千的围观者从未见过如此光怪骇人的场面，先是鸦雀无声，很快就炸开了锅。闻知消息的警察局不敢怠慢，当即派人前来询问，得知他们为讨薪而来后，二三十个警员在大门口拼力组成了一道人墙，试图阻止壮汉们冲击工务局。面对数倍于己的壮汉，警员虽然手里操着带响的家伙，神色上反倒有些慌张，迫于上司的严令，也只能硬着头皮顶住，任凭讨薪的壮汉们肆意詈骂。

此时的工务局大楼内，人人皆如暴雨来临前急于归巢的蚂蚁，东奔西窜，如临大难。

工务局是市政府下面的一个职能管理部门，负责城市道路、桥梁、沟渠、堤岸等公共工程的修建、核验明细等具体事项。明面上，工务局设有严谨的作业流程和规章，只是一个按章办事的机构，但政府部门内的人员心里都明镜似的——他们有着实打实的权力。

如此局面的酿成，皆因上半年修筑黄河旧堤完工后，施工工程量与合同要求严重不符，部分进度款项压在工务局迟迟没有批。承包工程的老板黄标发是济南副市长陈家铎的连襟，吃喝嫖赌抽五毒俱全，已支付的工程款早被其挥霍殆尽。为堵住亏空，黄标发打起了多报工程量的主意，此时又恰好死了两个民工，便网罗社会闲散人员，堵住工务局大门，催讨工程款。

下班后，局长夏立明拉着不明就里的副局长胡轩涛赶赴饭局。三十七八岁光景的胡轩涛，大高个，身躯凛凛，浓眉方脸，双眼清澈明亮，嘴唇上留着微微胡茬，与小腹隆起、头发稀疏的夏立明走在一起，旁观者顿时想起箴箴流年、岁月沧桑的含义。走进明廊大酒店预定好的包间，胡轩涛的心一下子揪紧了许多。包间内围着桌子坐着一圈人，其中一人胡轩涛认识，就是黄标发。见两位局长大驾来到，众人赶紧站起迎接。黄标发一溜小跑，左拉右牵，热情地招呼夏、胡两人坐上主位。

"黄老板，你这是咋回事嘛，闹什么闹呀！"夏立明佯装发怒，"有什么事，好好说不就是了嘛！你们再这样闹下去，我的乌纱帽保住保不住先不说，工务局也得关门了。"

黄标发脸上堆起笑意，先为二人分别递上一支烟，又殷勤地点上火，挪了把椅子坐了下来："夏局长，胡局长，我哪敢瞎闹啊，还不是做做样子嘛，那两个死鬼的家人天天堵我的门，马上就到年底了，搞得我实在受不了。"

夏立明口吐烟圈，手指着黄标发呵斥道："你个兔崽子，挣那么多钱，这点破事还搞不定？再说，我们胡局长都核验过工程量了，怎么还有事？"

"夏局长，本来工程量是没有问题的，后来市里不是把标准提高了嘛。按照市里要求，我们只能增加土石方。再后来，我们在外围又打了不少桩子巩固河堤。这些都是市里明确指示的，新增工程量的核算表格，我早就交到胡局长那里了。"黄标发话是对夏立明说的，眼睛却一直瞟向胡轩涛。

一声不响的胡轩涛，边听两人你一言我一语的交谈，边微笑着看着桌上的凉菜。他虽然平心静气地坐着，心里却在不停琢摸——从夏、黄二人的言谈看来，他们的关系非同寻常，这一唱一和，明显是醉翁之意不在酒。

"黄老板，今天你可不是专门请我的吧，胡局长才是你的主客呀。"夏立明说完话，哈哈笑了起来，起身要把主座让给胡轩涛，"胡局长，来来来，今晚你才是黄老板宴请的最尊贵的客人，我是陪客。"

胡轩涛连忙起身按住夏立明的胳膊，笑着说："夏局长，您这话折煞我也，这个位置非您莫属！"

胡轩涛话里有话，是故意说给黄标发听的。他知道黄标发这人一向个性张扬，今天能请自己赴宴，一定是有求于自己，此时，自己必须尽量向后退。

黄标发双手作揖，一脸虔诚："别别别，胡局长，您可千万别这么说，我真该自打耳光，过去在工程这事上主要跟夏局长沟通，今天才有机会跟胡局长您私下里交流。都是我的错，都是我的错，今天说啥我也得陪好胡局长，给您赔个不是。"话音未落，黄标发抬起左手，给了自己一个不疼不痒的小嘴巴。

"黄老板，坐吧，菜都上了，今天不谈公事，我们就是来喝酒的。"夏立明打着哈哈，朝黄标发摆摆手，示意他坐下。

"好好好。"黄标发坐下后，嚷嚷着吩咐手下倒酒，宴席正式开始。

酒席上，大家推杯换盏，气氛相当热烈。黄标发就像一头拉磨的公驴，不停地转着圈敬酒。一桌人边吃边聊，话题从世态万象，渐渐转到眼下时局——自卢沟桥事变后，北边形势越来越紧，不少官员和富商为躲避战乱，早已逃离济南。同时，坊间传言不断，日军即将在青岛登陆。雨未到雷先响，现在的济南市民，已是惶惶不可终日。

菜好，酒好，主家殷勤，客人惬意，个个都吃得心满意足。散席时，夏立明对黄标发说："明天把人都给我撤了，像什么样子？后面有什么事，腿跑勤着点，多向胡局长请示，但我丑话说在前面，一定要严格按照要求和流程。"

黄标发点头哈腰地应承着，把二人送到大酒店门口，手下瞅准时机，拎来两份礼品放在了汽车后座上。夏立明和胡轩涛钻进车厢，在众人注视之下离开了酒店。

第二天，工务局大门前平静如常。

一连三天风平浪静。

第四天一大早，胡轩涛坐在办公室里，喝着茶读起了桌上的《济南汇报》。当他看到日军先遣队已抵河北河涧，离沧州仅是咫尺之遥，心里顿时阴霾笼罩。

"砰砰砰"，三声敲门声响起。胡轩涛放下报纸，叠好后放在面前，应了一声："请进！"门打开，一个油头粉面的人探了探头，随着几下"嘿嘿"的笑声，身子紧跟着就移了进来。手拿香烟的黄标发，一步三晃地走到胡轩涛面前，递上一支后，一屁股坐在办公桌前，嬉皮笑脸地说："胡局长，忙着呢？"

"哟，是黄老板！"胡轩涛起身倒了杯茶水放在黄标发面前，稳稳地坐在黑色靠背椅上，眼睛瞅向黄标发。前后不过眨眼工夫，黄标发的笑脸变成了哭脸："胡局长，还得求您帮帮我呀，工程款再不支付，我就得跳大明湖了！"

"黄老板，你咋糊涂啊，要付钱的问题不在我这里呀！我5月份就把工程核算表递上去了啊，你不能太高抬我啊，我的职责只能到这一步，你说是不是？"胡轩涛笑着说话。

"不是，胡局长，后来按照市政府的要求不是增加了一些项目吗？"黄标发的那张黄脸能拧出黄连水来。

胡轩涛仍不紧不慢地说："黄老板，市政府只是给了一个修改意见，具体怎么增加并没有说明白，我这儿也没有市政府增加工程量的正式批文。黄老板，你也得替我们这些具体办事的考虑考虑，款项是上面批的，钱也是核定的。我就是给你，你手里也得有东西往上报啊，这样财政局才能批下来。其实这个问题不复杂，你把市政府的批文交到我们局里，再把增加的项目做个核算表附在一起，让夏局长批一下，到我这里就可以按图纸核算出工程量，这样一步一步不就完善了嘛。"

"胡局长，前两天在酒桌上，夏局长不是已经说了吗，让我来找您，到您这儿怎么还有这么多事呀？"黄标发紧接着说。

"黄老板，我丝毫没有为难你的意思。我只负责核算验收，你让我解决这么多本不属于我职权范围内的难题，你也得替我考虑考虑呀。"胡轩涛欠身端起杯子喝了一口，又对黄标发客气了一句，"喝点茶，这是茉莉花茶。"

"还有，关于死人的事，增加丧葬费更不属于我的职权范围，合同是我们技术科和外联办签的，合同上对安全责任如何约定，这个我还真不太清楚。"胡轩涛看黄标发不说话，继续说道。

黄标发怔怔地看着胡轩涛，最后说："好吧，我知道胡局长有为难之处。这样，我来看看中间环节该怎么走。"说完，就准备起身，胡轩涛哈哈笑着，指着茶杯说："黄老板还是聪明人啊，再坐会儿，喝点茶再走。"

"胡局长，后面还得麻烦您哪，我回了。"此时，黄标发的脸色有点挂不住，胡轩涛起身伸出手，和黄标发浅浅一握，象征性地摇了两下。

黄标发悻悻地离开了办公室。

吃过午饭，正在午休的胡轩涛接到夏立明打来的电话后，就匆匆来到局长办公室。夏立明把泡好的茶水推到他面前，一脸笑意："轩涛啊，黄老板的事，走到哪一步了？"

"黄老板上午就找过我了，我也都给他说了，他自己心里很清楚。我早就看过他送来的材料，工程量出入太大，我哪敢随便核准，万一后面有什么事，咱们局可担待不起啊！再说，付款也不是我们能掌握的。上个星期，上边就传出来要对河堤改造项目进行现场勘查，他们也怕再出现前年那样的问题。如果黄老板能把这个流程理顺，我这里没啥问题，不就签个字嘛。"话虽说得轻描淡写，胡轩涛却十分清楚其中的深浅，如果出现重大问题，自己就会成为别人砧板上的一块肥肉。

"这个黄标发也是，啥事都喜欢强人所难。"夏立明呷了一口茶，沉吟片刻后说道，"轩涛，陈副市长私下里打电话给我，谈到了这个事。唉，我们不办吧，说我们不支持市政府的工作；办吧，我们也清楚自己斤两，有些事还真得考虑周全。"

"是啊，局长，您看这样行不行，您和陈副市长关系也不错，您让他想些辙儿。如果黄老板那里再减少些工程量，应该差不多。他原先报上来增加的项目内容，局长您应该也知道，不管从哪个方面都说不过去啊。"胡轩涛说的全是实话。因为他心里清楚，夏立明头疼的正是此事。

能把话说到这份上，胡轩涛也算是对夏立明推心置腹了。夏立明沉默片刻，缓缓说道："轩涛，上次我们吃饭，黄老板送的礼品，你怎么把它交到秘书室了？这让我有点面子上过不去啊。"

5

"噢，你说的这个呀。"胡轩涛笑了笑说，"局长，您别想多了，那些东西倒不贵重，我只是用不着，放在局里，以后有个公务往来，人情交际，不就可以省去一些开支吗？"说完，他嘿嘿轻声笑了起来，脸上显得很轻松。

夏立明有些不悦，虽没有明显地表现出来，但胡轩涛还是能察觉到。最后，夏立明说："那就这样，后面有什么事我俩再合计。"

"好的，局长，那我回办公室了。"胡轩涛转身离开。

夏立明坐在座位上，沉思不语。

不知夏立明是把话没有传到，还是故意曲解胡轩涛的本意，两天后，黄标发再来到胡轩涛办公室时，递给了他一叠厚厚的材料，包括市政府正式批文、工程设计图、工程量统计报表。经费的列支项目中，还增加了抚恤费和丧葬费2000元。胡轩涛看了一眼放在最后的统计表，笑着说："黄老板，材料你先放我这里，等会儿我就向局长汇报。"

"胡局长，这事还得麻烦您快点办！"黄标发板着脸说道。说完，烟也没掏一根就径直离去。

胡轩涛打完一个电话，拿起黄标发送来的那一摞材料，出门就朝夏立明办公室走去。刚进办公室，胡轩涛一眼就看见黄标发也在。夏立明看到胡轩涛，连声招呼："来来来，胡局长。"他又对黄标发说："黄老板，你先回，我和胡局长还要商量个事儿。"

黄标发离开后，胡轩涛把材料放到了夏立明面前，自己坐了下来。夏立明随手翻了几页后，对胡轩涛说："黄老板还真能干，你看，这才两天就把资料准备齐了。轩涛，怎么样？这样处理起来就顺当多了吧。"

胡轩涛刚要说话，传来敲门声，夏立明喊了一声"请进"，秘书走进来汇报说："胡局长，这是您要的合同。"

"放这吧。"胡轩涛点点头，对夏立明说："局长，还是增加的工程量问题，不但没有减少，还增加了死人的费用，合同里也没有包括这一块。喏，合同就在这儿，您看看。"

夏立明没瞥一眼合同，面带愠怒："轩涛，市政府都有批文了，我们这里，你看还需要这样吗？"

胡轩涛沉吟片刻，笑着说："局长，我只负责核算和监管。要不，局里出个东西给我，我来办就行了。"胡轩涛的这句话，将了夏立明一军。

夏立明愣了一下神，随即摆摆手："你负责核算，还不是你说了算啊？这些东西我也看不懂，局里就按你的意思，流程不流程的，还不是在你手里？"

"这不一样啊，局长，前年大明湖出水改道，不就是没有批件出问题了吗？这事，我一个副局长哪能做得了这个主啊？还是局里出个东西，您放心，我一定照办。"这句半是恭维半是拒绝的话，着实让夏立明为难了。他心里清楚，大明湖的事就是有人举报，局长被抓，要不然也轮不到他当这个局长。

"行吧，我再琢磨琢磨。"夏立明有点无奈，但也只能这样，毕竟出了问题，自己也难辞其咎。

气氛有些尴尬，夏立明和胡轩涛两人此时心里想些什么，彼此间心知肚明。胡轩涛找了个托词，起身离开。

过了一个星期，临下班前，夏立明叫上了胡轩涛赴宴。胡轩涛问请客的主家是谁，夏立明拍拍他的肩膀说："到了就知道了。"

到了饭店雅间，胡轩涛看到的仍是黄标发。再看黄标发，这次浑身上下透着精气神儿。黄标发看见夏立明胡轩涛两人一前一后走进来，赶紧迎上前去，恭恭敬敬地招呼夏立明坐了下来，而对胡轩涛的招呼，则有几分随意与冷淡。

酒斟满后，黄标发起身做开场白："这次呢，主要谢谢夏局长对我公司的大力支持，噢，还有胡局长，这批款项一下来，可算是救了我们公司一命。按照夏局长的要求，死者家属也得到了很好的安抚。今天备了薄酒，目的就是感谢两位局长大人。"众人起身，举杯共饮。

胡轩涛心里犯起了嘀咕：自己什么都不知道，也没签过一个字，事情怎么就顺顺当当地办结了呢？！

夏立明今天显得特别高兴，频频接受着主家的美言和敬酒。酒上脸，他的神态显得更加荣光和惬意。而胡轩涛，只能随着局长起身落座，渐渐地也有了酒意。

黄标发把嘴巴贴近夏立明耳边，音量仍没有降下来："夏局长，我们的好日子也不会长了。"

"为啥？"夏立明一脸惊愕。

"现在我们山东北边开始慌了，日本人已经开进省境了。听市政府里面的人传出来的消息，我们这里也不稳了，估计很快就会有新的调整，你们工务局动不动都不好说。"说着话，黄标发瞟了一眼坐在夏立明右边的胡轩涛。

"他妈的，不管动不动，还能不让老子吃饭？"夏立明开口骂道。

"这哪能，动谁也不能动到夏局长您这儿啊！具体动到谁，是上面的事，我哪儿说得清啊？！"黄标发说完坐了下来，静静地看着胡轩涛。胡轩涛知道这话是说给自己听的，仍然从容淡定，并未追问，一直坐在那里，带着笑脸看着夏立明。

果然，第四天头上，市政府下文说，为应对时局变化，政府机关将做出新的调整，裁撤一部分，合并一部分，余下的部门准备南迁，留下来的部门继续做好战时运转工作。从调整的情况来看，重要的人员和部门列入南迁范围，工务局、水文局、织造局等部门合并，胡轩涛仍担任副局长，主要负责纺织、印染、城市管网等具体事项。胡轩涛内心很清楚，这是个闲差，纺织、印染类企业主要分布在中国的南方，在济南本地，还在苦苦挣扎的这类企业屈指可数，管与不管没有什么实质区别。

对此，胡轩涛心里没有失落，而是暗暗窃喜，虽然工作的调整与时局有关，但更多的是黄标发以及他的连襟暗中使绊子。眼下时局黯淡、前途未卜，清闲倒有清闲的好处。

时局的发展，令所有人始料未及。

离春节还有不到一个月的时间，日军就从青岛崂山开始登陆，一路向西，推进途中，烧杀抢掠，尸首遍地。而从河北南进的日军更是急欲攻入山东中部，中国军队边打边退，地处中心地带的济南岌岌可危，达官显贵和富商巨贾开始四散逃离。

胡轩涛放下报纸，一拳砸在桌面上，怒目圆睁，自言自语："泱泱大国，浩浩中华，竟被弹丸小国欺负到如此地步，是可忍，孰不可忍！"

随着风声日紧，工务局的职员，虽然表面上按部就班应付着手中的差事，但撤退之心人皆有之。这一点，众人心里明镜似的，只是心照不宣。在局里，已经十来天没有见到局长夏立明了，胡轩涛起了疑心。

胡轩涛把妻子和两个孩子悄悄送上了返回老家的火车，自己回到局里继续上班。

一天，主管工务局的市领导来到局里，胡轩涛被秘书叫到了接待室。一个腆着大肚子的人看了一眼胡轩涛，多日未曾露面的夏立明快步上前介绍道："陈副市长，这位就是胡副局长。"

陈副市长肥胖的大脸，笑得有些僵硬："胡副局长，你知道我们这次来的目的吗？"

"请陈市长明示！"胡轩涛毕恭毕敬地答道。

陈副市长脸色由晴转阴，说："几家纺织厂需要南迁，这是政府的要求，也是为了保护民族产业的需要，等领袖处理好和日本的关系，到时再迁回来。"

胡轩涛没想到会是这事，便上前一步说："陈市长，我只负责调拨和计划，不分管搬迁，这件事我真不清楚。再说那些都是私营企业，我哪能做得了主啊？"

"你分管纺织、印染，这类厂子的搬迁也得管，这件事就由你负责！对那些违抗命令不迁的，一律充公出售。"说话时，陈副市长用手敲着沙发扶手，一副不容置疑的神态。

当面拗不过去，胡轩涛只能暂且答应。

接下来的两天，胡轩涛马不停蹄地进行了明察暗访，摸清了搬迁事情的来龙去脉——几家纺织厂、印染厂多为老企业，设备拆下来，基本上不可能再装回去。因此，对他们来说，拿到一笔政府的补贴，才能异地搬迁并重新组织生产，不然的话，就意味着倒闭。但由于他们规模小效益不佳，外加平常与市府官员缺乏走动，这次一分钱的补贴都没有得到。而其他企业，暗地里都打通了负责搬迁的陈副市长的关系，个个拿到了一笔不菲的政府补贴。

"得罪一方丢官职，得罪另一方丢良心。"胡轩涛一个晚上辗转反侧，难以入睡。

第二天一大早，夏立明办公室的门缝里，塞进了一封辞职信。装在信封中的辞职信，只有短短两句话——"国难之财不发，亡国之徒不做。敝人自寻去处，或为魑魅魍魉，或为枭雄铁汉！"

夏立明拆开信封时，胡轩涛已经登上了返乡的火车……

烟波浩渺、通漕南北的京杭大运河，橹帆脉动，城邑繁生，川流不息的运河水滋润着两岸万顷田园，养育着泱泱中华近半数的人口。

徐州是汴、泗、黄、运四河交汇地，是京杭运河中段货运的重要枢纽。柳泉镇与大运河的关系密切，不仅是因为运河从柳泉镇附近流过，更因为此镇有一名泉，明代嘉靖年间得名的"母猪泉"，水量充沛，是大运河补水的重要水源之一。

胡轩涛的老家，就在徐州铜山柳泉镇。

柳泉也是铜山境内的大镇，紧靠运河，又在津浦铁路上，交通颇为便利。此地素来物产丰饶，人烟稠盛，与周边集镇相比，算得上是富庶之地。胡家从胡轩涛的曾祖父开始办酒坊，经过三代人的努力，胡氏酒坊在铜山周边几个县已经颇有名气。此后，胡家又开了私塾和百货店。至胡轩涛父亲这一辈，家族生意依然红红火火。轩涛的父亲和几个叔叔，沿承为人忠厚、乐善好施的祖训，在当地颇具声望。到胡轩涛这一茬，大姐胡轩莺虽然没有到外地上学，但识字不少；胡轩涛和胡轩宇弟兄两个，一个先读书，接着从戎，最后入官府从政，一个正在南京念大学。厚实的家底、良好的家风加上三个孩子一个比一个知书识礼，使得胡家在当地令人仰慕。十多年前，轩涛的姐姐轩莺出嫁了，夫家就在柳泉北边不远的西堡。轩涛父母因为身体原因，家中大事小事就交由姐姐轩莺来打理。这样轩莺丈夫赵林生和女儿就长住胡家，一来方便照顾父母，二来帮着父母打点生意。

胡轩涛在徐州待了两天，见了早年要好的朋友，第三天才乘坐马车回到了柳泉镇。

　　刚拐进巷口，胡轩涛就看见自家门前熙熙攘攘地站了不少人。快步走近细细打量，他顿时惊呆了。左邻右舍看见来人是他，赶紧让开一条道。胡轩涛疾步快行，急急跑进了屋，首先看到的竟是大姐的遗像放在正堂之上。里屋内，他看见母亲躺在床上伤心欲绝，姐夫赵林生、妻子吴瑶还有几个孩子都围坐在母亲的床前。看到突然出现的胡轩涛，吴瑶和三个孩子顿时号啕大哭起来。胡轩涛赶紧上前，拉着母亲的手大声呼喊。过了好一阵子，母亲才缓缓睁开眼睛，瞥了大儿子一眼后，又无力地闭上了。经过打听，胡轩涛得知，前天天刚擦黑，一伙蒙面劫匪冲进家中抢劫，父亲奋身阻拦，恼羞成怒的劫匪举起了铁棍。危急时刻，轩莺抢在父亲前面，意欲护住父亲。最后，劫匪的铁棍重重砸向了轩莺的后脑勺……经过一阵简单救治，血柱虽然止住了，但轩莺剧烈呕吐，在医生赶到之前就断了气儿。赵林生当天回自己家探望父母，得到岳父家遭劫的消息，第二天天没亮就往柳泉镇赶，看到可怜的妻子已经撒手人寰，顿觉天塌地陷。

　　屋子里一片沉寂。父亲带着一主事来到家里，看见呆坐在床前的儿子，没有搭话。瞥了一眼躺在棺材里面的女儿，父亲老泪纵横，哽咽不止。胡轩涛缓缓走到父亲身边，正欲弯腰安慰父亲，没想到父亲倏地起身就出了大门。轩涛知道父亲对自己辞去公职大为光火，但这个时候，也不好多做解释。

　　两位叔叔拉着胡轩涛坐了下来，开始商量后事的安排。

　　第二天，得到大姐噩耗的胡轩宇，也从南京赶了回来。

　　轩宇刚刚二十三岁，身材高挑，皮肤白皙，戴着一副金丝边眼镜，穿着一身咖啡色西服，脚上是棕色皮鞋，手中拎着一只藤编的黄色行李箱。一进门，轩宇扔掉手中的箱了，"扑通"一声就跪在黑棺前痛哭起来。轩宇从记事起，大姐轩莺就像母亲一样疼爱着他……

　　安葬完大姐，在胡轩涛父亲的主持下，家里对里外事项各自分工做了调整。家里生意由三叔和姐夫赵林生负责打理，外甥女跟着她的外公外婆读书。弟弟胡轩宇自从回到家里，就没有回南京，也闭口不谈自己的去向，这让大哥胡轩涛感到困惑不解。

这天晚上，父母睡下后，胡轩涛在自己房间内正准备休息，门外传来弟弟轩宇的声音："大哥，睡觉了吗？"

"小宇，有事吗？"轩涛问。

"大哥，我睡不着，想和你聊聊。"

旁边的妻子用胳膊捅了捅他："出去吧，小宇可能有事。"

胡轩涛应了一声："那我马上出来。"

轩涛出了屋，看到弟弟直直地盯着自己，问："发生什么大事了吗？"

"大哥，没啥大事，咱俩到外面走走好吗？"

轩涛瞅了一眼弟弟，说了声"管"，便又进了里屋，穿上棉衣，随弟弟出了大院的门。

二人朝镇口走去，胡轩涛心里能猜出，这么冷的晚上弟弟把自己叫出来，肯定是有事，而且这事在轩宇心里已经思虑良久。

"大哥，我的学业基本上结束了，现在南京没法回，乱得很。日本人上个月在城里大肆屠杀，整个南京城成了一座鬼城。我们学校被迫搬到城外，散布在句容、芜湖、马鞍山等地，大部分学生也都各自回家了。"轩宇先开了口。

"这个事我听说了，你有什么打算？"轩涛眼下最担心的就是弟弟的去处。

轩宇停下脚步，问轩涛："大哥，你和大嫂从济南回来，看现在这个架势你是不想再回去了。我问你，后面你是咋打算的？"

"我咋打算呢？唉！说起来也头疼啊！"轩涛长长地叹了一口气，稍微停顿后，接着说，"回去又有什么意义呢？国家都成了这个样子，在哪儿不都一样，还能咋着？我这段时间也在为这发愁呢。徐州是南北交通要地，日本人不会不知道。看这个局势，日军很快就会到我们这儿。现在问题是，日本人来了之后，我们该怎么办？安生日子是不可能啦，当亡国奴更不可能，谁愿意当？"

"大哥，你过去在军队里干过，想过再回去吗？至少手里有枪，才不用担心日本人哪。如果你去军队，我也想跟你去。"轩宇说出了自己的想法。

听完弟弟的话，轩涛摇了摇头："小宇，日本人能从北边一路打过来，就能想到咱们的军队是什么样子啦。"

兄弟俩继续朝前走，轩宇说："大哥，要不咱自个儿组织队伍，不能就这样等着日本人来欺负咱们吧？"

一句话，把轩涛说愣住了。他停下脚步看向轩宇："小宇，你怎么会有这个想法？再说，组织队伍有那么容易吗？不但要有人，还要有枪，不是随随便便说着玩的！还有，父母年龄也大了，老宅也搬不走，这些都是问题呀！"

　　"大哥！"轩宇嗓门大了起来，"国家都没有了，咱能守得住这点家产吗？你也是见过世面的人，今天咋变得畏手畏脚了？"

　　"扑哧"一下，轩涛笑了起来，扭脸看着轩宇，"小子，长大了嘛，敢批评起我来啦。说吧，你自己有什么想法。"

　　虽然轩宇自懂事起，和大哥相处的时间并不多，但从父母和大姐口中，对大哥耿直豪爽的性格和乐善好施的操行还是知道不少。过去很多年，大哥不但对整个家族照顾有加，对左邻右舍也多有帮助，为此，轩宇特别敬重大哥。

　　听到大哥这么一句话，轩宇就急切地把自个儿的想法一股脑儿地端了出来。

　　"大哥，不瞒你说，前年我就加入了共产党。我们组织的目的就是建立一个大同世界，全民平等，没有外辱，没有黑暗。日本侵略中国，是我们首先提出建立抗日民族统一战线，倡导国共合作，实行全民抗战的。去年发生的西安事变，也是共产党以民族大义为重，捐弃前嫌，达成了国共两党一致对外的协议。依当下时局估计，可能过不了多久，徐州也就会成为抗战的最前线。大哥，我认为咱们应该组织起一支武装，和日本人斗，响应共产党全民抗战的号召。"

　　在轩涛心里，弟弟从小文文静静，喜欢独立思考问题，今天找自己，无外乎为当下时局和民族命运忧虑，想找人聊聊，倾泻自己胸中的愤懑而已。他没有料到，弟弟已经加入了共产党，更没想到这么一个文弱书生竟然有组织武装的想法。虽然颇感惊讶，但轩涛心中暗暗感叹，弟弟长大了，成熟了。对弟弟的问题，轩涛没有直接回答，而是问了一句："小宇，你看这支队伍怎么成立，都招些什么样的人啊？"

　　"大哥，我的同学中，很多人都在自己家乡拉起了队伍。只要是品行好、胆子大、身体壮的都可以！大姐是咋死的？恶人都能结队拉杆子，难道我们为了保平安就不能成事吗？大哥，你当过兵，又认识那么多人，这可是你的优势啊！我们兄弟俩先组织起来，我就不相信成不了事。"轩宇越说越激动，两只胳膊在寒风中有力地挥舞着。

面无波澜的轩涛，静静地看着弟弟。等轩宇的话说完后，他开口问道："小宇，看样子你已经胸有成竹了。你这边准备到什么程度了，不妨说来听听。"

"大哥，在徐州、宿迁这一大片，我有不少朋友和同学，我们早已商量好了，就是要组织一支武装，先在一个地方支撑下来，然后慢慢往外扩展。刚开始，可能会有很多困难，像枪支弹药，就是不小的困难。大哥，你在军队里待了好几年，应该有经验，看看你能找到谁，只要他抗日就行，大不了我们和他联合起来一块干。"

轩涛盯着弟弟轩宇好大一阵，一言不发。

"大哥，快说话呀。"

胡轩涛握紧右手，朝弟弟胸口"咚咚"擂了两下："小宇，你知道吗，大哥和你想到一起去了。我正琢磨着过两天和你说这事呢。"

其实，轩涛早有打算，他清楚自己今后要干的是刀尖上舐血的事儿，心中自然会顾虑重重，毕竟父母还是希望轩宇能在政府里找个体面的工作，娶妻生子，过安生日子。如果这个大家庭将来由轩宇操持，自己就可以放开手脚。但他没有料到，弟弟有着和自己一样的想法。

轩宇激动地说道："真的？"

"小宇，大哥和你说过瞎话吗？"

"好！打虎亲兄弟，上阵父子兵！我们一起干！"

"好！我去找李明扬。"

轩宇惊喜地问："李明扬是谁？"

"李明扬是徐州隔壁萧县人，参加过辛亥革命和北伐战争，思想开明，胸怀民族大义，听说早期他掩护和帮助过不少共产党的人。他现在是徐州行政督察专员，还兼着第五战区游击总指挥，手里有两个团，但不是正规军。我和他手下的一个营长关系不错，这件事我可以先通过他了解一下。我最近琢磨着先组织起一支队伍后，再去找他会更好，具体能到哪一步，现在我还不敢说。还有一个问题，现在我还没理出个头绪。"轩涛说道。

"啥事？大哥你说。"轩宇问。

"铭亮还小，但铭君和小玲子都到了上学的年龄，不读书不行。我想让你大嫂带着仨孩子到徐州城里住。由你大嫂照顾他们，我们俩就能脱开身，专心做事。过完春节，我就准备把这些事安排好。"

听罢大哥的话，轩宇显得十分兴奋："哎呀，原来大哥早就有打算了。大哥，那咱们就尽快行动吧！"

"这个事，先不要让父母知道，更不能跟你大嫂说。"思考片刻，轩涛提醒道。

"嗯。"轩宇郑重地回答。

弟兄两个反身朝家走去。

轩涛轻手轻脚回到自己房间，正准备上床休息，忽然听到从轩宇房间里传来委婉低沉的口琴声。

吴瑶忍不住问："小宇好像有心事，刚才你弟兄俩出去都谈了啥事呀？"

"大姐刚走，小宇心里难过，外加他过去又和大姐的感情特别深，心里一下子抹不过来。刚才，我们俩谈了大姐身后的一些事咋安排。唉！"说完，轩涛长长地叹了一口气。

妻子安慰道："你经常多和小宇聊聊，不管多难，这日子还得往下走。"

"管，早点睡吧，明天我还有事呢。"

"嗯！"妻子应了一声。

利用春节走亲访友之际，弟兄两人分别行动，把这个想法悄悄散播开来。胡轩涛利用家里酒坊面积大，便于谈事的优势，把大家聚拢到酒坊，不动声色地商议如何组建队伍。

外面的局势，一天天在恶化，日军顺着津浦铁路一路南行，已经打到了徐州附近的滕县。国民党军处处抵抗，无奈节节败退。外寇侵凌，国难当头。胡家二兄弟的提议，得到了众多热血男儿的响应。很快，两百多人围拢至他们身边，誓死抗日。虽然手里没有一杆枪，皆为清一色的大刀长矛，但在胡家两兄弟的带领下，御寇保家的热情渐渐地在柳泉镇周边积聚起来。

春节刚过，胡轩涛把妻子吴瑶和三个孩子送到徐州自己旧部附近，租好房子并安排了两个孩子就近入学。在和朋友聊天时，他得知去年年底，中国军队就和日军进行了几场大战，由于山东省主席韩复榘退缩自保，日军在山东步步进逼，占领济南、泰安后，直逼滕县一带。自此，山东南大门、徐州北大门完全暴露在了日军面前。

心事重重的胡轩涛在徐州再也待不下去了，匆匆赶回了柳泉镇。

此时的柳泉镇还是一片祥和景象。胡轩宇不在家。从父母那里，轩涛得知，弟弟已经有三四天没和父母打照面了。胡轩涛就找到几个朋友，和大家通报了自己得到的消息。众人听了，都心事重重，预感到局势危急，风雨欲来。

在家中，胡轩涛像没事人一样，该吃吃该睡睡，父母的心也算是安定了许多。

两天后，胡轩宇回到了家中。一见到大哥，轩宇就把大哥叫到一边，将一个手提箱放在面前的桌子上，抑制不住内心的兴奋："大哥，你啥时候回来的？我也去了一趟徐州城。这次去，我搞了两把手枪和几十发子弹。"说话间，轩宇打开手提箱，在几件换洗的衣服下面拿出两把德国造快慢机，递给大哥一把："大哥，你来教教，我不会使。"

轩涛接过手枪，"咔咔咔"几下，麻利地拆解、组装，动作一气呵成，又在手上反复掂量了几次，两眼放光道："好枪！从哪里弄的？"

"其实我早就在忙这个事了，这枪是我同学姨父在徐州当警察，在一次抓土匪时缴获来的。我给了他两百大洋，钱是咱娘偷偷给我的。"轩宇解释道。

"那你给老人咋张口的？"轩涛忍不住问。

"我就说我上学还需要钱。你放心，没说咱俩的事。"

轩涛"噢"了一声。谈到北边的形势时，轩宇说："我都知道了，大哥，那下面咋弄？咱俩不能没事就在一起瞎摆乎。最关键的，咱得赶快把队伍拉起来呀。"

轩涛晃晃手里的枪说："是啊，拉队伍最缺的就是这个，但现在光有枪还不行啊！"

"你不是准备找那个叫李明扬的吗？我听同学姨父说，李明扬这个人很有正义感，他手底下有千把号人。我还听说，此人现在也在急着扩大队伍，他那里的军队有编制，带响的家伙肯定少不了。不行的话，我们就投奔过去，反正都是为了抗日。你说呢？"

轩涛思考片刻后，说："这样，你先去召集几个品行好、身体壮实的，但要可靠，先谈谈自己的想法，再看他们什么意见。如果没有什么问题，这几个人就是将来队伍里的骨干。我明天再去徐州一次，找李明扬手下的那个营长，探探李明扬的想法。"

"好的，我明天就去找他们，听听大伙的意见。"

接下来，轩涛把手枪的结构、击发与保养的要领，认真仔细地讲解了一遍，轩宇很快熟记在心。最后，两人各自揣上了一把。

—————————●———————————————————— **2**

第二天，胡轩涛趔摸了个理由，和父母打过招呼后直奔徐州城。

在徐州城北车道口，胡轩涛找到先时的老部下，眼下在李明扬手下任营长的戴清。1933年胡轩涛担任营长时，戴清是他所在营的连长。当时，两人私交甚笃，但外人很难看得出来。戴清性格温和，遇事冷静，就因为如此，也遇到了不少麻烦。在平时训练和生活中，一连连长是个兵痞，作风蛮横霸道，戴清因琐事与他发生过争执。之后，这个连长对戴清心存芥蒂，甚至公然殴打戴清及其手下。该营参谋和一连连长是安徽金寨老乡，二人互相勾连，处处打压戴清，戴清的日子就变得愈发艰难。一次，因为伙食分配不公，一连连长竟然把戴清手下士兵胳膊打骨折。事情闹到胡轩涛那里，胡轩涛经过一番调查，打了一连连长二十军棍，又将其职务降为排长。营参谋将此事上报到团部，团长还算明事理，把营参谋换到了其他地方，此事才算压了下来。没多久，一连连长就跟着营参谋走了。

在戴清住处，每人一支烟一杯茶，促膝交谈。

"老弟啊，真没想到世道会乱成现在这样子！离开军营后，我到了济南政府部门谋生，里面的人结党营私，贪腐成风，我仅仅是不想同流合污，或者说为了洁身自保，竟也遭到排挤打压，一气之下回到了老家。但想不到的是，日本人又把战火烧到了家门口，感觉哪儿都没有自己的栖身之地，接下来该怎么办，真的十分迷茫。"胡轩涛感慨地说道。

戴清看着满脸愁云的老营长，明白他内心的迷茫与痛苦，安慰道："老大哥，不管这世道变成啥样，日子得过啊。你说的也是实情，现在日军已攻陷了济南，今后可能还有大仗要打。前些日子李宗仁长官来到了徐州，我们这两个团会不会被拉过去，谁也说不准。"

"老弟，你在李专员李司令手下有些时间了，我想听听你对他的看法。"胡轩涛直接切入正题。

戴清不假思索地说："李司令是国民政府的老人头，以我的观察，他为人比较正直，不像某些国府官员，只知道一味地溜须拍马。早在国共合作时期，他的立场一直就比较中立，帮助过共产党。可能正是因为这个，后来仕途不是太顺。不管怎么说，由于他资格老，大家都很抬举，就连蒋委员长对他也比较尊重。眼下日本人就要来了，前儿天我们开会时，他明确要求大家积极抗日，宁愿站着死，不愿跪着生，看来他还是很有民族气节的。"

"我有个想法，还需要你帮我出出主意。"

"有话尽管说，咱俩也算知根知底的老朋友了。"

"徐州的位置极为重要，这一点日本鬼子不可能不知道，我估计他们很快就会打到这里。小鬼子来了，我们不能伸出脖子，让他们用东洋刀舒舒服服地砍不是？春节前后，我组建了一支民间队伍，现在已经有了两百人马，但目前最大的难题是手上没枪。我想，能不能把这支队伍交到李司令那里，大家一起打鬼子，众人拾柴火焰高嘛！所以想请你引荐一下。我们的人马可以听从李专员李司令指挥，只要是打鬼子，名分并不重要。"

戴清眼前一亮："这没啥问题呀，这也是李司令求之不得的大好事呢！"

胡轩涛摆摆手，笑着说："人家可是蒋委员长亲授的地方大员，我现在也就是一社会闲人，只是想为家乡为国家做点事，不想受外族欺辱。今天找你，就这件事。另外，你和他沟通时，要注意拿捏分寸，千万不能让他有过多的顾虑。"

"就传个话，老营长不用这么客气，放心，这话我一定带到！你在这住上两天，吃住我都安排好，安心等回信吧。最近形势紧，我就不天天陪你了。"说完，戴清叫来卫兵，叮嘱一番，胡轩涛跟着卫兵进了附近一家旅馆。

傍晚时分，卫兵来到旅馆，交给胡轩涛一封信和一个颇为沉重的手提箱就匆匆走了。胡轩涛赶紧拆开信封。

轩兄大鉴：

　　接第五战区急令，弟即刻随李长官赴邹城议会戎机，慢待我兄，万祈海涵。我兄所言之事，弟已尽记在胸，待回徐之日，容弟再行禀复。随札奉上薄礼一份，请兄笑纳。临行草草，书不尽言。

弟清谨上

读完信，胡轩涛赶紧打开手提箱，眼睛顿时放光。箱子内摆放着两把崭新的二十响手枪和一把美国M1911制式手枪，还有上百发子弹。美国M1911制式手枪，胡轩涛在部队时曾有一把，离开部队时上交了。见到这把手枪，他宛若见到久违的老友，紧紧地攥在手里，久久不肯松开。

没有停留，胡轩涛拎着手提箱就离开了旅馆，连夜回到了柳泉镇家中。前脚刚进家门，父亲就叫住了他："轩涛，你不在家好好待着，干吗去了？"

"爹，我去徐州了，我不得把铭君、铭亮和小玲子安排好吗？两个孩子都到上学年龄了。"胡轩涛回答说。

父亲接着问："安排好了吗？"

"都安排妥了。"

"嗯嗯"两声后，父亲提高了嗓门："轩涛，你大了，也成家了，我不好对你要求什么，前两天小宇闹着要离家到外面谋生，家里这么一大摊子，你们弟兄两个都不管，我和你娘咋弄？小宇那里，你和他商量过没有？我说啥话，他就是油盐不进，你这当哥的咋当的，该不会是你撺掇的吧？"

"爹，不是，小宇大学毕业了，学的专业和家里的营生不是一回事儿，如果他能到政府里谋个一官半职，这不是对家里也有帮助吗？再说家里不是有林生哥照应吗？您放心，家里有什么大事，我们弟兄俩还能不回来？爹，你就别操这个心了。"胡轩涛挽着父亲的胳膊笑着解释。

听轩涛说完，父亲的火气消了一半，摇摇头，长长叹了一口气："唉！我和你娘年纪都大了，祖辈给你们积攒这么大的家业，希望你们能继承下去。你这个当哥的一出去就是好几年，小的也不省事，没有一点打理家里生意的想法。现在，你大姐走了，我和你娘心里空荡荡的。俺俩不是不明事理的人，知道你们都有自己的想法，拦不着，但心里总是不踏实呀。"

胡轩涛知道，父母一向通情达理，对三个孩子也非常理解。两位老人一直有个心愿，就是自家的三个孩子能接过祖辈留下的产业，继续胡家的生意。但是这些年，一直是大姐在帮助家里打点生意，现在大姐走了，父母强烈希望他与轩宇能担起这个担子。

胡轩涛为父亲续上热水，自己也倒上一杯，挨着父亲坐下来："爹，现在我还没找到吃粮饷的位置，就是找到了也不会离家太远，可能我会去徐州城，离咱这儿也就三四十里，您一句话我不就回来了吗？小宇读的书比我多，您更不能把他捆在家里，这样会耽误他的前程啊，明天我就去找他。"

"那个小兔崽子，整天不着家，你到哪儿去找他？"父亲的脸又阴沉了下来。

"没事，我能找到他。"胡轩涛赶紧解围。

"你能找到他？"父亲一脸疑惑，"该不会你们中间有什么小九九吧。"

"哈哈哈，"胡轩涛笑了起来，"爹，您看看您说的啥话呀，我们跑再远，绳子还不是在您手心里攥着嘛。"

"滚一边去！一脸赖皮样儿。"父亲起身朝里屋走去，身后撂下一句话，"找到他，让他立马给我滚回来。"

"管。爹，您早点休息吧。"目送父亲进屋后，胡轩涛赶紧溜进了西屋。

按照兄弟两个之前约定的联络地点，胡轩涛手拎箱子，只身一人来到青山泉。这里，有轩宇在贾汪上中学时的一要好同学。这位同学家在集镇十字路口开有一农具杂货铺，以制作售卖铁制农具为主。几代人一直守着这个铺面，在镇上口碑不错，人缘也好，胡轩涛没费多少周折就找到了铺面。

刚过完春节，天寒地冻，地里的农活还不算忙，铺子里生意也清淡，胡轩涛循着"叮叮当当"的声响来到铺门前。门口蹲着一位老汉，年纪约莫六十上下，正在收拾铺内地上的杂物。胡轩涛低头钻进门里，问道："大叔，于顶在吗？"

老人回过身，抬头看了一眼胡轩涛，站起反问："你是……"

"我是轩宇的大哥。"胡轩涛答道。

老人的脸一下子变得明朗起来，随手拽过搭在货架上的一块破抹布，边擦手边笑着说："你是轩涛吧，小顶是俺家老小，来来来，坐！"老人拖过小木凳，放在胡轩涛前面，边倒开水边说："小顶和轩宇最近也不知忙些啥，两个人就像俩耗子，只要一回来，就得拿点东西走，他们又不干农活，天天倒腾些斧头和铁板，轩宇这小子拿一样东西就付一样东西的钱。嘿嘿，你叔这里还缺他那仨瓜俩枣？"

胡轩涛接过热水，接着问道："大叔，他们现在人在哪儿？家里有事，要我来找小宇。"

"你往东出了集镇，有一条南北走向的小河，河西是一片杨树林，林子里有两间破房子，是我原来的打铁棚。前几天他们把里面拾掇了一番，还算干净。你去那儿找，就一里多地。今天铺里有人上门，一时离不开，我就不陪你去了。等你们回来，晌午饭就在这里吃吧。"老人热情地招呼胡轩涛。

胡轩涛摆摆手："大叔，你忙吧，吃饭就不必了，家里还有事。"

胡轩涛按照老人指点的方向出了集镇，很快就到了树林边。他刚走近树林，就听到前面传来一阵阵刺耳的吵闹声。胡轩涛心里一惊，循着声音小跑过去，看到房子前面的空地上，二三十个年轻人正围成一圈。人群中央，躺着三个人，不住地发出呻吟声，其中两个脸上满是血污。胡轩涛拨开人群挤了进去，看见弟弟轩宇正在劝说众人，伸出双臂阻拦大伙殴打躺在地上的人。但轩宇终究势单力薄，三人不时遭受拳脚之苦。周围的人手指着躺在地上的人肆意谩骂，甚至有人提议把三个人扔进河里喂鳖。不但如此，附近的村民闻声还在陆续往这里赶来。

胡轩涛没有犹豫，大步上前喝道："都给我住手！"大家把目光都投向胡轩涛，其中一人怒气冲冲地问道："你谁啊？咸吃萝卜淡操心，想找事是吧？"

轩宇喊了一声："大哥，你咋来了？"随着这一声叫，众人瞬间安静了下来。

"咋回事？人怎么被打成这个样子？"胡轩涛问。

"这三个是北边峄县人，昨晚在镇上偷东西被逮到了，所以……"轩宇回答。

"偷什么东西？"胡轩涛接着问道。

"到人家灶台偷大饼和咸菜疙瘩吃，我们这里多少年都没出过贼啦。他们这一搞，还不乱套了，搞得整个集镇上都人心惶惶的。"有人站出来控诉。

胡轩涛又看了一眼地上的三个人，个个衣衫褴褛，面色蜡黄，目光中充满着惊惧，急忙上前两步，把三个人扶起坐在地上，转身对弟弟说："你去集镇上给他们买点热菜热饭，再带回几块大饼，快去！"轩宇带上一个年轻人，转身离开，朝镇上走去。

人群里有个大个子不乐意了，冲着胡轩涛说："他们偷东西，你还这样，那以后我们这里咋办？还不乱套了！再说，你凭什么再给他们买东西吃，按照我们这里的规矩，对待小偷，要么断条腿，要么折个膀子。"

胡轩涛径直走到大个子面前，眼睛瞪得滚圆，手指三人说："就是当贼，也得看看偷些啥！他们为什么不偷金不偷银，不偷鸡不偷鸭，专偷吃的喝的？你来解释解释！"接着他的胳膊在人群前面一挥，高声说："这还不是饿的？不知大家听说没有，山东现在都快被日本鬼子占完了。鬼子都是畜生，有他们在，咱老百姓的日子能好过吗？过不了多久，鬼子就会到咱这地方来了，我敢说，他们三个年龄也不算大，还不是被逼逃难来了吗？就偷口吃的，你们就这样，那鬼子来了，我们该怎么办？有这股子劲，应该朝小鬼子身上使啊，当亡国奴的日子不好过，你们还是手下留情吧！"

胡轩涛的一席话，让刚才还振振有词的大个子年轻人瞬间低下了头，围观的人们三三两两地散去。不料此时一个矮个子年轻人高声说："散喽，反正也没偷咱媳妇。"一听这话，人群里发了一阵嘻嘻哈哈的坏笑声。

"谁说的谁站住！"胡轩涛气得脸涨得通红，"如果鬼子来了，只是偷你媳妇吗？恐怕咱们所有人家里的姊妹都要遭殃！"话音刚落，旁边有人也跟着开骂："鬼子比豺狼还狠，恐怕偷你媳妇之前，你的脑袋早被他们打成傻球了。"

人群顿时寂静无声。

散开的人走远了，剩下的几个年轻人也不再对偷东西的三个人怒目而视。不多久，轩宇他们带着一只竹篮子回来了，竹篮里面装着几碗还冒着热气的饭菜汤水。胡轩涛从篮子里端出饭菜，拿出筷子，招呼三人："趁热吃吧，估计你们也是饿坏了，要不然谁会干这偷偷摸摸的事啊？"听完胡轩涛的话，三人泪水"啪嗒啪嗒"地掉下来，狼吞虎咽吃了起来。

轩宇将轩涛拉到一边，悄悄问道："大哥，你咋来了？"

轩涛说："咱爹让我来找你，其实我也是以这个借口出来的。"他又转身看了看身后的几个人问："小宇，这几个人是？"

"噢，他们就是我发展的队员。"轩宇朝大家喊了一声，"喂，小顶，你们几个来一下。"

众人聚拢了过来，轩宇介绍说："这是我大哥，他的情况我已经介绍过了。"几个人和胡轩涛打过招呼，轩宇对大家说："进屋，到里面说话。"

进了屋，轩宇逐一介绍于顶、袁江、胡志祥等十几个人与轩涛认识。这些人都是轩宇的中学同学，有的习武，有的经商，大多务农。大家围着桌子坐定，胡轩涛把手提箱放在桌上，打开箱子，亮出三把二十响德国造快慢机，惊得每个人的眼睛瞪得滚圆。胡轩涛双目炯炯，环视众人一阵后，正欲说话，三个刚刚吃完饭菜的人走进了屋里。

胡轩涛目光转向三人，发现三人与前面躺在地上呻吟时的样子迥然有别，脸上的血污已经抹去，气色比先前活泛不少，眼神里也多了些亮光。胡轩涛心想，这简简单单的饭菜作用真是神奇！三人走近胡轩涛，双手抱拳，"扑通"单膝跪地。

"这位大哥，今天感谢你的救命之恩！从大哥的言语举止之中，就知道你是仁义之人。如果大哥这有吃饭的地方，俺弟兄仨愿意留下来，上刀山下火海，也绝不反悔！"三人中年龄稍长的一位大声说道。

胡轩涛赶紧上前俯身搀起三人，长叹一口气后说道："三位兄弟，看来你们仨还是有血性的，我自己也是身处乱世，至今一事无成，眼下国难当头，想换个活法，为打鬼子保家乡出点力！不知几位兄弟愿不愿意一块干？"

年长者回答道："俺叫张宏建，他俩叫宏峰、宏彪，是俺本家叔伯兄弟。如大哥不嫌弃，俺仨愿鞍前马后，跟着大哥流血流汗。"

"兄弟千万别这么说，打鬼子保家乡得靠大家一起干！"胡轩涛笑着说。

"胡大哥，鬼子占了俺老家，俺无法活命，流落此地已经好多天，今天幸亏有大哥这样的好人出手相救。从胡大哥说的话做的事，俺知道大哥不是普通人。俺弟兄仨一路走来，一直想找到参军打鬼子的机会。胡大哥如能答应收下俺仨人，俺们就一个心愿：跟狗日的日本鬼子剋到底！"

面对三个仗义男儿，胡轩涛顿觉血脉偾张。他双手抱拳，爽快地说："管！那我们今天起就以兄弟相待，往后大家同生死共患难！"

三人再次单膝跪地，抱拳致谢。

众人围在一起，胡轩涛的目光扫视一圈，此时感到自己责任重大，昂起头，激动而坚定地说："大家是小宇的故交，还有三位新来的朋友，今天我们相聚在这里，既不是桃园结义，也不是水泊梁山好汉聚义。现在，我们面对的有家恨，更多的是国仇。九一八事变后，日本鬼子占了我们东北全境，去年卢沟桥事变后，又占了我们华北大片国土，现在上海、南京也沦陷了。北边来的日本鬼子还在一直往南，要打通津浦铁路全线，把华北和华中连成一片，一旦鬼子的计划得逞，那我们这里必将是敌我决战的战场。大家可能不知道，目前两路日军已经从潍县、济宁南下，逼近临沂和滕县，很可能过一阵子，就会到咱这里。大敌当前，咱怎么办？是个憨熊，就等着死！是条汉子，就起来跟鬼子剋！他奶奶的，脑袋掉了，也就是碗口大的疤！"

胡轩涛的话，如划破长夜的闪电，一群热血青年的心田被瞬间点亮。

"日本人从东北，到华北，现在又到了中原，今后，一定还会到咱们国家南边。他们的目的是什么？就是一步步灭掉我们国家，让我们个个跪在地上，当奴才走狗！没有了国，哪里还会有家？是条汉子的，就跟着我们兄弟俩和他们剋！人就是死了，三十年后又是一条好汉！"

胡轩宇的话，如枪口射出的一串子弹，粒粒打进一群热血青年的胸膛。

热血青年的胸膛，挺得更高了。

胡轩涛拍了拍轩宇的肩膀，接着说道："在柳泉，我和轩宇已经组织了近两百人，但还不够，还要组织更多的人，参加到我们的队伍中来。倘若千千万万的中国百姓都能组织起来，我们就能保住国家，保住家乡，保住父老乡亲和兄弟姐妹的性命！"

胡轩涛的一席话，让在场的年轻人个个心潮澎湃，有的攥紧了拳头，有的瞪大了双眼，有的额头上青筋暴涨。轩宇扶正眼镜，接过哥哥的话茬，慷慨激昂地说道："国家兴亡，匹夫有责！现在，我们先从几把枪开始，把队伍拉起来，后面会主动去联系其他抗日队伍，甚至去联系政府，苟利国家生死以，岂因祸福避趋之，只要我们还有一个人，还有一把枪，还有一粒弹，还有一口气，就要和小日本剋，数典忘祖的奴才走狗，我们绝不做！大伙有这个骨气没有？"

"有！"

"说吧，咋剋，我跟着去！"

"他奶奶个熊，谁敢搅和咱的日子，咱就和他拼到底！"

"和鬼子剋！剋死他个狗日的！"

"快教会我们打枪吧！打死那些龟孙羔子！"

3

轩涛和轩宇兄弟两人，日夜奔波于柳泉周边的乡村，一处接一处点燃着抗日的火种。

与此同时，徐州周边中国军队与日寇作战的消息，也一条接一条地传来。

1938年2月10日，第五十一军与日军在淮河北岸展开激战，双方均伤亡惨重。第五十九军军长张自忠率部进入固镇，全力抗击日军。

2月23日，第三集团军第四十军在临沂奋力抵抗，第五十九军奉命驰援。

3月12日，第四十军实施反击，第五十九军奉命驰援，激战五昼夜，敌人后撤。

3月14日，第二十二集团军第四十一军在滕县英勇抗击日军，苦战三天，第一二二师师长王铭章以身殉国。

3月24日，中日双方在台儿庄投入重兵，在方圆四公里不到的区域内展开血战，后因中方援军及时赶到，日以伤亡一万余人的代价被迫后撤。

"清明时节雨纷纷，路上行人欲断魂。"诗人杜牧的名句，此时最符合中国人的心境。胡轩涛、胡轩宇兄弟和姐夫赵林生代表父母来到大姐的墓前，摆好四个贡碗，把点燃的三炷香插进香炉，并排站在胡轩莺的墓碑前深深鞠了三个躬。胡轩涛和赵林生先后撤两步准备离开，但轩宇没有挪动脚步。二人回身看着轩宇，只见轩宇嘴里喃喃说道："大姐，家里不用你操心了，但你的仇，我们一定给你报。"说完，他又朝大姐的墓碑深深鞠了一躬。

走在回家的路上，胡轩涛扫视了四周，麦田里，旧茔之上又添新坟，纸钱纷飞，纸钱燃过后化作的烟灰随风四处飘荡，其间夹杂着孩子和老妪凄厉的哭声。三个人的心情变得更加灰暗。此时，胡轩涛的内心更是有着一种难以名状的愁闷，因为他清楚，今后的局势将会越来越严酷，中国军队虽然取得了暂时的胜利，但大局仍难以让人乐观，徐州这个地方，要么有一场恶仗相持不下，要么很快就会落入敌手。

第二天大清早，胡轩涛就急急忙忙朝徐州城赶去，他想再见见戴清。戴清不在，他给营房岗哨交代了一下，便来到了妻儿的住处。脚刚踏进门，三个孩子就欢天喜地地扑了上来。特别是铭亮，从爸爸的包里掏出不少零嘴，另外两个孩子就跟着他跑进了里屋。

妻子吴瑶端坐在桌子前，平静地问丈夫："你现在是什么打算？是回家接咱爹那一摊子，还是自己找份正事做？这么长时间，就看你忙忙碌碌的，也没有给我一个准话。"

孩子们在房间内嬉闹，胡轩涛轻轻把房门掩上，坐在吴瑶对面，平静地说道："家里有姐夫就管了。我原来是想在徐州找个差事，现在可能有变。你这一段一直待在家里，可能对外面的情况不是很清楚。前面一段时间，小日本已经占领滕县、临城、枣庄和峄县，离徐州这里已经很近，看形势发展，徐州估计保不住。我和轩宇已经有了打算，准备自己组织一支队伍，和小日本干！"

"啊！就……就凭你俩能……能斗过日本鬼子？"吴瑶恍惚半天才蹦出一句话。

"但我们总不能就这么死等着当亡国奴吧！我们已经组织了一批青壮年，眼下的问题是手里没带响的家伙。这次来就是想找军队中的朋友，加入他们的队伍。只要我们有人有枪，鬼子就怎么不了我们。以后我在外面的时间比较多，家里三个孩子就靠你了，特别是小玲子，更要多关心，千万别让她受委屈。"

吴瑶瞪大眼睛望了丈夫好大一阵子，才开口说话："这个我知道。可外面的情况我一点也不清楚，如果有啥情况，你一定要提前说一声啊。"

"你放心，徐州这里我有几个不错的朋友，他们也会帮助你们的，我马上得走了。"

"你不陪孩子吃个饭啊？我这就做，早点吃。"

"算了，吃我也吃不下，心里有事，坐不住。"

"那好吧，在外面，你自己注意，这个家不能没有你。"

胡轩涛拉着吴瑶的手，又在她的腮边亲了一口，接着和几个孩子打过招呼，就匆匆离开了。

透过窗口望着丈夫远去的身影，吴瑶心头一热，泪水忍不住流了下来……

在小旅馆坐卧不宁的胡轩涛，第三天才等到信儿：李明扬回到了徐州。

按照戴清的安排，第二天上午，胡轩涛在戴清的陪同下来到李明扬的办公室。戴清对胡轩涛介绍说："老营长，这位是李司令李专员，我们徐州城的父母官。"

胡轩涛赶紧上前一步，伸出双手和李明扬的手握在一起，并做自我介绍："李司令，在下胡轩涛，前来拜见。"

"哈哈哈，"李明扬笑声爽朗，另一只手拍着胡轩涛的肩膀说，"不客气！戴清已经给我介绍过你的情况了。轩涛老弟是我们这里响当当的人物，特别在军界，更是人中翘楚，后来又到济南任职，为家乡做了不少事，是我们地方的骄傲啊！"

从李明扬的话里，胡轩涛感觉出真诚与爽快，心中的顾虑消去了一半。胡轩涛眉宇间舒展开来，微笑着说："李司令，您这话真的愧杀我啊！您是我们国民政府的名人，在徐州地方极有威望，鄙人更是对您仰慕已久，今日得见，实乃三生有幸。时下徐州危急，有您坐镇徐州，是地方百姓之大幸！"

三人坐定，胡轩涛接着说："前些时间我来过徐州，本意是想借戴营长之力面见司令您，不巧您北上开会去了。眼下局势，只是道听途说了一些。"

胡轩涛话音刚落，李明扬摇了摇头，长长地叹了一口气："唉，地方危矣，国家危矣！几天前，中日两军在台儿庄一场血战，虽然最后日军溃败，但我军付出的代价远在敌军之上。徐州驻军为了防止南敌北进，没有主动追击。国军参战军队总数远超日军，拼死血战才取得胜利。从这次大战来看，日军的武器装备及兵员素质均远在我军之上。这几天，我是彻夜难眠。现在听说上面担心增援的日军会对国军主力形成合围之势，国军主力可能后撤。虽然眼下还没有接到命令，但当下局势令人担忧啊！如果是这样，徐州这五省通衢之地就难以保全了。"

胡轩涛听罢，不觉心头一沉："徐州的战略位置如此重要，岂能轻言放弃？一旦徐州落入敌手，南北向、东西向的交通就会被日军切断。整个战争的大局就十分危险了！"

"可能重庆方面也有自己的考量吧。"李明扬又是一声叹息，"我自身无意座下职位，正如你所说，一旦失去徐州，后果不堪设想，豫皖苏就将全部落入敌手，前景堪忧，前景堪忧啊！"

两人交换了一阵对时局的看法，胡轩涛才将话题切换到这次面见李明扬的真正目的上，诚恳地说："李司令，我这次前来，是有一事相商，国家民族到了这等田地，我们愿意分担抵御外侮的责任。戴营长可能也和您说过，我在乡间组织了二百余青壮年，愿与政府一起抗击日军，只是苦于手中无枪。如能得到李司令您的支持，小弟备感欣慰！二百余人的队伍人数虽少，但我们愿听李专员的调遣，上阵杀敌，血洒疆场，在所不惜！"

"这个……"李明扬用手按一下太阳穴，起身在客厅踱了一个来回，说道，"这件事是好事，只是上面昨日下了通知，要求地方管控好武器，估计是备后撤之需。这样，你先请回，等我这边理顺上下关系后，我们再做商议如何？"

胡轩涛虽然略感失落，但还是站了起来，告辞说："那我先回去静候佳音。"

李明扬点了点头，也察觉到了胡轩涛脸上的细微变化。

"如果政府力量和民间力量能联合在一起，自然是好事，我敬佩老弟的这番爱国之心，如果我在这事上再畏缩推托就显得寒碜，无脸见江东父老了！"李明扬感慨道。

李明扬说罢，在座的三人都哈哈大笑。

李明扬、戴清起身送别胡轩涛，一直把胡轩涛送到大门外。临别时，李明扬笑着说道："轩涛，我比你虚长五岁，如果你不介意，今后我们可以以兄弟相称。"

"李司令，您这是高看我，我当然没有意见。"

"好！"

三天后，胡轩涛、胡轩宇兄弟带领三人，乘坐一辆胶轮马车，前往戴清所在的团部。

来到徐州行署大门前，通报后，一行人进入院内，戴清离很远就迎了上来。众人刚踏上台阶，就传来了李明扬的声音："欢迎欢迎，里面请！"

胡轩涛、胡轩宇兄弟二人和李明扬、戴清分两边坐定，卫兵把茶水沏好退出门外。李明扬以赞许的目光看了看胡轩涛和胡轩宇，说道："这两天戴营长在徐州周边走了一遭，没想到你们那里形势最喜人，几个镇子和周边村庄抗日情绪高涨，对我触动很大。如果民众都能这样，国家就有救了！今天邀请你们前来，是对你们上次的请求给予明确答复，还有愚兄也有一个想法，需要和你们兄弟相商。"

李明扬话音刚落，胡轩涛看了一眼弟弟轩宇，赶紧回答道："李司令，您是我们的父母官，我们所能做的，只要对国家对百姓有利，您尽管开口，小弟我义不容辞。"

"好，老弟真是个爽快人！"李明扬右手敲了敲桌面，慷慨说道，"首先，我答应你的请求，决定提供你们三十杆长枪，十支短枪，并配上五千发子弹，东西均已备好，马上就可装车。其次呢，为兄我也有一个不情之请，没有事先和你们沟通，我们行署隶属于第五战区，为了动员更多民众支援抗战，我想邀请老弟屈就特务总队总队长一职，隶属于第五战区游击总指挥部，不知老弟意下如何？如有什么困难，老弟尽管提出来。"

胡轩涛听完，内心兴奋不已。他自己的初衷就是组织一支队伍，但是最缺的是枪支弹药，现在总算有了着落，一颗悬着的心可以放下了。胡轩涛笑着回答："李司令，我在外奔波多年，至今一事无成，十分惭愧，这次您委以救国救族重任，是我莫大的荣幸，小弟定会不负厚望，尽力担当！"

"轩宇，你呢？"李明扬眼望胡轩宇。

"李司令，眼下寇深祸亟，我虽年轻不才，匹夫一个，但依然寝食难安。今天有了您的明确支持，我大哥主意已定，今后我将和他一道共赴国难，以血偿血，抗击倭贼！"

"不愧是金陵大学的学生，真会讲话！"

李明扬站起来走到胡轩涛、胡轩宇面前，紧紧握住两人的双手："爽快！欢迎你们兄弟俩加入我们的队伍，今后我们齐心协力，共同对敌！"

当天夜里，胡家兄弟带着同来的三个年轻人，将李明扬拨给的枪支弹药装上马车，连夜运回了柳泉镇。为了不让父母担心，他们把这批武器放在柳泉镇西北西山的一个废旧仓库里。

人有了，枪也有了，这支民间抗日武装从此活跃在贾汪附近的乡村城镇。

不久，徐州一带的形势便如李明扬所预判的那样，政府军队撤出徐州周边，台儿庄血战后对日军形成的暂时攻势很快转为守势。日军大举南下，兵锋直指徐州城。5月19日前后，徐州城和铜山、邳县、丰县、沛县等地也相继沦丧。日寇铁蹄之下，屠杀、焚烧、抢劫、强奸等暴行在苏北大地随处可见，汉奸和伪军更是为虎作伥，百姓陷入了苦难的深渊。

徐州失陷前，李明扬所部已奉命向徐州西南撤离，刚刚成立的特务总队就和李明扬部失去联系，活动只能由明面转入地下。

在日伪军刺刀威逼之下，征夫拉丁构筑的碉堡和据点像雨后的狗尿苔一样，从地下一个接着一个冒了出来。徐州城及周边地区，每隔几里就有太阳旗在摇荡。在这些日军的盘查点，百姓进出都受到了严格搜查。

对徐州百姓而言，至暗时刻到了。

日军的兽行在一天天上演，枪杀、砍头、剖腹、强奸等惨绝人寰的血腥味随处可闻，死亡随时可能降临到每一个无辜百姓的头上……每天看完报纸的胡轩涛都忧心忡忡，茫然不知所措。胡轩宇同样焦躁不安，不停地催问大哥："大哥，我们就这样坐在屋里啥事儿不干？现在出门就能遇见鬼子，下一步怎么办？"

胡轩涛苦笑着望了一眼弟弟，感叹道："你说我能不急吗，队伍是拉起来了，但还没怎么训练鬼子就来了。"

"人为刀俎，我为鱼肉，再等，多少人又会家破人亡，妻离子散！"轩宇的声音坚定而急切。

"小宇，你的心情我理解！这几天，大哥也一直在琢磨，总这样等下去不是事！"

"对！现在咱们的力量是不大，但我们可以采取机动灵活的法子呀。敌人在明处，我们在暗处，偷偷摸摸剋他一下，鬼子就得紧张一阵子！如果剋他几下，他还能睡得着吗？再说，只要我们挑头，其他地方的人估计都会有模学模，有样学样，就像我们共产党早期那样，最先几十个人，大旗举起来后，没几年就发展了好几万。"轩宇眼睛盯着大哥，声音显得有点激动。

"不等了！咱们挑头搞出一点动静来！"胡轩涛掷地有声地说道。在屋内来回走动三四趟后，胡轩涛停下脚步："小宇，徐州一带有共产党的组织，你能和他们联系上吗？"

"大哥，不瞒你说，我一直也在找他们，但我的组织关系在南京，暂时还无法和徐州的组织接上头。我的意见是，咱先干起来，今后再说。"

听罢弟弟的话，胡轩涛点了点头。

抬头向窗外望过一阵后，轩涛转身对轩宇说："我已经把你嫂子和孩子弄回家了，现在心里踏实多了。前天我到江庄去了一趟，沿途特别是铁道附近鬼子很多。我很清楚，利国有铁矿，贾汪有煤矿，这些都是日本人最需要的。当然，按我们目前的能力，是无法在这两个地方和敌人去剋的。在江庄，我见了一个老朋友，姓林，也有意在地方上发展武装。他那里有一二十个人，都是政府军溃散下来的士兵。这些人有军事技能，手上还有家伙，他们才是我们眼前最需要的。我这位老朋友因徐州会战受伤来不及跟随部队转移，就把附近养伤的士兵召集了起来。"顿了一下，胡轩涛继续说："小宇，李明扬走了，共产党暂时也找不到，没有帮手配合策应，枪弹和战斗技能缺乏，得谨慎行事，不能蛮干。"

"大哥，你说得是有道理，蛮干不管，但我们一直窝着，也不是回事呀！没有枪弹，可以从鬼子手里夺，经验是锻炼出来的，我们只要多出去和鬼子剋，相信队伍的战斗能力就会逐渐好起来的。"

"我并没有说不动啊！利国那里有铁矿，贾汪老矿产煤炭，这两个地方日军是布了重兵把守的，我们不能去碰，但其他地方他们的力量就薄弱多了，我们可以从那里下手。我和朋友研究了一下，打算在贾汪东边的小李庄开刀，那里只有二三十个皇协军，不管行动顺利不顺利，我们都可以往大鹿山、大洞山或者奶奶山里躲！鬼子一般不敢进山，所以我们得把所有细节都考虑清楚，特别是落脚点。眼前我们尽可能不在附近弄出动静，不然日本人会加倍祸害老百姓的。"

听大哥说完，轩宇紧绷的心放松了一些，笑了笑说道："我就说嘛，大哥向来不是怕事之人，不仅胆大，而且心细！那我们什么时候动手？"

"别急，我也在等回话。"

兄弟俩相视一笑后，轩涛擂了弟弟一拳："小宇，都说你们共产党会说话会劝人，我今天算是领教了。"

"不但要领教，今后还要慢慢习惯！"轩宇板着脸说完，自己憋不住，"呵呵"笑了起来。

胡轩涛假装生气，抡起拳头就要擂轩宇第二次。轩宇闪身机灵躲过，随即向大哥吐了吐舌头："你敢打我，回去向大嫂告状去！"

　　看着远去的弟弟，胡轩涛忍俊不禁……

　　小李庄位于贾汪矿区的北边，日军为了保障铁矿煤矿的开采，在周边建立了许多据点。日军负责防守矿区，伪军负责防守外围。由于据点数量多，驻守每个据点的兵员并不是很多，小的据点驻扎一个班，位置重要的据点驻扎一个排，且不太重要的据点大多由伪军驻守。所谓伪军，称号各异，有皇协军、和平建国军等，在老百姓口中则统称汉奸，叫的最顺口的还是"二狗子"。

　　驻扎小李庄的伪军排长名叫周梦文，察哈尔万全人，年纪三十出头，体格壮硕，凭着一身蛮劲混上了排长，每月的饷银也比其他伪军排长多出三块大洋。此人有一嗜好：特别爱吃狗肉，且对狗肉有着一番特别的讲究——超过两年的狗他不要；烹、煎、炸、焖、熏、炖，皆由自己操刀掌勺；狗身上的所有东西，这家伙一点都不浪费，每个部位他都有自己独到的理解和吃法。凭着一手烹狗吃肉的独门绝技，他结交了不少狐朋狗友。七七事变后，日军占领华北大部分地区，但周梦文没想到，日本人不吃狗肉。在一次设宴款待日军少佐时，周梦文遭到了日军少佐的呵斥，被骂吃狗肉太残忍，升迁之路戛然而止，眼看要到手的连长一职成为泡影。

　　随着日军南下徐州，让他没想到的是，徐州这地方吃狗肉盛行。吃法虽然没有察哈尔那里复杂，但有狗肉吃还是让他心花怒放。按说狗肉吃多了人身体会有不适：口腔溃烂、喉咙肿痛、鼻子出血或腹胀不易消化，但这些在周梦文身上几乎难以见到，就是偶有不适，两碗井水下肚，一泡热尿对着土墙滋上一个凹坑，万恙皆去。

　　周梦文和他掌控据点的情况，胡轩涛是从朋友那里打听到的。

　　贾汪矿区的北边，在日军的警戒线外，有一条不起眼的小街。街两边大大小小的店铺有二三十家，年龄大小不一的掌柜，操着苏北、豫东和鲁南的口音在卖力吆喝着揽客。徐州人喜狗肉，小街自然也就少不了狗肉馆。狗肉馆位于小街的东头。天气变热，狗肉难以保存，店老板只能后半夜杀狗，早晨卤上，等天亮后开始有嗜好狗肉的食客前来，基本上不到中午就能售罄。

　　从蔺家狗肉馆掌柜口里得知，周梦文每隔三四天必来一趟。第三天，胡轩涛就开始在此等候。果然，第四天半晌午，周梦文带着一个手下来了，刚跨进门帘就吆喝上了："老蔺啊，弄条后腿！"

蔺掌柜一看周排长来了，很是热情地迎了上去，一脸歉意地说道："周排长，还真不巧，狗肉卖完了，昨天特意给你留了点，本想着你昨天会来的。这不，今天的最后一些，刚被这位兄弟买走。"

周梦文的脸沉了下来，嗓门立刻大上一倍："昨天我没来，今天肯定会来的，老蔺，你做生意不靠谱啊！"

"周排长，要是冬天还好说，这个时节，肉放不住啊，转眼就坏了，我不是担心你万一有事来不了，我这是小本生意，经不起事啊。"蔺掌柜急忙解释。

"混账玩意儿！我来这一两个月，买了你那么多的狗肉，一点儿心都不长。"周梦文正准备转身离开，被站在里面的胡轩涛叫住了。

"这位兄弟，能看出你特别喜欢这一口。得，我的就卖给你吧，我也是才包圆的，这个你别怪掌柜的，是我来的时机不对。"说完，把油纸包裹的狗肉递了过来。

周梦文眼前一亮，见面前站着的是一位眉目清朗的年轻人，赶紧回话："这有点难为情了，我们走了几里路特地赶来的，不怕你笑话，兄弟就好这口。"

"没事，就按刚才蔺掌柜称的量转给你。我离这不远，明早再来。"胡轩涛笑着说道。

周梦文双手抱拳说："那敢情好，谢谢兄弟了。"

蔺掌柜当着二人的面，重新过了一下秤。钱货两清后，周梦文正欲离开，胡轩涛再次叫住了他："周排长，这个你也拿去吧，狗肉都没有了，这些心啊，肝啊，肠啊也就没法配菜了。你拿回去，几个碟一凑就齐了。"

这下子把周梦文高兴得眉飞色舞，赶忙对蔺掌柜说："赶快过秤，这太好了。"

"还称啥啊，拿去得了。"胡轩涛把桌上的一包狗杂碎递给了周梦文，笑着说，"能看出周排长是带兵的人，能认识周排长，是我金某的荣幸。"为了安全，胡轩涛替自己改了姓。

周梦文没谦让，接过纸包放在桌上，朝胡轩涛拱拱手："我叫周梦文，在北边的小李庄做事，面前这位兄弟，如不嫌弃，得空到兄弟那里坐坐，如何？"

"客气了，以后有机会定去拜访。"胡轩涛朝周梦文和蔺掌柜点点头，匆匆离开了小馆，身后立马就传来了周梦文一连串的感叹："豪气，豪气啊！"

三天后的下午，胡轩涛带着张家三兄弟来到小李庄据点。哨兵通报后，周梦文笑呵呵地迎了出来。几人进了一间还算干净的屋子，周梦文招呼手下赶快烧水泡茶。

寒暄后，大家坐下闲聊了一袋烟工夫。周梦文比胡轩涛小两岁，两人于是以兄弟相称。

热络之中，周梦文对胡轩涛说："金兄，要不我们还到馆子里坐坐，现在距天黑还早，我先让手下人去安排？"

胡轩涛摇摇手，说明来意："周排长，这次来呢，是顺道路过。我家在徐州开了酒窖，口碑一直还不错。上午往张山子镇送酒，当时我一想，老弟你不就在这沿线上当差嘛，就多备了一些酒。我和家里几个伙计也交代了，让他们顺便弄些下酒菜来，在你这地方搭几张桌子，好好整上几盅。"

"哎呀，哎呀……"周梦文喜形于色，起身握住胡轩涛的手，高声喊道，"黑子，赶快招呼大家准备桌子，晚上开怀畅饮。"

正当几人闲聊时，外面传来了毛驴脖子上的铃铛声。胡轩涛一拍大腿，兴奋地说道："到了！"

几个人出了大门，周梦文往外一瞄，嚯，好家伙，毛驴车上，除了两个大肚黑坛子，坛子四周也塞得满满登登的。车前站着两个伙计，一个伙计高声说："金掌柜，是这个地方吗？"

胡轩涛点点头，招呼一声："往下搬吧！"

伪军们一窝蜂地上去，抬的抬，搬的搬，整个院子里像过大年似的，热闹非凡。这些伪军进驻小李庄据点颇有些时日，平时哪敢奢望喝酒吃肉。今天有这样一个大户，送上酒运来菜，这可是打着灯笼也难找的好事。驴车上捎带来的菜，是现成的熟食，周梦文这里也倒腾了几个素菜出来。不大会儿光景，酒席就算齐活了。

天刚擦黑，据点内灯火通明，三张大桌子铺的全是碗碟，吆喝声、猜拳声肆意回荡；酒味儿、肉味儿裹挟着烟草味儿，从大房子里往外弥漫。两个坛子里的酒喝得差不多了，据点外的野地里传来一阵阵狗吠声，似乎也在觊觎着这顿大餐。四盏汽灯里的臭石连加了两次后，整个院子才归于平静……

天上不会掉馅饼。等第二天周梦文醒来，据点内只剩下二三十个光杆汉子，枪支弹药和粮食被一扫而光，就连四盏汽灯也没了踪影。

4

光阴荏苒，又是一年麦黄时。

烈日当空，暑气逼人，大地从早到晚，如蒸笼一般。村庄里的男人和女人，没有一个躲在阴凉的屋内或者树下，而是悉数下到了麦田里，火辣辣的阳光烤得他们浑身涌汗冒油，肤色如同刚出窑的褐色陶瓷。倒伏的麦子在脚下慢慢向外延伸，一眼望不到尽头。虽然今年的麦粒不像往年一样饱满，但乡民一刻也不敢耽搁，生怕金贵的麦穗在地里开裂落籽，让家人遭受饥饿之苦。

麦忙快结束时，胡轩涛等人在大清泉东大洞山山脚下搭起了几间简陋的草房，先把林姓朋友一帮人召集到了一起，等地里的农活忙得差不多时，又陆陆续续把周边的年轻人也唤了过来。根据已有的枪支弹药，胡轩涛按照自己在部队的编制，设置了两个连和一个行动队。每个连配备了三十杆长枪和五把短枪，其余人则手持短刀。行动队不到二十人，基本上都配备短枪，队伍名称继续沿用游击总队。

日军占领徐州地区后，除了疯狂攫取当地的煤、铁等矿产资源，更是加大了对周边城乡的袭扰，烧杀抢掠，无恶不作。在胡轩涛拉起抗日队伍的同时，苏鲁交界地区的抗日队伍如雨后春笋，渐成燎原之势。这些队伍，少则十几人，多则上百人。在黄邱套山区周边，有几支比较大的抗日武装，除胡轩涛带领的这一支外，还有位于黄邱套山外薛城的孙庆义、白楼的邵林峰、峄县峄南的孙振龙，另外还有铜山青山泉的韩世仲。随着几支抗日武装声名鹊起，日伪渐渐把注意力投向了他们。而此时，各支抗日武装彼此间还没有建立联系，处于独自作战的状态……

忙过麦收，天气变得更加炙热难耐。

青山泉东面有个叫姚庄的村庄，那里的土地皆为松软的沙土。沙土不适合种麦，倒适合种瓜。甜瓜、香瓜和西瓜等各种瓜类无须过多雨水的滋润，在沙土地里长得郁郁葱葱。

葛二黑是姚庄数一数二的种瓜能手，年过五十，膝下有一子二女。两个闺女已出嫁，身边跟着的是十八岁的儿子葛石头。葛二黑原是河南商丘人，爷爷那一辈到贾汪挖煤，因矿难惨死井下，他奶奶无论如何也不让下一辈再干挖煤这一行当了。好在他父亲有盘瓜这门手艺，就寻到姚庄这里落了脚。种瓜是个苦活，长年在烈日下拔草施肥，皮肤晒得黢黑如炭，又因他在家排行老二，外人就称呼他葛二黑。葛二黑老实厚道，但脾气倔强。儿子葛石头则和他相反，脑子活泛，手脚利索，一颗不安分的心经常惹起他几分担忧。

葛二黑所种之瓜皮薄肉甜，个个都是沙瓤，是附近吃瓜人的最爱。山东峄县名人龙希贞特别喜欢吃西瓜，就为了这一口，他不敢耍匪性，差人到这里买瓜时也使钱。但驻扎在青山泉铁路边的伪军就不一样了，他们不懂瓜，每次来葛二黑瓜田里选瓜，只挑大的摘，大的瓜如果里面不熟，就随手摔在地里，心疼得葛二黑不是捂脸就是跺脚。

一个排的伪军距离上次到瓜田里祸害刚过去三四天，就又念叨起葛二黑地里的瓜了。这天，一二十人晃晃悠悠来到瓜田。瓜地一头停了三辆人力板车，葛二黑父子领着一群人正在地里有说有笑地挑瓜。伪军排长一看有人抢了先，老远就吆喝上了："停下，停下，今天地里的瓜，我们包圆了。"

葛石头一看又是那帮子伪军，赶紧上前解释："老总，你们来迟了，这瓜他们一大早就定了，要不你们再等几天来。再说，你们也要不了那么多，这些都是老主顾，我们也不敢慢待啊。"

"胡扯扯！上次我是不是和你们就说好了，瞧不起我不是？"伪军排长气呼呼地呵斥道。

"老总，上次你们也没说准日子啊，麻烦你们再等两天，就两天，地里就能出瓜了。"葛石头说着话，还用手指了指脚跟前的几个瓜。

一个伪军上前一步，用枪托砸开一个大瓜。瓜皮裂开，瓜汁四溅，果肉已显粉色，尚属生瓜，紧接着还要挨个砸下去。葛二黑不愿意了，口里嚷道：

"你们这些人，怎么老这个样子，你们来一次我们就得等好几天才能出瓜，祸害的比吃的多，你们还让不让我们活了？"

"你他妈的活腻歪啦！"伪军排长张口便骂，说话间就把胳膊扬了起来。但胳膊被葛石头身边的一个年轻人架住了。

"这位兄弟，你们这是算啥呀，人家一家就指望着这瓜活命呢，你们要吃就好好说，再说你们也不懂瓜，就这样一个个砸，太糟蹋东西啦！"

这句话立马惹恼了伪军排长，大手一挥，命令两个手下上前抓人。剑拔弩张之际，人群里走出一位壮汉，双手抱拳笑道："都是出门在外的朋友，遇事都留个薄面，这样日后才好再见面不是？"

说话者，正是胡轩涛。

看到胡轩涛不卑不亢的神态，伪军排长不敢继续恣意猖狂，眨过两下小眼后把话题转移到葛二黑那里："我们前几天从这里离开时就打过招呼了，是这个老东西不讲信用。"

葛石头赶紧接过话题："这位老总，不是我们不讲信用，你们来几次，不说钱给得够不够，我爹说他来帮你们挑瓜，你们不愿意，就专挑大的，生的还不要，多少瓜就这么白白糟蹋了。我爹是种瓜的老把式，他的话你们不信，那你们信哪个呢？"

气氛再度变得紧张起来，伪军排长不愿意了，朝手下挥挥手说："今天的好瓜都被别人挑走了，那下面的我们自己来挑。"几个伪军蠢蠢欲动，被葛二黑伸手拦住。胡轩涛"哈哈"笑过两声，上前一步道："这样吧，都是好这一口的人，我们匀出一部分给你们，你们自己就在挑好的里面选吧。"

气氛总算缓和了下来，一个伪军走到一堆选好的瓜前，用刺刀切开一个，"咔嚓"一声，鲜红剔透的瓜瓤露了出来，汁水外溢，是一个地地道道的沙瓤瓜。伪军排长脸上挤出了一丝笑容，招呼手下："来来，大家先尝尝，然后每人抱个大的回去。"

一群人像小猪拱奶一般"哈刺哈刺"啃了起来，片刻间地上一片狼藉。伪军排长的嘴还特别刁，吃瓜只吃芯，心疼得葛二黑父子扭脸不敢直视。胡轩涛等人平静地看着众人，一言不发，不易察觉的一丝冷笑掠过脸颊。

伪军们心满意足地啃完之后，每人又挑了一个大瓜，转身就要离开。双眼瞪得滚圆的葛石头再也忍耐不住，上前拦住众人："哎，老总，你们把吃下的和拿走的算一下账吧！"

"算什么钱？"一个矮个子伪军冷笑一声。

"吃瓜拿瓜怎么不给钱，瓜又不是天上掉下来的！"葛石头寸步不让。

"你们爷俩糊弄我们暂且不说，再说这瓜是他们匀给我们的，又不是我们从地里摘的，给什么钱！"矮个子伪军话音未落，边上又传出伪军排长"嘻嘻"一阵冷笑。

矮个子伪军嘴里的"他们"，无疑是指胡轩涛这些人，看样子这些伪军是吃定这顿霸王餐了。胡轩涛冷笑两声，板脸说道："西瓜你们也吃了，又拿了这么多，咋，你们还想让我们付这个钱啊？西瓜是我提议匀给你们，是因为想跟各位交个朋友，但天底下有不付钱的买卖吗？！"

葛二黑跟着加了一把火："如果都像你们这样，我们这个瓜也别种了，脖子都扎起来算球！人家北边峄县的龙希贡那么牛，吃瓜还付钱呢，你们竟然还要赖，真不怕遭报……"

葛二黑嘴里的"应"字还没出口，伪军排长上前对着葛二黑裤裆就是一脚。葛二黑疼得浑身直冒虚汗，慢慢蹲了下来。葛石头反应极快，朝伪军排长冲了过去，和伪军排长扭打在一起。其他伪军个个手里抱着瓜，没想到会出现这个情况，呆呆地站在瓜地里看着二人。说时迟，那时快，瓜地里的年轻人腾跃而起，以迅雷之势扑向了惊慌中的伪军。在乌溜溜的短枪枪口下，伪军们一边放下手里的瓜，一边乖乖交出肩上的长枪。这时，被瓜藤绊倒的伪军排长爬了起来，看着眼前阵势，吓得直哆嗦，腰里的短枪已抓在葛石头手里。

胡轩涛快步走在伪军面前，清了清嗓门，厉声说道："果然如百姓所传，你们哪，替日本人跑腿，不为咱中国人挡点事不说，还处处祸害咱老百姓。现在你们都给我听着，所有人把身上的钱全给我掏出来，把裤子皮带也都解下来，马上滚蛋！"

一阵窸窸窣窣之后，钱和皮带汇拢到了一起。伪军排长哭丧着脸说："我，我们这样回去，咋向皇军交差啊？"

胡轩涛笑着拍了拍伪军排长的后脑勺："没事，鬼子再给你们发一套不就行了嘛！如果死性不改，你们还送到这里。"

"请，请问好汉，你，你们是哪条道上的？"伪军排长惶恐地问了一句。

"哈哈"笑过几声，胡轩涛手指伪军排长的脑门说："给你说你也记不住，我们是第五战区游击总指挥部特务大队，名字有点长，你记住我们是抗日游击队就行了。"

"哦!"伪军排长弯腰鞠过躬,带领一群手下灰溜溜地走了。

瓜田里,葛二黑握住了胡轩涛的手,感激涕零道:"胡队长,太谢谢您了,您替我们出了一口恶气啊。"

胡轩涛把葛石头叫到跟前说:"我们还要感谢你家儿子呢,要不是他卖瓜,我们还不知道有这档子事呢。当然,最应该感谢的是你,要不是你种的瓜好,我们也得不到这么多武器呀。"

葛石头把短枪递给胡轩涛,然后说道:"胡大哥,干脆我和我爹跟着你算了,种这种熊瓜也挣不了几个钱,还净受这些坏熊欺负。我爹会做饭,我能跑能跳,就跟着你们打鬼子吧?"

"你们舍得这么好的一块瓜地?"胡轩涛看着满地的西瓜问。

葛二黑眉头皱了一下,然后说:"算熊,不种了!"

"你们可想好了?"

"想好了!"父子两人几乎同时回答。

胡轩涛把手枪还给葛石头说:"管!这把枪就是你的了。到时你找他们几个老把式学学吧。"

几个人正准备搬瓜上车,只见葛石头拿着锄头挨个铲断瓜藤,葛二黑骂道:"你砍瓜藤干吗?留着不好吗?"

"不留了,让那些二狗子吃个熊!"

一阵开怀大笑后,众人随即离开了瓜田。

回到大洞山,胡轩涛开始有计划地对队伍进行整顿和训练。胡轩宇也借机在队伍中加强政治宣传和爱国教育,并穿插对国内和国际形势的分析。兄弟俩一唱一和,配合默契,几天时间下来,整支队伍的精神面貌焕然一新。

日军占领鲁南及徐州周边后,为了加强对矿区和乡村的全面管控,笼络汉奸和原来的国民政府人员充当狗腿子,走乡村下矿区,对百姓软硬兼施。普通百姓处在日伪及汉奸的严密监控下,时间一久,胆魄渐渐消失,部分汉奸变得更为猖狂。

贾汪煤矿东五六里的宗庄,有一乡绅名叫宗贤霖。宗家本是书香门第,到了宗贤霖这儿,仍遵从祖训,经过三次考试后,终于谋得国民政府贾汪矿区税务官一职。他在税务局当差十几年,积蓄了厚实的家业。三年前,上面新委任的税务局长来到贾汪，宗贤霖几次到新局长家中拜访，均被拒之门外。对此，宗贤霖不明就里。其实，新到的局长早就盯上了宗家在贾汪府后街的三间临街铺面了。

宗家的这三间铺面，位于繁华地段，每间宽逾六丈，三间铺面里的生意分别是饭馆、南北杂货和古玩。这些年来，店铺的生意红红火火，但宗贤霖自己在税务局当差，宗家的铺面自然没有上过半毛钱的税。

宗家两个儿子宗占龙、宗占虎，虽然同一个爹娘，但老大占龙没有弟弟占虎的脑瓜灵活。占龙占虎读过几年私塾，字识不多，倒把教书先生气跑了好几个。宗贤霖的女儿叫宗雪梅，人长得端庄标致，知书识礼，在乡邻中享有极好的口碑。

"一铺养三代"，新来的局长摸清了宗家的底细，自然看不上宗贤霖奉送上门的一小布袋银圆，心中一直瞄摸着如何攫取宗家那三间日进斗金的铺面。他来到贾汪不久，就给宗贤霖挪个位置，由原先的实职变为闲差。又过了不到一个月，他又开始整顿税收，这样宗家铺面多年偷税漏税问题就凸显了出来。新局长的用意不藏不掩，等于告诉宗老爷子，要么关进大牢，要么三间铺面易主。

三天后，旺铺易主。

日本人来了后，大儿子占龙出主意，劝说父亲尽快接触日伪，这样可以借力打力，重新夺回店铺，但被宗老爷子一口回绝。宗老爷子不愿接近日伪，新局长却暗度陈仓，与日本人打得火热。日伪出面后，宗老爷子挨顿毒打暂且不说，还完完全全丢差被撵回了家。宗老爷子整天在家唉声叹气，两个儿子咽不下这口气，天天嚷嚷着要去闹事。宗老爷子怕儿子有个三长两短，哀叹着对占龙占虎说："不能这么闹，弄不好你们弟兄俩也不见得能全尸回来，还是算了吧！"

肚里肠子不打弯的宗占龙嘴上不服："爹，新局长那个王八蛋给日本人出钱，咱们要出得更多才管！要不咱们把家传的东西给日本人算了，那东西放在手里也不值啥钱。"宗占龙口中所说的东西，是宗家祖传下来的两个宋景德年间的景德镇官窑花瓶。

宗老爷子一听，指着占龙破口大骂："憨熊货，干脆你把我送出去得喽！那是咱宗家的传家宝，底座上还有咱宗家的祖训呢！"

"爹，二狗子和小日本那儿，根本就是瘫子和瘸子，两个都靠不住，咱也别指望，我说个情况，爹和大哥考虑考虑。"机灵的小儿子宗占虎趁机上前提议道。

父亲和占龙一听，眼睛顿时亮了起来，占龙说："老二，赶快说！"

"麦收前我在街上听说，咱东边有一个姓胡的拉杆子，人很义气，还很精明，心眼比汗毛眼都多。他靠几斤狗肉就搞了二狗子二十杆枪，但他只剐小鬼子和二狗子。这个事如果能找到他，咱再在他面前添油加醋这么一说，我估计应该能成事儿。"宗占虎一直在家里说话不怎么算数，但这次有板有眼的话，令父亲和大哥对他刮目相看。宗老爷子追问道："咱就这么给人家一说就行啦？"

宗占虎伸出右手，大拇指和食指中指来回揉捏着，"嘿嘿"一笑："使点这个不就行了嘛，咱和人家非亲非故，哪能嘴一张光冒唾沫星子啊。"

宗老爷子觉得占虎说得有些道理，问："那咋找到这个人？"

"我去找卖狗肉的老蔺，他有个外甥叫黄世成，在姓胡的那里跑腿呢。"

父子三人三个脑袋立刻凑在一起，一番商议后，宗占虎就兴冲冲地出了门。

宗占虎在黄世成的引领下，来到大洞山山脚下，离老远就听到喊声震天，再走近一看，更是了不得——清一色的青壮汉子在练习拼刺刀，几十杆长枪上的刺刀在阳光照射下闪着寒光。宗占虎站在原地看了一会儿，心里踏实了。

胡轩涛转过身，看到了走近的两人。黄世成赶紧三步并成两步，上前报告："胡队长，这位就是我给你说过的宗占虎。"宗占虎赶紧上前准备自报家门，被胡轩涛摆手制止，"有事就说吧。"

宗占虎一五一十把自己的来意说了出来。

话音刚落，胡轩涛笑了："小老弟啊，你误解我们这支队伍了，我们不是脚底踩西瓜皮滑到哪儿是哪儿的土匪。我们专门打小鬼子，不帮别人泄私愤，你还是请回吧！"

胡轩涛的这句话，犹如一盆冷水浇到宗占虎脖梗儿上，浇得他后背一阵透凉。好在占虎这次脑子转得还算快，赶紧换个说法："胡队长，我和世成是多年的朋友，当然知道你们打鬼子毫不含糊，但我这事也和鬼子有扯巴。"

"说说看！"

"我爹虽说谈不上抗日，但决不和日本人有半点扯巴。这次我来，我爹交代过，他愿意拿出四百大洋给你们买枪，并且还准备把家里一把美国造的手枪给你们。还有，那个姓刘的局长现在和小日本走得很近，他把抢我们店铺所挣的钱一多半都花在小日本身上。那个叫……叫横木的鬼子军官给了他几条枪，组织七八个看门狗帮他看家护院，现在横着呢！附近的乡邻那可就遭了殃啦，前两天姓刘的又占了城北的一家酒楼，专门用来陪小日本吃喝玩乐。"

胡轩涛听后一阵哈哈大笑："小老弟啊，我们这些人就是专门剁日本人和汉奸的，只要你们家今后不和日本人瞎扯巴，资助不资助我们，我都替你们出这口气！你再把姓刘的情况详细说说。"

宗占虎把细节做了一番介绍，就回去等胡轩涛这边的回音了。

第四天傍晚，兆丰酒楼二楼雅间，刘姓局长带着局里的两个手下作陪，宴请横木队长。四人坐四边，横木身居正座。酒菜上桌后，四人边吃边喝边聊，甚是快意。这时，一高两矮三个人突然挑帘进入。高者手拎一和弦短胡，两名矮者各抓一副鼓板和梆子。高者低眉垂脸，一脸谦笑问："几位客官，在下给各位助助兴，来段徐州梆子如何？"

刘局长抬头一看，面露不悦之色。坐在对面的人看到局长神色不对，急忙朝三人不耐烦地摆摆手："滚蛋！"

个高的微微一笑，继续劝道："这不是年景不好吗，要么几位听一段，随便扔仨瓜俩枣，让俺几个糊糊口就管。"

横木酒兴正浓，对眼前三个破衣烂衫的人说些什么似懂非懂，脸色一下子阴沉下来。刘局长手下的一个跟班站了起来，走近身边的高个子，抬手就是一记耳光，骂道："回去把自己下面割了再来，梆子戏不是有大姑娘小媳妇吗，几个光头和尚有啥球听头，滚蛋！"

正在这时，一个店伙计把一盆刚烧好的辣子炒鸡端上桌，一瞅屋内气氛不对，赶紧溜了出去。

高个子顾不得脸上火辣辣的疼痛，左手操起短胡就向对方脸上砸去，几乎同时，右手握紧拳头，直捣那人胸口。高个子身后的矮个子也没有闲着，先是操起手中的梆子砸向横木，接着端起刚上桌的那盆热腾腾的辣子炒鸡，连汤带菜浇了横木一脸，烫得横木嗷嗷号叫。横木还没来得及把脸上汤水扒拉下净，另一个拿鼓板的矮个子飞身跃过桌子，便将手中明晃晃的匕首插进了他的胸口。顿时，一股血柱汩汩地从横木的胸腔流出，人号叫两声后瘫倒在地。矮个子顺手抽出了横木腰间枪套里的"王八盒子"……

一切眨眼间就结束了。眼前的情景，刘局长和两个手下看得目瞪口呆，木鸡似的站在原地，两腿筛糠，魂飞天外。

高个子伸手摸摸左边的脸颊，脸色铁青着对三人厉声说道："干我们这一行的，最不要的是脸，但怕丢的是爷们的尊严。你们说说，该怎么办吧？"三人听得心里发毛，身子瑟瑟缩缩，不由自主地站到了一起。

"你们是干什么的？我们过去没有见过面，没有啥冤仇啊。"刘局长哆哆嗦嗦地问道。

站在横木尸体旁边的矮个子说："我们就唱个曲挣俩饭钱，你们竟然出手打人。你不知道，我们吆喝卖艺的也自有行规，有自己的门道，没有规矩咋出来混！废话我就不说了，还是让我们帮主来主持一下公道吧。"

话音一落，门帘就被挑开了，一个精壮汉子走了进来，随手拖过一把椅子坦然坐定，眼睛不疾不徐扫视了一圈，摇头感叹道："哎呀，今天浪费了这一桌好酒好菜，可惜，可惜了！"

刘局长看到此人的做派，知道是头儿，心弦绷得更紧，胆怯地问："请问这位好汉，刚才是我们多有得罪，能否请您高抬贵手放我们一马，今后如有用到兄弟的地方，开口便是。"

"看样子刘局长混得不错啊！"汉子用手拍拍自己的脸，说，"那你估估我古月大善人这张脸值多少钱？"

"这……这……"支支吾吾了半天，刘局长没了下文。

精壮汉子鼻子"哼"一声，三个人的身体跟着就晃了一下。汉子坐直上身，接着说："如果这张脸捡不回来，我古月大善人明天就得滚出徐州地界。这价格应该不低吧，刘局长你看能出啥价啊？"

"啊！"刘局长惊得眨巴眨巴眼，稍微镇定后询问，"你看这个数怎么样？"他用手比画出了两个指头。

"不懂，这是多少？"精壮汉子随口说道。

"两百！"

汉子淡淡一笑，摇摇头。

"我为官清廉，手里没啥钱啊。"刘局长的脸涨成了猪肝色。

汉子先对三个唱曲的人笑了笑，随即板下了脸，厉声说道："这事我看没法谈了，等我走后，你们看着办吧！"

三个唱曲的一齐将手摸向腰间。刘局长见状，急忙上前一步哀求道："好汉，您，您开个价吧！"

"两万！"

刘局长一屁股瘫坐在地上，嘴唇哆嗦了半天，也没蹦出一个字。

汉子"哈哈哈"笑了一阵，手指刘局长说道："起来吧，给你开玩笑呢，后面我们还要交往做朋友。这事算了，走！"

等精壮汉子带人出了门好大一会儿，屋子里的三个人仍在稀里糊涂地你看看我，我瞧瞧你，一个时辰后才敢跨出大门。

回家的路上，刘局长一直在心里思量着今天遇到的一番凶险的来龙去脉，百思不得其解。

当他前脚刚迈进家门，再一次瘫倒在地，家里枪支和金银财宝，就连昨日刚从店铺租户那儿收到的现钞全被搬运一空。

一天后，宗占虎把四百大洋和一把美制手枪交到了胡轩涛那里。

参加这次行动的是葛石头和张宏峰、张宏彪兄弟两人。张宏彪少年时，就练成了一身功夫，蹬椅子上桌的那个人就是他。

精壮汉子"古月大善人"，不是别人，正是胡轩涛。

5

距大洞山仅几里路的大泉镇，最近一下子热闹了起来。镇里几位有头有脸的乡绅和富户联合成立了维持会，办公地点设在镇公所。

维持会成立的当天，镇公所里人头攒动。大门外，一边是日本的太阳旗，一边是汪伪政府的红底青天白日旗。大门内，穿绸着缎的乡绅大户忙着张罗细节，十几个伪军坐在阴凉处，悠闲地喝着茶抽着烟。整个院子里没有一个日本兵。

白天一晃而过。傍晚时分，镇公所院子里一下子忙碌起来，十张方桌摆到了院子中央。正屋大门前，一个简易的台子也已搭好。院子四周，挂上了二十盏灯笼，喜庆之气扑面而来。

天擦黑时，从院门外走进来一行人。

为首的个子不高，五十岁左右年龄，上穿一件白色汗衫，嘴唇上留着一撮东洋胡，嘴里叼着一黑色烟斗，步履稳健地走在前面，身后跟着几个穿着清一色夏装的伪军军官。在众乡绅引领下，几个人来到主席台前的方桌旁，稳当落座。大红灯笼陆续被点亮，天色顺遂人愿，眨眼间完全黑了下来。十张方桌开始上客，酒菜碗筷迅速摆放停当。

一个白须髯的老者走到台上，向众人点点头，院子里立马安静下来。老者清了清嗓门，朝众人拱手说道："各位乡邻，各位好友，今天是我们大泉的重大日子，也是大喜日子，可谓是双喜临门哪！一呢，是维持会今天成立，二呢，日中大泉镇商会成立。首先，欢迎驻贾汪日方代表相川一夫先生讲话。"

院内响起一片热烈的掌声。

相川一夫放下黑色烟斗，朝众人拱手示意后，缓缓走上台子，用流利的中国话说道："在座的中国朋友，大家好，我是日本驻贾汪商会的副会长相川一夫，很荣幸认识大家。今天是日中商会和维持会成立的大吉日子，今后我们就经常在一起共事了。自我大日本皇军进入中国以来，中国在各个方面都取得了极大的进展。我相信，今后，日中之间的合作将会更好地进行下去，创建大东亚共荣圈，大东亚共存共荣的新秩序将会最终得以实现！我十分高兴今天和中国朋友一道共同庆祝良辰吉日，希望今后我们精诚合作，大吉大利。"

掌声中，相川一夫坐了下来，新当选的维持会会长郗若祥走上台，形若弥勒的那张胖脸，笑得像开了花，拱起的双手上上下下晃动许久后，才开口说话："各位乡绅，各位来宾，尊敬的相川先生，还有尊敬的黄得意营长，今天承蒙大家厚爱，不胜荣幸！今后在各位的帮衬下，维持会要积极发挥作用，为中日亲善，为建立新秩序尽绵薄之力。维持会既然成立了，要正常运转，还要严防扰乱分子，自然离不开黄营长的大力支持。今天在此我先表个态，我们大泉镇维持会已备好一些日常用品，明天上午送往黄营长的营地。今天设宴款待大家，希望大家不必拘礼，吃好喝好，黄营长的弟兄们可以在此过夜，明早帮忙护送一下物资就行，再次对大家的光临表示感谢。"

营长黄得意听完郗若祥的话，眯眼带头鼓起了掌，随即就是一阵热烈的掌声。

宴席正式开始……

正值炎夏季节，清晨还有些凉意，但太阳一出，空气就变得燥热难耐。第二天，十几个伪军吃过早饭，就跟着两辆胶轮马车上路了。

马车朝东南伪军营地鹿楼方向驶去。

在大泉镇和鹿楼之间，有一座海拔两百多米的除固山，车夫驾着马车顺着除固山西侧行进。走了七八里路的伪军，个个汗流浃背。一个年轻的伪军边擦汗边埋怨："这狗日的天，热死人了，为啥昨晚不送，非得赶这个熊时间。昨晚吃得再好，一泡屎一拉，就啥都没有了。"

旁边的伪军"咯咯"笑了两声，指着他骂道："你个憨熊，吃的时候没见你少剐一点啊，一盆鸡被你扒拉去一半，现在你嫌热了，活该！"

走在后面年长点的伪军咳了一声："兄弟们，这附近不大太平，平时走这条道就提心吊胆，前面就到除固山脚下了，大家都精神着点。"

二十来米的队伍渐渐来到除固山脚下，小道旁林木茂盛。一阵山风吹过，凉气扑面而来。"这小风吹得真恣儿，要不我们歇阵儿，反正也不远了。"一个伪军提议道。

年长的伪军看看四周，有点不放心，催促众人继续赶路。但大部分伪军脚下的步子明显放慢，都不想继续再走。

伪军队伍向前走了一袋烟工夫，"呜呜呜"，从东边山凹里传出一阵牛角号声，伪军士兵个个神色紧张起来，端起长枪警惕地向四周张望。走在前头的枣红马嘶叫几声，停了下来。此时，枣红马的前面，不知道从哪里冒出一个汉子，手里挥舞着一面三角黄旗，拦住了去路。汉子朝伪军这边招招手，示意伪军上前答话。伪军们个个面面相觑，不敢轻易上前。年长的伪军壮了壮胆，走近挥黄旗的汉子，大声问道："你们是什么人？我们运送的可是军用物资。"

对面汉子大声回话："我们是黄邱套抗日义勇军。"

年长的伪军回答道："我们是中国人，不是日本人，再说这是我们的物资，和日本人没有关系。"

"哈哈哈"三声爽朗大笑后，对面又闪出一个人来。此人看上去二十多岁，高声说道："昨晚大泉成立维持会的宴请我也参加了，可能你喝迷糊了，没有看清我。新当选的维持会会长就是我表舅，参会的还有一个小日本，你敢说你们和鬼子没有关系？笑话！"

"你……你们想干啥？我们的驻地就在南边不远！"年长的伪军后面，另一个伪军高声说，语气里半是试探半是威胁。

"人走，东西留下！"

"你，你们胆儿也忒大了。"

对方不说话，拿黄旗的人举起旗帜，在空中来回摇了三下，"呼啦啦"一阵响，从树丛里冒出数不清的人头，手中的长短枪一起瞄向一干伪军。

维持会会长的"外甥"笑呵呵地走到伪军面前："这下明白了吧，我表舅三天前就把这个事给我说了。你们可能还不知道，我表舅为啥要当维持会会长，如果让其他人当了，他怎么抗日？他怎么向父老乡亲交代？我表舅一家三代，代代经商，好家伙，日本人一来，再加上你们姓黄的营长那个憨熊，先刮走了他一半的家财。这次送的物资，就是你们营长和那个小日本合计好的，你们感觉这么多东西是我表舅愿意送啊，胡屌扯！"

想不到这帮土匪和维持会有联系，还和会长是亲戚。伪军们个个惊愕不已，端在手里的枪慢慢放了下来。这时，十几个人蹿上来，夺走了长枪。会长"外甥"接着说："还站着干吗？还想让我们再请你们一顿酒？快散熊！"

伪军们乖乖地继续朝南走，剩下两辆马车上的东西被搬空后，掉头原路返回。

镇公所维持会内，郗若祥听两个马夫讲述完事情的经过，顿时瘫在了椅子上，浑浊的眼珠子瞪得溜圆，两滴猫尿也顺着鼻颊淌了下来，连声哀叹："我哪有什么外甥啊，我两个姐都是绝户。这下害死老子啦，这是哪个孬熊想把老子往死里整啊。"说着说着，人便抹起了眼泪。

鹿楼伪军驻地，营长黄得意一听，顿时火冒三丈，"啐"的一声吐出口中茶渍，嚷嚷道："马上集合队伍，向除固山进发，剿灭这帮屌蛋！"手下副官一听，赶紧上前劝说："营长，这时候千万要冷静，我们对那里的情况一点都不了解，会不会是圈套？要不我们派几个人再去摸一下情况，等弄清情况后，再把他们一窝端了？"副官说完，用手做了一个掐死的动作。

黄得意瞟了一眼副官，命令说："赶快派人到大泉镇去问问咋回事。妈的，十几杆枪还有一个月吃的喝的就这么没了，这口气咋咽下去！"

一天后，郗若祥撤职后被几个日本兵带走，在维持会主要成员再三恳求下，遍体鳞伤的他才回了家。

经过打听，黄得意认为此事是抗日义勇军所为。第三天，他便带领着三四百人的队伍进山围剿抗日义勇军。在山上山下蹚摸了一天，黄得意除了看见插在石头缝里的几杆小黄旗外，一个人影也没碰到，只能悻悻返回驻地。等他一进营地大院，就被眼前的一幕惊呆了，二十几个伪军被绳子捆成一圈。

黄得意赶紧在营地里转了一圈，看到营房内能拿走的东西一样不剩全都给卷走了。

"谁干的？到底是谁干的？"黄得意声嘶力竭地号叫不停。

大洞山脚下，临时营地里一派欢乐景象。

几次巧妙夺取数量众多的枪支弹药，让这支队伍武器装备有了明显改善。在江庄被日军射伤大腿的国民党排长林玉山，此时也加入了胡轩涛的队伍。胡轩涛把整支队伍分成了四个小队，每队七八十人，作战经验丰富的林玉山担任第一小队队长，另外还有一支手枪队，负责执行特殊任务。

　　胡家兄弟和几个队长围坐在一起，商量今后的斗争方向和策略。

　　胡轩宇扫视大伙一眼后，开口说话："我们这支队伍今天算是站稳脚跟了，力量比过去强了不少。军事这一块，我不是很懂，这个由大队长来统一指挥，我想谈的是队伍的纪律和发展方向问题。俗话说，乡有乡约，家有家规，我们这支队伍想要成为真正的抗日队伍，一切都要听从指挥，严格遵守纪律。我们组织队伍为了啥？就是为了打跑日本鬼子，让老百姓过上安稳日子。首先我们的队伍要保护老百姓，咱这儿的老百姓日子够苦的了，我们再不能去和他们争利益，这样才能获得老百姓更大的支持；第二，我们的队伍看起来比前段时间力量壮大了，如果站在更大的层面去看，跟那么多的鬼子和汉奸相比，我们的队伍还是很薄弱，这就要求我们今后要组织起更多的力量，还要联合周边愿意抗日的队伍，不管他属于哪一派、哪个党，不管他过去干过啥坏事，只要不是坏得透顶的，都可以跟他们联合抗日。我们不要有抱着谁吃掉谁的想法，要团结起来，一致对外；第三，我们要积极扩大队伍的影响，搞出来的动静越大，影响就会越大。影响大了，就会有更多的抗日志士投奔而来，我们的力量才能不断壮大。"

　　胡轩宇条分缕析之言，说得众人眼睛放光。林玉山接过话茬，大声说道："刚才轩宇老弟说的，我完全赞成。我们在台儿庄时就听说部队之间不合群，听说有位将军在我们打得最困难的时候都不愿意出兵，后来在蒋委员长亲自命令下才出的兵。我们正规部队都这样，何况咱一般老百姓。现在我们得承认我们实力很弱，但日本人这么猖狂，欺负咱头上这么厉害，我相信恨他们的人肯定更多。我们要团结愿意抗日的人，才能形成一股强大的力量，我不是怀疑轩宇老弟是共产党，但我清楚，人家共产党现在就是在宣传全民抗战，这个思路能行得通！"

　　二人说完，胡轩涛起身发表自己的意见："我赞成二位的意见，咱们这支队伍今后就要形成一个整体，如果遇到重大事情采取集体决议。我提议，我们这支队伍，我具体负责军事事项，轩宇负责对外宣传和联络，林玉山、胡志祥、李建文、袁江你们四个负责各个小队的管理，张宏峰负责手枪队。四个小队根据实际情况担负对敌作战的任务，手枪队负责执行锄奸、对敌分化等特殊任务。一般情况下，各个小队要严格执行大队下达的任务。如遇特殊情况，要及时请示，万不可贸然行事。"

几个队长都点了点头，胡志祥问道："我们也不可能天天蹲一个地方，如果距离远怎么办？或者说各个小队不能按时返回驻地怎么办？"

胡轩涛笑了起来，冲胡志祥点点头，说道："志祥这个问题问得好，会后我再和四个队长具体讨论。对这个问题，我先简单说一下，在纯军事上，我们可以采取点点联系，线线贯通，这需要有一定的作战经验。实战最能淬炼战斗力，我相信，经过几次战斗后，大家很快就能摸清里面的窍门，这个我们后面再具体讨论。"

见大伙没有异议，胡轩涛最后说道："今天我们分析了当前的形势，明确了以后斗争的方向，今后队伍会遇到各种困难，大家都要有思想准备啊！"

胡轩涛说完，屋子内的人个个摩拳擦掌，李建文急切地问："大队长，你赶快说说该咋剋，我们还没有真刀真枪地干过呢。"

"前段时间，我们与伪军和鬼子斗了几个回合，没费一枪一弹。这些天来，我们没有看到敌人一点动静，但是他们一定也会琢磨对手在哪里。眼下敌人在想些什么，下一步敌人会怎样行动，我们并不清楚，但我敢肯定，受到打击后，敌人一定不会善罢甘休。世上没有不透风的墙，敌人迟早会找到这里，所以从现在开始，我们得多准备几个落脚的地方，让敌人不容易找到我们。各个小队既不能离得太远，也不能聚拢在一块，各小队都要做好准备，随时应对敌人的围剿。还有，我们要把附近的地形摸摸清楚，一旦敌人进攻，我们一定要做到进可攻，退可守。"胡轩涛说完，两眼盯着大家。

"大队长，这个任务就交给我，这附近周边十里八乡我清楚得很。我姐就嫁到了磨石楼，这附近的山岭和十几个村庄我都很熟，这个路我来带，我可以根据我的印象画一个草图，出入不会很大。"潘明才说道。

"太好了！"胡轩宇听后大喜，走到潘明才面前提议，"你就多画几张，这对于我们很重要，但画图时需要把附近的几个大镇标注上，有镇有村就有路，把小路和小河画好后，再标注上村庄和大山就容易多了。"

潘明才忍不住问道："你怎么知道得这么多？"

"哈哈哈，"胡轩涛笑了起来，"我这个小弟可是南京金陵大学的高才生啊。"

众人都惊讶地将目光投向胡轩宇。

临散会时，胡轩涛提醒大家，为了不暴露真实身份，今后外出行动，尽量不报姓名，说自己是抗日义勇军就行。

果然不出胡轩涛所料，在贾汪周边发生的几起夺枪事件，引起了驻贾汪日军的注意。驻徐日军总部下达命令，清除徐州境内的抵抗分子，并特意派出一个大队，专门应对周边抗日分子及部分国民党残兵。

日军大队长名叫三浦翔平。

最近一段时间，在运河北，贾汪到邳县及峄县南，接连发生多起枪杀日伪人员及抢枪事件，造成贾汪及利国两个矿区的日伪军极度恐慌，附近的几个小铁矿和煤矿已经停产，特别是驻在外围的营长黄得意那里，竟然连老窝都被抗日分子抄了底，这对三浦翔平来说，压力巨大。

驻贾汪的伪军团长方正宜，几次遭到驻贾汪军事最高长官泽野弘一的斥责，寝食难安。三浦翔平来到贾汪，方正宜与他几番接触后，感觉三浦话虽不多，但为人和气，便三番五次携金带银巴结三浦，没想到三浦对此一概拒绝。不但如此，三浦还撂下一句话，在他这里，关系的通通地不要，他只看能力和结果。三浦的这句话，更让方正宜惶惶不可终日。

三浦召集所有人开会，背着手大声训话："最近，形势大大地不好，不是扰乱分子多了，而是我们放松了。据反馈回来的情报来看，这里周围的抵抗组织有十几个之多，到现在我们还不知道这些抵抗分子是怎么组织起来的，他们带头的人都叫什么名字。现在，我宣布，即刻起成立联合特务小队，撒开大网，侦察这些人都在哪里，有多少人，有什么武器，这个由井上君负责。一个月之内，要把这些抵抗分子彻底清除干净，保障矿区的正常生产和运输。如果做不到，那就恕我不客气了。"

入秋时节，树上的叶子变得枯黄，在秋风中瑟瑟发抖一阵后，慢慢飘落。放眼徐州大地，万物尽皆萧条。大战后的城镇乡村，失去了昔日的生机与活力。暗灰色的天空笼罩着沉闷的大地，压抑得叫人喘不过气来。

特务小队传回信息后，在三浦督促下，一个中队的日军和两个连的伪军出动了。二三百号人浩浩荡荡地扑向除固山北侧。一路尘土飞扬，鸡飞狗跳。

大队人马抵达大洞山附近，仍不见义勇军的踪影。敌人随即"一"字排开，摆出搜山架势。刚到山脚下，一声枪响，手执太阳旗的日军应声倒地，其他人赶紧伏地朝枪响处胡乱射击。但对方仅开了一枪就没有了动静，日军中队长命令发起冲锋。几百人马一阵搜索后，仅在一块石头后面发现了一个弹壳。

日伪顺着小路继续前行，刚绕过一个小山脊，映入眼帘的是一片开阔地带。一群打头阵的日伪双脚刚踏入开阔地带，斜对面就传来一阵密集的枪声，十几个人眨眼间就被撂倒在地。敌人越是往前冲，对面传来的枪声越发密集。匍匐于地的日军队长拿起望远镜，看见对面山脊后面，一排长短枪正吐着火舌，于是命令队伍后撤，然后匆匆忙忙架设起了几门迫击炮。

一排炮弹过去，对面狼烟弥漫，沙石横飞，没了声响。日军再次朝山脊冲锋，没有遭到丝毫抵抗。翻过山脊，日军队长傻了眼，刚才打枪的地方已人影空空，眼前只有一条下山的小道，窄到只容一人通过。日军队长看了一番地形，不敢贸然下山，命令原路撤回。慌乱的队伍刚撤回至打响第一枪的地方，一串串子弹又雨点般地射了过来。日军队长下令还击，试图用强火力压制对方。日伪军边打边冲，对方也是边打边撤。由于对方熟悉地形，射击时总能找到有利的位置，给日伪军造成不小的伤亡。日伪军顾不上伤员，一路追击，等回到山脚下，对方又消失得无影无踪。

狼狈不堪的日伪军，只得撤往一块平地稍事休整。后来，在一汉奸的带领下，他们终于找到了胡轩涛的空营地，点了一把火，十几间茅草房在熊熊大火中化为灰烬。

日伪走后，胡轩涛站在灰烬前，"呵呵"笑了两声："弟兄们，这茅草房子不算啥，明天就搭起来了。大家伙抓紧吃点东西，这一会儿小鬼子在憋着坏呢，不会走远，我估计他们不会就此罢手，明天他们还会再调集人马，找我们算账的。"

于顶和葛石头低声嘀咕了几句后，于顶傻笑着说："大队长，这次我们一下子搞了几十条枪，只是子弹少了点。"

"没事！"胡轩涛手一挥，"明天咱可没时间和他纠缠，今晚老子就搞他。"

在胡轩涛的布置下，两个手脚利索的年轻人向西找人去了。

在崔庄的一个据点，一下子拥进了两百多人。

一部分日军进了屋，大部分日伪只能待在院子里。崔庄地处山区边缘，夜里的气温下降得快。院子里的伪军可没有日军聪明，本想着当天就能返回营地，身上除了一套夹衣，其他什么都没穿，在夜风中冻得瑟瑟发抖，而日军则个个裹着军毯蜷缩在一起。

到了后半夜，四周除了风掠树叶的声音，没有一丝动静。

一支四五十人的队伍悄悄摸到了据点附近。借着汽灯的光亮，队伍中的每个人都看清院子门口有两个哨兵在来回走动。一分队队长林玉山低声下达命令："大家伙听好，哨兵不是重点，现在敌人都在睡觉，其他任何想法都不要有，绕过哨兵后，把手里的手榴弹通通扔进去，立马回撤，撤回到刚才我说过的那个地方，大家一定要记住，千万不要恋战。"

夜幕下，队伍悄悄靠近据点，接着几十颗手榴弹飞进院里，一阵阵剧烈的爆炸声后，院内升腾起冲天火光。一通鬼哭狼嚎后，没有死的日伪军从大门冲出，向西逃去。片刻之后，林玉山带着小队摸进院内，收拾完枪支弹药后悄悄返回。

大洞山北侧的山洞中，胡轩涛没有入睡，在洞口走来走去，显得焦躁不安，直到远处传来小分队归来的暗号，一颗悬着的心才放下。林玉山他们沿着峭壁攀爬进洞口，胡轩涛问："怎么样，得手了吗？"

"大队长，收获不少，机枪、三八大盖和'王八盒子'搞了一堆。"林玉山美滋滋地回答道。

等大伙进了洞，胡轩涛急忙招呼队员们坐下，高兴地说："跑了大半夜再加上出汗，身上寒冷，大家赶紧吃点热食暖暖身子。"说罢，他转身同几位分队长讨论眼前的形势。

讨论过后，胡轩涛果断决定，此地不能再留，部队撤到汴塘附近，那里鬼子少。

第二天下午，队伍在密林和草丛中悄悄行进，向东转移。

据崔庄附近的老百姓说，第二天，鬼子回到这个据点，把尸体掩埋后，直接返回了贾汪。

大洞山及崔庄的两场战斗，很快就在方圆十几里范围传开了，战况一度被百姓渲染到鬼子和二狗子四百人死了对半，鬼子队长颈上的光瓢都被削去半拉，现在鬼子别说进山，就是出贾汪都得十几条狼狗开道。

6

消息不胫而走，很快就传到了韩世仲耳中。

三十来岁的韩世仲，在西北一所军校学了一年多军事技术，毕业后到张发奎那里担任见习排长，一年后被分派到铜山担任治安大队大队长，驻防微山湖。1938年5月，日军攻占徐州后，韩世仲手下的一百多人犹如水上浮萍，开始飘摇不定，两天走一个，三天走一双。三个多月，枪留下一堆，人只剩下二十来个。与此相反，微山湖周边的日伪人数则是越聚越多。韩世仲原是驻守一方的"诸侯"，现在几乎成了光杆司令，心中暗生悲凉，最后和二十来个无处可去的老弱病残手下商议后，在一个漆黑的夜晚，划船上岸，穿过利国北边的铁路线，走张山子，绕大青山，最终返回了青山泉自己老家。

富足的韩世仲，养活二十来个人倒不是问题，但整日无职无薪又无事，着实让他茶饭不香。听到附近有一支队伍，竟然真刀真枪地和日本人对着干，他心里开始有了想法，于是四处托人多方打听。没几日，果然有了回话，这支队伍是柳泉镇胡轩涛兄弟二人所带。

韩世仲的想法，很快就被胡轩涛摸清吃透。

一天早晨，韩世仲的大门被人"咣咣咣"敲响了。

互通姓名后，胡轩涛和张宏彪二人被迎进了客厅。

韩世仲和胡轩涛互相打量了一番，韩世仲笑着问："想必眼前的这位就是胡老弟吧？"

"正是！"胡轩涛一抱拳，笑问，"您可是韩世仲韩大哥？"

韩世仲点点头，命手下上茶，三人在客厅分坐两边。二人互报生辰年庚后，都忍不住笑了起来。面黑皮糙的韩世仲脸色潮红："让胡兄笑话了，我长得是急了点，你比我还长两岁呢，那我们就以兄弟相称了，你为兄，我为弟。"说完起身朝胡轩涛抱了抱拳，胡轩涛赶紧回礼，二人重新坐了下来。

"韩老弟军校科班出身，学识和能力自然非寻常人可比，我钦敬老弟的家国情怀，现在时局动荡，烽烟四起。我以为敌寇不除，吾辈定无安身立命之地，不知老弟是否也有此感？"胡轩涛开门见山。

"唉！"韩世仲长叹一声，"老兄啊，不怕你笑话，这日本人不来，我还混得一官半职，家里也衣食无忧。这日本人一来，上面没有撤我的职，我自己反倒把自己的职务给撤了，再说不撤又能咋的，身边的人都跑光了，我还能领导谁？现在身边就剩下一二十个无处可去的老弱病残，暂且栖居此地，苟延残喘。"

"是啊，世事难料啊，那老弟今后作何打算？"

"正为这事发愁呢，现在我是大门不出，二门不迈。外面全是一些什么人哪，看见心都烦，胡兄，听说你那里队伍组织得很不错，干了好几票大活，说说看！"

"其实也没啥，都是机缘巧合，但今后的情况很不好说。今天登门，目的就是请老弟出山，帮我带带这支队伍，毕竟我脱离军队有好几年了。"

韩世仲连连摆手，谦虚地说："别别别，胡兄的大名我早已听说，你都干过国军团长了，在贾汪这个地盘，你的大名那可是妇孺皆知，现在我这个状况，难以在你那里立足啊。"

"老弟，今天我来，是带着十二分的诚意。听说你最近已联络了不少人。不谈我们的个人命运，就看看眼前的混乱世道，除了赶走骑在中国人头上拉屎撒尿的小日本，我们还有其他活路吗？"

其实，韩世仲早就对胡轩涛心怀敬意，今天胡轩涛亲自登门拜访，更是让他大喜过望。一阵低头思考后，韩世仲"哗啦"一声站起，握住胡轩涛的手说："胡兄的一席话，让我开了窍。好！我们一起联手对付鬼子。我知道胡兄是心胸坦荡之人，且你我都是军人出身，说话不用掖着藏着。胡兄不妨说说下一步的打算。"

"好！"胡轩涛也站了起来，"韩老弟，听说运河南北、邳县、韩城、峄县等地成立了多支抗日游击队，但是力量分散，难以形成合力，有被鬼子各个击破的危险。眼下我们需要将周边的抗日武装联合起来，一起对付鬼子。我认为应该尽快联合各支分散的武装，组成一支队伍，统一指挥，统一行动。如果老弟这边没有困难，你就是这支队伍的领头人，我打下手，队伍的名字也由你来定，你看行吗？"

韩世仲沉吟片刻说道："我们这里靠近山东，那我们这支队伍就叫苏鲁边抗日游击队，你唱主角，我来打边鼓，如何？"

胡轩涛摇摇头，说："不，还是由韩老弟挑头，我们不用在这点上争执了，我佩服韩老弟的为人和能力。"

韩世仲不再推脱，点头应允。

十天之后，苏鲁边抗日游击队正式成立。为了保密，一切都是在极其秘密中进行。

此后近一个月的时间内，三浦那边都没有丝毫动静。胡轩涛带领的两三百人的队伍在山区的生活却遇到了困难。山区里的庄户人家零零落落，地贫土薄，可以种庄稼的地块难得一见，筹措这么多人的口粮便成了大问题。迫于这个情况，胡轩涛只能把队伍往西边人口密集的地区转移，在山区和稍大点的乡镇之间寻找落脚点。队伍分别在四五个点落脚，点与点之间拉开大约五六里路。队伍安顿后，为了尽快采购粮食和食盐，各个小组的成员乔装打扮，不停地穿梭在集镇与村庄之间。

狡猾的三浦，等的就是这个机会。

三浦心里清楚，现在秋熟的庄稼已被乡民收割回去，地里已经没有可吃的东西，只要守株待兔，一定会有斩获的。

其间，胡轩涛去青山泉寻找韩世仲，让他帮忙筹措些粮食，但都大门紧闭。派出的人在附近转了一大圈后得知，自从韩家来了一个衣着鲜亮的人之后，韩世仲和他的手下就陆陆续续离开了青山泉。韩世仲具体去了哪里，没有人能说得清。胡轩涛心里有了不祥的预感，虽然不敢肯定，但隐隐约约地觉得，自己今后很难指望上这个新结交的韩老弟了。

粮食的购买和运送，需要制订周密的计划。游击队主要成员商议后，决定白天分散购买，集中到一个点后，晚上再派人一次性拿走，这一切都要悄悄进行。采购人员和取货人员不能是同一批人。对于游击队来说，费用暂不是问题，担心的是中间环节出现纰漏。

前两次计划，进展得十分顺利。

第三次在不老河边的常庄，从贾汪东边汇聚过来的粮食集中到村北头的一个破庙里，留下一个人蹲守在附近，静等天黑下来，大队来人取走。

傍晚时分，从南边来了三个人，看上去只是平常过路者。他们经过破庙门口时，好像也没有过多留意这座破庙，只是匆匆而过。藏于庙里的游击队战士看到三人走远后，紧张的心便放了下来。

天色渐暗，深秋的风虽不算猛烈，但寒意砭入肌骨。在破庙里蹲守的战士终于迎来了买粮归来的队友，还有两头壮实的毛驴。大家不敢点火照明，在黑暗中将粮食装上了车。

一切都很正常，但一行人即将上路时，庙外突然传来一阵窸窸窣窣的声响。队员们警觉起来，还没来得及隐蔽，庙外就响起了激烈的枪声。枪声停息的片刻，庙外有人在吼叫："里面的人听着，举手投降吧，你们跑不了啦！"紧接着，庙门被踢开，密集的子弹射了进来，庙里多名战士中弹倒地。情势危急，战士们边开枪还击，边分散顺着田间地头的小沟往东边撤退。敌人紧紧追赶，借着游击队员射击时发出的火光，一刻不停地开着枪，直到游击队员跑得不见踪影后，才停止追击。

战斗过后，清点人数，游击队共牺牲了十一个人。

听闻消息，胡轩涛泪如雨下，痛心不已。

无独有偶。两天后，在汴塘北西马头又出现了类似的情况，胡轩涛不但一粒粮食没有拿回，还损失了九个人和三匹骡马。胡轩涛变得焦躁不安，意识到再这样下去，队伍的士气定会受到巨大影响。

"大哥，我们这样被动挨打不行，从哪里跌倒，就从哪里爬起来。"胡轩宇给大哥倒了一杯水，一字一句地说道。

"小宇，你的意思是以其人之道，还治其人之身？"胡轩涛惊奇地看着弟弟。

"对，以敌人使用的手段，诱使他们自己上钩。"胡轩宇微笑着点了点头。

"太好了！"胡轩涛兴奋地双手击掌。

胡轩涛胡轩宇与各分队长商量后，一个大胆的行动计划成熟了，并且这次行动由胡轩宇带队。对胡轩宇本人来说，他早就想在实战中锻炼一下自己。

紧挨贾汪东北边的一个村庄叫宗庄。宗庄往东有一条小河，河边是密密匝匝的树林和蒿草，堤岸上有一些乡民盖的简易草棚，供农忙时躲避风雨之用。

老套路，老办法。东西被游击队战士如蚂蚁搬家般汇聚到一个草棚子里，留下一人蹲守，静等天黑时，其他人来取。

到了后半夜，十几个陌生人悄悄地向草棚子摸了过去。

一阵枪声响过，草棚子里面没有动静。草棚外有人喊话："里面的人听着，你们被包围了，乖乖地投降吧！"紧接着又是一阵激烈的枪声，子弹"嗖嗖"乱飞，但这一次，子弹却是朝喊话处射去，草棚外的多个日伪军应声倒地。枪声一阵紧似一阵，草棚四周的敌人一时晕头转向，随后组织反击，双方僵持了约十分钟，敌人的火力变得越来越猛。胡轩宇没料到这次来的敌人这么多，只得命令大家后撤。敌人岂肯放过这个机会，朝游击队员撤离的方向紧追不舍。幸亏多数游击队员利用河堤作掩护，迅速摆脱了敌人。但此时胡轩宇和其他几名队员还在河的西边，来不及回撤，只得借着夜色向北跑去。一路上，胡轩宇感觉一条腿越来越沉重，意识到那条腿已经被子弹击中了，便告诉身边的战士向东跑，自己则继续往西转移，直到那条腿完全动弹不得，才在一深沟里蹲伏下来。他伸手往腿上摸了摸，手上沾上黏糊糊的鲜血。直到周围没有一丝动静，他才忍着剧痛，拖着沉重的身体向边上的一个村庄蹒跚走去。

胡轩宇走到一家大门前，不敢敲门，艰难地爬上院墙，"扑通"一声，整个人摔落在院里。片刻之后，房间里的灯亮了。一个姑娘端着灯来到院子，看见一个人瘫坐在地上，赶紧放下灯，把胡轩宇挽进了里屋，转身返回院子，拿着灯进到屋里。姑娘这才看清脸色苍白的胡轩宇，问："你从哪里来的，腿上怎么这么多血？"

胡轩宇有气无力地说："刚才和小鬼子剋，小腿肚子挨了一枪。"

下半夜，姑娘听到过枪声。她不敢迟疑，赶紧撩起胡轩宇的裤腿，看到伤口处鲜血仍在往下流淌，吓得轻声惊叫起来。姑娘赶紧出门来到父母房前，轻声喊道："爹，娘，你们快来呀。"

宗贤霖和老婆听到自己姑娘的喊声，赶紧起床，老夫妻两个前脚刚跨出房门，就被姑娘宗雪梅拉住往东屋走，进门后看见坐在椅子上的胡轩宇，都惊得张大嘴巴，问："这是咋回事？"

"爹，娘，你们都别问了，赶快给他包扎包扎，我一看见血就怕。"宗雪梅着急地望着父母。宗贤霖对女儿说："你就别愣着了，赶快把包扎的东西拿出来呀。""噢！"宗雪梅进到里屋，把一个小药箱端了出来，老夫妻两个忙碌起来。宗雪梅端着油灯站在一边，眉头紧蹙。

一番手忙脚乱后，宗贤霖这才细细端详面前的小伙子，只见年轻人眉目清秀，脸庞白皙，凌乱的头发上面沾着草叶。老太太将草叶从年轻人头上拂去，不解地看着胡轩宇。宗贤霖问："年轻人，你这是？"

"刚才在河沿和鬼子干了一仗，没想到腿挨了一下。"胡轩宇回答。

宗贤霖接着问："你们是从哪里来的，扛把子的是谁？"

胡轩宇不敢直接回答："我们是从山里过来的，大叔，大婶，我马上就走，不会给你们添麻烦的。"

宗贤霖又看了一眼胡轩宇的腿，惊讶地问道："你这样子能走？"

宗雪梅看着她爹，说："爹，他这样子咋走，要不让他在我们这里养两天，等差不多了再走吧，山里离这儿又那么远。"

宗老太太在旁边插话说："我看他也走不了多远。"

宗贤霖最后说："这样吧，你就在这里养两天吧！只是，我担心日本人会来。"他目光转向女儿说："雪梅，你喊你大哥过来吧，我们商议一下这事咋弄。"

"爹，大哥那里能和他说吗，他现在跑日本人那里勤得很，万一……"宗雪梅有点疑虑。

"你大哥喝酒了，这会和死猪差不多。你说得也是，那把你二哥喊过来吧，他脑子转得快，咱们得商议一下。"

雪梅出去后没多久，宗占虎就跟着进了屋，看见胡轩宇，开口便问：

"你从哪里来的？干什么的？"

"从东边山里来的，打鬼子的。"

"你姓啥？"

"胡！"

"胡轩涛是你家什么人？"

"我哥！"

顿时，宗家父子脸露惊喜之色。宗贤霖吩咐女儿，赶快去弄点吃的。眼前两人对自己态度的变化，令胡轩宇感到十分奇怪，诧异地盯着屋里的人。

宗老爷子笑着说:"年轻人,你大哥上半年帮了俺家一个大忙。你放心,安心在这里养伤,等好了再走。"老爷子又细细地交代儿子和女儿:"这个事你们不能跟你大哥说,占虎,明天你到这边来照顾,千万不能出什么意外,人家可是咱家的大恩人哪!雪梅,你跟我们到西屋休息,记得每天要换一次药。还有,天冷伤口好得慢,要多给他吃点好的。"

儿子和姑娘都点点头,雪梅跟着老人退出房间,占虎也到南院休息去了。

营地里,等袁江带着众人回来后,胡轩涛问:"今晚收获怎么样?"

"没想到敌人今晚会来那么多,要是鬼子人少,老子非得给他包个大肉包子,估计天亮日本人再去,那还不是小刀拉屁股——开了眼了,我们扛进去的几十包东西都是麦秸干草,看他咋吃。"袁江眉飞色舞地回话。

"我怎么没看见轩宇?"胡轩涛扫视一圈,没看到弟弟。

袁江也瞅了一下四周,"啊"的一声,就问身边的人:"我们的人都回来了吗?"

有人回答:"都回来了。"

袁江倒吸一口凉气,变得紧张起来:"那轩宇怎么没看见啊?"他赶紧对大队长说:"大队长,要么我再带一拨人回去找找。"

"应该没啥事,轩宇可能迷路了,你们早点休息吧,说不定过一会儿他就回来了。"胡轩涛让大家去休息,众人散去。但胡轩涛一夜没合眼,一直等到天亮,仍不见弟弟的身影,他的内心开始慌乱起来。

接下来的两天里,胡轩宇一直在昏睡和惊慌中度过。

天大亮,房门被人从外面推开,宗老太太和雪梅轻轻地走进房间,胡轩宇机警地问道:"哪个?"

二人转身走到床边,老太太问:"年轻人,睡得怎么样?"

胡轩宇赶紧掀开被子起床下地,脚刚一沾地,疼痛袭来,忍不住"哎哟"一声。雪梅赶紧上前搀扶住他,二人目光在对视的一刹那停住了。在胡轩宇眼里,雪梅那张鹅蛋脸,泛着红晕,眼神里透着娇羞,薄薄的嘴唇似梅花开放。在雪梅眼里,轩宇面孔清秀英俊,双眉如剑,俊朗的面颊透着一丝淡雅的书卷气息。两人目光对视之后,又下意识地避开对方的眼神,似乎都有些局促不安。

老太太也看清了轩宇温润如玉的面庞，心里掠过一丝喜悦，但脸上并没有表露出来，只是淡淡问了一句："年轻人，看你长得白白净净的，不像是拿枪的人哪。"胡轩宇下意识地摸了一下手枪，听到老人说话，赶紧把枪放到桌上，微笑着回答："大婶，打鬼子还分长得白不白啊？"

这句话逗得雪梅"咯咯"笑了起来。胡轩宇接着说："感谢大婶和大姐的救命之恩，我在你们家这两天，给你们添太多麻烦了。"

"你说得也太文绉绉了，再说，我有你说的那么大嘛，还大姐大姐地叫着，喏，吃早饭吧！"雪梅朝桌上努努小嘴，轩宇这才看到早饭早已放在桌上，老太太说："雪梅，我们先回去，等他吃完，你再来收拾。"

"唉"过一声，雪梅随母亲离开了房间。

看着远去的雪梅背影，胡轩宇呆呆地愣了一会儿，这才坐下吃早饭。

接下来的几天里，宗占虎和雪梅会按时来到胡轩宇养伤的房间探望。宗占龙则始终没有露过脸。一天中午，胡轩宇吃完午饭，雪梅正在收拾碗筷，轩宇问雪梅："我该叫你什么呢？"

"叫雪梅！"

"雪梅，这个地方我不能再待了。你看，我的伤好得也差不多了，这些天我哥没有我的音讯，估计都急死了。你再给我备点药和纱布，我走，你也别再惊动大叔大婶他们了，等过一段时间我再来上门答谢。"

雪梅放下碗筷，转过身，看着轩宇说："如果你真能走，我不拦你，什么谢不谢的，这个不需要。"

"我哪是那样的人，我肯定会来的，再说你们一家人都这么照顾我，如果我一走了之，那我算啥？"胡轩宇的话里，有感激，有不舍，还有几分不易言说的眷恋。

"行吧，等一下。"雪梅把药箱里的东西一一拿出，又从身上拿出一个丝绸手绢包好药品递给了轩宇，忽闪着一双大眼睛看着他说："你来不来俺不稀罕，但这个手绢你得还给俺。"

轩宇赶紧说："一定，一定。"

雪梅羞红着脸，继续收拾着无关紧要的东西。

胡轩宇乘宗家的马车悄悄出了村，快到哥哥驻地时，他让马车返回，自己则拄着棍子，一路上只走荒僻小道，到了营地见到了大哥胡轩涛。轩涛先喜后怒："你个憨熊，到哪去了？我派了那么多人去找你，一点音儿都没有，不管咋着，你也得回个信啊。"

胡轩宇把这几天的经历一一说给大哥听：胡轩涛听完弟弟的话，心里既难过又高兴。为了逗弟弟开心，他开起了玩笑，"要这样你就别回来了，当个上门女婿该多好？我看你也不适合带队伍打仗，第一次打仗就打成这个熊包样，你还是回家去吧，要不明天我和咱爹说说，抬几箱东西到人家家里，把这门亲事定下来？"说罢哈哈大笑起来。

轩宇瞪了大哥一眼："你胡扯些啥，你要再不正经，我就真走了。"

"好嘛，我说的不正是你所想的吗？你那点小心思，我当大哥的还不清楚，还在我这里讨乖卖巧？"说完轩涛又是一阵大笑，轩宇假装生气，扭头气呼呼地走了。

身后大哥的笑声，胡轩宇感觉一直就没有停下来，在轩宇心里，大哥的话还是让自己感到美滋滋的，因为他心里已经满满都是雪梅的影子了。

之后一段时间，全是胡轩宇忙碌而欢快的身影，除了睡觉吃饭，难得有一阵子安静。偶尔，他也会独自一人在山涧中、草坡上或者小河旁，吹一阵舒缓的口琴，在悠扬的琴声里，摇头晃脑，闭目遐想。

一天晚饭后，胡轩涛找到轩宇，说："小宇，最近没有大的行动，我陪你去还个人情咋样？"

"还谁人情？"轩宇听到大哥这么一句话，有点诧异。

胡轩涛指着他骂道："你这个憨货，在人家家里住了几天，还吃了人家好几只老母鸡，就这么忘了？"

"噢。"轩宇明白了，心底里还真的觉得有点惭愧，脸上顿时满是羞涩，说，"大哥，你代我去吧。"

胡轩涛笑着骂道："靠山山会倒，靠人人会跑，靠我啊，你就没个好！你小子啊，别跟我绕弯子，说句话，去还是不去？"

大哥的话戳到了胡轩宇内心最柔软处。说不想去吧，那是违心话；说去吧，又有些不好意思。他脑子正快速转动，想找到一句最恰当的话来应对大哥，没想到轩涛接着说："哼哼，你小子真是没出息，东西都给你备好了，明天上午我陪你去。"

"真去啊？"胡轩宇喜出望外，整个身子兴奋得有点晃动不停。

"滚蛋！"

轩宇愣了一下，随后乐滋滋地跑了。

第二天，胡家兄弟二人带着张宏彪来到了宗家大院。三位"不速之客"的到来，着实让宗家老小忙活了好一阵子，一切都准备得妥妥当当。待三人在客厅坐定，桌上已经摆满茶水点心，雪梅也被家人叫了过来。

看到雪梅，轩宇脸就变色了，白净净的脸红得像关公，整个人变得局促不安起来。大哥胡轩涛瞅了一眼雪梅，冲身边的弟弟笑了一下。轩宇心里清楚，大哥对雪梅还是很满意的。轩涛抱拳对两位老人说："大叔，大婶，前段时间劳烦二老和雪梅姑娘对小宇的悉心照顾，今天特意带小弟叨扰，对二老和雪梅姑娘略表谢意。"随着胡轩涛的目光投向张宏彪，张宏彪大大方方地把礼品放在中堂前的条几上面。

还没等老人说话，宗占虎就赶紧接话："胡兄，你帮我们一个大忙，我妹也救你弟一命，这说明啥，还不是我们两家有缘嘛，今后我们就当亲戚走吧……"宗占虎话还没说完，宗老爷子干咳了两声。宗占虎顺眉瞅了老爷子一眼，赶紧将话打住。

宗老爷子扭头看着胡家兄弟："老朽素有所闻，你们胡家是本地响当当的大户人家，令尊在柳泉有那么大的家业，没想到你们兄弟二人还在为保全这一方土地舍生忘死，赴汤蹈火，老朽佩服啊！"

胡轩涛听毕，起身向宗老爷子躬身致礼，说道："大叔，您这是高看我们兄弟二人了，今天我们所行之事，不是逞一时之勇，也是无奈之举，仅仅是看不得外寇侵入，欺我百姓。不瞒您说，我这个弟弟本在南京求学，本可在政府谋一体面职业，但自从去年鬼子攻占南京城后，烧杀抢掠，无恶不作，把六朝古城变成人间地狱，他才置身家性命于不顾，毅然返乡举起抗日义旗，现在我们兄弟二人联手抗击鬼子和汉奸，是搏命，也是保百姓安生。"

"不容易，真是不容易！"宗老爷子钦佩地看着胡轩宇，侧面的雪梅也偷偷地瞅了轩宇一眼，轩宇的脸更红了。雪梅眼神中透出的欢喜劲儿没有逃过胡轩涛的眼睛，胡轩涛趁热打铁说："轩宇，今天来了，雪梅姑娘救了你命，又悉心照料你，不然，你这条小命就保不住了，还不谢谢人家呀！"

没想到大哥瞬间就把皮球踢了回来，轩宇有些不知所措，赶紧从口袋里掏出来手绢，怯怯地走到雪梅面前说："谢谢你啊，你让我把手绢还给你，我洗干净了，今天带了来。"轩宇伸出手，把手绢递到雪梅面前。雪梅开始没有去接的意思，看到轩宇递手绢的手一直没有放下，最后只得把手绢拿了过去。接过手绢的那一瞬间，雪梅的目光中满是嗔怪。胡轩涛敏锐地觉察到雪梅神情的变化，转眼盯着胡轩宇。胡轩宇还是傻傻地站着一动不动。胡轩涛无奈，只得让轩宇坐下说话。

宗老爷子对老太太说："我和三位贵客再聊一会儿，你让厨房准备午饭，中午我们一块乐呵乐呵。"又对占虎说："你也别坐着啦，去把你大爷也叫来。"

胡轩涛起身对宗老爷子说："今天我们兄弟二人是来表示感谢的，哪能再麻烦您和大婶？"

"坐坐坐，这有啥，你是我们的贵人，今后还要仰仗你们帮衬呢。"宗老爷子客气地把胡轩涛按了下来，胡轩宇、张宏彪两人也只得陪着坐下。

几个人在客厅聊着天，不知不觉晌午时间就到了，宴席摆放停当，大家刚落座，宗占龙回来了。

大儿子的突然到来，让宗老爷子内心十分不爽，但碍于面子还是向大家做了介绍。宗占龙拍拍占虎的肩膀，占虎识趣地挪了挪屁股，占龙一屁股坐了下来。

占龙坐下后，瞅了一眼在座的所有人，看见妹妹脸色羞红，心里立马明白了三分。他歪头眯眼望了一阵宗老爷子，慢腾腾地说："爹，提亲这么大的事你咋不告诉我一声，再怎么着我就这一个妹妹，这么大的事也能瞒我？"看着妹妹和轩宇二人的脸同时涨得通红，他心里更有点想法了，便对雪梅说："妹子，你这样可不好啊，自己的终身大事咱爹咱娘做主我没啥话可说，但你也不能忽略大哥我呀。你说，大哥从小对你咋样，你还这样瞒着我，那今后我咋和妹婿走动？"

坐在宗老爷子边上的是宗家大爷，是宗贤霖的亲哥，性情豪爽，说话直来直去。听到占龙满嘴胡言乱语，他先叹了口气，后指着占龙骂道："你这个憨熊货，今天是贵客临门，大家坐在一起说说话，你一门子不对一门子，胡屌扯些啥？今天来的，可是我们家的大恩人哪！"

宗家大爷说完，宗老爷子直摇头，没说一句话。宗占龙又接上话茬了："噢，怪不得呢，你帮我们家的事我知道，但听说你最近和皇军有点不对付，专找他们的事啊？"

胡轩涛笑笑，说道："占龙兄弟，这些都是从哪儿听说的，我倒是听说，占龙兄弟现在是治安队的副队长，知道你是管这个事的，所以我们只能安分

64

守己为上啦。"

这个完全没有脑子的大儿子，让宗老爷子倍感尴尬。占虎有点不耐烦，对占龙说："哥，今天都是贵客，你胡咧咧些啥，你一回家净是事。"占龙正要骂占虎，瞧见占虎旁边的雪梅一脸不悦，就不再吱声。在占龙心里，妹妹的地位至高无上。

胡轩涛赶紧舒缓一下气氛，对大家说："正好占龙兄弟也回来了，家里人我们算是认全了，是大喜事呀。来，我和小宇对大家的热情招待表示感谢。"大家举杯共饮，气氛缓和了下来。

占龙知道自己犯了错，中间几次找妹妹说话，雪梅都是低头不应，根本就没正眼瞧他一下。这下占龙知趣多了，不再开口说话。没有了占龙的搅和，这顿饭吃得顺当了许多。

午饭后，大家又坐着喝了一会儿茶，胡家兄弟朝大家拱手告别。临出门时，胡轩涛对雪梅说："雪梅妹子，可能你那个手绢我们还得再用一下，小宇的伤口还没有好全，麻烦你再备点药品和纱布，你看……"

"好的，好的。"雪梅满心欢快地跑进自己屋内，很快就用手绢包好药品走到轩宇面前。轩宇拿起手绢包，低头瞟了雪梅一眼，红着脸随大哥出了门。

等众人远走后，宗老爷子从门后拎出一根扁担就朝占龙冲来："你这个哪里来的憨熊货，他妈的净给老子丢人现眼，说话一点都不过脑子。"宗占龙挨了一扁担后，龇牙咧嘴地说："怪我吗？你们也没拿我当家里人啊，啥事都不给我说，我哪知道你们还藏着这么多事啊！"

老爷子把扁担扔到一边，指着占龙吼叫："今后你老老实实地给我做人，这些人是我们能惹得起的吗？就你那个什么啥熊副队长，你只要犯人家手里，死了尸体都找不到。你现在光腚一个，就不要再推磨啦，还想转着圈丢人哪！"老爷子一屁股坐在门槛上，呼哧呼哧喘着粗气，雪梅腰一扭，脚一跺，恶狠狠地瞪了大哥一眼，朝东院去了。

这时，占龙才知道事情的原委，自扇了一耳光后，悻悻出了门。宗老太太看到老爷子气急败坏，看着占龙的糊涂傻气，又瞅瞅姑娘生气离去的背影，无奈地一声叹息。

7

离开宗家，胡轩涛三人匆匆赶路返回。他们不敢走大路，只抄小路。等走到行人稀少时，三个人才放慢了脚步。

"宗家老大不是善茬，咱得防着点，他有可能知道我们的一些情况。"说完，轩宇瞅了大哥一眼。胡轩涛"呵呵"笑了几声，声音不大："没事，我们一出门，院子里肯定是鸡飞狗跳，那个叫宗占龙的肯定得受点皮肉苦。他爹能饶过他？我为啥说没事呢，最关键的还是雪梅那个姑娘，你看她哥在她面前啥态度，放心，没啥大事。"

胡轩涛转脸对闷头走路的轩宇，笑着问："想啥呢？"

"没啥。"轩宇头也不抬。

胡轩涛拍了一下弟弟，调侃道："还金陵大学的学生呢，你在我们面前小嘴不是叭叭叭的嘛，那会儿咋熊了？读那么多书有屁用，一个手绢都没弄清楚，还傻乎乎地还给人家！人家是要你还吗？当时雪梅姑娘都没有那个意思，你还觍着脸硬要还给人家。最后我要不是给你要回来，今后我看你还有啥理由去找人家？雪梅去拿纱布时，你都没看她那个高兴的脸色，哎，我看你这一辈子打光棍算了。"

"我看我嫂子第一次到家里来，你还不是一个样吗？婚结过了，感觉自己就伟大了，当初你还不一定如我呢。"轩宇说完跳到一边，让胡轩涛的巴掌抢了个空。胡轩涛大笑着说："你个憨货，到现在脑子才缓过来啦。"

又走了两步，胡轩涛说："小宇，说正经的，雪梅那个姑娘还真不错，善良，懂礼节。不错，没事多往人家那里跑跑。"

"她家人那么多，我哪好意思啊？"轩宇瞪了他哥一眼。

胡轩涛随手用手指弹了一下弟弟的脑门："憨货，你上次不就是翻墙头进去的吗，坏条腿还爬那么利索，下次咋不能爬？"

轩宇的脸顿时红到了脖颈儿，胡轩涛看他那个窘样，爽朗地大笑起来。

胡轩宇憧憬的爱情，被一件令人震惊的事情耽搁了下来。

大洞山南许阳村，遭到不明队伍的洗劫。除村子的粮食被抢走外，一家两个老人被打死，儿子的腿被打断，儿媳和一个不到十七岁的小姑娘被掳走。这事传到胡轩涛处，已是第二天下午。

听闻此事，胡轩涛当天晚上就带人进了村。在撒满黄纸的家里，胡轩涛见到了年轻人，旁边还有几个左邻右舍的好心人。年轻人一看到这么多人进来，惊恐不已，等胡轩涛说明来意，年轻人立马号啕大哭起来："这些王八蛋，等我腿好了，一定和他们拼个你死我活。"

从年轻人和乡邻的描述中，胡轩涛才得知附近有一支红枪会和一支黑枪会，具体是哪一股人干的不得而知。原先这两支枪会都在运河沿岸活动，后来由于日军据点增多，活动区域受限，才转移到山区落脚。他们开始并没有袭扰百姓，但因在山里时间一长，生存成了问题，便起了歹心。乡野偏僻，这些人如出笼禽兽，欺男霸女、烧杀抢掠就变成了家常便饭。

经过一番商议，为了扩大队伍的影响，胡轩涛决定去会会这两个枪会。利用熟人关系，他很快打听到黑枪会就在附近的新集。

第二天，胡轩涛单枪匹马来到了地理位置偏僻的新集。经过通报，在一干巴中年汉子的引领下，胡轩涛进了寨门。

一条小道直通一个土坡。土坡上，搭建着一排松木房。房前有百十号男人在舞刀弄枪，正中间的一个木台上站着一壮汉。胡轩涛沿着滚木铺设的梯子走了上去，来到壮汉面前。

"什么人？来此地有什么事？"壮汉朗声质问。

胡轩涛坦然一笑，大声回答："我是苏鲁边抗日游击队的胡轩涛，今天找秦会长有要事相商。"

"我就是，进屋说话。"秦会长前面引路，胡轩涛跟在后面。两人进了屋，秦会长并没有让座，自己一屁股坐在太师椅上，胡轩涛就近坐了下来。这时，一个汉子进来朝秦会长喊道："大哥，今天去不去？"此人瞄了一眼旁边的胡轩涛，十分惊讶："这不是胡营长吗？"

听来者的口音，胡轩涛觉得甚是熟悉，但一下子记不起来到底是谁。来人接着介绍自己："胡营长，我是秦震啊！在菏泽，我是二连一排排长啊。"

"噢，想起来了，当时你是请假走的，后来就再也没回军队了。"胡轩涛也很惊讶，但更惊讶的是秦会长，一脸困惑地看着二人。秦震对胡轩涛说："胡营长，这位是我亲大哥，当年就是他让我从部队请假回家的。那年我家里遭难，被马光头欺负得无路可走，我回到家就和我大哥把这个仇报了，接着就拉起了这支队伍。"秦震又对秦会长介绍起胡轩涛："大哥，这位就是我经常给你提到的胡营长，人很仗义。当年，我们营长听说我们是老乡，对我多有照顾。现在，我们营长在贾汪这一带，名气大着呢。"

秦会长一听，赶紧起身，走到胡轩涛面前，双手抱拳："胡营长，刚才多有怠慢，望胡营长海涵。"

秦震赶紧招呼手下上茶，自己坐在了胡轩涛身边，问："胡营长，没想到是您啊，今天找我们有什么事？"

胡轩涛呷了一口茶，介绍说："我现在成立了一支队伍，名字叫苏鲁边抗日游击队，有二三百号人。今天来，也是久仰秦会长的大名，有意联合大家一起对付小鬼子，话才开个头，你就进来了。"

秦震说："这个自然行啊，这个事我代我大哥答应您。"

"不能这样，我还是想听听秦会长的意见。"

胡轩涛说完，把目光转向秦会长。秦会长稍显尴尬，思考片刻，也点头答应了两支队伍联合的事。胡轩涛不知道的是，这秦家二兄弟拉的杆子，完全是秦震一手促成的。秦震在部队里待过，熟悉部队里的情况，这对队伍的组建和管理至关重要。秦家两兄弟，大哥性格耿直，脾气火暴，但领着人马打仗这事，还是弟弟秦震更强一些。

"我们只是联手抗日，需要时就拱到一起，但我也把该说的话说在前头：我们的队伍是专门打鬼子的，对联合抗日的队伍会有要求，欺压百姓、烧杀抢掠肯定不行。如果什么事都可以干，那和小鬼子就没有区别了。你们看我说得对不对？"胡轩涛从容淡定的语气中，透露着真诚坦荡。

秦会长大手一挥，说："这是肯定的，我们黑枪会自从成立以来，先是专门对付恶人，抢大户，后来也对付鬼子和二狗子。只是我们实力不行，平时我们也带着种点庄稼，都是种地出身，不能使坏。"

"胡营长，听传言，你们干了不少大事，小鬼子还派专门的人去对付你们，真不简单哪！"秦震说。

胡轩涛笑笑，没有直接回话，而是把话题转到了另一个方向："我这次来，就是想走访附近的枪会，目的就是扩大抗日的力量，听说红枪会离这不远，他们那里情况怎么样？我也想联系联系他们。"

"别！别！"秦会长两个"别"字一出口，令胡轩涛很是惊讶。秦会长接着说道："我和他们前两年有过交情，这两年就不大接触了，那里面还有我几个兄弟呢。前几天，两个以前的兄弟私下找我，想到我这里，我没有答应，因为我们枪会之间有规矩，退出一年后才能转，他们需要再等等。"

胡轩涛问："红枪会首领是谁，怎么样？"

秦震赶紧接上了话题："胡营长，那些坏熊别提，人是咋坏咋干，听说昨天在哪个村弄走了两个女的，就是从我们这里过的路，要不然我也不清楚。"

事情终于摸清了，洗劫南许阳村这事是红枪会所为。胡轩涛从秦家兄弟处知道了红枪会的详情后，起身告辞。双方对联合抗日达成了初步意向。

一回到营地，胡轩涛就召集分队长开会，决定派出四组人员前去侦察地形。金如锁认识当地人，会后就赶往红枪会的老巢独湖村。

独湖村不大，位于大鹿山和奶奶山之间，四周群山环绕。红枪会自前年到这里之后，村里的人外迁了很多。红枪会首领赵大山也懒得重建寨门，把附近十几家农舍简单拾掇一下就作为自己的老巢。赵大山斗大字不识几个，仗着几十号人马围在身边，整天满脑子都是到哪弄吃的喝的，哪里的小媳妇大姑娘漂亮。枪会领头的是这么一号人，手下更加无拘无束，完全没有其他枪会的行规。

在南许阳村的抢劫，赵大山的人没有掠到多少东西，但带回来两个女的，当夜他没占到便宜，二当家黑子抢先霸王硬上弓，把小姑娘奸污了。二当家提上裤子刚出门，小姑娘就一头撞上大门突出的铁销子，气绝身亡。赵大山听说后，气得扇了二当家一记耳光。二当家心中自然不服，两人立即扭打在一起，后在众人的拉扯下才勉强分开。怒火中烧的赵大山此时欲火更烈，直接闯入关押小媳妇的房间，强行撕扯，没想到这个媳妇性格刚烈，又有一把子力气，赵大山没有得逞，只得暂且罢休。

第三天临近中午，十几个人押着两辆马车，从独湖村东南顺着大路朝西北方向走来。赵大山听到手下人报告后，大手朝桌子一拍："奶奶的，躺在家里还有人送货上门，搂！"他和二当家带着二三十号人立刻冲出寨门，前往几百米开外的大路边，拦住两辆马车，大喝一声："东西留下，人滚蛋！"

站在最前面的手枪队队长张宏峰赶紧上前，赔着笑脸说："这位爷，这些东西看看可以，摸摸也管，但不能拿走。"

"咋？到这个地盘你们还说了算？我管他天王老子。"赵大山脸上的横肉随着那张一张一合的大嘴不停地抖动着。

"我们既然敢从这里走，图的就是这条路宽，方便。我劝你上前看看车上都装的啥东西，然后再决定是不是能搂。"张宏峰不紧不慢地说道。

对方如此大的口气，一下子激怒了赵大山。他疾走两步来到马车边，掀开草席，车上装的都是杀好的鸡、鱼、牛、羊。他又走到后面马车前，看到的都是一些干山货，此外还有十几袋白面。不看不得了，这一看，赵大山的两眼霎时放出光来。过了好大一会儿，他才咂着嘴说："都是好东西啊，我看还是留下吧！"

赵大山的语气显得轻松，但张宏峰的口气却变得高亢："呵呵，说得轻巧，你知道这是谁的东西吗？也不打听打听，这是高团长为皇军大队长准备的，你们搂了，知道是什么后果吗？"

这么好的东西摆在眼皮子底下，赵大山自然不会放过。他看看十几个人，又看看车上的东西："小兄弟，还是留下吧，我和高团长也是朋友，你尽管放心回去，就说东西给我赵大山了，他不会难为你的。"

"那不行，东西没了，我们回去还不得给王八啃喽。"张宏峰没有松口。

"他奶奶的，不识抬举的憨熊，看样子你是癞咕子（癞蛤蟆）垫桌腿——想死撑活挨啊！"赵大山朝后面的手下喊了一声，"弟兄们，给我上！"呼啦啦一群人冲上前来，手里的大刀、火铳晃得哗哗作响。

张宏峰等人拦在车四周，赵大山掏出手枪，对准张宏峰等人："再给老子废一句话，立马给你开瓢。"

张宏峰等人看到对方动了家伙，态度立刻变得稀软下来，连声哀求道："这位爷，这样，东西可以给你，但牲口和车得跟我们回去，我们就是拉脚的，离了这东西，就没啥活路了。"

赵大山想了想，把枪插回腰间："这个嘛，倒可以商量商量，但东西你们得给我送进去，然后你们走人。"其实，赵大山心想，一旦进了寨门，一切都是他的了。

张宏峰哭丧着脸，嘴里一连串的"行行行……"

赵大山头也不回地走了，张宏峰等十几人在红枪会成员的胁迫下，朝寨门走去。

刚进寨门，赵大山就喊上了："弟兄们，都给我出来，今天大家可以大吃一顿啦。"喊声过后，整个寨子竟然没有一丝动静，赵大山感到纳闷，对二当家的说："老二，咋回事，你上去看看。"

二当家三步并成两步，刚跨进龙虎堂，没想到一把枪从门后神不知鬼不觉地伸了出来，二当家前额被枪口死死地顶住了。二当家的两腿哆嗦着往后退，刚退出大门，赵大山大喊一声："不好，弟兄们，快操家……"话音未落，身后就传来两声枪响。赵大山回头一瞥，被押进来的十几个人每人手里一把短枪，张宏峰手中的枪口还在冒着青烟。赵大山环顾四周，顿时惊得天灵盖都要飞上了天——寨门内外，站着黑压压一群人，每人手里的长短枪都在瞄向他。赵大山和二当家的手枪被人搜去，其他红枪会成员手里的家伙也一个不落地被收缴了。

龙虎堂大门前，胡轩涛和黑枪会秦会长等人分站两边。等游击队员把红枪会几个主要头目捆绑好后，胡轩涛开口讲话："在日伪横行的地方，老百姓日子过得本来就很难，没想到还有你们这些败类仍然在祸害乡里，糟蹋百姓。今天我代表抗日游击队在这里讲清楚，谁让咱老百姓过不下去，我就让他过不安生！老百姓都是咱们的爹娘和兄弟姊妹啊，你们这群王八蛋竟然下得了这个毒手？来人，把罪大恶极的几个人押到前面来！"

八九个捆绑得结结实实的红枪会成员被押了上来。

这时，有人走到秦会长面前耳语一阵，秦会长赶紧和胡轩涛低声交谈了几句。很快，又有游击队员押着几个人走了进来。

龙虎堂前，跪着赵大山和他手下的十几个人。

被摁在地上的赵大山恶狠狠地瞪着胡轩涛，说："我什么事情都没干，凭什么把我们绑起来？"

胡轩涛弯下腰，盯着赵大山说："你自己回头看看，跪在地上的都是什么人？老子能冤枉你，那我就白活了。"

赵大山垂下了头。

胡轩涛站起来，举起紧握的拳头，厉声说道："我们苏鲁边抗日游击队是抗日的队伍，绝不会冤枉一个好人，但也绝不放过一个坏人。现在我宣布，红枪会今日解散，原来在红枪会的，只要没有干过坏事的，可以回家，也可以加入黑枪会，愿意加入我们的，我们欢迎，但对于罪大恶极的，一律枪毙，现在执行！"

接着就是一阵鬼哭狼嚎，随着一声声枪响，红枪会自此消亡。

冬天到了，天空被沉重的铅灰色笼罩着，田地山坡沟渠丛林间，活蹦乱跳的大小动物已悄然遁迹。灰蒙蒙的大地，放眼望去，高低远近，尽皆肃杀荒凉。

寒冬季节，生机全无，但倒给游击队提供了一个相对安全的环境，胡轩涛、胡轩宇他们早先在几个秘密山洞囤积了较多的粮食和食盐等物资，游击队算是能平安度过这个寒冷的冬天了。

百无聊赖时，轩宇一个人坐在大树下吹口琴，优雅婉转的琴声伴随着年轻人对意中人的无限思念，久久没有停下。

胡轩涛来到树下，对弟弟说："小宇，最近看你精神头不大足，心里有什么事吗？"

"没啊，你从哪儿看出来我有心事啊？"轩宇反问道。

"你独自一个人吹口琴，能没有事？"

"要说也有，我想回家看看，不知两个老人现在怎么样了？"

"不光这些吧？"胡轩涛用调侃的语气说道。

轩宇不说话。他心里清楚，大哥可能猜到了自己的小心思。

胡轩涛满脸淡淡的笑意，眼睛则一直盯着弟弟，轩宇有点不自在，问："你老盯着我干吗？有话就说。"

"你还是去看看人家姑娘吧，这都快到年关了，到这个时候，你知道乡村里会干什么吗？说媒的在马不停蹄地走村串户！你这么长时间不去，人家姑娘心里咋想？说不定这时候媒婆都上门了，还是去吧。"胡轩涛用的是激将法，他知道轩宇对这个姑娘还是一往情深的，内心越是割舍不下，心态就会变得越矜持。当哥的胡轩涛只能用这样的话来刺激一下弟弟。

轩宇还是没有说话，内心在揣测着如何应对大哥的催促，胡轩涛"哎"、了一声："雪梅每隔两天就会陪她父母到集镇上买东西，估计今天又该去了。"

"你咋知道？"轩宇抬起头，一脸惊喜。

"你宏建哥最近常去大泉镇，见到雪梅姑娘几次了。你宏建哥也看上人家了，后来他跟我说这个事时，我就把他拦了下来。你要是对人家姑娘没那个意思，你就挺着；要是有那个意思，还是早点去为好。我这个当哥的，对这件事不发表意见，只要你自己不后悔就行。"胡轩涛随口编的一个谎言，让轩宇有了紧迫感。这句话一出口，轩宇坐不住了，赶紧起身："大哥，那我去了。"

"你啥都不带去干吗？"

轩宇头也不回，径直朝西走去，身后的大哥立在原地，微笑着摇摇头。

贾汪大泉镇，当地有个不成文的民俗：每三天会有一个大集。赶上大集，附近的小商小贩都会汇聚到镇上的街道两边，当地的乡民也会拿出家里多余的东西在集上兜售，可以以物换物，也可进行钱物交易。

集市为半天时间，晌午饭前罢市。

一大早，胡轩宇就赶到了大泉镇中间的街道上。此时，大集上已经熙熙攘攘，各色小贩在路两边卖力地吆喝着，裹着厚厚冬衣的乡民穿梭往来，眼睛在各个摊位上不停地打着转，时而在摊前蹲下挑选可意的东西，时而起身与摊主讨价还价。此刻的胡轩宇没有心思瞅向两边，眼睛一直在来来往往的人群里寻觅，一次次张望，一次次失望。

正当他准备回身再转一圈时，集市尽头走来母女二人，特别是姑娘那一身鲜亮的衣着立刻引起了轩宇的注意。轩宇定眼一看，正是雪梅和她母亲。这时，轩宇的心跳得比平时快了许多，呼吸也变得急促起来。他赶紧挤进路边摊位，假装认真仔细地翻弄起地上的东西来。摊主看他如此认真，感觉这生意能成，就极力地劝道："年轻人，这东西不瞒你说，是从南京那边进来的，昨天才经运河下的船……"

胡轩宇一句也没有搭理摊主，双手在来回摆弄的同时，眼睛则悄悄侧望。透过余光，他瞥见雪梅母女正在路的另一边往东走来，赶紧扔下手里的东西，挪到另一个摊位，又一次弯腰选东西来。待雪梅母女快到跟前时，他突然直起腰，抬腿往东走，不经意地往西瞄了一眼，目光正好与雪梅的目光相遇。两人眼神中都闪过一丝惊喜。雪梅的母亲也看到了轩宇，惊讶地问："哎呀，是你啊，怎么也赶集啊？”

"家里让我买点东西，刚到。"胡轩宇支支吾吾地回答说。

"明天你们那儿不也有集吗，还跑这么远？"老太太不解地问道。

这句话可把胡轩宇问住了。胡轩宇的脸逐渐变红，嘴里嘟嘟囔囔不知如何应对，雪梅笑笑："娘，人家为啥赶集，你问这么清楚干吗呀，他来这里可能是来买急需的东西吧。"

"对对对，我不是从家里来的，我从东边往家赶，看这里有集市，顺便瞅瞅，你们也来了？"胡轩宇这才勉强对付了一句。

雪梅脸上泛起了红晕，低着头说："我们每次都会来集上瞧瞧，买不买不一定，有中意的才会多看看。"

"噢，那你们看吧。"胡轩宇看了一眼老人，"我再瞅瞅，没啥好买的我就往家赶了。"话一出口，胡轩宇就后悔了。

雪梅不说话，挎着母亲准备继续往东走，老人抬头望望天，说话了："你家那么远，等到家就赶不上饭点了，你要是没啥急事儿，就到家里吃过午饭再回去吧。"

"不啦，大婶，我在集上买张大饼卷根葱就行。"说完这句，胡轩宇在心里又骂上了自己。

老人哈哈笑了两声："不管，不管！吃饭哪能随便对付，我看还是到家里去坐坐吧，估计你也转了好大一会儿了，这头上都冒汗了，要不你在这儿等我们，我们再随便瞅一眼就回头。"

再看胡轩宇，装模作样地皱了一下眉头，瞬即又舒展开来，算是顺从地点了头。

"你就在西边等我们一会儿吧，很快！"老人说完，和雪梅继续往东走去。

没走几步远，雪梅扭头看了一眼木讷站着的轩宇，想笑，但立马用手捂住了嘴。

很快，三人坐马车就往宗家大院赶。进了家门，家里三个男人都不在家，老太太就到厨房准备饭菜去了，客厅只剩下胡轩宇和雪梅二人。

雪梅白了胡轩宇一眼："今天是真来赶集的吗？"

"是啊！我说过是顺路的。"

"还顺路？有顺这么远路的吗？"雪梅的小嘴微微上翘，一副戏谑的表情。

"真的，哎呀，我咋跟你解释呢？"胡轩宇生怕自己的心思被姑娘看穿，模样顿时显得慌乱起来。

"扑哧"一声，雪梅笑了："这么冷的天还出一头汗，我长得有这么可怕吗？"

被姑娘看破，胡轩宇一下子变得不知所措。

雪梅的一双明眸直直地看着轩宇，说："你要来就来呗，还需要找那么多的理由，累不累呀？"说完，"咯咯咯"地笑了起来。

"你们俩有什么高兴事啊，说来听听！"母亲脚刚跨进门就嚷上了，两个年轻人赶紧把话题打住，摆出一本正经的神态。

饭后，胡轩宇到雪梅自己的房间坐了一会儿，才依依不舍地起身告辞。临出门时，雪梅轻声说："以后你直接到家里来吧，没事的，我爹我娘对你印象不错。"

胡轩宇内心悬着的石头终于落了地，出了宗家大门，返程路上的脚步轻快了许多。

8

胡轩宇回到家时，天已擦黑。

看到两三个月没回家的小儿子，父母是又惊又喜，不停地问长问短。嫂子吴瑶闻声也从西厢房走了过来。胡轩宇说："你们先别问，先给我弄点吃的，走了几十里路，饿得肠子都粘一块了。"

"管，管，我马上去做。"说完，吴瑶出门到厨房忙活去了。

父母两人轮番问话，胡轩宇一问一答，不多一言。过了一会儿，吴瑶把饭菜端了进来，胡轩宇一阵狼吞虎咽，等一切收拾停当，轩宇对吴瑶说："嫂子，我到你房间说会儿话。"

二人进了小客厅，胡轩宇问："三个孩子呢？"

"都睡了。"

"现在小玲子怎么样，上学没？"

"在镇上上的，十几个孩子由两个先生带，路不远，先生也很好，明年我准备把两个小的也送过去。你大哥呢，他咋样？"吴瑶最关心的还是自己的丈夫。

胡轩宇朝外望望，压低声音说："嫂子，咱爹那块我没说，你自己知道就行了。我哥组织了一支队伍，专门打鬼子的，现在我们手里有两三百条枪，我哥当大队长，主要活动范围在东边靠近山区那里，这个事你不要和任何人说，三个孩子那里更不能说。"

吴瑶的表情并没有因小叔子的交代而变得惊讶，她平静地说："我知道他会干这个，他当过兵，脾气又那么硬，这鬼子一来，他哪能受得了？嫂子也交代你们弟兄两个，千万要当心，别说孩子，就两个老的那儿还有这家里一大摊子，都需要你们弟兄俩来撑着。"

"嫂子，这个你放心，我和我哥在一块，凡事都会商量着来的。再过一段日子，我哥就会回家一趟的。"

"那行，到时候我再和他说说。"

"嫂子，我还有一件事：前段时间我相中了大泉那里的一个姑娘，今天的晌午饭就在人家家吃的，我哥也见过，他觉得那姑娘挺不错的，咱爹咱娘那里你先别说，到时候你抽个时间帮我看看。"

"行啊！"吴瑶顿时兴奋起来，细问了一阵对方的家庭情况，轩宇一五一十作了回答。最后，吴瑶笑着说："管，春节前我们能见面吗？"

胡轩宇有点害羞："才接触两次，再说我们两个都还没细谈呢。到时如果上门提亲，嫂子，你可得去呀！"

"让你大哥也去！"吴瑶满心欢喜，笑着说，"你大哥那个人净会摆乎人，他第一次到俺娘家，一根毛线都没带，就凭他那张破嘴，就搞得俺爹俺娘都坐不住了，这方面你得多跟你大哥学学。"

胡轩宇忍不住笑了起来："嫂子，你早点休息吧，我在家住两天就走，家里还靠你和林生哥多照顾。"

"小宇，你先别走，嫂子也给你说个事。"

"嫂子，你说。"

"十几天前，家里来了两次人。一次是一个人，一次是三个人，他们说是找你大哥，当时没人知道你大哥在哪儿，再说这些人来路不明，我就是知道你大哥在哪儿我也不敢说啊。"

"听口音呢？"

"听口音像咱附近这地方的，我当时有一个感觉，好像是一个领头的，口音有点像咱北边和山东搭界那一片的，他们还说，过半个月还会再来的。"

"行，嫂子，我就在家多住几天，说不定能等到这些人呢。"

"你也当心点，今后啥事多和你大哥通通气。"

"好的，嫂子，你休息吧。"

在家的几天时间，胡轩宇除了帮姐夫忙点生意，晚上也会出门寻几个儿时的伙伴聚聚，顺便打探打探周边的情况。

一天傍晚时分，胡轩宇正准备出门，迎面从大门外走进来两个人，其中一人问："请问你是胡轩涛胡大哥吗？"

"不是，请问你们是谁？"胡轩宇警惕地问道。

"不是的话，你应该就是在金陵大学文学院三班学习的胡轩宇胡老弟喽。"来人笑着说。

一个陌生人能说出自己详尽的信息，这让胡轩宇甚是惊讶。

胡轩宇再问来人："你们是……"

站在前面的人低声回复："我们是从北边来的，我叫陈嘉坊，他叫李智良。我们知道，找到你就能找到你哥，有一些话我们想找你私下聊聊。"

胡轩宇从对方的言谈举止及衣着打扮上判断，两人不是伪军汉奸或者杆子土匪之类的人，便热情地说道："你们随我来，家里老人孩子多，不是很方便。"

二人跟着胡轩宇来到一个水塘边。进了塘边的树林，胡轩宇站住，转身看着二人。陈嘉坊伸出双手，微笑道："胡轩宇同志，你好，我们这次来，就是专门来找你的。"

听到"同志"这个称呼，胡轩宇心里一热，怔怔地站在原地没动。陈嘉坊微微一笑后，开始介绍起自己和同伴："我和李智良同志都是山东分局派到这里准备开展工作的，通过我们近两个月的调查，摸清了咱们这里的大致情况。我们在新组建的铜山县委那里得知你已经是我们的同志，所以今天来找你，就是想邀请你参加党的工作。"

胡轩宇听完两人的介绍，心里"扑通扑通"乱跳了好大一阵子。平复一下情绪后，他睁大眼睛望着两人："我真是太开心了，与组织失去联系已经一年了，我都不知道到哪里去找组织，对咱这里的情况一点也摸不清。"

"那我详细地介绍一下情况。"李智良看了一眼身旁的陈嘉坊，陈嘉坊点了点头。

李智良介绍道，自从去年年底国共达成抗日民族统一战线后，国内的抗战形势发生了极大的变化，在浙闽赣、陕甘宁、冀鲁豫，八路军和新四军以及地方抗日武装蜂拥而起。今年夏天，驻扎在华北的八路军一一五师一部进入山东境内。9月，在山东乐陵成立冀鲁边区军政委员会，并把该地区的各个游击队合编为八路军东进抗日挺进纵队。前段时间，驻扎在山东的部队分别在鲁南、鲁中、鲁北及胶东等地建立了游击根据地。几天前，中央根据形势的变化，把过去的苏鲁豫皖边区省委更名为中共中央山东分局，马上还要成立八路军山东纵队。党中央要求不但要巩固山东抗日斗争的基础，后面还要下大力气在苏鲁交界地区建立抗日根据地。目前，邳、睢、铜诸县已建立了党的组织，他们从在铜山县委工作的孔庆那里，得知了轩宇的情况。

"孔庆？他是我在金大的同班同学。我后面该怎么办，组织上尽管指示！"胡轩宇搓着双手，激动地说。

陈嘉坊脸上带着微笑，低声说道："轩宇同志，我们今天找你，主要有两个想法。第一，我们没有见过你大哥，只是知道你大哥曾经当过兵，在济南做过官，现在已经组织了三四百人的抗日队伍，这股力量对我党来说特别重要。我们想通过你，把这支队伍争取到我们党领导的抗日力量之中，这个工作还需要你来做；第二呢，如果第一步走不顺，你先要出来为党工作，我们来之前已经商议过了，要尽快在邳县成立党支部，希望你能加入进来，这次会面后，我们回去就向新成立的邳县县委申请，县委应该很快就会有回复。"

"好的，所有这一切都没问题，我大哥那里的工作我来做，应该可以做得通。"胡轩宇满口答应。

陈嘉坊拍拍胡轩宇的胳膊说："工作一定要细，不能急躁，更不能大意，今天的会面先这样，四天后我们再来找你，只是不知道到哪里找你，还来这儿吗？"

"我准备明天到山里，那我们四天后就在小山子村见面吧，中午或者晚上都行。"

"那就中午。"

三人商定后，分头离开了小树林。

见到大哥胡轩涛，轩宇简单把家里的情况和大哥说了一下，随即就把新情况详细做了一番介绍。轩宇最后说道："大哥，你带兵打过仗，军事上比我内行，我们这支队伍，力量还比较薄弱，靠单打独斗和日伪作战，是走不远的，正确的出路是联合兄弟武装，积极配合正规部队开展对敌斗争。八路军已进入鲁南地区，对我们来说，纳入共产党的领导是最好的选择。共产党率先提出全民族抗战，主张联合一切力量抗战，态度最诚恳，也最坚决……现在，我还不知道组织上对我个人是如何考虑的，也有可能调我到邳县工作，今后我们邳县、睢宁、铜山和峄县、微山湖地区将会连成一片，形成一个大的根据地。"

"大哥，这是大事，你好好想想吧！"轩宇说完，给大哥倒了一杯水，关门离开了。

房间内，胡轩涛把弟弟的话反反复复琢磨了好几遍，他想到了队伍组建的艰难和成长的不易，但想得更多的，则是队伍的将来和命运……与强大的日伪作战，绝不是一天两天的事情，单打独斗肯定不管，必须与其他队伍联合作战，八路军是志同道合的那支队伍吗……两个时辰后，胡轩涛有了自己的判断——八路军是一支信得过的队伍！得出这样的答案，一是因为胡轩涛从朝夕相处的弟弟轩宇那里，早就了解了中共抗战的立场和观点。最重要的，他从弟弟身上，看到了共产党人干起工作满怀激情、不图名不贪利、事事冲在最前面的作风。

"小宇，我愿意跟八路军干。"待弟弟走进屋内，轩涛向轩宇大声说道。

"好！大哥果真是位明白人。"

"小宇，我个人没问题，但其他人就没那么容易了。"紧接着，胡轩涛谈到了自己的顾虑。他们这支队伍，组成的时间不长，人员都是从各村各路来的，成分复杂，不少人懒散惯了。他们知道，加入八路军的队伍，要求一定高。但队伍里不少人，就像马和骡子，从来没套过嚼头，猛地一下套上，肯定会尥蹶子。

"大哥，你说得对，这事不能急，你先找那些容易做通思想工作的人聊聊，如果顺利就继续往下推。"

弟兄两个商定后，胡轩涛开始找人谈话。与于顶、葛石头等一群人谈话时，他没有遇到阻力，但很快麻烦事来了。在和林玉山谈到此事时，林玉山先是默不作声，等胡轩涛说完自己的打算，林玉山说："大队长，我们两个都在政府军队里干过，八路我不清楚，但军队里都是官大一级压死人，就像在农村，谁腰粗谁说话嗓门大。在军队，你要是碰到一个好的长官还行，如果碰到一个胡屌扯的，那就倒了血霉了。大队长，我跟着你是佩服你做人做事的风格，咱从军队里出来再回到军队里，肯定会不自在。你看咱现在多好，想走走，想吃吃，想睡睡，不想再受那个拘束了。"

"玉山，咱俩相处时间虽然不长，但感情处得还是不错的，但咱现在不能光谈咱俩的感情吧。现在谁是咱的死对头？是日本人哪！咱这周边，政府的部队一个人影也看不到，韩德勤被日本人撵得到处跑，就是李明扬，咱到哪儿去找他？现在八路军来了，你看看人家都干些啥事。你应该也听说过，人家那可是一门子心思打鬼子，人家对老百姓也很好，不像咱过去待过的政府军队那样吧？对这件事，我也想了好几天了，也跟好几个人商量过了，大家都没有啥意见，现在就看你的态度了。"胡轩涛的话半是征求半是决定。这一下，把林玉山堵到了后墙根。

林玉山想了一会儿才说出自己的态度："既然大队长已有此意，那我也没啥可说的，就听你的吧，那我先干着，如果加入进去后不如我所想象的，我也可能会走，这样总行了吧。"

"这个当然可以，我们过去不就从军队里出来了吗？我这人做人做事一向不勉强别人，有好的地方我也想去啊！玉山，但今后我们还要像兄弟一样，该咋办咋办，但规矩咱得遵守。"

"大队长，这个我懂，你看我像是胡扯的人吗？这个你尽管放心，对打鬼子的事咱从没含糊过，我不就是从打鬼子的死人堆里爬出来的吗？"

两人相视一阵，接着又哈哈大笑起来。

在和张宏建、张宏峰、张宏彪三兄弟谈话时，胡轩涛遇到的阻力更大。首先，老大张宏建就极力反对："胡扯，我肯定不去！天下乌鸦一般黑，鬼子来了，当兵的跑了。咱这支队伍刚有模有样点，又来收编，这不胡扯吗？宋江不就是被招安了的，后来结果咋样？死的死，跑的跑！岳飞也一样啊，替皇帝从南打到北，结果咋样？还不是被朝廷祸害死了！大队长，我看您是个精明之人，你咋会想到这个头绪？"

张宏峰没有说话，看看身边的张宏彪。张宏彪知道二哥的意思——他希望自己能说出自己的看法。"大哥说的有道理，我赞同大哥的想法。咱现在这样不是蛮好的嘛，为啥要加入八路？再说也不知道人家今后待见不待见咱？不待见的话，咱再想走回头路可就难了！现在，咱们没人管，只要队伍再干大点，鬼子算熊！"

胡轩涛望着张家三兄弟，笑了笑："今天我来找你们仨，主要是谈加入八路军的事。大道理咱也不多说，当然，我也不勉强大家，人各有志，如果你们愿意离开，我就一个要求，人走可以，但枪得留下！这枪打鬼子打汉奸还要用呢。我胡轩涛虽然不是啥英雄豪杰，当然更没法和宋江、岳飞相提并论，但打鬼子这条路，我一直会走下去的！就是死也要死在打小日本的路上！如果你们执意要走，我也不拦着，只是希望你们仨都得有胆气，不要为一口饭去弯腰。"

"我不走！"张宏峰接过了胡轩涛的话，"你俩要是决定走，你们走你们的，反正我不走。咱仨是咋到这里的？大队长对咱还不够仗义吗？咱现在能顿顿吃饱饭，都是咋来的？大哥，俺嫂子和俺侄子是咋死的？这你都不想想？大队长人家家里不愁吃不愁穿，自己掏钱拉队伍打鬼子，图啥哩？再说大队长为人咋样，咱都天天看着，对咱像亲兄弟一样，他不贪不占，也不挤对人，加入八路咋啦？人家八路打鬼子可是出了名的！人家打鬼子咱也打鬼子，加入进去又能咋的？大队长今天既然能找咱弟兄仨商量这个事，是看得起咱。不知道你俩咋想的，要走你们走吧，我不走！"

一通话说得张宏建和张宏彪低下了头。张宏建心里清楚，自己老婆孩子就是被鬼子害死的，当时的惨状还历历在目。回顾自己这一段和大队长的相处，许久他才泪光闪闪地抬头看着胡轩涛："大队长，我混蛋啊，您别嫌弃我啊！我现在哪里还有家啊，老娘老娘死了，老婆孩子也被鬼子害死了，是你收留了我们兄弟，我不但不感恩，还这样说憨话，我不是人啊！"说完狠狠扇了自己一个耳光，"扑通"一声跪在胡轩涛面前。胡轩涛赶紧起身，双手搀扶起张宏建，安慰他说："没事，我们都是生死兄弟，谁还没个急头急脑的事儿？"

张宏彪也红着脸说："大队长，你大人有大量，今天一说透，我心里也踏实了，其实我哪舍得离开你啊！俺是小庙里的鬼，没见过大世面，不知道外面是啥情况，只是担心后面的路不好走。大队长，今后我就跟着你，我来这里之前在家练了七年的把式，其他不敢说，三五个人我绝对让他到不了你身边。"

"管！今后我们还在一起，关系一定比过去还要硬！"胡轩涛悬着的心放了下来，他没有再多说什么，就转身前往别的小队去了……

轩涛轩宇弟兄二人如约在小山子村附近见到了陈嘉坊和李智良，另外还有一位是邳县县委组织委员张岩。几个人打过招呼后，在村北头一个小土包向阳的斜坡上围坐在一起，召开了一个临时支部扩大会议。

首先，张岩代表邳县县委宣布任命书：上级决定成立邳县党支部，陈嘉坊同志担任支部书记。

李智良作为八路军苏皖纵队陇海南进支队的代表，紧接着做了指示——即日起苏鲁边抗日游击大队编入八路军苏皖纵队陇海南进支队第三团。

宣读完毕，李智良接着说："上级指示，胡轩涛在对敌斗争中取得了很大的成绩，又熟悉该地区的情况，组织决定原苏鲁边抗日游击大队的人员和编制不变，队伍仍由胡轩涛领导。上级要求，鉴于苏鲁地区抗日形势的变化，游击大队的活动应做到聚分结合。"

李智良扫视了一眼四周，接着传达上级对当前敌我双方形势的分析——一方面，日军不但加紧了对煤铁资源的掠夺，而且对铁路运输线也严加防护；另一方面，徐州周边地方抗日武装日渐兴起，地方党的组织开始建立，对日军形成极大的威胁。日军为了保证有足够的资源支撑战局，已经在徐州至枣庄一线部署重兵。当前日军不但在加快煤铁矿产的开采和运输，还在加紧对付徐州周围的抗日武装。鉴于眼前的形势，上级党组织要求正规部队、游击队及各个县武装，要加强相互间的联系，互相配合，听从统一指挥；同时还要保护好自己，因此队伍驻扎地点和人数都不宜固定，要根据实际情况及时调整。另外还要做好对敌人的策反工作，争取瓦解分化敌人。

众人点头后，李智良最后补充道："上级组织估计，日军可能很快会有大的行动，艰难的日子可能很快就会来临。希望大家做好一切准备，来应对复杂的局面。"

"根据李智良同志传达的上级指示，轩宇同志是我们的支部委员，工作重心仍在游击大队这里，肩上的担子可不轻啊！不但要做好大队与县委和支部之间的联系，还要做好大队全部人员的政治宣传和思想教育工作，尽快使这支队伍从思想上和组织上都能完全服从党的指挥。当然，轩涛大哥目前还不是党员，争取他加入党组织这个任务，自然就落在轩宇同志身上了！"陈嘉坊也谈了自己的想法。

听到最后这句话，轩涛笑了，轩宇也笑了。

陈嘉坊继续说道："近来我们也在积极联系附近的游击队，争取可以争取的力量共同对付敌人，这个工作上面一直在进行。李智良同志说得对，我们不能把人员聚在一块，这样对自身安全不利。要把人马撒开，队伍分布的面大了，敌人想消灭我们也无从下手。"

"我听从上级的意见，回去后就调整队伍，做好应对敌情变化的方案，使队伍既能放得出去，也能收得回来。"胡轩涛最后说道。

两人离开营地前，陈嘉坊握着胡轩宇的手再三交代："轩宇同志，这里的斗争形势很严峻，你一定要从内心充分认识到这个问题。咱这支队伍成立的时间不长，成分比较复杂，你作为组织上派来的，要时刻关注队伍动向，及时察觉队伍中的异常变化，配合你大哥带好这支来之不易的抗日武装，有什么困难要及时向组织反映。"

胡轩宇双眼紧盯着陈嘉坊，坚定地回答："陈书记，您放心，作为一名共产党员，我一定会按照党组织的要求，全身心投入到这支队伍中去，配合大哥带好这支队伍的。"

李智良连连点头，满脸是欣慰的神情。

一次临时支部会议，让非党员的胡轩涛收获不小。他对共产党组织有了初步的认识，在对抗战全局的认识上，也站在了一个新的高度。

会后，轩涛轩宇回到营地，立即召集各个小队长开会。会上大家群策群力，热情高涨。兄弟两人和大家一起对贾汪及周边的情况做了详细的讨论，并逐一商定了应对办法。

9

1939年阳历新年第一天，徐州地区纷纷扬扬下起了第一场雪。

徐州有句俗语："飞雪流成河，人人都吃白面馍。"这场雪虽然下得不算太大，但给近两个月滴雨未落的土壤带来了短暂的湿润。有了雪水的滋养，田地里的麦苗露出了尖尖角。雪停后，有的村民走到田间地头，看到地面上钻出的片片青绿，知道赖以果腹的庄稼有了盼头，紧蹙的眉头才稍稍舒展开来。

贾汪矿区北边大李庄的李再道最近特别活跃，强拉民工为鬼子修路的人里有他，抓壮丁进矿的人里也有他。大李庄附近村庄十几个年轻人自发组织起一支抗日队伍，由于李再道告密，一天夜里，全体队员被鬼子包围在两间房屋里，全部遭到枪杀。

李再道年近五十，两个儿子和一个姑娘均已成家，算得上儿孙绕膝。小儿子李小毛从小娇生惯养，十八九岁就横行乡里。一天，李小毛在饭馆吃饭时结识了贾汪煤矿的监工周三银。周三银这时正愁矿上缺人手，便和李小毛一拍即合，想出了诱骗附近的乡民去井下挖煤的鬼主意，后来李再道也参与其中。李再道脑子转得快，儿子李小毛嘴巴说得巧，被引诱下井挖煤的乡民越来越多，失踪的人也越来越多。

大李庄一带的百姓，提起李再道，恨不得食其肉，寝其皮。

紧挨着矿区北边有一个饭庄，是李再道几个人常去打牙祭的地方。饭庄门口架着一口大铁锅，锅内热气腾腾，大块大块的羊肉在沸水中上下翻滚。

勾人味蕾的羊肉香味飘散开来，令路人两眼发直，垂涎欲滴，更是为饭庄招招揽了众多食客。

近来饭庄的生意特别红火。摆在饭庄门口的几桌散席坐满了人，屋内的三个包间也全都客满，饭庄的掌柜特别开心，一刻不得闲地忙碌着。接连几天，每到傍晚，就有十几个前来的食客，一到就坐齐一张大桌子。

居中的那个包间里，七八个人围坐在一起，为首的正是胡轩涛，挨着他的是张宏彪。快开饭了，张宏彪说："胡把头，咱在这儿都吃了三天了，嘴都起泡了，我看不能再吃了，咱能不能换一家尝尝？每次吃完回去，人到哪儿膻味就跟到哪儿，反正我现在看见羊肉都想哕了。"

"你这个憨子，不给你吃吧，你天天叽歪，吃吧你又嫌这嫌那的，不想吃滚蛋。"这句话是大哥张宏建说的。

于顶接上了茬："你是好的吃多了，第一次见你时，你不是连臭狗屎都想咬上一口吗？"这话戳到了张家兄弟的痛处，大哥张宏建不愿意了，脸拉了下来，一脸不高兴："你咋说话呢，知道不知道，骂人不揭短，打人不打脸。"

胡轩涛一拍桌子，喊了一声："赶快吃，废什么话！"

这时，坐在外面吃饭的刘金龙走了进来，凑近胡轩涛耳边："人来了，五个人，还有一个穿黄皮的。"

胡轩涛点了点头，刘金龙退出，回到外面的散桌。

过了一会儿，家住小李庄的李建文走进隔壁房间，跟座上的人打上了招呼："几位老哥好啊！"李建文装出猛然间遇到了熟人一般，亲热地说："这不是李叔吗？啥时候来的？我刚才解手回来，看到有个人很像您，当时怕认错，就没跟您打招呼。进来一看，果然是您啊！"

"你是？"李再道抬头看着李建文，一时想不起来。

李建文急忙接着介绍："我是小李庄李良的老小啊，您家姑娘不就是嫁到俺庄子上了吗？大前年俺妹子定亲，您不是也去了吗？当时您还喝多了，是俺小大（小叔）用板车拖的您。"

"对对对，是中午。"李再道拍了拍自己的脑瓜，想起了此事，"当时，我咋没见过你啊？"

"您看看，俺叔，当时您只顾着喝酒，哪能想起我来呀，再说我这晚辈哪有资格上您那一桌啊！"

李建文说得有鼻子有眼，还把当时的场景详尽描述一番。李再道坐不住了，起身对李建文说："那就坐下吧，今天你叔给你赔个不是。"

"哪能！叔，我就在旁边包间，一个拜把子大哥有点闹心的事，今天几个兄弟来唠叨唠叨。"

坐在门口的二杆子李小毛回头对李建文说："是哪个混蛋玩意儿想挑事儿？给我说说！"

李建文连连摆手："别别，这事俺哥几个能办，就是……"李建文拖了个长音，就不再说话了。

几杯酒下肚的李再道，有点不耐烦："有啥熊事，你就说，没看在座的都是什么来头嘛！"

李建文扫视一圈后，才说道："这个事说起来也丢人，俺庄子西头不是有个寡妇吗，她男人去年进矿一直就没回过家，听说死在矿里了。咋说呢，这个女的就耐不住了。她奶奶的既不歇窝又不歇人，我一个大哥正好也好这一口，就和这个女的算是寡妇吧就好上了。这个女的我见过，长得还真是那么回事。但前一段时间，不知从哪里来了一拨子，有十来个，可能和这个寡妇有点扯头，俺这个大哥就只能靠边了，但他咽不下这口气啊。这不，今天来就是为了这个破事，咋说呢，不帮面子不好看，帮吧，咱又不清楚对方啥底细。"

男盗女娼这类花乎事，男人没有不感兴趣的。另外三个人听后，都诡秘地笑了起来。坐在李再道旁边的周三银看了一眼穿黄衣服的："刘排长，这是社会治安问题，这事可是你职辖范围的事啊。"说着话，他朝李再道使了个眼色，二人会意地笑笑。

叫刘排长的伪军军官接着问李建文："这些人现在在哪儿？手里有没有家伙？"

"在俺庄子里都好几天啦。他们手里有没有家伙，听说好像没有，都是庄户人，能有啥破本事？"

刘排长瞅瞅周三银，周三银说："小伙子，这事就包在刘排长身上喽，这些人咱让他歇屁，给他尝尝萝卜煮白菜啥味儿。"

李再道坐了下来，对李建文说："侄子，我听说过这个女的，行，你放心吧！"

李建文连连致谢，最后还交代说："但有一点还要拜托几位，这个女的你们不能动，你们一动，俺大哥还有啥劲头啊。"

"哈哈哈。"屋子里几个人都浪笑起来。

李建文回到原位，把情况向胡轩涛做了汇报。胡轩涛起身，随李建文来到隔壁包间。一进门，李建文就介绍说："几位朋友，这事儿麻烦你们几位啦。"说着话，从口袋里掏出二十块大洋放在桌上："一点小意思，多余的话就不多说了，这事儿上不了台面。"

"是不是特别想去啊？"刘排长笑着问。

胡轩涛脸一红，说："不瞒哥几个，今晚就想去。那个骚娘儿们，真怪，老子就想……"

刘排长敲敲桌沿，信誓旦旦地说："想去就去呗，老子下午就过去，先帮你清清场子。"说完诡谲一笑。

胡轩涛拱手说："行，那就拜托几位了，事后我来请大家，到时咱换个好地方。"

"一言为定。"周三银附和道。

胡轩涛和李建文退出包间。

李再道几个人这顿饭吃得很快，结束后出了饭庄，各自离开。

在回家的路上，李再道父子被人劫了道儿。

周三银在回矿区的巷道里，被人放倒在地并捆得结结实实扔到了马车上，身上还盖了一张破蒲席。刘排长带着一二十人慢慢摸近了小李庄西头，一个伪军前去观察，果然院子里有几个人，刘排长二话没说，就命令手下踹开大门冲进了院子。在院内，刘排长挥舞着手枪大喊："都给我蹲那儿，哪个敢动老子一枪崩了他。"

几个年轻人蹲在一起，一动也不敢动。刘排长提枪进屋，嘴里嚷嚷不停："奶奶个腿的，啥娘儿们这么勾引人，老子得进去瞧瞧。"刘排长推开门，前脚刚跨进门槛，从门背后左右两侧各伸出一把手枪，两个枪口同时对准了他，手里的枪也被一把夺了过去。他正眼一看，昨天扔大洋的人就坐在桌子旁，李建文站在一边，不动声色。刘排长顿时明白了，原来这一切都是圈套。

"刘排长，我们又见面了。"胡轩涛来了一句开场白。

刘排长苦笑一下说："我今天是来帮助你的，没想到你竟然这样耍我。"

"不是我们耍你，你应该清楚自己干过啥事，要不要我帮你提提？！"胡轩涛脸色阴沉，声音平静。

"我承认我是为日本人做事，但我也就是混个吃吃喝喝，不都是为了活路嘛。"刘排长极力辩解着。

胡轩涛冷笑一声后，说："你和李再道父子还有周三银狼狈勾结，骗去了多少壮劳力，就是这家女的，人家男人是不是死在矿里了？搞得人家无依无靠，还要遭周边的坏熊货欺负。人家没办法就回娘家了，昨晚你还真当我是那路货色啊。哼哼，你们骗去那么多人，私下里拿了多少人家的血汗钱，就凭你每月的仨瓜俩枣，能天天吃香喝辣？"

刘排长听对方这么一说，知道自己的事情败露了，只能再争取一线希望："这位好汉，您看这样行不行，我把挣到的都吐出来，我脱衣服不再为日本人做事。您能看得上我的话，我愿意带着这二三十条枪跟着你。"

胡轩涛起身对他说："那你随我来。"

等二人来到院内，蹲在地上的已经换了另外一拨人，紧贴墙根蹲着的都是随刘排长而来的伪军。院子内外都是清一色的年轻汉子，个个手里端着长短枪。刘排长一看到这个情况，一屁股坐在地上。两个年轻人上前，把刘排长捆得结结实实。这时候，胡轩涛说话了："刘排长，我看你们老朋友还是再见一面吧。"

刘排长被两个年轻人拖着出了院门，绕过院墙，在院子西头的麦地里，远远站着三个人——李再道父子和周三银。刘排长顿时脸色变得煞白，号啕大哭："求求你们，我山东老家还有老人孩子呀，饶过我这一命吧。"

李家父子和周三银看到站在刘排长身边的是昨晚拿银圆的胡轩涛，顿时惊悚万分，纷纷跪倒在地，连天求饶。

四人就地被毙，其余伪军不但被缴了枪械，还被抽走了腰带，个个提着裤子灰溜溜地四散而去。

胡轩涛带着队伍，没有向东返回驻地，而是急匆匆赶到大李庄西面靠近铁道的高皇。高皇那里，胡轩宇昨晚就赶过去了。由于高皇村靠近铁路，敌人在那里设置了一个棉服加工坊和一个临时仓库，在保长高占葵的带领下，骗取全村能干针线活的妇女齐刷刷上阵，报酬仅是每天管两顿饭。高占葵不知如何结识的相川一夫，本来相川计划把这个棉服加工坊放到矿区里面，只是矿区内的壮劳力大部分下到矿底，作息时间不正常，留在家里能干活的妇女不敢轻易再为日本人做事，相川只能在附近的集镇和人口多的村庄里寻觅加工地点，高占葵就是在这种情况下得到这个机会的。

胡轩宇在铜山县党组织那里得到情报，很快就把这个消息传到了游击队这里。

等胡轩涛带人赶到这里时，天已完全黑透了。几十个人都还饿着肚子，他赶快让几个人到附近找吃的，自己领着大部队进了村。循着汽灯发出的亮光，一行人马不到两袋烟工夫就来到作坊附近。这时，胡轩宇带着两个人不知从哪里冒了出来，一见面就埋怨大哥："你们怎么现在才来？早来一会儿，日本的那个会长还在，吃过晚饭走的，要不然咱就……"

"我们也是紧赶慢赶来的，一二十里的路，哪能这么快啊。说说，现在什么情况？"胡轩涛先解释后询问。

"里面人满满的，都在忙着呢，这个时间差不多就快下工了。"

"那我们现在咋弄？"

"再等等，附近有间破屋，我们先到那里避避寒。"

胡轩涛留下一人在村口转悠，众人跟着胡轩宇躲进了一间旧屋。旧屋内没有一点亮光，大家只能听见互相的喘气声。寒风从窗口、门缝和房顶的房梁处钻进来，像哨子般发出尖厉的怪叫声。胡轩涛站在门口，观察着附近的动静。这时，从小路的东边过来了几个黑影，时而前行，时而停顿，胡轩涛小声探问："是宏彪吗？"

来人回答："是我。"

几人靠近，从身上的布袋里开始往外掏东西，边掏边说："他姑奶奶的，找了半天才找到一家杂货店，店家还不开门，没办法我们砸门才打开的，我们把里面能吃的全弄过来了。"

"给钱了吗？"

"放心，给了。"

"锁钱呢？"

"也赔了。"

胡轩涛心里咯噔一下，虽然没有说出来，但一丝担忧压在心上。突然，从小作坊传来一阵叽叽喳喳的声音，很快就恢复了平静，胡轩涛说："大家边吃边走，要快！"

等他们赶到作坊门口时，保长高占葵正要关门，但大门被从外面推出一条大缝。胡轩涛站在大门口："高保长，这时候还没有休息啊，这钱赚得很快啊！"

"你们这是？"高占葵双手拽着门边，张宏彪一把把门推开。高占葵踉跄了一下，急问："你们这是干什么？这里可是皇军的东西啊，你们也敢动？"

"老百姓的东西我们不敢动，动的就是小鬼子的东西，弟兄们冬天没东西盖，今天来这里就是想借点东西。"张宏彪笑着回答。

高占葵哆哆嗦嗦地说："那我明天咋向皇军交代，这不是想逼死我吗？"

张宏彪上前抓住高占葵的衣领子瞪眼骂道："你赚了那么多黑心钱不说，咋，不想活现在就让你去见阎王！"游击队员迅速进屋，把能拿走的成品一股脑儿地捆扎好，然后迅速离开。临走时，张宏彪说："我们来个嘎嘣脆，一把火烧了算熊！"

高占葵吓得赶紧跪在地上，连声哭诉："千万使不得啊，要不然我们一大家子就全完了。"

正在这时，在外边站岗的于顶跑了进来，低声对胡轩涛说："村外有情况！"胡轩涛听罢，一句"散熊"后，众人趁着黑夜向东飞奔。刚过铁路，就听见远处传来一阵摩托声，车灯的光线向铁路这边照过来。从摩托驶来的方向来看，敌人明显是得到情报来的。张宏彪对胡轩涛说："他奶奶的，肯定是那个杂货店告的密，等哪天老子得闲，非得一枪崩了他个龟孙的！"

人腿没有车轮快，敌人越来越近，胡轩涛只得命令停下来分两处阻击敌人。胡轩涛一枪打灭了头辆车的车灯，敌人的速度眨眼间慢了下来。胡轩涛指挥大家开火后，敌人弃车散开发起进攻，双方激战了好大一会儿，战况仍然胶着。胡轩涛对大家说："你们先撤，手枪队留下几个人掩护，等会儿我们再追你们。"

敌人见这边火力减弱，就开始向前攻击，但黑夜里敌人也不敢贸然突进，只能循着枪声前行。胡轩涛等七八个人没有恋战，后撤到一条旱渠，沿着旱渠一溜烟地跑了，等敌人追到渠边，里面只剩下一团漆黑，只得悻悻返回。

等胡轩涛等人掉头往北再斜插往东，追上大队人马时，天已大亮。胡轩涛不经意间看见轩宇背着的军被上有个洞，不禁大吃一惊："你背的被子上有个枪眼，你自己都没有感觉吗？"

胡轩宇这才跟大哥说："昨晚我就感觉背后一震，好像被什么东西顶了一下。"

"我感觉这子弹跟你真是有缘啊，哪次都会找到你，我看你还是再到宗庄去养养吧。"胡轩涛开起了玩笑，轩宇不好意思地低下了头。

参加这次行动的人马在草棚里休息了半天，下午才赶到龙门。

当天上午，敌人出动了三路小分队，在大李庄、高皇、小李庄附近搜寻了半天。三浦对逃回来的七八个伪军大骂不止："你们都要死啦死啦的，这明显就是个圈套，你们还死命地往里钻，蠢猪，大大的蠢猪。"之后，这几个伪军被关在一间屋子里，饿了三天，个个头晕眼花才被放了出来。

相川是下午匆匆赶到高皇的。这次去，他还带了几个日军乘坐卡车一同前往。高占葵一看见黑沉着脸的相川，就如丧考妣地哭上了："相川君啊，我这辈子是造的什么孽啊，我谁也没得罪过，咋还有人和我过不去啊，你得为我做主啊，只要你逮到那帮子狗娘养的，我非得千刀万剐了他们。"

相川没有正眼瞧他一下，命令日军进屋搜索，把高占葵家里值钱的玩意儿统统装上了车，还把一些没加工好的棉花和布料一股脑儿扔进车厢里，顺手赏了高占葵两个耳光，恼羞成怒地走了。

10

"一日不见兮，思之如狂。"

轩宇几次去找大哥，轩涛一直在和几个队长交谈，只得悻悻离开。一袋烟工夫后，胡轩涛找到弟弟，问："有啥事呀，黏黏糊糊的，说！"

"大哥……"轩宇嘴刚喊一声，脸跟着就红了。轩涛气得捶了一下弟弟的肩膀："你再不说，我就走了。"

轩宇磨叽了好大一会儿，才断断续续地说道："大哥，我和雪梅的事，下面咋弄啊，我也不知道。"

"是这事呀！"胡轩涛"嗨"了一声说，"人家姑娘那儿是啥意思？"

"我感觉我俩处得没啥问题，但我不敢进一步问，怕人家当面拒绝。"

"那这事我就管不了啦，你自己看着办吧！人家姑娘啥意思，你自己感觉不到吗？要么，你再去一次，就说我大哥想上门来提亲行不行？"

轩宇不好意思地低下了头。

"你啊，就是蚂蚁爬鳖子——能多挨一会儿是一会儿。去，你马上去问。"胡轩涛看着弟弟轩宇，心里又好气又好笑，平时并非蔫儿吧唧的人，咋一遇到这个问题，就变成另一番模样了。

"我……我……"轩宇确实蔫了。

胡轩涛气得半天才说一句话："书读那么多，一点屁用没有。管，我去还不行嘛。这样，你把雪梅约出来，我来问，这下总可以了吧。"

"管！"轩宇就等着大哥这句话，浑身一下子舒展开来。

雪梅被轩宇悄悄约到村口，胡轩涛早已在此等候。胡轩涛的意外出现，令雪梅不知所措。轩宇尴尬地说："俺大哥找你有事！"

胡轩涛笑了笑，问雪梅："雪梅姑娘，这不眼看着快到年底了嘛，小宇有个想法，他自己不好意思说，今天我这个当大哥的就代他问一声，你咋打算的？"

雪梅一头雾水，忍不住问："大哥，俺不知您啥意思？"雪梅转脸瞪了一眼轩宇，语气里有点责备："小宇，你自己脑子里有啥弯弯绕绕，自己不能说吗？还让大哥来替你打听！你过去天天在我面前吹自己能让兔子下田，母猪耕地，今天这是怎么啦？"

胡轩涛借机火上浇油，调侃弟弟："早知道你这么厉害，我就不来了。得，那我还是回去吧，让你自己和人家摆乎去！"

"大哥！你……"轩宇急红了脸。

雪梅又把狐疑的目光投向胡轩涛。胡轩涛笑了笑，对雪梅说："这样吧，你就别难为他啦，我代他说吧。你俩相处也好长时间了，处得也不错，今年大年咱就把你俩的事办了吧。如果你个人没啥意见，我就上门提亲？"

再看雪梅的脸蛋，一下子红了起来，低着头不再言语。

有大哥替自己说话，轩宇有了底气，接着就直通通地对雪梅说："你就给个痛快话吧，行还是不行？"

雪梅瞪了他一眼，朝胡轩涛点了点头。

轩涛擂了一下弟弟，骂道："你这个憨子，这一下你听到了吧，人家这里啥意见都没有。管，两天后我们弟兄俩就去！"

胡轩涛径直走了，身后立刻传来两个恋人的笑声……

第三天上午，胡轩涛带着村里几个酒量非同一般的壮汉，临时又找了个媒人，抬着上轿红、烟酒、两条大鲤鱼，另外还有三刀子、角蜜、丰糕、麻花等几个大礼盒，浩浩荡荡前往宗家。轩宇则扭扭捏捏地跟在队伍后面，脸红得像熟透的水蜜桃。

一进宗家大门，宗家老夫妇俩就忙乎开了。接下聘礼后，大家围坐在正厅，有一搭没一搭地闲聊着。轩宇坐在大哥旁边，一句话也插不上嘴。雪梅迟迟没有露头。轩涛对弟弟说："你把雪梅叫来呀，你们俩的事缺谁都不行啊。"轩宇在众人的笑声中，跑出了门，很快雪梅红着脸就进了客厅，喊了声"大哥"后，拘谨地站在一边。

眼瞧着日上头顶，女方这边酒场上的英雄好汉陆续登场。正厅里两桌酒席，男女双方村里人插花对坐。媒人说起了开场白："宗老爷子，胡家大哥，这么多年啊，在我手里成了几十对儿，还别说，今天是最让我开心的一次。为啥呢？在这儿，我得说道说道。你看哪，先说两个有情有意的年轻人，男的有才有貌，在咱十里八村，能在南京上大学，那还不得百里难找啊；再说姑娘这边，长得有模又有样，别说在咱这个村，就是整个贾汪周边几十里，我还第一次见到这么漂亮又贤惠的姑娘，那可是万里挑一呀。大家看哪，咱这两个家庭，那可都不一般，过去咱经常说门当户对，啥叫门当户对？过去我介绍的那么些个，多少会差那么一点点意思。今天我是真开了大眼，门当户对啊，说的不就是咱这一家子嘛！老的——老的为人正派，小的——小的知书达礼，这门亲事我算是说着了。今天我表达这个意思，可不是为了那两条红鲤鱼啊，我是心甘情愿的。双方家里没啥意见的话，马上就到年关了，我看就把良辰吉日定下来吧。我这当媒人的，不光是自己上心，也是为两个有情有意的年轻人着急啊。"

徐州民间对媒婆有这样的描述：一要娇，二要俏，三要能说又会道，四要准，五要快，六要够胆会拿乔，七擒七纵学孔明，八要玲珑像曹操，九转功成嫁闺女，十拿九稳钓金龟。今天，作为氤氲使者的媒婆是格外卖力，一番话说得恰到好处，既得体入耳，又让人心里熨帖，使得双方酒兴高昂。"战火"立马熊熊燃起，各种劝酒说辞的档次逐渐拉高，推杯换盏间，双方"战将"明里客气，暗地里却鼓对鼓锣对锣，铆足了劲儿为己方撑着门面。

太阳慢慢西落，屋里的喧嚷声也渐渐散去，只有滴酒未沾的雪梅清晰记得大日子选在了腊月二十六。

回到家里一连睡了两天的轩宇，到第三天早晨才头脑清醒过来。他晃晃悠悠来到院里，看见院子里，七八个木匠身穿薄衣，脸红脖子粗地又是刨，又是凿，脚下的刨花和木屑摊了一地，轩宇心里顿时变得甜蜜起来。

大喜的日子，已经不远了。

腊月二十六，说到就到。

这天，头上的天还是黑漆漆一片，胡家大院内已是灯火通明。管事的、帮忙的、迎亲的，人头攒动，一派喜气洋洋。门外，四辆马车一溜排开，马扎红花，车绕红布，车上都是整猪整羊，四条红尾大鲤鱼，四坛白酒，六挂鞭炮，八件外裹丝绸的亮漆礼盒，喜庆又气派。

按照徐州当地规矩，当天新郎不跟随马车前往女方家迎亲，要在家招待客人，静等下午新娘进家门。天色大亮，男方家迎亲人数为双数十二人，分乘四辆马车向女方家驶去。午饭为女方家款待，重头戏是晚上，在男方家。双方在酒上稍加克制，饭后筷子一撂，新娘上车，一应嫁妆分装在几辆马车上。女方家也出了双数十二人随马车前往柳泉镇。

晚上才是结婚的正席。

十八张方桌把整个院子塞得满满登登，四个大厨师手中的勺子上下翻飞，手撑托盘的传菜人穿梭席间。当地有一流传多年的习俗：婚宴讲究八碟八碗，一羹一汤。再看胡家这桌酒席，八碟为凉拌脆藕、银耳莲子、手撕狗肉、葱拌猪耳、拆解蹄髈、酱卤猪肝、穿心萝卜、切块烧鸡；八碗为红烧肘子、清炖排骨、浇汁鲤鱼、芹菜肉丝、拉皮肉片、粉蒸肉块、虎皮鸡蛋、猫头丸子；一羹是鸡蛋皮、酥果、蒜黄、木耳、黄花菜细切成丁，配以胡椒、芡粉调勾而成；最后一汤为橘子、银耳、荸荠等杂在一锅炖成的甜汤，另每桌再各置一盘四拼果子（点心）。

胡轩涛为弟弟的这场婚礼也是煞费苦心，特意请来了邻村声望极高的"大老知"。"大老知"已年近七十，长年被左右乡村邀去主持红白事，一般的像孩子满月、寡妇改嫁、邻里矛盾、求学高中之事，老人还不屑前往。多少年奔波于邻里相邀，这位"大老知"眼不花，嘴不拙，脑子比年轻人转得还快。

看到众人坐定，"大老知"站到客厅门外，先连咳两声，算是镇镇场子，大家都明其意，瞬间院子里安静了下来。"大老知"环顾一眼四周，这才张口履行仪式："各位老少爷们，各位乡朋好友，今天受胡家老爷子——也是我多年的兄弟——之邀，来操办这场婚事。前天，我这个大侄子找我时，我已经答应别人家了，这个大家都清楚，到年底了嘛，喜事多，但我这个大侄子找到我，我能不来吗？我和胡兄是啥关系，比亲兄弟还亲啊！所以，我就对我大侄子说，其他人咱得想办法推掉，这事我得来，大家伙说是不是这个理？"

接着就是一阵掌声。

等掌声渐落，"大老知"赶紧趁势又咳了一声，压住场子，接着说道："这门亲事我早就知道了，当时我还害怕不请我呢，胡家老爷子那里咱先不谈，那是咱老一辈的事，就单说这俩孩子，哪一个我都喜欢，特别是小宇这孩子，我看着长大，从小我就觉得这个孩子特别讨喜。我喜欢他啥呢？这孩子打小就懂事，喜欢静。能坐那半天不动的人，我认为是有想法的，他经常会提出平常孩子连想都不敢想的问题。果不其然，人家考上了南京最厉害的大学，按咱过去老话说的，这可是举人哪！今后这孩子一定会有大出息的。菜都齐了，我也就不多说了，最后我就一句：希望这两个新人，白头到老，和他大（爸）、他娘一样。好了，就不耽误大家吃喜酒啦！”

院子里响起吆喝声、碰杯声、划拳声还有调侃声，胡老爷子怕年轻人闹腾，一直不敢离桌，两个儿子算是派上了用场，在席间频繁地端杯敬酒，漂亮话一直在重复着。

这场酒，随着最后一桌年轻人的离去，时间已到后半夜。

四天后，就是中国最隆重的传统节日——除夕。

胡轩涛吃过午饭，和家里打了声招呼，便出了门。胡轩涛此时要去见一个人，这个人早年一起和他在外当兵，也是后来联系最多的一个。此人名叫邵金强，现在是贾汪治安所副所长。听闻邵金强最近家里烦心事一件接着一件，胡轩涛特意前去探望。

邵金强住在贾汪东山北边的临街，胡轩涛敲响了大门。门开后，女房东看了一眼胡轩涛，问：“请问你找谁？”

“是嫂子吧，我和金强一起当过兵，叫胡轩涛。”胡轩涛笑盈盈地自我介绍。

女人立刻变得热情起来：“噢，知道知道，我经常听金强说起你。来，快请进，他在家呢。”女人关上院门，引着胡轩涛进了房门。邵金强正在看报纸，一看是胡轩涛，赶紧起身迎了上来：“哎呀，是轩涛，几年没见了，我想着你还在济南呢，啥时候回来的？”

“我前年就回来了，在徐州跟着一位带头大哥做事，日子还算过得去。”胡轩涛落座后道。

两人正说着话，里面传来了孩子剧烈的咳嗽声。胡轩涛赶紧问：“孩子怎么了，生病了吗？”

“唉！咋说呢？”邵金强挠挠头，叹了口气，话到嘴边又收了回去。胡轩涛说：“金强，咱俩在一个碗里吃过饭。今天来，是我听说你家里有了情况，这有啥难为情的！"

邵金强一听这话，知道再隐瞒就见外了。他对老婆使个眼色，女人进了房间，邵金强才开口："轩涛，这一段，我真是不顺啊！"胡轩涛看了邵金强一眼，问道："小孩得病，邵兄怎么还有心情看报纸呢？"从邵金强灰暗的脸色上，胡轩涛知道他近期一定是焦头烂额。胡轩涛没有再说话，从棉衣里掏出一个小布袋塞到邵金强手里，说："金强，这是四十块钱，听说你家里连续出了几件事，手头紧，你千万不要推脱。孩子的事，我知道了，明天我带个郎中过来。这个郎中专门治小孩风寒发烧类的毛病。今天是年三十，你们也该忙年夜饭了，我就先告辞。"

邵金强没有客气，收下了钱，但他拉住胡轩涛的胳膊说："你这个时候回去，叫我过意不去，说啥也得在我这吃点东西再走。你等等，咱早点开始，喝点叙叙旧。"

胡轩涛伸手按住邵金强的胳膊，半认真半开玩笑说："你就别扒拉我了，我要是今天留下吃饭，俺老头那儿不得捶死我呀？不了，我得回去，过完年咱再聚。"

"这叫我说啥呢。"邵金强哽咽着说，"啥也不说了，要不是今天是大年，说啥你也不能走啊！"

"行啦，我们之间就不见外了，你们忙年夜饭吧，家里再见不到我，回去我可就得脱层皮了。"胡轩涛前脚踏出大门，远处传来一声鞭炮炸响，而身后是一阵低低的、让人沉闷的啜泣声……

第二天天色未明，四周的村落里响起了稀稀落落的鞭炮声。过年了，日军铁蹄下的中国百姓又迎来一个暗淡无光的新年。天大亮后，胡轩涛带上郎中乘坐自家马车便往邵金强家赶去。见到邵金强的第一眼，胡轩涛发现他眼睛红肿得厉害，心里估摸着眼前的这个男人昨夜可能不曾合眼。邵金强热情地把二人迎进屋，招呼老婆倒水沏茶。胡轩涛连连摆手："别忙这个了，先看孩子再说。"

女人的声音带着哭腔："孩子一夜都在烧，手和胳膊还直弹蹬，我俩一整夜都没敢睡呀，急死我了。"

老郎中坐在床边，摸摸孩子额头，看看孩子眼睛，接着扒开孩子上衣，耳朵贴在孩子胸口听了一会儿，回身看着邵金强和他老婆说："这孩子胸部呼噜呼噜响，烧得不轻，有点麻烦。"

听完郎中的话，女人急得大哭，含泪看着丈夫："这可咋弄啊？"

胡轩涛赶紧安慰女人说："别急，咱这不是在想办法吗？"他又对郎中说："陈大伯，你看有啥办法能治好孩子的病，没事，你尽管说。"

郎中想了想，说："这样，咱中医来得慢，眼前最要紧的是把孩子的烧先退下来，要不然把孩子烧坏了。你最好找西医，要么打针，要么弄点退烧药，我再配点中药，但这事要快。"

"我知道了。"胡轩涛说完就冲出了房门，郎中在屋里开着方子，并提醒让孩子多喝水，身上不要盖得太厚。

快到中午时，胡轩涛气喘吁吁地跑了回来。邵金强不在家，听女人说拿药去了。胡轩涛帮助女人把孩子扶起来，喂了两片退烧药。女人偎在孩子身边，不停地用手试着孩子的体温，胡轩涛则在客厅里转来转去。

等邵金强回来，已是下午。

女人按照胡轩涛的要求又给孩子喂了两片药，邵金强把煎好的中药也给孩子服下。两人守护在孩子床边至傍晚时分，孩子轻轻地喊了一声"妈"。这一声，喊得夫妻二人涕泪交加。

胡轩涛离开时，低声对邵金强吩咐："金强，咱们是兄弟，有些话我得给你说清楚，我跟的那个带头大哥是道上的，跟着他的人都不用真名，你今后对外就喊我胡怀山，老家是曹八集的。"

"轩涛，不，不，怀山，你只要不杀人放火，不干坏良心的事，让我说什么我就说什么。"

"金强，咱俩是生死兄弟，你该清楚，杀人放火的事我不会干，这年头，只是搂点钱养家糊口。"

"怀山，我明白！"

初三和初五两天，胡家弟兄两个相继离开了家。

胡轩宇前往邳县，胡轩涛则赶回队伍。

刚见到林玉山，胡轩涛就得到一个消息——鬼子竟在初一出动兵力扫荡山区里的几个村庄，除了抢走老百姓家里一些东西外，乡民倒没有死伤。胡轩涛一听，气得骂了起来，他奶奶的，这些畜生，年也不让人过了！

林玉山笑着说："骂没有屁用，咱还是搞他一下子痛快。昨天二小队胡志祥来信说，一个小队的鬼子就驻在咱南边六里地的阎村，我说等你回来再商量，这个时候小鬼子应该不会走的。"

胡轩涛低头思考片刻，猛然抬头说道："好！干这些狗日的！"

说干就干，胡轩涛召集大家，简短地说了几句后，队伍分头准备。

临近傍晚，队伍悄无声息地摸进了驻在阎村的敌人据点。

阎村不大，位置偏僻，按说敌人不会在这个偏僻的地方驻扎。一个前去侦察的队员回来说，敌人都还没睡，可能才吃完晚饭，正在一富户家里玩乐，门口有一个鬼子站岗，人数应该不多。

胡轩涛让张宏彪先把站岗的人干掉，既然这家人能让鬼子住下来，估计也不是什么好鸟，今天是中国俗称的"破五"，那就"破"他一下，应个景。

站岗的鬼子被摸掉后，队员们爬上墙头，把枪口齐刷刷对准屋里。胡轩涛打响第一枪后，队员们手中的长短枪支一齐向屋里射击。鬼子几次试图往外冲，都被子弹压了回去。随着几颗手榴弹在院子里炸响，屋子里静了下来。林玉山第一个冲了进去，没想到从黑暗处射来两颗子弹，他踉跄了两下倒在了地上。跟在林玉山后面的一名队员举枪连续射击，里面再没了声响。队员们快速冲进屋里，从里间逮住了一个翻译。从翻译口中得知，这次敌人是大规模进山扫荡，在各村和各个山脚都布下了埋伏，目的就是要一举歼灭附近的抗日武装。

这消息让胡轩涛大吃一惊！

林玉山身中两弹，已经停止了呼吸。

事不宜迟，战士们顾不上伤心难过，顾不上哀悼牺牲的战友，连夜掩埋了林玉山和另两名队员，匆匆离开了阎村。队伍没有按原计划往南进大洞山，而是向北绕道进了奶奶山西边的柴沃村暂时落脚。事后大家才知道，从翻译口里获得的情报，让他们躲过了一劫。第二天早上，大股敌人就在阎村附近，由北往南展开拉网式的大搜捕，就在这次大搜捕中，安插在大洞山山脚下的一个秘密据点被敌人端掉，四名队员牺牲。

天气渐渐转暖，一元复始，万象更新。山坡上，沟渠边，已经披上绿装，麦苗在春雨的滋润下正在疯长，不知名的野花吐露着芬芳。胡轩涛带着四五十人的队伍在田间穿梭，日军几次搜索都和他们擦肩而过。最危险的一次，队伍距离敌人仅有半里地，当时队伍中途休息，一名队员解手时无意中看到一队鬼子从侧旁经过，顾不上撒尿，赶紧跑回来报告胡轩涛。胡轩涛让大家就地隐蔽，才避过一场遭遇战。胡轩涛和他的战友们带着队伍化整为零，时分时合，灵活机动地应对敌人的围猎，时间一长，敌人也就失去了耐心，只得放弃对山区的围剿。

11

三月底，胡轩宇找到了胡轩涛带领的这支队伍。

这次，胡轩宇带来了一系列消息。江苏省主席兼苏鲁战区副总司令韩德勤所部从徐州撤出后，在宿迁、睢宁、邳县、宿县及灵璧一带抵御日军进攻，日军只得抽调兵力，投入对韩德勤所部的作战。这样一来，日军在徐州附近布置的兵力锐减。为配合国民党部队对日作战，上级要求武装大队加大在敌后袭扰的力度与频度，扰乱敌人的交通线，惩处罪大恶极的铁杆汉奸，使日军首尾不能相顾；八路军南进支队司令员钟相提出要求，准备在运河周边组建武装队伍，主要负责运河两岸交通运输线上的对敌作战，联络周边抗日武装力量以及隐秘战线开展对敌斗争。应铜山县爱国人士的请求，组织决定在唐庄成立八路军铜、睢、峄、邳四县边联办事处，胡轩涛任办事处主任。办事处的性质是苏鲁边区人民政府办事机构，主要任务是扩大八路军在该地区的影响。在苏鲁交界地区，驻薛城的孙庆义、驻周营的邵林峰、驻涧头集的孙振龙等抗日队伍已经开始与八路军接触，上级党组织也向这几支抗日武装派驻了政工干部。

随后一段时间，部分八路军的正规部队、胡轩涛带领的武装大队及周边其他几支抗日队伍，相互呼应和协作，在联合抗敌这一方向上前进了一大步。

胡轩涛遇到了新的难题——根据南进支队要求，原来他率领的五个小队近四百人划归南进支队，自己只能带少部分人前往贾汪东北的唐庄。对此，他心里五味杂陈，表现出来就是沉默不语。胡轩宇看出大哥内心的重重顾虑，便对大哥解释说:"大哥,这事你得往大处想。上级这么做是有他们的考虑,虽然你现在还没有加入党组织,但我们已是八路军的队伍了,理所当然要接受上级的命令和安排。如果总在一个小圈子里转悠,中国那么大,鬼子那么多,抗战大局啥时候才能改观?再说南进支队就在我们周边,如果情况有变,我们一样可以调动队伍啊。"

"小宇,我可不是你想的那样!我琢磨的是,摆在我们面前有两个难题:一个是这支队伍是我带出来的,我们还没有来得及跟队员交代。如果大家都不同意怎么办?另一个难题就是,我手里没枪,人员又不够,就算办事处能成立,缺人少枪咱说话能有分量吗?咱这周边,有死心塌地为鬼子卖命的汉奸,有跟鬼子穿一条裤子的伪保长,有对抗日三心二意的地主富户,更有穷凶极恶的鬼子和二狗子,咋办?咱就两人拎两把枪就能完事?"胡轩涛说。

胡轩宇认为,大哥所说的第二个难题确实成立,他的顾虑可以理解。琢磨片刻,胡轩宇继续说道:"咱周边的几个县已成立县委及支部,县委下面有自己的县级武装队伍,南进支队现在已有近两千人的队伍。党领导的武装力量控制的地方,除了咱这一大片,下面还会扩展到宿迁、沭阳、睢宁、萧县等地区。再说,大哥可以带一些精干人员一同前往唐庄,并非单枪匹马。还有,咱成立这个办事处干啥?不就是要建立稳固的民主政权吗!有了民主政权,我们就可以迅速扩大武装,联合其他地方武装,壮大我们的实力。我知道大哥的能力,不需要多长时间你就能把队伍扩充得比现在还要大,钟司令也是这样说的。"

在军事上如何用兵,如何指挥战斗,胡轩涛是一把好手,但在政治宣传和思想沟通这一点上,轩宇更能耐住性子,温水煮青蛙,慢工出细活。弟兄俩推心置腹谈论了一个多小时,胡轩涛这才放下心中的包袱,决定前往。

回到队伍,轩涛把几个小队长叫到一起,谈到了队伍建制的改变,没想到很多人反响很大。虽然两个队长没有说话,但从表情上来看,内心是抵触的。新上任的第一小队队长李建文言辞尤为激烈:"我们才稳定下来,发展得也不错,我们不反对加入八路,但把大队长调走我想不通,好不容易到今天这个地步,大队长花费了多少心血,我这里转不过来弯儿,要不然散熊算了。"

张宏峰也沉不住气了,急切地说:"对我们弟兄三个来说,大队长恩重如山,我们坚决跟着大队长。我说这话,不是图嘴快活,也不是自己有私利,想拉山头，我也希望我们抗日的队伍越来越大，大队长不走接着带领我们，一样抗日啊！再说，大队长单枪匹马去干什么主任，就几个毛人，让他咋打鬼子？"

于顶、葛石头、袁江等人也持反对意见。

胡轩宇先从大道理上做了一番解释，让大家的情绪平复下来，当然最后的主意还是要由胡轩涛来拿。胡轩涛看着跟着自己出生入死的一帮兄弟，心里虽然有万千感慨，但他还是要把自己的决定说出来："在座的都是我的兄弟，大家走到一块是缘分，也都是为了打小鬼子这一个目标。但是打败小鬼子不是一朝一夕的事，更不是你打这一块我打那一块可以做成的事。中国这么大，大家如果都由着自己的想法做事，那不就成了一盘散沙了吗？最终得便宜的是谁？是小鬼子和汉奸！我知道兄弟们舍不得我离开队伍，其实我更舍不得离开兄弟们！但我们既不是土匪，也不是枪会。要和鬼子斗到底，不能没有大局观，不能没有组织纪律。现在是八路军要我出来做这件事，我胡轩涛是信服八路军的，因此我希望兄弟们能支持我。打败小日本才是我们所有中国人的大目标，至于我本人与兄弟们之间的分分合合，如果有利于这个大目标，有利于大局，我们就坚决去做！再说，八路军在地方上成立办事处，这个目的不是很明确吗？就是要建立咱们老百姓自己当家做主的政权，扩大抗日队伍，这样不是很好吗？我虽然离开队伍，但没有跑远啊，今后我们虽不在一个碗里吃饭，但不还在一个锅里搅和吗？"

胡轩涛的这一席话，多多少少解开了大家心头的疙瘩。他心里清楚，大伙之所以有情绪，是不愿意他离开。

"那我们每个小队都抽出来一个人负责我们和大队长联系，听大队长的声音听惯了，几天听不到睡不着觉。"袁江先说话。

胡轩涛打趣道："我又不是你老婆，你咋睡不着，我看就你小子的觉最大，还在我这卖乖呢。"

众人"哄"的一声笑了起来，还是李建文会说话："我同意大队长去，咱多打鬼子，多拉队伍，等咱有那么千把号人，八路军的领导还不得乖乖把大队长还回来呀。"

"这就对了嘛。"胡轩涛脸上的表情轻松了许多，"我们可不能当那些裹脚的小老太，舍不得这儿，舍不得那儿，要是碰个圣人蛋（愣头青）来闹事，她啥都保不了。所以呀，大家要放开心里的包袱，放手干，我想我肯定有机会回来的。"

"嗷"的一声，大家都高喊着鼓起了掌。

五天后，一条乡间道路上出现了十几匹军马。每一匹马背上都驮着一个身着灰蓝色军装的汉子，朝东北方向疾驰。"嗒嗒嗒"，清脆的马蹄声弹过，路上扬起阵阵尘土。沿途的村民忍不住驻足观看，灰中带蓝的军装他们从来没见过，但是臂章上白底蓝字的"八路"他们还是分明看到了。

这一队人马在唐庄停了下来。十几人飞身下马，拴好马匹后，便进了一家大院。主人李文辉早已在此等候，见到来人，乐呵呵地迎了上来："胡主任，你们来得早啊，路上辛苦了。这院里的房间都给拾掇出来了，你先看看，还需要什么尽管说，我马上叫人置办。"

"桌子两三张就行，但床得够，我们十几个人呢。"胡轩涛带着人挨个房间瞅了一眼，"还不错，老人家，明天给我们弄个牌子，竖着的，写上字，我们就可以办公了。"

"管，明天就弄，还有，吃的用的你看咋准备？"

"这个不用，我们自己做饭自己吃。如果还有劳烦的地方会跟您说的，您忙吧。"李文辉乐呵呵地走了，大家开始忙碌起来。胡轩涛来到自己房间，然后来到堂屋，见堂屋正当中有一张长条桌，两边各放一张小桌。看到这样的摆设，胡轩涛心里觉得好笑，暗暗寻思：这几个老儿真管，这不就是衙门大堂吗，就差几个打官司告状的了。

当天无事，大家开开心心地度过了一个晚上。

没想到胡轩涛昨天那一闪念竟然成真了！第二天一大早，办事处牌子还未上墙，就有人前来告状。

刚吃完早饭的胡轩涛一看，来了兴趣，赶紧坐到堂屋中间的条桌后。两个办事员于顶和葛石头分坐两旁，张宏彪身挎盒子炮，威风八面地站在胡轩涛身后。胡轩涛瞅见前来的是母子二人和一老汉，对办事员说："咱这不是过去的衙门，去给他们搬条凳子坐下！"

告状的三人，母子坐在一边，老汉坐在另一边。

胡轩涛问："你们三个，谁告谁呀？"

老汉不说话，另一边的中年妇女指着旁边的老汉说："我告他！"

"说吧！啥情况？"

"去年热天，他牵着他家牙猪给俺家母猪爬羔，答应配上羔后俺给他一袋好面和一袋棒子粒。好面和棒子粒倒是拿走了，但俺家母猪那儿是一点动静都没有。后来俺找他要好面和棒子粒，他死活不给，血财迷！"中年妇女一阵放炮。

老汉瞪着双眼，跟着骂上了："净胡屌扯！咋没跑上，你家猪是母的，你也是母的，你旁边不就是你生的吗？跑上没跑上，你自己还不清楚？"老汉又瞅向胡轩涛："为了给她家母猪爬羔能一家伙成，俺还搭进去了半口袋棒子粒，还有八个鸡蛋。俺要是再不拿点，不就白忙活一场啦？！"

中年妇女不依不饶："反正没成事，你就得退东西。"

老汉立刻反击："扯屌蛋，门儿都没有。"

见二人你一言我一语来回拉锯，胡轩涛又好气又好笑。于顶和葛石头也忍俊不禁，带着八成看笑话的意图瞄了一眼"县太爷"。胡轩涛没经历过母猪配种这种事，心里没了主意。站在身边的张宏彪看到"县太爷"遇上了麻烦，弯腰在他耳边低语一番。胡轩涛边听边点头，然后问老汉："人家问得对呀，你咋证明配上了呢？"

"在附近哪个人不认识我，俺那头牙猪也不光给她配。"

中年妇女一听，火冒三丈，脱口大骂起来："给你老娘配！"

老汉朝自己嘴上扇了一巴掌，急忙改口："给她那头猪配！"

众人大笑。

老汉接着回答胡轩涛的问话："爬羔这个东西，也不是一次就能成事，后来俺又牵着牙猪去了她家两次，最后那次她家老母猪死活不让上。如果不成，还能不让上身？"

老汉的这句话，惹得在场的人笑翻了天。但中年妇女死活不赞成这个说辞，这让老汉急了，指着中年妇女鼻子说："过了一个月，我还去看了，猪圈里有一摊血，是咋回事？你肚子保不住崽不也是一个熊样吗？自己舍不得东西，能怪谁？"

女人上前就和老汉撕巴开了，胡轩涛憋住笑，赶紧叫人上前拉开。等二人情绪稳定，胡轩涛才说："好啦好啦，这个事也不是啥大事，老母猪是怀上了，人家那牙猪也出了力，但猪秧子没保住也是事实。这样吧，牙猪这家把棒子粒退回来，这事就算了啦。"

"不行，好面也得退！"中年妇女不同意。老汉瞪眼不作声。

胡轩涛笑着说："就这样断了。"

中年妇女满面怒容："这样不合理！"

胡轩涛见笑脸难劝人，就拉下脸："就退棒子粒，其他话也别说了。"

老汉没有搭话，一瘸一瘸地走了。中年妇女见被告走了，嘴里扔下句"一群憨熊"，也气呼呼扭着屁股离开了"衙门"。

看人走远，堂屋里顿时爆发出一阵笑声，张宏彪对胡轩涛说："要不是我养过猪，你这个案子能断得起来？"

胡轩涛面朝张宏彪三人，苦笑一声说道："唉，看来县太爷还真不好当啊！"

第一天就这么匆匆而过，第二天上门告状的更多，全是一些"爬寡妇家墙头""小叔子打嫂子""老母鸡下蛋下错窝""分家多分个簸箕"之类的乡间芝麻蒜皮事。胡轩涛中间都没捞到喝口水，一天下来，整个脑袋嗡嗡作响。

晚上，胡轩涛躺在床板上，刚迷糊着有点睡意，轩宇进来了："大哥，累吧？"

胡轩涛没有起身，白了他一眼，淡淡地说："是看我笑话来了吧！瞧你那一脸贼样，能安啥好心？"

"哈哈哈，"轩宇笑了起来，坐在床边，看着大哥说，"这两天全是狗扯蛋的事，这不行啊，咱来是干啥来了？天天这么弄，这正事还干不干呀？不过，我看你还挺享受……"

"滚熊！"胡轩涛坐了起来，指着弟弟说，"管，明天你来干！"

轩宇笑着说："别，还是你干更合适！等干上一段时间，到时就会有人给你送来'胡青天'牌匾的。"

见轩宇调侃自己，胡轩涛抬脚就给了轩宇一下，然后屋子里就平静了下来。

"哎，是啊，老是这么干也不是事呀。我想啊，这庄子里事也多不到哪里去，再有三两天也就完了，差不多时咱再谈正事，你出去吧，把我累死了。"说完话，胡轩涛又躺了下去，不多时便"呼噜呼噜"睡着了。

见大哥不再接茬，轩宇识趣地离开了房间。

一天，手里没什么事的胡轩涛准备到村里转转，刚顺着小路进了村子，身后就传来了于顶的喊声："胡主任，你赶快回来吧，有人找！"

胡轩涛转身返回，到了办事处，看见有四个二三十岁的汉子坐在堂屋，就问道："你们这是？"

站在最里面年龄稍长的汉子说："你是胡主任吧，我们几个是从东边燕子埠来的，听说这边新成立了八路军的办事处，就想过来投奔，都知道八路军打鬼子，俺弟兄几个找了很长时间不知到哪能找到八路军，昨天才听说这里有就跑来了。"

胡轩涛赶紧上前和每个人握握手，一脸兴奋："好啊，坐！你们说说情况。"

"俺几个都是打小就在一起玩的，我叫范月银，他们三个叫邓立金、高石林、李建欣。燕子埠南边是运河，北边是枣庄，原来是个好地方，这小日本一来，把俺那里夹得死死的。本来组织了几十人的队伍，被鬼子捅得七零八落的，现在就剩一二十人，要是再找不到落脚点就得全部散伙。听到这里有队伍就奔过来看看啥情况，只要能跟着一起打鬼子，咋样都管。"汉子说。

站在一边的胡轩宇说："可以呀，我们在贾汪附近有几支队伍，今天到这里建八路军的办事处，目的就是扩大影响，扩充抗日队伍，你们有多少枪多少人？"

范月银答道："加上我们四个，再拼拼凑凑能凑到三十人，枪不多，有个十一二条。"

胡轩宇和大哥对视一眼，胡轩涛说："唐庄这里是铜山、滕县、峄县三县交界，情况比较复杂，土匪、痞子、枪会和留在当地的地方武装混在一起，要想在这里立足确实不容易，但也正因为是三县交界，地方偏，鬼子和汉奸一般不会到这里。只要咱把队伍扩大到让周边的人都不敢碰，再把影响打出去，就能在此地建立一个很好的根据地，和其他根据地互相呼应，小鬼子的日子就难过了。"

在场的人都点头赞同胡轩涛的看法。胡轩涛对四人说："你们先回去，把你们那里的人召集好，要做好每个人的思想工作，到了这里，就不像在家门口，想回去就回去，过个半个来月你们就过来。"

几个人告辞，胡家兄弟起身相送。

接下来好事一件接着一件，周边十里八村的乡民，有人的出人，有枪的出枪，还有的大户出钱出粮，虽然目的各有不同，有的是想找个靠山，有的是怕被分大户，还有的就是想找个吃饭的地方。胡轩涛他们对前来办事的乡民们都热情相迎，客气相送，在这么困难的时候、这么偏僻的地方，能得到这么大的支持着实不易。

胡轩宇此时也在积极联系上级，寻找陇海南进支队行动去向，及时向组织汇报情况，寻求上面的帮助。

半个月后，范月银带着三十多人和十五条枪来到唐庄，再加上之前零散加入者，规模已达上百人。队伍扩大了许多，李文辉他们在村子里又寻了一些空房子，作为队员们的住处。胡轩涛负责这支队伍的军事技能培训，胡轩宇负责队伍的思想教育。兄弟两人除了应对办事处的日常事务，大部分心思都放在了训练这支新队伍上，队伍的面貌宛如摇篮中的婴儿，一天一个模样儿。

一天，陇海南进支队从邳县县委那儿得知唐庄的情况后，司令员钟相带着几个人来到唐庄。钟相和胡家兄弟见面后，围坐在一起分析目前的形势和当下的困难。会面一开始，钟相面带欣喜地说道："你们这里的工作成绩真是不错啊！南进支队也正在开展发动群众扩大抗日武装这项工作，宿迁、沭阳、睢宁等地的地方组织也是一样，相继建立了自己的武装。目前虽然日军力量比我们强大，如果我们一直像现在这样发展下去，一定能压缩敌人的活动区域，最后赢得抗战的胜利。"

听完钟相的话，胡轩涛、胡轩宇两人眉开眼笑。

"我们几个人今天来唐庄，一是看看队伍组建情况，二是看看办事处成立以来有没有什么困难，三是谈谈我们的建议。大家可以为新组建的队伍起个响亮的名字，如果在唐庄这个三县交界的地方能有一支我党领导的正规武装，统一由办事处指挥，我们在这一带的影响力就大了。"钟相说出了这次前来的真正目的。

"我先说说自己的想法！"胡轩涛喝了一口水，放下茶杯说道，"根据支队领导的要求，办事处成立一个多月以来，我们利用这儿的有利条件，初步组建了近百人的队伍，现在队伍的框架已经搭好，下一步主要是加强队伍的训练与教育。眼下主要的困难是武器太少，队伍要独立承担对敌作战的任务有点吃力，就唐庄周边情况来看，队伍要得到枪支弹药的补充是非常困难的。"

钟相接过胡轩涛的话说："唐庄的队伍刚刚组建，缺少武器弹药确实是个难题，眼下的情况是新成立的武装都会面临的困难。我表个态，南进支队尽己所能支援唐庄这边，但你们可不能全指望我们。我想办事处可以灵活机动，放开手脚，想想如何从敌人那里获得武器弹药的补充。我回队后立即想办法帮你们解决一部分，但数量不多，你们得有思想准备啊。"

"我们有思想准备！支队现在也困难重重，无论支持我们多少，我们都欢迎。不足的，我们自己想办法解决！"轩宇语气坚定地说道。

轩宇说完，轩涛朝弟弟颔首一笑。

"你们弟兄俩，可真是心有灵犀一点通啊！"钟相各看了兄弟两人一眼，朗声笑道。

屋子里的所有人一下子笑了起来。

随后，钟相司令员逐个察看了唐庄游击队员的住处，与轩涛轩宇交换了对新队伍训练要领的看法。晚饭后，轩涛轩宇两人把钟相几个人送至村外。苍茫的暮色中，几匹战马飞奔而去。

关于队伍的名字，胡轩涛一路上征求大家的意见。有人说叫抗日游击队，有人说叫抗日别动队，也有人提议叫抗日救国队，都被胡轩涛一一否定。

轩涛轩宇两人转身回到院子里，一个名字在胡轩涛脑海里闪现了一下，整个人顿时激动起来。七十二里的一条清水廊道横穿徐州境内，河面上行船如梭，白帆点点，两岸一座座村庄如宝石般镶嵌在一望无际的田野上，这条大河就是运河。升平时代，运河给徐州带来昌盛，给百姓带来生计，何不把队伍的名字命名为"运河大队"呢？萌生这一想法后，他随后和办事处的几个人一说，大家均表示赞同。

"运河是我们的母亲河，绵延千里，奔腾不息，给沿岸百姓带来福祉，'运河大队'也一定会给运河沿线的百姓带来希望和安宁！"胡轩涛的这句话刚说出口，大家就报以热烈的掌声。

胡轩涛没有想到，他瞬间想到的这四个字，会成为共产党领导的众多抗日武装力量中的一个响亮的番号；此后惊涛拍岸的艰难岁月里，这支部队虽几经易名，但在与日寇浴血搏杀中写下了一个个可歌可泣的篇章……

　　唐庄附近的李官庄，近来发生了一件不大不小的事。

　　该村地主李彦治联合三合村和东徐塘村，在涧头集伪军连长王广心的主持下，决定于李官庄成立维持会和民团自卫队。李彦治此人，说来话长。多年来，李彦治大老婆不生育，小老婆却连着四年肚子没闲着，可惜生下的都是"不带把"的清一色闺女。李彦治豢养了几个年轻力壮的汉子，攥着两杆长枪为其看家护院。日本人来后，李彦治眼瞅形势不妙，一直在心里琢磨着自我保护的良方。一次在涧头集购买东西时，他遇到了王广心。王广心是河北保定高阳人，当兵十年才混到连长一职。李彦治感觉其人可以成为自己的靠山，就有意把自家刚满十七岁的姑娘嫁给王广心，以此拴住他，保住家业不败。有了这个想法后，李彦治便托人带话给王连长。王广心自然喜出望外，有人慷慨送一个黄花闺女上门，而且家底不薄，这岂止是天上掉馅饼，简直是落了一个金锅盔。

　　李官庄的消息传到胡轩涛这里，胡轩涛心里变得活泛起来。办事处都成立有一段时间了，再怎么说也是一方政府，辖区内发生这样的大事竟然没人前来招呼一声，胡轩涛心感郁闷，就差人到李官庄，交给李彦治一封盖着红戳的短信。

李大官人阁下：

　　我唐庄八路军办事处成立已近两月，本意为保全辖区内民众免受日寇战火之摧残，内抚民心，外御顽敌，以求吾乡民众之休养生息，以谋乡邦之安定团结。近闻阁下在李官庄私设会所，擅树旗帜，已成骑虎之势，深以为忧，为免致祸端，望乞当面一叙。

看到这封信，李彦治心里一惊，顿感不知所措。他早先倒是听说过在唐庄成立了一个八路军的什么机构，没几个"毛人"，还整天大红印章"咣咣"盖着，就没当回事。今天人家把信递过来了，说明人家还是有点底气的。在两个老婆的催促下，他着急忙慌地跑了一趟涧头集。

李彦治一见到王广心，顾不上喝口水，就立即说明来意："广心哪，家里现在遇到麻烦事啦，这事你得管管。"

王广心赶紧递上一杯温水，说："多大的事啊，说说看！"

李彦治立即把信递给了王广心。王广心扫了一眼，歪头说道："小臭蛋的把戏，不用理他。"

"你可别不当回事，我知道那个是八路军设的衙门，前段时间断了不少案子，最近往他那跑的人更是不少，他们手里还有不少家伙呢。"李彦治看到王广心不以为然的态度，心里更急了。

李彦治这么一说，王广心也认真了起来："他们多少人，手里有多少家伙？"

"这个我也说不清，听说有十来个穿军装的，其他人都是后来投奔过去的。"李彦治回答说。

"行，我知道了。你先回去，我派个人去摸摸情况。如果人多，咱再喊皇军。人不多，我自个儿带人收拾收拾去球。"

"那你得尽快啊！"

"管，回吧。"

李彦治回到村里，也不敢回信，就在家静等王广心那边的音讯。王广心的回信还没到，胡轩涛竟然带人亲自上门来了。

八匹高头大马"吧嗒吧嗒"在李家大院门前停下，两人在门口站岗，其余六人直接就进了院子。这次，胡轩涛的嗓门很大："人都到哪儿去了，咋没人招呼啊？"

李彦治从里屋跑了出来，一看是几个穿八路军军装的人，心慌得嘴巴也不利索了："来……来了，你，你们这是……"

"你这不是明知故问吗？我就是八路军办事处的人，姓胡的，这都两天了，见没有回音，怕你忙，就自己来了。"胡轩涛大笑着进了屋。李彦治看到他身后的几个壮汉个个身挎短枪，吓得浑身一哆嗦，赶紧跟在屁股后面进了屋，张罗着为来人备茶倒水。

胡轩涛坐定后，抬眼望着李彦治："我们的信你也收到了，今天来就是想问问，你到底是咋想的。"

李彦治赶紧回话："胡长官，这两天家里事多，我一直在琢磨给你们回话呢，还没想好，这还不是怕随便应付一下，对你老人家不恭敬吗？"

胡轩涛摆了一下手，打断对方的话："我们是八路军的政府，你也清楚，八路军和鬼子不共戴天，希望你路别走歪了。在这地方，你找谁也没用，也别指望别人能给你撑腰！你成立维持会是想给鬼子弄啥事，你自己应该很清楚！这一点别跟我解释，赶紧把这个会撤了。至于你组织民团，我看也算了，这地方有我们在，你只要别跟在汉奸和鬼子屁股后面，还担心啥？"

李彦治紧张地看着胡轩涛，没有说话。胡轩涛继续说道："一个事，我们这个办事处成立的目的，就是为咱老百姓办事的。但我们也要吃粮，今天来就是找你商量一下借粮借枪的事。但我说清楚，我们不是土匪，不会干些打砸抢的事，这个需要你个人愿意，有多大力就出多大量，不强求。"

"胡长官，我这里也有不少人要吃饭，家里哪还有余粮啊！"李彦治哭丧着脸解释。

胡轩涛的脸"呱唧"一下沉了下来："我刚才不是说了吗，把维持会取消，人一走不就省下粮来了吗？省下的东西借给我们，这里的麻烦事，我帮你处理。"

"这……这……"李彦治不知如何回答。

"咱也别胡咧咧，就这么办了！两天后我们等你的信儿，可不能再不回信喽。"说完，胡轩涛起身也不打招呼就走了，留下李彦治望了半天马屁股也没回过神。

不敢耽误，李彦治赶紧套上马车又朝涧头集赶去。

两天后，两辆大胶轮马车在四个汉子的护送下朝唐庄赶来。到了村口，在一个哨兵的引领下来到李家大院。胡轩涛出来后，命令人员往下搬粮，随口问了一个赶马车的："光粮食啊，枪呢？"

赶马车的回话："我们李会长没交代有枪啊？"

"这个憨熊！"胡轩涛面无表情，"赶快下吧，下完就回去。"

就在下货时，村外响起了激烈的枪声。

稍作思考，胡轩涛命令新组建的运河大队前去阻击袭扰的伪军，随后对身边的几名战士命令道："备马，李官庄！"

十几匹战马沿另一条路赶往李官庄。马停人下，十几人冲进了院子，还在李家堂屋喝茶的王广心见到这么多八路军顿时惊呆了，刚要掏枪就被身手敏捷的张宏彪和于顶按倒在地上。王广心身上的手枪被掏出，只得乖乖地趴在地上。院子里几个伪军也都被葛石头带人缴了械。胡轩涛走进屋子，看见李彦治浑身哆嗦着站在一边，冷笑一声："李彦治，你这个老王八，想借送粮暗算老子，去那二三十人有个毛用？"

"我不是这个意思啊，胡主任，这些都是王连长出的主意，我哪敢这么干呀？"李彦治哭丧着脸解释。

胡轩涛坐下来，指着两个人骂道："你们这两条草狗，没长长狗毛，就敢跟老子嚎。"

见李彦治低头无语，胡轩涛冲着他吼叫："你这个爹当得啥球玩意儿，哪一家不想寻个好姑爷。你倒好，把还未长成的闺女嫁给这种玩意儿，你知道他都干过啥吗？"胡轩涛指着王广心说："吃喝嫖赌，哪样少得了他？他在涧头集还有一个姘头，小崽子都生了，你还在给他烧香拜佛，还拿他真当那么一回事！这个畜生，要多缺德就多缺德。"说完，就从腰里掏出手枪，晃动着："要不是老子看你一大家子，现在就想毙了你。"

这句话吓得李彦治赶紧跪在地上，连连磕头，抹着眼泪说："胡主任，胡主任，都是我糊涂呀！"

胡轩涛朝两名战士示意一下，王广心号叫着被拖出门外，在路边小沟里被一枪处决。屋里，胡轩涛命令李彦治解散维持会和自卫队。屋外，伪军们被搜去枪支后四散而逃。

等胡轩涛等人回到唐庄，阻击伪军偷袭的战斗早已结束。运河大队这次战斗缴获了二十九支长枪和两支短枪以及大量的弹药，取得了运河大队成立以来的第一场胜利。

过后两天，从李官庄又送来了两马车粮食，运河大队的声望开始在三县交界处炸响开来。

此时，除了胡家两兄弟为组建办事处带来的十几人外，其他的武装人员已有百十余人，长枪七十多支，短枪十三支。运河大队编制人员有八十多人，胡轩宇担任大队长，下分两个小队，每个小队四十人。

这天上午，胡轩涛带着两个人外出，才走个把小时，在西边站岗的哨兵就回来报告，说发现三十多人持枪朝这里赶，这些人上身穿伪军短袖服装，边走边向两边打探，看起来很谨慎。胡轩宇闻言，心里一震，赶紧命令大家做好战斗准备。战士们迅速找好有利位置隐蔽起来，静等来人靠近后再听令出击。

等这些人快靠近村口时，走在最前面的人对后面的人喊道："排长，这里应该就是唐庄啦。"后面的人说："进村看看，不对劲啊，怎么一个人都没有啊？"听到对面来人的对话，胡轩宇招呼大家不要开枪，等对方走近后再伺机行动。对面的队伍越来越近，胡轩宇突然大声问道："站住，你们是什么部队？回话！"

对方突然听到声音，赶紧躲了起来，队伍里开始有人喊话："我们是从郭洼来的，是来这儿寻找八路军办事处的。"

胡轩宇坦然回答："这里就是，你们来干什么？"听到这边的回答后，对方放下枪，慢慢从隐蔽处走了出来，为首的脸上露出灿烂笑容："终于找到你们了，真不容易啊！"

胡轩宇虽然满心疑惑，可还是让大家先收起枪，自己上前和对方交涉，之后才知道这帮子人的来历。

这些人原属于张自忠的部队，在台儿庄会战中被日军俘虏，后来国军从徐州地区陆续撤退，张自忠的部队随即调往南方，被俘虏的国军有的惨遭敌手杀害，还有一部分被迫投降。后来人员被拆散，强制编入伪军序列。他们先是在薛城驻扎，后随一个小队的日军到了张山子。日军为了围堵八路军及南进支队，把大部分兵力调到外围，这些伪军就开始顶替日军驻扎在铁道口及其他重要位置，最后被派到了张山子村。昨天驻张山子伪军营长听说郭洼有小股抗日队伍出现，就命令这一个排的人前去围剿。该排排长冯宇洋早就不甘心为鬼子出力，现在脱离伪军正是机会，于是派人前来打听八路军办事处及运河大队的情况。

听到来人说明来意，胡轩宇极为高兴，赶紧让大伙进村休息，静等胡轩涛回来再做商议。胡轩涛是中午前回来的，见到冯宇洋等人，热情地接待了他们。交谈中，双方得知有几个日军带着一个班的伪军就在沟上村，胡轩涛没有犹豫，准备来一次伏击。

冯宇洋没想到八路军做事如此果断，立马表态："胡主任，那个地方我熟悉，如果行动，我们愿为前部，一起去弄死这些狗日的！前些天，一个鬼子军曹在张山子那里就和我捏不到一块去，当着那么多人的面扇了我两个耳刮子，我得好好出出这口恶气！"

"这样吧，你们跑了这么远的路也累了，选几个脚腿利索的带路就行。我们再去十来个，去的人多了行动也不便利。"胡轩涛让张宏彪选出了十五个队员，冯宇洋这边挑了六个人，大家带上武器干粮就出发了。

六月初的天气炎热燥人，地里的麦子大部分已经收割，只剩一些还泛着青的麦子散布田间。一队轻装简束的人马沿田间小路悄然疾走，傍晚时分赶到了沟上村，在村边草丛中埋伏了下来。冯宇洋走到胡轩涛身边，轻声说："你们在这等一会儿，我带个人先去摸下情况。"

冯宇洋去了一会儿赶了回来，报告说："他们还没吃饭，正在一个富户家，门口没人站岗，估计他们不会在此过夜，吃完饭就走。"

"你咋知道这些人会走？"胡轩涛询问道。

"小日本有个习惯，每到一处，如果要住下过夜，往往吃饭在一处，住宿在另一处。今天这些鬼子的枪就放在吃饭的地方，说明他们吃完就走。还有，如果日军和伪军一块出动，吃饭时日军一般是不会与伪军坐在一桌吃，即使日军人很少，也单独坐一个桌子，伪军要离他们远远的。今天我看到的是日军与伪军混在一桌吃，说明这一户人家没那么多桌子和地方，他们也不想再去找其他地方了，只是对付一下这顿饭。"冯宇洋回答。

胡轩涛觉得冯宇洋说得有道理，接着问道："那你说这些人咱咋对付？我也学学。"

"如果想减少伤亡，就等他们出来再干，一般日本人都是最后出来。咱光打日本人，其实咱中国人也不都是心甘情愿跟鬼子作恶的，能留一个是一个。"冯宇洋回答。

"行，鬼子吃饭咱也吃，就是这里蚊子多，有点闹人。"大家开始吃东西，一名战士蹲在前面静静观察着敌情。

天快黑下来时，前面蹲守的战士传来消息："鬼子出来了。"这句话像是战斗命令，大家赶紧趴下来，冯宇洋对大家说："等鬼子完全出了院门，有个二三十米时再打，先打靠近院子里的那个，防止他们退回去。"

稀稀拉拉的伪军和四个鬼子陆续走出院门，突然附近传来一阵枪响，后面的两个鬼子瞬间应声倒地，剩下的赶紧趴到地上举枪还击。冯宇洋边射击边喊道："弟兄们，我是四营四连一排排长冯宇洋，你们往西跑，把鬼子给我空出来！"伪军们一听，赶紧连滚带爬往西逃命。伪军一跑，剩下的两个日军就成了"活靶子"。冯宇洋他们一看，立即瞄准射击。几枪响过，日军倒地没了动静，冯宇洋兴冲冲地拎枪就冲了上去。站在他身边的胡轩涛心里总有一丝不安，本能地伸手一搂，但没搂住，无奈只能带着队伍跟了上去。日军军曹只是肩部受伤，倒在地上装死，看到冯宇洋靠近，举枪瞄准并扣动了扳机，冲在最前面的冯宇洋中弹倒地。张宏彪上去一脚踢在日军军曹头部，军曹闷哼了一声，手里的短枪甩出四五尺远。张宏彪正准备举枪射击，身后传来冯宇洋一声大喊："等等！"

冯宇洋起身一瘸一拐地走到军曹跟前，左手抓住军曹的衣领子，右手用枪指着军曹脑袋，骂道："你个王八羔子，看看老子是谁？"

张宏彪那一脚踢得着实不轻，日军军曹满眼金星乱冒，满耳朵锣鼓家什乱敲，好久才看清楚眼前这位："你……你是冯桑（先生）？！"

"桑你妈了个巴子，回家给你爹哭丧去吧！"说完，左手一推，日军军曹仰面倒地，冯宇洋右手的手枪随即射出两颗子弹。击毙日军军曹后，冯宇洋才"哎哟"一声跪倒在地。原来日军军曹的那颗子弹击穿了他的大腿。胡轩涛赶快叫人给冯宇洋包扎伤口，就近找了一辆板车，连夜赶回唐庄。

第二天半晌午，冯宇洋醒了过来，看到胡轩涛坐在身边，眼眶湿润了。他哽咽着说："胡主任，这辈子我就跟对了两个人，一个是我们张自忠张军长，一个就是你。我们张军长是条汉子，一腔热血打鬼子，那真没话说；一个是你，没有官架子，对我们就像自己兄弟。虽然我们才认识不到一天时间，我就知道你们八路军也和我们张军长一样。"

胡轩涛笑了，拍拍冯宇洋的肩膀说："我哪能跟张将军相比啊，人家是千军万马，我们这是锤子敲墙，小打小闹，你养好伤再说吧。"

冯宇洋闭上眼睛，泪水顺着眼角淌了下来，胡轩涛嗔怪道："昨晚那么刚强的汉子，现在咋像娘儿们？好了，你躺着吧。"胡轩涛怕见男人流泪，起身轻轻掩上门出去了。

回到办公室，弟弟轩宇坐在那里像是在等他，胡轩涛问："找我有事？"

轩宇有些扭捏，低了头，抠了抠指甲，说道："大哥，我几天前回了一趟家，那啥，雪梅怀孕了。"

轩涛闻言捶了轩宇肩膀一下，笑道："这是好事啊！咋，看你不是很高兴，有什么情况吗？"

轩宇"嘿嘿"笑了两声，似乎是岔开话题："没有不高兴啊，雪梅那里倒没什么事，只是还有一个情况。我一个初中同学，名叫佟克明，铜山前王人，他爹是同盟会早期闹过革命的，和共产党的交情一直不错，他还有两个弟弟都是共产党员。铜山被日本人占领后，他通过关系搞了一些枪，接着开始拉队伍，到今年上半年他领导的队伍有两百人，一百多条枪。他不知从哪里得知我们的情况，一直在联系我们，要不是我上次回家，哪知道他的情况啊，我看咱还是去联系联系他吧。"

"你们这么长时间没见，你对他的情况了解得透不透？"

"他两个弟弟我都认识，我从铜山县委那里打听到，都是在铜山当地发展起来的队伍，这个你尽管放心，如果这支队伍能到这里来，咱的力量就会增加不少。陈嘉坊书记不是一直在要求咱扩大队伍嘛，这就是一个好机会呀。"

"管，你尽快去联系，铜山那里的环境不是很好。"

"那我明天就去。"

"好的，注意安全，早去早回！"

13

胡轩涛打小跟着大人看戏，既看徐州梆子，也看"拉魂腔"柳琴戏。在看过的所有戏目中，他最为佩服的主角，是日断阳、夜断阴的包公。办事处成立以来，胡轩涛觉得自己干的都是些鸡毛蒜皮的小事，还没有真正断过一个能上得了台面的案子，心中难免有些失落。虽然自己担心乡民的到来会扰乱正常的工作秩序，但从他所处的位置来说，心里还是盼着能碰上个像样的案子，让自己痛痛快快断上一回。

想啥来啥，案子说来就来了。

中午，胡轩涛小睡了一会儿，还没起床，外面堂屋就有人吵吵："有人吗？人都到哪去了？我要告状。"

胡轩涛本身就没睡好，听到有人告状，心里烦，但碍于脸面，只得起床来到堂屋。堂屋里站着一个瘦小的中年男人，胡轩涛边扣上衣扣子边问："你告谁？"

中年男人没一点好脸色："我告章庄的褚得法。"

"那被告咋没来？"

"那熊货他不来！"

"这不行啊，没有被告，我不能光听你一面说啊。"

"那咋弄？他不来，我有啥球办法？"

"你先回去，明天上午你来这里，我派人把人弄来。你俩当面锣对面鼓，咋样？"

中年男人想想，点了点头："管，明天一大早我就来，但你不能和稀泥。听说前面你判案都是和稀泥和出来的，说句不中听的话，人家背后都骂你判案就是扯屌蛋。"

胡轩涛一听，气不打一处来："谁说的？净是瞎球说！"

第二天中年男人早早就来了，章村的褚得法也到了。胡轩涛问中年男子："说吧，你告他啥？"

"端午前几天，媒人介绍他儿给俺丫头，两个孩子也见过面了，双方家里都没啥意见，对这门亲事很满意，这不是挺好的事嘛。没多长时间，他就到俺庄子上门提亲了，好日子也都定下了。你猜这个熊货想咋着？他儿都说给俺妮儿啦，他还要让他妮儿说给俺儿，这能行吗？他跟前那个傻妮子，脑子整个少根弦不说，说话还呜呜噜噜说不清。"

中年男子这番话激怒了褚得法。褚得法也不示弱，瞪眼说道："你家儿子好，好在哪儿？别说少根弦，就是多根弦也配不上俺丫头！要不是看着和你做亲家的分上，俺才不跟你扯巴这门亲事呢！行，今天老子就把话撂在这儿，俺丫头不找你儿，我看你家那头笨驴能拴到哪个橛子上？"

中年男子又要张口骂人，被胡轩涛制止。胡轩涛板着脸说道："不行就算了呗，前面的事接着走下去不就行了吗？后面的事只当没有。"

"哼，是这样吗？你猜这个熊货还说啥球话，他妮儿嫁给俺儿，让俺退彩礼，说啥大家都是一进一出，两不扯，这说的是人话吗？"中年男子白了亲家一眼。

褚得法气愤难耐："那俺妮儿嫁给你儿，你不也得送彩礼吗，我这样做还不是为你着想吗？你还把别人好心当驴肝肺，呸！要不然这两桩子亲事都去球！"

中年男子一听这话，反而不说话了，这让在场的人很是纳闷，刚才还号得震天响的劲头，咋一下子就没有了？再看褚得法，脸上露出了一些笑意，笑意中不自然地流露出一丝蔑视。胡轩涛看二人都不再吭声，就说道："这么简单的事还跑到这儿？行了，前面的该咋结咋结，不想结也行，这个你们自己商量，后面的就算妥啦，都回去吧。"

见断案人要"退堂"，中年男子硬着头皮说："这不行，他那个儿浑身一股子骚性，俺丫头都有了，那俺咋弄？"

这句话一出口，胡轩涛就知道案子最重要的一点来了。他瞥了一眼面前的两个倔汉子，对中年男人说了句："今天你们这么当面一对，事情反而麻烦了，前面这个婚事不办又不行，后面的又成不了，我看你们俩就忙一桩子事不是蛮好的吗？"

中年男人对胡轩涛的说法十分不满，先说了句"胡屄扯"，接着手指褚得法说："这个小子就想在这个事上拿死老子，非得逼俺把他妮儿说给俺儿，还说什么混球话，要成两个都得成，要不成一个也别成，老子今天攀这个亲家，真是倒八辈子血霉！"

褚得法此时也不再争执，揣起膀子在旁边晃悠着，连一个正眼都不瞧一下旁边的准亲家。

胡轩涛笑眯眯望着两人好大一阵，然后一拍桌子，朗声说道："我看你们俩这个亲家是结下了！你们先回去，下午把两个还没定亲的孩子带来，我再来判这个案子。"

二人见胡轩涛一时也判不了，都气呼呼地走了。其实，胡轩涛心里清楚，这二人再怎么闹下去也不会撕破脸皮，决定来一个缓兵之计。

下午，中年汉子带着儿子，褚得法带着自己丫头来了。胡轩涛对他们大人说："你们两个在这里等一会儿，我和俩孩子谈谈。"两个男人不知胡轩涛葫芦里卖的是什么药，又不好多问，只能听令。

胡轩涛进去和两个孩子谈了一会儿，一根烟抽完就出来了，笑嘻嘻地对二人说："这事妥了，你们今年不耽误办两桩子喜事。"

两个中年男人一听，煞是吃惊，再瞅瞅两个孩子，都红着脸，顿时明白了。两个亲家同时带着自家孩子转身离开，还都随口来了一句"憨熊货"。胡轩涛也不明白，这句话是说给自己听的还是各自骂自己孩子的。

这个案子晚上就传遍了整个唐庄，胡轩涛甚是得意。后面很长一段时间，他还经常在别人面前絮叨："这世道，王八看绿豆，如果看对眼了，任何人是拦不住的。"

清闲两天后，胡轩涛借机回了一趟家。

这次，一大家子人踏踏实实在一起吃了顿饭。席间，父亲一开始就埋怨上了大儿子："小涛，你天天在外面跑我和你娘也认了，但你也不能卡着小宇不让回来呀。你看，雪梅都怀上几个月了，小宇也该回来了吧？"

轩涛看向雪梅,雪梅赶紧朝父亲解释:"俺大,没事的,大嫂不是在家嘛,有她照顾就行了。再说,我们不是还有懂事的玲子嘛,玲子可勤快了,现在都和我睡在一起,能顶半个大人了。"

轩涛说:"俺大,我让小宇多回来几次吧,雪梅身边确实离不开人。"

雪梅红着脸说:"大哥,没事,你和小宇忙你们的吧,你们的事才是大事,我自己能照顾好自己的,就是你们俩在外面,也别太辛苦了,也要照顾好自己。"

妻子吴瑶撇了一下嘴,对雪梅说:"他们能照顾不好自己?!大家看,脸又大了一圈,咱俩别瞎操心,他们吃他们的,咱吃咱的!你现在最当紧的,要保证吃好休息好,这样对肚里的孩子有好处。"

铭君、铭亮两个孩子围着爸爸,一刻也舍不得离开。玲子拉着大舅的胳膊说:"大舅,要么你不回来,让小舅回来吧,我都看到俺小妗子偷偷掉眼泪呢。"

雪梅赶紧用手拍了一下玲子:"别瞎说,你啥时候看到我掉眼泪了?"玲子懂事,就不再多话,一双水灵灵的大眼睛望着雪梅。

轩涛面对妻子吴瑶说道:"管,我知道了,雪梅要注意点营养,你平时没事也多和雪梅唠唠,我这边只要有时间,就会尽力回来看看。"

轩涛又和大家闲叙了一会儿,才抱着两个孩子回了里屋。一进屋,吴瑶就问:"轩涛,你现在干的都是危险的事,一定得注意啊!特别是小宇,如果你那里不忙,就让他回家来吧,他们俩毕竟才结婚没多长时间,雪梅可是大户人家的,在咱家里可不能让人家受委屈呀。"

轩涛笑笑,停了一会儿才说:"我知道了,可能你不清楚,我们才立下脚,事情很多,小宇有文化,很多事都是他在替我张罗。这样,我和小宇说一下,让他多回来就行了。"

吴瑶知道丈夫在敷衍自己,就不再多说什么:"行了,你自己在外面多留点心吧。"

前去联系佟克明的胡轩宇回来了。

他带回了好消息,佟克明兄弟跟轩宇谈得很顺利,说他们那边马上召集队伍说明情况,一旦条件具备,就带着队伍前来唐庄和运河大队会合。这一振奋人心的消息传来后,办事处和运河大队的战士们无不欢欣鼓舞。

但与好消息几乎同时来到的，是一个坏消息。

办事处得到情报，在涧头集东南李楼村，一支抗日队伍与日伪军交战，伤亡很大，正在向除固山方向撤退。除固山山矮，周边分布着一些村庄。如果撤退进山的队伍不熟悉这里的地形，就很难逃脱敌人的追击。消息是已进入南进支队袁江手下的队员传过来的，这位队员通过当地的交通员找到了运河大队。

情况紧急，胡轩涛命令轩宇立即带队连夜赶往除固山。轩宇他们对通往除固山的路线很熟悉。午夜时分，队伍到了除固山附近，寻觅到一处隐秘的地方躲藏了起来，然后派出三个小组寻找被迫撤退进山的那支抗日队伍，虽然熟悉地形，但还是在天快亮时才大致摸清这支队伍的位置。

天亮了，两条暴躁狂吠的狼狗居前，五六十个日伪随后，沿着蜿蜒狭窄的山路开始搜寻。在半山腰的一处坡地，日伪发现了该支队伍。双方立刻又交上了火，敌方虽不占地利，但人数多火力猛，抗日队伍一时难以招架，只得利用树木岩石迂回躲避且战且退。后撤的队伍向北边退去时，遇上了胡轩宇带领的运河大队的人马。两方人员迅速合成一股，在胡轩宇的指挥下绕到张塘，然后兵分两路。一路引诱敌人往羊蹄山追去，一路隐蔽在路边伺机袭击。

山上的路既狭窄又陡峭，敌人无法分兵追击，只能排成一溜，沿小路前行。胡轩宇逮住了机会，命令在路边设伏的运河大队人马火力全开。敌人见无处躲藏，只能就地拼死顽抗。这时，在前面诱敌的队员转身返回，对敌人形成夹击之势。敌人首尾不能相顾，又不占据有利地形，渐渐处于下风，边抵抗边寻路撤退。战场的一侧是土岭，已被运河大队占据，另一侧是田地，溃散的敌人只能往庄稼地方向夺路而逃。运河大队乘胜追击，又毙敌十数名，敌方两条狼狗也饮弹而亡，得胜的支队战士用两根木棍抬着，跟武松打虎夸街似的回了唐庄。

战斗结束，队伍回到唐庄，胡轩涛才知道，被日伪军追击的这支队伍是村民自发组织的武装，为首的名叫石千生。几次袭扰小股敌军得手后，思想上开始麻痹大意。这次袭击敌人据点时由于计划不周，被敌人从马兰屯撵过运河，一路穷追不舍。无路可退之际，队伍只得退入除固山躲避。幸亏运河大队得到情报及时增援，否则凶多吉少。石千生清点人员，原本六十人的队伍现在只剩下二十个不到。

不几日，佟克明带着两百人来到了唐庄。

此时的唐庄，人声鼎沸，人欢马叫，来来往往的人马一拨接着一拨。队伍的扩大，使得原本就不多的住处更加拥挤了。

在办事处的院子里，围坐着十几个人。胡轩涛站在院子中央，动情地说道："今天各路豪杰汇聚于此，加入我们八路军的抗日队伍，我代表八路军驻四县办事处欢迎大家！昨天我读了一本小册子，叫《论持久战》。这是在陕北的毛泽东写的，我看了一晚上。哎呀，里面很多有关抗战的道理说得真好，就是鼓励大家做好长期战争的准备，利用有利因素打游击战。大家别看现在小日本蹦跶得很高，看上去厉害，但最后他们赢不了咱们中国。咱也承认目前不能和他们硬碰硬，得灵活机动地与他们较量。小日本在咱国家作战，但地是咱的地，人是咱的人，就凭他们那么小的国家就想把我们吞了，可能吗？书上说得好，只要我们团结起来，就能耗死他小鬼子。黄鼠狼专咬病鸭子，在咱这地盘上，山多，河多，他想把咱们吃掉，那咱更得反过去狠狠咬他！现在鬼子除了在大地方兵多，在小地方也就驻扎几个毛人，那咱就找这些病鸭子，能吃一个就吃掉一个，能逮一窝就消灭一窝。如果一下子剿不过他们，咱就进山，就下河。"

很形象的一句话把大家逗乐了，有人问："那日本娘儿们咋办？"

胡轩涛瞅了问话人一眼，调侃道："你这个熊样，估计中国的大姑娘你就别想了，今天我特批你，你去抓一个日本娘儿们，先教她说徐州话，再和她睡觉，但有一点我得和你说清楚，这种得是咱中国人的种。"

"哄"的一下，大家都笑了起来，小伙子羞红着脸不敢再看胡轩涛。胡轩涛开始说正事："我们的队伍扩大了，影响也大了，但随之而来的威胁也会增大。这个情况我自己琢磨了一下，现在运河大队成立了，铜山也来了二百来号兄弟，那我们就再成立一支队伍，名字就叫铜山独立营，我建议佟克明任营长。运河大队和独立营这两个队伍要撒出去。你们就去当黄鼠狼去，但也得给我留点人，等一会儿把会玩手枪的人统计一下，咱们再组建个手枪队，任务是保卫办事处。你们两支队伍一走，就靠我一个人在这瞎忙乎可不管啊，两支队伍在外牵扯敌人，这里的压力就会小一点。"

胡轩涛说完，让大家都谈了谈各自的想法。

会议一直开到晚饭时间。

铁路旁边的大王庄，最近发生了一件大事。王会学不但由村长提拔为保长，紧挨着铁路的其他三个村也划归他管辖。意气风发的王会学，马不停蹄召集几个村长和一些大户到他家里开会。等人到齐后，一向笨嘴笨舌的他，今天的话说得格外利索，大意是今天召集大家来就一件事，今年秋里收成应该不错，这几天皇军秋山队长下来视察，找他两次谈到了粮食问题。上半年，他没让大家多为难，只是象征性地收了点。但现在周边共产党闹腾得厉害，皇军加派了人马。来的皇军一多，军粮就紧张起来。秋山队长要求按户头交粮，四人以上的每户十斗麦三斗杂粮，四人户以下的各减少一斗，大家都要尽快准备好，三四天后秋山队长就要前来拉粮食。

"太多了！有的户可以，有的可能麻烦，地和地不一样，收成也不一样，这样均摊可能不好弄吧？"有人提出异议。附和之声、叫苦之声迭起。

王会学皱了皱眉头，拍了下桌子，压下去嗡嗡声："收成好不好，你们都是管事的，自己心里应该清楚。如果收不上来，自己贴！"

"你这话说得不中听！没有粮你让我们贴，又不是一把粮食，那么多你让我们拿啥贴？世道这么乱，一会儿土匪一会儿枪会，现在八路又在咱地方横行起来，每户能存多少粮食？"有人反驳道。

王会学见有人跟自己唱对台戏，心中顿时升起一团火："话我是说到位了，至于你们咋想的，我也清楚，但话说回来，如果皇军来了见不到粮食，我也只能实话实说，咱丑话说前头，我可保不了你们。"

"王保长，这样你看行不行？咱答应一个整数，也省得皇军自己去收，咱把粮食合成一堆儿，皇军少给点钱，这样给下面咱也好有个交代。如果这样硬收，容易激起民愤，意见一大，今年可以糊弄过去，问题是皇军也不可能走，那明年咋弄？再说，今年收多了，明年皇军再往上加码，到时为难的还不是咱呀？你想想是不是这个理？"这个村长在一旁和稀泥。

有人搭梯子，王会学只能顺着往下滑，想想之后说："这也是个办法，但我就是担心秋山队长那里不好说呀。他要是一发火，咋弄？"

"你不去说，咱咋知道皇军有啥想法？说不定秋山队长心一软就答应了呢！"说这话的人，目的还是想把事往后拖，以造成困难的表象，这会让对方降低要求。其实，在场的人都清楚，如果按照前面的硬性规定，后面一定得乱。

此时的王会学心里也在打着小九九，自己手底下又没有拿枪的队伍，当这个保长纯属是个传话筒，当然不能和这些人硬戗，得先顺着来。等自己找

125

到秋山，到时歪着斧子朝外面一砍，皇军布置给自己的任务也算是有了交代，至于这些人到时候是哭爹叫娘，还是真讨了便宜，只能随它去了。王会学心里合计好后，就同意了这个提议。

第二天，王会学跑到秋山那里汇报，弓着腰，控着背，满脸谄笑地汇报完自己的想法，见秋山一直微笑着点头，心里原来没底的他把腰慢慢就直了起来。没想到他腰还没挺直，"呛唧"一声，秋山突然抽出雪亮的军刀架在了王会学的脖颈儿上，吓得他脸色顿变，一下子又把腰弯回原样，连连说道："秋山队长，你，你这是啥意思？"

"你的，良心大大地坏了，竟然和皇军胡扯蛋。"秋山来徐州有一段时间，已经学会了几句当地话。他把头伸到王会学面前，恶狠狠地道："说，这是你自己的想法，还是其他人的想法？"

王会学赶紧把心里想好的那套说辞和盘托出。秋山听完撇着嘴，拧着眉，慢慢地把刀抽了回来，说道："你回去告诉他们，三天后筹集不到粮食，先把这些人家里的粮食清光。"

"是，是，我这就回去传达。"王会学连连弯腰点头，如丧家之犬般转身一溜烟地跑了，似乎再慢一点，秋山手中那把雪亮军刀就又回到自己的脖子上了。

三个村的村长回到各村，就开始张罗起粮食来。但每一家都不愿意出，大户们也私下商量出多少为好。王会学回来把秋山队长的话对大家一说，顿时炸了锅，骂的骂，哭的哭，年轻一点的要豁命相搏，各家都在唉声叹气，气氛沉闷起来，这让王会学心里没了底儿。

邻村朱庙庄子里，有一户人家更是愁云惨雾。这家大人孩子一大堆，还有两个老的瘫痪在床，家境十分困难，粮食大多都换成钱搭到药里面了。壮年汉子听村长这么一说，坐不住了，他和两个弟弟一说："这球日子没法过了，干脆咱也反了算了。"

两个弟弟不同意，大哥就说道："那你们说该咋弄？我听说北边塔山那里有游击队，他们和小日本不对付，要么咱找他们试试，这口粮就是喂狗也不能让小日本拿去。"两个弟弟也都是庄户人，本来胆就小，听了大哥的话，生怕惹出大乱子。

见两个弟弟不作声，大哥无可奈何地摇摇头："这话就算球，只当你俩不知道，回吧。"两个弟弟走后，老大就把儿子喊到身边说："黑蛋，爹也给你说实话，这后面的日子也没法过了，你都十六七了，你还是出去吧。"

"爹，咋啦，有啥事你说吧，我没啥不敢干的。"黑蛋随他爹的性格，说话直来直去。

壮年汉子交代儿子："小鬼子很快就会到咱这儿抢粮食了，你到北边的塔山那里，听说那里有专门打小日本的游击队，你把这里的情况给他们说说。如果能找到他最好，如果找不到他们，你也别回来了，混成啥样也别在家，给家里省点粮食吧。"

老子这话一说，粗壮的黑蛋立刻攥紧拳头，说："爹，我知道咱家啥情况，那我去找。找到找不到我都不回来，我去当兵，只要混出个道道，我就回来找你们。"老子偷偷从馍筐里拿出几块饼，用破布包好塞到儿子手里，黑蛋二话没说，拿起包裹就出了门。

第二天下午，黑蛋才赶到塔山村附近，几番打听后终于在村东头找到胡轩宇。一见面，黑蛋开口就问："你们打不打小日本？"

胡轩宇被黑蛋憨厚的表情逗乐了："你问这个是啥意思？"

"你要打，我就说，要不打，那我走。"说完就硬撅撅地转身要走，胡轩宇一把拽住他的胳膊："打，打，你说是啥事？"

黑蛋把父亲交代的事和胡轩宇详细描述一遍，最后还说："如果你们打小日本，我就加入你们，俺爹反正不让俺回去了。"

"我们打小日本和你回不回家有啥关系？再说你才这么大，我们没法收你啊！"胡轩宇有点纳闷。

黑蛋突然"哇哇"哭了起来，这一下子把胡轩宇弄糊涂了。看孩子哭得伤心，胡轩宇满心不忍，一把搂过孩子，伸手帮他抹去眼泪。过了好一阵子，孩子才继续说道："俺爷俺奶都躺床上有一年了，家里的粮食都卖了，也不够俺爷俺奶的药钱，现在俺爹弄点钱只能给俺爷俺奶买点止疼药，俺爷都快不行了，俺爹是一点办法都没有，这小日本再来俺那里，那还不都得饿死，俺爹不让俺回去，就是想给家里省点粮食。"

听完孩子的话，胡轩宇的眼睛湿润了，他哽咽着声音问："你叫啥名？"

"我叫黑蛋。"

"管，你就留下吧。"胡轩宇拍拍孩子肩膀，"你先休息一会儿，让我来想想，我们不但要让鬼子抢不到一粒粮，还要好好剁他们一顿。"

14

负重涉远，还必须专拣荆棘小道穿行，每走上一里路，都非常艰难。即便在黑蛋的引领下，胡轩宇带领队伍也还是走了一天。第二天夜里，队伍赶到大王庄附近，队员们简单吃了干粮喝了水，就地埋伏休息。

半晌午，铁道边的大路上驶来了两辆日军军用卡车。卡车在大王庄的路口停了下来，因为前面的小路实在太狭窄，卡车无法通行。四个日军和十几个伪军下了车，一阵张望后，朝村子走去。等这十几个家伙快到村口时，以逸待劳等候多时的运河大队战士突然发起了攻击。双方火力相差巨大，再加上对方毫无防备，日伪很快就死伤大半。六七十人的队伍发起冲锋，四个日军被击毙，剩下的五个伪军见势不妙，马上举枪投降。胡轩宇走上前，问其中一个伪军："你们是来干什么的？"

伪军哆嗦着回答："到大王庄拉粮食。"

胡轩宇"哈哈"一笑："什么都不知道还来拉粮食，保长是我们的人，能给你们粮食？老子在这儿就等着你们钻风箱了。"

"你们是？"伪军十分震惊。

"我们是八路军运河大队，现在各个村都有我们的人，我们今天不杀你们，但你们绝不能再替鬼子做事。下次要是我再看到你们，哼哼。"胡轩宇晃着手里的手枪瞪了他一眼。

"不会，一定不会。"

"滚蛋吧！"

几个伪军赶紧逃跑，远远地就看见大路边的卡车正在掉头，齐声连喊"停车"，但汽车还是扬长而去。

胡轩宇带着队伍朝朱庙赶去，离村口还有一里多地，便命令队伍留在原地，自己带黑蛋悄悄进了村，来到黑蛋家门口时，黑蛋钻进前屋，喊了一声："爹，我回来了。"

他爹大吃一惊，骂道："我不是不让你回来吗，你咋回来了？"

胡轩宇进了屋，叫了一声"这位大哥"。黑蛋父亲见有生人，不知咋说话，身边的黑蛋说："爹，这是八路军运河大队大队长，就是你让找的人，刚才他们把鬼子都打死了。"

黑蛋父亲一下子激动起来，抓住胡轩宇的手说："这太感谢你们了，小鬼子在这里，这日子啥时候是个头啊？有你们在，俺们才能过得安心一点。"

胡轩宇掏出几块银圆递给黑蛋父亲说："这些钱你拿着，听黑蛋说，家里两个老人身体都不好。"黑蛋父亲连忙推让，推脱了半天，才在胡轩宇的坚持下收了下来。壮实的汉子哆嗦着嘴唇半天说不上来一句话，竟然呜呜地哭了起来。

"大哥，你拿着这钱赶快去给老人瞧瞧病！你放心，黑蛋跟着我们，我们会照顾好他的。这里我们停留时间不能太长，队伍还在村口等着呢。"中年汉子一边抹着眼泪，一边看着黑蛋，叮嘱他一定要听大队长的话。此时的黑蛋，眼眶里已噙满泪水。

二人很快就离开了村子。

从大王庄逃出来的几个伪军大都是从北边随日军到本地的，无处栖身，只得乖乖回到原来的部队，将大王庄运粮的人马遭伏击的经过报告给了秋山。秋山气急败坏，摔了茶杯又掀了桌子，如果不是要用人，恨不能立马提刀劈了眼前的几个家伙。

第二天天刚发亮，秋山就带着百十人的队伍奔赴大王庄。进了庄子，秋山一脚踹开保长王会学家的大门，一群日军如狼似虎般闯了进去，把一家老小全都赶到院子里。王会学知道昨天村外发生了枪战，看到一脸铁青的秋山队长，心知不妙，吓得赶紧跪在地上。

还没等王会学跪板正，秋山上去一脚，王会学"啊"的一声仰身倒地。秋山指着他，恶狠狠地骂道："你的，通八路的干活，死啦死啦的。"秋山话没说完，就要抽刀。

"我这是造的什么孽啊，你们要粮食，我卖命给你们张罗，你们说我通八路，我要是通八路，还在这忙乎什么劲儿啊？我知道昨天有人袭击皇军，你们也不问问啥原因，就这样对我？我真没法干了，我也没法活了，你们杀了我吧！我的老天爷呀！"王会学大声哭诉着。

其实，秋山心里很清楚这事儿不可能是王会学干的。运河大队故意这么说，肯定是在转移视线。中国人狡猾狡猾的，他们有句叫"贼喊捉贼"的话，意思是自己得是贼，还得装得像，再去捉贼，像王会学这样的傻瓜不会聪明到这地步，更没这个胆，一家老小一个不少都在这里，他绝不敢胡编乱造。想到这些，秋山故意在院子里踱来踱去不说话。这一下，让王会学看到了转机。王会学赶紧爬起来，哈腰拱手、缩脖涎脸跟在秋山屁股后头，说："秋山队长，这里面肯定有鬼。"

秋山队长猛地一转身，瞪大眼睛："嗯！你说。"

王会学"唉"了一声，腰又弯了几分，赶紧往下说："秋山队长，事情蹊跷啊，咱这里靠近铁路，八路也不敢来呀，我听说咱北边有八路，都离咱这儿好几十里呢，俺敢打包票，我到现在为止还没有见过八路的影子。为皇军征粮的事情，所有的细节只有几个人知道，就是上次我给你说的那几个。八路来得这么快，肯定有人给他们提前通信。再说，村里的乡民个个都是傻屌，胆子都小得很，他们也不敢去招惹八路。招来了，别说对咱们不利，如果再让你知道了，他们那儿还能有活头吗？所以我认为，这几个村长和大户值得怀疑。"

因为有上一次向秋山队长的汇报作铺垫，再加上王会学诚恳的态度，秋山队长脸上腾腾的杀气消退了一半。秋山转身问道："现在粮食的，准备得怎么样了？"

王会学赶紧回话："我们这里准备了一大半，现在乡民都把粮食藏起来了，再宽限两天，等筹齐，不劳您再跑一趟，我亲自送去。"这话很让秋山队长受用，点点头，说："那你前面带路。"

附近的村民听说鬼子来了，早就跑得无影无踪，剩下的大户和村长还在，鬼子搜了几家村民，一颗粮食也没看到，秋山一气之下，命令手下把几个村长和大户家里的粮食搬得干干净净，扬长而去。

鬼子一走，王会学家就炸了锅，村长和大户们全部拥进了他家院子里。

"王会学，你个龟孙血坏熊！弄不到东西就从老子这里想办法，今天你要是不给老子一个说法，你也别想过好。"

"我日你亲娘王会学！你给日本人当狗还当出花来了！不光学会叫，你还学会咬了！你还敢先咬你这几个二大爷！你个牲口！"

"都别跟这个王八蛋客气，大家都进去抢他家东西，咱今后都到他家吃饭。"

嗓门越来越大，难听的话也越来越多，声音渐渐大到如飓风海啸般，简直要把王会学家的院墙掀翻。王会学蹲在门口，任凭众人如何羞辱责骂，就是一声不吭。他老婆受不了了，从里间冲出来，一声尖厉的声音冲上云霄："你们这帮憨熊，就会冲着俺家来，日本人在，你们一个屁声音都没有。日本人一走，你们就都到俺这里咋呼起来了。"女人又冲着自己丈夫吼了一句："王会学，你个孬种货，马上去找秋山队长去，反正咱家粮食一颗也没少缴，你让他来评评理。"

院子里的声音顿时没有了，前来闹事的村长和大户都不作声，悄悄退出院门。这些人心里都跟明镜似的——论和日本人之间的关系，王会学能甩他们三条街。

佟克明带着一百多人的队伍离开唐庄，进驻不老河和运河之间的瓦庄。瓦庄靠近大吴镇。选择一处适合这么多人驻扎的地方并不容易，既要考虑位置的相对安全，又要便于获取物资给养，瓦庄是个不错的选择。

但近段时间大吴镇上，最大的地主吴德贵却极其嚣张。

吴德贵自己没什么大能耐，十足的一个"叶子货"，脑子不大够用，就仗一身横肉在外面显摆要狠，但他有个好爹。他爹名叫吴世善，一心想当个善人，有着精明的头脑，常年在运河两岸呼风唤雨，什么赚钱就做什么，卖过粮，倒过盐，也贩过烟土。日本人一来，徐州地区的运河被严格管控，吴家的生意日渐没落。吴德贵一看势头不对，就动起了歪主意。他看中一商户租下的临街院子后，就召集十几个壮汉，串通镇上的伪军连长，连哄带骗，扔个仨瓜俩枣，便将原商户赶跑，二人合伙就着商户的院子开了一家妓院。吴德贵从伪军那里购了十几支长短枪，负责看护和经营妓院。妓院里的姑娘都是从逃难或跑反的人中挑选，或威逼，或利诱。吴德贵爹开始不同意儿子干这伤风败俗的皮肉营生，说开妓院是要遭报应的，后来看有伪军撑腰，吴世善反对的声音也就慢慢消歇了。

妓院生意兴隆后，姑娘变得短缺。吴德贵就从附近的乡村抢了五六个，先是强奸，后又威胁，姑娘们不得不从，被抢劫来的姑娘家里人上门要人，不是被辱骂，就是被打伤。

恶贯满盈的吴德贵越来越嚣张，一副天王老子都不怕的劲头，让集镇上的人吃尽了苦头。老百姓是敢怒不敢言，甚至妓院周边半里外都没人敢摆摊设点。

按照胡轩涛的命令，这个祸害一定得除，佟克明一直在寻觅着恰当的时机。

吴德贵在妓院一楼偏房为自己留了一个单间，供自己吃喝及"消遣"之用。

一天晚上，吴德贵和伪军连长关少金又凑到了一起。二人坐在桌子两边，桌上摆放四个冷盘、四个热菜、两瓶绿豆烧，惬意地喝着酒聊着天。

这时，吴德贵当老鸨的弟媳妇推门进来，一脸喜气："哥，今天生意真是特别好，刚才呼呼隆隆进来十几个，全都上楼了，姑娘们都不够用了。"

"好，这生意比老爷子当年吃水面上的东西强多了。"吴德贵举杯敬关少金，得意扬扬地说，"关老弟，你这名字得改改了，啥球少金，我看改成多金或者是满金才合适。"关少金知道吴德贵少脑子，狗嘴里吐不出象牙，并不在意他说胡话，只是淡淡地笑了笑。

见弟媳妇没走，吴德贵眉头一皱："你愣在这里干吗？去招呼客人呀。"

"噢，好好。"弟媳妇赶紧向外跑去。

吴德贵斜着眼看着关少金，立着大拇指："关老弟，再干两年咱就是关门，这后半辈子也够了。"

关少金端杯回敬，说："我就是担心在这儿待不长，现在日本人调动频繁得很哪！"

"哦？你担心这个啊，没事，你到哪儿钱给你送到哪儿。"

"有老哥你这么说，我就放心了，等世道平静了，我就过来踏踏实实干这个。"

吴德贵伸头到桌前说："关老弟，干这个行当有个规矩：得经常换人，客人到这里时间一长就会腻味，我看咱得再弄点人过来。"

突然，二人听到远处传来几声枪响，关少金打了个激灵，"噌"的一声站起身，略带慌张地说："不管，这几声枪声好像从东边传来的，有点不大对头！我得去看看。"说完作势就要出去。

吴德贵连动都没动一下，拍拍关少金的肩膀说："没啥熊事，可能是你那些手下碰到土匪了，放心，真有啥事，还能没人过来向你报告？"

皱着眉头的关少金被吴德贵按坐在桌前，还没坐稳当，一个伪军"咣当"一声撞开门，慌慌张张跑了进来："连长，不好了！咱两个站岗的兄弟让人放血了！"

"走，看看去！"关少金按稳腰间的手枪，带着手下就走出大门，往东一路小跑，才刚到距离营地一半路程，从暗处突然冲出几个人来。被酒色掏空了身子的关少金二人，此时已经手无缚鸡之力，冲出来的几个人没费劲就把他们按倒在地……

关少金走后，吴德贵撇了撇嘴，啐了一口唾沫，拉过酒壶自斟自饮。一盅酒刚下喉，吴德贵正手拿鸡大腿准备往嘴里送，突然感觉房间里一暗，几个大汉瞬间到了眼前。"你，你们……"一句话没喊完，他嗓子眼的那口酒就呛了起来，还没来得及咳嗽，就被人按倒在地。

吴德贵被推出房门时，院子里已经拥进了二三十号人。这时从二楼下来八九个人，个个手里拎着带血的钢刀，其中一人问大家："都收拾好了吗？"

"就十来个熊屁蛋，都给办啦。"

"让那些姑娘赶紧跑，等她们走完我们再撤。"

一群姑娘穿过人群，直朝院外跑去，转眼就没有了踪影。

为首者命令道："把姓吴的带走，到他爹那里去！"

众人押着吴德贵向吴家方向赶。吴德贵由于被破布捂着嘴，只能随着前往，越靠近自己家就挣扎得越厉害，一人用枪托朝他胸口就是一下子。这一下，让吴德贵老实多了。

赶到吴德贵家，家丁已被制服。为首者走进正屋，吴世善已被两个壮汉按跪在地上，其余家眷被堵在一间房子里不敢吭声。等吴德贵进屋，走在他后面的人一脚踹在其后腰，吴德贵"扑通"一声趴跪在他爹面前。

吴德贵嘴里的破布被取走，惊恐地问："你，你们是谁？我们没见过面，又无冤无仇，搞我们干什么？"

为首的壮汉鼻子里哼了一声："你们这两个王八蛋，平时横得很，害了那么多人，不会想到有今天吧，阎王要你三更死，绝不会留你到五更！你们屋里面是不是你们的老婆闺女，她们是女人，人家姑娘是不是女人？你糟蹋人家姑娘，你们咋不让自家女人去妓院？"

吴家父子这时才明白这些人的目的，吴德贵说："你们要啥我们就给你们拿啥，只要你们不杀我，咋着都行。"

为首的指着吴家父子说："我们是八路军铜山独立营，是铲除汉奸和鬼子的，是为民除恶的，你还想拿啥东西保命？这里你们啥也保不住。"然后手一挥，后面的战士拖着极力挣扎的二人就出了门，在黑暗的角落里，给每人胸前来上一刀。

屋子里收拾一通后，众人才离开吴家，朝东疾驰。见到关少金后，押着他们朝据点走去。据点里已人心惶惶，都在等着连长回来，没想到连长是被人押回来的。伪军们被迅速缴了械，耷拉着脑袋，控着背，垂着手站成一排，被佟克明训斥一顿后，纷纷离开了大吴镇。

关少金的尸体，是天亮后被送菜的乡民在路边沟里发现的。

队伍两次袭击敌人取得成功，让胡轩涛很是高兴一阵。他对办事处的人提议，既然日本人能摊派粮食，咱也是正式政府机构，为什么就不能征收？办事处的人纷纷发表意见，最后，胡轩涛决定也让那些和鬼子沆瀣一气的大家富户、地主老财们为抗战出一把力。

他先是派人到前洪庙、后洪庙、顿西和顿东这几个连保村和保长沟通，回来的人报告说："人家说了，不认识啥球四县办事处，就连国民政府也算个屁，现在是皇军和皇协军的天下，只有他们同意才会捐钱捐物，否则不可能重复上交一分钱一根线。"

"这帮龟孙儿！"胡轩涛对手枪队队长石千生说，"看样子咱得去会会这几个憨熊蛋才行。"

二十多个手枪队队员跟着胡轩涛，朝保长所在的后洪庙村赶去。临行前，胡轩涛特意把官文和印章揣在怀里，一路上马蹄疾走。在上一次去过几个村的战士带领下，很快就到了保长家门口。保长林满志听到外面传来战马的响鼻声，以为皇军来了，屁颠屁颠地出门迎接。出门一看，见是几十个穿着灰蓝色制服的军人，林满志顿生诧异。

胡轩涛已下马，冲着林满志问："你就是保长吧？"

"在下正是。"林满志点头回答。

"这就对上号了，我们进去谈谈。"胡轩涛手一挥，反客为主径直朝院子走去，林满志有点回不过神儿，只能乖乖地跟在后面进了自己的家门。

进了屋，胡轩涛正襟危坐在八仙桌右边，石千生大模大样坐在左边，林满志见自家客厅竟然没有自己落坐之处，反倒畏首畏尾拘束得像个上门要饭的乞丐，站在胡轩涛旁边，怯怯地小声问："请，请问你们是……"

胡轩涛把左胳膊扭动一下，露出八路臂章，轻轻掸了一下，林满志"噢"了一声不再说话。胡轩涛也没理他，掏出官文和印章放在桌上，用手指头点着官文说："林大保长，上眼看看吧！"

林满志上前伸着脖子扫了一眼，退回原位。

胡轩涛斜了他一眼，问："是谁说我们八路军办事处是个球啊？我就是这个球办事处的主任。"

"误会，误会，都是误会呀！"林满志憋着一张猪肝色的脸，脸上堆着笑赶紧解释，"主任，你也知道，现在这世道兵荒马乱的，骗吃骗喝的人多啦，我不能谁来都认啊。"

"那你都认谁啊？"胡轩涛话中带刺，步步紧逼。

林满志赶紧双手抱拳，回应说："您这不是来了吗，还带着官文，当然得认啊！"

胡轩涛扭脸看着他，露出了笑容，指着空荡荡的桌面说："我们都跑了这么长时间了，你就这么招待客人吗？皇军来的待遇不会也是这样吧？"

一直蒙头蒙脑的林满志一看桌面，直拍自己的脑袋瓜子，忙着赔不是，开始大声招呼家人上茶。等一切安排妥当后，林满志问："请问主任大人具体有什么要求？"

胡轩涛说："这眼看就要入冬了，我那里人多，粮食、棉被和衣服都跟不上，想麻烦你这里筹集点，不知有困难没有？"

"主任大人，不是我跟您诉苦，早些时候皇军那里已经上交了不少东西，如果再让大家出东西，可能都受不了，我自己可以从家里拿点，您看我这寒酸样，多了也实在拿不出来……"

胡轩涛知道这个保长有点刁钻奸猾，没有直接回答问题，只是说："我就纳了闷了，小日本来干了那么多坏事，你们还跟哈巴狗似的跑前跑后，我们八路军是专门打鬼子的，是为了咱自己人，你们反而推三阻四的，不知你是啥球意思？"

"主任大人，我一点都没有推脱，要么您自己到里面看看，我这里还有啥东西，看见了您就尽管拿。"这是一句堵人的话，林满志说完眼睛瞅着胡轩涛。

胡轩涛笑了，说："看样子这事就不好办了，那这样吧，你看你们能准备多少，后天上午我带人来拿。"

"行，那我就尽力召集大家，都是为自己人嘛，好说，好说。"

胡轩涛没有继续往下说，直接带人走了。

第三天上午，林满志等了一上午也没有见到胡轩涛的影子，正在他满腹狐疑、纳闷不已的时候，次日下午几匹战马呼啸而至，正是爽约的胡轩涛。

林满志赶忙迎上前，问："昨天上午主任大人怎么没来？"

胡轩涛说："昨天有点事耽误了，也想等你再多筹措点，这样大家互相都能理解，现在准备多少了？"

"一马车，要不今天您就带走？"

"今天就算了，那我后天上午再来，还得辛苦你林保长了。"

胡轩涛带着人又是一阵风似的离开了，留下紧皱双眉的林满志。看着远去的战马，林满志抓着头皮，心里七上八下。

一去就是三天。

到了第四天傍晚，胡轩涛等几人才飘然而至，开始又是几句不咸不淡的沟通，胡轩涛坐下了，看看房顶，看看窗户，又瞧瞧林满志。林满志硬着头皮问："主任大人，这两次你都食言，不知我哪里做得不好，请指点。"

胡轩涛刚刚还挂着笑意的脸一下子沉了下来："林保长，现在给我玩起了花花肠子啦。"

"没有啊，这话从哪里说起啊？"林满志有点纳闷。

"你这是揣着明白装糊涂啊，再想想！"

林满志转着眼珠子："没有啊！"

胡轩涛朝站在门口的战士招招手，于顶和葛石头进来就把林满志捆了起来。林满志大惊失色，大声问："你们这是干什么？你们让我准备东西，我也准备了，你们不按时来拿，也来怪我？"

胡轩涛猛然起身，一步跨到林满志跟前，手指戳着他的鼻尖，怒目而视道："我要是按时来了，是不是我的小命就没有了？"对这句话，林满志心里透亮。原来，他私下找到北边的伪军营长，伪军营长两次带人埋伏在胡轩涛前来的路边，两次没见到人。伪军营长骂了两句，就再也不来了。

　　林满志顿时死灰着脸，杵在那里，一动也不敢动，脑门上沁出了一层细汗，想擦双手又被捆着，只能眼巴巴地望着胡轩涛。胡轩涛朝两名战士说："拉出去毙了，看来这个憨熊货是指望不上了。"两个战士上去拖着就把林满志往门外拽。林满志拼命挣扎，屋里的女人"扑通"一声跪了下来，一把鼻涕一把泪地哀求道："主……主任，您大人大量，饶了我们吧，您说啥我们都答应。"胡轩涛摆摆手，于顶和葛石头松开了手。

　　"自己不老实，你指望谁都不行，本来和你好商好量，你跟我们耍心眼，原来想着付点钱给你，今天看样子就不需要了。你竟然还把东西藏到后面一家，告诉你，两马车粮食，两百床棉被一样你也少不了，衣服看你这个熊样也做不好，就算了。五天内来取，你自己看着办，再耍心眼，我就不客气了。"

　　胡轩涛手一挥，大步流星出了门。

　　四天后，胡轩涛所要的东西一样不少，装满了整整四辆马车……

15

转眼又到了深秋，徐州周边的黄泛区一带，大自然露出了萧杀的面目。

一眼望去，原野上草枯叶落，萧瑟荒凉。风掠过光秃秃的树梢，发出凄厉的怪响，就连路边枯瘦的荒草，也被劲风削得只剩下瘦硬的茎梗。风过之处，阵阵沙尘漫天飞舞，沙土中夹杂着枯叶败枝。

在唐庄北边的小路上，走着一个身材瘦削但神情刚毅的中年人，身上裹着薄棉袍。他一路顶着扑面而来的风沙，快步疾走。

此人名叫朱理先，早年投身革命，毕业于济南师范讲习所，在济南领导过学生运动，后加入叶剑英的军官教导团，参加过广州起义。起义失败后，回到老家山东峄县，当了一名乡村教师。日军入侵山东时，他领导过临枣铁路车站暴动，组织过地方武装。台儿庄大战之后，他又率领人民抗日义勇总队进入枣庄。

这次来唐庄，他是专程来找办事处主任胡轩涛的。

朱理先赶往唐庄路上的同时，在唐庄办事处，运河大队和铜山独立营的人正在开会。近段时间以来，虽然大家对外面的情况了解得不多，但都隐约感觉到日军在加强对本地的防守。敌人四处出击"扫荡"，意在削弱当地的抗日力量。运河大队最近两次行动都遭到了敌人的围追堵截，损失不少。召开这次会议就是研究如何应对日军的袭扰，保证队伍的安全。

会上，胡轩涛讲述了当前的形势，大家各抒己见，讨论热烈。会议正在进行中，哨兵过来对胡轩涛说："胡主任，有人来找。"

"哦？来的什么人，问过了吗？"

哨兵说："说是从北边过来的，其他没说什么。"

胡轩涛起身朝大门口走去，院门外站着一个人，浑身尘土。来人看到从屋里走出来的胡轩涛，笑着问："请问你是胡轩涛胡主任吗？"

胡轩涛点点头，问来者："我是胡轩涛，请问你是？"

来人自我介绍："我叫朱理先，是中共山东峄县抗日总动委会主任。"说着，他从棉帽里取出组织介绍信双手递给胡轩涛。胡轩涛赶紧双手接过，拿在手里上下一看，脸上顿时露出了灿烂的笑容，口中连声说着："欢迎！欢迎！"

两人一道进了屋，胡轩涛对屋子里的人说："大家先讨论到这里，我接待一下客人。胡轩宇和佟克明留下，其他人先去忙吧。"

众人离开后，四个人在里间坐下，朱理先谈起了这次奉上级指示来唐庄的目的。朱理先说，八路军一一五师9月就进入了抱犊崮山区，将山东和苏北地区的部分武装整合后组建了第一纵队，以抱犊崮山区为中心建立了大范围的抗日根据地。山区地势复杂，易守难攻，现在抱犊崮山区已经作为部队休整、物资补给的重要地区。他这次来，是落实一一五师政治委员罗荣桓的指示，要求他们联合本地抗日武装，组建新的武装力量，准备应对新的抗战局面。前几天，他先后和薛城的孙庆义、枣庄周营的邵林峰、涧头集的孙振龙等取得了联系。南进支队向上级汇报过胡轩涛的情况，罗荣桓政委要求他一定要联系到四县办事处，把这边的情况摸清楚，为下一步统一规划做前期准备。

清楚对方的来意后，胡轩涛把自己这边的情况做了详细介绍。自从今年春天他们来到唐庄设立办事处后，大力开展抗日宣传，积极发展队伍，现在队伍已发展到四百人左右，下属运河大队两百多人，铜山独立营将近两百人，另有手枪队及办公人员三四十人。近段时间，他们感觉到斗争的形势更为恶劣了，对敌人的动向和企图他们还不是很清楚。今天开会就是讨论今后如何和敌人开展斗争，很可能他们今后固守唐庄会更困难。

朱理先一边听着一边在本子上写写画画，接着胡轩涛的话，他进一步介绍说，最近一段时间，日军为了打通华北和南方敌占区之间的通道，从东北、华北及日本本土抽调兵力到鲁南苏北地区。国民党军队在各个主要战场上采取守势，加上部分军队为保存自身实力，消极抗日。现在还有一个新动向——国民党内的汪精卫集团正暗地里和日本人交涉媾和投降事宜，因此，今后一段时间内的抗战将会更困难。一一五师派主力进驻鲁南，就是为了加强苏鲁地区抗战的力量。中央军委在今年五六月份命令新四军北上，目前部队已遵令向苏南、苏中及皖东地区集结。前段时间，中共中央中原局书记刘少奇同志到达皖东江北指挥部，决定开辟苏北作战区域。这样一来，苏鲁边区的八路军即将与苏北的新四军联手抗敌，这对鲁南、皖东北、苏北及淮海地区的抗战势必会有较大影响。为了配合中央整体部署，地方武装也要整合起来。罗政委的意见是，把苏鲁交界区域的队伍汇聚到一起，人多了，有利于建立一个稳定的抗战区域，进而攻退可守，才能与敌人周旋。

最后，朱理先拍了一下桌子，大声说道："我看黄邱套山区就是一个很好的地方，我想听听你们的意见。"

胡轩涛和胡轩宇彼此对视了一下，两人脸上几乎同时浮现出笑容。

"朱主任，你的想法和我们不谋而合，这个地方我们也比较熟悉，今年在山外几个地方多次和日伪交过手。从当前的情况来看，这个位置确实不错，我们党早年在井冈山建立根据地时，就是充分考虑了如何利用地理优势用兵藏兵，如何积极团结群众建立革命政权，如何在崇山峻岭中与国民党部队周旋，这里虽然方圆小一点，但情况和井冈山类似呀。"胡轩宇说完目光转向大哥胡轩涛。

胡轩涛赞许地看着弟弟，动情地说道："井冈山我没去过，但黄邱套也是山区，可守可攻，可进可出，确实是驻扎打仗的好地方，我完全同意你们两个的意见！另外，黄邱套这里有十八个山、十八个庄子，十八是个吉利数字，谁打我们，谁就倒霉！"

胡轩涛的话音一落，屋内立刻响起一片笑声。

"管，我回去就把这里的情况向罗政委汇报，估计很快就会给你们准信。那我不坐了，时间不等人，顺道我还要拐个弯。"朱理先说完起身就要走，胡轩涛赶紧上前拦住说："你走这么远的路再赶回去，人哪受得了？先吃点东西再走，等一会儿给你牵匹马，省得你两条腿'步辇儿'费劲。"

"不不，吃点东西是可以，但马肯定不行。我沿路来，敌人的据点很多，骑马哪能过去呀？再说，我也不会骑马，心意领了。"朱理先挝了一下头皮，略显尴尬地说道。

胡轩涛赶紧张罗做饭，草草吃了一点东西，朱理先便离开了唐庄。胡轩涛与几个人商量下一步行动方案，要求参加会议的人尽快把情况向队员说明，做好队伍转移的准备。

天亮时，外面下起了雨夹雪，胡轩涛正在洗漱。胡轩宇急匆匆从村里跑了过来，一脸慌张，进门就喊："大哥，大哥！"

胡轩涛喝了一句："快说，出什么事了？"

"大哥，我们的人跑了。"胡轩宇显得很紧张。

"啥？"胡轩涛惊住了，但样子还是比轩宇镇定不了多少，猛然转过身，顾不上擦去脸上的水珠，湿漉漉的双手一把抓住轩宇，"到底咋回事？说说具体情况！"

"早晨集合队伍时，我发现少了人，清点后，有二十七人不在，问过站岗的说，这些人是翻墙走的，武器也带走了，还有两个不愿意走的，听说他们要到章庄，最终往哪跑，他们也不知道。"

"领头的叫啥？"

"马安怀，就是九月底带着一些人来到我们这里的那个人。"

"不行！不能让他们就这么走了，他们这一走对队伍影响很大，会扰乱军心的。你把没走的两个人带上，我把手枪队带上，骑马追！"胡轩涛把毛巾一扔，大声喊道，"石千生！石千生！"

手枪队队长石千生跑过来："到！"

"集合队伍！赶紧牵马，马上走！"

"是！"

二十多匹战马飞奔而去，唐庄距离章庄只有十几里路，心急马快，片刻工夫就到了。胡轩涛远远看见一个哨兵跑进了一个院子，估计脱离队伍出走的人就在里面。胡轩涛没有犹豫，策马来到院门外，下了马冲进院内。院子里的人都端着枪，看到有人进来，顿时惊慌失措。胡轩涛大喊："马安怀，你出来！"

马安怀神色慌张，匆忙从屋里走到门口，叫了一声："胡……胡主任！"

胡轩涛没有理他，径直走进屋里。屋主人看见来的一拨人个个气势汹汹，赶紧躲进里屋。胡轩涛瞪了马安怀一眼，问："你这是啥意思？"

马安怀战战兢兢地解释："胡主任，听说队伍要拉到山里，我们都是本地人，家里都有老有小，一进山里出不来那咋办？再说，我们都来两三个月了，没有一点饷银，这哪行啊，家里那些人谁来养活啊？”

胡轩涛微微怔了一下，他没想到马安怀出走的原因这么"单纯"，想了一下，问道："那你为啥加入我们的队伍？"

"不想受小鬼子欺负。"

"你也知道恨鬼子，你自己看看我们八路军队伍哪个不是为这个来的，又有哪个领过饷银？鬼子赶不走，老百姓能过上啥好日子？我承认，现在我们条件是不好，没法满足大家的要求，但都不抗日，你想过今后会有什么情况吗？你走我不拦着，但枪得留下啊，你不打鬼子，我胡轩涛也不勉强，你这样把人带走，会给队伍造成很恶劣的影响，你知道不知道？"

马安怀不敢作声，勾着脖子，眼珠子乱转。胡轩涛起身说："你跟我到院子里！"

胡轩涛来到院子，马安怀站在他身后。胡轩涛对大家说："各位兄弟，我胡轩涛带领大家是为了打鬼子，现在八路军和新四军都在往我们这里集中，目的就是赶跑鬼子，今后的形势将会一天天好转。你们都是受鬼子的欺负才来的，我也不想天天东躲西藏，我也想在家过安稳日子，但小日本和汉奸不让啊！行，你们可以走，现在你走到哪儿都有鬼子和汉奸，还不是一样受苦受气？这么简单的道理你们就不明白吗？现在我追过来，没有其他想法，如果愿意跟我去抗日的一起走，不愿意的把枪交出，绝不阻拦！"

院子里所有人都没说话，胡轩涛最后说："那行，既然大家都愿意留在队伍，这事就既往不咎，回吧！"马安怀眨了眨眼睛，低下了头，没说话。

胡轩涛等人牵着马开始往回赶，才走了里把地，突然后面传来喊声："有人跑了。"

胡轩涛等人赶紧回头看，只见四个人正顺着西边的小道狂奔，旁边有人啐了一口："呸！还是马安怀那个狗娘养的！"胡轩涛闻言也忍不住骂了一句，看来这家伙是不见棺材不死心啊！说着跨上战马，带着几个人追去。

马走如飞，追几个"步辇儿"，自然不在话下。就在追到距马安怀他们一二十米处时，马安怀猛然举枪后射。胡轩涛他们怎么也没想到这几个走投无路的家伙居然敢开枪，当下不再犹豫开枪还击。三人被枪击中，一人跪地投降。

中弹的三人已经毙命，其中就有马安怀。跪地投降的一脸煞白，惊恐地看着来人，石千生一脚踹了上去，然后用枪对准此人，胡轩涛大声制止说：

"把枪拿过来就行了，随他去吧，我看他后面的日子咋过下去，今后也不要再来找我们了。"石千生闻言奋起一脚，把这个家伙踹翻在地。

胡轩涛又看了一眼受伤的人，摇摇头，心事重重地带领众人原路返回。

几天后，朱理先那边传来了消息。

八路军一一五师政治部决定在苏鲁边区成立统一的抗日武装，各个抗日武装的负责人即刻前往薛城周营商讨相关事宜。

胡轩涛带上几个人穿过道道封锁线前往周营。在距离周营几百米远处就听到村里热热闹闹的，快到村口时，被两个拿红缨枪的少年拦住去路。胡轩涛看着少年稚嫩的脸庞上满是认真严肃的表情，十分配合地出示了路条介绍信，一个少年看了几眼介绍信上的大红印，马上扛着红缨枪跑进村去。另一个少年横着红缨枪有点紧张地继续拦着胡轩涛几人。胡轩涛冲这少年点头笑了笑，那少年不由得更增加了几分紧张，暗暗地握紧了手中的红缨枪，枪头那一簇红艳艳的缨子在风中显得分外娇艳。过了一会儿，一个年轻人从村里出来走到胡轩涛跟前："我是纪清，负责接待工作，请问你们是？"

"我是四县办事处的胡轩涛，接到上级命令前来这里报到。"胡轩涛答道。

"欢迎欢迎，大部分同志都到了，你们随我来。"纪清热情地和每个人握手寒暄，领着大家进了村。胡轩涛回头冲那横摆红缨枪的少年挥了挥手，颔首一笑，那少年马上挂着枪杆，挺起胸，朝胡轩涛也微笑着点头致意。

几个人顺着村中的小路向北快走疾行。路边的男女老少脸上都挂着喜气，孩子们兴高采烈地又蹦又跳。胡轩涛几个人进了一间屋子，纪清说："你们一路辛苦了，先休息休息，这间房子就是为你们几个准备的，条件比较简陋，将就一下吧，有什么事我会安排人过来喊你们的。"

第二天早饭后，胡轩涛接到通知来到西边的一个院子里，看到干干净净的院中央摆着十几把椅子。朱理先看见胡轩涛来了，立刻上前打招呼。等大家坐定后，朱理先朝大家招招手，会场里安静了下来，朱理先宣布开会："今天将大家召集在一块开这个会，最主要的议题就是成立一支统一的队伍。我来这儿之前，罗荣桓政委特意交代我，台儿庄运河这一带，临近徐州，又紧挨着津浦和陇海铁路，地理位置十分重要。他指示我们一定要在这里建立一支八路军领导下的队伍，举起八路军的旗帜，将多支抗日武装团结起来，握成一个拳头痛击敌人，在运河两岸打出一片新天地。关于这支队伍的名称，罗政委认为既然队伍活动在运河两岸，人数有一千多人，相当于一个支队的力量，他建议队伍叫'运河支队'，大家看看有什么意见没有？"

"这个名字好，运河连接江苏和山东，我们和罗政委想到一起去了！"胡轩涛按捺不住内心的激动。

对"运河支队"的名字，胡轩涛和其他人纷纷点头表示同意，朱理先见大家都没有意见，便带领大家鼓掌通过。

一支日后活跃在运河两岸，令日伪闻风丧胆的抗日队伍，从此成立。

会场上气氛热烈。朱理先继续说道："根据八路军一一五师首长的指示，经研究决定，对新成立的运河支队的领导任命如下：孙庆义担任支队长，由我本人担任政治部委员，邵林峰担任副支队长，胡轩涛担任参谋长，孙振龙担任二大队大队长兼峄县第六区区长。"

接着，朱理先向大家介绍了运河支队的每位新任领导的基本情况，运河支队领导层的新成员，彼此很快就熟悉了。胡轩涛从朱理先的介绍中得知，新任领导中三个人上过高等学校，四人在国民党政府担任过职务，之前在指挥对日军的作战中都有着丰富的经验，都有较大的影响，和这样的同事一起抗日，他心里有底。最后，会议就运河支队应该在哪里建立根据地进行了讨论，大家一致认为黄邱套山区最合适作为运河支队的根据地。

支队领导经过商议，确定了运河支队所属直属部门为参谋处、政治处、供给处、警卫队、手枪队、干部教导队。支队下辖三个作战部队——一大队、二大队和铜山独立营。

黄邱套，位于贾汪、台儿庄和邳县之间，绵延数十里，又叫十八黄邱。此地四面环山，山山毗邻，连绵的群山之中散落着十八个村庄，山间有田地，临山有溪流，地势险峻，可攻可守。山套以外，往南三十里是陇海铁路，往北十五里就是运河。

根据统一部署，几支抗日武装分别从四个方向挺进黄邱套。

黄邱套由于其特殊的地理位置，多年来就一直没有平静过。这里长期由土匪和枪会盘踞，多帮土匪和枪会之间有冲突，也有协作。此时在黄邱套主要有三股势力，一股是郭宝山为首的红枪会，另一股是"油麻子"为首的土匪，还有一股是侯美金为首的土匪。三股势力中侯美金实力最强，是典型的悍匪和亡命之徒。三股人马的屯扎地相距都在五六里左右，每股势力各占一山，且把营寨安扎在半山坡。现在八路军看中了这个地方，势必会影响到这些人的活动范围。前两天，"油麻子"的手下抓了一个运河支队派往山里侦察地形的队员，才知道八路军即将进入山区，现在这个侦察员还在"油麻子"手里羁押着。

"油麻子"四十出头，父亲那一代开油坊，从小就调皮捣蛋，五岁时出麻疹留下一脸芝麻大小的麻子，于是有了"油麻子"的绰号。他父母去世得早，两个姐姐早早出嫁，这样"油麻子"无人照顾又无人管束，像浮萍一样四处漂荡。此人不愿出苦力谋生，慢慢纠集一些人拉起了杆子。时间一长，"油麻子"在周边也有了一定的名气。"油麻子"平时与郭宝山、侯美金来往并不多，但这次听说八路军要来，顿时成了惊弓之鸟。他十分清楚，仅凭自己那点人马和鸟铳土炮是难以抵挡八路军的，并且八路军也不是专门冲自己来的，天塌了，砸的不仅仅是他一个人，他就寻思着找郭宝山商议对策。之前他与郭宝山见过两面，关系不冷不热，也没有发生过大的冲突。郭宝山实力比"油麻子"强一些，且脑子转得比常人要快。

"油麻子"坐不住了，就带着两个随从上门拜访郭宝山。二人一见面，"油麻子"满脸忧愁，说话开门见山："郭兄，这八路军一来，咱是走是留，今天兄弟来，想听听你的高见。"

"麻子老弟，这事也让我纠缠啊！"郭宝山淡淡看了一眼"油麻子"，扛着头说道，"我是这么想的，你也帮我断断事。听说八路是抗日的，咱为啥躲到这鬼不生蛋的地方，还不是外面咱没法待吗？这日本人一来，咱更没有啥出路，我看干脆就和八路合到一块去算了！"

"啊！""油麻子"感到很震惊，"郭兄，你咋会有这个想法？如果那样，我今天来有啥球意思？"

郭宝山笑笑，朝"油麻子"晃晃手："麻子，你也不想想，就凭我们两家，就这几个毛人，人家八路一来，还不像黄鼠狼进鸡棚，一搅和就炸窝啦。人家手里都是啥东西，咱手里都有啥？咱和人家一碰，都是白搭熊！"

"油麻子"没了辙，无奈地摇摇头，郭宝山说的都是事实。郭宝山继续说道："麻子，要不你看看老侯那里啥想法？"

"我找那个憨熊？我才不呢！你看他那张嘴，比鲇鱼还宽，谁能喂饱他呀？"油麻子"直摇头，郭宝山看他这个样子，笑了两声说："你离他那近一点，要不这样，我写封信，你辛苦一趟？"

"油麻子"的地盘在张庄，相当于黄邱套山区这一带的门户，一旦八路军进山来，首先要占的地盘就是他手里的几个村，而郭宝山、侯美金两人占据的地方偏里。"油麻子"心里盘算，现在郭宝山这家伙让自己去侯美金那儿跑腿，大概也是估算到八路军来了对他"油麻子"最为不利，如果自己不去忙这活儿，最先遭到八路军攻击的肯定是他。郭宝山此时心里也在打自己的算盘：三帮人马中"油麻子"实力最弱，侯美金实力又比自己强。如果以后三股能合成一股，谁当老大是关键！到底谁说了算呢？如果这时"油麻子"能拿着自己写的信送到侯美金那边，那不就从侧面证明"油麻子"听他郭宝山的吗！这样侯美金那边就得掂量掂量他郭宝山的分量。无奈之下，"油麻子"只能答应前去送信。

"油麻子"带着郭宝山的信，一番周折后找到了侯美金。"油麻子"不识字，直接就把信递给了侯美金。侯美金看后问道："麻子老弟，信我看了，明白郭兄的意思，他的想法有道理。我想听听你的想法，咱如果合到一起，后面咋弄？"

侯美金提出的这个问题，"油麻子"倒没认真考虑过，就不动脑子实话实说："现在的麻烦是八路那里，咱弟兄咋办都好说。"

侯美金脑袋往"油麻子"这边探了探，问道："那郭兄为啥不亲自来，而是指使你来谈事？"

"这……""油麻子"扛了扛头，不知如何应答，就随口说，"侯兄，这个我不明白，兄弟我就是来传传话，如果你这里有其他想法，那我就回。"说着，屁股就离开了椅子。

侯美金苦笑了一下，连忙拦着他："麻子老弟，你咋这么急性子嘛，咱弟兄俩，虽然交往不多，但我相信你和郭兄交往也不深，你来是商量事的，我哪能慢待你啊！郭兄为啥让你来说，你想想看他是什么想法？那我就说句实话，郭宝山还不是对咱有防范吗，如果大家合一起，谁主事？你是把信带来了，但你是为他来传话的，你没想过郭兄这样安排的目的吗？还不是以此证明你们是一起的，只是通知我来而已，你说呢？"侯美金边说边瞅着"油麻子"脸上的变化。

"油麻子"听完侯美金的点拨，抓耳挠腮好一阵子，最后像是明白了什么："侯兄，你说的这些我还真没想到。哎呀，大家都说我笨，还真没说错，那后面咋弄？"

　　侯美金一看"油麻子"进了套子，补充说："我与郭兄早就认识，他啥人我还不清楚？像泥鳅一样又黏又滑，他让你为他跑腿，自己却不出面，意思是你们之间已经同意合作一处，只是把这个意思告诉我一声。我看你回去就说，我同意大家合到一起，只要八路来，咱就齐心协力，八路不来，咱还各过各的，行不行？"

　　"管！""油麻子"喜出望外，心里却在想，他妈的自己反正也不想听哪个使唤，还能一起对付八路，只要让八路不进山就行。

　　"油麻子"连饭都没吃，就急匆匆带着随从走了。一路上，他一直在琢磨郭侯两边的说辞，突然他拍了一下自己的脑袋，骂了一句："他奶奶的，都拿老子当憨熊！管，那老子看看到底谁是憨熊货。"

16

根据八路军一一五师政委罗荣桓的指示，运河支队的几支武装仍按原来的斗争范围驻留原地，胡轩涛领导的队伍驻留的范围是黄邱套山区。

胡轩涛计划把队伍分成三批进山，自己带领办事处和手枪队第一批，佟克明第二批，运河大队第三批。他的这个想法，就是让先行的队伍寻到新的地点安扎下来，为后续的队伍打前阵。在离开唐庄的当天下午，他向村里一户人家借了一块结婚用的红布，做了三面红旗。

第二天清晨，迎着朝阳，胡轩涛早早率领四十人的队伍就出发了。

进了山套，队伍顺着溪流向东行进，走了半天，远远地看见在溪边平地一块大石头上坐着一个人。庄稼人习惯早起忙活，胡轩涛并没有在意，命令队伍继续前进。队伍离大石头很近时，那人从身后拿出一杆火铳，朝天就是一铳。"轰"的一声巨响后，从溪流两边草丛中一下子钻出几十号人。正当胡轩涛思考着如何应对时，站在最前面的一个人高声喊道："你们是八路吧，我们迎接你们来了。"

胡轩涛厉声问："你们是哪一部分的？"

对面回答："我姓尤，别人都叫我'油麻子'。"

先前派出侦察的队员给胡轩涛介绍过"油麻子"。胡轩涛领着队伍继续向前走，和"油麻子"的人马会合到一处。"油麻子"很是热情，两只手攥着胡轩涛的一只手不丢，边晃边说："你们一来我就放心了，我是一心想和小鬼子撕巴撕巴，就是力量不够，有你们撑腰，我就有底气啦。"

一路上，"油麻子"的那张嘴一刻都没闲着，"嘚嘚嘚"地向胡轩涛详细讲述着山区里的情况，还特意把郭宝山和侯美金添油加醋地"描述"一番。等到了"油麻子"的大营，他就招呼手下支起大灶，为四十多人接风洗尘。

席间，"油麻子"问："你们这一来，有什么计划？郭宝山那里我早就说好了，那里位置比较好，去他那里最好。"

胡轩涛说："我们来的又不是这么点人，得找个大一点的地方，这个等等再说。你说的郭宝山那里，我们倒可以去拜访拜访。"

"那可以呀！吃完饭就可以去，他那里条件比我这儿强，咱去了，他晚上还能不好好招待一顿？""油麻子"心花怒放，这几天与郭、侯两人的接触，让他学到了不少东西，现在有八路军撑腰，那两个人还不得对自己另眼相看。"油麻子"心里有自己的小九九：既然算计不过他们，那他就抬出八路去压压他们。这两个"胎货"，让他麻子来回跑腿不说，心里还相互猜忌，他也想让他们尝尝狗眼看人低的滋味。

吃过午饭，"油麻子"和胡轩涛带着几个人前往郭宝山的红枪会寨营。到了寨门，岗哨一看是"油麻子"，赶紧大开寨门放他们进去。

此时，郭宝山正在午睡，听闻"油麻子"到来，心里有点不耐烦。但人既然来了，又不知这小子这时候来有什么事儿求自己，就起床来到大堂。他抬眼一看，大堂里还有几人，其中一人还穿着八路军的衣服，心里"咯噔"一下，脸上变戏法一样瞬间挤出笑容，问"油麻子"："麻子老弟，你来也不打声招呼，你看我这慌里慌张的，这不是让你哥失礼吗？"

"郭兄，我来介绍一下。""油麻子"斜了一眼郭宝山，"这位是八路军运河支队的胡参谋长，前面我们接触了几次。我和胡参谋长处得很不错，上午他们大部队来到我那里，午饭就是我招待的。郭兄，上次我们弟兄两个不是谈到一起抗日吗，胡参谋长对你的态度很满意，就急着到你这里来。本来中午准备弄几杯，为了赶时间，胡参谋长一滴也没喝。"说这番话的语调语气，"油麻子"把握得十分到位，完全没有了上次见郭宝山时的低声下气。说完，他立刻退后半步站到胡轩涛身边。

郭宝山一眼就看出了"油麻子"的鬼心眼，当下他也懒得计较，大步跨上前，紧紧抓着胡轩涛的手，热情地招呼大家落座，他自己没敢坐大堂中间的太师椅上，而是和胡轩涛侧向而坐。胡轩涛坦然一笑后，自我介绍道："郭兄，全民抗战已然是大势所趋，我们八路军成立了运河支队，隶属于八路军一一五师。日本人在我们的土地上烧杀抢掠，无恶不作，今天来贵地，就是想和您谈谈联手抗日的大事。前面听人介绍过您，我由衷敬佩，就慕名前来叨扰。"

"哪里哪里，我也就是一介草民。"郭宝山摆着手，故作谦逊地拽了一句文绉绉的话，而后又豪爽地"哈哈"笑了两声，扭脸望着胡轩涛，"胡老弟看上去年轻有为，今后能和你相处一地，我是备感荣幸的呀，就是不知八路军今后如何打算？"

"八路军联合抗日队伍有自己的原则，能齐心协力就能在一块，对地方上的队伍没有过多的要求，也不会影响地方队伍的生存，但对三心二意的汉奸就另当别论了。"胡轩涛的话直来直去。

"这个我明白，但我这庙小人少，担心出不了大力呀！"郭宝山打着哈哈回话。

"打鬼子是我们的责任，我们也不是论功行赏，大家有人出人，有枪出枪，只要能站在抗日大局上，都没问题。"胡轩涛接着说。

"胡参谋长，我这百十号人该怎么配合你们呢？是加入你们，还是各自管好自己的地盘，你尽管说，在抗日这块，我郭宝山还是有胸怀的。"

胡轩涛笑了笑，说道："看来郭兄还是有顾虑啊。好，那我们就开诚布公，不藏着掖着：我们八路军是共产党领导的部队，一向要求很严，绝不会打着抗日的旗号谋取私利，更不会欺凌弱小，只要大家都站在抗日这一边，就都是我们的朋友。"

郭宝山一边听着一边点着头，又问道："胡参谋长，你们准备派多少人到我们这里啊？"

"这个不好说，我们的人是不少，全部集中到黄邱套也不现实，这也要看时局的发展，上级要求我们要借此有利位置建立根据地，这个可能是长期的。郭兄，有什么想法和顾虑，尽管竹筒倒豆子——一个不留地说出来！"

"没、没，我还担心你们待个把月就走了！如果能长住下来，那我们这里不就更安全了吗？"郭宝山言不由衷，但脸上还是挂着笑容。

两人谈了许久，胡轩涛提出想在周围看看，郭宝山答应了。

胡轩涛先跨出大门，"油麻子"正准备跟上去，被郭宝山一把拽住胳膊，低声说道："你个憨熊货，也不提前放个屁就把人带来了。"

"油麻子"把郭宝山的手扒拉下来，一脸贼笑："你不是同意大家一起打小日本吗，人家感兴趣啊，再说我的朋友不就是你的朋友吗？"

郭宝山无奈地摇了摇头，嘟哝一句："好你个'油麻子'，现在也敢跟我胡扯蛋啦。"

转了一圈后，在郭宝山的挽留下，胡轩涛等人留下吃了晚饭，晚饭后和"油麻子"一起赶了回去。

胡轩涛等人离开后，郭宝山立即修书一封，第二天天没亮就差人送往侯美金处。那一夜，郭宝山心里焦躁不安——"油麻子"这个人不可信，而即将到来的八路军更是让他忐忑不安。如果日本人来了，八路一跑，自己跑不了，日本人知道自己和八路之间有扯巴，日本人会放过自己？下一步怎么办？不如大家都相安无事，各过各的，世道易变，该谁倒霉谁就倒霉，听天由命吧……

第二天，胡轩涛带人在附近几个村庄查看了一番。当天晚上，"油麻子"提议他去会会侯美金。胡轩涛同意，指派范月银三个人随"油麻子"前往，并做了一番交代。

"油麻子"带着三个人来到了寨门外。经通报后，"油麻子"、范月银带一名战士进寨，另一名战士守在寨门外。眼看着日影偏移，树影挪位，"油麻子"三人已进去多时，却仍不见出来，留守战士顿感事有蹊跷，急急忙忙跑回来报告胡轩涛。胡轩涛闻报，心生疑窦，和正好赶来的佟克明一商量，就集合队伍，带着人马向赵圩子赶来。

众人来到寨门外一看，寨门紧闭，空无一人。

胡轩涛皱起眉头看了看佟克明，佟克明心领神会，扯着嗓子大声喊道："侯寨主在吗？我们是八路军运河支队，前来有要事相商，请打开寨门！"

佟克明喊过三遍，里面才传出回应："我们寨主不在，请回吧！"

"我们的人在里面，让他们出来！"佟克明提高嗓门吼道。

"没看到你们的人。"

胡轩涛、佟克明闻言立刻意识到出了意外，命令部队做好战斗准备，接着佟克明朝寨门大喊："少废话！再不开门，我们就动手啦！"

"可以啊，也不看看老子是干什么吃的！"里面喊话的人回应道。

话音刚落，佟克明对身边的战士挥了挥手。他身后的战士便猫着腰，朝寨门两边摸去。就在战士们靠近寨门时，里面射出一串子弹，一名战士应声倒地。佟克明怒火中烧，恨不能马上砸开寨门，揪出那个放冷枪的家伙。但他没有硬攻，冷静地观察四周后，看到东边有一条深沟，就命令几名战士顺着深沟做隐蔽，悄悄靠近东边的寨门，随着接二连三的手榴弹的爆炸声，木制围栏被炸开一个缺口，战士们趁机冲了进去。寨门正面的战士也开始发起强攻，很快就冲到寨门外，寨门里的人难以抵挡，只得往里面撤退。

侯美金手下的土匪，用的家伙大多都是鸟枪、火铳，长距离射击的武器极为匮乏。在独立营两面的攻击下，土匪们开始朝山上逃跑。佟克明带人冲进大厅时，土匪们已经跑光，但大厅后面的地上躺着范月银和另一名战士，均已牺牲。佟克明挥起手枪准备继续朝山坡上进攻。"油麻子"不知从哪里冒了出来，只见他脸上有几道血印子，嘴巴还在淌着血，他拦住佟克明："别追了，人已经跑了。"

战友的牺牲让佟克明心里十分痛苦，他留下二十个人看守营寨，自己带着其他人回到"油麻子"的驻地。见到胡轩涛，"油麻子"一五一十地把事情经过描述了一遍——自己见到侯美金，没想到侯美金一反常态，先把范月银和战士绑了起来。侯美金说，不管是日本人还是八路，一概和他没关系。八路他信不过，来了还不就是想吃掉他吗？他只想占山为王，只要自己手里有家伙，谁也奈何不了他。今天八路军来人时，他就在侯美金旁边，听到外面枪响，侯美金开枪打死了范月银两人。当时他看情况不对，就趁机跑了出去，在一个柴垛后面藏了起来，没想到八路军的人很快就打了进来。侯美金手下人看抵挡不住，就往后山上跑，他这才保住一条命。

"油麻子"说到最后，气愤地骂了一句："侯美金这个王八蛋，前几天还说得好好的，今天说变卦就变卦。"

思考片刻后，胡轩涛安慰"油麻子"好好休息，然后和佟克明商量下一步计划。两个人都默不作声，战友的牺牲，让他们心里无比难过。这个仇必须得报！两人最后决定先占据侯美金的营寨作为自己队伍的驻扎地。

第二天，铜山独立营和手枪队就开进了赵圩子南边的山坡上。

"油麻子"见胡轩涛没有对自己做交代，心里有点不托底，就赶往郭宝山那里。

一见面，"油麻子"把昨天发生的事情一说，郭宝山大吃一惊，但很快又镇定了下来。

"老弟啊，不是我说你，你老哥毕竟比你多吃几年饭，对事情还是有判断的，侯大嘴那里根本就靠不住，我和他打交道比你早，他啥人我还能不清楚？两面三刀不说，他就认他自己，仗着自己人多枪多，能把谁放到眼里？人家八路来找他一起抗日，这不是好事吗？他还摆着个熊脸，活该！这种人就应该让八路治他一下子，上次咱兄弟俩咋说的？不是都同意和八路一起打鬼子嘛！他胸襟不够宽，这个得靠自己的悟性。他没有，咱就没办法了。"

"那个屌玩意儿真不是东西，他妈的到这个地步就是活该。""油麻子"也附和着骂了一句，"郭兄，你还别说，人家八路就是厉害，从我听到枪响到打上来，一锅烟工夫都不到。"

"行啦，这种人还值当咱骂吗，老弟，这下面咋弄？你和八路走得近，你说说看。"

"我是定下来跟着八路啦，小日本那里也不可能拿咱当人，跟着八路把小日本赶跑，小日本被打跑后，人家八路也不可能窝在咱这套里，后面这里还不是咱的天下吗？"

"也对，但侯大嘴那里今后不知咋弄，这个王八蛋毕竟没打死，万一他东山再起，看到咱跟着八路，该不会找咱的麻烦吧？"

"这有啥，有八路给咱撑腰，怕他个球。"

"老弟，我是担心，八路这么搞他一下，这小子不会狗急跳墙，去找鬼子吧？"

"让他找去呗！如果他和小日本裹到一块，不就坐实了他和鬼子有扯巴吗？八路还能给他好果子吃？"

两个人相视一笑，当晚"油麻子"就在郭宝山这里住了下来。

运河支队经过将近一个月时间的编练整顿，一半兵力开进了黄邱套，另一半屯驻在山套外围，敌人此时还没有察觉到运河支队的踪迹，山区内有了短暂的平静。但山外依然不平静，日伪军除了加强矿区和铁路沿线的巡逻和扫荡外，仍然四处出击，伺机消灭散布各地的抗日武装。在日军淫威之下，大一点的队伍逐渐靠拢会合，零散的队伍处境则更为艰难，随时面临被敌人分割包围的危险。

贾汪矿区西南的四湾村，去年开春来了三家姓黄的猎户。他们同属一族，本来居住在微山湖边，世代以打猎捕鱼为生，到了这一代叔伯兄弟共有十一个，还在做着祖辈传下的行当。鬼子来了，微山湖被日军占据，他们生活难以为继，只能往南逃难，就到了四湾村。四湾村本来人口不少，一来打仗时死了不少，二来外出逃难走了不少，村里空出许多房屋和田地。黄姓三家来到村里后，住下来一年多，总算站稳脚跟，日子也有了起色。因为是外来户，他们在村里处事低调，和睦乡邻。

但麻烦还是找上了门。

按照日伪定下的规矩，当地每家两个壮劳力需出一人下矿干活，三个壮劳力可以出一人，但需补上两斗麦子、一斗杂粮。黄家叔伯兄弟这一辈十八岁至四十岁之间的劳动力有十一人，算上一个稍年轻点的父辈，要有六人下矿挖煤，三家共有三十多口人要养活，仅靠剩下的六个壮劳力刨地养家，这日子就难了。保长戴文正因为黄家男丁多，对黄家本就有所忌惮，现在每家要抽男人下煤矿，正好可以借此机会削弱黄家实力，便上门去极力鼓动黄家出人下矿。黄家兄弟也看清了保长的意图，知道一旦下井十有七八难以保命，任凭保长如何劝说，死活就是不肯答应。戴保长见黄家不知道好歹，就悄悄找到治安队，举报黄家有枪支，图谋不轨。治安队队长彭二民一听来了劲，带了二十多人来到四湾村，先从黄家的房子里搜出几杆猎枪，接着又要抓人。黄家十几条汉子手握铁锹、钉耙要跟治安队拼命，被治安队开枪击伤两个，两个冲在最前面的兄弟被治安队强制带走了。

因为此时的主要集镇有了运河支队的地下交通员，所以消息传得很快，第三天胡轩涛就得知了这一消息。

获悉消息的那天晚上，胡轩涛赶到贾汪邵金强家。邵金强见到胡轩涛，又惊又喜，问道："你现在都忙些啥呀？好长时间没有见到你了。"

胡轩涛接过邵金强妻子递过来的茶杯放到一边，对邵金强说："你先坐下，说正事。"

待邵金强坐定，胡轩涛把四湾村黄姓兄弟家里发生的事说了一遍。邵金强想了一下，说："你管这些八竿子打不着的事干吗？弄不好会惹火烧身的。"

"这事和我跟的那位带头大哥有关，不管不行。"胡轩涛板着脸回答。

"好吧，那个队长我认识，我来找他。"

"那你咋说？"胡轩涛问道。

邵金强显得很轻松："就说是我的亲戚或朋友呗。"

"如果日本人知道了，怎么去解决？"

邵金强愣住了。

"你把这个队长的情况介绍一下就行，这个事我来处理。"胡轩涛道。

邵金强满腹疑虑，不过还是把彭队长的情况对胡轩涛详说了一遍。介绍完，邵金强还是忍不住问道："就你一个人能解决？"

胡轩涛没有正面回答，端起面前的茶盏，浅啜一口，咂摸了一下滋味，意味深长地笑了笑。稍坐片刻后，胡轩涛起身告辞。邵金强站在门外，直到胡轩涛高大的背影融进夜色里，才反身进屋。

治安队队长彭二民有个相好，住在铁道边的杨柳巷。

胡轩涛找到杨柳巷彭二民相好的住处，敲开了门，不由分说便闯了进去，弄得颇有几分姿色的小娘儿们手足无措，还以为进了贼。胡轩涛进门后什么也不说，"哗啦"一声，先扔十块银圆在桌子上，女人直勾勾地盯着滚动的银圆，甚至都忘了问胡轩涛是谁，是来干什么的。胡轩涛望着见钱眼开的女人说："今天找你就一件事，彭二民抓了我带头大哥的两个老表，我也不想和他打照面，希望你帮我这个忙，人一旦放出，再付十块银圆如何？"

俊俏的女人愣了一下，说："我一个女人家，不怕你笑话，要不是图个安稳日子，我才不会和他处的。你们男人之间的事，我哪敢插手？再说他也不一定会听我的。"

"这个钱就放到这里了，你看着办吧。你老家峄县山亭我也去过了，不是我有其他想法，我大哥拉杆子也不容易，一大帮弟兄也要吃要喝的，希望这事没能使你为难。"胡轩涛一边说，一边注意女人的神色。女人的脸颊微微动了两下。胡轩涛趁机说道："彭二民现在混得不错，但再怎么着也得为今后考虑考虑，人无千日好，花无百日红。如果两天后我大哥老表还没回家，后面好不好的，红不红的，就很难说了。"

女人明白胡轩涛话里的意思，盯着桌子上白花花的银圆，眼睛拔不出来，但嘴里还是应承道："那行，我试试吧！但如果我说不动，你也别为难我还有我的家人。"

"这你看着办，那我回去就等人了。"说完胡轩涛盯了女人一眼，目光威严冷峻，吓得女人脸色煞白。女人挪了一下身子，胡轩涛侧身出门。

晚上，彭二民酒劲掺杂着欲火进了女人的屋，一进门就着急忙慌地脱衣服。与彭二民猴急的样子相反，油灯下的女人却纹丝不动。彭二民有点纳闷，问："怎么啦？赶紧上床啊！"

"上什么床？你一来就知道干这个破事。"女人把身子扭到一边，不理他。

彭二民弯下腰，贴着女人的脸，觍着笑脸问："咋？有什么事吗？你说啊！"

女人转过半个身子问："你前几天是不是在四湾村抓了两个人？"

"是啊，你咋知道的？"

"我咋知道的，那是俺娘家人，你得给我放了。要是不放，以后你也别来这里了。"女人绷着脸说道。

彭二民感到十分诧异，问："你怎么知道的？谁告诉你的？"

女人猛地起身，指着彭二民大呼道："只许你抓人，就不许我知道啊！谁告诉我的？告诉你，娘家人说了，你放人，大家都好，不放人，就走着瞧。"

"他妈的谁这么狠，你告诉老子，看我不弄死他。"彭二民的憨劲上来了，但女人不理他这一套，接着说："这事你看着办吧！"

欲火中烧的彭二民没想到女人这么坚决，只能答应："管，管，我的姑奶奶，咱先办事，明天我就放人。"接着又劝了好一会儿，女人才半推半就陪他上了床。

两天后，只回来了一个人。胡轩涛再次登门，女人一听，气得火冒三丈，胡轩涛说："别急，他什么时候还会再来？"

女人回答："这个憨熊货不会超过三天的，今天就会来。"

"那好，我晚上来。"

果不其然，彭二民晚上就急匆匆地进了屋，女人一脸怒色："你答应我的，为啥只放一个人？"

"我的小乖乖哟，我能放一个就不容易了，人都下矿了，就那一个，还硬是从井下捞出来的。"彭二民借机在女人脸上亲了一口，女人厌烦地狠狠擦了一下脸颊。

这时，敲门声传来，彭二民惊恐地问："这时候谁会来？"

女人淡淡地回答："俺娘家人。"

彭二民立马掏出手枪，躲在门后。房门随即被推开，胡轩涛带着四个人走了进来，径直走到椅子前坐下。

"把枪放下吧，我们是谈事的，不是来杀人的。要是想杀你，你还能走进这个屋？"胡轩涛说完，一屁股坐了下来。

彭二民怔怔地把端着的手枪垂了下去，不过仍死死握在手里，随胡轩涛来的人上前一把就下了他的手枪。彭二民的态度立马软了下来，赔着笑脸问："这位大哥，你有事尽管说。"

胡轩涛瞪了他一眼："你占了我妹子多少便宜，这个我就不多说了，给你说个熊事还办得半半拉拉的。咋，见不到你人，你就给我胡球扯是不是？"

"我刚和你妹子说了，这人我能弄出来一个就不容易了。"彭二民的脸，这时候都能拧出苦水了。

"嗯？"胡轩涛起身贴近彭二民，彭二民吓得后退一步。胡轩涛眼睛盯着他："我妹子付出这么多，你一句话就完了，你老婆那里的两个兔崽子，你还要不要？"

彭二民这时候意识到自己遇到了硬茬，"扑通"跪下来哀求道："大哥，我答应你明天就把人放了，就是我自己下矿也把人给你换上来，你看成吗？"

"管！"胡轩涛伸出手，接过旁边年轻人递过来的手枪，放在桌上，脚刚跨出一步，回头对女人说："这个事要是明天还没有好结果，你就跟我回老家去，跟这个坏熊货还有啥扯头？"

第三天，胡轩涛就带着黄家三个兄弟黄学堂、黄学义、黄学文离开了四湾村。

17

农历腊月二十三，苏鲁交界一带俗称"祭灶"，是敬灶王爷的日子。"祭灶"之后七天，就是中国的除夕。

这一天，农村家境好一点的都会拿出点心、灶糖等食品摆放在灶王爷画像前，包顿饺子为灶王爷送行，差一点的家庭会炕几个白面饼，算是过了这个节。

但在山套里的丁庄和蒋庄，这天却动起了家伙，造成双方十几人受伤。事后才得知，蒋庄有人往龙河里泼粪，扔死猫死狗死耗子，已经七天了，每天三次，每次还都是在生火做饭前。龙河从东向西流，丁庄处于下游。冬天河里水量本来就小，水里一有污物，就特别明显。蒋庄下游第一个村就是丁庄，天天烧水做饭洗菜洗衣，丁庄百姓一刻也离不开龙河。丁庄人看到河水不洁，就去找蒋庄人交涉，蒋庄人自然不承认，争执遂起，事情越闹越大，最后双方竟然动起了棍棒。

山里各村的百姓，祖祖辈辈共用一河之水，天长日久形成一个不成文的乡规，就是各村的男女老少都会尽力守护河水。如果有人恶意破坏水源，那是会被人骂祖宗三代的。事情来得蹊跷，消息传到运河支队后，胡轩涛找了几个人询问，也没问出个结果，一番思索后想到了"油麻子"。"油麻子"老家就是山套东边的尤村，对方圆十里八乡了如指掌。

见到"油麻子"，胡轩涛并没有将自己的想法和盘托出，只是提到了沿龙河一带村与村之间的矛盾，让"油麻子"私底下去探问究竟。见胡轩涛如此器重自己，"油麻子"爽快地答应了。

"油麻子"离开的两天时间里，蒋庄仍然有人往河里泼洒脏东西，除丁庄外，下游的其他村庄也在寻找秽物的来源，矛盾非但没有化解，反而还在继续扩大。

第三天中午，"油麻子"回来了。他把探知的情况向胡轩涛详细做了汇报，说蒋庄丁庄两个村矛盾由来已久，起因是两村之间有一块山坡地，两村年年为争这块地纠缠不休。尽管两村关系不睦，过去也没有发生过往河中泼粪之事。这一次，肯定是有人给蒋庄出了坏点子，村长也应该心知肚明，但他见到"油麻子"，左躲右闪，对龌龊之事只字未提，任由事态发展。胡轩涛琢磨了一会儿，认为这事不是一般人所为，一条河关系到八九个村庄，如果此事继续下去，就会触犯众怒，极有可能引发村与村之间的恶性械斗。

当天傍晚，胡轩涛带着一行人来到蒋庄，进村时仅带张宏彪一人，其余人留在村口。见到村长蒋汗章，胡轩涛开门见山说道："我们是八路军运河支队的，今天为啥来找你，你应该清楚！"

蒋汗章白了胡轩涛一眼，也不让座，冷冷地回答道："不清楚，早就知道你们到这里了，但我们村只想过点太平日子，不想给别人惹麻烦，也不会让别人找自己麻烦。"

"呵呵！"胡轩涛自己坐了下来，冷眼看着蒋汗章说，"你应该明白往龙河里泼污物这事有多严重，如果这事是你们村里人干的，现在你还有机会解释。我们已经在套里建立了民主政权，如果等到我们查实干这事的是谁，是一定会断出个是非曲直，不会放过一个坏人的。"

蒋汗章不说话，有点死猪不怕开水烫的样子。站在一边的张宏彪忍不住了，瞪着蒋汗章说："姓蒋的，我们参谋长和你好好说话，感觉有点白搭熊，你这人看起来油盐不进，想怎么着？"

张宏彪话音刚落，门外突然闯进来几个壮汉，围住了胡轩涛二人。站在最前面的壮汉恶狠狠地说："就你们俩算啥玩意儿，敢到俺这里来闹事？！呸，还想带人走，你们自己能不能离开都难说，还敢带走我们村长？"说着话，壮汉从腰间抽出一把钢刀，亮闪闪地发出寒光，在张宏彪面前不停晃动着。

胡轩涛见来人胡搅蛮缠，料想今天不会有什么结果，便站起准备提议明天再来商议此事。胡轩涛的话尚未说出口，蒋汗章以为他胆怯，想趁机溜掉，气焰瞬间就高涨了起来，手指胡轩涛吼叫："你大老远跑到我这里来指指点点的，现在说走就走，怎么可能？说啥也得把事情弄清楚再走！"

"听你这话音儿，是不让走呗？那就听你的，不走了。"胡轩涛冷笑一声说道。

蒋汗章觉察有异，当下和众壮汉回头一看，一排长短枪已经对准了他们。这时，"油麻子"从战士们身后钻了进来，径直走到胡轩涛跟前耳语几句，然后朝门外喊了一声："把人带进来！"

五个高矮胖瘦不均，让人用绳子捆得结结实实的村民被带了进来。村民看到村长后，个个都把头低了下来。屋内的几个壮汉被驱赶到院子里，只剩下村长、捆着的村民和胡轩涛、"油麻子"等人。胡轩涛对村长说："说说看，这些人，你不会不认识吧？"

村长的脸色顿时变得蜡黄，哆嗦着嘴唇说："让，让他们先出去！"

五个村民被带出门外，蒋汗章蹙着眉头吭哧了半天，才如实交代。

原来这一切都是侯美金所为。侯美金被运河支队赶跑后，一直在伺机报复。他带着剩余的几十号人向东跑到羊蹄山和库山之间的后楼，特意制作一杆红旗，打着"运河支队"的名义祸害周边百姓，目的就是要毁坏运河支队的名声。后楼地方偏僻，侯美金料想运河支队无暇顾及，便私下找到蒋汗章，用大洋诱惑，让他指使村民往龙河里泼洒污物，然后栽赃刚到此地的运河支队。

侯美金的人马自从离开原来的营寨，日子过得日渐紧巴。来到后楼村已有半个月，手下的弟兄们连荤腥味都没有闻过。这天下午侯美金手下逮到一头野猪，满寨兴高采烈，侯美金又吩咐手下弄来了不少萝卜白菜，烩了满满的两大锅。这天晚上，众人围坐在长条桌两边，大块吃肉，大口喝酒，直到横七竖八躺倒好几个才罢休。而此时，胡轩涛带着队伍正神不知鬼不觉地往后楼赶来。

半夜时分，"油麻子"在前面带路，悄悄靠近后楼北山坡，队伍迅速包围了几间草房，门外竟然没有一个人值岗。"油麻子"贴在窗口听了一下，轻声对胡轩涛说："这些狗日的都睡死了，从缝隙里都能闻到酒气。"

"姓侯的在哪个屋子？"胡轩涛问道。

"不清楚，这么冷的天不会跑远的。"

听到窗户外有声音，里面传出来一个声音：“外面是谁呀？”

窗外的“油麻子”拽了拽胡轩涛的胳膊：“是姓侯的。”

胡轩涛大声说：“侯寨主，我是运河支队的胡大善人。”

里面顿时没了声响，“油麻子”说话了：“侯兄啊，出来见见吧！”

里面还是没有声音，外面“油麻子”高声喊道：“侯兄，出来吧，再不出来我们就点房子啦，你也别瞎琢磨了，这个地方没有路可以再让你溜了。”

战士们高举着点燃的火把，照得满院如同白昼，一阵拉枪栓的声音响起，里面慌乱地叫着：“别开枪，我们出来！”

三间房子门打开后，从屋子里面陆陆续续走出来一群垂头丧气的人，最后出来的是侯美金。在黑洞洞的枪口之下，众人乖乖缴械投降。“油麻子”蹿到侯美金跟前，满脸嬉笑：“侯兄，见你一面不容易啊，你光顾着自己喝干净水，就不管我们了。老子喝的水里面，说不定就有你的屎尿。你这个狗日的，没想到也有今天！过去你经常开导我，做事得沉得住气，小船里压舱石少了船就会漂，我看你他妈的比老子漂多了。”

事情到了这等地步，侯美金也就不再言语，恶狠狠地朝“油麻子”脸上啐了一口唾沫。“油麻子”哪受得了这口气，上前照着侯美金的小腿就是一脚：“呵呵，还他奶奶的不服气？”侯美金踉跄着朝前走了两步不再理他。

两天后，就在山套里处于中心的黄庄，开了一场宣判大会。在宣判大会上，站在台中央的胡轩涛挥着大手，高声说道：“侯美金破坏抗日，祸害乡里，丧尽天良，已经不配做人，更不配做中国人！不杀不足以还公理，不杀不足以平民愤！”

“杀！杀！杀！”台下一片欢呼雀跃。

侯美金和他手下的三个人被执行了枪决。

年三十晚上，胡轩宇回了趟家。家里早就传信给他，说雪梅为他生了一个儿子。时间已三个月有余，胡轩宇至今还没有见到孩子一面。

一大家人热热闹闹地吃完年夜饭。铭君、铭亮围在小叔身后转悠了半天，孩子问了天上地下五花八门的问题，轩宇左右开弓应付着。三个大一点的孩子分别给爷爷奶奶、小叔磕了响头，喜气洋洋地得到了红包，跑到里屋玩去了，房间里剩下五个大人。

父亲对轩宇说：“小宇，前几天镇上开始统计人口，你德胜叔不是在镇上当差吗，他私下里给我说，让你大哥去找他一次。现在你大哥又不在，你去一趟吧，顺便带点东西过去。你德胜叔毕竟是咱胡家人，说不定后面还有事用得上人家呢，再说，你德胜叔人不坏，就是胆子小点。"

轩宇忍不住问父亲："他没说什么事吗？"

父亲说："那次我感觉他就是特意来找你哥的。我答应人家了，只要轩涛在家就让他过去，你去也一样。"

"好的，俺大，节后我就去。"

父亲又对大儿媳吴瑶说："小瑶，你看你还有什么事要给小宇交代的，小涛也是，大过年的也不回来一趟，也不知道在外面瞎忙些啥。"

吴瑶和轩宇对视一眼，笑笑："俺大，俺没啥事，轩涛就是在家里也帮不了我啥忙，随他吧，俺也习惯了。"

吴瑶不说还好，一说，父亲更显得不满，就冲轩宇说："你找到你大哥，让他给我滚回来，你大嫂带俩孩子，感觉和他没一点关系一样。"

"管管管！我回去见到他，就把您的话转给他。"轩宇不好意思地看着大嫂摇摇头，算是回了父亲的话。

一家人又聊了一会儿，就各自回房休息。

轩宇回到自己房间，雪梅已把孩子哄睡。雪梅坐在床沿上，盯着轩宇问道："轩宇，你现在到底在干啥？家里你啥事也不管，咱大咱娘天天在家念叨你弟兄俩，他们是不知道你们干啥，我也只是听到一点儿风声，但又不敢说，咱这个大家里本来不缺男人，你弟兄俩天天不着家，林生哥一个人忙不过来，他算账又不行，雇的几个人光出死力，你们弟兄两个就是回来一个也行啊。"

"雪梅，你放心，我和大哥在外边做的都是正事，但现在不能说。"

雪梅瞪大眼珠打量了轩宇好大一阵儿，才开口说话："真是正事？"

轩宇一把搂住雪梅，摇晃了几下她的身体："大丈夫堂堂正正，从不说半句假话！"

雪梅"扑哧"一声笑出声来："我相信你，只要你和大哥做的是正事，再苦再累我和嫂子也认了！"

"雪梅，你真是天下少有的好女人好妻子！"说着话，轩宇在雪梅脸上亲了一口。

"去去去！就你会哄人！"

"我在南京上了几年大学，别的本事没学会，就学会了哄人。这不，最后把大户人家的姑娘哄到家里来了!"

轩宇的一句话,说得雪梅"咯咯"笑了好大一会儿。

趁雪梅开心之际,轩宇拉着雪梅的手,柔情地说道:"雪梅,你脑瓜灵光,你能不能帮助林生哥啊,帮他算算账,大嫂那里有三个孩子,她也没啥时间啊。"

雪梅嘴一噘说:"孩子这么小,我咋脱开身,咱娘身体也不好,她又带不了孩子。"

雪梅说的也是实际困难,轩宇低头想了想,正要开口说话,雪梅打断了他:"嫁鸡随鸡嫁狗随狗,好吧!我听你的!"

轩宇又在雪梅脸上亲了一口,雪梅顺势一把拉住轩宇,两个人紧紧拥抱在了一起。

过了好大一阵,雪梅对轩宇说:"最近咱这里感觉不是很稳妥,经常会有人上门来查问,这也是我最担心的,你和大哥一定要小心啊。"这句话引起了轩宇的注意,急切地问:"他们都是什么人?穿制服吗?"

"有时来人穿制服,有时不穿,问几句话就走。"

"噢,我晓得了。"

初二,胡轩宇左右手各拎着一大盒礼品来到镇东头,前去给堂叔胡德胜拜年。胡德胜是和轩宇父亲没有出五服的兄弟,在镇公所当差十余年,是镇公所的老人。

快到门口时,轩宇就叫上了:"俺叔、俺婶,在家吗?"

婶子应声开门,一看见轩宇,脸上绽开了花:"是小宇呀,来,进屋坐。德胜,赶快起来,小宇来了。"

胡德胜迷迷糊糊来到堂屋,边扣着扣子边招呼道:"小宇来了,这么早呀,昨晚你叔喝多了,起来得晚了点。"

"俺大年前就催我来看看你和俺婶子,这不,俺大特意让我给你和婶子带些烟酒和点心,俺弟兄俩平时忙也没时间来看您二老,俺叔俺婶不会骂我吧?"轩宇说。

婶子脸一绷,手指头点着轩宇嗔怪道:"你就该一年三个节都来,你叔有时气得都睡不着觉。"说完"哈哈"笑了起来。德胜叔朝老伴摆摆手,婶子赶紧打住话音,德胜叔说:"年前我找你大,有个事想和你弟兄俩说说。"

"俺叔，你说吧。"

"你和小涛现在都在忙些啥啊？"

"家里不是有杂货生意吗，我和俺哥就忙这些事，有时再加上自己还有些私事，回来的就少了点。这不，年前俺大还把俺骂了一顿，幸亏俺大哥没回来，俺大就可着我一个人骂，足足吼了两袋烟工夫。"

"你别跟我扯闲篇！不瞒你说，我可是从外面听到一些不好的消息，说什么你们现在拉杆子和日本人斗。这还得了，现在是啥世道，日本人这么厉害，咱能跟人家斗吗？就咱这个镇子，这半年来，抓走了七八个人了，到现在都还没见到人影子。"

听完德胜叔的话，轩宇心里暗自吃惊，但表面佯装无事样，笑着搪塞道："俺叔，你这都听谁给你胡扯的？不可能的事，明着说吧，俺哥确实认识几个在道上混的朋友，那还不是为咱这个大家族考虑吗？这世道，人要遇，鬼也要遇，不认识几个外面混事的，万一有个三长两短，咱脚底下不稳当不是？"

"唉，小宇，我咋该给你说呢！"从德胜叔的表情来看，既想说，又有点顾虑。

轩宇赶紧劝德胜叔："俺叔，我是你侄子，有啥话尽管说呗，我知道你和婶子都是为我们好。"

"是这样，咱镇上有人传，说小涛成立了什么游击队，要和日本人剁，手里还有枪呢！说这话的人也是听他一个表亲说的，他表亲在小涛那里待过，时间没多长就跑回来了。小宇，如果你哥那里真有这事，你赶紧劝他回来吧！"说话间，德胜叔连连叹气，眉头几乎拧到了一块。

德胜叔说完，轩宇脸上仍然挂着笑容："俺叔，我也听说俺哥和外面的人有扯巴，咱东边靠近山套那里确实有姓胡的当头，但不是俺哥啊，我天天和他在一块，能不知道？但不管怎么说，我记住您的话了。"

"管，管，不是小涛就好。"德胜叔释然了许多。

又聊了一会儿家常，轩宇起身对二老说："俺叔，俺婶，我回去了。"

婶子赶紧上前一把抓住轩宇的胳膊，脸上有点不高兴："你这个孩子，不行，你叔你婶家就这样让你坐不住吗？你们胡家这么一大家子，就咱两家走得最近，都说一代亲，二代表，三代四代认不了，那是说人家，咱都是胡家，你这不是见外了吗？小宇，你要是走你婶子就不高兴了。"轩宇知道，德胜叔家也是这几年条件才慢慢好起来，早期父亲对这个叔叔还是很照顾的，德胜叔家里共五个孩子，三个姑娘均已出嫁，大儿子是利国矿上的监工，小儿子在外地当兵，之后整个家里条件才慢慢好了起来。

德胜叔也劝着轩宇："小宇，今天是大年初二，家家都有现成吃的，不费啥事。再说，你化锦哥马上就回来了，他昨天交代你婶子，今天会带两个人来家里，这不正好吗？"盛情难却，轩宇只能重新坐了下来。

"来的都是啥人啊？"轩宇问。

"听说一个是贾汪商会的头头，还是个日本人，另一位是利国矿的保安队长。"

轩宇想起了回来时大哥为保护真实身份所做的交代，就对德胜叔说："俺叔，大哥跟人在道上混，干的有些事摆不上台面，保安队的人知道了对你们不好，等化锦哥回来了，您和他说，别讲咱们是亲戚。"

"小宇，我懂你的意思，不想给俺惹事添乱。但我咋给人家介绍你呢？"

"就说是曹八集的，叫胡怀水，在上海上学。"轩宇所说的这些，都是事先与大哥商量好的。

"管，管。"

半晌午，胡化锦带着两个人进了家门，德胜叔所做的第一件事，就是把儿子拉到一边，嘀咕了几句轩宇交代的话。在客厅里，胡化锦看见轩宇，热情地问道："怀……怀水，两三年没见，变化可真大啊，现在还在上海上学吗？"

"年前刚毕业。"

"好，好！"

接着，胡化锦向轩宇介绍身边的两位客人："这位是日本驻贾汪商会副会长相川一夫先生，这位是我的搭档，利国矿的保安队长田景成，都是我的老朋友。"

胡轩宇和二人分别握手后，婶子陆陆续续把酒菜碗筷摆上了桌。五个人坐在一起，婶子则开始在锅房里忙活。推杯换盏间，相川一夫手拿烟斗，轻轻吸了两口，问了胡轩宇一句："化锦君是我的朋友，今天有幸认识怀水君，十分荣幸，不知怀水君眼下在哪里高就？"

"高就谈不上，这段时间正在上海一家涉外公务所当见习生。"轩宇笑着回答。

"所在单位应该和我们日本有联系吧？"

"那当然，我在上海沪江大学的老师就是日本东京大学的羽生康健先生。先生还是南京政府驻中公使代办，一直忙于中日政府间经济往来事务。羽生先生去年下半年回的国，走之前还曾提议我去他母校深造，只是我现在刚有家室，不便脱身。年后，见习期结束，我打算在上海找份正式职业。"胡轩宇一次去上海拜访沪江大学的同学，在那里碰巧听了一场羽生康健的讲座，便将自己亲眼所见和从同学处道听途说的情况糅合在一起，真真假假，虚实参半地说了出来。

相川一夫一听来了兴趣，说自己毕业于东京大学，学的也是经济学。他看着轩宇说："怀水君，这真是太巧了，我和你的老师是校友，羽生康健先生是日本国内顶尖的教授，也是政府内阁经济顾问。他到中国授课时间不会很长的，这么短的时间就能教到你这个学生，说明怀水君的能力非同一般。"

轩宇笑了起来，连连摆手："相川君，你这样说有点抬举我了。不怕你笑话，羽生先生的课我每星期也就上一节，一共才上了九节，到现在我还没和他正儿八经交谈过专业上的东西呢。羽生先生有三个特点：喜欢喝酒但不喜欢抽烟，喜欢街面小吃但不赴宴请，喜欢和学生独处探讨专业但不喜欢学生上课提问。我一直都想和他聊上一会儿，但没料到我还没毕业他就回国了。"

轩宇的这番话倒是确凿的，只是这些内容对胡化锦和田景成来说寡淡无味，但相川一夫兴致勃勃。相川放下烟斗，端起酒杯敬了胡轩宇一杯酒："怀水君，今天遇到你就像遇到了羽生先生，我也因为没成为羽生先生的学生倍感遗憾。今天我们相见，算是君子之交，今后你就是我的朋友，希望你我继续交往下去。倘若你有余暇，可以拨冗到我那里去，我一定会为你准备上好的清酒。"

二人一饮而尽，下面才算是酒宴正式开始。有了相川的认可，胡化锦和田队长更是对胡轩宇倍加殷勤，敬酒的频率一下子高了起来。

此后几天，几人相约，分别在日本商会、利国矿和柳泉镇聚了几次，大家之间的关系逐渐熟络起来。

初八这一天，轩宇和家里说了一声，就出了门。

胡轩涛春节没有回去，主要精力还是放在队伍建设和新的一年斗争策略的研究上。他和孙庆义、邵林峰、孙振龙、朱理先等人按照八路军一一五师的指示，为年后的工作制订了详细的计划：一、加强对敌人力量薄弱区域的袭扰，采取去肢断尾的战术，有力压缩敌人活动范围；二、扩大游击规模和游击区域，训练队伍，做好敌人当中摇摆不定的中间分子工作，争取为我所用；三、和新成立的鲁南铁道大队遥相呼应，打击敌人交通线，阻断敌人对苏鲁交界地区的物资掠夺和运输；四、将运河支队兵力适当分散，队伍的部分成员回到当地开展游击战，同时根据形势发展集中兵力，利用有利时机给敌人以痛击；五、建立敌后交通线，利用关系进入敌人内部，掌握敌人动向，为支队领导统一指挥提供有利条件。

作为第二大队副大队长的胡轩宇，见到大哥后，把自己在柳泉过节期间的情况向他做了汇报。胡轩涛也向他转达支队的工作安排：现在支队要求将兵力撒开，部分支队成员回到自己熟悉的地方开展游击斗争。上级决定让轩宇带领一部分人回到大泉附近，因为那里离贾汪矿区比较近。佟克明已带领铜山独立营返回大黄山小黄山那里，轩涛也将带领部分人到江庄和利国。轩涛还叮嘱轩宇，回去之后，按照支队要求，尽快找地方驻扎下来，中间有什么情况，一定要提前和支队领导沟通，万不可鲁莽行事。如遇重大突发情况，就回黄邱套这里，这里支队已经做了大量的工作，基础较稳固，还会留下部分兵力来接应各处返回山套的队伍。

几天后，胡轩宇带领一部分人先离开了山套。胡轩涛多留了几天，安排好留守山套地区队伍的后勤工作后方才离开。

18

　　春节前，驻守贾汪的日军大队长三浦翔平被师团抽调到山东峄县东北，参加对八路军的冬季大扫荡，贾汪一带的日伪活动稍有平静。随着八路军主力团向东转进，三浦又被重新调回贾汪，军部令其加强对贾汪以东的黄邱套山区的围剿。同时，三浦也得到秘密情报，八路军新成立的运河支队以黄邱套山区为依托，开始四处出击，意在破坏日军的交通线。

　　三浦屁股还没坐热，就接连派出三支队伍，两支伪军队伍进山，一支日伪联队堵住山套外围作为接应，每支进山扫荡的队伍各有一百多人。

　　进山的两支伪军队伍，顺着龙河沿岸往东摸索行进。在黑山南的山南头村，伪军连长见天色已晚，命令队伍安营扎寨。但队伍的动向已被"油麻子"察觉，他赶紧找到郭宝山商量对策。

　　"郭兄，穿黄皮的二狗子这会儿就在山南头那里，估计他们下一步会来到咱这一块儿，现在运河支队队伍大部分被派到山外，你看咱下一步咋办？""油麻子"问道。

　　郭宝山没有直接回答，而是反问："老弟呀，咱现在就这一点毛人，你说该咋弄呢？"

　　"油麻子"摇摇头说："郭兄，我是问你的，你咋反问起我来了。你可能不知道，现在八路在咱这山套里布了很多暗哨，咱有啥动静，和秃子头上的虱子一个熊样！"

　　"八路是让咱打鬼子，但来的不是鬼子，咱也打？"郭宝山瞅了一眼"油麻子","那如果咱动手了，万一弄不过人家，咱往哪里去？八路没问题，打不过就跑，咱往哪跑？我的意思，既然他们不是鬼子，咱就和他们相安无事，再说，他们对付的也不是我们。"

郭宝山的话意很明确，就是不想抵抗。这一下子让"油麻子"没了主意。看"油麻子"慌了神儿，郭宝山说："老弟啊，这事还是很棘手的，我也清楚，这些人后面就是日本人，最好找到八路，让他们拿主意，假如以后出现问题，咱也好解释不是？""油麻子"晃晃脑袋，说："郭兄说的也在理，那我去李庄找八路去。"

郭宝山佯装舒了一口气："这就对了，啥事得大家伙一起商量商量，哪能鲁莽做事啊！"

"行，我明天去找八路。""油麻子"打过招呼就匆匆走了。

在"油麻子"寨营的东南，胡轩涛带着几十个队员正从刘庄赶往李庄。经过几天的奔波，在山套里转悠了一圈，他把大大小小的村庄都走了个遍，一边做着宣传，一边安排交通员驻村，并对敌人可能前来骚扰提前做了动员和布置。

到了李村，按计划要待上半天时间，再往西赶到黄丘村，随后就可以率领队伍出山套了。胡轩涛刚到李庄，"油麻子"带着两个人前后脚也赶来了。一看到胡轩涛，"油麻子"立刻把所见情况告诉了他。胡轩涛心里吃了一惊，但还是平静地说："看来敌人已经知道了我们的动向，那我们过河往南边走，不能走西边了。"

"油麻子"问："那我怎么办？"

"你赶快回去，把你的队伍拉到郭宝山那里去，毕竟进了山，力量又大一些，一旦有情况更好对付一些。"胡轩涛答道。

"我昨晚就到了郭宝山那里，就是他让我来找你的，还问下面怎么办。"

"噢？"胡轩涛想了想说，"看样子这次敌人是有备而来，但我估摸敌人这次是试探，人不会很多，你们合到一块，敌人也拿你们没有办法。如遇到困难，你们就往山里撤，北边山外就有我们的一个中队。我这边先往南赶，不行的话，我就从赵圩子那里进山，然后再出去，你放心，我们在山套里还有不少人呢。"

"油麻子"领命而去，胡轩涛取消在李庄短暂停留的计划，派出几名战士前去联系周边的队伍，自己带领几十人过了龙河，准备往南行进。刚过龙河，离赵圩子还有一段距离，转过小路，准备进入一片树林时，从南边向东行进的伪军发现了他们。双方都迅速占据了有利位置，战斗一触即发。胡轩涛觉察到自己队伍所处的位置不利，准备往西斜插进山坡，没想到对方察觉了他的意图，先行开火。几名战士中弹牺牲，胡轩涛身边的队员带的多为短枪，没有重火力。如果硬拼，伤亡会加大。他命令大家不要单枪射击，而是一齐开火，借敌人躲避的空档，迅速穿过树林上了山坡。没想到北边又射来密集的子弹，来不及躲闪的战士又倒下去几个。这时，东边的敌人也在往这边追来，两股敌人很快就要会合到一处。情况危急，胡轩涛只能领着队员向山坡上爬去，等大家隐蔽好之后，山坡下的敌人已经汇聚在一起。短暂停歇之后，敌人开始撒开队形向山坡进攻。

胡轩涛的队伍虽然所在的位置比较好，但火力弱，弹药也即将耗尽。山坡下面的敌人，火力虽然猛，但射出的子弹不易打中目标，往上爬又容易被子弹击中，双方处于胶着状态。

情急之下，胡轩涛寻思解围的办法。如果再往坡上去，坡更陡了，战士们也会难以攀爬。他想就地寻找能突围出去的口子，但周围却全都是灌木丛和碎石堆，几次尝试都没有成功。

这时，从山坡下传来一个声音："上面的有一个是姓金吧，我们见过面的。我姓周，能想起来吗？"

胡轩涛一听，惊奇之余急忙向下打探，由于有树叶和灌木遮挡，看不清喊话的人，就回了一句："想不起来在哪里见过，再说我看不见你啥模样啊。"

山坡下方的人继续说："我姓周，在贾汪北小李庄，你用酒换了我二三十条枪，想起来了没？哈哈哈……你他娘的也有今天！"

"哦，对对对。"胡轩涛爽声大笑，"真是没想到啊，今天我们又见面了。"

周梦文高声说道："也是托你的福，上次被你耍了一把，老子因祸得福，换个地方还弄了个连长干干。要不是你，老子现在还在干着排长呢，我看你还是下来吧，和我一起干吧！我看你就是我的福星，如果你跟我走，那我还不得干个营长，你就作为我的参谋吧。"说着，得意地笑了起来。

胡轩涛朝说话人所在的地方开了一枪，骂着："你个兔崽子，有本事就上来啊！"

"别，我可不想上前，但你也别想下来。我看，咱们就这么耗着吧，看谁耗得过谁。再说一句，老子这次来是带了三天的干粮。如果你饿了，就下来吃点。放心，不抓你，但老子也让你们吃一次缴枪的滋味。"

胡轩涛不再搭话，四周安静了下来，上面的人急于脱身，下面的人布好了阵势，一心防着对方逃脱。

时间在一分一秒地过去，天色渐渐暗了下来。山下的敌人点起篝火取暖，但胡轩涛他们可就受大罪了，半山坡，山风掠过，刺骨的寒风像刀子刮过脸颊，饥肠辘辘的战士们挨着围坐一起，互相取暖，士气明显低落很多。胡轩涛悄悄叮嘱大家，后半夜准备突袭下山。

乌沉沉的暗夜，如同一幅巨大的黑色帷幔，罩着整座山峦。风吹过山间林木的枝头发出一阵阵"嚓嚓"的声响。山坡的下方，一堆堆快要燃尽的篝火还在忽闪忽闪地发出亮光。坡下方的敌人也明显疲惫了，嬉笑怒骂声慢慢消停。山坡上胡轩涛不时焦急地望着山下，想着如何乘夜色带着队员出其不意地脱离险境，但此刻似乎还不是最好的机会。

"嗒嗒嗒……"山坡下突然传来密集的枪声。胡轩涛起身往坡下张望，只见篝火的四周，一串串子弹闪着亮光在飞蹿，山脚下的敌人顿时大乱起来，刹那间四散逃开。胡轩涛判断，是增援的队伍来了。他高声对队员们说："我们的人来了，大家做好准备往下冲！"战士们就着坡地朝下方射击，胡轩涛摸到身边一处沟坎，顺势往下滑去，后面的战士紧紧跟上。接近篝火处时，大家跃出沟坎，发现敌人已经仓皇逃去。

原来是留守山套的二大队警卫队得到消息赶到了。队长王铁柱见过胡轩涛，敬了个礼，报告说："参谋长，我们来迟了，下午得知你们遭遇敌人，我们就从江崮山出发了。我们先是循着枪声找，枪声消失后，我们只能漫无目的地找，多亏这些狗日的点了火，我们才循着火光方向找过来的。"

胡轩涛说："不多说了，赶紧打扫战场，以防敌人回头，你们准备往哪撤？"

王铁柱说："我们按计划返回原地，参谋长，你们不能往西出山套，那里已经有鬼子把守，我看你们要么往北，要么往南出山套。"

"行，那我们就告别吧。"二人握握手，分头朝两个方向转移。

当夜，山套里迎来了淅淅沥沥的一场春雨。

驻守苏北鲁南地区的日军遇到了麻烦——枣庄至韩庄的铁路沿线，接二连三有人飞车抛货，火车上日军大量军用物资丢失。铁路上的几处桥梁遭到地方游击队破坏，日军列车受阻，在徐州一带抢夺的矿产资源难以转运到青岛和烟台等港口。驻守在徐州的日军最高指挥官西尾少将大为光火，召开军事会议，日军少佐以上、伪军团职以上级别的人物均参加了会议。会上西尾做出几点研判：一是峄县、滕县、邳县及徐州周边的铜山、贾汪、睢宁、丰县等地，参与"暴乱"的队伍越来越多，地方治安严重恶化；二是对铁路的袭扰增多，已出现大规模的破坏铁路线的活动；三是抱犊崮山区的八路军正规部队和黄邱套山区的地方游击队相互勾结，二者有会合之势。对此，西尾要求对外严防死守，应对国民党留下来的地方部队的袭扰，对内严厉打击共产党领导的八路军游击队，迅速肃清苏鲁交界地域内的抵抗分子。

对敌斗争的局势在变化，运河支队领导班子讨论了应对策略，决定把运河支队分散开来，在苏鲁交界四县的广大区域，灵活机动地打击敌人。

刚进入四月，徐州地区天气乍暖还寒。

铜山北部的利国镇富甲一方，京杭大运河流经镇内，境内富藏铁、煤、天然焦、石灰石、铁矿石等矿产，汉武帝时在此设立铁官，唐朝设立秋丘冶。洋务运动时，在此设立徐州利国驿煤铁矿务局。尉迟恭、苏轼、狄青、曾国藩、左宗棠等众多名人都在此留下了足迹。

如此富饶之地，日本人自然不会放过。

日军侵占徐州后，就强行派军队进矿，赶走了利国铁矿原来的投资人和管理层，大肆掠夺铁矿资源。利国铁矿的矿工，大多来自附近的乡村，还有部分是徐州会战中日军俘获的战俘。矿区里面密布着横七竖八的小轨道，矿区的周围拉上了铁丝网，每隔几百米就布有日军的一个岗哨。

天一放亮，利国镇边上的利国矿区便开始忙碌起来。胡轩涛把自己带来的队伍分散安置到利国周边的村庄后，就约好轩宇带着张宏彪、杜立忠两人前往利国镇。

利国镇就像一个服务于矿区的小社会，几条南北方向的街道，商铺一家挨着一家，角角落落都有小商小贩四处游荡，暗娼和伪警擦肩而过，破衣烂衫的乞丐眼巴巴地盯着"猎物"，地面上的黑色粉尘被各色人等踩得犹如"麻花脸"。

胡轩涛四人急匆匆朝前走，突然被一个身穿粗布褂子的汉子拦住去路。汉子斜着眼睛，趾高气扬地问道："你们，干什么的？"

胡轩涛瞅了此人一眼，断定对方是保安队的便衣，冲便衣勾了勾手。此人看胡轩涛气宇不凡，就把脑袋伸到胡轩涛面前。

胡轩涛说："我找你们田队长。"

"我们田队长不在这里啊，到矿洞口去了，你们找他有事？"

"没事我能跑这么远吗？不行找到胡化锦也行，他是我老弟。"胡轩涛笑了笑，继续说道。

"管！我这就领你们去，他离这儿倒是不远。"便衣一听是长官的哥哥，一心想巴结"皇亲国戚"的他，当下赶紧殷勤地带着四人朝西走，很快就到了一个小院。一进院门，便衣一路小跑，弓腰控背，一脸媚笑，拿捏着力道轻轻敲了敲中间的一扇房门，里面传出话来："谁呀？"

便衣在门外点头哈腰："胡监，有人来，说是您大哥。"

胡化锦闻言从里面把门打开，走出来一看是胡轩涛兄弟俩，当下也顾不上搭理在一旁媚笑的便衣，双手击掌高兴地说："是你们啊，快进快进！"

胡化锦拉着轩涛进了屋，半个身子进入房门的那一刻，他鼻子里轻轻哼了一句："狗蛋，这里没你的事了，去忙吧！""砰"的一声关上了门，房门差点碰到正准备讨好献媚的狗蛋。面对紧闭的房门，狗蛋尴尬地直起腰，尚未来得及消失的媚笑僵在脸上，轻轻呸了一声，悻悻离去。

"化锦，小宇给我说了你们见面的事，我这两天有点空，小宇马上也要到外地去找工作，所以今天就一道来看看你。"胡轩涛微笑着面朝胡化锦说道。

"让大哥亲自上门来看我，不成体统，不成体统。大哥有什么事，尽管吩咐！"

胡轩涛朝轩宇、张宏彪和杜立忠使了个眼神，三人走出门外。

待屋门关上，胡轩涛压低嗓门说道："化锦，咱弟兄们就直说了，感觉行，你就帮我个忙，感觉不行，只当这个事我没说，但你不能和你大说！啥事呢，我一带头大哥现在拉了支队伍，十来个人，手里也有几杆枪。你知道我当兵当野了，喜欢在外面窜，最近我跟着这个带头大哥在徐州搂了几个大户，弄了点好东西，想变成现钱，找了一大圈也找不到好买家，现在形势紧，懂行的人都跑到南边去了。听小宇说，你在矿上认识的人多，你就帮大哥找找人，但买主得有钱，如果是懂行的就更好了，反正我手里的东西绝对不会差。"

胡化锦一听，顿时来了兴趣，眨巴着眼睛问："都是啥好东西？"

"都是一些有点年代的金银和玉的首饰，还有几个瓶瓶罐罐，对这些东西我也了解一些，但价格得到位。"

胡化锦惊诧地问："轩涛哥，你都干上这事了？我听俺大说，你现在组织什么队伍，和日本人有些不对付，你不会是从日本人那里抢的吧？咱弟兄，我实话实说，和日本人弄事就没有意思了。"

"胡扯！"胡轩涛瞪大眼睛，"全是胡扯，年前我弄了两桩子事，没想到有人借日本人和我抢东西。东西是我的，怎么能咽下这口气？化锦，你哥干的不是杀人越货的勾当，是吃仇人饭的，也就是受人之托，找他们的仇家出出气，借机搂点东西。"

胡化锦长长地"噢"了一声，表情也放松下来："我还以为你和旧政府还有共产党的人扯巴上了呢，你这样一说我就清楚了。哎，轩涛哥，你不是在济南干官差吗，咋回来了呢？"

"那有啥干的！每月就二三十块大洋，哪够一家人开销的？再说日本人都把济南占了，我还能继续干下去？我现在拉队伍，仅仅是混口饭吃，但你哥也不糊涂，这是啥世道，能和日本人硬抮吗？你还是帮帮我，看能不能找到人？你也知道，家里生意这两年有点走下坡路，小宇也有了孩子，开销大，所以你看……"胡轩涛说完表现出一副着急的样子。

胡轩涛这次来找胡化锦，事先与轩宇经过了详细琢磨，一方面是打消胡化锦打听到的传言，让周边的亲戚消除对自己的疑虑；二是接触一下弟弟向自己提及的日本人相川一夫，拉一条线为日后所用，但轩涛并未点明，知道胡化锦定会去找相川；三是确实想换点钱，但轩涛所说的东西不是"搂"来的，而是家里祖传的物件和妻子结婚时的嫁妆。

"轩涛哥，在咱这个家族里，我最佩服的就是你，又上学又当兵又当官的，啥好活你都干过，不像我，脑子笨，读书不是块料，只能干些费体力的活。"

"你这样不是蛮好的嘛，听小宇说，你现在都是监工了，这个活可挣大钱了吧？"

"你就别笑话我了，轩涛哥，你说的东西在哪？想什么时间找到买家？我认识一个咱这儿的日本人，是日本商会副会长，挺有钱的。"

"不瞒你说，我天天带在身边。喏，随我来的人手里的箱子就是，这只是一部分，只要价格合适，可以立马出手。"

"那行，我派人来找相川，晚上你别走，我请客，我们弟兄几年没见面了，小时候我还天天跟在你屁股后面呢，大爷大娘对我们家那是好得不得了，这些我都没忘啊！"

胡轩涛笑着点点头："没有忘记就好。还有，化锦，在外别说咱们是亲戚，叫我胡怀山就行，曹八集的。这么说，主要是大哥干的事摆不上台面，别给俺叔俺婶和你找麻烦。"

"知道了，上次小宇也这么说。"胡化锦点了点头。

"好！这会儿闲着没事，这铁矿是咋挖出来的，你带我瞧瞧。"

"这还不简单吗，小宇都来几次了，别的不敢说，在矿上我还是吃得开的，就是日本人见了我也得让着点，这方圆三五里我闭上眼就能走一圈。"

胡家三兄弟出了门，一路相谈甚欢，踏踏实实地在矿区绕了一大圈。

晚上，在日本人开的饭庄雅间，胡家三兄弟、相川、田景成还有张宏彪、杜立忠七个人坐在一起。刚一落座，相川便和轩宇热乎地聊了起来："怀水君，如果上海你定下来后，到时我可以给你介绍我在沪上的朋友。这一段时间我和国内取得联系，羽生教授可能八九月份来上海，参加上海国民政府经济委员会的成立庆典，届时有可能，我们一起去见他，他应该会很开心，说不定还会在成立大会上对你举荐一番，这岂不是美事？"

众人大笑。

"这位是怀水的大哥怀山，老家是曹八集的，现在徐州城里做生意。"胡化锦简单地介绍了一下胡轩涛。

"做什么生意啊？"田景成盯着胡轩涛问。

"小本生意，开了个粮栈，有时也倒腾点老物件。"胡轩涛家里开的是酒坊，为了不暴露身份，他故意说成了"粮栈"。

"这两样，一个都不是小本生意啊。"田景成觉得今后能从眼前之人身上揩油，顿时和颜悦色了不少。

田景成还想继续打探，但被轩宇抢去了话头："大哥，这是相川先生，也是我在上海上学时的老师羽生教授的校友，前面几次我们聊得很开心。相川先生对我们中国文化那可是相当有研究，并写得一手好书法。你不是也喜欢书法吗？找个时间切磋切磋。相川先生擅长楷书和隶书。大哥，你喜欢草书和隶书，你们俩都有隶书这一共同爱好啊，今天当着相川的面，我代相川先生向你求一方印章，送给相川先生如何？"

相川和轩涛两人脸上都露出了惊喜的神色。胡轩涛站起来，对相川拱了拱手，说道："相川先生，今天有幸相识，十分荣幸！正好我手上收藏着一方上好的章坯，是犀牛角最上端的角料打磨成的，质地细腻润滑。这个质料，市面上极少见到，别的地方不敢说，至少在徐州是找不到第二个的。既然相川先生喜欢隶书，刚才怀水说得对，我就恭敬不如从命了，五天之内我用手上的这块角料篆刻一枚印章送到相川先生手里。"

"呀！太好了！"相川手拿烟斗站了起来，朝胡轩涛深深鞠了一躬，"前一段认识了怀水君，今天又有幸结识怀山君，兄弟俩一山一水，那我今后与你们交往，算是身居山水之间了！"

相川话音一落，众人无不开怀大笑。

"今日借此美酒，先敬怀山君一杯。"相川端起酒杯，与胡轩涛相碰后一饮而尽。

胡轩涛与相川一夫颇有知音相遇相见恨晚的意思，桌上其他人也频频举杯，觥筹交错之间，情欢意洽，好不热闹。

酒意借着兴致达到了沸点，胡轩涛偷偷瞄了一眼胡化锦。胡化锦示意众人停下谈话，红着眼球对轩涛说："咱今天来啥意思？不能光喝酒，把正事耽搁了呀！"

"哎呀，对对对。"轩涛看了一眼杜立忠，"你先把那个黑匣子拿出来，让相川先生帮我们掌掌眼。"轩涛接过黑匣子，放在相川面前，相川没有客气，打开匣子，里面是一对龙凤金簪：金色龙簪似龙体腾空飞舞，矫健有力，鳞片栩栩如生，龙眼里镶嵌着两颗墨绿宝石；金色凤簪如凤凰出浴，羽片鲜亮光洁，凤尾状如孔雀开屏，凤眼里镶嵌着一对橘红玛瑙。龙凤簪的底下，交叉摆放着两根银针。

相川两眼盯着这一对龙凤金簪，手中的烟斗有点微微抖动，尖利的目光注视着金簪上的每一个细节，口里啧啧称奇。端详了好一会儿，相川问："怀山君，能说说这件宝贝的来历吗？"

胡轩涛摇摇头："相川先生，我今天把东西带来就是向您请教的。"相川又细细看了一遍眼前的物件，说道："这对金簪不是中国女人的头上插件，而是摆件。中国女人头上戴的金簪只有凤没有龙。从物件厚度来说，这对金簪是用两个金块精雕而成，打眼一看，好像是拼接，其实是将整一的金块镂空而成，因此它的雕刻的工艺价值远远大于黄金本身价值。"

"慧眼，慧眼啊！"胡轩涛点点头，"相川先生果然是中国通，这件东西是我五年前从一个失势的军阀那里得到的，那时我在部队当营长，救过一个人性命，后来此人就以此相赠。据说这个物件是从北京皇陵里出来的，今天这物件能遇上相川先生，真是物得其主了！"胡轩涛说话间，相川的目光又在金簪上溜了一圈。

"相川先生还满意？"胡化锦问相川。相川先没有言语，两只眼睛里满是贪婪的光，片刻之后转脸问胡轩涛："这要看怀山君是否愿意忍痛割爱？"

"嗨，我来这里不就是为了买卖吗，这有啥，只是我不懂这个行情，相川先生出个价，只要价钱合适，哪有啥舍得舍不得的。"胡轩涛说得十分爽快。

相川想都没想，同时伸出大拇指和食指两个指头，试探地问道："怀山君，这个数怎么样？"

胡轩涛也没多想，立马把一个巴掌拍在桌面上："我们中国有句俗话，千里马常有，伯乐难寻，这对东西今天真是遇到了懂它的知音，这个数就行。"

"啊！"相川有些吃惊，随即眉开眼笑，"怀山君，太感谢你了，这么贵重的东西你肯这个价让给我，非常感谢，你这个朋友我交定了！"说完，举起酒杯敬胡轩涛。

饮完杯中酒，胡轩涛对杜立忠说："把那个黑乎乎的东西拿出来，再让相川先生帮我们掌掌眼。"

在相川的注视下，胡轩涛缓缓打开黑色绸布，里面又裹着几张陈旧褐色宣纸，层层剥开后，一方砚台展现出来。"相川先生，你再看看这个？"

相川走近前来，双手捧起砚台，举到眼前，眯着眼反复端详，复又放下捧在手中，闭上眼睛缓缓摩挲，又举到眼前仔细察看，良久才放下，注视着轩涛，小心地道："怀山君，你直接开个价吧。"

"相川先生，你也看到了，这方砚已经用过，是陈砚，难道这个你也喜欢？"

"呵呵，怀山君，我们先谈价格，再谈这方砚，二十根如何？"

"我看相川先生还是再加十根吧，这方砚先不谈产地，得先看是谁用过。这可是经历两任北洋政府的手，最后就是因为我们张大帅不大写字，出关时才没拿走，有行家看过，这是端砚的极品'鱼脑冻'，不知我说得对不对？"

相川倒了一点茶水进去，用食指在磨墨处来回碾着，两眼上翻，脑袋瓜子似乎在跟着手指游走，砚台里的茶水渐渐变成了黑色墨汁，浸在墨汁里的手指头足足转了几十圈，能看出相川在通过指头上敏锐的神经感受着砚体的精髓。过了好一会儿，相川才拿出手指头放在嘴里，沾了墨汁的舌头在口腔里搅拌两下，他的眼睛一下子变亮了。

沉甸甸、亮闪闪的三十根金条"哐当"一声被相川放在了桌上，烟斗又被重新点燃，相川一身轻松地靠在椅背上……胡轩涛几个人先行离开，相川没有急着离开，而是在雅间内招呼胡化锦和田景成坐到自己两边，细细地把二人对胡轩涛了解的情况问了一遍。看到二人解说的认真劲儿，相川惬意地举着烟斗，一口接一口地眯眼抽个不停……

返回途中，轩宇问："大哥，你真行，今后队伍好长一段日子不用愁粮饷和弹药了。"

轩涛眯眼笑着说："我为什么拿这些东西，就是你告诉我，相川是日本商会的人。你要知道，这些日本商会的人，对中国都是相当了解的，拿假东西是糊弄不过去的。"

"这么好的东西，真不应该卖给日本人。"张宏彪有些惋惜地说。

胡轩涛笑笑，对大伙说："卖老物件，卖的主要是故事，这就是市面上常说的'三分货，七分说'，而动听的故事，没有一个是真的，都是我自个儿琢磨了半夜编出来的。"

"骗子一个！"轩宇说完，和张宏彪、杜立忠两人一起笑了起来。

"别笑了！你回家给咱娘要继续哼哼，把她手里的东西哄出来，咱还接着卖给相川。"轩涛笑着推了一把弟弟。

"你是个骗子，也要让我跟着成为骗子，一对骗兄骗弟啊！"

轩宇话音一落，轩涛三人笑得前仰后合。

19

利国镇紧靠着微山湖，相距也就十来里路。

"横越江淮七百里"的微山湖，呈西北东南走向，北和昭阳湖、独山湖、南阳湖相接，是一片狭长的水域，长约两百多里，宽三五十里，最窄处仅宽十里地，水深约三米，微山湖是周边众多河流汇聚的最大水面。湖面的浅滩处，芦苇荡一片连着一片，芦苇丛之间是一条条水道，春夏季节墨绿色的荷叶遮挡着水面，各种水鸟栖息其间。芦苇和荷叶遮蔽的湖水中，鲤鱼成群，鲫鱼成团；水草和芦苇根部，虾蟹随处可见。微山岛上生活的渔民以捕鱼为生，荒年时湖四周的乡民就靠着鱼虾过活。

尽管胡轩涛带领的几十号人多半是旱鸭子，但从周边地区来看，微山湖确实是一个很好的藏身地，他决定前往勘察地形。这次前来，他特意带上四湾村黄学堂三兄弟，另外还有一人是轩宇推荐的会日语的年轻学生耿叶。

由黄学堂引路，胡轩涛等人来到韩庄。韩庄是个比较大的村子，位于运河和微山湖交汇处，地理位置特殊，加上津浦铁路就从村庄旁边经过，为了保障韩庄一带铁路的安全，日伪军在那里设有据点，常驻的是一个排的伪军和十来个日军。韩庄一带也是鲁南铁道大队的活动范围。胡轩涛他们来这儿的目的有两个：一是拓展运河支队的活动范围，为日后利国矿区对敌斗争寻找安全地点；二是和鲁南铁道大队取得联系，以便今后行动时形成呼应之势。

胡轩涛一行人在韩庄黄学堂大舅家落脚后，张宏彪又出村带来了部分战士。按照胡轩涛的计划，准备在韩庄附近搞出一点动静，以引起鲁南铁道大队的注意，这样他们就可借此联系上铁道大队。韩庄的村中间有两条道路呈十字形交叉，路口有小店铺和小吃店。进村才两天，胡轩涛等人就和小吃店店主老张熟络起来，老张见胡轩涛他们人不少且做事大气，感觉和这些人的生意好做，所以对他们招待得更是殷勤。

一天中午，胡轩涛带着张宏彪来到小吃店，刚点好俩菜，酒还没上，这时从外面走进来五个伪军，其中一人是军官模样。店主赶紧迎上前："霍排长，这有几天没来了，忙啥呢？"

"胡球忙，他奶奶个熊，日本人最近往北搞扫荡，老子跟在后面腿都跑细了。他们坐车，拿我们当狗撵，累死老子了，过两天还要到峄城，听说那里有什么游击队。不说了，老几样，上吧！"叫霍三虎的排长说完，和几个人围着一张桌子坐了下来，边闲扯边等酒菜上桌。

坐在邻桌的胡轩涛和张宏彪两人闷头喝酒吃菜，一句话不说。坐着伪军的那张桌子上了菜，店主拎来两瓶白酒，众人随即狼吞虎咽吃了起来。这时，胡轩涛喊了一声："老张，你过来一下！"

老张走到胡轩涛身边，低身问："咋，菜不合口？"

胡轩涛摆摆手说："今天这酒的口感好像有些不对。"

"您说笑了！酒是一批来的，肯定是一个窖出来的，这儿哪还有啥差别啊？"

"噢！那可能我昨天受了风寒，嘴里发苦，没事，这样，你给拿瓶你这里上好的酒，开过的这瓶就存在这里，等晚上再喝，钱你照算。"

"您太客气了，这酒钱就免了，咱这小店还不靠您照应着嘛。"店主很客气，随手拿走了剩余的半瓶酒，很快就换了一瓶好酒拿了过来，"您尝尝这瓶，就是价格上……"

"没事，你只管上吧！老张，如果你这儿需要酒，我可以把我家的酒放些过来。"

张宏彪从旁接过话："我们古老板家在徐州城里就是开酒坊的，提起他们家的酒，在铜山在徐州都是响当当的。"

"那是太好了，就是咱这店太小，能喝起高价酒的人不多啊。"老张回答。

"没事，价格好谈，你忙去吧。"胡轩涛朝老张点点头。

很快，胡轩涛张宏彪二人酒足饭饱，起身朝门口走去。胡轩涛看上去已经不胜酒力，踉跄着走到霍三虎跟前，脚下一软，身子站立不稳，伸手要去扶桌子，恰好把霍三虎手边的酒杯碰掉了，落地的酒杯碎成几瓣，酒水也飞溅一地。另几个伪军一看，都站了起来，四双眼睛瞪得溜圆。胡轩涛赶紧赔不是，结结巴巴地说："这位……朋友，不好……意思啊……喝多……了，脚下……有点不稳。"说着话，从口袋里掏出四块大洋放在霍三虎面前："这点……小钱……给兄弟……赔个不是。"几个伪军眼睛顿时发亮，直勾勾地盯着大洋。四块大洋，都快赶上他们一个月的饷银了。

再看霍三虎，虽然刚才酒杯碎了心里不快活，但眼前这醉酒人出手却十分大方。他看了两人一眼，淡淡地说："两位兄弟是做啥大买卖的？从哪来的呀？"

"回长官话，我们从徐州来，这不是刚刚送了一车酒给皇军，顺道到周边瞧瞧，做咱酒买卖，靠的就是腿勤，当然还得有各路朋友多多照顾。"张宏彪边赔笑着回话边伸手扶住胡轩涛。

霍三虎头也不抬："酒咋样？"

张宏彪应答道："这个俺可不敢瞎说，长官们要是有空，我们今晚带些自家的酒来，还在这地儿坐坐，酒菜饭我们包圆，咋样？"

霍三虎听到这话，心中狂喜，脸上却仅仅露出一丝笑意。他不动声色地顺手收起桌上的四块银圆，漫不经心地装进口袋，一口答应晚上带上弟兄们前来品酒。

晚上，霍三虎果然应约而来，但来的可不仅仅是中午那五个人，而是整整一个排。胡轩涛没有说话，热情地朗声招呼大家随意就座，嚷嚷着："弟兄们，大家都随意啊，肉管饱酒管够！"

一个伪军起哄开玩笑："饭还管足啊？"

"看这位兄弟说的，酒肉都管足了，饭上再那个，那不就成太监进了怡红院——寒碜人了吗？如果大家喝得开心吃得高兴，就是我姓古的做人还算地道。"胡轩涛看着大家，一脸灿烂的笑容，"兄弟们都别愣着了，开始吧！"他自己坐在霍三虎身边，与满桌的人左一杯右一杯地干了起来。

酒喝到一半，霍三虎问了胡轩涛一句："一般人都怕我们这些当兵的，你可倒好，还主动往上贴，胆儿咋这么大，我就奇了怪啦。"

胡轩涛放下酒杯说道："我在道上混，知道四不摸：蝎子的尾巴，马蜂的窝，老虎的屁股，烧红的锅，其他对我来说，还真不算啥球事。"

"呦，那日本人也不怕？"霍三虎来了兴趣。

"日本人也是人啊，只要咱真心，没有成不了的朋友。我还真不是吹，就徐州和贾汪矿上，像三浦大队长和相川会长都是我的朋友。其实，日本人大部分还是不错的，人家千里百远地跑到咱中国，为啥？还不是帮咱们共同繁荣嘛！咱这里那么多好东西，像煤啊铁啊，没有人家日本人，咱能挖得出来？"

"哎呦，古老板啊，你这话真是说到我心里去了。你不晓得，这些年在外面都说我们这些当兵的是日本人的走狗，叫我们二狗子，骂我们是汉奸。可我们不就是为了混口饭吃吗？"霍三虎说完，满桌的伪军哈哈大笑起来。

胡轩涛笑过一阵，继续说道："什么汉奸不汉奸的？那是那些憨熊货没见过啥世面。像我们这些跑买卖的，见到人不都得觍着脸说好话啊？照他们那样说，我还不成了哈巴狗不是？他们那些人啥球都不懂，在市面上混，就得讲究个道道。霍排长，你说是不是这么个理儿？"

霍三虎伸出胳膊，一把搂住胡轩涛，亲热地说道："古老板啊，你还别说，你这个人，就他妈的和一般人不一样。今天我酒喝多了，但我这心里跟明镜似的，说千道万，你这个朋友我是交定了。如果古老板这两天不走，那就到我那里坐坐。要不明天，正好明天日本人不在，说是一大早就开车到峄城，要抓什么人去了。"

"方便吗？别让你为难啊。"胡轩涛一本正经地问道。

霍三虎剔掉牙缝里塞的一丝肉屑，啐了出去，大声喊了一声，说道："看你说的啥话！日本人一走，老子就是这一片的老大！"

二人当场就敲定了时间。

第二天吃过早饭，胡轩涛四个人就朝据点走去。

快到据点时，看见据点前面一个日本兵在站岗，胡轩涛担心事情有变，就让张宏彪二人留了下来，叮嘱过几句后，自己和耿叶前去赴约。

尚未走到据点，站岗的日本兵"哗啦"一拉枪栓，用生硬的汉语大喝一声："八嘎！什么的干活？！"

耿叶急忙上前答话，一嘴的日本话叽里咕噜正说着，就见霍三虎从里面走了出来，远远地和轩涛打起了招呼，又跑到日本兵面前，猛地站住立正，一鞠躬，说道："太君！他的，我的朋友的干活！良民的大大的！"说完又是一个鞠躬，双手掏出烟卷递上，并殷勤地点上火。也不知道是听懂了霍三虎的话，还是烟卷起了作用，日本兵当下收起枪，让出了道儿。

胡轩涛边走边问："霍排长，你不是说日本人出去了吗？"

"大部分出去了。留了一个日本人当哨兵，还不是不相信我们嘛，他是刚从日本过来的，中国话一句都听不懂，就会刚才那一句。"霍三虎答道。

站岗的日本兵走了几圈后，似乎感到肚子不得劲，就挎着枪小跑到据点外的茅厕去了。这一幕恰好被等在树林里的张宏彪瞧了个正着。他朝杜立忠使个眼色，两人蹑手蹑脚朝茅厕那边溜了过去。看到哨兵的三八大盖靠在土墙上，杜立忠悄悄把枪收起，将枪藏到约五十米外的树丛里，又转身回来。两人顺着围墙绕到粪池后面，张宏彪拿起一干土坷垃，朝粪池里使劲砸去，只听见"咚"的一声，屎尿飞溅，蝇虫"哄"的一声四散飞起。哨兵大叫一声"八嘎！"，拎着裤子蹦了起来，屁股和裤子上全是屎尿，嘴里"八嘎八嘎"不停地骂着。哨兵找不到东西擦抹，又没法穿上裤子，气急无奈，只得一手提着裤子走到茅厕入口的矮墙处，准备朝据点喊叫，已绕到矮墙处的张宏彪猛地扑上去，用胳膊死死卡住哨兵的脖子，把他从茅厕里往外拖，杜立忠上前用手紧紧捂住哨兵的嘴巴，张宏彪的胳膊则死死扼住哨兵的喉咙，很快哨兵就断了气儿。二人抬着哨兵钻进茅厕，将哨兵尸体头朝下顺着蹲坑滑下粪池，然后转身溜回林子里，静静地等着胡轩涛他们出来。

据点内，胡轩涛和霍三虎谈笑风生，从生活到生计，从美食到美人，一个话题换着另一个话题，话越说越投机，情越聊越浓烈，杯中茶水加了一遍又一遍。

突然，外面传来一声大叫："不好啦！死人啦！"

霍三虎一听，大吃一惊，急忙跨出大门，问："咋回事？"

一个高个子伪军慌里慌张地回答："茅房里，皇军掉粪池子里淹死了。"

"净胡球扯，那么大的人，还能掉粪池子里？"霍三虎在前，胡轩涛跟在后面，冲进茅厕后，看见粪池里露出半截身子，一动也不动。从鞋子上一眼就看出来是日本人。霍三虎大惊失色，四下察看有没有异样，发现哨兵的三八大盖挂在不远处的树枝上，茅厕的空地上没有一丝搏斗的痕迹，很是奇怪，就问前来报告的伪军："你是怎么发现的？"

"我刚才过来解手，刚把家伙掏出来，突然看见粪坑里好像有一个人，差点吓死我！就想到我出来时没看到站岗的太君，感觉里面的八成就是他。排长，你说这太君怎么拉泡屎还拉死了？"伪军回答时，嘴唇子直哆嗦，脸色煞白。

霍三虎看看手下，又瞅瞅露着屁股的日本兵，嘀咕道："真他妈的见了鬼了，这大白天还能这样。这个小日本该不会饿了吧，要不然钻这个屌地方干吗呀？"

旁边的胡轩涛说了自己的想法："这个感觉很不对，大家看看，这个日本人是光着屁股的，屁股和裤子上都是屎，我们转到后面再看看。"

几个人随着胡轩涛来到粪池子后面，胡轩涛指着粪池子说："看看，我说得没错吧，肯定是有人在后面用东西砸粪坑，屎尿崩到里面解手的日本人屁股上了，日本人没办法擦屁股和裤子，就到墙头去叫人，就在他想叫人的时候，有人从背后动手弄死了他。我敢说，这附近一定有游击队，一般人是绝对不敢动这个心思的。"

霍三虎吩咐两个手下把鬼子死尸捞了上来，并抬到茅厕附近的空地上。霍三虎觉得这屎尿满身的太君有碍观瞻，也担心日本人回来看到了可能"物伤其类"吧，让手下打来一桶井水给死去的日本兵净身。胡轩涛拉霍三虎的胳膊到背人处，从口袋里掏出一根金条悄悄塞进他的裤兜里，一脸歉意："霍排长，你看今天这事闹的，本来想请你再坐坐，可是碰上这糟心事就没法坐了。这点小意思，也算给你补点酒钱吧，过两天我可能走了，还得到处多跑跑，咱还不得挣钱不是？"

霍三虎苦笑着说："古兄，这今天死了一个太君，不管是意外还是游击队干的，我多少都得受点牵连。等日本人回来，如果兄弟侥幸过关，明天我单独请你坐坐。"

"也行，不过钱得我掏。你就那两个饷银，还要养家糊口呢，再怎么的，我手里活钱还是有两个的，那我走了。"

胡轩涛告别后，和耿叶回去了。

不知什么时候，张宏彪就跟在了后面。胡轩涛指着他的鼻子说："我就知道是你小子干的，不过这事干得漂亮，估计鬼子回来后，那个姓霍的日子就不好过了。"

虽然只当霍三虎的话是客套，第二天晚上胡轩涛还是带着张宏彪、杜立

184

忠和耿叶三人来到了小吃店。刚到门口，霍三虎就迎了出来："古兄，来来来。"胡轩涛吃惊地发现霍三虎竟然容光焕发，完全没有想象中的晦气样，几个人心里捉摸不透，也没多说，就在桌子边坐了下来。

众人刚坐下，霍三虎兴奋地说："哎呀，给你们说个喜事，昨天晚上据点来了几个日本兵，和前面的不是同一茬，说是从我们据点出发到峄城去的汽车，半路上不知被什么人截了车，车上的人一个不剩。他奶奶的，昨天一天老子都没心思吃饭，就怕那些坏熊回来后发现死了个日本人怪罪我。这下好了，这边人死了，那边的也回不来了，我这心里的石头也就落地了。这新来的日本人啥都搞不清楚，这事也就过去了，要不然今晚我能来？算了，不说了，今晚我们哥几个就好好喝点，晚上再补个好觉。"

霍三虎岂能料到，从他们据点乘车去峄城的几个日本士兵，就是胡轩涛昨天从他嘴里套出消息后，派人在半路上敲掉的。

人逢喜事，眼活手勤，酒下得自然也就快。几个人轮番给霍三虎敬酒，很快他的话就不着调了。

"这，这鬼子啥时候是个头啊，再这样干下去，我能不能回热河老家都难说，现在老婆离那么远，天天在床上干熬，在这破地方，也没个青楼妓院啥球的，身上的火泄不掉，难受啊。"

杜立忠闻言，劝慰道："兄弟，这事好办呀，在利国那儿就有，我来安排。"

张宏彪"嘿嘿"浪笑两声，故作神秘地说道："利国那儿不行，我看还是给霍排长安排到贾汪，那里的姑娘既漂亮又浪白，日本人都喜欢去。"

霍三虎听张宏彪说罢，目露淫光，片刻后沮丧地摇了摇头："好是好，就是路太远，靠这两条腿奔过去，上床脱了裤子，还能气昂昂地干事？"猛喝了一口酒，霍三虎无奈地笑了几声。

几人顺着这个话题相谈甚欢，等小吃店的人将散尽时，桌上的人舌头都打卷了，出门时，霍三虎已经语无伦次，在两个手下搀扶下，一摇三晃地走了。

韩庄东南的八里庄，靠着运河。

下午，从运河支队在运河里走船的交通员那里传来消息，八里庄突然来了二十多个鬼子，把村内搜了个底朝天。鬼子为什么会突然出现，交通员并不清楚，消息还是胡轩涛和霍三虎一道喝酒后才得知的。胡轩涛不敢乱加猜测，生怕自己的人在八里庄被敌人撞上。回到屋里他灌了两碗凉水，到了后半夜，才带着集中起来的队伍赶往八里庄。

八里庄由西向东呈长条形，长不过二里，户不过一百，村民组成比较复杂，有渔民，有船民，有外乡逃难来的难民，还有靠种河滩薄地为生的庄稼人。这个季节村外的河滩长满了蒿草和芦苇，倒是藏人的好去处。黄家兄弟在前面带路，队伍来到了村外的芦苇丛里隐蔽下来，天还没亮，大家正好就地休息。

残月斜照，薄雾氤氲，四五十号人抱着枪打盹。

天快亮时，哨兵悄悄钻到胡轩涛旁边报告："参谋长，村子里有鬼子，不多，我就看见两个。"

胡轩涛轻轻拨开芦苇叶，透过薄薄的晨雾，能清晰地看到村子里有五六个鬼子在走动，隐约还能听到鬼子们在交谈。鬼子这是在干什么？胡轩涛一边观察，一边思索。过了一阵，村子里的声音大了起来，有七八个高低不等的汉子被五花大绑从一个院子里押了出来，两个鬼子用枪托砸向一壮汉，鬼子附近围上来不少村民。

八里庄距离铁路仅有二里多路，在村西头能看到铁路上车头冒出的白烟。胡轩涛心想，如果敌人把人押到铁路边就危险了，因为每隔一段时间铁路上就会有一辆"乌龟壳"通过。"乌龟壳"浑身铁甲，前后和两边都有射击孔，一般人很难靠近。胡轩涛让邓立金带着十几个人绕到村子西头堵住敌人退路，自己带着其他战士摸到距离敌人最近的房子后面，做好战斗准备。

远处的敌人又从院子里押出来三个男子，出来一个捆一个。最后出来的是一个日军军官，看样子是要出发了。胡轩涛对枪法好的于顶说："一枪干掉小鬼子军官，有把握吗？"

"就这么一点屁远，没问题。"于顶自信地回答。

"管，你给我干掉那个鬼子军官，其他人做好准备。"

胡轩涛话音刚落，就听"砰"的一声枪响，鬼子军官头部中弹，应声倒地。其他鬼子顿时慌乱起来，边查探枪声传来的方向，边就地寻找可作隐蔽的地方。枪响就是命令，胡轩涛的队员们长短枪支一齐开火，房子两侧两路队员向敌人包抄过去。等敌人找到目标准备还击时，已有多名日军被击毙。战士们靠近敌人，从两个角度对鬼子形成夹击。鬼子没有指挥，更是乱了阵脚，边射击边朝西边撤退，被捆绑的十几个人趁机溜得无影无踪。

敌人又被击毙五六个之后，已失去抵抗的意志，只能向西逃窜，后边的战士紧追不舍。敌人在快出村口时，迎面又遭到邓立金带领的队员阻击，三面合围之下，敌人只能往麦田里逃去，战士们边追赶边射击。当残余的几个鬼子翻过铁路消失在树林中后，胡轩涛才命令众人回撤。

队伍回到前面鬼子押人出来的院子前，十几个人正围坐在地上，看到胡轩涛他们来到，都起身热情地迎了上来。原来他们是韩世仲的部下，其中一人还是韩世仲的姨表弟，前几天一个排的人马乔装混进峄城，准备偷袭日军据点，抢夺炸药炸毁铁道涵洞，没想到被敌人发现。撤出峄城后又一路被敌人追赶，伤亡大半后，剩下的人一路南逃。在八里庄准备过河时，却发现事先准备好的小船没了踪影，就在大家商量着如何过河时，没想到敌人悄悄包围并俘获了他们。

胡轩涛对韩世仲的表弟说："我和韩司令是老相识了，我还是他的手下呢！当时他是苏鲁边抗日游击队司令，我是副司令，本来一起打鬼子的，鬼子加大对贾汪地区的围剿后，就不知道他的去向了。我现在是八路军运河支队的参谋长，叫胡轩涛。"

韩世仲的表弟殷敏杰十分激动："胡参谋长，谢谢你们的救命之恩，我表哥现在在邳县占城一带，我们马上要赶过去和他会合，我们不会忘记胡参谋长和兄弟们救命之恩的。"

"这没啥，只要抗日打鬼子，我们八路军都会支持的。"胡轩涛让身边战士把缴获的枪支弹药交给殷敏杰他们，并把他们送到村东头，然后带着几十人转到罗庄，以防鬼子来八里庄实施报复。

一行人在罗庄附近安顿下来后，胡轩涛和张宏彪在傍晚前又返回了韩庄。

20

赶到韩庄，胡轩涛让黄学堂外甥悄悄叫来了霍三虎。

霍三虎一见胡轩涛，惊喜万分，急切地问道："古兄，我想着你不回来了呢，你一走，这两天我的心啊，感觉空落落的，你这次回来，还走吗？"

"老弟啊，不走哪能行啊，指望这里我不得喝西北风啊，这次来就是想通过村里几个老客，向周边的渔民推销一些酒，事情一敲定，我还得走啊，你那里现在怎么样？"

"最近一段日子，附近几个地方乱得很。这不，皇军又在我这里加派了几十号人，还弄来一个翻译。你还别说，这个翻译和我还挺投缘。过去，老子不懂日语，就是挨了骂也不知道问题出在哪儿，这下好了，这个翻译一来，我把你给我的那根硬货往他兜里一放，你猜咋着？可能我最近要提为连长啦。"霍三虎说着话，连连拍着轩涛的胳膊，一副志满意得的神情。

霍三虎接着唠叨："古兄，这个翻译估计有些来头，说话大得很。如果你感兴趣，我就把他叫来。"

"择日不如撞日，就今晚上，反正也没别的去处，还在老张这儿。你去请他，这边我让老张弄点好的。"胡轩涛用手推了一把霍三虎，霍三虎心领神会，乐呵呵地跑了，屁股后面还撂下一句："翻译喜欢狗肉啊！"

五月的天不冷不热，身上着件布褂就挺合适。胡轩涛为了招待这个翻译，也是煞费苦心。他花了两块大洋从庄子里一户人家弄了条半大子土狗，又花了一块大洋买了只上了年数的老母鸡，土狗去皮去毛十斤不到，母鸡拔得光光的足有小半拉狗重。老张一个人下午哪都没去，守着煤灶上的两个陶罐打着瞌睡，不时盯着滋滋冒气的陶罐，把火候拿捏得恰到好处。

吃饭时间一到，霍三虎陪着一个矮墩墩的胖子走了过来。见到胡轩涛二人，刚才还咧着嘴有说有笑的翻译一下子绷住了神情，有模有样地坐在主位上。霍三虎对二人做了简单的介绍。翻译和胡轩涛都朝对方点点头，翻译的表情仍然没有多大变化。介绍完，霍三虎问胡轩涛："古兄，今晚都准备些啥呀？"

胡轩涛瞅着翻译说："曹翻译，听我老弟说你喜欢吃狗肉，估计你进来就闻到狗肉味了吧。另外老张这里煨了一只老母鸡，放心，老母鸡煨得还算烂，但还得带点嚼劲儿。其他是湖里的鱼啊虾啊什么的，等一下你尝尝，应该适合你的口味。"听到胡轩涛的介绍，曹翻译的嘴角微微上扬，脸上有了笑意。胡轩涛又补充说："第一次见曹翻译，我还备了点小礼品。"胡轩涛说完，张宏彪从裤子里袋摸出两根金条，轻轻推到曹翻译面前。

"这是一点小意思，今天能认识到曹翻译，也是我三生有幸啊！"胡轩涛恭维着，同时还瞅着曹翻译脸上的变化。

曹翻译的目光从桌上转移到胡轩涛脸上，大笑起来："你这是咋吗？第一次见面就这么抬举我，我就一个小跑腿的，古老板这样客气，我哪里消受得起啊？"

"曹翻译，你先把东西收下。马上上菜，马上上菜！"胡轩涛起身把金条又往曹翻译面前推了推，曹翻译顺水推舟笑着说："行，行，不耽误吃饭。"嘴上答应着，顺手就把金条揣进了口袋。

菜齐酒满，酒席正式开始。

酒喝了一杯又一杯，曹翻译的话也越说越多。胡轩涛从他口中得知，此人是山东滨县人，后随父母投亲到了青岛，在四方镇日本寻常高等小学读过五年书。1923年中国政府收回青岛主权，但青岛的纺织厂、化工厂、火柴厂等仍由日方管理。为了宣示主权，政府急需懂日语的人参与对这些企业的管理，就挑选部分学生进日方技工学校学习，此人正是当时被选派的学生之一。学习期间，他对技术并不感兴趣，但日语却学得炉火纯青。1931年开始，此人先在青岛企业联合会混了两年，后通过山东省府的亲戚帮助，到了济南市府，在政府对外协作部门谋得一翻译职位。当时他在政府部门虽职位低微，但脑子活泛，日子过得还是有滋有味。1937年12月，日军占领济南，山东省府的人逃散，留下来的部分官员转而投向日本人，他在省府的亲戚为日本人跑得十分欢实，自己自然而然就靠向了日本人。派他来交通重地韩庄，也是日本人另有所图，姓曹的本人也指望日军对其予以重用，因此口气甚大。

听到曹翻译也在济南待过几年，胡轩涛就问他："曹翻译，你在济南供职四年，我也在济南待过三年，这说明我们还是很有缘分的啊。"

曹翻译用手抹了一把明晃晃的油嘴问："你在哪个部门？"

"工务局，一个小小的职员。"胡轩涛没有说出全部实情。

曹翻译把手里的一根狗骨头猛地扔到地上，伸长脖子问："黄标发这个人你肯定认识，对吧？"

"你也认识黄标发？"胡轩涛反问道。

"咋不认识，他和陈家铎是一条杠。这个兔崽子到我们大院里狂得很。其实，我和他没有工作上的来往。有一次在过道里碰见他，我给他让烟，那小子连瞄都没瞄一眼，接过手的烟看了一眼就扔到地上，还叽咕我一句，'啥破烟，老子只认万宝路'。他奶奶的，他只要走过去，能从嘴里飘出一走廊的臭味，还万宝路，呸！"曹翻译一脸怒气。

胡轩涛反而笑了起来："他到我们局长那里，掏的都是三猫牌，那香烟比万宝路贵多了。"

"那是他求你们局长办事才那样的。哎呀，没想到在这狗不拉屎的地方还有你这么尊大神，当时我要是认识你，也不至于混到这个地步啊。"

"我就一个小职员，不是局长副局长，没啥本事。黄标发那个人，我和你的看法一样，不是做事的人，但他连襟在那站着，到最后钱不但不减，还莫名其妙增加了不少，那个兔崽子是真黑。"

"古老弟，职员干着不好吗，咋想着回来啊？"曹翻译有点纳闷。

"我要是不走，工程出了问题，倒霉的不光是当官的，还一定有我。后来听说真出问题了，但日本人来了，也就没下文了。这样也好，我回来倒腾点家里生意，混口饭吃就行。"

都是黄标发的受害者，二人的心一下拉近了不少。二人越谈越投机，四个人里另外两个人也就只当不存在了。

这顿饭时间拉得特别长，店主老张收拾完其他桌，也搬个凳子坐在旁边，饶有兴致地听几个人拉呱（聊天）。等外面变得黑漆漆一片，几个人才抬屁股离开了小店。临分手时，霍三虎说："古兄，曹翻译一个人在外，生活也很枯燥，你不是说过利国那里有好地方吗，你看……"

胡轩涛心领神会，微笑着说："这有啥啊，没问题，就看曹翻译的时间，只要走得脱，时间你们定。"

霍三虎冲曹翻译意味深长地一笑，曹翻译瞬间明白，脱口而出："我明天和霍排长到周营，和附近几个地方的人琢磨个事，估计半天时间就行，晚上就可以去。"

"你们在哪儿开会？"

"周营，我们坐摩托车去，快得很。"

"那行，我到时找辆马车，下午就在路口等你。"

"就这么说了。"

"管！一言为定。"

第二天太阳西斜时，胡轩涛和张宏彪二人早早就在韩庄通往利国的大路上候着。等曹翻译和霍三虎二人赶到，鞭子凌空炸响，小马车就在"嘚儿嘚儿"声中直奔利国。这天早晨，张宏彪就去了一趟利国，按照胡轩涛的思路把事情安排得妥妥当当。

一路上岗哨众多，有曹翻译和霍三虎在，畅通无阻。马车进入利国镇，直接朝东驶去，拐过两个路口，马车在一挂着红灯笼的门楼前停了下来。徐娘半老的老鸨迎了出来，摇动着手绢招呼道："几位爷，来来来，今天你们是第一批客人，姑娘们早就等着你们啦。"

胡轩涛说："先别急着找姑娘，找个雅间，好菜好酒尽管上，跑一路了，先吃好喝好再说。"

"好咧！"老鸨扭动着屁股在前面引路，四个大男人跟在后面，进了大门，穿过走廊，进了一间雅间，四盏红烛照得房间通亮，中间置一张方桌。老鸨先让人上茶水，和四人客气一番，就张罗饭菜去了。

三荤三素很快就上了桌，四人中两个人有心思，醉翁之意不在酒，哪顾得上菜肴咸淡、酒水清浊，当下风卷残云，吃得猛，喝得也快。胡轩涛陪着他们闲聊着，曹翻译和霍三虎眼睛不停地瞄向门外。胡轩涛朝着霍三虎调侃："你看就你这点出息，酒喝到位才有更好的兴致啊，来来，再弄几杯。"

二人面子上抹不开，又不是自己花钱，装也得装一会儿样子，曹翻译

"嘿嘿"一笑，跟着调侃霍三虎："就是，古老板说得对，不就是那点事嘛！多大的事啊，来，再碰俩。"

酒足饭饱，胡轩涛对张宏彪说："去，把老板娘喊来！"

老鸨听到招呼赶紧跑了进来，胡轩涛说："你把你们这里面的头牌安排两个，先让这俩兄弟上楼。另外，这菜再换一批，等大家乐呵完了，又该饿了，再坐坐，今晚我们都不走了。"

"好咧，几位爷。"老鸨领着二人出门上楼去了。

杜立忠从院门外闪了进来。胡轩涛对二人说："跟去看看他们进哪个房间，去把包里面的东西拿过来。"

张宏彪和杜立忠立刻尾随上了楼，曹、霍二人各自搂着一个姑娘急不可待地进了屋，灯一灭，里面就传来了嬉戏浪笑声。

很快，张宏彪和杜立忠到原来房间，把各自的东西摊到桌上。从霍三虎挎包里拿出来的是一张草图，图倒是很简单，仅标出了附近的几个村子，但从曹翻译包里拿出来的是一个本子，上面密密麻麻记着的都是日本字，里面还夹杂着汉字，读起来一点都不通顺。胡轩涛骂道："这个王八蛋，精得跟猴一样。"没办法，他只能照葫芦画瓢，把曹翻译新记录的内容誊抄下来。

刚誊抄一半，"咣咣咣"响起了敲门声。胡轩涛几个人收拾好东西，老鸨端着几个菜就进了屋，一看三人还仍在不急不慢地拉呱："呦，几位爷真能憋，怎么还没有上去啊？"

"不急，我得把朋友安排好才行，放心，钱不少你的。"

"哎呀，你看这位爷说的，只要你们经常来就行。"老鸨随手抓去桌子上的银圆。

"等一会儿安排几个房间，这天太晚了，另外，看楼上的他们俩啥想法，可以再给他们安排俩姑娘，你只管安排，废话少说。"

看见杜立忠腰里明显别着一把盒子炮，老鸨很识趣："懂懂懂，我们只求财，其他我啥都不知道。"

老鸨前脚刚走，霍三虎和曹翻译相继下楼进屋，二人一看桌上又换了一批新菜，问："这是啥意思？"

"今晚不走了，要玩就玩个尽兴。放心，单间都给你们安排好了，另外，又给你们换了两个。"胡轩涛说着冲二人挤了挤眼。二人听了这话，都满意地笑了。曹翻译看见屋子里多了一个人，一脸疑惑："这位是？"

胡轩涛指着杜立忠说："这是我一个小弟兄，在这里的保安队混差，要不是他来回跑，我们在这里能这么顺当？放心，这里有他罩着，没啥熊事。"

霍三虎脸上有点难色："古兄，这晚上要是不回去，万一韩庄那里出了点啥问题我可兜不住啊。"

胡轩涛没有接话，曹翻译急了："不回去能咋地，如果矢野不待见你，我去给你找渡边，矢野那个兔崽子算个球。"

"没事，明早咱早点走不就行了吗，就十来里地，快。"胡轩涛在旁边帮衬着。

有曹翻译这句话，霍三虎的心才算安定下来，况且他也想换个姑娘再奋战一番。五个人围着桌子又开始了第二场。有了刚才楼上一场酣畅淋漓的愉悦，曹翻译和霍三虎二人就像喝头场酒一样，轮番敬胡轩涛三人酒，时间不知不觉就到了下半夜，张宏彪和杜立忠分别把已经迷糊不清的两个人送进了房间。

胡轩涛取出曹翻译包中的本子，再次一笔一画地誊抄起来……

胡轩涛找到耿叶，把昨晚誊抄下来的日文逐一核对，内容简单明了，共有四条：一、赵庄附近有二十人的游击队，决定派一个小队的日军前去围剿；二、在周营附近藏匿着从铁路上扒下来的军用物资，三天后搜查周营；三、陈庄的村长通敌为日军提供情报，其弟是运河支队成员；四、后天有一军用专列南下，要沿途做好防范。

几人对情报做了分析——赵庄的游击队可能就是铁道大队的人马，周营附近扒铁路也可能是铁道大队所为，需要尽快和铁道大队取得联系；陈庄村长的底细现在还不清楚，要设法通知铁道大队做好防范；最紧要的是鬼子的军列，这是眼下要对付的重点。胡轩涛制定好方案，几个人立即分头行动。

胡轩涛带着张宏彪直接赶赴赵庄。走了大半天，浑身汗淋淋的二人进了庄子。村中小路上的行人看见陌生客，虽然没人上前询问，但一双双眼睛充满着疑惑和戒备。

张宏彪小心翼翼地敲开两户人家的门，问屋里的人最近有没有带枪的人来过。这一问不得了，等二人出门时，村子立刻就变成了另一番模样，所有路人都远远地躲着二人。胡轩涛心想，这个村里有情况，就顺着小路朝村子中心走去。等走到四间草房背后，二人停下脚步，左右打探观察。突然，从几个方向冲过来七八个人，扑向二人。张宏彪撂倒两人后，被三个壮汉按倒在地，胡轩涛也被两个壮汉扑倒。二人被粗麻绳捆了个结结实实，腰里的匣子枪也被收去。胡轩涛并不挣扎，也没有说话，被几个人押进一间屋子里。

坐在堂屋里的一个三十出头的汉子，向二人开口问道："你们叫什么？到这里贼头贼脑的干什么？"

胡轩涛反问道："你们是谁？凭什么捆我们？"

对方冷笑一声："我看你们两个是汉奸！说，来干什么？"

听到对方这么说，胡轩涛的心放下了，笑了起来："那我就找对人了，你们是不是游击队？"

"老老实实回答！你们来干啥的？"对方瞪着眼睛吼叫。

胡轩涛很镇定，看着屋子里几个人，说道："我找你们老洪，有重要事要说。"

"你他妈的是谁？回答我。"对方有点不耐烦了。

胡轩涛笑了笑说："我叫胡轩涛，运河支队的参谋长。我是得到情报后前来找你们大队长的，这里很危险，你们要尽快转移，鬼子这两天就会来。如果你们不相信，把你们大队长叫来，就知道我们是谁了。"

汉子迟疑了一下，问身边人："大队长现在在哪儿？"

"离咱这有三四里地呢。"边上有人答道。

"那你现在就去找找。"那人立即出门去了。

胡轩涛晃动着上身："你们把绳子解开行不行，捆得我浑身酸疼。"

对方瞪了他一眼："受着吧，等会儿再说。"

胡轩涛再说什么话，对方也不再搭理，屋子里变得十分安静。

不知过了多长时间，一个四十多岁的汉子在三个人的陪同下进了屋子，目光注视胡轩涛片刻后，问道："你们运河支队政委叫什么名字？哪里人？"

"朱理先，三十五岁，枣庄张范的。"

"张范村东头还是村西头的？"

"都不是，是村中间的。"

"快松绑！"汉子赶紧上前解开胡轩涛身上的绳子，边解边说，"我就是老洪，真对不住啦，我就纳闷了，大家没见过面，你是怎么认出我们是铁道大队的？"

胡轩涛松松肩膀，甩了甩胳膊："还别说，你们的人手劲还真大，他们怀疑我们是汉奸，就感觉他们即便不是铁道大队，也不会是坏人，能时时警惕着汉奸的人自然不可能是汉奸。"

"就凭这点？"老洪笑着问。

胡轩涛摇了摇头："还有，刚才进村时，我看了几个小伙子的脚。虽然是同一双鞋，但右脚上的布鞋要比左脚上的松垮一些，就断定他们是铁道大队的。"

"说说为啥？"老洪笑着问。

"你们是吃铁路饭的，从平地上跳上火车，再从火车上跳到地面，都是右脚先落地，次数多了，右脚上的鞋子肯定比左脚上的要松垮一些！"胡轩涛笑着说道。

"不得了，我们铁道大队的秘密，被你看出来了。"老洪笑着瞪了胡轩涛一眼。

"放心，我不会给小鬼子说的。"

胡轩涛话音一落，屋内的人一起笑了起来。

接着，老洪指着胡轩涛介绍身边的汉子说："这位是铁道游击队队长孙宝争，在临城到韩庄这一段铁路上对付鬼子，胆大勇猛，就是考虑问题有时还欠心细。"

孙宝争握着胡轩涛的手连连道歉："胡参谋长，对不住啊，你的人也太猛了，一个人撂倒我们仨，到现在我的腮帮子还疼着呢。"

老洪大笑起来："行了，这叫不打不相识嘛。"

大家坐定，胡轩涛说："我们从敌人那里得到情报，这里已不安全，希望你们尽快转移，时间就在这两天。"

"胡参谋长说得对，最近村里经常来陌生人，我们的交通员房林嫂几个人已经觉察到异样，大队长，我们小队还是转到湖边吧。"孙宝争说道。

老洪点头同意。

胡轩涛接着问："周营那里有你们的人吗？村里是不是有从敌人那夺来的物资？"

老洪说："有，但不多，我们已经转走大半了。难道敌人已经知道周营的情况了？"

胡轩涛叮嘱老洪："我们得到的情报，陈庄的村长暗通鬼子，可能是此人告的密。我们已经派人去陈庄了，你们这边还是要多加留意。老洪，你应该清楚，这一带是敌人防守最严密的地方，加上敌我难辨，还是得小心谨慎。"

"是啊，由于麻痹大意，在前一段时间鬼子发动的春季大扫荡中，我们损失惨重。仅前天在微山湖上，我们一次就牺牲了二十多位同志，这是血的教训啊！这次胡参谋长来，给我们带来了可靠情报，我们要尽快调整，这里不能再待了，如果被敌人包饺子可就麻烦了。"老洪神色凝重，眼眶红了。

胡轩涛与老洪接着谈到了如何对付敌人运送军火的专列，老洪这边也得到了这一情报。胡轩涛解释说，根据情报只知道专列通过的大致时间，铁路上来来去去的火车多，到底哪一列装运的是军火，不能确切知道。老洪听到这个笑了，解释说："参谋长，这个我们还是有经验的，铁路上只要有大的动静，敌人一定会再把铁路沿线据点兵力抽调出来，加强防护。专列通过前，会有两辆铁甲车通过。根据这个，我们可以判断哪列火车是军火专列。怎样对付？我也想过了，这趟军列是从北往南走，终点到哪我们也不清楚。临城至韩庄段沿线，敌人的兵力少，涵洞多，扒铁轨不起作用，铁甲车一过就会被发现。我想最好的办法就是用炸药炸，安放炸药的地点好找，爆炸时间比较好控制，如果多准备几个点，就可以干掉专列。现在最大的麻烦就是我们手上炸药太少，之前从矿上弄了一些，但只够两个点用。"

听老洪说炸药不够，胡轩涛没有迟疑，提出了炸药由他来想办法解决。两人商定了联络接头的方式，离开赵庄各自返回，谋划下一步行动。

两人一回到韩庄，胡轩涛就让人找到曹翻译和霍三虎，三个人在小吃店坐了一会儿，胡轩涛又提出再带二人到利国去逍遥一把，没想到曹霍两人头摇得像拨浪鼓一样。胡轩涛纳闷，对两人说："最近我准备跑一趟远门，要过一段时间才能回来，就明天有时间。"

曹翻译没有搭话，霍三虎叹了口气说："不行啊古兄，这几天哪儿都不能去，上次回来还挨了一顿骂，后天上午一大早我们还有事，还是等你回来再说吧。"

"那也行，还是你们的公事为重，拿钱干活嘛，这能理解。那我就先去沛县那儿，已谈妥了城里的几家饭庄，那地方的人能喝，酒销得快，那就等我回来，我也给你们备点头窖尝尝。"胡轩涛看无法说动两人去利国，就掏钱结账走人。

付钱的过程中，胡轩涛突发一念想，一把将曹翻译拽到一边，低声耳语：

"黄标发那里的情况，你了解吗？"

曹翻译转着眼白，吃惊地问道："怎么？你有啥想法？"

"这事只能你我知道，给霍三虎也别说！姓黄的那个兔崽子害得老子又是丢官又是丢财，我现在有条件了，得把过去损失的东西弄回来。"

"那么远你自己去呀？"曹翻译有点不解，"再说，就你这两毛人，能干啥？"

胡轩涛拍拍曹翻译的肩膀："我在道上有耍得开的朋友，如果你能打听到姓黄的下落和具体情况，算你一份。这年头，马无夜草不肥，人无横财不富！"

"我的乖乖，你啥活都干呀！"惊讶之后，曹翻译转念一想在黄标发面前遭到的白眼，心里变得坦然多了，"你道上的朋友不会杀人放火，劫人财物吧？"

"我道上的朋友是文明人，杀人越货之类的事不干，靠一双流利的嘴皮子挣钱！"

"行，只要不出人命，我就和你一块干！我有个亲戚在济南政府里当副秘书长，我请他摸摸情况，很快就给你回话，但你答应的一定得兑现啊。"

"放心，但你要快，我三天后再到这里和你碰头，然后去济南。"

"行，就这么说死啦。"曹翻译朝胡轩涛挤挤眼，随霍三虎笑呵呵地走了。

　　胡轩涛与曹翻译、霍三虎醉翁之意不在酒的见面，起到了效果。

　　从两人的反应判断，鬼子的军火专列就要通过附近的铁路线，胡轩涛立即把消息通知了老洪，并派人送去了十包炸药。与此同时，胡轩宇也带领一个中队的战士赶赴韩庄。

　　第二天天黑，胡轩涛带着经验丰富的队员在韩庄以北的三个涵洞下布设了引爆点，每个点留下两名战士蹲守，其他战士埋伏在涵洞附近的草丛中待命。

　　约莫一个小时后，老洪派人找到胡轩涛，传达了上级一个新的命令。韩庄位置重要，敌人据点兵力较多，日伪军队近三百人，上级决定拔除韩庄据点，运河支队和鲁南铁道大队合兵一处解决韩庄据点的敌人，要求大家做好战前准备。截击敌人军火专列的任务改由铁道大队下辖的铁道游击队负责。情况有变，胡轩涛赶紧调整对策，把附近的兵力聚集起来。

　　后半夜，鲁南铁道大队的人也赶到了韩庄。

　　胡轩涛没想到，仅两三天时间，韩庄据点又来了这么多的敌人。上级要求，我方应等到韩庄的敌人出了庄子后，在路上对其发动突袭。因为这个时间点，敌人的军火专列已过临城，铁道游击队对专列的截击将在临城至韩庄段进行，因此，袭击韩庄敌人的战斗，必须在韩庄据点的敌人赶到铁道之前打响，以拖住他们对铁路线的增援。

天刚放亮，韩庄据点内升起了灰色的烟雾，敌人开始生火做饭。胡轩宇已经让队伍做好准备，根据双方事先商议，铁道大队的人在北边，运河大队的人在南边，还有一支四五十人的队伍埋伏在据点附近的麦地里。

没过多久，据点内传来摩托车的启动声。五辆摩托车驶出据点大门，后面紧跟着一队日伪军，浩浩荡荡地上了大路。日军队伍刚行进几百米，几颗子弹交叉射向最前面的日军军官。军官头一歪，从摩托车上栽了下来。领头的被击毙，后面的日伪一阵慌乱，立刻停了下来，匍匐在路边还击。从路两边射过来的子弹十分猛烈，落在后面的敌人掉头准备往据点回撤，没想到据点内也传来"啪啪啪"的枪声。一批游击队员随即从据点方向冲了过来，敌人处于三面夹击之中，只能边打边往东撤退。开始时，敌人的抵抗相当激烈，半个小时过后，从三面攻击的队伍已经逐渐围拢过来，且越打越猛。无奈，日伪大队人马在另一名日军军官的指挥下，朝铁道方向突围逃跑，惶惶然似丧家之犬。三个方向的游击队员汇集一处，尾随追击，中弹倒地的敌人丢盔卸甲，一路上留下不少尸体。当敌人接近铁路时，铁路上驶来一辆铁甲车，溃散的敌人逃往铁甲车东侧，利用铁甲车形成一道防线抵挡追击。战士们在铁甲车面前无能为力，只能后撤。敌人也不敢追击，激战方才停止。

回撤的战士赶到据点，早有战士将据点内的物资归集完毕。大家手拿肩扛，将缴获的武器弹药悉数带走，部分带不走的米面粮油，分发给村里的百姓。

这一次精心策划的对敌袭击，歼灭了日伪一百多人。在临城南二十里地的涵洞，日军运载军火的列车被炸翻，铁道游击队在铁甲车赶到前夺得部分枪支弹药。

陈庄的村长，被前去执行任务的四名运河支队队员吊杀于村口的槐树下面。

战斗结束后，胡轩宇带领中队退回贾汪东边的山中。胡轩涛把所带的队伍分成五批，隐蔽于利国矿附近的村子里。遭到重创的敌人疯狂报复，对铁路沿线的村庄和集镇进行了为期十天的拉网式搜捕，抓不到可疑人员，一通抢夺和放火后才退回贾汪镇。

安顿好队伍，胡轩涛就从韩庄老张那里得到曹翻译打听到的信息——黄标发的连襟陈家铎，济南成立伪政权后，虽然仍担任副市长，但权力比过去大了许多，新上任的市长天天忙着和日伪高层应酬，日常工作基本上都撂给了他。有连襟这棵大树庇护，黄标发如鱼得水，把自己的老本行摔到一边，一门心思做起了物资贸易生意，天天过着头上抹油、嘴上冒油的太子哥生活。不到一年，他就在靠近火车站的大明湖边上置办了一座独栋洋房，出入轿车接送，行事风格更加张扬跋扈。

胡轩涛一行四人装扮成商人和随从模样，乘坐一辆曹翻译在省府亲戚提供的黑色轿车，在黄府门前停了下来。胡轩涛和张宏彪被用人引进了客厅。茶水备齐后，用人退出了客厅。

大气宽敞的客厅洋味十足，地上铺着一脚下去就是一个软绵绵凹坑的波斯地毯，就连茶几上的茶壶和杯碟，也都是难得一见。二人正在细细打量眼前的一切，熟悉的声音从屏风后传了出来："刘先生，省府曹副秘书长昨天给我打电话，说你今天从南京来，请问有何贵干啊？"曹翻译在山东省府的亲戚提前联系好了黄标发，但对"刘先生"的身份并不知情，以为胡轩涛是曹翻译普通的生意伙伴。

胡轩涛和张宏彪二人，笑而不语，静等着主人出现。黄标发晃晃悠悠走到靠背沙发前，看了一眼落座的二人，轻浮傲慢的态度顿时一扫而光："啊……这，这不是胡，胡局长吗？"

"哈哈哈，黄老板，老朋友又见面了。"胡轩涛一拍双膝，起身伸出右手。

黄标发同样伸出手来。二人握手后，互相客气地劝着对方落座。

"胡局长，现在哪里高就啊？"黄标发谨慎地发问。

胡轩涛笑笑说："济南待不下去了，去了南京，但半年前又回到了济南。今天来，想和财大气粗的黄老板做笔买卖。"

一听对方有求于自己，黄标发上身往后一仰，结结实实靠在沙发背上，右腿随意地搭在左腿上，声音开始变得阴阳怪气："哪方面的买卖啊，说说看！"

胡轩涛喝了口茶水，没有开腔回应，坐在旁边的张宏彪坐不住了，起身对黄标发说："你就是黄标发啊，听说混得不错，今天找你……"

"打住！"黄标发的脸顿时黑了下来，手指张宏彪道，"你是干什么的？竟敢用这种口气跟老子说话！"

张宏彪蔑视地笑了一下说："顺便给你介绍一下，坐在你面前的，已经不是当年的胡副局长，现在的身份是中华民国军统济南站少将站长，不知这个身份是否有资格和你对上话？"

黄标发先是怔怔地瞅了一眼胡轩涛，又扭脸看看张宏彪，愣了一阵子才问："你，你们大白天竟敢到我这里，不要命了！"

一阵"哈哈"大笑后，胡轩涛说话了："黄老板，给你说句实话，在见你之前，我还去省府见了曹副秘书长、财政厅龚厅长和税务局删局长，他们都知道我的身份，但都没有捅破。怎么，你要向皇军告密吗？"

胡轩涛说话时，在腰间轻轻拍了两下。

"不，不，我不是这个意思！"

"黄老板，这两年你混得那可是风生水起啊，都上了我们戴老板的名单了。根据蒋委员长指示，战后将对卖国投敌、发国难财的日伪分子、卖国奸商等系列人员进行统一清算，虽然现在中日战事正紧，但相信这一天终归会到来。你不能光想着今天挣钱，日后活命的事不管不问吧！"

对胡轩涛的一番话不想还好，一琢磨，黄标发惊出一身冷汗。他坐直上身，放下二郎腿，身体微微前倾，小心翼翼地问道："胡站长，你说的这事，我还真没考虑过，你说这事该咋办？还有，今后你咋证明我是为国家出过力的？"

胡轩涛瞅了张宏彪一眼，张宏彪立刻从随身携带的公文包里拿出两张一模一样、盖着猩红大印的收讫。胡轩涛指着收讫说："这是收据，你要保存好，等仗打完了，你马上拿出来，前往国民政府证明自己的清白。"

黄标发瞅了一眼收讫，问："这上面也没有缴纳的具体金额，我咋弄？"

"前期，李宗仁长官的第五战区特别调查组已经核实过并登记在案，按你的情况，需要缴纳五百两黄金才能符合政府日后死罪豁免要求，具体你看，但不能少于这个数。"胡轩涛的话显得有点轻描淡写，说完后，他直勾勾地看着黄标发。

举杯呷过一口茶，胡轩涛接着说："调查组对你的经营范围、合作对象、中间利润都很清楚，其间还有谁共同参与，都摸得很透，在这上面，我就不用再细说了吧。"

再看黄标发的额头，已细汗密布，许久才咬咬牙，一跺脚说道："行，这个我缴，但到时还拜托胡站长做个证啊！"

胡轩涛笑着点点头，张宏彪起身朝门外喊了一声，于顶、葛石头手拎皮箱走了进来。黄标发把黄金装进皮箱，胡轩涛在收讫上填好黄标发名字、数额以及自己的签名后，把其中一张递给了黄标发，提醒道："黄老板，这个一定要收好，到时必有大用。"

在黄标发点头哈腰的陪同下，胡轩涛四人出门上了轿车，朝东疾驰而去。

胡轩涛一行变换了几次火车才赶回根据地。

民国初期，利国矿基本上属于民营资本运作，大部分铁矿运往上海，再往后，所产矿石经浦口运往日本，利国矿在日本国内早已有名声。日军攻占徐州后，就派出专业人员重新进行勘探，名义上是中日合采，没过多长时间，中方资本被逐出，矿区被日本人完全控制。

日本人控制利国后，只保留了几个大的矿区。利国不仅有煤，还有铁，日军把精力主要放在铁矿开采上。在利国镇上，日本人在集东设置了一个铁矿管理部门。矿区内配备有一个矿警中队，成员都是日本人，配有长短枪及轻重机枪。矿区四周筑有围墙，办公室、仓库、卫生所和住房都在围墙之内，从围墙进入矿区核心地带需要过两道岗，每道岗四周均设有铁丝网围栏。

利国矿的矿长是个日本矿产专家，名叫田村下树，此人和相川一夫私交甚笃。两人都有一个爱好：赏玩中国的老物件。相川来中国时间比田村早了好几年，对中国历史文化精髓的了解也更为老到。

八路军一一五师政委罗荣桓几次谈到利国铁矿的问题，指出日军占领利国矿，残酷压榨矿工，拿中国人民的累累白骨换成铁矿石运往日本，冶炼成钢铁，制造出枪炮坦克，再用来侵占中国的土地，杀害中国的百姓。利国矿在日本人手里，对抗日的军队，对中国的百姓来说，都是一个巨大的危害。

为了削弱日军对利国矿的控制，运河支队召开了专门会议。

会议上，众人提出了从刺探情报，到伺机破坏，再到最终攻打敌人的种种方案。但是经过仔细分析，大伙认为众多方案均不具备条件，最后都一一否决。后来，胡轩涛提了一个新的思路：利用队员在矿内的亲属或朋友关系，先摸清矿区内的情况，以小规模袭扰来试探鬼子的反应，用长期的袭扰来麻痹敌人，使敌人失去耐性，最后集中力量对敌人发起大规模突袭，一举端掉或炸毁矿区设备，将矿工解救出来，让敌人难以恢复生产。

支队的全体领导经过认真讨论，最终采纳了胡轩涛的意见，决定采取以下步骤：胡轩涛利用熟人关系取得矿内日本人的信任，派儿名战士进矿当矿工，另外在矿区附近开设一家饭庄作为秘密交通站。

计划确定后，众人立即分头行动。

按照支队领导的分工，胡轩涛承担了开办饭庄的任务。

在利国矿周围察看三天后，胡轩涛最终选中了一处仓库作为开饭庄的房子。此处仓库本是利国矿民营资本家所有，日本人到来后，对矿区范围进行调整，这座仓库就闲置了下来。租定房子后，胡轩涛雇人对房子做了一番精心布置，靠里隔出六个雅间，用来招待贵客，大厅里分三排放置九张桌子，作为一般客人吃饭的场地。他又从家里取来收藏的字画挂在大厅及各个包间，这样新开张的饭庄在利国镇上算得上高雅大气。胡轩涛一连想了"利国酒馆""真好吃饭馆""运河鱼馆"等几个名字，自己都不满意，最后还是请喜欢舞文弄墨的弟弟给饭店起名。一番琢磨后，胡轩宇对大哥说，"迎湖仙饭庄"怎么样？胡轩涛一听，一连喊了三声"好"。

迎湖仙饭庄距利国车站很近，在镇上算是位置最好的地方。饭庄名义上由三人合开——胡轩涛、胡化锦和田景成，但实际出资人只有胡轩涛一人，另外二人一分钱没拿，但各占一成股份。胡轩涛之所以这么做，表面上是通过两人聚集人气，照顾生意，实际上是用二人的身份为获取情报打掩护。胡轩涛还特别向两位交代，饭庄是自己的带头大哥所开，只是这位大哥担心仇人闻名寻来，就委托他经办。饭庄平时的管理，由胡轩涛妻弟吴再清负责。

饭庄开业了，胡轩涛和乔装成厨师和伙计的队员站成一排，迎接着受邀前来的宾客，前来庆贺的客人被一一引导至安排好的雅间。

相川和矿长田村也受邀而来。

相川和田村二人由胡化锦、田景成作陪，房间的门上插着一面膏药旗，表明是专为日本人准备的雅间。饭庄外的鞭炮一响，负责传菜的小伙子如脚踩风火轮，先把六个凉菜传至各个雅间，接着每次两道热菜，再次把六道热菜全部摆上了桌面，宴席正式开始。在煎、炸、烹、炖散发出的菜香油味中，零零散散的食客纷纷进入大厅，他们个个心里透亮——这个年代还能开馆子，不是人而是神。

胡轩涛满面春风，端着酒杯走进相川所在的雅间。之前经相川介绍，他和田村矿长有过一面之缘。看到胡轩涛来了，雅间里的众人没有过多寒暄，直接端杯祝贺。三杯过后，相川问胡轩涛："怀山君，外面墙上挂的字幅，可是你在市面上买的？"

胡轩涛一听，顿时来了兴趣："这哪是买的？眼下能泼墨写字的早就跑光啦，留下来的都是大老粗。是家里收藏的，我家祖上是教私塾的，家父的上两代都是舞文弄墨之人，别说在这一带，就是在南京也有不少墨友，当年他们互相换字画不像现在这么难。"

相川的目光转向田村。胡轩涛明白其意，于是他问田村："田村先生一定精通中国书法，这方面我家在我手上失传了，我只是把家里收藏的拿出来挂挂而已，附庸风雅罢了，不知田村先生觉得那几幅字画如何？"

"外面有一幅字，上面没有印章，但从笔迹来看是徐州一位大家的真迹，不知胡先生是否愿意忍痛割爱？"田村说得直截了当。

胡轩涛明白田村的心思，但脸上还是装出些许吃惊："我这里还有能入田村先生法眼的字？哪一幅？我给你取过来就是。"

"就是进来的右边第一幅。"田村看到胡轩涛这么爽快，竟然激动地站了起来。

胡轩涛挠挠头，对田村说："您这一下把我说住了，要么我陪你去外面看看。"田村挥了挥手，先行出了雅间，胡轩涛紧随其后。两人来到大厅，田村站在一幅字前，指着墙上点点头，扭脸看着胡轩涛。令田村没有料到的是，胡轩涛满脸纠结，摆摆手说："这个恐怕不行。"

田村的脸色一下子阴了下来。

轩涛陪着满脸不高兴的田村返回了雅间。相川看到田村不悦的表情后，不知发生了什么事。田村气冲冲地坐下后，瞅着胡轩涛问："胡先生，刚才你在大厅内说的话，是什么意思？"

胡轩涛拍拍相川的肩膀说："刚才大厅内有个我们曹八集的亲戚，不能说真话，那样的话，传出去不好。没事，这幅字我偷偷取下来送给田村先生，但我得找一幅差不多的字上墙才行。等两天，那幅字就是田村先生的。"

"哦。"田村脸上的表情又由阴转晴。

"请田村先生来点评点评这幅字吧！"胡轩涛又对田村说道。

田村来了兴致，娓娓道来："这幅字出自张伯英之手。张伯英，字勺圃，其祖上就擅于书法。张伯英本人曾任北洋政府段祺瑞的秘书，后任副秘书长，其书法以行楷见长，然而隶篆均为上乘。当年日本国驻北京公使有意求其字，被拒绝，他的行楷照片我均有之，我对中国的行楷研究多年，就是以张公为模，但终有遗憾……"

没等田村说完，胡轩涛就重重拍了两下大腿："这就对了嘛，那这幅字送给田村先生就更没错了，值钱不值钱不是我关心的，送对人才是最重要的。"

田村脸一绷说："那不行，这字我得付钱，不给钱我就不要了。"

"哎呀，田村先生真拿我不当朋友了，这字对于我开饭馆的，又不能吃不能喝的，行了，就送给你了。"胡轩涛一副大大咧咧的样子。

田村看了一眼相川，相川把烟斗从嘴边拿开，赶紧对胡轩涛解释："这样，田村先生是文人，难以接受馈赠，还是付钱为好，这样你们二位都能落个心里踏实。"

"行吧，两个大洋，再多我就不卖了。"

"行行行。"田村赶紧答应下来，好像迟一下轩涛就会反悔似的，接着又问，"胡先生，该你说说这幅字的来历了吧。"

"其实也很简单，我爷早先在萧县县衙当典史时，曾经在私塾里教过两年张伯英国文和历史，和张伯英的父亲关系不错。后来有一年春节张伯英从北京返乡探亲，写了一幅字后出门了，正赶上我爷去他家拜年。他父亲知道我爷有收藏其子大字的意愿，就随手把这幅字给了我爷。后来张伯英一直想盖上自己的印章，但再见面就难了，所以这幅字就留下这个缺憾，但张伯英自己的题跋还是有的。"胡轩涛笑着说道。

田村听罢异常兴奋，连向胡轩涛敬了三杯酒。见二人关系一下子热络起来，一脸淡笑的相川没有说话，只是静静地盯着满脸赤红的胡轩涛。胡轩涛放下酒杯，顺眼瞅向相川，看见相川的眼神中有一丝丝慌乱，赶紧斟满酒杯，举着走向相川……

第四天大清早，胡轩涛就把字幅送到了田村那里，没想到田村备了五根金条。胡轩涛再三推辞，田村依旧坚持，最终胡轩涛拿了两根就离开了矿长办公室。自此，二人的来往渐渐多了起来。

有了饭庄作为秘密交通站，运河支队往来的信息得以快速而准确地递送，但情报的交接按要求严格限于一对一，就连胡轩涛的妻弟吴再清也被蒙在鼓里。

杜立忠急匆匆从店外走进屋内，在胡轩涛耳边轻声说了几句。胡轩涛立刻起身出门，走进东边的一间杂货铺，和店伙计耳语一番后，就返回了饭庄。这个时候，五个日警正荷枪实弹从蔡山村出来，跟在后面的是七八个被胁迫的中年汉子。这些中年汉子是签过下矿协议，反悔后被日警强行带走的矿工。

十几个人一路向南，目的地是十几里外的寨山矿。

临近中午时，走了几里路的日警进了一个草棚，命令卖茶水的老汉端几碗凉开水来。几个人刚坐定，水还没沾到嘴唇，突然从东边传来一声枪响。五个日警顿时慌乱起来，放下茶碗掏出手枪逼着汉子朝南急赶。路过一片小树林时，发现前面站立着三个人，其中一人说道："中国人留下，日本人回去！"

日警头目晃动着手枪说："谁不想活命，就过来！"

"呼啦"一下，日警周边冒出了二三十人，个个端着长枪。

站立之人接着说道："我们不想伤害你们，但你们必须得把我们中国人放了，别以为我们不知道，现在下矿的人，有几个人能活着出来？开始时给一点小钱，到后面一个子儿都没有。"

五个日警开始交头接耳，过了一会儿，日警头目说："我们可以放人，但你们不能伤害我们。"

"可以，但你们身上的枪得全部留下！"

"这个的不行，回去我们无法交代。"

"行不行，你们还有的选吗？身上和手里所有的枪都留下，人就可以走！"

日警头目问："你们，什么的干活？"

为首的人显得极不耐烦，张口便骂："他奶奶的，老子是八路军游击队，咋，还想干一仗？"

几十条长枪"哗啦啦"瞄准日警。其实，日警多是日本国内临时抽调而来的青年人，开始时不同于日军，但到了中国后，受环境影响恶行渐露，但毕竟没有受过严格的军事训练。见此情况，他们只得把枪放在地上，慢慢朝前走，八个中年汉子站在原地不动。五个日警刚走出几米远，后面的枪就响了。被击中的日警头目摇晃了一阵身子，回身骂道："你们这些该死的中国人，不讲信用……"他的话还没有说完，身上又中一枪，倒地毙亡。

为首的中队长孙明清，紧赶几步上前，从被击毙的日警头目腰间搜出了一把手枪。他高高举起手枪，对其他四个瑟瑟发抖的日警说道："这个傻屌货，让他把所有的枪全部交出，他交了一把还藏一把。藏就藏吧，还边走边摸，这不明摆着找死嘛！还嘴硬和我谈信用，谈得着吗？"

其他四名日警明白孙明清的话意，个个跪地求饶。

"滚！"孙明清喊道。

日警一路小跑溜掉了。

孙明清命令战士们把日警尸体抬进树林里，还补上一句："用土埋好了，别让野狗扒出来吃了，恶心人。"

众人立刻散去。

好事刚走，坏事紧跟着就来了。

胡轩涛的二舅竟然被鬼子抓走了。

胡轩涛的二舅四十出头，身强力壮，在利国车站上干运输的苦力活。原先日本人是按日结算工钱，后来因铁路屡遭破坏，运力跟不上，日本人就按月结，月结的工钱明显不如日结来得实在，苦力大多数都是吃了这顿等下顿，所以，工人就不愿意干了，再加上有近两个月没有结算工钱，胡轩涛的二舅就撂挑子，并且鼓动一部分工人闹罢工。站上的日本人十分恼火，就报告给日军宪兵。二舅是在中午时被宪兵抓走的，关在何处不得而知。

这话是二舅的一个工友找到饭庄传递给胡轩涛的。胡轩涛听闻消息，心急火燎。母亲姊妹四个，大哥已去世，下面还有一个妹妹一个弟弟。这个弟弟没文化，身上却有着使不完的力气，家里还拖着三个孩子，母亲平时经常会贴补这个弟弟。这个二舅知道在车站扛包挣钱，就自个跑到车站报了名，这一干就是一年多。如果这个二舅出现什么差错，胡轩涛知道，母亲一定会受不了。但这事，他又不敢找相川和田村，担心对方摸清自己的底细后，会给自己招惹来不必要的麻烦，最后决定绕个弯儿来解决此事。

胡轩涛经过盘算，先通过镇上的熟人找到车站站长张国泰，邀请他来饭庄一坐。

胡轩涛为张国泰倒上一杯酒，张国泰知道胡轩涛请自己的用意，没有说话，只是眯眼看着他。胡轩涛为自己斟满酒杯后，也坐了下来："张站长，我二舅的事还得麻烦你，如果我二舅有了啥问题，俺娘不得拿斧子活劈了我啊？"

张国泰叹了一口气说："怀山老弟啊，你二舅也是，倔得跟头驴似的，自己不干就不干呗，还捣鼓事儿？你也不想想，日本人能放过带头闹事的吗？我这个站长，在日本人眼里算啥？就是个跑腿的，我都不敢招惹他们。你二舅，唉，咋说呢，他要是仅仅要工钱，我可以私下和日本人去说说看，这一下弄的，我也不知该咋办啦。"

"我之所以特别关心这事，其实不仅仅是被抓的人是我二舅，我没有那么小的心眼。干活不给工钱，那么多卖苦力的工友怎么养家糊口？我二舅代表大伙出面争取该得的工钱，就被抓起来，天理难容啊！如果这次忍气吞声，日本人今后就会更加视中国人为猪狗。这口气，我咽不下。"

一句话，胡轩涛把张国泰说哑巴了。

"我二舅关在哪儿，你总该知道吧？"胡轩涛问。

张国泰一听，惊得瞪大眼睛："咋？你还敢去抢人啊。"

"不瞒你说，我还真有这个想法。"胡轩涛点点头。

张国泰连连摇头："这个可不行，那是要出人命的，你可不能乱来。"

"说笑话呢，自己几斤几两，我自个儿清楚得很，没有金刚钻，哪敢揽瓷器活呀！"胡轩涛笑着说道。

张国泰紧紧盯着胡轩涛："说说你心里到底咋想的。"

沉思片刻，胡轩涛这才说出反复琢磨过的想法——自己认识一些江湖上的人物，里面就有拉杆子上山的。只要救出人，多使点钱也无所谓。话语间，胡轩涛还肯定张国泰为人厚道正直，不同于其他汉奸。他提出只要张国泰把关人的地方告诉自己就行，之后大家都绝口不提此事，条件是给张国泰两根金条。

张国泰一听，勃然大怒："你这是太小看人了，地方我告诉你，人你可以去救。如果日本人知道了，你自己担下来就行，你给我好处算啥意思？小日本别说你痛恨，我也恨得直咬牙，只是当前我没有办法罢了！说说，你打算什么时候去救？"

"就今晚！"胡轩涛语气异常坚定。

"好！剐他奶奶的。"张国泰一拍桌子。

两个人喝了一些酒，张国泰就离开了饭庄。

当夜，天空下起了毛毛雨。

利国车站是个小站，整个车站只有站台的值班室里还发出一点亮光，值班室旁边有条小路通往后面一个大院，大院里几大间房子作为转运仓库。平时整个院子没有一个人，今晚敌人特意加了一个岗哨，靠近院门的一间屋子里亮着灯。一行人悄悄摸近院门外，葛石头学了几声猫叫，鬼子听到叫声端着枪朝院门走来，刚伸头的一刹那，张宏彪和于顶猛地冲了上去，一人捂嘴，一人手持短刀捅了上去。另外几名战士跑进屋子前，发现里面是几个熟睡的鬼子，另外三个四处搜寻的战士发现胡轩涛的二舅被捆在院子角落的电线杆上，浑身已淋得湿透。战士赶紧解绳，没想到昏迷中的二舅张嘴骂了一句。这一声骂，立刻把屋子里的鬼子惊醒了。开始有鬼子拿枪往外冲，战士们只得先把二舅拽出院子，其他战士在后面阻击。双方的枪声引来了附近鬼子的巡逻队，战士们只能一边开枪一边撤退。按照计划，解救人员遇到敌情队伍就朝东向山里撤退，只要有人把二舅救出来即可，不可恋战。

鬼子追了很远折腾到半夜才撤回车站，留下数人加强车站的戒备，其他人则钻进小屋休息。这时，从北边顺着火车道又来了一支队伍，一路走走停停，在接近小院时，往院子里扔进两颗手榴弹，两个站岗的鬼子瞬间被炸死。从屋子里往外冲锋的敌人，被外面的火力压制得寸步难行。枪战持续了十几分钟，里面就没有了动静。战士们冲进屋子，发现屋子里十几个鬼子倒在地上。战士们收拾好枪支，迅速撤离车站，消失在茫茫夜色里。

天快亮时，敌人的援兵才赶到，看到死了这么多人，松北队长气得一脚踹开值班室大门。值班室的两个人一人就是张国泰，另一个是大腿受伤的于顶。

松北队长和张国泰比较熟悉，手指穿着扳道工服装的于顶问道："这个人的，怎么会在这里？"

张国泰神色镇定："他是扳道工小林，昨晚下雨，小林离家远，还发着烧，就留在我这里躲雨。"

松北继续问道："昨晚这么大的动静，难道你们的不知道？"

张国泰苦着脸回答："这个咋能不知道，有两次枪打得很响，松北队长，俺俩手里啥球东西都没有，只能躲在值班室，哪敢出去啊？当时有人就是从我前面跑过去的，我头都不敢露，当时这屋里就一根撬杠，拿这个和人家拼，小命难保啊。"

"你的，怕死鬼一个。"由于张国泰毕竟是站长，且话说得合情合理，松北只能瞪圆双眼骂了一句。

对于顶化装成的扳道工，松北就没有那么客气了。他拽住于顶的衣领，恶狠狠地问："你的，昨晚一直在这里，哪儿的都没去？"

于顶哆哆嗦嗦地回答："太，太君，昨，昨天俺扳道岔，淋了半个钟头雨，烧得浑身筛糠，就，就这熊样子，俺能去哪儿啊？"

松北用右手摸了摸于顶的额头，确实异常滚烫。于顶发烧，是中弹后流血造成的，这一点，松北自然不清楚。

松开于顶的衣领，松北从怀里掏出手枪，将枪口扫了一下张国泰，然后又对准于顶的脑袋："我再问一遍，你们的，说假话不老实的，死啦死啦的！"

张国泰点头哈腰上前一步，笑眯眯地说："太君，我们说的都是大实话。到现在，我还憋着一泡尿呢，连门缝都不敢开，更不敢去哪儿啊。"

看到二人这般模样，松北知道再问也问不出什么名堂，就带着人气势汹汹地走了。

22

天大亮时，从西边驶来一辆日军绿皮卡车，直接开进了院子。附近一群看热闹的人，瞧见一具具尸体被抬上了车，彼此间交耳闲聊起来。

"乖乖，这个地方也有人敢来，不是吃了熊心，也该是吃了豹子胆啊。"

"我昨晚听到这里枪响了大半夜，不知有多少人呢，这下小鬼子遭了大殃啦。"

"活该，别看小鬼子平时狂得很，到时就会有人来治他！这不报应来了，该！呸！"

等鬼子清理完整个院子，围观的人群"轰"的一下四散而去。

迎湖仙饭庄里，胡轩涛在和吴再清算着账目，二人头都没抬。听见一声咳嗽后，二人同时抬起头，胡轩涛吃了一惊："哎呀，相川先生啥时候来的？你也不招呼一声，吓了我一大跳。"

相川笑盈盈地看着他说："我从北边来，准备回贾汪那里，顺道过来看看，就是来得太早了，还想着尝尝你这里的猫头丸子，还有那个油炸的鸡蛋呢。"

"嗨，那叫虎皮鸡蛋，你吃这么简单的东西那还叫事嘛。来来，里面请，早饭吃了吗？"胡轩涛热情地把相川拉进了雅间，"你坐一会儿，我来给你泡杯茶。"

相川点点头，坐了下来。胡轩涛很快就端着茶壶走进雅间，倒了两杯茶水，挨着桌子坐下来。

"怀山君，最近可有好东西拿出来鉴赏鉴赏？"相川问。

"相川先生，还真有，东西就在这屋里，你找找看。"胡轩涛回答道。相川的两个小眼睛四周环绕一圈，摇了摇头。胡轩涛不说话，只是把目光投向茶壶。这一看不当紧，相川吃了一惊，双手立马捧起茶壶，嘴里"哎哟"一声，显然被烫得不轻，又舍不得扔掉，赶紧把热茶壶小心地放在桌上。胡轩涛笑了："你啊，太痴迷了，这壶要是能捧，那还要壶把干吗！"

甩着烫得通红的双手，相川不好意思地笑了起来："真不好意思，忘了这里面是热水了。"他拎起壶把，朝壶底瞅了一眼，又在桌子上转了几圈，摇摇头。胡轩涛知道他没看明白，就开口介绍起来："这白瓷茶壶从外观来看平淡无奇，其实这里面有说法。相川先生，你肯定知道中国景德镇的瓷器天下闻名，但这把壶不是景德镇所产，而是河北邢窑出的精品。景德镇是官窑，每批次都有窑官监管，所以，壶底或其他东西的底部都有监制字样。你再看这把壶，底座没字，但有丝纹烙印。大唐的唐三彩大多产自邢窑，但邢窑最稀罕的就是白瓷。那为啥这把壶值钱呢？景德镇的官窑和河北的邢窑当年做了一个调换，南方的泥到北方烧制或北方的泥到南方烧制，就是想换个地方和烧制方法看看能不能取得更好的效果，不知这是哪个圣人提出来的想法。北方的泥到南方的情况我不清楚，但南方的泥到北方烧出来的东西，硬是达到了一个灵魂高度。"

说着，胡轩涛把里面的茶水泼到地上，用低沉的声调说道："相川先生，你来看一下里面，底座、顶部、壶嘴出水处，虽长年茶水浸泡，你看看节点处可有变色？壶内可有烧制斑点？里外色白如一，就是白色过于纯正，才从白里透出点青，里里外外犹如一块整泥纯手工掏出来一般。"

相川一边聆听，一边随着胡轩涛的讲解核实着细节。等胡轩涛讲完，他连手都不敢再碰茶壶了，只能远处小心凝视。胡轩涛拎起茶壶说："说了好一会儿，嘴有点干，我再泡壶茶去。"胡轩涛随手拎起了茶壶，相川的心似乎也被拎了起来，他赶紧双手捧住壶底，嘴里叨叨不休："别，别，还是换个壶吧，你手太重了，我担心……"

胡轩涛一脸不在乎，说："这茶壶原来是配了八个茶碗，后来喝茶时打碎了一个，剩七个留着不像那么回事，就放到外面给猫喝水用，家里的猫多，没办法。"

"哎呀呀。"相川心疼得鼻子、眉毛、嘴都撮到一块去了，心想用这么好的东西喂猫喝水，不是暴殄天物是什么，当下问道："猫碗还在吗？"

"这我哪知道啊，就是东西在，也没几个囫囵的了。"

"啧啧啧。"一连串的惋惜声从相川嘴里蹦了出来。

"行啦，改天我回去找找，能找到几个是几个吧。"其实，胡轩涛心里清楚，六个配好的茶碗还在，一直都没用过，在家中箱底藏得好好的。

相川双手合十，感激不尽，最后，相川出了五根金条拿走了茶壶，剩下的五根等茶碗到了再一并付清。

茶壶的事情了结后，满脸轻松的相川若无其事地问胡轩涛："听说夜里有游击队来，是真的吗？"

"是啊，后半夜听到有两阵子枪声，打得厉害得很。本来店里还有两三个人，他们要出去，我拦着，咱哪敢去看热闹啊？万一不小心被皇军抓住有嫌疑了，那可就麻烦啦，咱做生意的，外面的事最好少打听，到现在我还不知道为啥呢。"胡轩涛用疑惑的眼神看着相川，"相川先生，该不会这些人要抢你的货吧？"

"这个倒没有，就是不知道这些人哪来的胆子，敢和皇军作对！"相川说话时，双眼盯着胡轩涛的脸一动不动。

"憨熊货，敢和皇军作对，看来是不想活了！"胡轩涛咬牙切齿地说道。

"最近好像不太平，怀山君这里也要注意啊。"说这话时，相川依然盯着胡轩涛。

"那是，那是，像我这样做生意的，不求金垛银山，就盼个安稳太平。过一段时间，我要外出跑几个地方，一位结拜兄弟在徐州户部山开了一家酒坊，这个季节该出酒了，销路有点问题，我要帮帮他的忙。"胡轩涛说话时，没有半点慌乱，机智地将话题引到了自己生意上。

"这个我可以帮你销一些，沿路我还是有不少商会的朋友，这个好办，你放心！但那几个茶碗你得尽快帮我找到，答应的钱不会少。做生意嘛，中国不是有句老话吗，在商言商，朋友归朋友，生意归生意。你这个朋友是我见到的最好的中国人，今后还望胡先生多多照顾啊。"相川说。

"看你这话说的，只要我这里有好东西，一定第一时间拿给你掌掌眼！至于钱嘛，就如你说的，该多少就多少，这样大家心里都坦然、踏实。"

相川手擎烟斗，轻轻地吸了一口，从两张薄薄的嘴唇间吐出一团烟雾，随口搭了一句："怀山君路子广，在我们这一带名气非同凡响，今后还望多多帮衬啊。"

"岂敢岂敢!"胡轩涛抱拳回应,"相川先生的胸襟和眼界非我能所及,我清楚相川先生是商业精英,如果我们两人能在此长期合作,定是幸事。"

"哈哈哈,只要不为局势所扰,你我定能长期合作。因为怀山君的为人,很令我敬佩。"

"那我们就为了友谊永存,干了这一杯!"

二人共同举杯,一饮而尽。

相川起身,到大厅里去欣赏墙上的字画。胡轩涛盯着聚精会神欣赏字画的相川的背影,盯了很长一段时间……

此后几天,利国镇上风平浪静。其间,田村到迎湖仙饭庄来过两次,告知胡轩涛托人入矿的事已经解决。田村在第二次临走时,提出想要一幅字。胡轩涛十分高兴,拱手相送,乐得田村屁颠屁颠的,有点忘乎所以,一连鞠过三个躬,才退出大门。

从运河支队领导讨论利国矿问题那天算起,时间已经过去了将近一个月,胡轩涛有点坐不住了。他以宴请客人为掩护,多次对四个中队队长布置任务,并把从饭馆里收集到的各种情报传达给各个中队长,再三叮嘱他们带回给支队其他领导。

根据胡轩涛的意见,突袭利国矿的时间定在了六月十号,也就是端午节晚上。

在战火纷飞朝不保夕的年代,中国百姓对端午节的向往已经所剩无几,只有一些家境殷实的大户人家才会象征性地吃点粽子和鸭蛋,再给孩子身上挂个香囊,求辟邪保平安。在利国镇的平民百姓身上,更难嗅到一丝节日的气息。街上来去去的路人个个眉头紧蹙,低着头匆匆赶路,每个人无不在为一家子的生计犯愁。

傍晚,胡轩涛特意把胡化锦和田景成,另外还有三个矿上小头目叫到饭庄。胡轩涛对大家说:"今天是端午,一大早这心里面啊总有点猫爪挠痒,感觉今天有点啥事,出门到街上遛弯时,听到一个年纪大点的老人说今天是端午,就赶紧和化锦打个招呼,叫他喊两个在一块搁的伙计一起来乐呵乐呵,但咱这店没有粽子啥的,就备了点酒菜,算是过个节吧。"

凉菜热菜一上,六个人就热烘起来。大伙都是熟人,也不论规矩,话说到哪都有理,酒杯一刻也没有放下……酒足饭饱后,几个人急着要走,被胡轩涛伸出双手拦在了饭庄内。

"几位兄弟，再等会儿，大家喝了酒心躁血热，对身体不好，我让伙计买西瓜去了，吃了再走也不迟！"胡轩涛说完，几个人只得再次落座，闲聊等待。

半个钟头后，杜立忠才抱着两个西瓜走进了雅间。

胡轩涛刀起瓜开，鲜红的瓜瓤，黑色的瓜子镶嵌其中，汁液流到桌面上，一股子瓜香飘逸四周……几个人正大口大口地啃着西瓜时，突然从西边墓山方向传来一阵激烈的枪声，紧接着就是一阵轰轰隆隆的爆炸声。这边的枪声还没停息，从东南和东北方向又传来枪声和爆炸声，利国镇顿时一片骚动，附近的日军和伪军分别朝几个方向奔去。

胡化锦喊了一声："不好，一定是游击队搞破坏。"说完第一个冲出了大门，其他人也尾随而去。

胡轩涛坐在原地不动，为自己满满斟上一杯，朝外面喊了一句："立忠，你来一下，陪我再喝两杯。"

杜立忠小跑而来，低声向胡轩涛报告："一切按照计划进行，四个中队都已经动手了，现在集镇上还没有动静，估计鬼子一走，这边就可以行动了。"

胡轩涛补充道："我的那幅字别忘了给我弄回来，下次我还要卖给其他人。"

杜立忠诡谲一笑："放心，都交代清楚了。从几个方向上传来的枪声说明，四个中队都已经行动，就剩咱这里的小队没啥动静。"

二人刚端起酒杯，附近就响起了枪声。胡轩涛端起酒杯一饮而尽，随手抓起一块牛肉塞进嘴里，有滋有味地嚼了起来。

坐在雅间一夜未动的胡轩涛，在早晨等来了交通员，也等来了精心计划的战果。四个主要铁矿都遭到了破坏，其中两个大矿要恢复生产，只能等到来年了，另外，矿工大部分也都跑了出来。运河支队打进寨山矿的战士把里面的设备毁坏殆尽，矿道也被水淹没。在利国镇上，矿长田村被杀，胡轩涛卖的字幅完好无损地被取回，不但如此，还从田村处又获得大量的古玩和金银。

胡轩涛在饭庄又停留了四天，最后跟吴再清一番交代后，便悄悄离开利国镇，回到了黄邱套山区。

"油麻子"见到胡轩涛，忙不迭地诉起了苦。自胡轩涛离开山套，山套里真是乱了套。日军几次进套，像根棍子在里面搅和了几圈子后，郭宝山就当上了山寨主，几次和运河支队的小股队伍产生摩擦，打死打伤多名游击队员。进入四月，日军又开始为期一个月的大扫荡，运河支队小股队伍只能躲进了偏远的山里，还有一部分逃出山套，到了邳县和峄县乡村。郭宝山把队伍拉到山下的张庄，联合张庄的保长张三斤，明目张胆地和鬼子走到了一起，并成立了黄邱套联合治安维持会，还收编了附近刘庄、谢庄、李庄和丁庄的流民和痞子，统管山套，到处收租纳粮，并枪杀了几个驻村的交通员。一时间，山里狼烟四起，哀声遍野，无助的百姓只能憋着怒气，敢怒不敢言，任这些人飞扬跋扈。最近，郭宝山竟全然不顾与"油麻子"的兄弟情分，向日本人告密他私通八路，搞得"油麻子"手下的人大多反水投靠他门下。为了保命，"油麻子"只能东躲西藏，一直在等着胡轩涛的归来。

　　张村保长张三斤，原名张广修。三斤这名字出自接生婆之口。父亲在山上采药时不慎跌落谷底摔死后，一家人没有了经济来源，母亲还要带两个大的，营养跟不上，怀孕足月后仍不见肚子变大，心里积郁多日后才产下了他。产婆用手拎拎，脱口而出："这孩子命苦啊，才三斤重以后咋活啊！"母亲只是落泪，靠左邻右舍施舍才把他养大，乡邻就这样"三斤三斤"地叫开了，久而久之，大家也都喊顺嘴了"三斤"。这小子别看出生时仅有三四斤，但他吃东西不讲究，家里有什么吃什么，才二十出头就长得膀大腰圆。后来娶妻生子后，为使清贫的家境得以改变，这小子不走正道，胆子变得越来越大，从小偷小摸，再到后来的拦路抢劫，这正好和早年郭宝山的秉性如出一辙，二人便成了一丘之貉。

　　听了"油麻子"一番述说，胡轩涛感到运河支队把山套作为根据地的想法遭到了挑战，就找来附近的几个秘密交通站的交通员，才知道鬼子进行大扫荡以来，运河的两个小队也被迫转到山外，很少回来。运河支队其他领导率领的队伍一直在峄县境内与敌人周旋，根本无暇顾及山套里的情况。

　　郭宝山不除，自己的队伍就难以在山套里立下脚跟，更谈不上维持根据地的统一管理。胡轩涛先把随身的队伍带到江崮山山脚下，在一山洞里隐藏下来，派交通员在几个路口等待返回山套里的三个中队。杜立忠悄悄摸近张庄打听情况，"油麻子"则到郭宝山原来的山寨磨石楼打探郭的后路。

　　情报很快就反馈了回来。

张三斤的连襟有个漂亮的妹子，准备后天成亲，新郎就是原来驻扎在鹿楼的伪军营长黄得意。现在的黄得意，人如其名，可谓扬扬得意，因为已由营长提升为副团长，新的驻扎地点是汴塘镇。根据约定，成亲后，张三斤的连襟就可以在黄得意手下谋一排长职务。黄得意已经四十岁出头，姑娘刚刚十九，她经不住她哥及父母的软磨硬泡，最终答应了这门亲事。黄得意的老婆五天前病亡，要不然姑娘死活是不会答应这门亲事的。

不久，四个中队回到山套，驻扎在江崮山和江圩子之间。为了除掉郭宝山，胡轩涛还特意把手枪队从山外调了回来。胡轩涛立刻召开中队长会议，把情况先做了介绍，然后把自己的想法又和大家讨论一番，做出了如下布置——七中队和八中队前往磨石楼，胡轩宇率领九中队在半路上拦截黄得意，留一个中队在张庄出山套的小路上设伏。胡轩涛则带着手枪队和警卫队到刘庄现场，抓捕赴宴的张三斤和郭宝山。

胡轩宇带领战士埋伏在马山和二伏山之间，这是黄得意进山套的必经之路。太阳刚出来时，埋伏在路边的胡轩宇就看到了一行人朝这里走来，当头是一匹披红挂彩的枣红色军马。马背上骑着一人，大红绸子斜胸绕过，后面跟着十几个人，每二人抬一挂着聘礼的杠子。六月的天已经热夯夯的，除了马匹上的新郎面有薄汗，地上靠腿走路的伪军都已汗流浃背。

一行人靠近山口时，不远处冷不防响起一声枪响。黄得意顿觉不妙，抬眼一看，十米外站着一手拎短枪的年轻人，从路两边呼啦啦蹿出几十人，手里的长枪、短枪和机枪全都对准了自己。黄得意认为自己娶亲，和这些人又无过节，就大大方方地朝年轻人说："我们是来娶亲的，伙计，这个你们不会也拦吧？"

"知道我们是谁吗？"

黄得意摇摇头，对方回答："我一说你就明白了，我们是运河支队，就是原来的抗日义勇军，去年在鹿楼我们就打过招呼，当时你不是还送了我们不少东西，忘啦？"

黄得意一听，心里暗暗叫苦，眼下又绕不开这个道儿，只能硬撑着与对方周旋。他翻身下马，疾步来到年轻人面前，双手抱拳寒暄道："兄弟，过去多有得罪的地方，请您包涵，今天是我的大喜日子，后面还有很远的路要走呢，中午赶不到地方，这个婚事就要黄了。"

"黄副团长，我来帮你捋一捋，你听听我说的是不是在理。首先，你老婆才死五天，头七还没过，就娶人家黄花闺女，这不符合天理吧；再说，人家姑娘本来就不同意这门亲事，是你威逼利诱强行娶亲，这也不符合情理吧；还有，你都四十多了，娶人家十几岁姑娘，到时候你人都老眼昏花了，人家才过三十，后面人家姑娘和守活寡有啥区别？你干的这事，不是伤天害理是啥？！"

一番话，就像一根钢针直直戳破了黄得意的小心思。黄得意摇头摆手，极力狡辩："娶亲是你情我愿的事，这有什么错吗？如果你不相信，我们可以一起到我老丈人家，到时候你一问便知。"

"且慢！黄副团长，感觉和你说话就像擀面杖吹灯——一窍不通啊！既然我们在这里等你，也正是人家姑娘的意思。"说完，年轻人大手一挥，四周的战士立马上前，把抬亲的人枪支全部下掉，黄得意也被结结实实捆了起来。黄得意见状，瘫成了一堆泥，哀求道："这，这位好汉爷，只要你放过我，这亲我……不娶了还不行吗？"

年轻人"哈哈"连笑两声，厉声说道："姓黄的，碰不到你，你狂得连小鬼子都不放在眼里；碰到你，谁都能当你爹。明着跟你说，今天我不杀你，但得给你长点记性。如果你继续跟着鬼子干，下次见你的当天，就是你来年的忌日。"话音未落，年轻人朝着黄得意的大腿开了火，黄得意鬼哭狼嚎般在地上翻滚起来。

年轻人取下黄得意身上的大红绸子披在身上，跨上战马，朝山套里走去。

磨石楼郭宝山的营寨，此时已经被两个中队团团包围。寨内群龙无首，一群人看到四挺机枪瞄着自己，就打开寨门，全都缴了械。郭宝山的所有手下都被困在寨门里，他们所不知道的是，外面一场好戏正在上演。

一队娶亲的队伍在太阳高照下，浩浩荡荡进了刘庄。快到新娘家时，女方家的迎亲鞭炮就噼噼啪啪响了起来，张三斤慌里慌张地从屋里迎了出来，女方父母跟在他身后也准备着迎接新郎官的到来。等胡轩宇从马背上跳下来后，一群人都惊呆了。张三斤问："请问你是不是走错地方啦？"

胡轩宇笑容可掬："没有啊，黄副团长不来了，他觉得自己年岁大了，有点力不从心，就让我来了。"

"这不是胡扯吗？黄得意在哪儿？"张三斤急了，他的连襟更急，"姓黄的是啥意思？和老子玩这一手，看老子不弄死他。"

胡轩宇看着众人，斯斯文文地说："黄副团长那个模样，你们也能看上，我不比他长得强多啦？"张三斤看到"新郎"身后几十个人都拿着枪，不敢言语，就朝后面看去："那就喊郭大哥来评评这个理。"张三斤耍起了小聪明，说这话一是给自己壮胆，二是有郭宝山出面，他可以借机推脱责任。但郭宝山早已不见踪影。他是什么时候离开的，没人能说清楚。

　　这时候，胡轩涛带着队伍走了过来，看见轩宇新郎装扮，心里顿感纳闷，就问轩宇："今天不是黄副团长娶亲吗，咋换成你了？"

　　"黄副团长老了，就给我说，兄弟，还是你去吧，这不我就来了。"轩宇说完笑了起来。

　　没想到胡轩涛转身看着张三斤，脸变得阴沉可怕："张三斤，我就问你一句话，郭宝山跑哪里去啦？"

　　"他……他……他可能跑到峄县泥沟去了，这个人狡猾得很，他可能发现这里不对头，泥沟那里是龙希贞的地盘。"张三斤浑身发颤，脸色蜡黄。

　　胡家兄弟离开时，宣布了运河支队的命令，张三斤被枪毙在龙河岸边。

　　事后，胡轩涛向轩宇谈到为什么不杀黄得意时，轩宇这样解释，他还算不上是最坏的伪军，如果杀掉他，日本人再换一个心狠手辣、刁酸奸猾的，那周边的百姓和游击队就会面临更大的威胁，留着他，也算是给附近的百姓留条活路。

23

峄县城南的泥沟和马兰屯一带，是龙氏父子盘踞之地。

龙传道沿袭前代的积累，自己成家立业时，家里已有良田千亩，此外还做着烟土生意，附近几十里范围内都是他供货。龙传道的长子龙希贞头脑活泛，胆大更是胜过其父。在台儿庄至枣庄之间，龙希贞的名气甚至渐渐盖过了他爹。身体健壮的龙希贞读过几年私塾，但不喜舞文弄墨，适逢世道混乱，转而舞枪耍棒。龙传道私下购置武器，成立自卫民团，对外号称保卫乡梓抵御土匪，实则是壮大自身实力，为自己看家护院，护卫自家产业。

日军占领苏鲁地区后，龙家父子见八路军进入了抱犊崮山区，龙希贞曾有意加入运河支队，但老谋深算的龙传道认为，运河支队无非是一帮散兵游勇，不足为伍，即使不被鬼子吃掉，也会被顽军吞并。父亲这么一说，龙希贞便打消了这一念头。峄县县长陈鉴海和龙传道有过交情，龙希贞在陈鉴海的授意下，开始向韩世仲、国民党第三支队司令梁继路以及国民党别动队第三纵队副司令刘毅生靠拢，渐渐走上了与八路军对立的道路。几人一番秘密商议，决定将这支号称五千人的队伍开进黄邱套，力图将运河支队逐出山套。

郭宝山比龙希贞大五岁，两人用徐州话讲，都属于"怪能来事"之辈，年轻的时候还一起练过把式，也算是一个锅里吃过饭的兄弟。后来，二人不知何故关系日渐疏远，但面子上相互来往还是十分客气。郭宝山这次在山套刘庄参加婚礼，在新郎即将到女方家门口时，透过鞭炮燃起的烟雾，从院门朝外一望，一眼就认出了马背上披红挂彩的胡轩宇，顿觉大事不妙。他没有一丝犹豫，马上就带着几个手下翻墙溜上了后山，再顺着石羊山的山间小路逃出了山套。往哪里逃？他第一个想到的就是龙希贞，一来龙希贞势力比较大，在他那里可以安全些，二来龙希贞离山套也近，去他那儿可以避过沿途盘查。

胡轩涛和韩世仲有过交往，与韩世仲的关系也不错，就派留守山套里的二大队参谋王昌怀去韩世仲处要人。虽然郭宝山在龙希贞那里，但胡轩涛心里清楚，龙希贞现在还在韩世仲的间接管辖之下，找他要人没有错。在韩世仲、梁继路和刘毅生几人中，韩世仲的实力最强，其他二人只能算作配角。胡轩涛据此认为，找韩世仲要人不会出什么差错。

没想到，派去要人的王昌怀竟然被韩世仲扣下。胡轩涛等了三天，没见人回来，就知道这中间出了问题。在峄县一带活动的运河支队大队长孙庆义，派人送来情报——韩世仲与梁继路、刘毅生两人联手，将兵分三路进攻黄邱套；运河支队各部分力量需要迅速汇集，陇海支队也已向山套靠拢，八路军六八六团部分武装和苏鲁支队已经做好从北边牵制顽军南进的准备。

韩世仲的队伍依仗人多家伙硬，踌躇满志，到哪儿都冲得快突得猛。但这一次，一个营刚进山口，还没开几枪，就被包了饺子。混乱之中，营长带着队伍在山岭中转来转去，越转人越少，最后只剩下三十来个人，被胡轩涛的警卫队堵了山坞里，乖乖地缴械投降。

营长名叫贾继龙，济宁邹城人，在家排行老二，一直在国民党军队里混事当差，前几年不得志，便改弦易辙投奔了韩世仲。韩世仲看中了他的仗义和忠心，迅速将其从连长提到营长位置。

胡轩涛问："我们前去要人的王昌怀，这会儿在哪里？"

"人还在我们司令那里，人没事，但为啥没放回来，这个你要问我们司令。"贾继龙如实答道。

"你们司令过去和我有过交情，我的人他也抓，有点不大讲究吧！前年我们一起成立苏鲁边抗日游击队，大家的目的就是一块打鬼子，现在韩司令做大了，心思也歪了。大家都知道我们运河支队是抗日的，他韩世仲为啥还要和我们作对呢？你们这次大张旗鼓地来，是想干什么？"胡轩涛越说越气愤，贾继龙不敢插话，垂着头安安静静地聆听。

在原地踱了个圈，胡轩涛接着说："据我所知，这次你们损失也不少。我就纳闷了，把我们各自的队伍保存好，共同打鬼子，难道对大家不好吗？"

"是啊，本来韩司令也不想这样和你们窝里斗，但那个姓陈的县长天天在他那里挑唆、扇阴风、点鬼火，再加上姓梁的姓刘的一直在他旁边叨咕，后来韩司令也耐不住了，这里面可能也有上面的意思，这我说不清。"贾继龙壮着胆子说道。

胡轩涛又详细问了龙希贞、梁继路和刘毅生的情况，命令暂把贾继龙关押起来。

龙希贞家住在台儿庄西龙口村，紧挨着运河，村子不大，村里人主姓为龙。龙希贞的家在村北口，靠着大路，修了四个宅院。龙传道在最西头，往东一字排开，分别为三个儿子龙希贞、龙希贤、龙希圣的家。平时龙希贞很少在家居住，大都在泥沟一带和自己的自卫团待在一起，这样能放开手脚练习功夫和射击，免得遭老子训斥。龙传道年纪一大，爱清静，听不得嘈杂声。

这天，龙希贞回了家，习惯性地把马匹拴到路对面的榆树上。他中午陪父母吃了顿饭，打算小睡一会儿，可刚躺下没多久，就听到"啪啪啪"一阵擂门声。龙希贞多少有点闹心，恰巧老婆又回娘家去了，便十分不情愿地起身，边问边朝院子走去："谁呀？"

"龙团长，我是韩司令派来的，有封信需要当面交给你。"门外回话。

龙希贞把门打开一条缝，探出半个身子，瞥见门外站着两个人。来人进前一步递过信，龙希贞没有让二人进院，单手接过信就准备在大门口拆开信封，一边拆一边扫了一眼身边的两个人。不料一眼看毕，大吃一惊。刚要回身关门，门外又冲过来六七个人。龙希贞先下手为强，将门外两人先撂倒，正欲关门进屋，没想到身后冲出一壮汉，行动十分敏捷，一下子把龙希贞扑倒在地。众人上前，七手八脚把龙希贞捆了起来。一人手拿匕首顶在龙希贞喉结处，刀尖处已经冒出小股鲜血。龙希贞见反抗无用，方才停止挣扎："你们是什么人？找我来干什么？"

二大队警卫队队长王铁柱说："信里不是说得明明白白吗，还用多问？我们胡参谋长的要求就两个：一个是把郭宝山交出来，他是个罪大恶极的汉奸，杀了我们不少战士，人应该在你这里！另一个，跟我们到山套去见我们参谋长。你放心，我们参谋长知道你是抗日的，想跟你商讨抗日大计，没有一丝要你性命的意思。但如果你有其他想法，我们也有指示，后果你应该明白。"

龙希贞被踩在地上，挣扎不得，看着眼前明晃晃的匕首，想了好一会儿才说："我答应你们的要求，只是郭宝山确实不在这里，他在马兰屯里。"

"具体哪一家？"王铁柱厉声问道。

"在村子中间一个姓徐的小寡妇家，他们是相好，有好几年了。那个骚娘们屋后是两棵柳树，在我们这里有'前不栽桑后不栽柳，院里不栽鬼拍手（杨树）'的说法，我给姓郭的兔崽子说过好几次，不能去，不知咋的被那个骚货迷上了。"

"少啰唆！他身边有多少人？"

"没有啥人，他带来的几个人都已经带到我的自卫团里了。我们在屯子北边有营地，住着一百多人，你们绕开那里就行。"

王铁柱对手持匕首的张宏彪说："宏彪，你带几个人先去，我们随后就到，今天一定得把姓郭的逮到！"

张宏彪带领于顶、葛石头几个人先行赶往马兰屯，王铁柱押着龙希贞离开了龙口，在村子东头和埋伏在林子里的百十人的警卫队会合，之后兵分两路，一部分朝南准备过运河，另一部分前去接应张宏彪。

张宏彪几个人很快就在村子里找到小寡妇家，几人翻墙入屋，女人不在屋内，床上躺着一人酣然大睡，正是沾满战士鲜血的凶手郭宝山！想到那么多战友惨遭此人杀害，想到战士们已埋骨黄沙，而凶手就在眼前，大梦香甜，张宏彪等人不觉怒烧胸膛，指关节炸响。郭宝山听见动静后，伸手去摸枕头下的手枪。张宏彪已飞跃至床前，匕首脱手而出，一道寒光闪过，匕首狠狠地、直直地扎进了郭宝山的手背！郭宝山"哎呀"一声刚缩回手，张宏彪就拿枪顶住他的脑袋，于顶和葛石头上前开始捆绑。这时候，女人进了屋子，一见屋子里这么多人，吓得尖叫一声，一屁股瘫在地上，张宏彪看都没看坐在地上的寡妇，一把拽起郭宝山就搡出了门，后面一人指点着瘫坐在地浑身战栗的寡妇说："你要是敢叫一声，回头就要你的命。今后这个憨熊不会回来了，床上再换人吧！"

几拨人在运河边汇集不久，从对岸过来了几条小船，来回四趟才将人全部运完。过了运河，一行人顺着穆寨山和白虎山之间的小河进了山套。一路上，龙希贞情绪倒是很稳定，郭宝山就不一样了，几次磨洋工动起了歪脑筋，一直紧紧跟在他身后的葛石头，飞起一脚把郭宝山踹了个趔趄说："你这是窜稀吃补药——白忙乎，没用的，老老实实走吧！如果你老老实实地交代问题，兴许还能捡条命。如果你瞎琢磨，现在老子就让你喂野狗去。"这句狠话一说，郭宝山马上老实了许多。

王铁柱带着队伍来到胡轩涛的驻地，胡轩涛和胡轩宇弟兄两人迎了出来。胡轩涛先是让伙房烧火做饭，一边命令把郭宝山羁押起来，派了四名战士看管，一边命令为龙希贞松绑，并热情地把他迎进会客室。

胡轩涛介绍完自己，然后说："龙团长，久仰你的大名。日本鬼子到咱这地方后，你敢挑大旗抗击日军，在我们这一带，口碑可不是一般地响啊！这次可不是故意冒犯你，郭宝山的事小，最主要是想请你来商谈共同抗日大计。现在日本鬼子是我们共同的敌人，我们兄弟只能联手对敌。今天能见到龙团长，我胡轩涛自然很开心，请你来，就是想听听你的想法。"

龙希贞连喝了三口胡轩宇递过来的茶水，放下茶杯说："说起来惭愧啊，龙某自幼习武，本想凭借一己之力保一方平安，看样子情况并非如此。唉，咋说呢？我也是听说韩兄的大名才愿意前往此地，其实我也十分无奈。我的队伍周边，也是刀枪林立，有时容不得我做主啊。我和胡参谋长的想法接近，只要小日本在一天，我们就没有安生日子好过，和小日本死磕到底，也是我的想法。以前与胡参谋长有误会的地方，还望胡参谋长海涵。"说着龙希贞站起了身。

胡轩宇上前一步，将龙希贞按住，说道："你说的我们理解！在峄县境内，韩司令还算是有点中国人的骨气，就是他的思想过于摇摆，架不住众人把他吊在火上烤。特别是你们那个陈县长，到现在我都不知道他是和日本人一伙，还是和谁勾连在一起。此人一直在和我们作对，加上梁继路和刘毅生的挑唆，韩司令也是在夹板中啊。这不，他们几个竟然联合起来攻击我根据地。但我们也清楚，你龙团长有自己的立场，这一点值得我们敬佩！"

"唉！"龙希贞长长地叹了一口气，没有顺着胡轩宇的话说下去，而是转换了一个话题，"韩司令是我敬佩的人，我与其他几个人来往不多，也不想去结交，不是我心胸狭隘，实是怕在周边乡邻中落下骂名。"

"这次几个人联合起来进攻我根据地，他们的损失很大。韩司令手下的一个营长被我们抓住了，现在已成了我的客人，但之前韩司令扣押了我一个参谋，到现在都没有回来，不知这事韩司令有啥想法？"胡轩涛问。

"这个情况我不清楚，但我可以出面协调，我和韩司令之间的关系还是不错的。"

"行！龙团长，你在我这里休息两天，你我之间多沟通沟通，一起商讨一下今后的合作，你看如何？"胡轩涛表态说。

"哎，好吧！那就叨烦胡参谋长了。"

"这个季节也没有西瓜了，知道龙团长好这一口，今天只能抱歉了。"胡轩宇脸上挂着歉意。

"哟，你们怎么知道我好这口呀？"龙希贞感到意外。

"姚庄的葛二黑你应该认识吧？他告诉我你喜欢他的瓜。当时几个汉奸吃瓜不给钱，我就把他们给整治了一下。就是这个葛二黑和那几个汉奸争吵时说的，说你龙团长到他葛二黑那里买瓜还给钱，我听了葛二黑这句话就对你龙团长极为佩服。"胡轩涛笑着说。

龙希贞没想到会因为几个西瓜得到胡轩涛、胡轩宇兄弟两人的赞美，暗自觉得好笑。

"参谋长，你们兄弟俩不但个个能文能武，做起事来也一左一右，谁能对付得了你俩啊？"

胡轩涛抱拳笑道："打虎亲兄弟，上阵父子兵啊！"

"我们兄弟俩打的虎，是矮脚虎！"胡轩宇接去了大哥的话。

"矮脚虎？"龙希贞不解。

"就是个头短的小日本！"胡轩涛大声解释弟弟的话。

"哎呀，你们兄弟俩一唱一和，都把我绕迷糊了！"

三人大笑。

一天后，郭宝山经运河支队驻黄邱套根据地政治处宣判，被就地正法。

枪毙郭宝山前，他跪在地上扯起嗓子号叫："糊涂，糊涂啊，千不该万不该不听麻子兄弟的话，千不该万不该和八路作对啊！"

龙口村，龙传道出大门，看到大儿子的马还拴在门前树上，走过去准备敲门，发现门虚掩着，便推开院门来到屋里。瞧见桌子上有一张纸，他拿起一看，顿时变得惊慌失色。纸上两行字：龙希贞已被邀请至我黄邱套根据地。如想见其人，速来联系。运河支队 胡。

得知大儿子龙希贞被"邀请"，龙传道头顶上炸开了一个响雷。他心里清楚，如果大儿子龙希贞有个三长两短，龙家也就彻底完了。

龙传道和老婆嘀咕一阵后，决定"破财免灾"，先把大儿子的命保下来再说，随即派家丁带信进山。胡轩涛看到信件后，立马回信一封，提出三项要求：一是龙家必须停止反共活动，不得对抗八路军；二是运河支队愿意接受枪支、银圆作为交换龙希贞的条件；三是龙家须与陈鉴海、梁继路等人断开联系。

第二天，两辆马车过了运河，来到山口，和等待在那里的运河支队小分队做了交接。胡轩涛对龙老爷子送来的两百杆长枪和四千大洋十分满意。等他准备放龙希贞回去时，没想到龙希贞说了这么一句话："在这里仅两天时间，我就看到了运河支队的抗日气魄，我不回去了，决定参加运河支队，共同打鬼子。"

胡轩涛闻言大喜，立即安排宴请龙希贞。

又过了几天，胡轩涛和贾继龙一番商议后，准备亲自送贾继龙到韩世仲那里。

次日一早，胡轩涛一行五人收拾停当，贾继龙在前，轩涛等四人随后。一行五人出了山，又坐上船，直奔涧头集韩世仲的司令部。韩世仲先看到胡轩涛不请自来，心下一惊，扭头看到贾继龙，心中又是一喜，一惊一喜之间，表情甚为复杂，但很快就恢复了正常，尴尬地说道："胡兄，我们有一年多没见了，我这当老弟的失礼呀！"

"韩老弟你威武洒脱一如往昔，今日得见，令我倍感亲切，毕竟你我共事一场，当年的兄弟情分没变！今日上门打扰韩老弟，一则送贾营长归队，二则专程前来向韩老弟赔罪。贾营长前几天领兵上阵迷失了路，误闯到我那个小地方，招待不周，还望韩老弟多多担待。我本人也很长时间没见到韩老弟，甚为想念。今日有幸面晤请教，心里自然也就踏实啦。"胡轩涛话里有话，冷热有度。韩世仲听后脸上红一阵白一阵，一时难以应答。

几番寒暄，时近中午。

韩世仲早已命手下安排酒席，胡轩涛等人也没推辞，就留了下来。席间推杯换盏，觥筹交错，酒喝得恰到好处时，韩世仲再也忍耐不住，起身端起酒杯对胡轩涛说："胡兄，酒到了这个程度，我韩世仲就借酒向你赔罪了！前一段日子，确实是老弟鬼迷心窍，本来我们兄弟一场，意在共举旗帜联合抗日一致对外，我为人蒙蔽，一念之差做了糊涂事。今天胡兄能摒弃前嫌，把我的人亲自送回，足见胡兄胸怀坦荡，心底无私，守的是民族气节，行的是民族大义。都怪我心胸太小了，一时糊涂，一时糊涂啊！现在借这杯中酒，向胡兄赔罪。我见底，你随意。"说完，韩世仲举起杯子，一饮而尽。

身子还没落座，韩世仲就朝外面的卫兵喊道："来人，把人请进来！"胡轩涛朝外张望，看见王昌怀走了进来。韩世仲赶紧上前，把王昌怀拉到自己身边坐下，再次端杯向王参谋赔着不是。王昌怀看到参谋长正瞅着自己，心里就有了数，也举杯回敬。

酒桌上，胡轩涛和韩世仲达成共识——战时齐心协力，彼此配合；平时各守一方，互为掎角。

事后，胡轩涛很快将这一情况向支队长和政委做了汇报，运河支队又向罗荣桓政委发电请示，罗政委回电，应对韩保持克制和距离，只要韩不参与反共，我方即是胜利。

韩世仲这里的问题顺利解决了，但梁继路和刘毅生那里就不同了。

梁继路是复兴社老牌特务，刘毅生属于反共死硬分子，二人不光对韩世仲有着非同一般的影响，对周围的运河支队的力量也有着极为严重的威胁。县长陈鉴海躲在县城大门不出，又有一百多个伪警护卫，想通过封锁线找到此人，难如登天。

几番琢磨后，胡轩涛把目光盯向了梁继路和刘毅生。

梁继路的家，在枣庄东二十里地的张范。据可靠情报，梁继路的队伍驻在周营至台儿庄之间，直接袭击其驻地，附近刘毅生、韩世仲可能迅速前来支援，枣庄的鬼子也会立即闻风出动，运河支队将很难全身而退。

胡轩涛决定智取。

他先后派出三组小分队，前两组先行出发，自己带最后一组人马赶往张范。国人安土重迁，梁继路的父母亦不能免俗，又因年事已高，极少外出，更不愿意离开自己的老窝。梁继路早年在复兴社当特务时，父母身体就不好，随自己前去南京的两个弟弟先后又被中共地下党狙杀。后来他逃回家乡，组建队伍，虽然和日本人之间没有勾结，但内心深处却强烈地视共产党为"匪"，反共思想极为顽固，接触到刘毅生后，二人便沆瀣一气，死心塌地与共产党作对。

梁继路生性多疑，做事谨慎。为了打消他的疑虑，这次到张范，胡轩涛特意带了一位郎中。郎中手持一"悬壶济世、包治百病"招牌，胡轩涛在一旁冒充学徒，两人敲开梁家大门，三言两语就骗取了梁父的信任。郎中一番忙活后，几服中药很快抓好，灶屋里的药罐很快也"咕咕"冒气了。第二天，梁母上吐下泻，住在梁继路家照顾老人的侄子慌了神儿，连夜跑到梁继路的驻地报告。梁继路得知情况后，没有迟疑，带上两个卫兵骑上快马急往家赶。

马蹄声刚在门口停下，梁继路就掏出手枪朝屋里喊话："洪生在吗？你出来一下！"

叫洪生的人走到门口，回了一句："继路叔，你赶快进屋看看吧，俺姥病得很厉害，我都有点怕了。"

梁继路把枪插回腰间，"噔噔噔"进了院子，突然，从黑暗处扑上来几个人，把梁继路按倒在地，梁继路腰里的手枪被瞬间夺去，外面的两个卫兵也被缴了枪。梁继路被人从地上提溜起来后，借着屋里的灯光看到面前站着一个人，就问："你们是谁？竟敢在这里抓我！"

"运河支队，胡轩涛。"

叫洪生的人也不知道啥时候院子里藏了这么多人，看情况估摸来人是前来报仇的，当下不敢再言语，傻傻地杵在一边。

梁继路心里顿时发毛，语气软了下来："知道，知道，你能不能放我进去看一眼老人？"

"没问题，你老娘没事，昨天给她吃了蓖麻油，今天又吃了点黄连、藿香，再配两个干馍，立马就止住了。"胡轩涛说完，身体让到一边。梁继路进了屋。过了一会儿再出来时，就被胡轩涛的警卫队绑了起来，出了院门，消失在夜色里。在运河北岸靠近刘毅生的营地，梁继路被快刀毙杀于营门前。

天亮后，刘毅生的哨兵首先发现了梁继路的尸体。

刘毅生得到消息，顿时惊慌起来，赶紧派人前去联系韩世仲和陈鉴海。他心里清楚，凭自己这点人马很难在此立足。回来的人说，陈鉴海闭门不见，韩世仲更是哼哼哈哈。刘毅生再也坐不住了，谁都没告诉自己应该如何走下一步，心里一片茫然，决定暂时逃回铜山罗岗老家，伺机寻求东山再起。

24

刘毅生杳无音讯，胡轩涛心急如焚。

此人和国民党上层关系深厚，不剪除必成后患。胡轩涛先让独立营营长佟克明派人到罗岗刘家坐等，自己则带人跑到利国站布置沿途堵截。他到了迎湖仙饭庄后，让饭庄伙计叫来了站长张国泰。

在雅间内，张国泰小声说："怀山老弟，我知道你是干啥来了。"

"说说看！"胡轩涛边倒水边微笑地看着张国泰。

张国泰伸出右手摆出一把手枪的形状，学着日本人的腔调："你的，八路的干活！"

胡轩涛不置可否地笑了笑，反问道："那你说说理由！如果说得对，我正好想学习学习，后面就加入八路。"

"还是日本人来调查时说的，他们判定在车站和矿上偷袭日本人的是同一伙，一般的土匪没有这个胆量。这些人出手也和土匪强盗不一样，做事利索，目标性很强，只搞破坏，不抢东西，并且枪法也准得很，明显是训练出来的，好像那个和你熟悉的日本商会的人也来了两天。"张国泰说。

张国泰前面的话，胡轩涛大都没在意，但最后说相川也来了，让他心里产生了疑惑，立刻警觉地问道："那个商会的日本人，这两天都干啥了，和谁在一起？"

"他先是到车站仓库里待了半天时间，当时我也在场。后来管这一段的松北队长来了之后，二人在仓库办公室一直坐到天黑才出来，具体干什么事，我不清楚。我在门口和松北队长简单说了当天晚上的情况，就到站里了。"张国泰回答。

胡轩涛佯装轻松地说："人家是商人，应该是关心他的货有没有问题吧。这次来，还想让你帮个忙。上次朋友不是帮过我一个忙吗，这次人家寻一个仇家，这个人有可能从咱这里坐火车往南。我想了解一下车站客车的发车时间，另外人家想派两个人到车站辨认此人，麻烦你通融一下。"

张国泰脸上立刻变得狐疑起来："你没给我说实话，给我兜个底，你是不是干那个的？我这个人你还不放心吗？你不说，我也不敢再帮你啦，别到时我啥情况都不知道，自己咋掉进窟窿里都不知道。"

胡轩涛"哈哈"一笑，搂着张国泰的肩膀说："那行，给你说实话！政府那边，八路那边，我都有熟人，就连日本人那里，我也有朋友。让别人帮忙，也得代人出头不是。你别问那么多了，刚给你说的事，能办不能办？"

"这个倒没什么问题，但我……"张国泰说话有点支支吾吾，估计心里还是有点不踏实。

胡轩涛掏出两根金条，放在张国泰面前。张国泰连连摆手："别，我不是这意思。"

"啥意思不意思，这又不是我自己的事，代别人办事，是别人给我的，你就安心拿着吧。"说完，他把金条推到张国泰的胳膊边，"我这个人如果你再不信任，估计你也没有啥可信任的人啦，我说的是不是？"

张国泰最后终于答应帮胡轩涛这个忙，二人频频端酒，胡吹海侃起来。

九月的天气，白天仍然闷热，每天不定时载人的客车，都会在车站停留上几分钟。张国泰白天在车站来来回回忙碌着，由于心里藏着事，明显比平时心不在焉。

午后的日光尤其毒辣，快被晒化的站台上，一个人影也没有。这时，从北边远远传来一声沉闷的汽笛声。张国泰拎着小旗从值班室走到站台，他回身瞅了一眼身后，看见距离自己两三米远，站着一个矮墩墩的中年人。此人低着头，戴顶礼帽，一身长褂，这身衣着明显与季节不符。在等火车的当口，这个人就在站台上来回踱了两圈。张国泰发现他明显在回避自己，从礼帽边沿看出这个人是光头，便朝值班室望了一眼，自己则踱回到铁道边。片刻间，就从值班室走出两个身穿扳道工工服的汉子，径直朝张国泰这里走来，其中一人还问道:"张站长,这趟车过去后,我们就可以下班了吧?"

张国泰头也不回:"行吧,知道你们俩又有啥球想法。"

其中一人觍着脸说:"要不我们寻个好地方,等你一起好好整几盅。"

张国泰摇摇头:"别,你们去搞吧,今天火车趟次多,我哪能离得开啊。"

两个人走到张国泰身旁,不经意地瞅了一眼附近的中年人。中年人把帽子压得更低,侧身朝北边挪了几步,站在了距离三人十几步远,静静地盯着铁轨。

另一人对张国泰说:"张站长,反正晚上也没啥熊事,就推迟一点时间,我们俩先到北边巡检巡检,结束后就直接过去啦。"

"你们愿意等随你们,滚蛋吧!"张国泰嘟噜了一句,又往前面走了两步。

两个扳道工模样的人转身就朝北边走去,边走还边调侃着。随着二人距中年人越来越近,中年人变得紧张起来。他侧眼看过二人,身体朝铁轨更靠近了一点,目的就是想让过二人,右手则悄悄地摸向自己的裤袋。突然,靠近的二人朝头戴礼帽的中年人扑了上去,中年汉子来不及躲避,就被一人用扳手照脑袋重砸了一下。中年汉子帽子被打飞后,人瞬间就瘫软了下去,明晃晃的光脑袋亮了出来。手握扳手的汉子"嘿嘿"一笑:"妈的,还装,这头滑得就是蚂蚁掉下去都得劈叉。"说着话,扛起昏迷的中年人,一前一后两个人迅速离开了站台。

刘毅生被吊杀于贾汪北歪槐树下的消息,很快就传了出去,峄县县长陈鉴海得知这个消息后,再也不敢跨出县城一步。

又到了一年的金秋时节。

在日军发动秋季扫荡前,运河支队得到上级指示,敌人既然进攻我根据地,那我方就袭击敌人重要据点和战略要地,他打他的,我打我的。运河支队集体讨论决定后,和周边的鲁南铁道大队、特别支队取得联系,决定联合行动,以点带面,多点突击,打破敌人的大扫荡。

贾汪煤矿就成了胡轩涛所辖范围特别"关照"的目标。

虽然相隔不远,但贾汪煤矿矿区结构和利国铁矿矿区有很大不同。利国矿区大都是露天矿,日本人监管生产一目了然,而贾汪煤矿,基本上是矿洞作业,人一旦进入矿区,仅仅在出煤的洞口才能看见人,作业面上基本看不到人影子。

贾汪原来是块沼泽地，被当地人称为"贾家汪"，在一次洪水冲刷山坡时，露出了煤线。脑瓜活泛的村民发现这个情况后，便采挖对外销售。辛亥革命后，煤矿被袁世凯的本家兄弟袁世传接手经营。袁世传颇有经营头脑，大批引进先进技术和工程师，并把与采煤相配套的铁轨、工房、机器等一应配齐，贾汪矿的煤产量得以大幅提高。袁世凯倒台后，上海的资本家刘鸿生接办矿务，煤矿又有了一次新的发展。抗战爆发后，时局动荡，煤矿开始走下坡路，资本撤出，矿警解散。德国人卡尔作为代表准备接管矿区，但已侵占徐州地区的日军岂能放过这个优质煤矿，强行占领，赶走了卡尔，组建自己的一套管理班子，并建立了矿警队伍，监管矿区内的生产和工人，外围加派驻军负责安全和运输。

早期的矿工多为山东滕县、峄县的熟练工人，日军为了加快采挖速度，将部分羸弱老矿工驱逐出矿，就近招纳一些年轻力壮的庄稼汉进矿。由此，贾汪附近的村庄就有许多村民进了矿。为了便于长距离运煤，日军在柳泉至贾汪铺设了一条宽轨铁路，把矿区铁路与津浦线衔接在了一起。

半年多来，胡轩涛通过熟人和亲属关系，陆续安排运河支队的几名队员进矿，以探明敌情伺机行事。按矿方规定，矿工半个月才能回家一次，后来日军为了增加产量，相应增加了一些薪酬，随即就延长了作业时间，规定矿工满一个月才能回趟家。矿工的作业时间一长，人很难见到，胡轩涛就不能及时获取矿区内的情报了。再到后来派进矿区的队员接二连三被秘密杀害，胡轩涛陷入了困惑。

一段时间以来，胡轩涛密切关注着日军驻徐州机关长下派至贾汪的中队长——池野。

池野三十出头，中等身材，一直从事谍报和暗杀工作。此人头脑清晰，做事稳健，一到贾汪就撤换掉原来负责情报的井上，把井上从中队长降级为小队长，自己开始统领整个贾汪的特务事宜。他既不听从贾汪驻军长官宫泽弘一的指挥，也不服从大队长三浦翔平的调度。

日军的秋季大扫荡正在大范围展开，部队的调动和换防，变得频繁起来。胡轩涛瞅准机会，在台儿庄至贾汪之间的公路上进行了一次偷袭，打死打伤敌人三十多人。过了两天，他准备在第一次偷袭的位置再发动一次对敌人的攻击，没想到这次敌人却在原地抛下"诱饵"，等运河支队上钩。战斗刚打响，敌人就从两头合围过来，幸好胡轩涛及时意识到形势不妙，带领队伍迅速抽身脱离战场撤往山里，但是敌人在后面死死咬住，在部队撤退途中，牺牲和受伤的战士多达三十名。胡轩涛原先是根据敌我力量对比，分析日军会以为运河支队不敢在同一地点两次设伏，希望出其不意攻其不备，没想到日军猜到了他的心思搞起了反伏击。因为这次战斗失利，上级严厉批评了胡轩涛在作战思路上不知变通的冒进思想，没有提前做好情报工作，也没有做到随机应变。胡轩涛痛定思痛，在向上级做出检查和反省后，决定狠狠打击一下日伪，为牺牲的战友报仇。

在山套的外围，敌人加强了各主要道路的巡逻。在鬼子那里吃了闷亏的胡轩涛，又带兵转回到贾汪附近。他独自一人到治安所找邵金强。邵金强一见到他，吓了一跳，急问："轩涛，你咋还敢来这里呀，不要命了。"

胡轩涛一听，有点纳闷，问："这个地方我咋不能来，我又没干啥坏事。"

"嗨，你不知道，你搞了彭二民一次，他一直在打探你到底是谁。你在他姘头面前说你拉杆子，他向三浦大队长汇报你是土八路。三浦之前找过我，让我们治安所也要根据彭二民描述的你的长相进行搜捕，虽然风声过去了一段时间，但你也得注意，千万别让那货再看到你喽。"

"这次来，我就不走啦，准备在矿上住段时间。"

"在矿上住一段？你不是跟着一位带头大哥在徐州做生意吗？"

"对，就是做生意啊，那个叫相川的日本人就是我生意场上的朋友。"

"在我们贾汪这一带，这个人活泛得很，只要是场面上的人，他没有不认识的。"

"相川你也认识？"胡轩涛很惊奇。

"咋不认识？他们商会就离我们这里很近，有时我带队巡逻到他那里，只要碰到，都会热情地招呼我进去喝杯水。"邵金强笑着谝道。

"那明天你带我去他那里坐坐。"

"啊！不行，不行，要去你自己去。"邵金强的头摇得像拨浪鼓。

"咋回事？"

"要是让那个姓冯的碰上了，净是麻烦事啊！再说，你找那个日本人干啥？"

"手里有点紧了，想再卖点东西给他。"

"你还是拉倒吧。"

"那行，我自己去找他。今天来是问一些情况，想了解一下矿区内的矿工人数、警察人数。我和相川有合作，需要这些信息。"胡轩涛一提，邵金强也没有多想，既然胡轩涛自己能去找相川，说明他们之间是熟悉的，就爽快地把自己知道的说了个详细。

两天过后，一支五十多人的日军队伍从贾汪北来到矿区警戒线，领头的就是胡轩涛。他身穿日军中队长军官服，一路目不斜视。他身边的耿叶朝警戒线内的矿警用日语喊话："赶快打开栏杆，我们隼人队长受宫泽少佐指令，前来矿区视察工作。"

矿警连忙传达命令，把队伍放了进去。走了几百米，队伍来到第二道警戒线，耿叶要求放行，但矿警队长说："没有井上君的指示，一律不许进入，你们可以来一个人用电话联系。"

耿叶继续训话："我们不需要得到井上的批示，我们只听命于宫泽少佐。如果联系，也得让他联系这里。"

对方并不买账，仍然拒绝。耿叶看看旁边胡轩涛假扮的日军队长，胡轩涛朝他点点头。耿叶朝岗哨走去。二十米不到的距离，耿叶心里没了底，眼前没有退路，只能继续朝前走，等他跨脚进岗楼时，被矿警叫住："站住，接受搜查！"

耿叶很纳闷，就退出了门外，没想到矿警掏出手枪对准了他。原来，耿叶扎裤腰的绳子从后胯那里耷拉了下来，他自己没在意，但这个绳子明显被矿警发现了。矿警是日本人，日本人根本就没有用绳子扎裤腰的习惯。千钧一发之际，胡轩涛没有犹豫，掏出手枪击毙了正在向耿叶走去的矿警，后面的矿警队员也立即开火。耿叶在胡轩涛的大声呼喊下猫腰退了回来。

第一道岗的矿警听到枪声，已经做好了防范。胡轩涛一边命令队员往后突击，一边用十几颗日式手雷把矿洞出口炸塌，二道岗的七八个矿警被消灭后，胡轩涛人马身后的隐患消除了，整支队伍很快就冲破了矿警的第一道防线，毕竟矿警队的战斗力不如正规部队，队伍终于顺利地撤出矿区。队员们换上便装，迅速离开了贾汪镇。

胡轩涛和张宏彪、杜立忠继续留在贾汪。

井上的人马原先隶属于三浦大队。三浦找到井上，说这次游击队偷袭矿区虽未成功，但矿区的防护上漏洞很多，如果游击队进入矿洞，后果将会极为严重。现在日本国内急需大量煤炭，倘若在这个关键时段停产，自己只有

234

以死向天皇谢罪，井上也会被遣送回国。井上心里也不舒服，自己要负责矿区内的安全，现在又来了个池野，还要配合他收集情报，搜捕可疑人员。三浦和池野都是自己的上级，都得服从，但三浦的顶头上司是驻徐中将司令，并且二人还是亲属关系。

第二天，池野从井上那里获知矿区遭袭的情报，便立刻向上进行了汇报。挨了一顿训斥后，他派出宪兵队在贾汪周边大肆搜捕游击队，并亲自到矿洞周围查证收集遭袭当天的情况，忙了十几天也没有查到任何头绪。

胡轩涛还真去了日本驻贾汪商会。

身穿日式传统和服的相川十分热情，又是清茶，又是日式点心，摆了满满一小桌。胡轩涛盘坐在榻榻米上有点不适应，一会儿就感到腰酸背痛，换了几个姿势都觉得浑身不得劲儿。相川看到了，赶紧从榻榻米外拎进来一个小板凳递给胡轩涛。屁股下有了高度，胡轩涛整个人才算是稳定了下来。

相川开口说："没想到怀山君今天能来。你我很有缘分啊，在哪都能碰到。"

"这说明我离不开你啊。相川先生，可以这么说，你我早已相知，今后还要继续得到你大大的帮助。今天来，不是卖东西，而是送你一样东西。经常看到你拿个烟斗，今天送样和烟斗类似的东西给你，如果喜欢你就留下来。"胡轩涛拿出一个小木盒，打开后，拿出两个小东西放在桌子上。

相川一看，是鼻烟壶和烟嘴，便将两件小东西一把抓在手里，反复把玩，最后点点头说："好东西，鼻烟壶是琥珀材料，烟嘴为玛瑙雕刻而成，虽然不清楚价值如何，但做工相当精细，很不错。"

"那就留下吧，我也抽烟，但都是糙烟，用不上这玩意儿，这两样东西可是家里祖传的，我一次也没有用过的。"胡轩涛看到相川很喜欢，就顺水推舟说道。

"怀山君，听说你和邵所长一起当过兵，还做过营长，后来为什么又到政府里干那些枯燥乏味的工作？"相川问这句话时，虽然面部表情表现得十分淡定，但一直在盯着胡轩涛的眼睛。

"在军队里干的时间长了，职务难以提升，又加上军队里派系复杂，就想着到政府，没想到那里更是枯燥乏味。在中国，关系太复杂，但又摆脱不了。不像你们日本，为啥发展得这么快？从上到下，从军队到地方，风气很好，招贤纳士，谁有能力谁上。哎，相川先生对我的情况很了解嘛。"

"噢，这些都是邵所长告诉我的。我听说你在外面的路子比较广，我们是朋友，你在外面要处处谨慎，一定要注意安全。"轩涛听出了相川的弦外之音，这是灶王爷卷门神——话里有话。相川到底是干什么的、多大程度知道自己的真实情况，胡轩涛此时难以判断。

"谢谢相川先生的提醒！你说得对，像我这样走南闯北的，外面没有几个有点实力的朋友还真不行。不知相川先生听说没有，我跟着一位带头大哥做生意，和周边的枪会和黑道，还有运河上的帮会多多少少都有些交情。中国人常说，在家靠父母，出门靠朋友，徐州一带特别讲究关系，不认识些道上的人，就寸步难行。就是那些卖给先生的物品，没有关系也是难以到手的。"

相川听完这话，微微一沉默，转身从身后的抽屉里拿出一把手枪，轻轻放在胡轩涛面前，胡轩涛不解："相川先生，你这意思是？"

相川笑着说："你在军队里干过几年，想必你肯定喜欢这个东西。两个意思，一是你送给我好东西，那我也得回赠你一样礼物；二是你在外面时间比较多，为了你的安全，你把这个东西放在身边，想必会有用得着的时候。"

胡轩涛拿起枪细看了几眼说："好枪，好枪！贵国专为指挥员、飞行员等重要战斗人员所装备的自卫手枪——94制式手枪，配六发子弹，不仅射杀效果好，还携带轻便，保养方便，美中不足的就是速度慢，有效距离太短。我更喜欢的是美国M1911制式手枪，那枪抓在手里饱满，按我们这里的话说，实在。两种枪互有利弊。我自己已有一把M1911，如果相川先生割爱，那我就精心收藏了。"

"这把枪是保护你安全的，不是来对付朋友的。"相川话外有音。

"我曾经是军人，对枪是有着偏爱，但我又最讨厌带枪。"

"这话是何意？"

"怎么说呢，就是因为这枪，我曾失去一次晋升的机会。一次受了别人排挤，当年我年轻气盛，掏出枪朝天开了一枪，其实只是为吓唬吓唬人。就为这一枪，后来被长官调到偏远地方。后来离开部队到地方，我就暗自发誓，一定不能带枪，身上有枪，心中就狂，天狂有雨，人狂有祸。生意人，最忌讳的就是逞凶斗狠，更忌讳见到血光，人遇血光必遭灾祸。按中国古代相术来说，人身由骨、皮、肉、筋四样东西组成，全属血。人的性命由气、色、血综合而成，好坏要看运势，运势则是个人的造化。一个人血脉兴旺，家族也长盛不衰。然所谓'时也，命也，运也，非吾之所能也'。虽然我不能掌握时机、命数、运气，但我可以修炼自身的运势，这就要看破世间人与物，戒绝逞凶斗狠，这就是我身不带枪的原因。"

相川听完胡轩涛的一番高论，连声说："精彩！精彩！"

胡轩涛摆了摆手，低声回应："相川先生高看我了，只是个人多年江湖闯荡的一点拙见。"

"哪里，哪里，我虽然在中国生活了十几年，能在贾汪遇到怀山君这样的高人，实是一大幸事。"

二人相谈甚欢，临走时，胡轩涛把手枪放进了公文包。

胡轩涛从商会出来，顺着河堤准备走回集镇西边的亲戚家，心里一直在琢磨着相川。路程刚走到一半，他猛然看到几十米开外走过来几个身穿黑色治安队服装的人，为避免迎头撞上，便准备下堤走小路，但被为首的叫住了。双方相距还有十几米远时，对方号叫了起来："报上名字，从哪里来到哪里去？"

"姓胡，从商会出来，到治安所去！"

对方走到胡轩涛跟前，上下一番打量后，立刻变得嬉皮笑脸起来："这位爷，您不认识我啦？"

其实，胡轩涛早就认出面前之人是保安队队长彭二民，只是在装聋卖哑："唉，我这眼，这几天不知怎么啦，模模糊糊的。"

彭二民先掏出两支烟，递给胡轩涛一支，点上火。

"胡老板，咱们见过，对吧？"

"见过吗？我咋真记不起来了。"

彭二民嬉笑一声："胡老板，你去治安所，该是去找邵所长吧！他给我提过，有个姓胡的一道当兵的哥们，在这一带做生意，应该就是你了吧？"

"没错，就是我。"事已至此，隐瞒已经毫无意义，胡轩涛利索地承认。

"我和邵所长也是哥们，这样，今天我来做东，咱仨找个地方喝上二两？"

胡轩涛知道彭二民认出了自己，面带笑容地婉拒："今天就算了，改天我请你。"

"择日不如撞日！别改天了，就今天，回头我把井上也叫上。"彭二民不依不饶。

"那行，地方你来选，客我来请。"胡轩涛稍加沉吟后说道。

"那就在望河酒楼，不见不散！"彭二民说完，吹着口哨和几个手下继续向南走去。

25

在贾汪，无人不知望河酒楼。

望河酒楼位于贾汪镇中心，本是清末煤矿开挖时建的工人伙房，后来随着来此吃饭的人数增多，面积不断扩张，就另建了大排房。经过多次的翻修和重建，已是当时贾汪最好的酒楼。

胡轩涛和张宏彪早早来到酒楼附近，在酒楼斜对面的商铺悄悄坐了下来。这家商铺，不是一般的店面，而是运河支队一个地下交通站。胡轩涛在店铺里静静观察着对面酒楼的动静，看见邵金强先进了酒楼大门，过了一会儿，彭二民带领四个人也来到大门口，两个人留在大门外，另外两人随他进了酒楼。胡轩涛对张宏彪交代了几句后，出了商铺，绕了一圈后才跨进酒楼。

这是第三次见到彭二民，胡轩涛感觉这小子一次一个态度——第一次像孙子，第二次像憨子，这次有点当老子的模样。胡轩涛心里在暗自琢磨着该如何对付彭二民，但表面上仍是镇定自若。

彭二民既不客气，也不谦让，直接坐在了主座，邵金强和胡轩涛只能在靠近他的位置坐了下来。胡轩涛把皮包放在自己身边，客气地打着招呼："彭队长，这地方你是常客，有些啥好菜你最清楚，你看……"

彭二民瞧了胡轩涛一眼："胡老板，菜已经安排好了。今天我们难得坐在一块，你天天忙着挣大钱，天天包不离身的，里面装的什么好东西啊，鼓鼓囊囊的。"

"出门的一点随身物品，没啥。"胡轩涛应付道。

"不好意思，麻烦打开看看，我是保安队长，最近这一带有点不太平，井上君要求我们时时处处留意，邵所长也是干这个事的，邵所长你说对不对。"彭二民说着话，眼睛瞄向了胡轩涛的皮包。

邵金强赶紧打圆场："彭队长，胡老板是生意人，是你我两人的朋友，哪能这样对待朋友啊？"

彭二民摇摇头："邵所长，你别这样说，我并没有其他意思，看一看也是职责所在。"

"看看就看看呗，这没啥，彭队长这样做也是为了大家好。"胡轩涛拽过皮包，从里面掏出一把枪。彭二民一看，立刻变得紧张起来，右手不由自主地朝腰里摸去。再看胡轩涛，手枪在他手里三两下就变成了一堆零件。他把弹夹拿在手里，大拇指轻轻一推，六颗子弹"扑哒哒"掉在桌上，整个过程如行云流水，一气呵成。

在座的几个人看得呆若木鸡。彭二民瞅瞅枪，又瞧瞧胡轩涛，好一会儿才开口说话："说，这家伙从哪里来的？"

胡轩涛笑笑，脱口而出："一位日本朋友送的。"

"谁？"彭二民厉声问道。

"相川先生。"

"真是他送的？"彭二民将信将疑。

"不信的话，我在这等着，你现在就可以派人去问他。"胡轩涛淡然一笑。

彭二民稍显尴尬，意欲绕开话题，这时，邵金强开始把桌上的酒杯一一斟满，再看胡轩涛如变魔术般快速把枪组装好放进包里。

席间，彭二民一直在围绕着胡轩涛的生意说来说去，胡轩涛见酒席变得索然无味，干脆打开天窗说亮话："彭队长，我这人性子直，你这样问来问去的，不就是怀疑我的身份吗？虽然我们第一次接触有点不爽，但今天看在邵所长的情面上，我一直在回避，免得大家之间不愉快。但有一点你要搞清楚，如果再这样下去，我只能拉下脸对你说，别看外面有你的人，今晚咱俩谁能活着走出这个酒楼，真还不一定。不信的话，咱们试试？"

"你到底是……是干什么的？"彭二民大声问道。

"跟着一位带头大哥吃道上饭，谁出钱，就为谁办事！"胡轩涛从容不迫地回答。

"胡说！"彭二民吼叫一声。

"信不信由你!"胡轩涛一拳砸向桌面,吼叫声如洪钟。

气氛一下子冷到了冰点,邵金强也不知所措。彭二民带来的两个人沉不住气了,一人刚想站起来,却被张宏彪按了下来。几乎同时,张宏彪把两人腰间的枪摸了出来,"啪啪"两声扔在桌上。

彭二民的那双眼睛看得真真切切,这家伙功夫何等了得。局面没有朝自己预想的方向发展,却反转了过来。好汉不吃眼前亏,识相的彭二民赶紧换了个语气:"胡老板,对不住啊!我们吃这碗饭的,最近压力太大,还望胡老板海涵。"

邵金强赶紧打起了圆场:"二民,我过去不是给你说过吗,怀山做生意的同时,有时还吃点道上的饭!好了好了,一点小误解。来来来,大家接着喝。"

脸色铁青的胡轩涛这才露出一点笑容:"理解,刚才我的话也有点过火,望彭队长包涵!刚才忘了问了,彭队长不是说井上队长也来的吗?"

"唉,别提了,他正生着闷气呢,最近一直不顺,几头挨骂,在矿上不敢出来,生怕再有啥麻烦事。"彭二民解释说。

此时,胡轩涛心想,井上没到场并不是一件好事。

气氛一旦破坏就很难恢复,这顿饭吃得颇为尴尬,很快就草草收了场。

胡轩涛二人出了酒楼,不再往亲戚家方向赶,转而打算寻找一家旅馆将就一宿。来到旅馆,刚进房间,杜立忠急匆匆带着于顶和葛石头两人闯了进来,一进屋就拉着胡轩涛推开后窗,迅速爬了出去。一行人刚跳窗落地,前门就闯进了几个日本兵。他们砸开房门,见窗户开着,转身冲出大门,一路追去。快速穿过几条巷子,胡轩涛几个人甩掉尾巴,闪身进入一家作为秘密交通点的裁缝铺,在厨房灶台铁锅下的地洞里藏了一晚,躲过了敌人的搜查。

第三天,化装成小商贩的胡轩涛几个人各自相隔一段距离,准备撤出贾汪。他们刚走到桥头,就看见前面路口几个保安队员正在盘查行人。胡轩涛等人回身躲在房后,绕过围墙朝南走。刚拐过一个巷口,他们又看见三个日本兵在巷口四处张望。一行人赶紧转身顺着巷子又往东走,快到大路时,张宏彪从一个巷口蹿了出来,一把将胡轩涛拽进一家院子。

院内,就两个孩子在家,在他们诧异的目光下,胡轩涛等人径直穿过堂屋,从后窗跳出,随手关上了窗户。看样子一时走不脱,二人转向东北,准备跟那里的小分队会合。

二人和小分队会合后，胡轩涛这才得知池野昨天晚上抓到一个运河支队的交通员。交通员是个乳臭未干的二十来岁的毛头小伙子，火钳刚烙两下就耷拉下了脑袋，交代了贾汪集镇上有运河支队的主要领导。池野二话没说，下令在全镇展开搜捕。好在叛变的交通员不曾见过胡轩涛，敌人瞎忙了一阵子才撤回了营地，但对贾汪四周出入口的盘查严了不少。

胡轩涛决定把小分队分散开，队长王毅成带十几人，他自己带十几人，晚上分头再次进入贾汪。王毅成刚把人员安顿在一间空房子里，就派出两人到街上采购物资。二人明显经验不足，手拎沉重的东西只顾埋头赶路，没料到被池野的便衣发现了。等二人觉察到时，池野带着宪兵队已经赶到。二人眼看来不及回屋提醒大家撤离，为引起屋子里队员的警觉，果断掏枪射击。枪声惊动了屋子里的人，王毅成带人冲出屋子，正好和池野迎面撞上，枪战就在巷子里展开。王毅成命令战士们往北撤离，自己在后面阻击敌人。最后寡不敌众，我方队员牺牲了五人，包括王毅成和他两个侄子。

获悉消息，胡轩涛痛心不已。战士们没有在敌人严密控制的区域生存过，经验匮乏，很容易在细节上出现失误，导致重大伤亡。胡轩涛早就开始注意池野其人，从邵金强口中得知，池野狡猾奸诈，头脑又极为冷静。自从他负责贾汪特务活动以来，运河支队损失巨大。不除此人，必成大患。

池野这段时间可谓是春风得意，连续抓获运河支队人员，受到机关长的嘉奖。与此同时，运河支队最近损失较大，对敌行动大大减少，也助长了池野的嚣张气焰。再加上从矿区传来了消息，日军已经维修好矿洞并加强了警卫，生产步入正轨，产量也在逐渐恢复正常。这一桩桩好事让池野的压力大大减轻，行动上开始放松警惕。

贾汪的主要路口，突然出现了几个衣衫褴褛的乞丐。其中一人中等身材，五官黝黑，头发蓬乱，浑身污垢，整天在几个路口间转悠。

此人正是运河支队参谋长胡轩涛。

据侦察反馈，池野经常会到原来德国人卡尔开办的舞场喝酒。说是舞场，其实在贾汪，会跳舞的人难以找齐两三对。池野去那里无非享受一下不一样的生活情调，舒缓一下寂寞的心理。池野每次去，停留时间都不长，不和任何人搭讪，也不挑逗漂亮的女服务员，只是喝酒，酒喝完就走人。

胡轩涛乞讨的地点逐渐移到了舞场附近，每次蹲守都不会超过两小时，以免引起池野的怀疑。功夫不负有心人，几个蹲守的队员终于等来了老狐狸池野。

跟随池野的一个便衣没有进屋，而是站在门外警戒。池野进门前，先朝舞场四周张望一番，见无异常情况，才走进去坐在靠里的一张桌子旁。服务员送来一瓶红酒和一个酒杯，朝池野点头示意，轻轻放下红酒和酒杯就转身离开了。

池野坐在那里，默不作声，独自品尝着红酒。

这时，两名黄包车夫手中各自夹着自卷的"土炮"，缓步走到正在门外抽烟的便衣身边。一名车夫声言借火，趁便衣低头在裤袋里摸火柴时，另一名车夫迅速从腰中拔出板斧，猛地一下砸在了便衣后脑勺上。便衣闷声不响，猝然倒地。两名车夫抬起便衣，眨眼间将人扔到一辆黄包车内，拉着车子飞奔而去。

舞场内，正当池野惬意地喝着红酒时，从外面走进三个酒意微醺的壮汉，拉拉扯扯在池野旁桌坐了下来。服务员见状，急忙上前招呼："几位先生，要喝点什么？"

一人朝服务员挥舞着胳膊，大声喊道："老子今天挣了一大笔，来瓶洋酒，让这几个土老帽尝尝洋味，开开洋荤。"另外两人极力劝道："别，这地方哪是我们来的，一瓶酒要我们白忙乎半拉月，我们还是走吧，要不咱出去弄俩菜，老烧子一抽，比啥都强。"

一看到几个人这番闹腾，池野眉头一皱，起身挪到稍远的一个位置。三个人见状，大为不悦，一人起身走到池野桌旁，嬉笑道："嗨哟，这憨熊品位不低嘛，竟嫌弃我们哥几个来了。"

池野不说话，端着酒杯晃动着，红酒在杯子里均匀地转着圈。他静静地看着杯中殷红的液体，随后轻轻把杯子靠近嘴边，意欲品尝，酒杯快到嘴边时，被一只大手拦住了，耳边还传来一句话："能屌台（张狂）得很嘛！"

听到骂声，池野慢慢放下手里的杯子，伸手往腰间摸去，抬头发出一声怒吼："八嘎！"

池野话音未落，对面的人猛地扑了上来，另外二人没有犹豫，快步跨到池野身后，合力把池野按倒在地板上。池野叽里呱啦地喊着，但还是被三人反剪双手押进了休息室。服务员吓得躲至一旁，舞场内的其他人生怕牵连到自己，纷纷回到座位上默不作声，静观其变。

接到信号后，胡轩涛就带着耿叶进了休息室。池野被三人按坐在椅子上，面带愠色地看着胡轩涛。胡轩涛弯腰把脸伸到池野面前："你仔细看看，我是不是你要找的人？"

池野并不认识胡轩涛，没有说话，耿叶上前翻译："我们就是八路军运河支队，站在你面前的，就是我们运河支队的参谋长胡轩涛。最近你抓了我们几个人，还杀了我们五名战士，现在你该知道，我们找你是什么事了吧？"

池野面部表情变得狰狞起来，但狰狞中夹杂着一丝不易觉察的惊恐，嘴里冒出一溜日语，耿叶随即翻译："姓胡的，你们对我们矿区进行了破坏，影响我们的生产，你们这是破坏日中合作。我们在这里投入了大量的资金和设备，又解决你们这里很多人的吃饭问题，你们非但不感激，还极力毁坏矿区生产，你们才是没有道理的。"

胡轩涛不听还罢，一听怒不可遏，狠狠扇了池野一记耳光。他知道池野也听不懂中国话，摸了摸池野的脸说道："你这个坏熊，话说得还蛮有道理的，确实我们不该去扰乱你们生产，都是我们的不对，我向你先道歉还不成嘛。但话得说回来，究竟是谁占领了我们的土地？是谁强夺了我们的矿产？又是谁残忍杀害了我们的同胞？你个坏熊，还敢说我们没道理，被你们残忍杀害的老百姓找谁说理去？被你暗杀的游击队员找谁说理去？你所谓的日中合作，让我们国破家亡，妻离子散，究竟是谁他妈的不讲道理？！"耿叶知道这些话不需要翻译，和大家站在一边不吭声，看着胡轩涛宣泄着心中的怒火。

池野听不懂，只能用恐惧的眼神望着面前的这张脸，不知此人下一步如何处置自己。

"王八蛋，中国有句老话，叫多行不义必自毙，说的就是你！你他奶奶的，干了那么多坏事，还说得这么冠冕堂皇，呸！你这不是光和我们运河支队作对，还是拿我们所有的中国人当傻蛋啊，我看你也别回你老家了，就在这里做个孤魂野鬼吧！"胡轩涛抓住池野的头发，大声吼叫。

这次，耿叶一字不落进行了翻译。

"你的今天的杀我，跑不出贾汪的。"池野咬牙切齿地说道。

胡轩涛抓住池野的头发使劲摇了摇："你给我听好了，我能进贾汪，就能出贾汪，你就死了这条心吧！"

池野听完，看了一眼怒目圆睁的胡轩涛，耷拉下了脑袋。

"你们手脚利落点，完事后，尽快赶到老地方，准备下一场大戏。"胡轩涛和耿叶先行退出，休息室里随后传来一阵轻微的响动，很快就没了声音。

三人随后走出舞厅大门。

没多长时间，服务员蹑手蹑脚地进了休息室，见池野被一根绳子吊在房顶挂电扇的挂钩上，伸着舌头，双眼突出，面目狰狞，顺着裤脚不停滴答着淡黄的液体，整个房间里充斥着一股股的腥臭味。

瞬间，大街上警笛大作，宪兵和警察神情慌张地来回奔跑……

随后几天，胡轩涛带领小分队，先后抓获三个工区长。胡轩涛对三人做了大量工作，最后三个工区长均表示同意配合运河支队工作，并留下了接头方式。

池野被杀后，井上又官复原职，从小队长重新坐回中队长的位置，低落的情绪一扫而光。前一阵子，他只能死盯在矿区不敢出大门，现在如同出笼之鸟，整天如打了鸡血般在街上晃悠。过去天天尾随井上的伪军连长何金宝，也随着主子变得精神抖擞起来。

贾汪地区的日军行政最高长官司令部，设在徐州北三十多里外的铁道边。平日里待在徐州城里的长官官泽，之所以把司令部设在此地，是为了方便贾汪与徐州的联系。三浦的驻地在贾汪矿区东，紧贴着矿区，目的是对付黄邱山套里的游击队。北边是伪军团长方正宜的防区，再往北就是山东枣庄日军的防区了。在苏鲁边界，矿产众多，但大的矿区倒是不多，最大的煤矿就是贾汪煤矿。此地出的煤炭燃值高，适用于冶炼钢铁，日军十分重视。

之前，何金宝在矿里招收矿工这事上得了不少好处，近几个月矿里连续出现被袭事件，就停止了招工。现在矿洞维修结束了，矿上需要大量招人，这家伙又动起了歪脑筋。他先是找起初的合伙人，但对方找了几个借口都没有同意。对方心里清楚，今年开春以来，矿上就不平静，先是日本人疯狂开采，发生几次矿难，死伤多人，后来游击队几次偷袭，矿里人心更是不稳。最近几天，周边的村子散发着不少来路不明的传单，号召村民不要进矿。此路不通，何金宝想到了另一个办法，找保长或村长诱骗村民入矿，答应工资翻倍且每天结算，另外允许矿工每五天可以返家一次。

条件一开出，果然有些村民动了心。半个月后，见日方兑现了诺言，同时又经保长的巧舌游说，又有不少村民怦然心动。这天，何金宝和保长约好，到朱庄现场招人，并拉上周边的几个村长一块帮着游说，两人心里清楚，每招一人，他们可以拿到100日币，相当于矿工十天的工资。何金宝事先和井上商定，当天下午井上派出矿上的卡车前去朱庄拉人。

朱庄保长朱山亭家的院子里站满了人。

何金宝身穿便衣，出面的身份是矿上中方担保人。再看看此时的朱山亭，两片嘴皮子上下翻飞，口水四溅，喷出的吐沫星子把桌子上的登记表浸湿了大半，额头和脖梗儿上的青筋也都暴了出来。最后，他从包里拿出一沓日币放在桌上，大声说道："今天签字画押后即可进矿，矿上立马先兑付半个月的工钱。"

这一招果然灵验，许多人走上前，又是签字，又是按手印，一会儿就招了二十多人，每人领了150日币后，坐等汽车前来拉人。

拉人的汽车离开村子后，朱山亭留下何金宝在家里小酌，两人笑逐颜开。按人头分好钱后，朱山亭就让老婆忙乎开了。朱山亭走进厨房，他老婆悄悄提醒道："这个姓何的，整个一个烂屁股，一坐下来不到后半夜不带挪窝的，晚上你们就在这屋喝吧，儿媳妇为他来家里都给我几次脸子啦。姓何的不是个正经玩意儿，是不是他家里老婆死了，你看他那双眼睛贼溜溜的，咱儿媳妇都不敢上跟前端菜了。"

"好好好，我来给他说，但咱也不能得罪他呀，毕竟还有这个。"说着，朱山亭用大拇指压着食指中指在老婆面前捻了几下。

"俺晓得啦，你可以喊他过来了。"老婆今天见到了钱，对自己男人的态度缓和了不少。

朱山亭和何金宝二人就在锅房里坐了下来，都赚到了钱，杯中的酒就变得甜滋滋的，清酒红人面，财帛动人心，推杯换盏十分尽兴。中间何金宝问："今天怎么没看见你家儿媳妇啊？她不是会喝酒吗？"

"别提了，最近她心里不痛快，天天就想找茬，我们老两口都避着她呢。"朱山亭赶紧转变话题方向，"何连长，你不知道，今天进矿的一个人，他家就住在我东边，不知哪来的福气娶了个特别闹人心的俊俏老婆，就一点不随人意，这个小女人几年都没生养，哎呀，那个娘们浑身都透着一股子骚性，那小腰，那小脯子！啧啧，真是人见人爱，男人见到了都挪不开脚步。"

朱山亭的话一下子勾起了何金宝的兴趣，他眯着眼瞅着朱山亭问："真有那么回事？"

朱山亭夹起一块肥肉塞进嘴里，咂着嘴，一脸满足的神情："哎呀，别说我这个年纪，就是村里那几个混吃等死的老光棍看到她眼神都不对，啧啧。"把肉咽下肚，接着又摇起了头。

何金宝的兴致又被提高了许多，着急地问："她男人家里没有兄弟吧？"

"没有，外地人，听说打北边儿来的，她男人和我们话也不多，反正就他一个，怎么何连长有想法？"

"嘿嘿。"何金宝一脸淫笑，心里有了谱，又喝了几杯，说道，"她男人不是进矿了吗？咱不让他回来不就行了吗？实在不行，我就这样。"何金宝用手比画一个抹脖子的动作。朱山亭顿时紧张起来："不需要这样吧，你手里不是有钱吗？用钱试试……"何金宝笑而不语。

二人吃饱喝足后，朱山亭本想留何在家里住，但心里又怕老婆不高兴，假意劝说了一两句，何金宝就摇摇晃晃地出了门。朱山亭心里暗自琢磨这个姓何的会不会往那女人家里去了，待何走出几十步，就赶紧关上门，生怕门关得慢一点，姓何的又会回来一样。

何金宝还真是朝女人家里走去了。

女人家没有院子，何金宝直接上去一脚端开了房门。女人一惊，赶紧下床点灯，和醉醺醺闯进屋的何金宝撞了个正着。何金宝抬眼一看，眼前的这个女人果真是个美人胚子。他伸手打掉女人手里的油灯，扑了上去，女人苦苦挣扎一番，但瘦弱的她哪是这个欲火中烧的壮汉的对手，最后只能任其摆布。

第二天一大早，受尽凌辱的女人就悬梁自尽了。

女人自杀还有何金宝骗人进矿的事情，自然逃不过交通员的眼睛，消息很快就传到胡轩涛那里。胡轩涛脸色铁青，整整一袋烟时间，嘴里没有冒出一句话，等头脑稍稍冷静后，就立刻安排手枪队围截何金宝。

小猫吃腥若是天性，何金宝偷腥就纯属本性。贾汪的生活区和矿区相比就小得多，运河支队二大队警卫队的部分队员分散在生活区的各个角落里，饭馆旁、酒铺边、妓院周边，都在瞄着何金宝的身影。好色胆小的何金宝，自从朱庄的女人自杀后，老实了几天。这小子后来派人又去了朱庄打听，得知女人已经被乡邻掩埋。村里人都在猜测到底是谁糟蹋了女人，朱山亭心里有鬼，自然不敢透露一丁点风声。这一下何金宝放心了，又开始邀上三两人出入酒馆。

在伪军驻地西边的小酒馆里，何金宝被堵在了里面。陪他来的两个伪军被押到一个僻静处，他则被三个大汉顶在小房间的墙上。杜立忠问他："朱庄那个女的，是你害死的吧？"

"不是，真不是。"何金宝惊恐地摇着头。

"不是那为啥这几天没看到你人影子，过去你不是和一个日本人天天在外面晃荡吗？"

"最近矿上事比较多，比较忙。"

杜立忠左手把何金宝的衣领子抓得更紧："你个王八蛋，真是不见棺材不落泪！你是不是见到朱山亭才说实话？"

何金宝哭丧着脸辩驳："那你们为啥不怀疑是他朱山亭干的？怎么光找我？"

杜立忠右手忽地一下抓住了何的裤裆，疼得他"哇哇"乱叫。杜立忠恶狠狠地看着他："他妈的，钥匙都掉人家床上了，你还敢狡辩？"

何金宝赶紧伸手摸了摸腰部，钥匙就在身上。他神情放松了一点，抬头再看看杜立忠异样的笑脸，心里一下子揪得更紧了。杜立忠"呵呵"笑了起来："慌了吧？"何金宝知道对方有意在诈自己，不再开口说话。

几个人先把何金宝打晕，装进麻袋扔上马车，连夜赶往朱庄。朱山亭被喊了起来，一开门，看到被从麻袋里拎出来的何金宝，心里一下子明白了。没等何金宝开口，朱山亭就竹筒倒豆一般，把事情的经过从头到尾说了一遍。

杜立忠命令战士把朱山亭家搜了个底朝天，所有值钱的东西全部装上马车，就连女人纳鞋底的顶针也揣进了口袋。天快亮时，在朱山亭家大门外，杜立忠一枪把何金宝击毙在路边的柳树下，并张贴了一张告示，上书：何金宝强奸民女，当汉奸，骗乡民，罪大恶极，判处极刑，以儆效尤。运河支队。

枪声惊动了村民。村里人陆陆续续围到保长家门外，再看朱山亭家，大门紧闭，据村民说朱保长家后来三天没见人出入。

26

运河支队闹得动静越大，敌人的防范就越严。

每天看到一列列火车从贾汪驶出，通过柳泉附近的津浦铁路再转向北，运河支队几位负责人就感到压力巨大。近二十多天，三浦大队为维护贾汪地区的安全，派了千把号日伪军扫荡黄邱套，枪会和大小土匪一哄而散，只留下运河支队与日伪周旋。敌众我寡，队伍只得从平地转移至山林。

铜山独立营也遭到宫泽联队的围堵，队伍减员严重，最后按照胡轩涛的要求，独立营转战到邳县占城南边的梁山水潭周边休整。

此时的贾汪，由于日伪军外调部队过多，矿区内力量就显得捉襟见肘。胡轩涛和刚从抱犊崮根据地学习回来的大队长孙振龙商议，认为贾汪这个地方还是二大队坚持斗争的中心地区。在二人商议时，胡轩宇从外面走了进来，听到二人的谈话，也提出了自己的想法：贾汪矿区内，虽然敌人目前兵力没有原来多，但在运河支队的几次偷袭后，敌人已经重新做了部署，有的地方看似松懈，但对重点部位的防守，敌人一丝也没有放松，而且敌人的巡逻队就在矿区附近，机动性很强。胡轩宇认为巧取比强攻更合适，接着把自己的思考和盘托出。

"好！我看轩宇的这个方案合适！"孙振龙抑制不住内心的兴奋。

"我看也行，关键是要选好人。"胡轩涛望着弟弟说道。

"请你们放心，我会选好人的！"胡轩宇自信地回答。

方案的第一步，必须派人打入矿内。

胡轩宇知道二大队作战参谋谢家晋的二姑在矿上工作，她家侄女王智霞曾是胡轩宇的小学同桌，后来胡轩宇外出上学，算起来两人近十年未见。巧的是，1938年夏天在铜山地方党小组会上，胡轩宇竟然遇上了王智霞，原来王智霞一直追求进步，早就加入了党组织。后来两人虽然没有分到一个小组，但彼此之间的联系很密切。胡轩宇找到王智霞，向她说明了组织上的计划，王智霞没有犹豫，立刻找到自己的二姑，要求到矿上做工。她二姑起初觉得奇怪，之前曾劝过王智霞跟着自己，姑娘一直都不愿意，今天却来求自己了。她二姑认为反正是自己的侄女，就没有多想，领着她找到矿区总务科，给她办好了证件，第三天就到岗做些打扫卫生及收发登记的杂事。王智霞不但人长得漂亮，而且手脚勤快，很快就融入了总务科这个二三十人的集体中。

没几天，煤矿的矿工人数、每天的出煤量及运煤的车皮数量等情报，通过王智霞那儿传给运河支队。王智霞下一步的任务，就是利用到各个矿区送衣物的机会，摸清日警和伪警人数、岗哨位置及武器配备等情况。王智霞进作业矿区的次数一多，无意中引起了一个人的注意。这个人就是才来两个月的矿警队队长李二斗。

李二斗何许人也？此人原是微山湖上的伪警，因赌博与同事交恶，遭到众人排挤，后来又与另一名队长的老婆之间有不清不白的关系，差点被人阉成太监。如此这番，他只得离开湖区来到贾汪，托关系进了矿区，当了一名队长，手下管着三四十个伪警。李二斗到矿后，后悔得肠子都变青了，因为矿区内清一色的全都是大老爷们，夏天一身汗，冬天一身泥，警戒区内除了做饭和洗衣服的七八个上了年纪的妇女，再见不到别的年轻女人。李二斗心想，怪不得矿里的男人大都吸大烟，这鬼地方，也就这点乐子了。王智霞的出现，让李二斗眼前一亮，心里面开始有了蚂蚁乱爬般的感觉，精气神变得不同往日。

李二斗有事没事专往有女人的地方跑，虽然王智霞由于任务在身没有表现出特别抵触，但其顶头上司日军矿警中队长北原苍介已经警告过他两次。警告之后，这家伙尚能安静两天，不久就又犯起了老毛病。一天，王智霞走在路上，李二斗碰到了她。先是一阵胡侃海吹，看王智霞并不多话，李二斗正准备转移话题时，王智霞却笑着说："李队长，找你商量个事呗？"

李二斗听了王智霞这句话，身上每个毛孔都舒展开来，脸上一团和气，连声说："妹子你说！妹子你说！"

"我一个姨表哥，是卖你们男人吸的那个东西，听说咱矿上很多人都吸那个，你看能不能帮个忙？"王智霞提出了要求。

"这个好说，没事，没事，你家的姨表哥卖这个，怎么说我自己都得先买点，妹子的事我这个当哥的说啥也得出把力不是？"李二斗脸上的笑容极为灿烂。

王智霞想了一下，又摇摇头："就你一个人吸，我姨表哥只能喝西北风了。看看你们还有多少人。"

李二斗重重地拍了一下胸脯，凑近王智霞，小声说道："那百十个日本人是不吸的，咱也不敢让人家吸啊。咱这矿上，一百三十多个矿警，我敢说，一半都吸。你的事，好说好说，另一半我想着法子也得让他们过上嘴瘾。至于那些煤黑子，我想让谁吸谁还敢不吸？他妈的活腻歪了？前几天，老子还打死了一个煤黑子，那个憨熊货仗着自己五大三粗的，不揉（不理）我，老子就让他躺在里面了。"

"你说得太吓人啦，如果那些挖煤的都不听话，一起来对付你们，那你咋弄？你们手里都有枪吗？"

"枪是都有，但枪法好的人不多，就这么屁大点的地方，哪用得着枪，说起来不怕你笑话，哥的这两把枪都快生锈了。"李二斗一脸淫邪笑着，拍了拍腰间。

"那行，我回去跟我表哥说说，可以的话我再来招呼你一声。"王智霞没接他话茬，只是冲他笑了一下说道。这一笑都快把李二斗给笑酥了，激动得心都快跳到了嗓子眼："好，好，那啥，那哥就等你回话了。"

王智霞回了一句："你等消息吧。"

在王智霞的撮合下，"表哥"胡轩宇和李二斗坐到了一起，当时在场的还有李二斗的三个手下。

头戴礼帽，身着长衫，鼻梁上挂着墨镜的胡轩宇先开腔："李队长，不知你那里有多大量，货我手上有一些，如果要得多了，我还得去筹集。你看这事儿咋操办妥当，你也放心，你自己用的就不谈钱。量假如能上来，价格上我这边再让让，李队长可以多落点实惠。"

"这先不谈，我只负责介绍，但钱得你自己收。为啥呢？如果日本人知道中间有我掺和，那就会有大麻烦，再说，能吸这个玩意儿的，都是猴精，人家也不相信我啊，还认为我在中间插一杠子得了多少好处呢。要不然你让你表妹来送东西，这样也方便你收到钱呀。"

"她一个姑娘家怎么干得了这事，不管，不管，绝对不管！这事要是让她二姑知道了，我后面咋弄？"胡轩宇说着这话，眉头紧皱，一脸为难相。

屋子里一时变得静悄悄的，李二斗也在琢磨着办法，过了好一会儿，他才说道："这样吧，我给你办三个通行证，到时你们悄悄进来，但只能到锅房那块，警戒线内绝对不能进。你先来几次，时间一长，大家都混熟了，这边就可以收好钱一并交给你们，这样总行了吧。"

胡轩宇赶紧把酒给大家满上，举杯表示感谢，另一只手悄悄把一个木盒子推到几个人面前："回去先尝尝，找找感觉。"

李二斗打着哈哈乐呵呵地收下了，二人分别时约定三天后见货。

胡轩宇不敢耽误，赶紧找到胡轩涛，把事情的原委说了个明白。胡轩涛很快就找到地下渠道购进了一批上等优质烟土。第一次，胡轩宇把烟土送到李二斗手里，很快就收到反馈，矿内的人吸食后都说不错。第二天，王智霞就联系胡轩宇，说对方还需要二整盒。这一次，胡轩宇委托另一人前去送货。这样，每隔五六天就会有一批货送进矿里，胡轩宇摸清了里面的套路，矿上的伪警一上瘾，这个生意就做得特别顺风顺水。

详细了解矿区内情况后，胡轩涛几个人制订了突袭计划。晚上矿工休息时，用一个中队在外围攻击敌人岗哨以吸引敌人的注意力，一个中队在第一道警戒线袭击日警，但只打不进；还有一个中队和警卫队翻墙进第二道警戒线，快速突进矿洞，用炸药炸毁矿洞内的电力和运输设备。

警卫队成员身穿便衣，用李二斗提供的通行证来回倒腾，六名战士神不知鬼不觉地混进了矿里。进矿后，他们找到王智霞，王智霞把几个人偷偷藏在自己房间，自己继续在外面值班。傍晚时分，下班的人出矿区后，大门被伪警锁上，这处洗衣做饭的宽阔场地一下子安静了。六名战士按照事先约定，夜里十点左右悄悄打开大门。八中队悄无声息地摸了进来，战斗随即打响。附近的日警、伪警循着枪声奔了过来，战士们利用有利位置，像钢钉扎在木板上一样稳扎稳打，既不强攻又不撤退，以此拖住敌人。七中队趁乱进入坑道，强攻第一道警戒线。地面上的敌人招架不住，开始向第二道警戒线的敌人求援。十中队的战士攀上高墙进入矿内，负责清理零散的值班日警。警卫队队员迅速在围墙上砸开一个洞，把炸药包一个一个从墙处送进矿内，然后飞快地运至坑道口处、机车旁和机器边。

一阵阵猛烈的爆炸声后，几个中队的战士迅速撤离战场。大部分队伍按既定方案撤出贾汪，和沿途负责掩护接应的一大队两个中队会合一处，向北边的山区转移。

突袭后，胡轩涛急切地想知道这次行动多大程度实现了原定计划。胡轩宇没有撤离，而是在镇里蹲守了一天，直到晚上才见到王智霞。从她嘴里，胡轩涛知道了这次突袭的效果——四个矿洞，三个被严重毁坏，一个矿洞外口塌陷，机器一半以上被毁，要想恢复再生产至少需要一个月。驻贾汪煤矿外的日军已被大量调回矿区，矿工放假一个月，镇上警察开始挨家挨户进行大搜捕，就连在徐州的宫泽少佐也来到了贾汪。

三浦在宫泽面前被骂得狗血淋头，北原苍介被枪毙。

王智霞突然遭到逮捕，前去抓捕她的人正是李二斗。

审讯室里，井上坐在靠背椅上，一脸阴险冷笑。李二斗指着王智霞问："你竟敢私通八路，看你文文静静的，这等滔天大罪你也敢犯！"

王智霞说："你别血口喷人，你从哪里看得出来我私通八路？"

李二斗鼻子里"哼哼"两声："我都全部问清楚了，你那里经常有人来，从伙头那里听说，出事的当天晚上，你那里一下子来了好几个人，是不是？这些人都是干啥的？"

"是来了两个，他们来了一会儿就走了，他们是来干啥的，你自己不清楚吗？"

井上的中国话说得不好，听力自然也跟不上。他看二人来回争辩，就冲李二斗厉声喝道："别的，不说！重要的，说！"

李二斗点点头，看着王智霞："从你屋里搜出来几个烟屁股，你一个女人家不抽烟，烟头是从哪里来的？"

"和我们一块干活的男人那么多，大都抽烟，你不应该来问我，应该去问他们哪！"

李二斗笨口拙腮，根本不是王智霞的对手。不光问不出什么有价值的东西，还处处被王智霞占了上风，李二斗恼羞成怒，命令手下对王智霞上刑。一个弱小的女子遭到几个壮汉的连续折磨，身体虚脱无力，鼻子、嘴角、眼睛处鲜血直淌，右手四个手指活生生被铁夹子掰断。井上看到昏死过去的中国女子，瞪了一眼李二斗，丢下一句："继续！死死地打！"

胡轩宇得知王智霞被敌人抓走，心急如焚。在探知王智霞的关押处后，胡轩宇带着警卫队连夜摸到了审讯室附近。先干掉值班的伪警，后冲进审讯室，一看里面没人，连忙撤出。李二斗带人赶到了，双方在黑暗中互相射击，胡轩宇救人心切，几次强攻都被对方火力逼退。交战中，胡轩宇感到肩部一热，接着一阵剧痛传遍了全身。敌人有防备，外加自己负伤，胡轩宇不得已带人撤了回来。

游击队的救援，更加证实了李二斗对王智霞的怀疑。又是一天的严刑拷打，但王智霞宁死也不松口。李二斗报告井上，这女人是八路无疑，再审已无必要，还是快刀斩乱麻吧。无计可施的井上向三浦做了汇报，三浦手一挥，喊了一句："杀！"

第二天上午，王智霞就被押往贾汪北隅干土塘。

路上，李二斗淫笑着劝说："智霞妹子，你的人生还很长，只要你现在交代，我马上找太君说情，留下性命和哥享受生活该多好。"这个看似柔弱但内心刚烈的女人，迈着坚定的步伐，轻蔑地看了一眼井上和李二斗，淡淡一笑："善有善报，恶有恶报！今天你们杀了我，日后你们一定会遭到报应的。我死了，千千万万的华夏儿女都会和我一样，成为你们的仇敌，和你们硬拼到底的！等着吧，九泉之下我会看到这一天的。"

李二斗朝手下狠狠地招招手，一个伪警把王智霞推进了坑里，几个伪警同时提锹填土，这个美丽、柔弱却又刚强不屈的女子，在群山环绕的山脚下，走完了人生的最后一步。

王智霞英勇牺牲的消息一传开，震动了苏鲁大地，很快就掀起了新一轮的抗日浪潮。

在贾汪，对零散的日伪军及警察的突袭一时间猛增起来。一到晚上，大街上就极少见到穿军装和制服的人，李二斗更是如惊弓之鸟，不敢迈出大门一步。

但李二斗的动向，无法逃过胡轩宇的眼睛。胡轩宇一边养着伤，一边派人紧紧盯着矿上那个大门。矿洞被毁后，日军压力很大，又陆续从日本国内运进来大批设备，加快修复矿井的进程。从柳泉车站到煤矿矿洞，日军都有严密监视，现在日军的全部精力都放在了恢复生产上。时间一长，镇里的紧张气氛就松懈了下来。李二斗被关了十几天，犹如笼中困兽。他觉得是日军的严密防范，才造成八路军和运河支队四散而逃，又私下派人出镇子巡查，见市面上风平浪静，心里也就放松了。

这小子确实也憋坏了，大烟一断，整天鼻涕涟涟，到最后连伸懒腰的力气都没有了。在身边两个跟班的鼓动下，李二斗决定出去一趟过把瘾，顺便到青楼里逍遥一把。在贾汪镇这里他不敢轻举妄动，他站在岗楼朝外张望，就感觉像有无数双眼睛在盯着自己。最后决定先到柳泉，因为这一路日军巡逻队较多，到了柳泉再坐火车到徐州。徐州城大，那里相对来说就安全多了。

李二斗的一个手下提前租好了一辆马车，那天他特意和手下的人换过服装，带上七个人偷偷摸摸出了大门。八个人都用棉帽把脸捂得死死的。出门后，穿过巷子，上了等在巷口的马车。马车左拐右拐，出了镇子就上了通往柳泉的大路，李二斗这才摘下帽子，畅快地呼吸着野外清新的空气，心里的烦恼消退了一半。

马车快到青山泉的姚庄时，前面是一条小河，桥上蹲着几个人。

李二斗赶紧把棉帽戴上，派一人上前打探，不一会儿派去的人回头告诉李二斗："没啥，几个早上撒网捕鱼的，在卖捕到的鱼，都冻得跟猴儿一样。"

李二斗骂了句"一群傻屌"后，一行人继续赶路。没走多远，从路边的干芦苇丛里冲出两个人，拦住了马车的去路，接着就是两声枪响。李二斗心想大事不好，翻身跳下马车，打算在马车后面躲藏起来。这时，不知从哪里冒出十几个汉子来，将李二斗几个人团团围住。人群里一个面容清秀的年轻人走了出来，李二斗一看，正是卖烟土给自己的胡轩宇，两条腿不由自主地抖动起来。

"李队长，这是要到哪去买大烟啊？为了不耽误你吸烟，我在这里都等你好几天啦。"

李二斗的脸上分不清是笑还是哭，只能杵在原地一动不动。胡轩宇走到他跟前，递上一根烟："提提神吧，估计这些天也憋坏了。"

李二斗接过烟，手抖得厉害，几次都没把火点上，最后还是胡轩宇把火给他点上了。李二斗结结实实地猛吸了两口，情绪才平复下来，开口说："胡老弟，今天真是巧啊，在这儿碰上了，我们兄弟几个去柳泉办个事。"

"人都被你活埋了，还办啥事？"胡轩宇直勾勾看着他。听到这句话，李二斗手里的烟卷"吧嗒"一下掉在地上，嘴里"呜呜喔喔"说不出话来。

胡轩宇又掏出一根，刚对李二斗说完"再点一根，好好回忆回忆"这句话，一阵密集的枪声从背后传来。胡轩宇掏出手枪回头一瞥，一群鬼子正散开队形朝这里冲来。胡轩宇命令战士先下了李二斗几个人的枪支，做好战斗准备。敌人来势汹汹，火力甚猛，胡轩宇指挥大家下沟往北撤退。待枪声渐远，回头再寻找李二斗时，没想到他跑得比兔子还快，已经蹿出百十米远。胡轩宇朝李二斗的身影开了两枪后，带着队伍迅速撤退了。

贾汪煤矿遭受重创，三浦手下的人马被迫回防贾汪。黄邱套出现空档，运河支队的部分主力乘机返回山套，迅速占据了有利位置，准备迎接一年中最为艰苦的冬季。

山套里四时之景不同。

冬天来到了，地上、坡间、山顶，全都褪去了缤纷的颜色，换上一律的灰黄。灰的是田地山坡沟渠墙壁等物，黄的是挂在枝头的树叶，还有一些经霜未枯的草叶。单调的颜色让人沉闷，阵阵寒风又平添人心头的凄苦。鬼子的占领已经到第三个年头。盼星星盼月亮的乡民等来的将是一个更加艰难的寒冬，逃难的人群为活下去而东奔西走，一拨离去，一拨又来。

山套里的游击队同样面临着生存问题，粮食短缺，情报中断，有几次队伍突击出去又被迫撤了回来，派出去的交通员，带回来的都是让人沮丧的消息。之所以会这样，一者因为贾汪煤矿被运河支队偷袭受损严重，日军加大了对游击队的封锁力度；二者日本侵华最高司令官西尾寿造因指挥作战不力，受到日本军部责难，已经传出风声西尾寿造即将被调任回国。此人回国前，图谋作一次最后的疯狂。

驻扎在徐州南的日军北调东移，滕县薛城的日军南进，峄县至台儿庄的日军从山套东北侧开进，对黄邱套地区形成了三面合围。之前三浦大队进山扫荡时建立了大量的据点和碉堡，现在敌人又对山套地区进行梳篦式扫荡，运河支队的生存空间被严重挤压，部队往往在一个地方不会停留超过三天，经常在夜里临时开拔转移，有时还要被迫转移到山套外面。

铜山独立营为了增援山套里的运河支队，从铜山南赶往黄邱套北边。部队在柴沃和龙山之间与敌遭遇，在一座小山坡附近展开拉锯战。双方苦战一天一夜，阵地数次易手。胡轩涛领导的二大队，得知独立营与敌苦战，两次前来支援，都被外围的日伪军队堵在距柴沃五里远的地方不得前进。独立营苦苦支撑，傍晚时分，趁着敌人进攻减弱之际，才撤出战斗。敌人发现后，一路尾随追击，独立营边打边退，顺着山套边沿南撤。撤退中，副营长佟柱康牺牲，另外两位中队长身负重伤，其中一中队长在脱离敌人的追击后因流血过多壮烈牺牲。

支队长孙正义已调任鲁南军区担任副司令员一个多月，邵林峰接任支队长。这个时候，邵林峰和鲁南铁道大队正在峄城、周营、阴平一带与敌周旋。他率领的一大队和胡轩涛率领的二大队，虽然距离仅有五六十里，但一直都在独自作战。周营是邵林峰祖籍所在地，日军知道他领导的队伍行踪后，就派两路人围攻周营，四辆卡车堵在周营的四个角，大量的日伪军把邵林峰的部队堵在了里面。邵林峰熟悉地形，镇定地指挥战士们利用有利位置阻击敌人。日军拉出四门小钢炮，一阵猛轰，再次发起进攻。在炮火掀起的硝烟中，战士们英勇作战，击退了敌人一次又一次的进攻。战斗从下午一直打到天黑，外围的敌人耐不住性子，正准备重新组织炮火的时候，却发现邵林峰带领的人马竟然消失得无影无踪。敌人在全村进行一整夜的搜索后，才发现奥秘所在——邵林峰的祖院里，有一棵弯槐树，旁边有一个深井，井壁上凿一通道，直通到村外。

战士们就是通过井中通道突破敌人围攻，巧妙地跳出了敌人的包围圈。

27

胡轩涛率领的二大队处境更为艰难，几个中队分布在三片狭小的区域，生存空间不断受到挤压，缺衣少食是常事，受伤的队员也不能及时获得药品。

夜深人静时，张宏彪、杜立忠、于顶、葛石头等一批队员都会围拢在胡轩宇身旁，听他吹《松花江上》《毕业歌》《前进歌》等歌曲。最后，胡轩涛也围了过来，托着下巴静静地倾听。

放下口琴，胡轩宇清了清嗓门，低声吟唱起《热血歌》来。

> 热血滔滔，像江里的浪，像海里的涛，
> 常在我的心头翻搅！
> 只因为，国耻未雪，积恨难消！
> 四万万的同胞啊，我们要洒热血去驱逐东来强盗！
> 热血熔熔，像火焰般烈，像朝日般红，
> 常在我的心头汹涌！
> 一心想，恢复国土，复兴中华，
> 四万万的同胞啊，我们要洒热血去为民族争荣光！

胡轩宇每次唱完《热血歌》，身边的汉子个个眼眶里都闪现着晶莹的泪花，没有人叫苦，没有人呻吟……在胡轩涛、胡轩宇的教育和鼓励下，运河支队的战士们不但没有被饥寒交迫和艰难困苦吓倒，思想意志反而高度统一，抗敌士气更加高昂。遭到重创的独立营回到了原来铜山和邳县交界处，剩下的部队在胡轩涛的指挥下，遵循"敌进我退，敌驻我扰，敌疲我打，敌退我追"十六字游击战方针，围着黄邱套北部山区转着圈与敌人周旋。

此时的黄邱套已完全被敌人占领，敌人在各个山口又设置了据点，目的就是防止山外游击队重新回到山套。胡轩涛几次意图进山，均被敌人挡在了山口。不得已，胡轩涛带着队伍朝北向台儿庄行进，没想到赶到运河边，事先联系好的小船不知所终。危急时刻，胡轩涛想到了位于涧头集附近的一个人来。

这个人，就是韩世仲。

队伍到了离涧头集还有十几里路的巨梁桥村时，却被盘踞当地的红枪会头目刘召顺拦住了去路。刘召顺就是巨梁桥村人，随他哥干了几年土匪，后来嫌土匪名声不好听，政府又不待见，经政府军几次围剿仅剩下几十号人后，就效仿周围的人组建了红枪会。韩世仲占据周边区域后，刘召顺见他有官方背景，于是见风使舵，表示愿意听从韩的指挥，但其实还是独来独往。韩世仲也看不上这支队伍，就对他睁一只眼闭一只眼。刘召顺为了保全自己，暗中脚踩两条船，又和刚换防到此处的日军秋山队长眉来眼去，自己手里的武器大部分还是秋山那里淘汰下来的。

巨梁桥村的运河，还有一个名字，叫韩运河。大运河在邳县西北分岔走两条线，北线走台儿庄，过涧头集，最后在韩庄进入微山湖；南线经塔山、大吴，穿过贾汪徐州之间，顺着微山湖南岸再斜向西北，南线为主运河。巨梁闸是运河上南北通道的必经之处，现在刘召顺扼守此地，胡轩涛派人前去隔岸沟通，没想到刘召顺二话不说，一枪就击伤了我方人员。胡轩涛虽然十分气愤，但考虑到附近的敌人众多，如果强攻，一旦刘召顺叫来鬼子，麻烦可就大了，便强压怒气，命令队伍回到熟悉的老地方。

胡轩涛采纳众人建议，带着队伍转而向南行进。

他们刚离开不久，由南向北转移的运河支队的部分人员却在巨梁桥村被刘召顺捕获，被捕人员中有运河支队的干部、战士和交通员，其中包括运河支队二大队的政治处副主任陈章汉、滕县六区区长李子良、手枪队队长沙云津，还有一名女战士。这些干部和战士，是在库山突围后走散的人员。三十人被关押在一间屋子里，过了两天，一名战士被"保释"出去后，事情突然发生变化，刘召顺把秋山队长也请来了，开始对捕获人员一一过堂。

陈章汉双手被反剪，身体悬空挂在两根横木上。他头低垂着，下巴的血滴已经凝固。刘召顺拽着他的头发往上薅，问："从这两天对你的观察，知道你是个八路的头头，说，你们的大头是谁？人在哪？"坐在不远处的秋山面无表情，冷冷地看着二人。

陈章汉眯缝着双眼，嘴唇嗫动着，声如游丝："你们别费这个劲儿啦。你们也别再问他们了，在这里的只有我知道情况，我不说，你们啥也别想得到，如果你们想知道，那把他们放走我再说。"

刘召顺抬手就给了陈章汉一记重重的耳光："你他妈的当我是憨熊啊，你说出来才能保你自己的命，这时候还他妈的假惺惺地装好人！"

翻译给秋山说了一遍，秋山脸上稍微动了动，仍没有开口。

刘召顺拿起一根棍子，捣向陈章汉的腹部。陈章汉疼得张大嘴巴，脑袋猛地一下垂了下来。

几个手下把人拖走，又换了一个，这次是区长李子良，他已经多次受刑。刘召顺知道从他嘴里也掏不出东西，为了在秋山面前表现一番，就按住李子良的头，问："老子就问最后一次，说还是不说？"

李子良的头猛地朝刘召顺撞去，刘召顺来不及躲闪，眉骨被撞了个正着，顿时血顺着刘的鼻梁往下淌。刘召顺气得哇哇直叫，拿起棍子就朝李子良身上死命地砸去。李子良的额头、脸颊、脖子和耳朵，都在往外渗着血。刘召顺手中的棍子最后被秋山拦了下来。他见秋山冲他摇摇头，就骂着换人。

下一个是一名女战士，刘召顺看着长得白白净净的女战士，先随便问了几个问题，女战士都应对自如。刘召顺心里清楚，再问下去也纯属是浪费时间，便笑嘻嘻地说："咱谈点实际的，我知道你在八路那里也是混日子的，在八路那边应该很苦吧？过那种日子有啥狗屁意思？你看这样，以后跟着我吃香的喝辣的咋样？放心，我刘召顺对你是明媒正娶，怎么样？"

女战士破口大骂："你还是回去娶你娘娶你妹去吧，畜生，连狗都不如。"

刘召顺淫笑着，伸手就摸了女战士的脸颊，没想到女战士照着他的脸就吐了一口，气得他对着女战士的胸口就是两拳。

翻译在秋山耳边嘀咕了一阵，最后，秋山站了起来，阴森森地对刘召顺说："不必要了，结束吧。"

一行二十九人被押到运河岸边，突然，一名战士因不愿忍受日军押解屈辱，趁敌人不注意，奋身跳入运河，在翻滚的河水中渐渐消失了。

剩下的二十八位支队战友，一个个被绳子串绑着押到巨梁桥上，站在桥头的鬼子手拿刺刀朝他们身上捅去，捅完一个就将倒下的身躯抬起，扔到河里……二十八位战友没有一声哀号，用轻蔑的眼光看着侵略者，用挺拔的身躯迎接鬼子的刺刀。英雄殷红的鲜血汇入奔腾不息的运河水，不停地向前翻滚着，浮起又沉没……立于岸边的百姓，有的昂首满腔悲愤，有的低头暗自流泪，更多的则是闭上眼睛，把这些战士临危不惧的壮举铭记于心。运河水似大地汇聚起的泪珠，悲愤激荡地流动着，伴随着运河之子——英勇的战士们漂向远方，直到他们心中永久的圣地！

克服重重困难，胡轩涛和孙振龙把队伍带到了江庄附近的引龙河两岸。他们选中这个地方，主要考虑到该地域河道多，浅滩广，芦苇荡纵横密布，便于藏人藏枪。

队伍安排妥当后，胡轩涛决定再进贾汪镇，侦察敌情。

胡轩涛直接来到邵金强所在的院门外敲了几下门。房门从里面被拉开，一个三十不到的年轻人站在面前。

"你找谁？"

"我找邵金强，我是他的老朋友。他不是在这个办公室吗？"

对方笑着说："他现在升为我们所长了，我带你去吧。"

胡轩涛点点头，跟在后面朝里走去，来到一门前，此人朝里喊话："邵所长，有人找！"

随着一声"进来"，胡轩涛推门进入。一阵忙乱后，邵金强立马热情地为胡轩涛让座倒水："轩涛，有好一阵子没看到你人了。"

"到丰县、沛县绕了一圈，又到萧县濉溪去了一下，跑了这一圈蚀本不挣钱，虽然认识了一些人，但一根毛都没挣到，这都快过年了，没办法，还是回来吧。"胡轩涛端起杯子连喝了两口，环顾一下办公室四周，然后放下杯子，说道，"不错嘛，升啦？"

邵金强摇摇头，苦笑道："这还算事儿啊，每月就多一百日币，也就是多买两袋面的钱。哪能像你，身子晃一下，抖掉的钱渣子都比这多。"停顿了一下，邵金强接着说道："前一段矿上不是出事了嘛，死了不少人哪！三浦让我们搜查，人都跑光了，啥球人都没有。到最后就抓了两个小偷，每人打了一顿就给放走了。没想到放的这两个人，还他妈的放错了，矿上做饭的人对日本人说，那天进矿的和两人中的一个长得像，说的净是些胡扯扯的话，谁打死日本人还留在这里呀？那两个憨熊一看就不是正经人，我们才用棍子捣几下，就竹筒倒豆子了。两人是西堡那里的，前两年伙同其他人抢了几个大户，还打死了一个女的，反正和矿上没啥球关系，我们所长就把人放了。没想到井上第二天竟然带着宪兵队前来要人，这下子就麻烦了，所长也被撸掉了，我这也是弯腰提鞋，一不小心捡了个金元宝……"

"打住！"胡轩涛把手掌一下子推到邵金强面前。邵金强十分惊讶，看见胡轩涛的两个眼睛直直地盯着自己，便问道："咋回事？"

胡轩涛晃晃脑袋，脸色严肃起来："你再把刚才说的那两个小偷细说一遍！"

邵金强纳闷起来，起身从柜子里拿出一个档案卷宗，递给了胡轩涛。胡轩涛赶紧抽出里面的记录，仔细地看了起来。胡轩涛越看眉头皱得越紧，邵金强忍不住问道："有什么问题吗？"

胡轩涛先抬头望了一眼房顶，平复一下心情后才说道："这两人极有可能就是杀我大姐的土匪。"邵金强大吃一惊，看着胡轩涛把事情的经过详细地谈了一遍。最后，邵金强捶胸愤恨不已，咬着牙说："我真他妈该死，早知道就直接交给你得嘞。"

邵金强又把两个人的特征详细地描述出来，再看胡轩涛的胳膊不停地抖动着，满脸怒火。邵金强赶紧把水杯递到胡轩涛手里："喝点水，也不一定就是这两个人干的，你先别急，这事咱慢慢查！如果需要人手我来指派，这也是我职责分内的事。"

过了好一会儿，胡轩涛才恢复情绪，开口问道："最近见到相川了吗？"

邵金强想了一阵后回答："感觉有一阵子不在贾汪了。他好像和日军上面的人比较熟，这个彭队长也应该清楚。"

"行，孩子和弟妹咋样？"

"都还不错，你要是有时间，到家里坐坐，你弟妹经常念叨到你呢。"

"换个时间吧！"胡轩涛一口喝尽杯子里的水，起身告辞。等胡轩涛转过弯不见了人影，邵金强心里还在犯着嘀咕。

贾汪到柳泉三十多里地，胡轩涛和张宏彪半天时间就赶到了家里。

胡轩涛和妻子吴瑶一起跟父母打过招呼后，转身进了西院。院子里，姐夫正在修理衣柜，玲子在里屋看书。看见大舅进来，玲子欢快地跑了出来："大舅，这时候你咋回来了？"

胡轩涛没有直接回答外甥女的话，笑着问："过了年，我把你送到徐州去读中学吧，女孩子也要把书读好啊。"

"好啊，好啊，我也要像小舅一样读很多书，然后到大城市工作，挣好多钱给大舅花。"玲子一双水汪汪的大眼睛，欢快地看着大舅。

胡轩涛捏了一下玲子的脸蛋，甚是欣慰："好啊，玲子懂事了，这事大舅一定会放在心上的。"

姐夫赵林生放下手里的活计，起身去倒水，被胡轩涛拦住。胡轩涛对玲子说："玲子，你进屋，我和你大说几句话。"

玲子进自己房间，把门轻轻掩上。胡轩涛、吴瑶和赵林生又到了另一个里间，胡轩涛问："你们西堡有没有叫薛洪峰、薛景山的人？"

赵林生略一沉吟，摇摇头："我们那里赵是大姓，姓薛的没几家，咋？你咋想起来问这个？"

"你先别说话，我来说。"胡轩涛示意赵林生坐下来，"下面我说你回忆，叫薛洪峰的人，四十来岁，络腮胡，个头和我差不多，长得比较壮实，说话有点嘟噜。叫薛景山的人，三十多岁，个子比你高点，小眼睛，身材也不瘦，但这个人右眼靠耳朵那个地方有一块青疤，有蚕豆大小。"胡轩涛一边说，一边看着赵林生的反应，赵林生明显在顺着他的叙述努力回忆着。

胡轩涛的话刚说完，赵林生似有所悟："对，我们村是有这么两个人，那个个子高、脸上有疤的人，我记得他是姓薛，但好像不是你说的那个名字啊。"

"这个我能想到，我为啥特意跑回来跟你说这两个人，他们可能就是杀害我姐的人。"胡轩涛说出了事情的原委。

赵林生闻言猛地站起身，快步在房间里转了两圈儿后，回身说："我印象中，那个叫薛景山的应该叫薛景林。另外一个应该是他的堂叔，因为他辈长，我不清楚他叫什么名字，他那个堂叔早年在微山湖干过，具体弄啥我不清楚。他们姓薛的在村子北头，我们在村子东边，村子大，有时碰到了熟面孔也就是点点头打打招呼。"

胡轩涛起身说："这件事，咱家就你们两个知道就行，谁也别说，玲子更不能告诉她，等我把事弄清楚了，会和你们说一声的。"

吴瑶点了点头。赵林生有点担心，问："要我跟你一块去吗？"

"不用，你把家里和玲子照顾好就行了。"胡轩涛推开玲子的房门，"小玲子，大舅走了，过一段时间，我联系好中学，就送你去上学。"

"好的，大舅。"玲子和吴瑶、赵林生一起，目送胡轩涛走出院门。

西堡村，是紧挨着津浦铁路南北狭长的一个村庄。村里住着一百多户人家，薛姓是小姓，仅有十一二户。近几天胡轩涛派人先到村子里摸了一圈，知道两个人都不在家。腊月二十三是"祭灶"的日子。农村人对"祭灶"有一个说法，这天灶神要"上天奏好事，下界保平安"。这天，也是春节的开始，因此在乡下这一天特别受重视，在外的人只要有可能，都会赶回家吃顿饭，然后一家子就准备过大年了。薛景林是中午到的家，回来时，手里拎的肩上扛的，满满当当。一大家子见他回来，搬凳子的搬凳子，端水的端水，薛景林一副太上皇的姿态，在家里老小面前吆五喝六。屋子内正喧嚣热闹着，薛景林突然听到屋外有人叫自己名字"薛景林，薛景林"。

"你看看，这事儿真多，这凳子还没焐热就有人来找。"薛景林有些得意地对家人说道。

出门一看，只见两个年轻人抬了一只杀好的肥羊站在门外。薛景林心里一喜，问："你们这是？"

站在前面的年轻人满脸恭敬地说道："你是景林大哥吧，这不是该过年了嘛，俺家老大让我们送只羊过来。"

"你们老大？"虽然嘴上询问，但薛景林心想，这个时候来送东西，肯定是自己的朋友。

"杨全武。"

薛景林一听，连连"哎呀哎呀"个不停："这全武大哥也真是，这哪该他先到我这里，我应该先去看他呀，你看看这事办的。"

二人把羊抬进院子。一人说："景林大哥，我们老大想请你去坐坐，就在他家，地方你都清楚，今天他还特意把你们这些老弟兄都喊上了。你一去，肯定都认识，你看是跟我们一块去，还是让我们老大过来请你？"

薛景林指着年轻人说："你看你说的啥球话，好！今天这个祭灶就在大哥那里过吧，那咱走吧，哦，咱咋去？"

"马车就在路口，哪能让你走路奔过去啊，就是这里小道太窄，马车进不来。"

"那走吧。"

"走！"

薛景林没有和家里人打招呼，膀子一甩就走了。马车穿过铁路，朝正西方向赶。才走了一会儿，薛景林看看周边，忍不住问："全武大哥家不是在大冯吗，咱咋往西走啊？"

赶车的人回答："景林大哥，你说这话，说明你有一阵子没见到我们老大了吧！他又娶了个小的，怕大的闹，就在西象那里又安了一个家，反正两个地方也不远，就两头跑呗。"

薛景林连连称赞："西象那里我知道，哎呀，全武大哥还是身体好啊，都五十多了，还有这个劲头。"说完，不无艳羡地笑了起来。

马车顺着微山湖边的河堤小道，一路向西。快到西象村口时，就听见远处响起了一阵鞭炮声，薛景林又"哎呀"上了："全武大哥是个讲究人哪，要不然能当老大吗！"薛景林下了马车，撇下三人，径直朝前面的一群人走去。

轩涛、轩宇兄弟两人迎了上来，并连连寒暄："景林兄弟来了，咱老大正等着你呢。"

薛景林只当二人是杨全武的手下，自然毫无疑心，人随着胡家二兄弟就进了屋。刚推开大门，一阵寒风掠过，掀起了挂在房梁上的几条白纱，整个屋子里没有酒肉满桌，反而摆设了一个大大的祭台。祭台上，两根白烛忽闪着火苗，几根残香散发着蓝焰。他一头雾水，怔怔地看着旁边的人。没想到身后的两个壮汉，一脚将其踹跪在地，把他上身捆得密密扎扎。薛景林大惊，高声喊叫："叫全武大哥出来！"

胡轩涛站在祭台旁边，朝门外大声喊道："人都带进来！"

从房门外押进来五个人，薛景林抬眼一瞧，竟是自己的堂叔、三个跟自己多年的兄弟，最后一个就是杨全武。几个人都被五花大绑，挨个跪在灵位前，薛景林看看灵位上的名字"胡轩莺"，一脸疑惑。

胡轩涛说话了："薛景林，今天你们哥几个都到齐了，你自己瞅瞅，这牌位上的名字。胡轩莺是我大姐，三年前你们闯到柳泉我家里打劫，还记得吧？你们抢了那么多东西不说，竟然还动手杀了我大姐。你来之前，这几个都交代了，今天叫你来，知道是啥意思了吧？"

薛景林的脑袋"嗡"的一下，没想到这事都过去三四年了，竟然还有人在这里惦记着，心一下子揪了起来。他瞅了旁边的几个人，心里明白了，接着骂道："王八蛋，这事都是我一个人干的吗……"

"他们就没有必要再和你说了。明确告诉你，我就是这个牌位上亡者的亲弟弟。"胡轩涛冲着几个人大声吼道。

几个人同时张大嘴巴，一脸震惊。

"我们八路军按道理说不应私设公堂，但你们的所作所为和鬼子有什么两样？家仇不报，何以解国难？况且，你们几个不仅杀了我姐姐一个人，还杀了其他四个人，打伤致残五个。老子不指望你们这些人和我们一起共同对付日寇，但你们也不能祸害老百姓吧？！"胡轩涛怒目圆睁，额上青筋绽出。

站在胡轩涛身后的轩宇，钢牙紧咬，双目喷火。他看看牌位，又看看这些人，双手攥成了拳头。胡轩涛拍拍弟弟的胳膊，说："今天人找到了，也算是给大姐和其他受害者一个交代。"

跪着的人一听，顿时如丧考妣哭叫起来，一个劲儿地求饶。最后胡轩涛面无表情地来了一句："口渴喝盐水——徒劳了！我已经把你们六个人这几年杀人越货的累累罪行向上级做了汇报，上级已经做出决定，今天由我们兄弟两个执行。"

跪着的几个人自知难逃这一劫，都停止了哭声，开始极力狡辩，但在众人的斥责中，六个人渐渐没有了声息。

六个人随即被拉到微山湖边，执行了枪决。

胡轩涛和胡轩宇双双跪在大姐灵位前，胡轩涛沉默不言，胡轩宇泪流满面，兄弟二人跪了许久没有起身。天黑下来后，在众人的劝说下他们才起身离开了西象村。

队伍刚回到引龙河边，交通员就送来一份上级指示：知悉支队近期困难，更需要坚定信心，与敌人灵活周旋，坚持斗争。鉴于当前严峻形势，支队需要抽出部分兵力补充减员严重的二旅五团。

交通员还告诉胡轩涛，由于上级一时无法联系到二大队，一大队活动区域接近二旅所在位置，一大队的大部分兵力已抽调至二旅。罗政委要求运河支队扩大斗争范围，力争在较短的时间内补充人员，把微山湖和黄邱套连成一个整体。

罗政委的指示和胡轩涛的想法不谋而合，现在黄邱套已被敌人占领，队伍重回山套困难重重。微山湖区和山套地理特征不一样，但范围更广，和敌人周旋的空间也就更大。倘若能和湖上其他抗日力量取得联系，则可能在短时间内建立一个长久而隐蔽的根据地。

但要把微山湖和黄邱套连成一片，就绕不开韩世仲的地盘。

胡轩涛暗自心里盘算，自己与韩世仲毕竟是两个阵营里的人，联手合作必须首先打消他的顾虑，同时也应该照顾他的利益。胡轩涛正在思考该如何与韩世仲商谈时，交通员突然传来了一个消息——日军纠集了三四百人的队伍，对韩发动了正面攻击。无奈之下韩世仲的队伍被迫从涧头集北边往东转移，韩部占据的区域正好位于黄邱套西侧。

同处一区域，面对共同的敌人，胡轩涛一番权衡后，写了一封信，派人送给了韩世仲。

韩世仲看到来信后，回复欢迎胡轩涛前来商议。

胡轩涛一行五人坐着马车到涧头集东南的徐楼后，再换作步行，来到韩世仲的驻地。眼前没有高屋明瓦，只有一些凌乱的草屋散布田间，不少伤病员靠在墙角晒太阳，垂头丧气的样子落魄至极。胡轩涛在传令兵的带领下，走进了韩世仲的住所。

二人坐定后，胡轩涛直奔正题："韩司令，今天前来就为一件事，老哥我近段时间日子过得可不顺啊，被小鬼子挤兑，胳膊腿有点展不开，胳膊一弯就碰到你了。咱兄弟也不是外人，日子都不顺当，你让个角，我拐个腿也就过去了。目的就是想在你这里借个道儿。"

被鬼子压得伸不直脖子的韩世仲，没有了往日的盛气，听胡轩涛说完，长长地叹了口气说："要说我帮你，眼前还真有点困难，在涧头集我本来吃的喝的都没问题，但现在那个叫藤原的人正睡在我床上，咋弄？"这句话把胡轩涛问住了，他问韩世仲："藤原是谁？"

"三浦大队下面的队长，这小子很有一套，先哄后骗再打。我是真没想到，我的两个连都被他撬走了，幸亏被你们放回来的贾继龙发现了。要不然，我这一百多斤都得喂藤原那条东洋狗了。今天不是我故意为难胡兄你，这口气你如果能帮我出，咱兄弟日后啥事都好说。"韩世仲抛出个难题。胡轩涛也清楚，这老小子最近过得不顺心，吃瘪后又一时没有好的办法，对自己提出这个要求，目的就是想借力打力。

"没问题，老子来剋他！"

胡轩涛没有太多顾虑，一口答应了韩世仲的要求。

　　和韩世仲会面后，胡轩涛更清楚地知道了韩的处境。无论怎么说，1942年才刚刚开始，抗日正面战场上，国民党军队依旧发挥着作用，尽管在微山湖到黄邱套一带，日伪、国军与运河支队三支力量犬牙交错，但韩世仲的影响力仍不容小觑。

　　胡轩涛决定，死杠藤原，给韩世仲出口恶气，目的就是逼他退出一部分地盘，打通微山湖和黄邱套之间的联系。

　　涧头集不大，位于苏鲁两省交界处，过去属于三不管地带，周边的县级政府从没有正眼瞧过此地。自从日军掌控了津浦路沿线的矿产和交通，偏僻之地的涧头集一下子热闹了起来。土匪、枪会、顽军和游击队多方势力轮番上阵，你方唱罢我登场，但各方彼此心里都跟明镜似的——想控制此地，绝非探囊取物。

　　现在，韩世仲丢了涧头集，他的尴尬处境，胡轩涛心里十分清楚。

　　按照约定，韩世仲的亲信营长贾继龙找到胡轩涛。胡轩涛对贾继龙说了自己的想法，虽然贾继龙有点将信将疑，但还是同意了。三天后，贾继龙带两个人先潜入涧头集，胡轩涛从警卫队抽出十几个精干人员也随后抵达。

　　镇子里的房屋错杂散乱，中间的小路更是七弯八曲。镇上最热闹的地方，是北边靠近运河的三岔路口。此地有一个百米见方的小市场，一东一西各有一家餐馆。在西边的一家餐馆里，贾继龙通过原来的下属，把留在镇上被迫投靠藤原的两个连长叫了过来。

两个连长一个叫岳毛靳，一个叫任德庆。之前胡轩涛从贾继龙处得知，二人其实还是有爱国心的，只是藤原在攻击韩世仲部时，前面的队伍撤退得太快，他们所带的两个连在后面防守，正准备撤退时，前面的队伍已经没有了踪影。两人乱了阵脚之时，日军和他们的队伍搅和在一起，继续抵抗的结果只能是伤亡更大，撤退又无路可逃，最后只能缴械投降。

　　几个人围坐在一起，两个连长看见自己的营长，虽然有些尴尬，但心中更多的还是惊喜。任德庆先开口问道："营长，你这时候咋还敢到这里呀？前天，藤原到西边张山子那里剿匪去了，要不然我们也不敢出来呀，现在镇上还有一百多号鬼子呢。"

　　贾继龙看了一眼胡轩涛，笑着对两个连长说："这位是韩司令的老朋友，今天来是受韩司令委托，有点想法想和你们聊聊。"

　　两人一齐转脸，同时把目光投向胡轩涛。胡轩涛点头示意后，缓缓说道："韩司令过去和两位在同一个锅里吃过饭，对你们现在的情况十分关心，这次受韩司令所托，前来看看二位。"说着胡轩涛拿出两个小布袋放在桌上："这是韩司令的一点心意，每人三十块大洋。过去二位是韩司令部下，韩司令说自己对二位照顾不周，这次他托我前来表达歉意。"两人一听，脸上顿时挂满了感激涕零的表情。

　　胡轩涛望着两人，声音低沉地继续说道："韩司令心里始终挂念着你们，他说如果在这边待得不顺心，随时可以回去，他的大门一直给二位敞开着。他说你们也没做错什么，那种情形下你们也是迫于无奈。"

　　两袋银圆堆在桌子上，谁都没去碰，甚至连余光都未在上面停留，岳、任二人都流下了眼泪。岳毛靳用袖子抹了一把泪水，红着眼说："韩司令也够难的，本来他是可以随李明扬总指挥往灵璧泗县撤的，就是考虑到我们这些兄弟都是本地人。韩司令做人真没话说，平时他吃啥咱也吃啥，从没亏待过我们这些部下。今天你们来了，我们听到韩司令没啥事，心里就踏实了。说实话，哪个王八蛋愿意跟在日本人后面干事，那是对不起八辈子祖宗的啊！"

　　"老哥，别伤心了，这不是韩司令派人来了嘛！你想走，俺也想走，你看下面咱俩该咋弄？"任德庆安慰岳毛靳，顿了一下，他又对胡轩涛说："不是我们不想走，我们弟兄两个天天在一块说这个事，但往哪走呢，韩司令在哪俺也不知道，周边哪里有日本人更不清楚，走错一步，就步步错，事情万一没成那得害死多少兄弟，真不敢动啊。"

胡轩涛看了一眼贾继龙，假装面色沉重地说道："贾营长，这事重大，我看还是先和韩司令沟通一下，稳妥些比较好，我们马上回去找韩司令。"

贾继龙摆摆手，转脸看着两个连长："时间恐怕来不及，如果你们说的那个藤原一回来，你们想走都难，我看我们要商量一个稳妥的办法。来之前，韩司令特意交代我，既不要为难自己的弟兄，还要保证弟兄们的绝对安全。"

两个连长一听，心里一下子急了起来："还是尽快吧，他奶奶的，这个鬼地方一天都不想待了。"

"好好，你们说得也对，当断不断反受其乱，我有个想法……"

"快说吧，我们听你的！"

"好！"

时机成熟，胡轩涛这才把计划和盘托出。

在涧头集西边三里多地的张楼，十几个人藏在芦苇荡里，等着前来"围歼"的敌人，他们是作为诱饵，接应出逃的岳毛靳、任德庆两个连的。和胡轩涛、贾继龙分别后，岳毛靳、任德庆两人立刻找到驻涧头集的日军小队长川崎，向川崎小队长汇报原来部队派人前来商议出逃一事，并把计划如实地向日军山崎小队长说得一清二楚。

川崎小队长向藤原汇报后，藤原命令留下韩部投诚过来的一个连在镇上，另一个连前往约定地点，由川崎小队长带队一同前往剿灭接应的小分队。奸诈狡猾的藤原心里琢磨着，就是岳毛靳、任德庆两人真有心想跑，也只能跑一个，如果一个连被卡在镇上，另一个连也不敢轻举妄动。

岳毛靳带着百十号人走在前面，川崎带着四五十号鬼子跟在后面。鬼子队伍没有举醒目的太阳旗，让人感觉这就是一整队伪军。快到张楼北边芦苇荡时，从芦苇丛中传来一长一短两声青蛙鸣叫。

岳毛靳佯装解手走进芦苇丛中，被人领到胡轩涛面前。他赶紧向胡轩涛说："有变化，任连长没有出来，队伍后面还有几十号鬼子跟着呢，咋办啊？"

胡轩涛拍了拍岳毛靳的肩膀，轻声说："一泡尿憋不死活人，我们对这个意外是有考虑的，你不用担心，马上回去，等这边枪一响，你们的人就赶紧下坡朝芦苇荡里跑，后面的事我们来解决。"

岳毛靳边系裤腰带边走出芦苇丛，回到队伍里，刚和手下的人交代完毕，后面就传出来一声枪响。岳毛靳的队伍急忙冲下河沟，愣在路面上的日军一下子暴露出来。密集的子弹从芦苇丛中射过来，日军被打了个措手不及，还没来得及隐蔽就死伤大半，川崎当场就被击毙，剩下的鬼子一看形势不妙，掉头就往回逃，前面的路两边各有一挺机枪在等着他们。半个钟头后，激战结束。

涧头集内，任德庆带着队伍也在悄悄行动，他们顺着小树林往南走，来到一条东西向大路时，被一队日军拦住去路。日军身后还有一百多个伪军，看样子已经做好了战斗准备。任德庆一看，认为事情已经败露，就对自己的人说："今天就是拼上性命也得冲出去，反正回去也是死，都给我听着，今天谁敢后退一步，老子第一个就毙了他！"

任德庆这边先开了枪，对方展开攻击，双方皆半步不退，战斗异常激烈。敌人还使用上了迫击炮，任德庆这边伤亡开始加大。形势万分危急，眼看任德庆就要抵挡不住鬼子的攻势时，只见敌人背后突然枪声大作喊杀震天，一支部队冲了过来。

韩世仲带的接应人马到了。

任德庆一看高高飘扬的青天白日旗，激动得热泪满眶，撸下军帽，一把掼在地上，起身怒吼道："弟兄们，韩司令来救我们了，都给我冲啊！"话音未落，就见任德庆身子一晃，倒在了地上。

日伪军遭到前后夹击，死伤惨重，四散逃去。

韩世仲跑到任德庆身边，揽住浑身被鲜血浸透的任德庆，高喊着他的名字。此时的任德庆无力地耷拉着脑袋，嘴里不停地冒着血沫子，嘴角微微抖动，韩世仲把耳朵贴上去才听到他断断续续哝嚅着："韩……司令……我对不起……"韩世仲泪流满面，大喊着："兄弟，都怪我呀，多转了一点路，就让你弄成这样啊。"

任德庆抓着韩世仲的胳膊，摇摇头，慢慢地闭上了眼睛。韩世仲忽地站起，赤红着双眼，对身边的卫兵吼道："给老子传令下去！能多杀一个就给我多杀一个！这些王八蛋，一个也不要留！"

韩世仲带领卫队进入集镇，和赶来的胡轩涛等人正好在镇北相遇。看到贾继龙和岳毛靳安然无恙，韩世仲快步向前，伸出双手和胡轩涛的手紧紧握在一起，感慨地说道："胡兄的胸怀真是阔大，和你的坦荡相比，我韩某人感到汗颜哪！"

"同是中国人，都为打鬼子，韩老弟就不要再分你我了。"此时的胡轩涛，也是感慨万千。

涧头集周边的枪声渐渐平息，韩世仲邀请胡轩涛到司令部一叙。众人走进司令部，韩世仲看到太阳旗还没撤下，回头对卫兵说："快把那个尿裤子旗（日军旗帜）给老子烧喽，现在老子看见红色就头晕。"

"那我们的旗都是红色咋弄啊？看样子韩司令心里还是有点……"胡轩涛在旁边点了一下。

韩世仲猛然顿悟，连连赔着不是："胡兄，对不住，对不住，我这是无心之言啊！"他指着自己胳膊上的斑斑血迹："你看到了，这是我手下弟兄的血啊，所以心里有点那个。"

"只要韩司令不是那个意思就行。"胡轩涛爽朗一笑。

韩世仲、胡轩涛两人对接下来双方部队的防务作了简单讨论，双方均同意给对方方便和支持，休整一段时间后，再共同打击黄邱套山区的日伪军，力保运河南岸大片区域的安全和稳定。

取得了韩世仲的信任，胡轩涛的目标是按照上级要求，在微山湖及周边地区站稳脚跟，建立根据地。

微山岛，是微山湖中最大的岛屿。传说岛上主峰曾有金凤凰栖落，金凤凰是吉祥幸福的象征，能保佑岛上风调雨顺，鱼虾满仓。岛上的人生活富足，也因此引起岛外人的嫉妒。传说一天早晨，几个悍匪泅渡进岛，欲劫走金凤凰，岛上人拼死搏斗，无奈柔弱良民难敌凶残悍匪，最终金凤凰还是被悍匪装进竹笼。不承想竹笼起火，金凤凰展翅高飞，高飞的金凤凰却留下了一个金蛋，沉入山下。过了一段时间，天降暴雨，湖水迅猛上涨，整个岛屿眼看就要沉入湖底。这时，沉入山下的金蛋化作一艘金船和一位神童。神童稳稳驾着金船，劈波斩浪，稳住了小岛，岛上的百姓又过上了幸福生活。

微山岛东西长十里，南北宽五里。自有官方记载以来，岛上一直都有驻军，先是看管流放人员的牢军，后来又换成了水军、水警、警察，再到抗战以来的伪军和日军，其间游击队也曾两度占据全岛。

春节前，岛上的伪军多次被铁道游击队袭扰，如惊弓之鸟，几十个人就像母鸡孵蛋，一步也不敢迈出据点。驻岛的伪军形同虚设，后来日军干脆把伪军赶跑，派了三十个精壮士兵上了岛。

胡轩涛带领一个中队，悄悄摸进了黄山岛上的黄山村。该村距离利国镇十里路不到，村子西头紧靠着微山湖畔。

春雨淅淅沥沥地下了四天。

雨停后，气温缓缓回升。吸足了水分的小草一下子变绿了，湖边的芦苇开始长茎拔节，夜深人静之时，似乎都能听见嫩芽发出的"咔吧咔吧"的长节声。刚长出的嫩叶在暖风中摇摆，像羞涩的小姑娘不停地卖力跳舞。才儿天时间，宽阔的芦苇荡已经变得满目青翠，郁郁葱葱。雨前雨后两重天，神奇的大自然又开启了新的生命轮回。

胡轩涛站在岸边，出神地凝视着橘红色晚霞映照下的波光粼粼的湖面。脚下不远处，鱼儿不时跃出水面，激起的波纹一圈一圈荡漾开来。百十米外，身姿轻盈的水鸟疾风般掠过湖面，翅膀擦着湖水扬起一串串水珠，如同雨雾在空中飘洒。

眼前的景色宁静迷人，胡轩涛的心里却不平静。

三年多来，他和弟弟轩宇，还有战友们在血雨腥风中出生入死。为了打鬼子保家乡，筚路蓝缕，队伍的建立是何等艰难！一次又一次与敌人的较量，是何等的惊心动魄！不长的时间里，身边多少战友倒下，多少次伤心落泪，他已经记不清了！后来在八路军一一五师领导下，内心更多的是坚定，更多的是责任。先前自己是一名军人，但仅仅是一名军人，这几年，才真正拥有了军人应有的胆魄与信念。面对危局时，有了更多的冷静与智慧！此刻的他，触景生情，思绪万千——脚下这片养育千千万万同胞的美丽土地，眼下还在遭受着日寇的摧残蹂躏。无数的同胞，仍然过着牛马不如、朝不保夕的生活。为了对得起那些流血牺牲的战友，对得起祖先留下的这片土地，即使哪一天他自己倒下了，也无怨无悔。

这个刚强的汉子此时已泪流满面，他想到了突遭不幸的大姐，想到了枪林弹雨中跟随自己不幸牺牲的林玉山、范月银，想到了坚强不屈的王智霞，想到了带着独立营与敌人拼到最后的佟柱康……

暮色四合，胡轩涛振臂一挥，仰天一声长吼。吼声掠过湖面，飘向远处，伫立许久，他才转身返回驻地。路上正好与前来找他的二大队教导员曹鑫迎面相遇。曹鑫和胡轩涛边走边谈，谈话中胡轩涛知道了微山岛上敌人的详细情况——驻岛日军每天分成两个小队，各自沿着南北两个方向巡逻。他们的重要武器都是从韩庄车站下货，然后用卡车或马车拉到湖边，再由汽艇运送进湖上岛。其他生活物资则从张庄进岛，那里距离上岛最近，每隔四五天敌人就会往岛上运送一次物资。岛上原来有两百多户人家，多为渔民，鬼子一来，现在只剩下几十户。岛上南侧的吕蒙村，有一户邹姓人家，和铁道大队二中队来往较多。

曹鑫还告诉胡轩涛，自己已经联系上二中队，二中队随即派人与邹姓人家取得了联系，今后岛上的情报就是由邹姓人家负责递送。

傍晚时分，一条小船从黄山岛悄悄划进了微山湖。小船在吕蒙村的渡口靠岸后，已熟悉此路的战士带着胡轩涛几个人摸黑朝村子走去。几个人刚挨近村子，就传来狗的"汪汪"声和白鹅的"嘎嘎"声，北边的一户人家屋内的灯光亮了，一人出来开了门，低声而又警惕地问道："谁呀？"

这边回答："南岸黄庄的。"

"南岸哪有黄庄？"

"姓黄的庄子。"

来开门的人正是邹家才，对过接头暗号之后，他热情地招呼大家进屋，大家跟着他进了右边的一间房子。这间屋子没有窗户，灯光被锁在屋里。大家坐定后，老邹笑呵呵地说："晚上还是有点寒，我给大家烧点水暖暖胃。"等老邹忙完，胡轩涛问："老邹，家里就你一个人啊？"

"日本人一来，这里就不安静，老婆孩子都出岛了，我不能走啊，岸上地不多，种的粮都不够糊嘴的。我在这老宅里，每天打点鱼啊虾的，好歹可以换点米面或者盐和油啥的，只要家里人饿不死就行。"老邹朴实的话语和憨厚的神情给大家留下了深刻的印象。

一圈人"咕噜咕噜"各自喝了一大碗老邹递来的热水，胡轩涛提出让他详细说说岛上的情况。老邹打开腰间的布袋，用烟锅在里面狠狠地挖了一下，大拇指在烟锅上压了压，对着油灯点燃，"吧嗒吧嗒"猛吸了几大口，才开始讲述——自打狗日的小鬼子来到，岛上就没有安生过。原来岛上有乡公所穿黑衣服的"白腿乌鸦"，后来二狗子来，再后来是峄县游击队，去年铁道大队下面的铁道游击队在岛上也活动过一阵子。没想到年前鬼子就冲进来了，当时他们还搭进去了十几条人命。日本人一来，完全就变了天，先是查人头，办"良民证"，出入岛要通行证，每家只能有一条船，船也要登记。原来岛上有东南北三个渡口，现在只剩下一个了，日本人有"汽划子"天天在湖上转悠，只要在湖上看到船没有证，就直接撞沉。前一段日本人在岛上抓了一群年轻孩子帮他们看岛，没想到第二天人全都跑出岛了。日本人没办法，只能自己组织巡逻，每天两次，上下午各一次，雨天、雪天不出来，日本人的据点就在靠北边那个渡口没多远。鬼子队长叫石射猪太郎，这个扯屌蛋名字他奶奶起得真邪性，意思咱也不懂，不知道是姓石还是姓猪。

老邹的话引得大家忍不住笑了起来。

"岛上的鬼子会不定期地换一部分人，但这个队长一直没挪过窝。不要小看这帮子人，不知他们用什么办法，只要岛上有啥大动静，外面的鬼子很快就能上岛。鬼子的身边有两条哈巴狗，说起来真是棺材没了底——都丢死人了，两个龟孙汉奸，一个叫金安荣，另一个叫吴道，这两个傻屌天天跟着那个猪队长。猪队长一吆喝，这两个就像狗一样蹿上去。这两个人你们要当心，他们在岛上生活了不少年头，对岛上的情况特别熟悉。"老邹接着说道。

有了老邹的这番介绍，众人大致了解了岛上的情况。胡轩涛要求熟悉一下岛上的具体情况，问老邹有什么好办法，能带自己在岛上转一圈。老邹想了想，说道："那我去借两个'良民证'，反正上面没有照片，应该好糊弄，就是千万别让那两条狗碰到。"

大家在老邹家草草对付了一宿。第二天吃过早饭，胡轩涛带着警卫员张宏彪、黑蛋，还有此时已担任十中队队长的杜立忠，跟着老邹出了门，顺着岛西侧向北走去。这一路，房子稀稀拉拉，人也不多见。

小路已极难辨认，路边杂草丛生，左边是茂密的芦苇丛。有老邹带路，大家很快就走完了半个岛。四个人又转向西，朝北渡口走去。快到吕庄时，看见远处升起一团团黑烟，胡轩涛正在纳闷，只听见老邹"唉"了一声，说："肯定又是哪家着火了，咱这个岛上的房子啊，大都是泥巴墙，为了防风防雨，房顶都是蒿草和芦苇盖的。烧火做饭也都是这些东西，这些东西就是不能见火，稍不注意就麻烦。"老邹想转弯回头，胡轩涛则坚持上前去看一下。

等大家走近，房顶已经烧得光秃秃的了，房子四周围满了人，人群中有几个穿着伪军军装的人。胡轩涛瞥见其中一人后，急忙带领几个人转身离开。那人正是韩庄的霍排长——霍三虎，现在已经由排长提升为连长。等老邹找到胡轩涛他们，几个人正躲藏在一个房子后面。胡轩涛问老邹是什么情况，老邹回答，从韩庄来了几个二狗子，上岛抓人，说被烧这家的一个儿子在八路那里干活。

"净他妈的胡扯蛋，如果八路军像他说的到处都是，小鬼子还能这样横行霸道吗？肯定有其他目的。这些狗娘养的，烧人家的房子，让人家咋活！"胡轩涛说话时，一脸怒气。

几个人回到老邹家，等天色暗下来，从芦苇荡里拖出小船，划回了黄山岛。

在临时营地里，胡轩涛召开了紧急会议，布置了下一步的任务——九中队先袭扰微山岛上的日军，造成敌人的慌乱，让他们龟缩在据点内，中间可能有敌人从岸上上岛，这样反复几次，敌人会放松警惕，最后再来一次大的，一举歼灭岛上所有的鬼子。

商量完毕，胡轩涛带一个小队赶往韩庄，和铁道大队二中队取得联系，顺便会会霍三虎。

早晨天还没亮，十几个人顺着湖边朝北行进，在早饭时赶到了韩庄。

29

此时的韩庄，变化甚大。

日军的据点向周边扩充了许多，一条通往微山湖的道路穿村而过，路面被压得踏踏实实，泛着苍白单调的光亮。几辆绿色军用三轮摩托车一溜烟儿停在路边，宛如蜷曲的毒蛇，随时准备吞噬鲜活的生命。庄子里的人没有一个前来观看，都躲得远远的。

胡轩涛和张宏彪一如既往到老张的小吃店。老张正撅着屁股洗菜，听见身后有人叫他，转身见是胡轩涛，先"哎呀"了一声，赶紧在围裙上擦把手，拖过来一条凳子，还不忘用袖子擦擦浮灰，让二人坐下。

"你这个古老弟啊，这都多长时间没来了呀，不光是我想你，霍连长也经常在我这儿念叨你啊。"

"这跑了一大圈子，到这里来还是顺道呢，要不然哪有时间经过这儿啊。"胡轩涛笑呵呵地看着老张，"霍连长和曹翻译现在咋样？"

"曹翻译过完年就不见了，说是到临城去了，那里闹得厉害，日本人派去的人多，翻译不够用，他就去顶一阵儿。曹翻译一走，霍连长日子就不好过了，现在这里日本人成堆，他这个连长就得靠边站。你想见他？"

胡轩涛点点头："霍连长人不错，见见他。"

老张问："你想晌午见还是晚上见？"

"看他的时间。"

"他现在事情不多，出来很方便的。昨天他上岛了，天黑透了才回来，就在我这里吃的饭。"

"现在日本人来了这么多，你能把这个店开下去，不容易啊。"

"谁来也得吃饭吧，霍连长这方面还是挺照顾我的。日本人里面有个当官的，可能来咱国家时间长了，也好个醋溜鱼、红烧小公鸡啥的，但他不出来，都是霍连长带我送过去的。"

"怪不得你这个店能千年不倒，老张做生意还是有自己一套的。"胡轩涛看着张宏彪调侃老张，"你先忙，我们俩出去转转，好长时间没来了，变化挺大的。"

"行，你转转去吧，看时候到了就回来。"

二人起身朝湖边走去。

傍晚，霍三虎早早来到了老张店里。胡轩涛二人随后也到了。几个月没见，二人相见分外热情。霍三虎先朝老张吆喝上了："老张，把你这里的好菜都上来，今天我得醉一把，他奶奶的，好长时间没有舒坦过了。"

老张笑着回答道："瞧您说的，古老板也不是外人，大家都别客气，放心吧，肯定够你们吃。"

"管！"

菜还没上齐，半斤酒已下肚的霍三虎有点微醺，情绪也变得低落下来。胡轩涛中午在店里吃饭时，就听老张说，过了年之后，霍三虎就没发过饷。胡轩涛没有说话，让张宏彪掏出四十大洋码在酒桌上："老弟呀，听老张说你最近遇到难事了，这点钱你先拿着。你从老张这里拿的十块大洋我也代你还了，这些钱你先应应急。我跑生意的，手头比你还是活泛点。"

霍三虎一下子愣住了，呆呆地望着胡轩涛，又瞅瞅桌子上的三摞银圆，不知说什么好，眼眶里微微泛潮，在灯光映照下亮晶晶的。他赶紧双手捂着脸，低头半天没有说话。胡轩涛安慰他，老张也走到跟前劝他。霍三虎抬起头，猛吸了几下鼻子，两手狠狠搓了一下眼睛，才挪开两手哽咽着说："这辈子我遇到的人不少，但像你古老兄这样古道热肠的还真是第一个，也就这么一个。你和我非亲非故，对我还这么上心，让我怎么说呢……"

胡轩涛拍拍他的肩膀，安慰道："其实，好人还是很多的，就是要看自己干的是什么样的事。"

等霍三虎转过脸，胡轩涛瞅着他，淡淡地说："这话咋说呢，就老张这儿，生意一直都不错，开这个馆子也这么长时间了，口碑一直没差过。为啥啊？这个大家都清楚，做人行呗！霍老弟，我不是针对你，这也可能跟你眼前所处的环境有关。不知道的呢，还认为你现在吃香的喝辣的，其实你过的是啥日子你自己最清楚。在我看来，跟着咱自己人干，总比跟着外族人强。自家人好赖还顾个脸面，外族人呢，你就是再处处小心，人家还得在心里提防着你。老话说得好，'非我族类，其心必异'，不知道我说得对不对？"

霍三虎的处境跟他的为人有关，这一点胡轩涛心里清楚。如果在日本人那里想得势，日本人坏，就得比日本人更坏才行，这一点他做不到。基于这一点，胡轩涛认为可以把他拉过来，但这个要把握好火候。胡轩涛的一席话就如竹签挑开了脓包上的结痂，一下子刺破了霍三虎想掩藏的灰暗的心思。霍三虎的眼神有点躲闪，不敢正视身边的几个人。

"春节前，我到矿上去要钱，矿工的工钱日本人都克扣，几个月不发工钱，人家一家老小吃啥喝啥？后来听说八路来了一拨人，一下子就把矿毁了，你猜日本人咋着？竟然把矿工开掉，等矿洞修好后再招人，你说日本人坏不坏？人一赶跑，然后再招人，前面的工钱就写到水瓢底下——淹死了！后面的人再减工钱，这一出一进，能省下不少钱吧？这种事我见得多了。"胡轩涛接着说道。

胡轩涛的这番话，就像行医先生手中的黑膏药，硬生生地从霍三虎心中的"脓包"里拔出许多"脓血"。霍三虎先摇头，再点头，最后将满杯酒一饮而尽，默默地低头看着地面。

胡轩涛知道霍三虎心里有话要说，就招呼老张说："老哥，你也坐下来，霍老弟今天高兴，喝得有点急，让他歇一会儿，我们俩陪你弄两个。"

老张坐下来，和胡轩涛、张宏彪闲扯起来。

酒深情更浓，三个人有说有笑，一通畅快淋漓的酒话加上胡侃，让坐在那里一动不动的霍三虎坐不住了，抬头看着胡轩涛说："古哥，我不想干了，干脆你给我指条路吧！"

胡轩涛假装一下子愣在那里，想了好一会儿才说："哎呀，你这会儿突然提出这个事，我咋还没反应过来呢。你不干，日本人那里你咋弄？你老家那里安全不安全？还有，你就是不干，要么你跟我做生意也行，但这个行当不好干不说，现在日本人这么搅和，我也在为后面的路子烧着脑子呢。假如你想继续到军队里干，我两边都有熟人，但你现在过去，人家有没有顾虑，凭啥接收你？这都是问题啊，霍老弟！"

"那你让我咋办？刚才你的意思我知道，不就是不想让我再跟在日本人屁股后面了吗？现在你又说这么多困难，我就为难了嘛。"霍三虎浑身松懈了下来，明显胡轩涛给他当头浇了一盆冷水。

"昨天你去岛上没有？"

"去啦，你咋知道？"

"还记得上次和我一起来的姓杜的，他昨天也在岛上，看见你啦，有一家房子烧着了，是不是？"

霍三虎一脸惊愕，问："这和你有啥关系？"

胡轩涛脸色变得严肃起来："你先说说，你到那干吗去了？"

霍三虎赶忙解释："从贾汪传来的情报，他们抓到一个运河支队的小头目，供出了他们一个中队长家在岛上。就派我们去抓人，去逼着那个中队长投降。我们到的时候，人已经被日本人抓走了，房子也是日本人烧的。就因为这个事，回来我还挨骂了呢，说应该把那个中队长家里人带回来交到贾汪那里去。"

"你不知道吧，人家老人三个儿子，一个在国军那里当团长，一个在八路那里当大队长，这两个人是咱得罪得起的吗？现在人家都把话传出来了，谁出卖的，谁抓的，谁烧的，一个也别想跑！岛上还有两个叫什么金安荣、吴道的，你还敢和他们像公狗母狗连蛋一样经常泡在一起，不是找死是什么？"

"啊！"霍三虎惊得天灵盖都要冲上了天，张着大嘴一点声音都没有了，好半天才说，"老哥，这咋弄？"突然又像明白了什么，问："哎，奇怪啊，你咋知道得这么清楚？"

"哈哈"一阵大笑后，胡轩涛不急不慢地说道："我还知道，他们团长和大队长前段时间在涧头集合伙把日本人剿了一家伙，这个你应该听说了吧？如果你认识他们里面的人，可以打听打听，他们团长和大队长的酒都是谁供的？我看现在糊涂的，还就剩下你一个人了！"

霍三虎这一下子蒙了，顿时手足无措："老哥，你还是给我指条路吧。"然后眼巴巴地瞅着胡轩涛这个救星。

胡轩涛反而变得慢条斯理起来："这样吧，我听说岛上那两个家伙特别让人家痛恨，房子就是那两个家伙烧的。这个人家都清清楚楚，你还是先给人家交个差吧。"

"咋交差？"霍三虎心里没底，又怕不明白，就随嘴问了一下。

胡轩涛朝他招招手，霍三虎立马把脸贴上去。胡轩涛在他耳边嘀咕了几句，霍三虎边听边点头。

过了不大一会儿，霍三虎坐正身子，酒局继续进行。

第二天，金安荣、吴道二人在霍三虎的邀约下来到韩庄。

胡轩涛应邀参加。

客气话一过，大家直奔主题。胡轩涛首先开口说话："老张这里大家都比较熟悉，老张现在有个想法，想在岛上再开个馆子。成，就大家一齐干，不成，今晚就算交个朋友。今天请大家来，就是看看弟兄们咋让老张把馆子开起来。如果能开起来，无非就三个目的，第一我把酒卖出去，但我答应啊，前面一个月酒钱免费；第二就是给大家备个落脚点，只要得空，可以在里面歇歇；最后一点，还是希望大家能照顾老张的生意。老张咱都清楚，人老实忠厚，不善言谈。但咱也不能让老实人吃亏不是，如果遇到耍二皮脸的，赊个账的，故意找茬的，你们都是在道上混的，我相信这点事情对大家来说都不是问题。为了表达我的诚意，也为了让这个馆子开得红红火火，我先表达一下心意。"

两根金条"哐当"一下被胡轩涛扔在桌上："这两根东西，你们每人一根，辛苦钱！具体怎么办，大家心里清楚就行了。"

见惯了日币和银圆的金安荣、吴道从来没见过这种场面，二人顿时受宠若惊，不知所措，忐忑不安地看着胡轩涛。胡轩涛没有多话，微笑着看着二人。二人在胡轩涛的目光下，惴惴不安地抓起金条，塞进怀里，还不忘按了按，龇着牙冲胡轩涛傻乐。看二人把金条都揣起来之后，胡轩涛说："行了，今天就喝交情酒，大家都满心满意，干！"

酒足饭饱，宴席结束。霍三虎先行一步，胡轩涛陪金安荣、吴道二人到湖边坐船离开。

三人歪歪扭扭地走着，没想到才走出没多远，前面射来一道光柱，随即就是一声喊话："什么的干活，检查！"

金安荣、吴道二人没当回事，这二人也想在胡轩涛面前抖抖威风，当下便掏出证件大摇大摆地走上前。但对面的人不买账，一声口哨，从黑暗处冲出来几个人，径直去金、吴二人身上搜去金条，三下五除二就把三个人绑了起来。金安荣、吴道两人极力辩驳，站在前面的人"哼"了一声，三个人就被赶着来到岸边。

"就到这儿吧，今天我也算是送佛送到西了，后面就看你们的造化啦。"为首的人说话了。

冷不丁的一句话，把金安荣、吴道都说蒙了。吴道战栗着又故作镇定地问："啥意思，你是想下黑手吗，咱就是有过节，也得说清楚不是？"

没想到为首的人上前就给了吴道一记耳光："笨蛋一个，到现在还不知道为啥啊，你们敢杀我们运河支队的人，还敢烧我们支队家属的房子，就不怕遭报应吗？"不等二人再辩驳，每人头上被套上了一个笼子，紧接着一脚就被端进了湖里。水面"咕嘟嘟"冒出一阵水泡后，归于平静。

胡轩宇赶紧给大哥松绑，还戏谑道："装就得装像点，还好，今天你没有那么多废话。"被松绑了之后的胡轩涛朝轩宇头上就是一个爆栗："得，你小子是有意的吧，后面你就等着瞧吧。"

随即就传来众人的一阵嬉笑声。

第三天清晨，湖面上雾气蒙蒙。十几条小船悄悄从黄山岛出发，在头船的带领下向吕蒙村划去，船到岸边，老邹已等待多时。老邹告诉大家："鬼子的巡逻队还没出发，可能还没起床，等我们到那里时，他们应该是在吃早饭。"

大家没有迟疑，迅速检查武器装备，顺着小路朝敌人据点摸去。阳光透过雾气照到大地时，队伍已经埋伏在据点附近做好了战斗准备。从外面能看到据点内有日军走动，旁边厨房上空升腾起一缕白色烟雾。

杜立忠低声叮嘱战士们："鬼子刚起床，这时候警惕性最低，我们要以最快的速度冲过去，两挺机枪打头阵，其他人跟在后面，瞄准了给我狠狠地打，一个鬼子都不能留！"

命令一下，战士们一窝蜂冲上去。站在门口的岗哨先发现了他们，扯着嗓子刚喊了一声，这边的机枪就开了火。院子里的敌人猝不及防四散而逃，有的进屋拿枪，有的钻进厨房。两挺机枪喷着火舌一路冲进了院子。其他战士端着上了刺刀的长枪不停射击，鬼子难以躲避，死的死，伤的伤。杜立忠手握两把短枪，挨个搜查房间，所到之处，没留一个活口。

刚上完厕所的石射猪太郎是胡轩涛特别关注的对象，站在杜立忠身边的一名战士发现了已缩回厕所的石射猪太郎："队长，那个猪队长躲在茅房。"杜立忠一听，骂着"这个狗娘养的真会挑时间"，几步冲过去，拿枪对准了刚系好皮带的石射猪太郎大吼："出来！"

据点内已没有了枪声，只有院子里站着这个日军队长，杜立忠让耿叶问话："问这个王八蛋，他抓的人在哪里？"

石射猪太郎乜斜着眼，叽里咕噜叫了一句，耿叶翻译："被刺刀刺死了。"

杜立忠一听大吼一声："小日本，我日你娘！"双枪齐下，"砰砰砰"几枪，石射栽倒在地，再看他肥胖的身体上，几个枪口处洇出一道道血水。杜立忠让大家赶紧收拾好院子，迎接兄弟部队前来上岛。

当天，铁道大队、峄县大队、微湖大队和微山湖办事处都派了一部分人上岛，加强对整个岛屿的控制。运河支队也从一大队调来一个中队。这样，微山岛及微山湖周边，我方力量得以大大加强。

胡轩涛带领三个中队准备转移到黄邱套前，又见了一次霍三虎，这次见面是在中午。

霍三虎见到胡轩涛，一脸尊敬和崇拜："老哥，你可以啊，你从哪儿找来的人啊，一天时间就让整个岛换了一身行头。"

胡轩涛一脸浅笑，没有直接回答问题，而是问道："你就说想走还是想留吧？"

"有你这个护身符，我还留个屁啊，走！但我走带不了几个人，咋弄？"

"没事，能带几个算几个，你就趁着巡逻的时机，我让朋友来接应你。"

"今天下午我们就有一个行动，到时不知道有没有日本人跟着。"

"这样不是更好吗，日本人也不可能跟我们去抗日吧，要那些球玩意儿干啥？到时候我们直接给他办了不就行了吗？"

霍三虎闻言哈哈大笑，一伸大拇指说道："要不怎么说还是老哥您厉害！"胡轩涛和他交代完细节后，就匆匆离开了。

往梁庄的道路上，胡轩涛带人埋伏在两边，等待敌人前来。

下午三四点钟时，一队日伪混杂的队伍，在一辆三轮摩托车的带领下朝梁庄赶来。等他们过了铁路，正快速前进时，从河沟草丛中冲出密密麻麻的游击队员。伪军一枪不放，掉头就跑，扔下一地日本鬼子杵在原地，没几枪就被歼灭了。枪声停了，看着正慌不择路四下逃命的伪军，霍三虎扯着嗓子吼道："都他娘的回来！别跑了！"寂静的道路上，霍三虎这几声显得特别响亮。几声喊过，逃命的伪军渐渐聚拢了回来，看人聚得差不多了，霍三虎说："兄弟们！今天出来，就一个目的，如果大家想继续跟鬼子干就回去，不愿意干的就跟我走！"

伪军们你看着我我看着你，面面相觑，不知该何去何从。渐渐地开始争论，正当争论不休时，游击队已经把几十号伪军团团围住。胡轩涛走了过来，笑呵呵地和霍三虎打着招呼。霍三虎看到是胡轩涛，更是吃惊。站在胡轩涛身边的曹鑫介绍说："霍连长，站在你面前的就是我们运河支队的参谋长，意外吧？"

霍三虎既紧张又激动，竟然朝胡轩涛敬了个军礼："真没想到啊，古兄藏得这么严实。"

胡轩涛说："不，我姓胡，叫胡轩涛。"

伪军们一看这个情形，知道再议论下去已经没有必要，到了这个地步，就是有想回去的也打消了念头。大家都把目光投向霍三虎。霍三虎一阵豪气大笑后，吼道："都瞅我干吗？今后我们就是八路军游击队啦。"

一行队伍，继续向台儿庄方向开拔。

队伍赶到龙门，正赶上去年成立的龙门大队设香堂分堂口吸纳新人。大队长谢炳云如和尚般打坐，微闭双目，嘴里念念有词，坛下一干青壮年虔诚跪地。坛上人念一句词儿，坛下人跪拜一回。整个大厅肃穆静寂，门外两边各四人持枪而立，胡轩涛轻手轻脚站在门外，瞅着里面不言语。盘坐在神坛上的谢炳云微微抬眼，瞥见了门外的参谋长，上身一颤，差点歪倒在香炉上。胡轩涛见这法相庄严的谢大队长瞬间被破了功，忍不住"扑哧"一声笑了出来。这一下引起了会场里面的骚动，跪在后面的一个年轻人恶狠狠瞪了胡轩涛一眼，一下子让胡轩涛把笑憋了回去。坛上的谢炳云心思大乱，对接下来的念诵该删的删，该减的减，草草结束。可他又不好当着那么多的信众面儿举止轻狂，只能耐着性子硬着头皮踱着方步，一脸庄重肃穆朝众人念道："稍事休息，待会再来！"等他走到胡轩涛面前，已是满头大汗。

谢炳云把胡轩涛拽到一个偏房，一进门先敬了个标准的军礼。胡轩涛笑着说：“你这转换得够快啊，刚才还是神，眨眼间就变成凡人啦。”

谢炳云不好意思地笑了起来：“参谋长，你咋想着到这里来了？”

“来看看你，看这里的发展如何，你先说说这里的情况吧。”

谢炳云先为几个人倒好水，坐下后开始汇报。龙门大队自打成立，按照胡轩涛的指示，广设神坛，吸引周边的枪会、青红帮、漕会还有一些地方闲散人员，经过筛选和培训，现在已经达到三百人的规模，有两百多人已经加入运河支队，最近又招了四十多人。现在摆在眼前的主要有两个问题，一个是手上的枪支和弹药都不够，人多枪少，没枪的人急，有枪的得意，大家伙儿情绪上有点不稳定；还有一个更棘手的问题是，驻扎在东边十几里岔河那里的保安三十二团最近老是来闹事，说挖了他们的人。但实际上，从他们那里就来了四五个逃兵。对方团长赵德发昨天派人来传话，让谢炳云滚蛋，至少离他五十里，不然的话，就不客气了。

胡轩涛清楚，这一带日、伪、顽等呈犬牙交错之势，八路军领导下的各个游击支队只是在夹缝中求生存，处于敌顽中心地带的龙门大队，处境艰难程度可想而知。一番思忖后，他对谢炳云说：“这样吧，你们先避开这个姓赵的，减少摩擦，同时加强对队伍的训练。我们这次经过这里向南行，计划还是回到山套根据地，准备和韩世仲一起打击敌人。我给你这里留下几十条枪和一些弹药，如果遇到困难及时和支队联系，在峄县南有我们一大队的部分人，再不行，也转到山套里。”

谢炳云点点头，把胡轩涛几人送出了村外。

30

胡轩涛带领队伍先过运河，又渡伊家河，绕到涧头集西南土山村附近的山坳时，队员已经十分疲惫，便停下就地作短暂休息。当地交通员和胡轩涛会了面，把附近的敌情做了汇报，最后提到土山村的一个伪军连长，原来驻扎在涧头集，韩世仲来了之后，他们的据点就移到了张山子。交通员还说，最近这个连长在张罗婚事，新娘是柳泉人。

一听新娘是柳泉人，胡轩涛立刻来了兴趣，问："女方叫啥？连长叫啥？"

"女的叫刘翠巧，男的叫李三定。"交通员一口报出了两个新人的名字。

胡轩涛脑子开始打着转转：如果能和李三定联系上并为我所用，至少在这个范围内也可以减少一些麻烦。他叫来胡轩宇，交代他回老家柳泉一趟，摸摸刘翠巧的底儿。

第二天，胡轩宇就跑了一个来回，见到胡轩涛时已是气喘吁吁，但他带来了一个重要消息——刘翠巧家是个本分人家，嫁的人叫李三定，也是当兵多年。李三定原是塔山小李庄人，家里弟兄三个，他排行老三，后来过继给他二姑，但他自己的亲二哥就是李二斗。

"是吗？两人之间的关系怎么样？"胡轩涛感到有些意外。

"李三定憨厚，李二斗奸诈，两兄弟合不来，外加长期不在一起生活，基本上没啥感情，只是遇到家族大事，偶尔见见面而已。两人的父亲和咱大、咱德胜叔过去就是老交情了，人家爹这次还特意邀请他老哥俩去土山喝喜酒呢。咱大嫌路远，让咱兄弟俩代替他去贺喜，德胜叔也去不了，礼钱都给我了。这个喜酒，我看咱俩有必要去吃。"胡轩宇说。

听到这个情况，胡轩涛还是认真地想了一下，过了好一会儿做出决定："去！无论如何得抓到李二斗这个狗娘养的，我们的女英雄王智霞不能白死。"

"但咱俩跟李二斗都认识啊，再说李三定又是和鬼子穿一条裤子，这不都是麻烦吗？"胡轩宇说出了内心的疑虑。

胡轩涛看着远处，冷笑一声："张山子那里我清楚，原来有一两百鬼子，昨天一下子都被抽走了。现在镇上就李三定的一个连在看家护院，总共才百十号人，好对付。再说李三定这个人并不是个铁杆汉奸，无非就是混口饭吃。能争取就争取，争取不过来，就一块把他端喽。"

胡轩宇点头同意："这件事，等会儿要和大家讲清楚！"

"好！"胡轩涛擂了弟弟一拳。

接着，胡轩涛把干部召集起来，将情况简单一说，群情立马激愤了起来，立誓要活捉汉奸李二斗，给王智霞报仇。随后，胡轩涛又把随自己前来的霍三虎叫到一边，二人耳语一番之后，霍三虎点点头就回到自己队伍里去了。

李三定的喜宴定在了山风口饭庄。

一大早，饭庄前便好不热闹，男方的亲邻好友进进出出，饭庄院子里站满了人。有的在胡吹瞎侃，旁边的人跟风附和；有的在翘首期盼，等着自己的熟人；有的帮主家迎接着客人，干些搬搬抬抬的杂事。

娶亲的队伍终于出现在镇子里的大路上，前面是新郎骑着一匹大马，后面是一拉趟（一排）的六辆胶轮马车。前四辆坐满了人，新娘坐在第一辆马车里。最后两辆马车堆满了花花绿绿的嫁妆。马车直接进了伪军据点，然后是鞭炮齐鸣，唢呐声声。

临近中午时，新人两边的家人和前来贺喜的亲朋好友，成群结队地拥进了饭庄。就在酒宴即将开席之际，四匹骏马疾驰而至，从马背上跳下来四个身穿伪军军服的人，正是胡家二兄弟和张宏彪、黑蛋。

四人昂首阔步直接进屋，新郎官李三定一看，以为是同僚前来庆贺，急忙迎上前来，但仔细一看，四个人竟然一个都不认识，就堆着笑脸问："几位不曾谋面，你们是？"

胡轩宇递上三份礼金，介绍说："一份是俺德胜叔的，一份是俺大胡德笙的，一份是俺弟兄俩的。"胡轩宇这么一说，李三定就明白了，毕竟他过继到土山村时已经是半大孩子。李三定不敢慢待，赶紧招呼二人坐上主桌，安排张宏彪和黑蛋坐在邻位。

几人坐定后，同坐一桌的李二斗认出了胡家兄弟，整个人仿佛定在座位上了，纹丝不动。胡家兄弟取下帽子放在身后，谁都没有正眼看向李二斗。但这时候的李二斗心里着实慌了，心想这二人敢大张旗鼓前来贺喜，一定是做好了万全之策，当下整个人坐立不安起来。

李三定看大家都已坐定，起身致贺词："各位乡邻，各位亲朋好友，今天是我李三定的大喜日子，能邀请到在座的一起来参加婚礼，我备感荣幸。本来这个婚礼是定在年前腊月二十八，只是事不凑巧，临时被公务耽搁。但今天一样高兴，巧儿进了家，就是我的媳妇，今后还望乡邻多多照顾。今天的喜宴虽说不上好，但代表我的一点心意……"

坐在邻桌的黑蛋，一辈子都没有见过如此丰盛的菜肴，红彤彤的肘子、汁液满身的花鲢、油光发亮的烧鸡在眼前晃来晃去，新郎具体说的什么话，一个字也没有听清。他旁边的张宏彪怕他把持不住直接上手，左手一直在按着黑蛋的右胳膊。

等新郎官说完，酒席开始，大家频频碰杯。胡轩涛故意顺着圈敬酒，李二斗看着胡轩涛的酒杯快轮到自己了，紧张得傻坐在那里直冒虚汗。等胡轩涛的酒杯终于举到自己面前，李二斗赶紧双手端起酒杯。

胡轩涛故作一脸惊讶："这不是二斗兄弟吗，哎呀，咱都坐一桌啦我都没认出来，你看我这脑子，像是装了一脑瓜糨糊。来来，二斗兄弟，我敬你。"

李二斗惊慌失措，酒杯一晃，杯中酒洒到自己裤腿上。再抬头，胡轩涛已饮尽杯中酒，坐了下来。李二斗擎着空了的酒杯，心里还在"怦怦"直跳，不由得暗暗叫苦：真他奶奶的邪门了，这个姓胡的，一会儿是八路，一会儿又和自家弟弟是一伙的，到底哪副面具是真的？自己现在又不好问，走吧，不合适；不走吧，出了事就晚了。四月的天气凉爽宜人，但李二斗此时却是大汗淋漓。

李二斗再也坐不住了，揩了几把汗，两次借口上茅房溜出酒桌，可是出来之后感觉更不踏实，总觉得周边有人在暗中盯着自己，心里七上八下，狐疑不定，不得已，只能重回座位。他心想，再怎么的，这里还是自己亲弟弟的地盘，想到这儿，那颗烦躁的心稍稍安定了些许。

李二斗不知道出了几身臭汗，好几次萌生夺门而逃的冲动，最终还是被恐惧拉回座位。喜宴在欢快的气氛中结束，李二斗终于长长地出了一口气，那颗悬着的心慢慢回到腔子里。

胡轩涛四人和新郎招呼一声后，上马疾驰而去。李二斗见胡轩涛等人走了，就没和李三定提及心中疑问，和弟弟及二姑等人招呼一下后，坐上了返程的马车。

马车出了张山子，一路向南。中午的酒劲开始上头，食客们昏昏欲睡。酒席的前半场，惶恐不安的李二斗没进嘴里几杯酒，后面酒便是快马加鞭，很快就把前面的亏欠补了回来。急酒醉人，此时的他，睡得比谁都死。

随着车夫"吁"的一声长调，马车停了下来，车头前站着七八个人，个个腰插短枪，其中一人面前停着一辆独轮车。马车上的人像炸了窝一样骚动起来，李二斗仍在呼呼大睡。为首的人高声说道："你们不用担心，我们是来接二斗兄弟再去坐坐的。"随着此人大手一挥，两人上前把李二斗抬下了马车，然后和车夫招呼说："你们走好，一路顺风！"

等李二斗醒来时，天已经大黑，他愣了半晌也没回过神来，狠狠地甩了几下脑袋，看看四周，才发觉自己竟躺在一间草棚里，支撑草棚的木桩上挂着一盏油灯。油灯下的两个人见他醒来，一个人走了出去。很快，胡轩涛和胡轩宇就快步进来。李二斗揉眼一看是胡家兄弟，浑身一哆嗦，酒顿时醒了一大半，到了这个时候，心里才完全明白——这兄弟俩挨磨了一天，明修栈道，暗度陈仓，等的就是这一刻。

李二斗的心悬了起来："胡老弟，这里是……"

"这是在山里呀。你看看，你都睡糊涂啦！中午我们一起喝的酒，你家亲弟结婚，大家不都在嘛。"这是胡轩宇的话。

"那我咋又到这里来了，我印象中不是坐马车回去了吗？"

胡轩宇哈哈一笑："还不是我们有缘分，有意请你来的嘛，怕你中午不尽兴，咱再搞点。"

这时一名战士端着托盘走了进来，托盘上是荤素四个凉菜，一壶白酒，另配三个酒碗。

李二斗看到这儿连连摆手："不啦，中午喝多了，不能再喝了。"

坐在旁边的胡轩涛一言不发，胡轩宇接着劝道："二斗兄弟，本来上次就想请你喝酒来着，没想到你不领这个情，竟然跑了。这次，你得结结实实地喝了这顿酒才管！"

屋子里的气氛明显很沉闷，李二斗心里知道这个槛今天是迈不过去了，反而来了精神，说："你们要杀杀，要剐剐，不就是为了一个小娘儿们嘛，至于这样劳神费力地折腾人吗？"

"李二斗，你个王八蛋死心塌地替日寇当狗，残害同族同胞，还知道自己会有这么一天呀！"胡轩宇一把抓住李二斗的头发，厉声喝问。

看着瞪得血红大眼的胡轩宇，李二斗哆嗦着跪在地上，说不出一句话来。

"动手吧！"胡轩涛一声大吼。

两名运河支队队员架着李二斗，走出了草棚。

几分钟后，棚外传来了两声清脆的枪响。

"智霞同志，今天我们替你报了仇，你在九泉之下可以瞑目了！"仰面观看漫天星斗的胡轩宇，喃喃地说道。

胡轩涛和胡轩宇知道，智霞现在已化身明星，在璀璨的夜空中注视着大地，眺望着战友……

就在胡轩涛、胡轩宇参加李三定喜宴的这一天，微山湖上爆发了一场激烈的战斗。

微山岛被游击队占领后，驻徐州日军司令部大为震怒，调集兵力围歼岛上游击队。徐州出动两千多人，又从峄县、薛城、临城、韩庄各抽调一部分兵力，张山子的两百个日伪也是其中一部分。这一次，敌人总共出动兵力五千余人，从东面、东南、东北三面，对微山岛发动围攻。

聚集在微山岛的游击队，已经察觉敌人的动向，加上从外围获得的情报，游击队的指挥员们判断，此次敌人不拿下微山岛是不会罢手的。敌人已经在岛的东南北三面准备了大量的木船、舢板和划子，还有数艘飘着"狗皮膏药旗"的装甲汽艇，各牵着三艘军火船，大摇大摆地来回游动，整个微山湖上一片杀气腾腾，战斗一触即发。游击队这边，由于来自各个大队和支队的干部隶属关系不同，在如何应对敌人进攻的策略上分歧很大。有人认为微山岛四面环水，难以固守，有人则认为微山岛已经为我占据不能退出，必须坚持下去。大敌当前，这边还拿不出一个统一的策略，危险在一步步逼近。最后迫于形势严峻，大家共同推举运河支队一大队大队长邵化宇担任临时总指挥。

在邵化宇的协调下，游击队才有了一致意见。

敌人从三面进攻，四五百人的游击队也分成四支队伍，在吕蒙、杨庄、小官庄、墓前村阻击敌人。战斗打得异常激烈，敌人汽艇上配备重机枪和掷弹筒，火力完全压制住了我方守岛的队伍。战斗进行了一个多小时，敌人强行登滩。邵化宇看到情势危急，命令队伍一边阻击，一边准备撤出微山岛。战斗中，运河一大队四中队伤亡很大，但一直坚持到下午，敌人一部开始上岛，运河支队二中队伤亡殆尽，其他的队员涉水向对岸撤退。一百多人撤退到对岸后，迅速组织起一道防线。没想到敌人尾随而至，此时第一道防线的指挥员又出现一个失误：敌人快打跟前，还没有及时撤退到坡上，而是在贴近水面的岸上奋勇阻击。敌方炮火猛烈，处于防守劣势的队员伤亡了三四十人之后，不得已撤退到第二道防线。

夜色降临，一天的战斗结束后，邵化宇心情十分沉重，下令聚拢部队。没想到第二天凌晨，敌人又发动了攻击。四中队在中队长孙冒生的带领下，直接到韩庄投降了日军。突发情况让邵化宇难以再组织起有效防守，只能撤退。其他几处也遭遇了敌人的围攻，队伍只能被迫向自己原来熟悉的区域撤退。这场战斗，虽然给予敌人打击，毙伤日伪军一百多人，但我方的伤亡更为严重，牺牲人数不下百人。

微山岛这场恶战，造成了极其严重的后果。运河支队严重减员，原来占领的区域大大萎缩，敌人趁机对活动在运河两岸的运河支队其他中队围追堵截。迫于形势，胡轩涛只得率领部队转移到河泉村，这里距黄邱套很近。

这时的山套仍然控制在日伪手中。

针对微山岛战斗的失利，军分区党委召开特别军事会议，对战斗中存在的问题进行了总结。胡轩涛接到通知，即刻赶往峄县。留下的胡轩宇率领部分人员在河泉村附近与敌人继续周旋，伺机返回山套根据地。

此时的河泉村，形势更为恶劣，周边驻扎的军队除少部分伪军外，多为国民党地方顽军。这些顽军距离战区驻地较远，管理和纪律十分懈怠。虽然国共合作协议已签署几年，但这些零散的军队仍然对八路军游击队有着极强的敌意。

从黑山村传来情报：几百名日伪军从汴塘镇出发，已抵达黑山村附近。胡轩宇心里紧张起来，他清楚此时留在黑山村的八中队必定凶多吉少。事不宜迟，他赶紧把身边的队伍召集起来，向黑山村方向进发。在队伍赶到黑山时，八中队已经和敌人交上了火。战斗在村东头的山坳里打响。敌人不熟悉地形，盲目进攻，遭到运河支队的顽强抵抗后，重新布置兵力，从两面对八中队发起围攻。我方人员伤亡较大，火力渐弱。胡轩宇让八中队先朝东面撤退，自己断后阻敌。等八中队安全撤离，胡轩宇带领阻击人员激战一阵后，迅速朝河泉转移。等敌人反应过来，天色已晚，摸黑追了一二里地，不得不停了下来。

脱离险境的战士们先稍事休息，疲惫不堪的胡轩宇和通讯员顺着小路进了村子，准备找一户人家弄点吃的东西。突然，从前面黑暗处射来几道光柱，来人喊道："站住，黑天半夜干什么的？"

"家人有病，去请大夫！"胡轩宇随机应变。

"胡扯，该是八路的人马吧？"

胡轩宇心里"咯噔"一下，转身欲往后撤，但后面的路也被堵上了。还没等解释，前后各冲上来一群人，把胡轩宇两人团团围住。面对突发情况，胡轩宇十分镇定，因敌人在暗处，自己在明处，不能拔枪射击，便和通讯员交换了一下眼神。胡轩宇二人猛然出拳出脚，打倒靠得最近的两个黑影，准备强制突围。但他们刚跑出几步，再次被七八个人前后夹击，一阵近身肉搏后，终因寡不敌众，被捆绑了起来。胡轩宇大声斥责："你们是哪一部分的？为什么抓我们？"

"我们是九十三支队孙友中部。"

孙友中，胡轩宇认识。此人和胡轩宇还有点亲戚关系，孙的姥娘和胡轩宇的奶奶是表姊妹关系。早年孙友中和大哥胡轩涛都曾在西北军当过兵，他比胡轩涛年长几岁，其间还和胡轩宇见过一面。孙友中抓住胡轩宇，却没有想到他与自己有这两层关系，一时没了主意，放与杀自己都感到后怕。一番琢磨后，他既不想与胡家兄弟结仇，又担心放了胡轩宇上面会怪罪，索性把皮球往上踢，至于上峰怎么决定，就不关他孙某人什么事了。孙友中当即把情况汇报给鲁南专员兼保安司令张余焕，正巧保安副司令朱浩昌在场。已有军统特务这一身份的朱浩昌早就知晓胡轩宇是共产党，就带着几个人快马加鞭赶到了河泉，连夜把胡轩宇转到附近的张家沟村，以防运河支队追到这里。

在一间狭小的屋子里，胡轩宇双手被绳子箍得死死的，吊在房梁上，仅脚尖能挨着地面。朱浩昌坐在前面的椅子上，看着胡轩宇，先是长叹一声，随即皮笑肉不笑地说："胡大队长，在地界上光听到你的名字，就是看不到你的影子，可谓神龙见首不见尾，令兄就更难拜见了！”

胡轩宇斜视了朱浩昌一眼：“你是谁？”

朱浩昌鼻子里哼了一声：“告诉你也无妨，我是国民政府鲁南保安总队副司令朱浩昌，你我虽然第一次见面，但你和你哥的名字早已刻在我脑子里了。”

胡轩宇不疾不徐地说道：“我现在可以回答你刚才的感叹了！我们整天忙着打鬼子，而你们却躲在角落里想着如何算计我们，双方当然见不着面了！”

胡轩宇的一句话，说得朱浩昌支支吾吾半天没有说出一句话。

“孙友中在哪里？他怎么不在？我倒是想问问他，为什么干这种卑鄙下流的勾当。”

“孙友中不见你，自然有他不见你的道理，现在是我们俩在说话。”

胡轩宇抬头哈哈一笑：“他是没脸见我吧，你们表面上打着共同抗日的旗子，私底下干着破坏国共合作的勾当。用不着猜，你一定是国民党军统特务，要不然也不会这么大张旗鼓地不干人事，是你们蒋委员长让你这么干的吧？”

胡轩宇的这句话一出口，朱浩昌脸上红一阵白一阵，最后，气急败坏地骂道：“你这个兔崽子，今天到我手里还这么嘴硬，你没考虑后果吗？”

“你如果还是人，是中国人，就放了我去打日本鬼子！不是，随你的便吧！”

“就靠你们几个毛人，能打败日本人？”朱浩昌冷笑一声。

“打死一个是一个，总比助纣为虐强！总比当汉奸，当卖国贼强！”胡轩宇说完，仰天大笑。

朱浩昌被激怒了，手指胡轩宇：“姓胡的，你年纪轻轻，还是个大学生，算得上一个难得的人才，得替自己的前途考虑考虑，不如跟我们一块干。”

“你就死了这条心吧！生是运河支队人，死是运河支队鬼！”

朱浩昌“哈哈”浪笑过几声，朝两边的人摆了一下手，两个壮汉上前就是一阵拳打脚踢。胡轩宇嘴里吐出一口血水，冷笑一声：“你们这样会遭报应的。”

朱浩昌上前揪着胡轩宇的衣领，阴森森地笑着说：“姓胡的，你今天落到我手里，想出去或者还想活命，其实也简单，你把你们的情况说清楚就行。”

“说什么？”

“你们有多少人？队伍都在哪里？领头的都是谁？”

"呸！有种你去问日本人，我们抗日队伍有多少人？我们的队伍在哪里？问我有什么用，我说出来一个，就少了一个提枪打鬼子的英雄！"

"到底说不说？"

"姓朱的，你就死了心吧！现在，我就缺一个能照你这个猪头上开枪的人。"

朱浩昌猛地蹦了起来，朝胡轩宇的腹部"砰砰"就是两拳。胡轩宇痛苦地闭上了眼睛。朱浩昌气呼呼地出去了，转身到了隔壁屋子，孙友中赶紧上前问："怎么样？招了吗？"

朱浩昌脱下帽子，狠狠地砸在桌上："妈的，老子熬他一夜，看他明天还嘴硬不嘴硬？"

胡轩宇就这样被吊了一整夜。等第二天朱浩昌再进去时，胡轩宇已经昏迷不醒。朱浩昌过去拍拍他的脸，见胡轩宇没有反应，就令人浇上一盆冷水。胡轩宇在冷水的刺激下醒了过来，身体忍不住晃动了一下，疼痛和酸胀充满全身，手腕上被绳子磨出来的血迹已经凝固，他睁开眼睛看见面前的朱浩昌，精神又振作了起来。

"想好了吗？"朱浩昌转着圈问胡轩宇。

"想好了。"

"那就说说吧。"

"你马上让我下去找你家老祖宗吧，我要当面问问他们，是怎么生下你这个数典忘祖的畜生的。"胡轩宇瞪着血红的双眼，仇视的血脉裂眶欲出。

朱浩昌震惊地退后一步，没有多言，回身就朝门外走，前脚刚跨出房门，就恶毒地说了一句："给，给我活埋他！"

胡轩宇被带到村外的后河崖，一路上他观察着押解自己的队伍，始终没有看见孙友中。到了山崖下，他回身眺望了四周，远处逶迤蜿蜒的群山尽收眼底，近处的苍松翠柏浓荫泼地，田野间墨绿色的麦苗似乎在向他招手致意。

四周一片寂静，突然，胡轩宇一阵仰天大笑，随之发自胸腔的怒吼如飓风呼啸般响彻大地：

"祖国的大好山河，祝愿您万世永在啊！

"亲爱的运河支队的战友，让鬼子为我们胆寒吧！

"敬爱的大哥，你一定要带领战友们打败小鬼子啊！

"再见了大哥！再见了战友们！"

胡轩宇高昂着头颅，迈着坚定的步履，斜视了一眼朱浩昌和他身边的刽子手，勇敢地跳进了坑里。敌人把一锹锹黄土撒在他的身上、脚下。当黄土埋至他的下巴时，呼吸短促的胡轩宇瞪大眼睛，使出浑身的力气高喊起来："打倒日本帝国主义！英勇的中国人民万岁！共产党万岁！"

　　随着抛撒下来的黄土渐渐升高，胡轩宇的声音变得越来越弱，直到四周一片寂静……

　　胡轩宇壮烈殉国的第三天，运河支队的领导方才得知这一噩耗。之前，他们派人四处打听，并多次派人到河泉村要人。胡轩涛更是心急如焚，委托韩世仲出面，命令附近的各支队伍寻找，都一无所获。

　　噩耗传来，胡轩涛瘫坐在地上，三天三夜没有进一滴水、一粒米。这个时候，鲁南军区党委刚刚下达决定，胡轩涛被任命为运河支队支队长。

　　"轩宇，哥哥想你啊！

　　"轩宇，你这么年轻就走了，让哥哥怎么向父母和雪梅交代啊！"

　　夜深了，胡轩涛一个人抱头痛哭，一遍遍呼喊着弟弟的名字。他知道，从此以后，兄弟二人阴阳两隔，他再也见不到弟弟那俊朗的面容了，再也听不到弟弟那爽朗的笑声了，更是没有机会从弟弟那里听到悦耳婉转的口琴声了……不远处的运河，随着一阵狂风袭来，平静的水面变得波澜起伏，紧接着，劲风卷着浪花肆意地翻滚。一个鲜活的青春就这样消失了，一位至爱的亲人就这样离开了人间，大地恸哭，河水呜咽，在为这个年轻的生命唱着人生最美的赞歌。永存吧，亲爱的战友，永存吧，敬爱的弟弟！

　　清晨的河泉村一片寂静，整个村庄笼罩在一片薄雾之中，稀稀拉拉的炊烟袅袅升起。村庄东西两头，各有一支队伍悄悄摸进了村，齐头并进向顽军驻地靠近。一个站岗的士兵靠在树桩前给香烟点火，听见"噼噼啪啪"的脚步声后，回头张望，被冲在前面的游击队员一拳打倒在地，随后被迅速控制了起来。后面的几个战士一拥而上，用枪堵住几个房间里还未起床的顽军。

　　在战士们的厉声呵斥下，屋内士兵被陆续押解到院子里，站成两排。

　　胡轩涛站在队伍前面，来回走了两圈后回到原位，大吼一嗓："当官的，站出来！"

　　一个高个子的排长哆哆嗦嗦走到前面，瞥了一眼胡轩涛，急忙低下头。胡轩涛问："叫啥名儿？当什么官？"

"袁士明，排长。"

胡轩涛怒目圆睁地看着他："你们半个月前抓了我们几个人，给我说说！在你说话之前，我给你交代清楚，要是少说一点东西，你应该知道后果！"

袁士明战战兢兢地边回忆边叙述："十几天前，他们抓到了被日伪军队打散钻进河泉村的一个运河支队队员，叫徐春园。这个姓徐的把和日伪的战斗情况跟我们孙队长说了后，又对我们孙队长说，一个姓胡的是运河支队大队长，他肯定会到河泉，让我们这边做好抓捕准备。没想到当天晚上姓胡的就进了村子。孙队长认识那个姓胡的，就把这个事向鲁南保安司令汇报了。上面很快就派了个姓朱的过来，还是个副司令，我们也不认识。这个人一看就是个老手，手辣得很，下手没个轻重，把那个姓胡的打得血肉模糊，姓胡的也真是条汉子，死活不吐口，最后……最后就被拉出去活埋了。姓朱的根本不让我们这些人靠前。整个事情，我们孙队长始终也没有和姓胡的打照面，可能是怕事情露底了别人来报复吧，就这些。这些就是我看到的和听到的，没有一句瞎话。"

胡轩涛听着弟弟遭受严刑拷打，再听到弟弟惨遭杀害，禁不住浑身微微抖动，轩涛知道自己的心在滴血！可他还是克制住情绪追问："你们队长叫孙友中对不对？"

袁士明点点头。

"那个叫徐春园的人现在在哪儿？"

"他不敢在这里停留，听说随另一个连到李山口那里去了。"

胡轩涛走了一圈，稳一稳心神，最后交代袁士明："你们也不要在这个村留下来了，日本人很快就会摸到这里来，本来我们是要缴你们的枪的。算了，你们也赶紧撤吧。"

说完，胡轩涛朝身边的战士们一挥手，直扑李山口村。

31

队伍赶到李山口村时，已近中午。

顽军警惕性很高，在村口布置了固定岗和流动哨。胡轩涛做事谨慎，没有下令让队伍贸然进村，尽管两个中队加上手枪队的兵力完全可以压制住敌人，但那样就要发生一场恶战。在外警戒的岗哨看到村口有大量武装人员围拢而至，急忙把情况向村内进行了通报。过了一会儿，一个连长模样的人走到村口，大声喊话："你们是哪一部分的？来干什么？你们要明白，这附近都是我们的人，一旦开枪你们是走不掉的。"

中队长杜立忠说："我们是八路军游击队，到这里是来找个朋友的，听说人在你们这里，名字叫徐春园。"

对方沉默了一下，回答："我们这里没有你说的这个人。"

杜立忠笑道："我们知道人肯定就在这个村，他是我们的朋友，麻烦你把这个人交给我们。"

对方一听，怒火上撞："你这个人听不懂人话咋的？我说没有就是没有。"

杜立忠朝战士们一挥手，队伍立马散开，两个小队一南一北迅速穿插到村子南北方向，正面五挺机枪对准村口，村东头早已有手枪队堵住了对方退路。

一见这边摆开阵势，对方高喊道："你们如果真要和我们过不去，那我就没办法了。"扭头朝身边的士兵大声说："赶快进去通知我们的人。"

这话一说出来，胡轩涛就知道再谈下去没有任何的意义，大手一挥，攻击瞬间展开。在运河支队猛烈的攻击之下，敌人抵抗了一阵子，便开始往村里撤。很快，处于四面夹击的敌人被压缩在一块仅有七八间房子大小的范围内，周围的喊杀声震天响。迫不得已，对方连长开始求饶：“别打了，别打了，人我给你！”

枪声停下后，从一个院子里走出来几个人，走在前面的正是徐春园，敌方连长走在后面。

两名战士上前把徐春园拽了过来，立马来个五花大绑。胡轩涛走上前去，对敌方连长说：“好话劝不了该死的鬼，你这个憨熊敢跟我胡扯淡，说吧，下面咋弄？”

敌方连长上前轻声哀求道：“不瞒你说，我要是不来这么一下子，如果上面的人知道，我就惨了，反正你这边也没有啥伤亡，我赔你点东西不就行了吗？”

杜立忠在旁边扯开嗓门说道：“没门！事是你干出来的，就这么便宜你？”他朝敌方连长身后的士兵说道：“我们就是运河支队的人，如果愿意跟我们打鬼子的，带着枪跟我们走，不愿意走的，就把枪留下！”

人群中产生了一阵轻微的骚动，慢慢地分成了两拨人，一拨人拎着枪来到跟前，另一拨人把枪放在地上退了回去。杜立忠对对方连长说：“你自己的枪还是自己留着吧，回头给你们的头说，今天来的是我们支队长，有时间再当面感谢。”

徐春园被一步三拽拉着离开了村子。

从徐春园嘴里，再结合前面得到的信息，胡轩涛对弟弟被捕及牺牲全过程有了细致的了解。孙友中和朱浩昌这两个人的名字，如刀尖刺进心脏般，深深刻在了胡轩涛的脑海里。

随后，徐春园被枪毙。

弟弟的牺牲，胡轩涛刻意隐瞒了一段时间。就在这一段时间里，胡轩涛反复斟酌，再三考虑，最后还是决定把轩宇牺牲的消息告知父母和雪梅。至于是先告诉父母还是先告诉雪梅，他并没有想好，只能硬着头皮见机行事了。

胡轩涛是晚上进的家门，先和妻子吴瑶把情况说了一下，随后夫妻二人来到雪梅的房间。雪梅脸上一阵惊喜，赶紧给大哥倒了杯热水。就在倒水的当口，她看到大哥和嫂子凝重的面色，心里一沉，脑海里有了一种不祥的预感。

"雪梅，大哥这次回来，是要告诉你一个不好的消息，希望你能挺住。"

"啥，啥消息？"雪梅紧张得浑身颤抖，脸色煞白。

"小，小宇，小宇走了。"胡轩涛话音刚落，雪梅就昏厥了过去。吴瑶赶紧上前抱住雪梅，不停地喊着她的名字。

悲愤交加的胡轩涛坐在那里，双手来回搓着，一句话也说不出来，吴瑶的眼泪一直在"哗哗"地往下淌，并不停地晃动着雪梅的肩膀，屋内的气氛压抑得几乎让胡轩涛喘不过气来。他默默地起身，走到门外，点燃了一支烟，猛吸了几口才回到屋内。

这时，雪梅已经苏醒了过来，半天才问了一句："大哥，小，小宇他是咋走的？"

胡轩涛就简短地把事情过程说了一下，雪梅听完后这才"呜呜"地哭了起来。

看着雪梅痛苦的样子，胡轩涛只能换个语气劝说："雪梅，大哥对不住小宇，没有照看好他，更对不住你。你嫁到我们家一直在担惊受怕中度过，但小宇是为了我们千千万万个老百姓才牺牲的，他走得很坚强，很勇敢。雪梅，你也要坚强起来，尽心抚养好孩子，这个家永远是你的家，孩子也永远是我们胡家的后代。你放心，大哥还有你大嫂，不会让你和孩子受委屈的。"

雪梅停止了哭泣，眼光慢慢地从悲伤转向刚毅，她看了看胡轩涛和吴瑶，起身走到里间，等她出来时，双手捧着一个精致的木匣，放在桌子上，对胡轩涛说："大哥，我不怪你，小宇经常说，你不是为了小家，是为了咱老百姓。小宇不在了，我虽然知道后面的日子会很艰难，但请大哥相信，我能挺住。大哥，这个盒子里的东西，是俺娘家陪嫁过来的，值多少钱我不清楚，我想把它交给你，换些钱给你们买武器，打死更多的鬼子和坏蛋，给小宇报仇。"

看着深明大义的雪梅，胡轩涛落泪了。一把抹掉泪水后，胡轩涛对妻子和雪梅说："咱大咱娘那里，你们过几天再给他们说吧。我不敢去说，怕两位老人受不了，我更不敢看到那个场面。我晚上就得走，你们要照顾好老人和孩子，小宇的这个仇，我一定得报。"

稍微迟疑了一下，胡轩涛从口袋里掏出一把用手绢裹着的口琴，递到雪梅面前："雪梅，这是小宇最喜欢的口琴，这把口琴带给了战士们太多的欢乐和安慰，你好好收藏起来，等小宝大了，交给他吧。"

说完，胡轩涛转身出门，大踏步走上了回部队的大路。刚走出家门不远，他回头望了一眼，看到蹲在地上椎心泣血的雪梅，泪水止不住"哗哗"流了出来……

早在1941年，日军逐渐渗透到皖东北及苏北广大地区，新四军也从皖中及苏南向这里会合。驻苏鲁皖地方新四军重新对部队改编，新四军的主力三师进入沭灌地区，主力四师进入皖东北。彭雪枫领导的第四师一路从河南确山来到安徽的涡阳，紧接着向东挺进，把师部安排在宿东的半城。之后，该师的作战范围扩大到了灵璧、泗县、宿迁、睢宁及泗阳等地。日军变得极度恐慌，因此加强了该地区的兵力，战斗几乎每天都在进行，这无形中也牵扯了徐州及鲁南和苏北交界的日军。

但这一切，胡轩涛都无从得知。

西微山湖被鬼子占领，东黄邱套又有顽军重兵把守，运河支队的两个大队，一南一北各自活动——北面在运河以北峄县及台儿庄一带，南面在山套西边及南部一个狭小的地方。虽然新任的支队长胡轩涛对运河支队做了调整，新提拔了一批干部，但此时的运河支队已由原来的一千五六百人锐减到七百多人，实力大不如以前。一一五师的几个主力团还在平邑、费县及郯城一带与敌人鏖战，无暇顾及周边的几个抗日队伍。

在如此严峻的形势下，胡轩涛每天都心事重重，战友们已难得见到他特有的开朗、诙谐的一面。他派出几个交通员去附近寻找自己的队伍，都无果而终。

就在他彷徨不定时，此时已是峄县县长的朱理先来了。

胡轩涛和政委纪清正在讨论队伍下一步行动方案时，警卫员进来说："报告支队长，报告政委，我们外围岗哨抓到一个教书的，指名道姓要见你。"

"姓什么？叫什么？"纪清抬头问道。

警卫员回答："此人不说，反正就是要见这里的大头。"

胡轩涛说："让他进来吧！"

警卫员出去后，带来了此人，胡轩涛和纪清一看，竟是朱理先，都激动地迎了上去，又是拽又是抱。几个人安定下来后，胡轩涛装着生气的模样说："我猜谁这么拽乎，蚊子衔秤砣——口气这么大，没想到是你啊！你咋找到这里的？我们可是三天换一个地方啊！"

纪清赶紧把朱理先按在凳子上，拿碗倒水，胡轩涛坐在朱理先身边，眼睛一眨不眨地看着他。这个时候，胡轩涛见到朱理先，就像外孙见到亲姥娘一样亲切。胡轩涛的死盯，把朱理先盯毛了。朱理先喝下一碗凉水后："你这个憨熊，咋这么看人？我又不是你老婆。"

"哈哈，现在你可比我老婆亲多了。我老婆只知道冷热，她哪知道我这里的坏心思啊。"胡轩涛用拳头捣着胸口说。

政委纪清笑着对朱理先说："我们支队长现在想的，可不是老婆孩子，而是想组织上能来人，今天是我见到他这一段时间最开心的日子，欢迎朱主任啊！我们都盼星星盼月亮，你都不知道啊，我们今天看到你，就是孤儿半道上遇亲人，那是高兴死啦！"

朱理先也调侃着说："我现在又升官了，不是啥主任，现在是堂堂的一县之长喽，你们的消息也太闭塞了。"

几个人热情寒暄了一会儿，胡轩涛开口问道："朱县长，你赶快把外面的情况说一下，后面我们咋弄？"

"你啊，我刚把气喘匀乎点，你都支队长了还沉不住气。行，那我说说。"朱理先用手指头点了点胡轩涛。

朱理先介绍道，国际上，日本加大对东南亚、印度和南太平洋的掠夺，和德国法西斯在欧洲作乱，形成东西呼应，世界反法西斯各国都遭遇到前所未有的艰难局面，好在美苏两个大国都参与到了对日对德作战。苏联一直把德军牢牢地牵制在首都莫斯科附近，去年年底的珍珠港事件后，美国迅速对日军在太平洋上的各个岛屿进行打击，这样，反德日的战线已经形成。在中国国内，多年抗战大大消耗了日军的力量，完全拖住了日军南下。今年初，国民党部队在长沙取得会战胜利，沉重打击了日军的气焰。华北、鲁西南、陕北、苏南苏北、晋冀鲁豫我八路军和新四军及广大的游击队、武工队等一切中共领导下的抗日武装，都取得了骄人的成绩，当然也付出了沉重的代价和巨大的牺牲。但是要特别指出的是，当前国共合作抗日的局面也出现了严重隐患，今年3月底，蒋介石竟然下达命令，"停止抗战，全力剿匪"。这给全国抗战带来了严重的危害。远的不说，胡轩宇同志的牺牲，跟这个命令就有着极大的关系。

朱理先停顿了一下，接着谈道，今年以来，分布在苏鲁地区的各个抗日武装，都遇到了前所未有的困难。鲁南军区在沂南、峄县及滕县等地与日军作战虽然相当艰苦，但取得的战果十分明显。他这次来，军区按照罗政委的指示，对运河支队有两点要求——第一，配合师部行动，扩大游击区，为创建更为广阔的根据地打下基础，和周边的各支队伍加强协作，打击日伪，防范地方武装，打出名气，打出威风；第二，目前，师部下属的部队都在峄县东南及沂南地区，运河支队下一步的重点仍然放在黄邱套，这样就能和北边军分区控制区打通并连成一片。

纪清听完朱理先的介绍后，说："最近我和支队长一直在研究这件事，是向西到微山湖一带，还是往东重新在山套里建立根据地。朱县长这次来，给我们带来了上级的指示，这下我们心里就亮堂多了。"

纪清说完，把目光投向了胡轩涛。胡轩涛说："我赞同政委的意见，就先以山套为主，联合附近的力量，把敌人赶出山套。"

最后三人对几支游击队的力量作了分析，明确了各自承担的任务，确定了游击队之间的联络方式，同时也把交通员定了下来。

按照计划，运河支队大部分兵力从南许阳绕到北许阳，顺着龙门山的北脊，穿过江崮山和大府山之间的山坳，进了尤窝子。

"油麻子"早已赶到尤窝子，正等着胡轩涛的到来。

经过整编后的警卫连由杜立忠担任连长，他先行进入村子，和"油麻子"接上了头，随后胡轩涛等人赶到，大部队在一里之外的山坳里休息。

"油麻子"见到胡轩涛，第一句话就是："这次说啥你也得带上我。"

胡轩涛笑着问："为啥？"

"你们一会儿跑这，一会儿跑那，你们一没影，我就不知道该去哪里了。小鬼子那里我不敢靠过去，二狗子又看不上我。现在，我就连风箱里的老鼠都不如。今儿还有一个平时话不多的老娘儿们，竟然也敢用眼斜睃我，你看我这混的！""油麻子"的话虽是开玩笑，说的确实也是实情。

"哈哈哈，管，你跟我们走吧。"胡轩涛笑着说，又问道，"你这里有多少人？"

"还有二十几个，咋问这个？"

"都跟我们走，马上给你们发枪。"

这句话最让"油麻子"受用。三四个月来，他不但天天要躲鬼子的扫荡，还要躲各个村里新露头的汉奸保长和村长，完全没有当初拉杆子时的威风。

胡轩涛询问山套里的情况,"油麻子"详详细细把各个村的情况说了个通透。胡轩涛和政委纪清还有两个作战参谋整整用了大半天时间,边看地图边做记录,一刻也没有休息。唾沫星子上下翻飞的"油麻子"看到眼前几个人的认真劲儿,心里踏实了许多,认为这次运河支队肯定不会再走了。

黄丘村位于山套中心位置,驻扎着百十来号伪军。村子外围空阔,没有遮挡物,仅有从龙河分出来的两条河沟一南一北夹住村庄。伪军据点设在紧靠南边河沟处,村东西两头各有一个班守住村庄的出入口。

胡轩涛将袭击的时间定在了晚上。

夜色中,两个小分队分别向村庄两头扑去,大部队跨过小河埋伏在据点外面。枪声一响,村西头先发起了进攻,接着村东头也响起了噼里啪啦的枪声。居于中间位置的伪军听见两头都有枪声,慌乱不止,不知该往哪个方向逃跑。

大队长王铁柱按照事先部署,命令队伍隐藏原地不发一枪。两边的枪声越来越密集,据点的敌人坐不住了,担心对方从两边包抄过来,慌忙打着手电筒,冲出据点向西赶去。手电筒亮光暴露了他们的动向,王铁柱命令部分队员冲进据点,大部队开始攻击敌人。正往西赶的敌人没料到附近有埋伏,一时慌了神,只得回转朝据点攻击。此时,早已进入据点的战士们很快消灭了据点内的敌人,占据有利位置,和从南边冲过来的战士夹击据点外的敌人。

战斗持续了一段时间,见难以攻下据点,伪军只得向西撤退,与从村口赶来阻击的运河支队交上了火。王铁柱告诉队员,尽量利用暗夜多杀伤伪军,造成的动静越大越好。处于下风的伪军顶不住了,再进村子等于送死,只能沿河沟南逃。

十几个伪军先悄悄溜进河沟,后面的紧紧跟上。这时,早已堵在南岸的手枪队,组织两挺机枪猛烈向敌人扫射,敌人又被迫退了回去。四周合围过来的队员,在夜色的掩护下,在沟渠两旁展开激烈的围堵战。敌人一逃,枪声就响;敌人停下,冷枪就过来。无路可逃的敌人困兽一般嗷嗷叫着做最后一搏,剩下的人一股脑儿下了河沟,沿沟拼命往南冲。手枪队为减少伤亡,让开一个口子,残余的伪军趁势逃了出去。这一仗,歼敌七十余人,从据点内缴获了大量弹药和米油等生活物资。

黄丘这一仗打得漂亮,结束才两天,山套里的敌人就炸了锅。每个据点驻扎的敌人人数都不多,小的一二十人,大的三五十人。黄丘据点算是大的,竟在一夜间就被游击队端了锅，其他据点的敌人惶惶不可终日，都待在原地不敢轻举妄动。运河支队抓住机会，又接连清除了四个据点。如此一来，山套里的敌人犹如惊弓之鸟，大白天也处于戒备状态。

此后一段时间，山套里静悄悄的。越是风平浪静，敌人越是觉得风声鹤唳。龟缩在各据点的日伪军惶惶不可终日，担心自己像干塘里的王八，一露出马脚就会被运河支队翻个底朝天。

黄丘之战十几天后，在山套东边的毛楼附近，又有新的响动。

毛楼在山套外围，位于库山山脚下，据点里的敌人有三十人左右，自认为人数不少装备不差，防范上粗疏了起来。

一天傍晚，一个精壮的砍柴汉子身背一捆干柴从据点前路过，适逢据点前没人，抬起手"嗖"的一声向院子里掷去一把匕首，匕首上的红绳子上拴着一张纸条。这张纸条很快就递到了排长石家才手里。石家才看了一眼纸上的内容：寄望会晤，共商抗日大计。运河支队　胡。

石家才看完，大吃一惊，问手下此信何来，手下回答说："一把飞刀带进来的。"

石家才知道在黄丘发生的事，心里打起了鼓——运河支队不是一直想在山套内建立根据地吗，毛楼周边的交通这么便利，不是能长期停留的地方，来毛楼不就是送死吗？正当他一脑门子琢磨心思的时候，外面跑进来一个士兵，慌里慌张地喊道："排长，不，不好了，外，外边全是游击队！"

"什么？"石家才惊得跳了起来，三步并成两步蹿到了外面。石家才抬眼张望，据点周围不远处，呼啦啦全是明晃晃的火把。亮光处，刀枪林立，人头攒动。虽然没有海啸般的呐喊，但这只见其人不闻其声的情况，反而让石家才感到毛骨悚然。石家才跑进屋里，六神无主，据点内没有电话，无法和周边取得联系。两个亲信站在身边，不停地问："排长，咱咋弄？是打还是……"

石家才还没想好对策，从远处就传来了一个声音："里面的弟兄们，我们马上过来一个人，请你们这里当官的出来谈话！"

四面被围，敌众我寡，石家才无奈地摇了摇头："到了这个地步，就让他们进来一个人吧。"

得到许可，胡轩涛独自一人走了进来。石家才一看走进来的汉子仪表堂堂，迈着不大不小、坚定有力的步伐，立刻起身迎接，赔着笑脸："欢迎，欢迎，您是……"

胡轩涛微笑着坐了下来，朗声说道："我就是运河支队支队长胡轩涛。"

听到大名鼎鼎的"胡轩涛"三个字，石家才吓得后退半步。

"请问你贵姓？"

"小弟我姓石，叫石家才，是这里的当班。"石家才向前紧赶半步，拱手弯腰回话。

胡轩涛指指旁边的一把椅子，反客为主地说道："石排长，虽然咱是第一次见面，不要生分嘛，坐下说！"

石家才这才坐了下来，瞥了一眼传说中被形容为青面獠牙、金刚怒目的胡轩涛，心有余悸地问："请，请问支队长，您，您这是……"

"咱今天不谈抗日大计，也不谈啥国家大事，就聊聊当兵有个啥意思！"胡轩涛开门见山的话，石家才反而听不懂了，挠了好大一阵子头皮，还是不知道从哪里说起。见石家才丈二和尚摸不着头脑，胡轩涛哈哈笑了起来："那我起个头。我1932年就当兵了，是政府兵，干了六七年，后来还混上了团长，应该说还算不错，后来和别人没搁好伙计，就不清不楚地被降为营长。做错事了，不要说降为营长，就是连长、排长也没有问题，但老子没有做错什么啊，我是个要面子的人，这样就没脸干啦，最后一走了之。你说说，当兵有意思吗？"

"这，这……"石排长琢磨了半天，好像明白了一点，"您，您说的也是啊，好像有这么一句话，好铁不打钉，好男不当兵。他娘的，世道太平的话，谁愿意当兵？"

胡轩涛点点头："是啊，现在当兵，无非就仨原因：一就是你说的，天下不太平，当兵就是为了混口饭，保住自己这条命；二呢，有些人有杀父之仇夺妻之恨，被逼走上当兵这条路，目的就是了却心中积怨；最后，可能就是我们现在的状况：生存受到外族威胁，不当兵就要做亡国奴。不知石排长，你属于哪种类型啊？"

有胡轩涛的话作引子，石家才的内心方才平静些许。他没有解释自己当兵的目的，而是谈起了自己的情况——峄南古邵人，家里弟兄五人，排行第四。祖祖辈辈皆是长工，到了他这一辈，男丁多，两个哥哥娶亲后，房屋和粮食就跟不上了，最后摆在面前的，要么逃荒，要么当兵。不管怎么说，当兵还能混口饭吃，他就参加了鲁南保安司令张余焕的队伍，跟着龙希贞干了三年。他没想到龙希贞很难处，干什么事都没个正形，朝令夕改，脸翻得比书还快。无奈之下，他后来就到了"挺进军"孙友中的纵队，还没混到一年，在诸城一战中被日军俘虏，后来就被派到了这里。

"你在龙希贞那里也干过？"胡轩涛颇感意外，大声问道。

石家才点点头。

"那个狗娘养的，我们逮住过他，后来他主动要求加入我们，可过了不久，就打死我们三名战士后又跑了。给我说说，这个兔崽子现在哪里？"胡轩涛的脸色变得严肃起来，石家才怕龙希贞连累自己，不敢再说半句话，在旁边怔怔地坐着一动不动。

"他是他，你是你。说说他现在到底在哪里？"胡轩涛瞅着石家才说道。石家才这才低声接话："龙希贞，这个家伙投靠到我们这边来了，我刚刚听调防到我们附近的人说的。人具体在哪儿，我一个小排长，真的不清楚。"

"姓龙的，跑得了初一，跑不了十五！总有一天，我会亲手抓到他。不说他了，说说你，你后面打算怎么办？"

石家才不知如何回答。

"我看你还是跟我们走吧，在这里干，不就等于混吃等死吗？这次到你们这里，我们本打算三下五除二来场强攻，收拾完算熊，但动手之前，突然想到我弟弟过去给我说过的一句话。"

"啥话？"

"他说，驻扎偏僻地方的人都是鬼子不待见的，能争取就争取，实在争取不了，就是铁杆汉奸，再动手不迟。所以，我就临时改变了主意，要不然……"

"那，那我得谢谢您弟弟，是他一句话救了我们的命！"

"他不在了。"

"啊，他是干啥的？咋，咋死的？"

"他是个大学生，日本人打到我们这里后，就和我一起拉队伍打鬼子，会吹口琴会唱歌，还特别会劝人，但，但最后死在了不抗日的中国人手里……"说话的胡轩涛，眼眶渐渐变得湿润。

不长的时间，不长的对话，让石家才对胡轩涛、对运河支队有了崭新的认识。他既佩服胡轩涛的胆略、勇气和兄弟柔情，更敬佩能培养出胡轩宇如此豪杰的运河支队的不屈精神，最后决定率部投向运河支队。

当晚，运河支队在据点内休息了一夜。

第二天清晨，石家才一把大火让据点化为灰烬。

32

刘召顺在巨梁桥血腥屠杀运河支队官兵之事，经秋山向上汇报后，三浦毫不吝啬，一下子就拨给他一百多条枪，还通过秋山应允，如果刘召顺能招来一百人，就让他当连长，能召到三百人，就让他当营长。刘召顺亢奋异常，见人就编，口无遮拦地声称，有多少人到他那里，他就准备多少口大锅，反正白面大肉三浦大队长那里管够。

二十来天时间，讨饭的、逃难的、跑反的，再加上一些当地打流混事的纷至沓来，刘召顺手底下很快就聚集了近二百人。他在心里盘算着，还差百十来人就能戴上营长的帽子了。美梦即将成真，刘召顺心中无限畅快，走路步子稳了，说话语速快了，骂人的调门更高了。一直跟在他身边的两个亲信，一个叫杨士成，一个叫于大山。劣迹斑斑的两个人，心里有着各自的小九九，看到老大趾高气扬的模样，私下嘀咕几次后，决定找刘召顺谈谈。

刘召顺喝完小酒，正在屋子里吐着酒气，看见二人进来，就挥手招呼道："你们自己倒水，坐吧！"

两个人没有忙乎，而是一左一右分坐在刘召顺两边。刘召顺见他们表情有点异常，问："你们两个今天吃啥迷幻药了，神经兮兮的，有话就说有屁就放，啥话放到桌面上，跟老子别掖着藏着，都是多年的老哥老弟啦。"

刘召顺二十七八岁，杨、于二人都比他大了四五岁。

杨士成看了一眼于大山，又看了看刘召顺，低声说："连长，这段时间感觉咱也有点闲，没事的时候，我和大山常拉拉呱，谈到今后这路子咋走，心里还是有点不踏实。"

"嗯？"刘召顺转脸瞅了瞅杨士成，"啥意思，想分家呀？"

"不不不，你误解了。"杨士成连连摆手，"连长，咱先看看咱这周边，皇军有，政府军有，皇协军有，八路也有，形势还是蛮复杂的，我想……"

刘召顺一听，顿觉心烦："废话，你这是裤子着火——裆燃了（当然了），我也知道周边形势复杂，这还用你讲？话说回来，管他是谁，咱只管咱自己，再说，现在这局面，不是谁想动咱就能动得了的。"

于大山赶紧端起水杯，双手捧给刘召顺，说道："连长，你别急，让士成把话说完。"

刘召顺看看二人，喝了一口水，不再说话。杨士成接着说："上次咱不是剐了运河支队一下子吗，这事你认为就妥了？不可能！那个姓胡的不可能不知道这事，他现在肯定不知在哪儿瞄着咱呢！不怕贼偷，就怕贼惦记啊！眼下山套里闹得那么凶，皇军最近也吃了不少他的瘪，万一哪天这些人腾出手琢磨起咱这里来，那就麻烦了。最近咱这里是招了不少人，连长你心里也清楚，就这一拨子有人看没人要的货，这里面有几个能把大刀舞得呼呼生风的？有几个能舍命替咱往前冲的？真没几个！再说那姓胡的敢和皇军干，咱这里的情况他能不清楚吗？连长，小心最后是灯草铺失火——没得救啊！"

杨士成说的这番话，可谓苦口婆心。杀害运河支队的人之后，会不会遭到报复？刘召顺的内心也是恐惧的，他已经一连十多天没有出过村子。近段时间，眼瞅着手下人多了，枪也多了，他心里才变得硬气起来。想想杨士成刚才说的话，刘召顺觉得有道理，便将脑袋凑近二人，说："两位老哥，你们说的也是，这个事我也一直在担心，最近这段时间一忙，是有点大意了。两位老哥有啥主意？"

于大山朝左右瞥了一眼，低声细语："连长，我私下里琢磨，眼下这个地方不牢靠，咱能不能换个地方？咱这里就一个桥，南面来人还能挡一下，北边就不好挡了。如果八路从南边截住，再从北边给咱来一家伙，咱就没有退路了。三浦大队长既然看上咱，现在这个地方又不牢靠，咱干脆投过去不就行了吗？"

刘召顺低头琢磨了一阵，还是摇摇头："这个想法估计日本人那里不会同意，他给咱枪，就是想让咱在外围给他挡事的。"

在刘召顺犹豫的当口，于大山朝杨士成使了个眼神。杨士成心领神会，接着说道："连长，如果这个不行，咱就投到韩司令那里去，你和他过去不是有过交情吗？"

"有是有点，但韩世仲那小子并不一定认咱啊。现在，他的实力那么大，就是他能正眼看咱一眼，日本人那里他也不敢明着说留咱就留咱吧，估计不大行。"刘召顺又摇了摇头。

杨士成有点着急，说："这也不行，那也不行，咱就守着这块屁股大的地方，一个小浪就能把咱给掀没了，咋弄？反正我感觉这里真不能待。"

杨士成、于大山二人的一唱一和，更增添了刘召顺的忧虑——日本人那里不会让他们过去，他们现在处于韩世仲和日本人的夹缝中，南边的龙希贞又隶属于韩的管辖范围，眼下唯一的办法只能是去找韩世仲，毕竟过去有些交情，就算韩世仲不愿接受，最坏的结果也能求个彼此相安无事。

几番斟酌后，刘召顺决定先去韩世仲那里打探虚实，然后再相机行事。

胡轩涛带领队伍回到山套后，在峄南大队和鲁南挺进纵队的大力支援下，从北往南拔掉了十几个日伪据点，将几个中队布防在重要隘口。除山套西边尚存几个大一点的日伪据点外，运河支队重新控制了山套的大部分地区。

心情逐渐好转的胡轩涛得空哼起了徐州梆子《下陈州》中包拯的一段经典唱词：

> 宋王爷先赐臣三员大将，
> 三口铡一道旨我带出汴梁。
> 哪一个要贪赃克扣粮饷，
> 着为臣先斩首后奏君王。
> 望娘娘开皇恩将臣释放，
> 我要到陈州地救民的灾荒……

纪清忙完手里的活儿，走到胡轩涛的屋子门前，待胡轩涛唱完一段喘口气时，便用河南梆子的唱词接了上来：

> 听罢言来疑心生，
> 倒叫包拯好不明。

国母娘娘人公正，

端庄镇定有贤名，

向来不理朝中政，

散步从不出皇宫。

今天为何来挡道，

当面叫我徇私情……

"老纪，你这段河南梆子唱得真中！快请进！"胡轩涛在屋内大喊。

"老胡，你那段徐州梆子唱得真管！"纪清笑着回话。

一进门，纪清就高声说："哟，支队长的心情不错嘛，看样子今天你这是阴天打孩子——闲得很哪。"

胡轩涛起身拉过一把椅子，斜了纪清一眼："你啊，这话酸得能掉牙，啥意思？反正闲得也没啥球事，咱俩刚才来了一场文的，还缺场武的，要不咱俩找个空地儿摔会儿骨碌（摔跤）？"

"不中！不中！刚吃的粮食在这上面浪费可划不来，有这个劲儿，你还是琢磨琢磨刘召顺吧。"纪清看都没看胡轩涛一眼，但他的这句话把胡轩涛刺激得不轻。胡轩涛盯着纪清问："你这家伙鼻子尖得很，是不是闻到啥气味啦？"

"那个狗日的现在狂妄得很，在巨梁老窝公开招兵买马，小鬼子三浦给他拨了一百多条枪。现在这家伙胃口大得很，口出狂言，说是要紧跟皇军踏平运河南北。他年前杀了我们一大队的二三十号人，再让他接着做下去，可不行啊！副支队长林峰已经和我谈了几次，现在他的人已经到了运北。林峰让我时时提醒你，对那个姓刘的一定不能手软，牺牲的陈章汉、李子良他们可都是我们的好战友好兄弟啊！"

听完纪政委的话，胡轩涛如锥刺心，脸上阴云密布。他想到了陈章汉，也想到了弟弟胡轩宇。两人一个被吊杀沉河，一个被残忍活埋，为打鬼子保家乡献出了宝贵的生命。作为支队长，他忘不了自己的亲兄弟，也忘不了自己的战友。不但没有忘记，当他一个人静下来时，想到弟弟惨遭毒手与战友的殉难，情景历历在目，痛如万箭穿心。

过了许久，胡轩涛才抬起头，缓缓说道："我知道刘召顺此时也在琢磨我们，他心里应该清楚血债血偿的道理。他的地盘紧挨着韩世仲，南边又是龙希贞，这一带关系错综复杂，再加上这个王八蛋又紧贴日本人，认为自己有靠山，料定我们不敢动也动不了他。他想错了！我能放过他？老纪，就是你不说，这王八蛋，我也得去找他！"

"你咋找？咱这边队伍刚休整几天，直接去攻打，太仓促了，会不会得不偿失？"纪清反问道。

胡轩涛平静地笑了笑，说："我才不会直接去找他呢，我找韩世仲去！"

"找韩世仲有用？"

"有用没用，找找看嘛！"胡轩涛"呵呵"地笑了起来。

紧接着，两人你一言我一语，埋头讨论起来……

韩世仲的军营里，此时正在召开军事会议。刘召顺在客厅里焦急地等着，过了一个时辰，韩世仲和副官才从会议室里走出来。刘召顺一看，满脸堆笑地迎了上去："韩司令，你看你这忙的，咱这地方都得靠你才能压得住阵脚啊。"

"靠你肯定是不管事哟，脚上的鞋子都穿反了，这后面的路还咋走？"韩世仲的态度有点出乎刘召顺的意料。刘召顺心里清楚，韩世仲肯定知道自己的底细，但揣着明白装糊涂，便直接打起了哈哈："韩司令，今后还得靠你指点啊，我这个人脑子不够用，做事有些偏差，如果哪里有你不满意的地方，还望多担待啊！"

韩世仲摆摆手，像在驱赶一只苍蝇，目光斜视着刘召顺说："担待谈不上，有事还是说事吧。"

刘召顺想再凑近韩世仲，被韩世仲伸手挡了回去。韩世仲满脸不耐烦，摇头说道："屋子里就仨人，有话直说，别掖着藏着，跟我净来些猫盖屎的事。"

刘召顺多少有点尴尬，讪笑着说："好好好！韩司令，最近老弟一直吃饭啊睡觉啊都不踏实，去年年关时，我得罪了那个姓胡的一次，现在有点担心姓胡的心里放不下，听说您和姓胡的私交不薄，想麻烦您在中间说和说和。如果姓胡的想要点东西啥的，都好说。"刘召顺开始为韩世仲下套子。韩世仲白了他一眼说："这是你俩的事，在这里和我说不着吧，你俩的恩怨你们自己去了结。哦，你杀了他几十号人，反过来你还认为事小，说不过去吧？就比如你死命搧人家一耳刮子，转个身再上去给人家揉揉，你这不是侮辱人吗？这事我可管不着！"

"您不是和他关系不赖吗？"

"关系再不赖，也解不开你们之间这么大的结，这事你也好意思向我开口？"

"别啊，韩司令，你和他不是也尿不到一个壶里吗，你是国民党，他是共产党，能合到一起？"

"你这话说得太对了，我俩有的时候是尿不到一个壶里，我们自己都有数，但不像你，本身就不想和我们尿到一块儿！三浦给你枪，秋山保你命，有他们撑腰，你还担心啥？"韩世仲知道刘召顺心里憋着坏，便开始跟他绕弯子，逼他把肚子里的坏水倒出来。

刘召顺没了招儿，不知道下面该如何把话圆周全。韩世仲眼瞅刘召顺的难为样，"哈哈哈"笑了起来："老弟啊，你还是请回吧，要是其他事，我还能舰着这张脸去说说人情。这事，我真说不起来。姓胡的那家伙，一般人还真说不通，他妈的就喜欢认个死理。你弄死他的人，他肯罢休？这事别说人家，如果自己的部下莫名其妙地死了这么多，领头的不管不问，后面队伍还咋带？老弟，你说我这个当哥的说的在理不？最后老哥跟你说一句贴心话，跟小日本也别跟得太紧喽！外面啥形势，你还没看透吗？就今年，小日本吃了不少败仗，不管是我们国民党还是他们共产党，都在挤对日本人。你现在跟着日本人后面混没啥问题，你想想如果哪一天小日本在咱这儿待不下去了，最先吃苦的是谁？"韩世仲说完，双眼紧盯着刘召顺。

天不热，刘召顺的头上已经渗出了汗珠子。

"唉！"想了半天，刘召顺才叹出一口气，"韩司令说的也是啊，但我眼前这个事咋弄？愁死我了。"转过脸，他的脸上又挤出一点喜色："韩司令，咱先不管日本人，就您这儿，今后也得为自己多考虑呀。就按您说的，日本人一走，到时候是你们说了算，还是姓胡的说了算？这个问题还不得摆到桌面上来嘛！您看这样行不行？咱俩合到一块，那边我再和秋山队长一说，咱干脆给姓胡的来一家伙，弄死他，这样你也放心，我也就安心啦，咋样？"

韩世仲一听直摇头，断然说道："这个肯定不行！想都别想！让我和日本人裹到一起，门儿都没有！再怎么着，我韩世仲还是个中国人，本身和日本人就不对付，你再让我跟他们搅和到一起和共产党闹，说不过去，上面的人知道我这么干，就一个结果——辕门外砍头！"

这条路也被堵死，刘召顺急了："韩司令，这样吧，我出两百根金条，再

311

从日本人那里弄一百条枪给您，咋样？"

韩世仲听后站起身，看着刘召顺，叹了口气，搓着双手，摇着头："不大管！这事很棘手呀，我这边只要一出兵，姓胡的就能往上头参我一本，我可就吃不了兜着走啦。"

听韩世仲的口气有所松动，刘召顺赶快起身走到他身边："韩司令，你再琢磨琢磨还有没有其他办法，只要把那姓胡的弄死就行，明天我就把东西送过来，你看如何？"

低头来回走动好大一阵子，韩世仲最后才说："这个容我想想办法吧，按说办法还是有的，那你后天来，我给你个准信。"

"好好好，后天我就把东西带来，这事就靠您韩司令啦。"

"你看我这里也忙，就不留你了。"

"哪能？我这就回去。"刘召顺屁颠屁颠地跑出了大门，刚拐过弯，就朝身后吐了一口，"坏熊货，操你奶奶的，还真是不见兔子不撒鹰，等老子以后得势，你咋吃进去的，还得咋给老子吐回来！"

刘召顺上午刚走，胡轩涛下午就来了。

韩世仲热情地泡好茶端给胡轩涛，坐下后问："胡兄，今天急匆匆来肯定是有事吧？"

"韩老弟，那我就开门见山啦。"

"尽管说！"

"刘召顺那个狗娘养的，杀了我几十号人，这个事你听说过吧？"

"这个事闹得这么大，我能不知道吗？胡兄，有话直说！"

"这笔血债，他那个狗日的坏熊一定得还！咱弟兄俩都是带兵的人，为啥咱就不再费口舌了，今天跑你这里来，就是和你打个招呼，听小道消息传啊，你和姓刘的交情还不错，不知我这么一动手，伤不伤咱俩的和气？"

韩世仲内心一惊，但还是强作镇定，赶紧摆手道："不伤，绝对不伤，自己的路自己走。那个混蛋玩意儿，咱弟兄之间有多大的恩怨都好说，你说他跟在日本人屁股后面，这性质就变了。我就是有点私心，但在这件事上也没法摆到桌面上啊。胡兄，这事给你交个底，我绝对不管。你还需要老弟提供什么帮助，都没问题，对待汉奸，老弟我决不会手软。我韩世仲的口碑不敢说响当当的，至少上面是认可的。"

胡轩涛听到韩世仲这么一说，心里多少松了一口气，这韩世仲要是和刘召顺搅和到一起，还真是个麻烦事，当即说道："有老弟这句话，我就放心了。"

韩世仲眨了两下眼，忍不住问道："请问胡兄下一步如何打算？姓刘的那小子和日本人走得很近，他那周边情况还是很复杂的。胡兄，你自己要注意着点，我的队伍立在这里不动，想必附近的人也不敢轻举妄动，可我也身不由己，得听上峰的命令，有些事不能太明显。"

"这个理解，我准备先到张山子敲打一下那个秋山队长，让他不敢动，回过头再收拾刘召顺，反正很近，半天就能结束。就他笼络的那些个小杂鱼，纯属一帮子乌合之众！这回我得让他死得透透的。"胡轩涛说出自己的计划，目的就是看韩世仲的反应。到时如何实施，那是他和政委纪清商量好的军事秘密，他不可能告诉韩世仲。

随后，二人又闲聊了一些家长里短，胡轩涛看时间不早了，就起身告辞："韩老弟，我胡轩涛一向敬佩你，有爱国情怀，有爱民之心，我们后会有期。"

韩世仲把胡轩涛送出大门。

胡轩涛一离开，韩世仲就拨通了沛县县长冯三才的电话。二人在电话中嘀嘀咕咕了好大一会儿，韩世仲才撂下电话。

五天后，冯三才命令县保安团驻扎在微山湖西的土顽头子丛恩施，带领六七百人马一路向东，在沿途各路势力的"关照"下，浩浩荡荡，顺顺利利地到了黄邱套山外。丛恩施所属队伍的到来，让运河支队大吃一惊。经过侦察，支队领导立即召开紧急会议，决定以新成立的农民大队和龙门大队在外围袭扰，二连利用熟悉山区地形的优势与敌周旋，一连八连伺机打击敌人，警卫连作为机动力量随支队机关行动。

丛恩施何许人也？此人系冯三才的亲信，土匪出身，曾多次和铁道大队及沛县县大队发生冲突，十分熟悉游击队的特点和战法。这家伙原本不想离开自己的老窝，对冯三才的决定颇有微词，迫于压力才带队移防。来到一处是非丛杂之地，丛恩施心里抱着一个想法——应付一下差事，把队伍裹紧成一团，仗自己人众枪多，伺机把运河支队赶出山外。当然，如果老天相助，能把运河支队的大头子胡轩涛清除掉，那就再好不过了。

丛恩施的队伍在山套里来回转了三圈，竟然看不到一个游击队员的影子。

但从第四天开始，情况开始发生转变。丛恩施白天寻找对手，找不到，晚上对手竟然能轻而易举地找到他，有时一晚上对手竟然骚扰他四五次，搞得他不胜其烦。

第五天天一亮，保安队还在休息，一支百十人的队伍突然从天而降，机枪、步枪、手榴弹一齐打了过来。丛恩施慌乱之中组织防御，没想到对方攻势异常猛烈。丛恩施气急败坏，命令架起迫击炮轰击。一波炮弹过去，对方这才撤退，开始向黑山方向转移。丛恩施岂肯放过这个机会，挥舞着手枪命令队伍一路追击。就这样，两支队伍前跑后追，先后进了黑山和白虎山之间的峡谷。等丛恩施带领人马刚越过一个小山岭，前面的队伍如遁地般一下子不见了。丛恩施看着两边犬牙交错的峰峦，不知所措。一阵山风吹来，丛恩施打了一个寒战，人立马清醒了三分，挥手命令队伍掉头返回。丛恩施的队伍刚掉转过头，周边顿时枪声大作。

丛恩施知道中了埋伏，阵脚大乱，依仗兵强马壮，固守一个山坡，试图寻找机会逃出峡谷。运河支队岂肯放过一次关门打狗的绝佳机会，二连在后，一连八连两边，三面围攻，呼啸的子弹一刻也没有停息。丛恩施的人马死伤惨重，只能重新组织火力，一路突击下山，根本无暇顾及后面的队伍。等他拼死冲出山洼，后面的一百多人被卡在了两山峡谷之间。

丛恩施带着丢盔弃甲的四五百人刚刚逃出山套，还没来得及喘息，又遭到了龙门大队和农民大队的两次进攻，一阵乱枪又被撂倒了五十多人。丛恩施仓皇逃窜，一直逃到龙希贞的辖区，才算松了口气。

第二天，丛恩施仓皇逃回了自己的老窝——微山湖西的马坡镇。经此一役，之后很长一段时间，丛恩施夜里仍噩梦连连。

在黑山被俘的敌人中，有一个是丛恩施手下的副营长，叫吴继复，是这次俘虏中职务最高的。他被关在一间屋内已经三天，既没人审讯他，也没人搭理他，心里慌了神。正在这时，他听到了门外的两个哨兵小声议论运河支队对待俘虏的政策，其中一人说"小的可能放，大的可能毙"。一句话，吓得吴继复尿了一裤裆。他扶住墙，勉强支撑着身体，朝外叫喊不停："我，我要见你们当官的。"

吴继复被战士带到了胡轩涛跟前。

"说吧，啥事？"纪清问。

"只要你们不杀我，我就告诉你们一个事。"吴继复惊恐地看着二人。

胡轩涛点点头，示意他说下去。吴继复交代，这次行动，丛恩施是受了县长冯三才的指使。丛恩施本不愿意，冯三才十分恼火，说自己也不敢违背上面的命令，一个姓韩的中间人给他打过两次电话，催促他尽快行动，还答应给丛恩施五十根金条和五包烟土。当时大家都很纳闷，姓韩的就在运河支队附近，为何自己不出头，这里面一定大有门道。

胡轩涛和纪清交换了一下眼神，说："我们已经审讯了和你一起被俘的人，事情我们已经知道个大概，就是想最后问问你，看看你和他们说得一样不一样。还不错，你还算老实。现在有个要求，你要写一份保证书，保证书里面要把这次进攻我们运河支队的前因后果写得清清楚楚，并保证今后绝不再与我们发生摩擦。"

二人看着吴继复把保证书写好，并签上名摁上手印，才命令战士将其带回原处羁押。随后，运河支队队部就把这个情况报告给了鲁南军区，接着又传递到新四军首长那里。江苏省政府主席韩德勤得知情况后，大为震怒，对着话筒朝韩世仲就是"蠢猪""不会办事"一通大骂，命令他尽快消除影响，拿回保证书……

　　事情的进展出乎韩世仲预料，自己偷鸡不成蚀把米暂且不说，现在又被架到了火炉上，那份保证书被胡轩涛死死攥在手心里，让韩世仲既尴尬又扎心。看样子，他不直接面对这个"胡大善人"，无论如何是收不了场的。

　　韩世仲没有再骂冯三才，知道就是骂了，也只是图一时痛快，于事无补，于是就写了一封信，派卫兵骑马送到胡轩涛手里，请求面见。

　　见到信后，胡轩涛心里踏实了，对纪清说："这个憨熊货是被踩到小尾巴喽，要不然他不会向我们低头的。唉，我们大声吆喝，还是叫不醒装睡的人哪！但不管怎么样，这次我去会会他，死马就当活马医！"

　　"目前状况下，拆墙比筑墙好！只要有一线希望，我们就得去努力！"纪清说。

　　胡轩涛和纪清一阵嘀咕后，胡轩涛在一张纸上挥墨写了四句话：*看破世事惊破胆，识透人情冷透心。山重水复希有路，柳暗花明又一村。*落款处署名"胡轩涛"。

　　信由韩部送信来的士兵捎带回去。

　　第二天，胡轩涛带领四名警卫策马赶到涧头集。五人还没下马，门口的卫兵就迅速跑进院子报告韩世仲。韩世仲远远地迎了上来，双手抱拳道："胡兄做事真是雷厉风行，老弟我有失远迎！"

　　胡轩涛稍作寒暄，就随韩世仲进了大厅。茶水已沏上，韩世仲亲自端杯递到胡轩涛手里："胡兄，今天我是无颜面对啊，前受小人蛊惑，后加兄弟我自身压力，这世道，老弟就像湖面上的黄叶子，只能随风飘啊，身不由己，一下子就被小杂鱼拖进水里了。"

胡轩涛坦然一笑，一脸神秘地看着韩世仲，淡淡地说："我现在的处境就是人在家中坐，祸从天上来呀！"此话一出，韩世仲犹如钢针扎耳。韩世仲的那张肥脸，一阵儿红一阵白。屋子里的气氛一下子凝重了许多。

胡轩涛仰头"哈哈"一阵大笑后，说道："这事，我原本以为不可能是老弟所为，就是有你的影子，估计也是中间有人蛊惑。但我又不好直接来问，不问还好，一问就好像我胡轩涛对老弟心存芥蒂，你要是再有啥说不清或不好直接说的，那我们兄弟情谊今后咋办？我们政委做事有些死板，没想到他竟然把这事往上面汇报了，你看这弄的叫啥事？这不，我得来把事情搞搞清楚，这事也就过去了，千万不能影响咱兄弟之间的感情呀。"

一番看似轻松的话，却让韩世仲感到如坐针毡。他默默喝着水，静听胡轩涛的"教诲"。其实，韩世仲心里跟明镜似的，这次让姓胡的抓住了自己的小辫子，说就让他说两句吧，等姓胡的心里舒坦了再提要求。

没想到胡轩涛的话戛然而止，双眼盯着韩世仲，这一下把韩世仲搞蒙了。但韩世仲毕竟是久经江湖，朝门外大喊了一嗓子："刘副官！"

刘副官闻言瑟缩着走进大厅，韩世仲厉声呵斥道："去，马上把那五十根金条拿过来，他奶奶的！就因为你贪图这个便宜，你看看，今天闹得我在胡兄面前，人都没法做了。"

刘副官转身跑出屋外。

胡轩涛一脸纳闷："老弟，你这是啥意思？"

韩世仲指着瞧不见人影的大门外说："就是这个小舅子玩意儿，拿了姓刘的五十根金条，让我和你闹，这我哪能？这家伙就假传圣旨，以我的名义去找其他人，你看看这算啥球事，这个兔崽子估计拿人家不止五十根金条，后头等我弄清楚了，非得枪毙他不可！"

"老弟，这事就算了，他也是一时贪念使然，没啥没啥。再说，这次我也有收获啊，我那里还缴了一百多条枪呢，正好给新招的人员使用。"胡轩涛笑着摆摆手。

韩世仲板起脸，显得义正词严："这不行，五十根金条，今天你必须得拿走，这算是我对手下管教不严，做错事理应受的惩罚。胡兄，这个你千万别推脱，再说，这些东西还是那个姓刘的，他理应为自己的错误承担责任。"

这时，刘副官走了进来，把一个木匣子放在桌面上，韩世仲把木匣推向胡轩涛一边："胡兄，这也是老弟代为赔罪的心意，你看……"

"这个先放一边，现在的问题还是那个姓刘的，我上次来和老弟已经谈到这个问题了。咱俩不是外人，这次是他撺掇着一圈人来对付我，是不是该在这小子身上再添一笔债啊？"话题终于绕回到了刘召顺身上。来之前，胡轩涛和纪清对此琢磨了很长时间，就想从韩世仲这里得到个满意答复。

韩世仲是精明人，见胡轩涛谈及此事，把内心早已敲定的想法和盘托出："这个姓刘的王八蛋跟着日本人跑，还挑拨咱弟兄二人的关系，对他我是深恶痛绝。他愿意跟日本人是他的事，冲他破坏咱弟兄俩的交情这一点，这人死不足惜，你看对他有什么打算？"

"刘召顺是找到你这边的，听说你们之间有交情，我本想由我们代表咱这一带的百姓去清除这个汉奸，现在估计他知道自己的计划失败，防范一定很严。这时候我再出人出枪，是不是有点不划算？再说，上级首长也不一定赞成此时去清算他！"胡轩涛又把皮球踢了回去。

韩世仲拍了一下桌子，爽快地说道："行，那我就好事做到底，送佛送到西。不为别的，就冲胡兄为人仗义，胸怀坦荡，我来处理这件事，再也不会让胡兄失望。人我叫来，怎么处理随你，这样胡兄总该满意了吧？"

"管！"胡轩涛朗声回答。

当晚，在涧头集最好的兆龙饭庄，好菜好饭摆满了整整一桌。

刘召顺带着两个亲信来到大门外，韩世仲的卫兵把三人带进房间。韩世仲已经端坐在酒桌主位，旁边坐着他的参谋。韩世仲热情地招呼刘召顺三人顺着参谋坐下，另一边则空着。三人唯唯诺诺坐了下来，刘召顺问："韩司令，事情现在有什么进展啊？"

"刘老弟，这事被你弄岔劈啦，不好收尾啊！"韩世仲的话不冷不热。

听到这话，刘召顺一下子愣住了："不对呀，这事都是你一手……"

"胡说！"韩世仲手指着他，一脸怒容，"我韩世仲该做什么不该做什么，难道自己不清楚，还要你来教？"

刘召顺被搞蒙了，见韩世仲不高兴，就没再言语。韩世仲朝卫兵喊道："把两个朋友请来吧！"

片刻，胡轩涛和二连连长王铁柱走了进来。胡轩涛之前并未和刘召顺谋过面。刘召顺看着二个陌生人进来，不知韩世仲葫芦里卖的是什么药，只能等他发话。韩世仲对胡轩涛说："这位就是刘召顺刘营长。"紧接着，韩世仲又转脸对刘召顺介绍道："这位就是我的老大哥，运河支队支队长胡轩涛。"

听完韩世仲的介绍，刘召顺两眼发直，脑袋嗡嗡作响。

胡轩涛淡淡一笑，望着刘召顺说："年轻有为啊，二十多岁就当上了营长，佩服，佩服啊！"

刘召顺擦了一把冷汗，赶紧起身半弯着腰，一脸尴尬："不敢，不敢。"

韩世仲摆了一下手，招呼道："大家坐下吧，今天我把大家叫到一块，目的是要消除误会。之前相互之间有误解，可能是我韩某人把话传偏了，现在双方都给我韩某人面子，我们当面锣，对面鼓，在这里把话说清楚，今后大家要不计前嫌，携手共进。来，咱边吃边聊。"听罢韩世仲的话，刘召顺才敢坐了下来。

席间，三方的人各有各的打算，气氛略显沉闷。刘召顺主动端起酒杯，殷勤地说道："我敬两位老哥一杯，刘某人不才，有些地方做得不好，多有得罪，还请各位大哥见谅！"

胡轩涛淡淡一笑，晃着酒杯说："刘营长不仅年轻有才，还足智多谋，听说三浦大队长也经常表扬，韩老弟，我说得对吧？"

韩世仲赶紧岔开话题，说道："现在是抗战关键时期，我们吃民族的饭，要为民族着想，大家不能只打自己的小算盘，务必一致抗敌、争取胜利！"

韩世仲急于把自己撇干净，还得压着刘召顺不能让他道出实情；刘召顺想着如何活着出门，自然不敢乱说；胡轩涛稳坐钓鱼台，就等着最后拿人，说起话来从容不迫。

三方对巨梁桥发生的事均只字未提，民族大义、匡扶社稷之类的话倒是讲了不少。

酒桌上，劝酒的虚情假意，吃肉的味同嚼蜡。刘召顺的心脏始终在嗓子眼那儿不停地蹦跶，几近炸裂。他看胡轩涛、韩世仲两个像无事人一般闲谈，终于憋不住了："韩司令，胡队长，今天两位老哥有什么话尽管明说，如果过去有不到之处，今天一并向两位老哥赔罪。"

韩世仲拍拍刘召顺的肩膀，安慰道："老弟，你想多了，今天就是来聚聚。来之前，胡兄也跟我谈了，过去的事，还是谈明白为好，大家日后就好相处了。我出去一下，你们开诚布公地谈谈，别伤了和气就行。"

说完，韩世仲拉开房门，径直出了屋。

屋内只剩下双方当事人，气氛压抑得叫人窒息。刘召顺硬撑着头皮说："胡队长，前面的事可能有误会，我想跟你解释一下。"

胡轩涛摆摆手，冷笑道："不用了，丛恩施手下的吴营长把所有事都跟我说了，今天韩司令约大家来，就是让咱们谈谈这事儿今后咋办。事情到了这个地步，总该有个了断吧！"

刘召顺知道避重就轻已毫无意义，索性耍起了无赖，当下哭丧着脸说："胡队长，既然你这样说了，随你咋弄，不就是小命一条嘛！"

"爽快！那就跟我们走一趟，吴营长还在我那里，你去见见他，有啥误解，大家都在场，当面说清楚。"此时的胡轩涛，脸上阴云密布。

刘召顺浑身一惊，本能地拒绝道："你可以把他们带到这里来，我们当面对质。"

胡轩涛轻咳了一声，门外闯入七七八个战士，怒目金刚般站在了刘召顺三人身后。一看这架势，刘召顺顿时面如死灰，知道再挣扎也是徒劳，只得乖乖地跟着走。

第二天，刘召顺、杨士成、于大山三个人被黄邱套根据地民主政权宣判后执行枪决。

胡轩涛一枪未发，白白得了五十根金条，悬着的心总算落下了。

胡轩涛把此事结果上报给了鲁南军区。罗政委得知此事，赞叹道："运河支队，真是一支敢在敌人头上跳舞的队伍啊！"

在贾汪，德国人卡尔开的酒吧附近有一间杂货铺，店主叫李家帆，真实身份是运河支队安插在贾汪的交通员。一天夜里，李家帆突然被日本宪兵带走了。消息传出，就像一颗炸弹引爆开来，贾汪的地下组织，大部分人员不得不转移至附近的利国。

审讯室里，井上亲自坐镇，各种手段都过了一遍，当天夜里，李家帆忍受不了折磨，开始像挤牙膏般一点点招供。随后，井上命令几组日军在贾汪的大街小巷秘密抓人，搜捕了大半夜，毫无收获。原来，胡轩涛得知李家帆被抓的消息后，立刻决定撤走相关人员，随后政委纪清亲自带人在贾汪建立起新的联络点。与此同时，留在山套里整训队伍的副支队长孙振龙也遇到了新情况，几天前，九连连长杨在宝带着几十人深夜悄悄离开了队伍，去向不明。

胡轩涛带着张宏彪和黑蛋赶往柳泉。刚进镇子，胡轩涛明显感觉气氛和往常不同，特别是通往自己家的小路，大白天竟然没有一个人。他的心立即揪了起来，没有直接回家，而是拐进另一条巷子，溜着墙根悄悄来到一门楼前，轻轻敲响了小时玩伴赵林德的家门。门从里面拉开后，赵林德一看是胡轩涛三人，大吃一惊，赶紧招呼三人进屋："哎呀，你现在咋敢回来，你家出大事啦。"

"啥事？快说！"胡轩涛坐都不敢坐，眼睛直直地看着赵林德。

赵林德按住胡轩涛，让他坐了下来，说起了事情的经过。五六天前，镇里来了十几个警察，由两个身穿便衣的人带领，悄悄进镇子抓走了四个人。这四个人是什么身份，大家都不清楚。前天，几个人又来到柳泉，说是要找胡轩涛。胡轩涛父母说不知道儿子在哪里，对方不信，就在家里到处搜查，最后要拿走家里的地契和招牌。两个老人死活不同意，这些王八蛋竟然动了手，轩涛父亲肩胛骨伤得很重，胳膊都不能抬了。轩宇媳妇雪梅回娘家去了，轩涛媳妇吴瑶死死护着两个孩子。说到最后，赵林德惊慌地问道："轩涛，到底你在外面干些啥？咋会得罪这些人？我还听你家邻居说，这些人看起来不像土匪，不抢值钱的东西，只嚷嚷着要人，其中一个领头的还说，五天后你如果还没回来，就把家里人全部带走。"

赵林德没有想到，胡轩涛此时表现得异常冷静。见胡轩涛半天没说话，赵林德拍了拍他的肩膀："轩涛，我在跟你说话呢？我说的你听清楚了没有？"

在胡轩涛心里，眼下这个情况是他早就预料过的。他自己所做的事，敌人终究会察觉，只是没想到事情会来得这么快。自李家帆被抓后，他估计过可能出现的各种情形，今天之所以没有直接回家，就是防范最坏的情况。李家帆是否叛变，因见不到人，眼下没办法知道详情，但贾汪日军四处抓人，说明此人有可能叛变。胡轩涛看看赵林德，淡定地说道："这事我清楚了，可能是我在外得罪什么人了。"

"轩涛，你咋会得罪那些人啊？"赵林德一脸愁云。

胡轩涛不慌不忙地站起身，对赵林德说："林德，我来处理这件事，只是你不要对外人说我回来过就行。"

赵林德赶紧说："哪能！咱俩啥关系。"

胡轩涛三人立即出了门，朝东走去，路上他对张宏彪和黑蛋叮嘱一番，三个人迅速分开。

冬天天黑得早，胡轩涛父母吃过饭后，和大儿媳坐在一起，三个人忧心忡忡。

"可能小涛的事被别人知道了，这孩子也是，我一直告诫他要处处小心谨慎，你看这事一来，他又不在家，下面咋弄？雪梅又是这个情况，小涛再万一……"轩涛父亲说完，一声叹息。

"俺大，您也别操这个心了，轩涛不可能不知道家里的情况，咱等等看，我感觉他应该快回来了。"吴瑶安慰着两位老人。

母亲把温好的汤药端给父亲喝下，坐在一边不说话，只顾抹着眼泪。父亲对吴瑶说："我和你娘到了这个岁数，也没啥担心的，早就把生死看淡了，放心不下的还是你和两个孩子。雪梅回娘家了也好，至少不用在咱这儿担惊受怕。还有你大姐夫，他也为胡家做了很多，我们担心的就是这些。"

"俺大，俺娘，咱仨光在这儿琢磨也没有用啊，你们先不用操这个心，咱还是等等吧，等轩涛回来一定会有办法的。咱家出这么大的事，他很快就会知道的。"吴瑶说这话时，其实心里也没有底。两天来，她没睡过个囫囵觉，孩子也不敢送到学校，只能在家里等着丈夫回来。

母亲搀扶父亲进里屋休息了。吴瑶回到自己房间，一双儿女已经入睡。她看着甜甜睡着的孩子，泪水不由自主地流了下来。这些天来，吴瑶一直处于惊恐之中，丈夫回来有危险，人在外面自己又为他担惊受怕。虽然家里日子过下去没有太大问题，但眼前上有老下有小的境况，一有风吹草动，已经超过她这个弱小女子所能承受的极限。

此时，就在家门外的巷子里，两个蹲守的便衣被几个黑影扑倒，十几个人迅速赶到胡轩涛家门前，一人攀爬上墙，从里面打开了院门。一行人冲进院子，驻柳泉的交通员小吴轻轻敲门："嫂子，快开门，我是小吴。"

吴瑶赶紧下床开了门："小吴，你们这是……"

"嫂子，你先把大叔大婶叫起来，马车在路口，不说话，孩子也不要发出声音。"小吴压低声音说道。

吴瑶没说一句话，先把两个老的叫醒，待他们被两个汉子背出院门，才回头把两个孩子推醒，一边穿衣一边告诫说："外面天黑，有狼，都别出声。"临出门时，吴瑶问小吴："大姐夫那里怎么交代？"

小吴说："嫂子，他已经回西堡去了，酒坊先不管，以后再说吧。"

众人出门后，一年轻人从里面拉上门闩，翻墙而出，消失在夜色之中……

徐州女子中学内，两名年轻警察向校方出示证件，在教务主任带领下直接来到二班，叫出赵梓玲，只说了一句："你大舅让我们来接你。"

小玲子问："我大舅叫什么名字？他有什么交代？"

一名警察答道："古月大善人，他的腿不如他那张嘴。"这是胡轩涛交代给玲子的暗号，只有说出这句话，她才能跟着来人走。

出了校门，小玲子在警察的安排下上了一辆马车，先是来到佟克明这里，后又转到邳城镇邳城中学。

小玲子上午被人带走不到半天，靠近中午时，一辆黑色轿车悄无声息地停在了学校门口。车还未停稳，就从里面跳下两个便衣，手拿证件，气势汹汹地闯进了校园……等两个便衣返回到轿车前，探头向车内说了几句话，只见汽车后座一只握烟斗的手朝前挥了挥，便衣急忙上车，轿车快速驶离了学校大门。

一切安排妥当，胡轩涛心里踏实了下来。

一番精心乔装打扮后，胡轩涛带领一个小队悄悄前往利国，夜色中他们慢慢靠近迎湖仙饭庄。众人从远处看到饭庄里里外外漆黑一片。这个点应该是晚饭忙碌后收拾后厨的时辰，店里竟然见不到一个人，胡轩涛心里顿时有种不祥的预感。

一个战士溜着墙根渐渐来到饭庄，轻轻敲了几下房门后，屋子里的灯亮了。吴再清拉开门，看见门口站着一个人，急忙问道："你，你是来吃饭的？"

战士回话："我们有十几个人，想在这吃点东西。"

吴再清有点不耐烦："都关门五天了，哪有吃的？去其他地方吧。"

"我们吃得简单，每人一份臭盐豆、两碗粥外加三张煎饼就管！"

听完战士特别突显"数字"的话，吴再清浑身一惊，向四周望了望，压低声音问："你们是胡……"

"对！是胡轩涛的人。"战士低声说道。

"他人呢？"吴再清急问。

"你跟我来，把房门关上。"战士说完，就领着吴再清来到不远处的草垛后面，黑暗处传来胡轩涛的声音："再清，是我。"

吴再清听到声音后，竟然哭出了声。胡轩涛赶紧上前劝慰："不要这样，现在我们不能声张，你先把这里情况简单说一下。"

"哥，这里的生意说不上好，也说不上差，维持下去没有问题，但在五六天前，你那个叫胡化锦的堂弟和保安队长田景成来过之后，感觉情况就不对头了。一天后，日本商会头头相川的秘书，名字叫梁鑫的来到饭店，打听你人到哪儿去了，说想从你这里再买些东西。我说你天天在外面跑，我也不知道你在哪儿，只能等你回来再说。昨天胡化锦又来了一次，说是看看最近的账本，顺嘴又问了你什么时候回来。"

胡轩涛问："你给他们说你家在哪儿没有？"

吴再清回答："他们没问，我也就没说。店里的三个伙计早就走了，现在只剩下我一个人，你再不回来，我也得走了，这不就是在等你来嘛。"

"店里还有什么值钱的东西没有，这个店你不能再待下去啦。"胡轩涛说。

"咋回事？哥，你现在干啥事？"吴再清急切地询问。

"我得罪日本人啦，他们来，可能是报复我。这样，你进去把钱和贵重的东西拿出来，大的东西一概不要，现在就跟我们走。"胡轩涛低声交代吴再清。吴再清刚准备起身，就被胡轩涛按住了："有人，别说话！"

黑暗中，五个手拎短枪的人悄悄摸近饭庄，靠近大门时，一人借着灯光朝里张望，另外四人也紧接着悄悄围了上去。估计是见屋里没人，几个人又回头朝四处张望一番。这边胡轩涛命令众人做好伏击的准备，对方刚往外面走了几步，这边的枪就响了。五人身在明处，来不及吱声就全被一串子弹撂倒在地。

战士们冲了上去，吴再清进屋清理东西，胡轩涛来到五人面前，见一个人还在喘着粗气，蹲下来问："是谁命令来的？来干什么？"

见此人不回答，黑蛋拿枪顶着他的鼻子问："说了我们就放你一条生路，不说，就送你上路！"

"是，是田队长派我们来的。"此人伤得很重，说话已经毫无气力。

吴再清很快就跑了出来，胡轩涛朝大家挥挥手："撤！"

众人刚走，附近听到枪声的几名日军已经赶到，看到大门前躺了五具尸体，搜查一番后便匆匆离开了。

第二天一大早，田景成带着几十个人赶到迎湖仙饭庄，扫过一眼凌乱的现场，气得大骂不止："老子守了三天，一点动静都没有，要是昨晚再多等一天，这些王八蛋能跑得了？妈的，姓吴的也不见了，还把钱都卷跑了。"

一把火烧掉饭店后，田景成气呼呼地带队向松北队长报告去了。

34

在利国矿当监工的胡化锦，已经对堂兄胡轩涛的真实身份确信不疑。他把情况和父亲嘀咕后，胡德胜心里犹如悬上了一块石头。胡德胜告诫儿子，以后离胡轩涛他们家远一点，别因为有这层亲戚关系让日本人无端怀疑。

胡德胜中间几次到胡轩涛家，敲了半天门没有回应，问左邻右舍都不清楚一家人的去向。胡德胜的心更是揪到了一起。从此之后，他整日提心吊胆，生怕噩运会降临到自己头上。

胡化锦基本上四五天就会回家一趟，一来和妻儿团聚，二来看望父母，瞧瞧家里有什么事需要处理。距离上次回来和父亲沟通胡轩涛的事才隔了一天，胡化锦又回了家。

胡德胜有点纳闷，问："化锦，你前天不是才回来吗，今天咋又回了？"

"大，咱进屋说。"父子二人一前一后进了屋。

屋子里，父子二人坐定，胡化锦的母亲闻声也来到堂屋。

胡化锦先说道："大，娘，小涛哥现在被日本人瞄上了，今天上午从贾汪到我们矿来了几个人，能看出其中一个日本人很凶，是日本特务队长。他一来，就把我们叫到一起问话，全是小涛哥的事。小涛现在不得了，当上了八路军运河支队的大掌柜，手下有千把号人呢。"

"啊"的一声惊叫后，胡德胜接着问道："那日本人为啥把你叫去了呢？"

"还不是田队长说的！"胡化锦回答。

胡德胜"哎呀"一声，沮丧地说道："我现在就担心日本人知道咱和小涛一家是亲戚关系，那下面咋弄？日本人不会把你撵回家吧？"

胡化锦脸上勉强挤出一丝笑容："他们还一直认为小涛哥叫胡怀山，和咱们仅仅是认识。那个日本队长说了，让咱提供一些小涛哥的情况，不要我们出面，逮到人的话，我们还可以拿不少钱！"

"咱能知道啥情况？我都跑了七八趟他家了，一个毛影子都没有。小涛干那么大的事，还能让咱知道他去哪了？我警告你一句啊，别说咱不知道，就是知道了，咱也不能说出去。"胡德胜告诫儿子。

胡化锦问："那为啥？"

"为啥？"胡德胜用手指着儿子说，"你敢说吗，小涛手底下那么多人，是咱能应付得了的？在这上面，你千万别犯糊涂，日本人那里你能糊弄就糊弄。他们自己不会去找小涛吗？日本人既然让你提供情况，说明他们也找不到他。还有，咱毕竟和小涛家是亲戚，万事得留条后路，你可别当这个憨子，让镇上的人戳咱的脊梁骨！"

胡化锦这次回来，本想和父亲商量与胡轩涛一刀两断之事，但听父亲这么一说，心里凉了半截。反复琢磨几遍父亲的话后，胡化锦心里有了谱，倘若自己和胡轩涛撕破脸，亲戚、朋友和镇子里的乡亲戳脊梁骨还是小事，八路军可不是好惹的，弄不好是要掉脑袋的。

"化锦，这事你得听你大的，他毕竟在镇上混了这么多年，深浅还是摸得清的。日本人那么厉害，又有那么多人和枪，对小涛都没办法，光靠咱拎几个肉锤能行吗？这世道，咱说不清，也看不透，你千万别人家一敲锣，就又翻筋斗又打把式的，最后倒霉的还是自己。"一旁的母亲也在劝说着儿子。

胡化锦点点头，稍停片刻，对父母说："田队长昨晚还和我在一起叨咕这件事，这家伙前几天死了几个手下，说是小涛哥干的。他警告我，让我配合他，把小涛哥引出来，由那个日本特务队长来对付，不要我出面。"

这句话一出口，老太婆就骂上了："你个憨熊货，那个姓田的，到咱家这么多次，第一次来，我就瞧他不像个好货！化锦，你跟他干这事，不就成替死鬼了吗？到最后，他自己要是遇到麻烦事，嘴一歪，啥坏事都成你的了。你要是在这事上犯糊涂，咱这一大家子就完了。你就敢保证日本人能待在咱这里一辈子吗？你心里千万别糊涂啊，吓死我啦。"

父亲看了老太婆一眼，一脸赞许的神情："化锦，别看你娘平时不出门，但居家观天下。"

胡化锦心里原本有自己的小算盘，本打算不动声色领到那一大笔赏金，没料到父母都极力反对，再加上对胡轩涛领导的抗日队伍的畏惧，便打消了心中的杂念。胡化锦正准备回到自己小院，突然听到外边有人敲大门的声音。他走出房门，大声喊道："谁呀？"

院外传来熟悉的声音："化锦，是我啊，你涛哥！"

说曹操，曹操到。前脚刚跨出房门的胡化锦又把脚收了回来，转脸看看父母，两个老的已是满脸惊愕，正四目瞅着自己。正当三人惊慌不知所措之时，胡轩涛的声音再次从外面传来："化锦，我是你涛哥啊，我知道你在家，上午到矿上找你，你不在。"

这一声，算是叫醒了处于混沌中的胡化锦。他赶紧整理了一下衣领，回应道："来了来了，哥，我来了。"

门外站着三个人，胡轩涛和张宏彪，还有一个是胡化锦不认识的毛头小子。胡轩涛笑呵呵地看着胡化锦问："俺叔俺婶在家吗？"

"在，在，快进来吧，哥！"

胡化锦引领三人进了院子，胡德胜老夫妻看见轩涛，强压惊慌又是让座又是倒水。胡轩涛早已看出两位老人慌张之色，仍然若无其事地接过张宏彪递过来的礼盒，放到面前桌上，笑着说道："俺叔俺婶，今天正好回家，顺道过来看看您二老，这是一些你们喜欢的糕点，另外给您二老每人扯了块布，改天让化锦带你们到裁缝店做身新衣服，这不眼看着要过年了嘛，咱也要喜庆喜庆不是！"

"小涛这孩子，就是让人喜欢，啥事都想着婶子。"婶子露出一口豁牙，强装笑脸。

胡轩涛又拿出一个小袋子，对胡化锦说："化锦，咱那个店近一段生意不是多好，但前一段生意还是不错的，咱兄弟俩谈好的红利，会按照咱事先说好的，这里面有一千八百块钱，是给你的，上午去找田队长，他人不在，他那一份我这两天会给他的。"

"轩涛哥，你这也太客气了，我也没做啥事，你还……"胡轩涛的大方出乎胡化锦的意料。

胡轩涛拍拍袋子说："做事得讲究！饭庄还不是靠你和田队长撑着吗，我天天也不着店，由你们压着阵脚好多了。"

胡德胜拽一下胡轩涛的衣袖，急切地问："小涛，你先别谈这事。我问你，我到你家几次，咋没看见你大你娘啊，家里一个人都没有，门都锁上一段时间了。"

"叔，你说这个呀，我最近也照顾不了家里，孩子也要上学，我就把他们安排到徐州去了。咱这里上学条件不是多好，我在徐州有个不大不小的官员朋友，就托付给他，放假时才回来。俩孩子一走，俺大俺娘没有人照顾，就一块去了。我在徐州租了三间带院子的房子，也比较方便。"胡轩涛解释道。

"哦，那就好，以后家里有啥事言语一声，我和化锦毕竟在镇里，咱两家靠得近，你千万别见外啊。"胡德胜说道。

胡化锦接过父亲的话："轩涛哥，你都忙些啥？饭庄你也不管，田队长念叨你好几次，说你这人讲义气，可交。"

胡轩涛哈哈一笑，说："感谢田队长还念叨我啊，没事，最近我去拜访他，到时我们一起坐坐。如果你碰到相川先生，也给他说一声，我又弄了几个好东西，让他把把关。喜欢的话，看着出点费用就行了。"

"行，那太好了，你说啥时间？"胡化锦说。

胡轩涛挠挠脑门，想了一下："时间上我还真说不准，再过个七八天吧。"

聊到这里，胡轩涛看见胡化锦一脸若有所思的样子，顿时明白他的心思，但碍于两个老人在场，就没再扯新的话题，起身对几个人说："俺叔，俺婶，我就不坐了，天不早了，还得赶路。"

婶子不同意，拽住胡轩涛："小涛，这眼瞅着就天黑了，就在家吃，你婶给你做你喜欢的，化锦去街上买点卤肉就行，你不能坐一会儿就走啊，说啥也得在家里吃点东西。"

胡轩涛赶紧拉着婶子的手，一脸歉意："婶儿，这次真不管，过几天我就回来了，下次我早点来，您老好好烧几个拿手好菜，我一定稳稳当当地陪你俩坐一会儿。"

见胡轩涛去意已决，胡德胜在旁边劝老婆："行啦，小涛也不是外人，年轻人忙点是好事，过几天不就回来了吗。下次就下次吧，别拦着孩子耽误他正事。"

胡轩涛和老人告别后，出了院门。胡轩涛带人刚走七八步远，胡化锦就追了上来。胡化锦赶到三人面前，把胡轩涛拽到一边，轻声问："轩涛哥，你说实话，你是不是八路那边的？我也不瞒你，你的事不光田队长知道，听他说从贾汪还来了人，就是来利国摸你情况的，这个你一定要当心。"

"我在道上混，啥事都干，只要对咱有利就行。还有，疯传我的事，你给你大你娘他俩说了没有？"

"说了。"

"你看看，你说这些干吗？这不是让两个老人担心是啥？你马上回去，再把话编回来，就说我的事都是误传，是阎王爷说谎——骗鬼的话。现在外面传啥的都有，还有人说我和日本人走得近，说我是汉奸呢。"胡轩涛提示说。

胡化锦有些尴尬地点点头："轩涛哥，你也别怪你这个弟不懂事，你的事我没法掺和，但你放心，咱是亲戚，我不会琢磨你的，你的事就烂在我肚子里，只当我啥都不知道。但那个姓田的，你自己得当心点，他和日本人走得很近。"

胡轩涛"嗯"了一声，说道："他的事我知道，你自己做事要谨慎，其他的后面再说，化锦，你回去吧。"

"好的，轩涛哥，保重啊。"

胡化锦停在原地，看着三人消失在夜色里。

当天夜里，田景成喝得摇摇晃晃回到自己家，在门前低头瞧见两个竹篓子。进屋后，他把竹篓内的东西倒在地上一看，立马酒醒了七分。原来，一个竹篓中装了一只无头褪毛光鸡；另外一个篓子里，用红布装着一千八百块钱。和钱在一起的，还有一封信。

田队长景成兄：这一千八百块钱，是咱兄弟开饭店谈好的红利，上午去找你，你人不在，只能通过这种方式给你了。小弟我在道上混，拿人钱财替人消灾，若有得罪之处，请你体谅。若一根筋不留别人薄面，送上的这只断头鸡，应该会给你一点启发。顺便说一句，我在道上所做之事，与化锦一家毫无关系，他们不仅被蒙在鼓里，有时还得受我恫吓替我说几句假话。奉劝景成兄一句，不要加害他们，不然的话，害友等于害己！切记！胡怀山

第二天，胡化锦一到矿上，就被松北队长叫去了。

田景成也在，松北队长身边站着一个姓蒋的翻译，胡化锦认识此人。

松北队长问："胡先生，这次回去，给你交代的事，该有点收获吧？"

"不好意思，松北先生，没，没有。"

松北勃然大怒，一把抓住胡化锦的衣领，甩手就是两个耳光。

"你，私通八路的干活。我们已经摸清，姓胡的明明和你是亲戚，同住一个村，你却说他是曹八集的，仅仅是一般的朋友。"

松北的话一出口，田景成立马看着胡化锦说："不，不是我去摸的。"松北瞪了田景成一眼，田景成慌忙退到一旁。

胡化锦摸了摸脸，哽咽着说道："松北队长，既然你都知道了，我就把话说开了，我和他确实是亲戚，也同住一个村，但他干的什么事，什么时候回家，我和家里人确实不知道啊。"

松北从腰中拔出手枪，对准胡化锦的额头，气势汹汹地吼叫："你的，老实地交代，不然，死啦死啦的！"

"我说，我全说！"抹去头上的虚汗，胡化锦吞吞吐吐地说起话来，"他，他不叫胡怀山，叫胡轩涛，他一家原来确实住在柳泉，具体什么时间离开的，我爹去过几次，大门都是锁上的，这个田队长应该也清楚，你们也可以派人去柳泉问问，就连他家的邻居也不清楚。我，我说的有半句假话，你现在就可以开枪打死我。"

"是这样吗？"松北扭头盯着田景成喝问。

"是，是的。"田景成回答。

松北冷脸盯了胡化锦很长一段时间，才晃着脑袋说话："你和他家是亲戚，过去为什么不老实交代？"

"我在这里当差，你们是爷，他有人有枪，也是爷！两边都是爷，我谁都得罪不起啊！所以，每次他见我，让我说什么，我就得说什么，不答应的话，我今天就不能在这里和松北队长说话了。"

松北心里知道，胡化锦和胡轩涛交往并不深，况且胡化锦在业务上也是难得的人才，便将手枪插回腰间，口气缓和了不少："胡先生，我希望我们之间的谈话是真诚的，你应该清楚，这个人对我们很重要，只要你提供有用的信息，你的功劳大大的。"

胡化锦一脸愁容，上前一步说道："松北队长，你到中国也有些年头了，在我们这，亲兄弟都不会啥话都说，他爹和我爹是堂兄弟，到了我们这一茬就更远了。平时我们两家来往也不多，谈交情还是远了点儿，这个你可以问问田队长，我说的是不是这个理儿。"

松北把目光投向田景成。田景成连声应道："是的，是的，不瞒松北队长，我也派人去柳泉了，确实没人知道姓胡的何时离开的，去了哪里。这个人很狡猾，胡老弟说的也在理。"说完，田景成又瞅向胡化锦："化锦老弟，以后咱俩都得靠松北队长了，对松北队长咱一定要坦诚相待。这事要是换成其他人，松北队长早就剥了他一层皮……"

"嗯！"松北鼻子里发出严厉的声音，田景成赶快把话收住。这时，松北脸上露出温和的笑容，走到胡化锦旁边："胡先生，我相信你对皇军的忠诚，但忠诚不能光嘴上说说，是要拿出点实际行动的，要不然怎么来证明呢？"

"我懂，我懂！"胡化锦连着点头，"松北队长，你放心，这后面我一定和田队长在你鞍前马后效劳。如果你忙，我这里有啥情况我就直接找田队长，还有，松北队长，我干这个事也有风险，你看能不能给我一把枪，遇到万一我还能有个防备不是？田队长那里没问题，他手下百十号人，我就一个光杆司令，不能不为自己的小命考虑啊。"

"哈哈哈！"松北仰头大笑起来，转身对田队长说，"田桑，胡先生是我们日本皇军的朋友，对我们贡献的大大的，配一把枪应该，毕竟八路狡猾狡猾的，你等会儿就给他一支。"

"是！"田景成弯腰鞠躬。

胡化锦趁热打铁，对田景成说："田队长，你千万别把枪往这儿一撂就不管了，你还得教我咋开枪，咋装子弹啊，要是遇到八路的干活，我就让他死啦死啦的！"

旁边的松北一听，忍不住"哈哈哈"笑了起来。

胡化锦出了门之后，田景成的脑袋又和松北队长的脑袋抵到了一块儿……几天之后，田景成渐渐忘记了胡轩涛信上对他的警告，一方面派人化装跟踪胡化锦一家，企图从中嗅到胡轩涛的踪影，实施猎杀，另外一方面，和松北一起，在一位神秘人物的指挥下，在贾汪、柳泉、利国、张山子等地秘密摸排起胡轩涛……

胡轩涛此时就在利国，贾汪那里对他来说已经变得十分危险，他想从利国这里打开缺口，然后一步步向前推进。到底是谁叛变了？是谁察觉到自己的真实身份？又是谁抓了我方人员？还有谁伤害了自己的家人？这一连串谜团务必要一一解开，否则会给运河支队及周边人造成极大的威胁。思忖了很长时间，胡轩涛没有结论，但一丝隐忧充满他的心头——这一切，一定有人在幕后操纵。

胡轩涛没有坐以待毙，而是决定采取行动。动手的对象，胡轩涛选定了无可救药且十分危险的田景成。

田景成有两大嗜好——抽和赌。他常去的赌场有两处：一个是自己驻扎的营地，这个点他去得比较少，原因是日本人不待见赌博；另一个在利国北边的石门，紧靠着一家基督教堂，那里位置偏僻，来这里的"街滑子"（小混混）多。对田景成来说，还有一个原因，就是到那里的赌客出手比较大方。田景成年轻时就深谙此道，"技术"属于上乘，牌走下风就归堆，走上风就死挺到底，所以每次去都是输少赢多。时间一长，田景成贪心渐大，最后打起了出老千的主意——他在左袖口里衬缝了个小口袋，里面装着两个"七点"。

无独有偶，运河支队里也有此等能人——曾到韩世仲处要人的王昌怀就是。王昌怀现在已是运河支队参谋处参谋，曾浪迹江湖多年，结交了不少三教九流人物，从圈地划界，到参加帮会，风光一时。王昌怀系山东韩城人，1938年夏日军占领韩城时，一对子女惨遭屠戮，老婆也被日军奸污，后来他愤然杀了三个日军，组织了一支队伍。邵林峰在周营起事时，他闻讯前往投奔。

老地方，老人头，田景成摇晃着八字步进了赌场。见都是熟人，他就招呼大家："哥儿个来了，今天咋个玩法？"

有人应和："老样子，走大。"

几个人开始洗牌，就在桌子上"哗啦哗啦"码牌时，一清秀的年轻人悄悄走到桌前，问："几个伙计，我也来掺和一把，咋玩？"

正在摸牌的四人抬头一看，见来者是张生面孔，个个面上风平浪静，内心已是波澜暗涌。因为赌场常客都知道，赌场上最喜欢的就是生人，老脸之间的手法彼此清楚，生人一来，大家都会默契地换个玩法，赢钱就赢生人财。在座的四人彼此看了一眼，示意来者坐下，然后不约而同地将抓在手里的骨牌重新归堆儿。

其中一人瞧见田景成的眼色后，起身退出牌桌，年轻人借机坐了上去。大家开始洗牌、抓牌，几圈下来，大家各有输赢。在各自的出牌手法大致亮明后，投到台面上的票子越来越多，压牌投注时的压力也越来越大。重新洗牌后，田景成瞥了一眼桌面上一大堆票子，心里开始麻爪了起来，心想如果能赢这一搂子，一个月的饷银算是到手了。这把是年轻人坐庄，为了来一把大的，田景成开始动起了脑筋，准备和牌。牌九分天牌、地牌，年轻人摸的是天牌，基本上赢定全局，另两人一个为四六，一个是三七，如果田景成手里再有一个三七或四六，组成瘪十，就需要重新洗牌。大家亮牌后，年轻人不愿意了，他立刻把桌上的牌归拢到一起，一点数，桌面上竟然有三十三张牌，多了一张，屋子里的气氛顿时变得紧张起来。

年轻人站起，对田景成三个人说："这牌不对，有人在这里推假博！他妈的不按规矩出牌，还咋玩？"说着话，他把桌上的票子一把拢到自己跟前。见此情景，田景成和另外两人自然不愿意，纷纷起身盯着年轻人。

田景成指着年轻人恶狠狠地说："该不会是你自己藏暗牌吧？"

年轻人冷笑一声，大声吼道："你敢和我胡屌扯，咋，玩不起你就别玩，按规矩推假博是要剁去一个指头的，大家说该怎么办？"

年轻人话一出口，几个人没有了声音，彼此互相瞅着。最后，田景成说："你有什么根据怀疑是这里面的人？"

年轻人不说话，而是把桌上的五个黑七全部找到，从中扒拉出一个黑七，手指着说："大家可以看看，有什么不同？这个黑七和其他四个黑七猛眼看不出来，如果放到一起，还是有细微的区别，这张牌的七字拐弯和挑勾很平，明显有不同之处，大家瞪大眼睛，仔细瞧瞧！"年轻人见大家不说话，自己就把钱往口袋里一揣，准备走人。

田景成不愿意了："怎么，这就走啦？！"

年轻人停下脚步，回身说道："那要么我们都把自己上衣脱下来扔到桌上，找个和大家都不相干的搜咋样？"

看热闹的自然不嫌事儿大，众人都一起跟着起哄。而两个参与打牌的心里没鬼，自然也不怕："脱，都脱，怪不得过去我们老是输钱呢，脱！谁不脱就操他八辈祖宗！"田景成一看情况不对，自己要是不脱，不就是此地无银三百两吗，只能见机行事了。

几个人把衣服摔到桌上，一个外面临时喊来的人开始细细检查，在衣角、内衬、袖口一阵子捏捏掐掐后，田景成袖子里另一个黑七露了出来，大家一下子都把目光投向田景成。这时的田景成，脸上青一阵白一阵，一言不发。挨磨了一会儿，田景成说话了："这纯属别人栽赃，我哪能干这个事儿？"说完就要走，但年轻人不同意了，学着田景成刚才的话："怎么？这就走啦？"

田景成脸一拉："怎么？你还不让老子走啊，你也不看看老子是干什么的?"

"我管你干什么球事,但你干这个事还想全身而退,不可能!"年轻人朝门外喊了一声,"呼啦啦"从外面闯进几个壮汉扑向田景成。田景成一看对方是有备而来,明白好汉不吃眼前亏的道理,老老实实地站在原地。

年轻人哼了一声:"本来要剁你一根指头的,算你运气好,老子是教徒,信的是耶稣,见不得血光,但你得跟我到教堂里忏悔忏悔!"

屋子里的其他人第一次见到如此阵仗,心里明白眼前的年轻人不是善茬,都不敢动弹一下,只能乖乖地看着几个壮汉押着田景成朝教堂方向走去。

教堂里,两排白烛照得整个大厅亮堂堂的。田景成来到耶稣像前,抬头看了一眼,一个一米多高、满脸髯须的西方男子被锁链捆绑在十字架上,一身白袍,赤着双脚,脚上戴着镣铐。这时,从后面走出一位穿着黑袍的牧师,旁若无人地缓步走进忏悔室。田景成被两个壮汉推了进去,忏悔室里面被隔成内外两个空间,牧师在里,田景成在外。

田景成坐在外面的凳子上,不敢抬头。从里面传来牧师的引白:"万能的主告诉我们,世间万物,皆以善字当头,和谐共生,各有善意,原罪为万恶之首。人有善,死后可以复活,人为善,灵魂就能得到拯救。对面的忏悔之人,说说自己的罪恶吧!"

"我,我是被迫来的,没干过坏事,没啥可说的!"田景成心中虽然气恼,但言语上不敢放肆。

"到这里来的人,都是为自己的罪恶忏悔的,从这里出去都能得到心灵的超度。你的罪恶,万能的主是知晓的,如不能诚意表述,就得不到万能的主的宽恕。我以主的名义奉劝你,还是说说吧!"

田景成心里没了底。他知道这个地方是西方的庙,到这里可以赎罪,也经常听到附近的人从这里出去后,脸色好了,气儿也畅了,就是头老犟驴也会变得比过去都顺当多了。但想到自己是被别人押过来的,心里未免担忧,怕这里面有诈,一时犹豫起来。

从里面又传出来牧师的声音:"世间纷争,我是不参与的。如果你在我这里都不能袒露自己的罪恶,看样子你无药可救了,你可以走了!"

田景成心里一惊,问:"那我什么都能说吗?"

"是的。对你来说，说得越全，解脱得越干净！对我而言，知道得越清楚，越好想办法救赎你！你现在只当这里没人，想到什么就说什么，尽可能把自己的罪恶留在这里，方能在外坦荡做人，了无牵挂！"

"真……真的是这样？"

"在圣洁庄严的吾主面前，不可迟疑不决！要是你不想让万能的主替你担过罪责，你就请离开这儿吧！"

田景成低头想了一阵，两只小眼眨巴儿下后，开始述说。

"我说，我全说。我干的坏事太多，打小坏心眼就多，万能的主，我五岁的时候……"

"停，停，年幼的时候不懂事，主会原谅你的，不需要忏悔。你就从成年开始讲吧！"

"我十八岁的时候，喜欢上了隔壁村刚过门的年轻媳妇，天天寻思着怎么把小娘们弄到手……"

"停，停，窈窕淑女，君子好逑。当时的你血气方刚，万能的主也会原谅的，就不要耽误主的时间了！你就挑这几年干的坏事讲吧，讲多了主也记不住的。"

狡猾的田景成接着忏悔的，仍然是偷鸡摸狗、打架斗殴的鸡毛蒜皮事。

"停！"

田景成刚闭上滔滔不绝的嘴巴，一个黑洞洞的手枪枪口从两人通话的窟窿中伸了出来，直直地瞄准着田景成的额头。

"我能忍，这铁家伙烦了。它一烦，有人脑袋要开花的！快，拣主要的说！"牧师一字一句地说道。

这一次，田景成没有停留，把这几年来所干的坏事一股脑儿说了出来，里面有抢劫财物，有杀人放火，有帮助鬼子抓捕中共地下组织成员的行动，更有设计围捕胡轩涛的恶行。

"还有什么，快说？"牧师厉声敦促。

"还，还有一个人，像影子一样存在，只闻其声不见其人，在背后指挥着井上和我们。"

"你见过这个人没有？"

"没有。"

"好好想想，这个人有什么特征或者习惯没有？"

田景成低头想了想，突然抬起了头："有一次大半夜里，我在一间破庙里和这个人见面，他等我时，好像用烟斗在抽烟，见我进来，马上把烟丝磕掉了。"

"相川？"牧师脑海里立刻浮现出一个人的形象来。

"好好想想，这个人说话有什么特点没有？"牧师继续追问。

"他的话，听起来也挺流利，但声调总感到怪怪的，像南蛮子一样！"

牧师基本锁定了田景成口中之人——商人相川。

"我，我这样的罪恶，在万能的主那里，可以得到饶恕吗？"半个钟头的忏悔后，满脸虚汗的田景成忍不住问道。

里面轻飘飘传出来牧师的一句话："你的罪恶太多太深重，我这个小教堂已经装不下了！唉，无可救药喽！你还是自己去寻找万能的主吧！"

出现在赌场的年轻人是王昌怀，"牧师"不是别人，正是运河支队支队长胡轩涛。

当夜，经一番审讯后，田景成就被运河支队队员毙杀于教堂南边的一棵歪柳树下。

35

在教堂忏悔过程中，田景成提到了一个人——杨在定。

此人原是运河支队一名班长，在微山湖战斗突围中被日军俘虏，现在编入驻韩庄的伪军队伍。胡轩涛叫来从韩庄加入运河支队的霍三虎，派他前去打听此人。

1943年的春节即将来临，世界范围反法西斯战争形势发生了巨大的变化。在亚洲，美军在太平洋战争中节节胜利，日军在南亚、东南亚、太平洋岛屿各战略要地开始处于守势；在中国南部，中国远征军在中印、中缅边界联合美、英、印三国军队与日军展开殊死较量；在中国内地，国民党部队的多个战区和共产党领导的八路军、新四军在华北、华中地区均与日军连续作战……长期的规模战争消耗了日军大量的战略物资，中国军民的英勇抗战牵制了日军大量兵力。日军同时应对几处战场，战线过长，兵力已是捉襟见肘，兵源十分匮乏。

在这种大背景下，日军在中国战场，开始收缩兵力。苏鲁交界地区的抗战形势也在悄悄发生改变，在铜、邳、峄、滕地区，日军实施收缩防守的方针，将主要兵力用于保护交通要道及重要城镇，广大乡村则以伪军据守为主。八路军一一五师因势而动，继续向山东境内增兵，发展当地武装力量，同时，新四军三师、四师也在进一步扩大控制范围。国民党一方面仍坚持抗战，另一方面却实行"溶共、防共、限共、反共"方针。在苏北地区，韩德勤也在积极调兵遣将，韩世仲部由运河南调至铜山南，与新四军四师驻宿县部队形成对峙态势。

两天后，霍三虎回来了，把探得的情况向支队做了汇报——杨在定被日军俘虏后，受日军胁迫加入伪军，现驻地在韩庄。杨在定表示，如果运河支队能保证其安全，可以考虑回归队伍。运河支队原九连连长杨在宝，即上个月带领几十号人逃走的那个人，就是他的亲弟弟，现在人在张山子。杨在定还说，自己和弟弟杨在宝一直都有联系，至于杨在宝为什么从运河支队出逃，他并不清楚其中原委，但表示愿意代表运河支队前往劝说其弟。另外，霍三虎还提及，原来在韩庄的曹翻译，现在已经到了贾汪。

胡轩涛和纪清商量后，决定顺藤摸瓜，派杜立忠率领警卫连打头阵，二连随后接应，并再三交代，如杨在宝不投降，则就地歼灭。杜立忠在张山子和杨在定会合后，悄悄摸进了张山子镇。集镇里的日军早已撤回贾汪外围，没有了日军的监管，里面近一个营的伪军犹如脱缰的野马，纪律涣散，散兵游勇四处游逛。已升任副营长的李三定，去年春上娶的媳妇刚生了个白白胖胖带把的小子，心里乐开了花。这段时间，他一直在家里忙里忙外操办满月酒，无暇管控手下队伍。此时，李三定的一个连被临时调到峄城执行任务，集镇上就留下一百多号伪军。

杨在宝见到大哥又惊又喜，兄弟俩进了房间，一通嘘寒问暖家长里短后，杨在定对弟弟说："在宝，大哥这次来还有件事，几个朋友想见见你，晚上就约在山风口饭庄，我们过去坐坐。"

杨在宝没有犹豫，一口答应了下来。

临近春节，又是夜晚，天气奇冷。镇子里的百姓都在忙着生火做饭，街上行人稀少，四周黑漆漆一片。但位于路边的山风口饭庄倒有些特别，门外两边的红灯笼格外醒目耀眼。

饭庄里的食客熙熙攘攘，酒肉的香味夹杂着吆五喝六的猜拳声，给这座小镇带来了一丝生气。包间内，杜立忠和冯有真已等候多时，待杨家两兄弟进了包间，冯有真随即摆手招呼店主上菜。

杨在宝之前没有和杜立忠、冯有真二人见过面，就瞅向大哥低声询问："哥，你说的就是这二位吧？"

杜立忠笑了笑，自我介绍道："杨连长，我姓杜，是国民政府鲁南挺进纵队孙友中司令的部下，旁边这位是我的搭档冯营副，我们和令兄是老朋友了。

今天我们来，主要是想和你认识一下，后面的时局虽然难以判断，但我们是政府军，韩司令把自己的部队转移到铜山南边后，留下的地盘由我们暂时管辖，只是现在北边的八路很猖獗，鲁南大队也是和我们一河之隔，在山套一带，还有运河支队在里面瞎搅和，搞得我们整天睡不着吃不下。今天来找杨连长，就是不想让八路在咱这里做大做强，要不然咱两边的日子都不好过。"

杜立忠的话，是之前和杨在定说好的。杨在定对杜立忠说过，不能取弟弟的性命，但可以教训他一顿。还没等弟弟说话，杨在定就开始为接下来的谈话做起了铺垫："在宝，杜营长是大哥多年的朋友，人不错，他来呢，就是想和你联合起来，共同对付运河支队，你可能还不知道，短短几个月，现在运河支队发展到了千把号人，别说你们这里，就是龙希贞也不敢轻易和他们硬干。杜营长就是想听听你的想法，你说说看！"

杨在宝看看自己的亲哥，又瞅了一眼坐在斜对面的杜立忠，犹豫片刻后，谈起了自己的想法——自己就是从胡参谋长那里出走的，为什么？主要是姓胡的要求太严，规定多得像王八翻跟头——一个连着一个。还长时间不发饷，下面的几十号弟兄天天念经似的在他面前唠叨，都说跟着姓胡的啥球用没有，不如趁早走人。一天，供应科的头头潘厚民找到了他，单刀直入，直接问他在运河支队待着有意思没有？他当时很纳闷，姓潘的为什么问这个问题。后来打听到，潘厚民采购东西时，偷偷摸摸装进自己口袋里八块大洋。被下面的人举报后，职务很快就被胡轩涛给撸了。姓潘的气不过，看到杨在宝手下的人天天发牢骚，就找到他们从中煽风点火。潘厚民身在曹营心在汉，暗中先找到离运河支队地方比较近，且已经和日本人尿到一个夜壶里的龙希贞。后经线人引荐，日军三浦大队长和他也接上了头，还有一个叫井上的日本特务，更是和他嘀咕了好几次，让他留在运河支队里，借队伍不稳之际，把运河支队的水搅混，待时机成熟，三浦再派人前去围剿。那个叫井上的特务已开始在做运河支队新成立的文峰大队的工作，只要能把外围的几个大队工作做通，后面就可以全力对付那个姓胡的。

"杨连长，你有什么想法？"杜立忠问。

"我能有啥想法啊，谁给我发钱我就跟谁，不能光干活不给钱吧。"杨在宝叹了一口气，接着说，"像我这样的，也没啥追求，别看我现在干连长，其实手底下也就五六十号人，还是我带来的那帮子人，现在李三定虽然是这里的副营长，但上面对他也不是很信任，他也只能当一天和尚敲一天钟。在这附近，厉害点的除了龙希贞，就属你们孙司令了，如果我能到他那里去，就再好不过了。"

一直面带笑容的冯有真咳了一声，大家都把目光转向了他。冯有真对杨在宝说："你能来我们这里当然欢迎了，有句话我也说一下，这可不是我帮人家运河支队说话。前一段时间，我和他们里面的一个人拉呱，人家的眼光就是比我们长远，都已经想到把日本人撵走后，后面的局势咋摆乎了。人家还说，现在的时局对日本人来说一点都不利，日本人就像秋后的蚂蚱，蹦跶不了多久。这一点，杨连长可能也比较清楚，别的不说，就咱这周边，日本人没有过去狂了吧？日本人一赶跑，今后还是两党之争，谁厉害谁当家。不知杨连长对日后的局势有何想法，是不是要为今后的路子想想辙啊？"

刚才还自认为如香饽饽的杨在宝，听完冯有真的这一席话，满肚子的傲气立马泄了一大半。这时候，杜立忠接上了话茬："今天是约见杨连长的，酒菜都上桌了，先吃饭，刚才说的这事也不是明天就有眉目，来来来，喝酒喝酒！"

几个人如多年未见的兄弟一样，个个喝得面红耳赤。结束时，杜立忠对杨在宝说："酒差不多了，我们到你们李营长那里去坐坐吧！"

"到……到我们营长那里？你们认识？"杨在宝惊得酒劲儿醒了一半。

"认识，说不定对你今后还有帮助呢。"

"我们李营长也同意到你们那里去？"

"去看看再说吧！"

几个人几乎同时站起，押着杨在宝前往李三定家。

李三定虽说是副营长，此时已没有多少实权，心灰意冷的他，日求三餐，夜求一宿，当一天和尚撞一天钟。但经过胡轩涛一晚上的劝说，李三定的思想有了变化。胡轩涛早于杜立忠他们到达张山子，目的就是见李三定。由于有上次参加婚礼的铺垫，胡轩涛和李三定二人并不生疏。这次，胡轩涛借李三定孩子满月的机会，送了二十块大洋的厚礼，李三定对他更是热情有加，备了几个可口小菜，对面而坐，举杯畅饮。话题先从家常小事，市井百态，逐渐转到眼下的战局形势，一直谈到将来前途。胡轩涛的话由表入里，丝丝相扣，情到浓时，竟自斟自饮。胡轩涛的言语和举止感动了李三定，酒喝到一半，李三定竟然潸然落泪，把自己内心的苦闷和屈辱一股脑儿倒了出来。看着李三定纠结不安的样子，胡轩涛直接说出了自己的身份。李三定没有惊慌，反而镇定地说道："胡支队长，你不表明身份，我可能还举棋不定，既然你是八路军，我心里就踏实多了，希望你给我指条明路！"

胡轩涛思忖片刻，回答道："那好，你就跟着我们吧！"

就在胡轩涛和李三定二人商议接下来的行动步骤时，杨在宝等人进了屋。

杨在宝瞅了一眼胡轩涛，两条腿像是焊在原地，一动不动，愣了许久，才叫了一声："胡，胡参谋长。"

李三定介绍道："人家现在是运河支队的支队长，你个憨熊货，啥球都不知道。"

杨在宝脸上表情僵硬，呆呆地站在屋子中间，站也不是坐也不是，不知所措地望着胡轩涛和李三定二人。站在他身后的杜立忠打起了圆场："杨连长，坐吧！"回过神儿的杨在宝立马夹紧双腿坐在凳子上。

胡轩涛起身走到杨在宝面前，伸出了手："杨连长，我们又见面了，今后我们还是要做朋友嘛。"

"是，是，非常感谢参谋长！哦，不对，感谢支队长对我的关照。"杨在宝赶紧上前一步，双手紧紧握住胡轩涛的大手。

李三定瞥了一眼杨在宝，大声说道："在宝，胡支队长今天来，主要是想谈合作一事，我也想听听你的看法，只有大家意见统一了，我才能做决定，愿意跟支队长抗日可以，愿意留下来也行，支队长都不为难我们，但我们今天要拿一个态度出来。"

"李营长，你说到哪儿我就到哪儿。"杨在宝低头回答。

"那我啥球不干，你也愿意跟着我呀？"李三定佯装愠怒道。

杨在宝没有了主意。

这时，一边的杨在定说话了："在宝，今天支队长就是为你的事来的，李营长的话你应该也听明白了，支队长对你过去的事既往不咎，现在的形势我们就不再多说了，你就说出你自己的想法就行了，几条路都可以选择，支队长和李营长都不会为难你。"

杨在宝低下头，眼泪顺着脸颊往下淌，好一会儿才抬起头，说道："支队长，只要你不计前嫌，我愿意跟你走。如果后面再有啥对不住你的地方，不要你说，我自己了结我自己。"话音未落，杨在宝"扑通"一声跪在了胡轩涛面前。胡轩涛赶紧起身，把杨在宝扶了起来："杨连长，现在不是个人私念和恩怨，现在是国难，日本人侵略我们国家，每一个中国人都不能无动于衷啊！咱想过啥日子咱心里清楚，小鬼子能让咱舒坦？小鬼子不走，对我们每一个人来说，都是灾难。"

"支队长，我知道了，我今后再也不当孬种货了。"

"那行，我和你们李营长说了。如果你愿意，他答应原来是我们的人先跟我们走，你愿意吗？"

"愿意！"

天还没亮，一支队伍从张山子出发向东南方向疾走。队伍过了黄滩村，离涧头集还有二三里地。杜立忠看到龙河西边有一个据点，站着十几个着黄色军服的士兵，分不清是伪军还是国民党顽军。杜立忠决定绕道往南走小路，但对方还是发现了他们，喊了一声："你们是哪部分的？"

杨在宝在杜立忠的示意下走在前面，大声回应："我们是张山子第五十三团三营李营长的队伍，从这里经过。"

"那你们来一个人，我们龙司令有命令，所有打这过的人，一律接受检查。"

杨在宝就让一个排长过去交涉，没想到人刚过去，就被对方拿枪逼住。危急关头，杜立忠没有慌乱，示意大家做好准备后，命令队伍发动了攻击。由于对方人数少，很快就被击退。杜立忠赶紧带领队伍朝南转移。杜立忠没有想到的是，接下来的行军更加艰难，每到一处，就好像有人专门在等着他们一样。每走几里地，都会和敌人纠缠一阵。指导员冯有真已经身负重伤，队伍直到徐塘才摆脱了危险。这时，二连赶了过来，原来两支队伍由于警卫连临时变更路线没有对接上。队伍开始顺着双顶山洼进了山套，刚到营地，冯有真就因失血过多，英勇牺牲。经此一路，警卫连也由原来的百十号人锐减至不到六十号人。

胡轩涛到农民大队视察后，也返回了根据地。

很快，驻李官庄、徐塘村、涧头集的交通员纷纷赶到，情报经过汇总，胡轩涛掌握了总体情况——龙希贞在韩世仲撤走后不久，就出兵占据了涧头集以南的大部分地区，他手下的武装人员也由原来的七八百号人迅速增加到了将近两千人，气焰嚣张，不可一世，扬言春节后大举进攻黄邱套。

此时，带领一连和龙门大队在峄县和敌人周旋的邵林峰回到了根据地，并带来了北边的情况：国民党鲁南专员兼保安司令张余焕极力挑起国共之间的矛盾，一一五师两个主力团对张所部发动了一次大的进攻。遭到攻击后，张手下的孙友中部被压缩到南北狭长的一块地域，这样鲁南军区下属的各支队伍占据了地理位置上的优势。上级要求运河支队加大对运南日伪军特别是对龙希贞部的攻势，将龙部困在运南地区，切断其与孙友中部的联络。

胡轩涛回到根据地的第三天晚上，召开军事会议。会后，他让黑蛋找到被撤销职务但仍留在供应科的潘厚民，让他组织人手连夜准备一天半的干粮和咸菜，潘厚民问多少人数时，黑蛋不经意说出是两个连，还说由于距离近，目标就是附近的赵圩子，顺利的话当天就能回头。供应科的人连夜赶出了煎饼，及时交到了参与行动部队的手中。

突袭龙希贞的方案，运河支队领导层酝酿策划了好几天。为蒙蔽对方，运河支队领导层决定采取声东击西的策略。运河支队这次行动的最终目标是西徐塘，根本就不是赵圩子，待拿下西徐塘，就和鲁南军区铁道大队南北夹击涧头集，奇袭成功后，运河支队转向东，从北边再迁回至山套里面。

胡轩涛亲自带队，于下午悄悄出发，直接奔向西徐塘。赵圩子在西徐塘南边，队伍闯过赵圩子东边时，天色已晚。赵圩子那里灯火通明，村子四周布置了大量的兵力，防备森严，以此看来敌人是得到了来自运河支队的"情报"。胡轩涛下令绕过赵圩子，一路北上。队伍继续一路向北，在乡户人家熄灯睡觉之时，赶到了西徐塘。

西徐塘村内没有任何动静，敌人部分兵力被抽调到赵圩子，只有零零散散的狗叫声。队伍分别从南北两个方向进村。第一枪先从南边响起，驻扎村内的一个连被惊动了。慌乱之中，敌人开始组织兵力拦截进村的二连。短暂的交火后，龙希贞的这个连，被从北边偷偷摸进村的八连从背后捅了屁股，很快缴械投降。二连连长王铁柱命令追击向南逃跑的敌人，等敌人丢盔卸甲跑得不见踪影后，二连和八连又迅速向涧头集赶去，在约定时间前赶到涧头集南侧。

围攻涧头集的战斗是早晨发动的，铁道大队和运河支队各两三百人从南北两个方向同时开了火。驻涧头集的是龙希贞的两个连，三百人不到，再加上遭到突然袭击，仓促应战，一下子就乱了套。摸不清对方的兵力和火力情况，龙希贞的两个连狼奔豕突，胡乱地放枪。激战一个多小时后，敌人退守村西头，伺机逃跑，没想到此时在北边筹粮的龙门大队也赶到了，敌人在三面围攻下，不得不缴械投降。

一晚一早的两场战斗，共歼灭敌人四百余人。西徐塘和涧头集被运河支队拿下后，赵圩子和北边龙希贞的管辖地带留下了一大片空白。西边的唐庄和张山子因有伪军驻扎，赵圩子成为一个孤立的据点。驻在赵圩子的敌人再也坐不住了，害怕再遭到对手南北夹击，无奈之下只得北撤。这样一来，黄邱套山区西边的十几个村就没有了伪顽的人马，运河支队的活动范围得以扩大。

龙希贞气急败坏，被迫向运河以北撤退。明面上，他还是属于政府管辖，所以他既不敢明目张胆地和伪军勾结，又不愿事事都求助于孙友中，于是心里就有了一个想法：在几股势力错综复杂的争斗中，保存自己的力量，熬上一段时间，等局势明朗后，凭实力再封一方"诸侯"。他暗中与几方互有往来，但运河支队的策略和理念是他最不可接受的，他现在一门子心思就是琢磨如何对付运河支队。这一次自己在运河支队的内线潘厚民提供的情报有误，让他大为光火，他已经派出亲信前往山套寻找潘厚民。

潘厚民看到队伍返回根据地，便开始四处打听。不打听还好，当他听说这次队伍外出行进的路线后，整个人如坐针毡。在和龙希贞派来的人接上头后，潘厚民更是惶惶不可终日，心里有了逃离根据地的念头。但来人却要他再等上一段日子，如果运河支队对他态度上没有变化，则可继续留在运河支队，并给了他四十大洋作为奖励。来人还悄悄交给他一个"情报"，以此来获得运河支队领导层的信任。

潘厚民不知道的是，胡轩涛已经摸清了他的身份，暗中派人盯上了他。

潘厚民进运河支队，是经由支队副政委童占山介绍的。潘厚民来到童占山住处，先闲聊了一会儿，便向童占山提供了一个重要情报——文峰大队一中队离贾汪比较近，曾几次偷袭敌人的巡逻队，造成日军惊慌，日军最近准备对文峰大队发动一次清剿。

童占山闻悉后十分高兴，同时提醒潘厚民，此事不可外传，支队领导尚未对此事进行研究。

果然，四天后，一个小队的日军再加一个连的伪军，对活动在大鹿山和大李庄一带的文峰大队一中队进行了偷袭。战斗在一块山坡上展开，由于文峰大队一中队提前做了准备，借助有利地形和敌人对峙一阵后，附近的农民大队也派人加入战斗。敌方见难以获胜，不得不收兵退回。

这一情报的及时获得，让运河支队减少了不少伤亡。童占山特意代表支队对潘厚民进行了表彰。潘厚民的名声在根据地迅速传开，走起路来都轻巧了许多。

　　混迹江湖多年的龙希贞不是个穰苴，为报涧头集一战之仇，他通过暗线和井上取得了联系，使日军对运河支队的一举一动有了底儿，目的是借日本人之手打击运河支队。此外，龙希贞还在暗中悄悄联络孙友中，图谋借孙部势力来削弱运河支队的力量。

　　井上和龙希贞约定在张山子会面。井上从贾汪出发，龙希贞从古邵出发，二人几乎同时到达约定好的密谈地点——李三定营部。

　　井上中等身材，留着平头，外表利索精干。龙希贞人高马大，狡黠的眼光透出内心的狡诈。李三定清楚这两个人他都惹不起，就派人做好保卫，自己则到一边喝茶躲清闲。跟随井上身边的是曹翻译，两个月前刚从韩城调到贾汪。

　　谈话开始，两人的诉求经由曹翻译的嘴来回倒腾。

　　"龙桑，久仰你的大名。今天我们主要商量如何清除异己，想必龙桑是带着诚意来的，虽然前面我们有过联系，但交谈并不深入。我相信，今天我们所谈的内容，应该是实质性的。"井上开门见山。

　　"是的。今天来，我有几个想法。首先，井上君也得承认，现在贵军在这里力量已大不如从前，八路发展很快，这对于我们双方来说都是威胁。其次，我部现在还是政府管辖，对我们合作一事理应谨慎，这一点希望井上君能理解。第三，运河支队占据着山套，出可攻，退可守，北边有八路鲁南军区统一管辖，南有新四军四师接应，我认为如能把运河支队赶出山套，让其在此无法立足，逼着他们撤往南北两边，这块区域则由你我双方共同占据，这应该是我们的最佳选择。"龙希贞侃侃而谈。

"龙桑说的符合我方意愿，但有两点困难。一是要实施对运河支队的围剿，我们之间如何协调，如何获得对方的情报？据我所知，其首领胡轩涛心思缜密，用兵狡诈，难以对付，这是一个难处。另一个困难是，假如运河支队被赶出山套，怎么才能歼灭他们？要消灭他们需要足够的兵力和武器，如果在山套里对其发动围剿，我方的兵力难以应对大范围作战，说不定还会遭到他们围攻。我理解龙桑的诉求，我方将尽可能作为主力前往，但贾汪至枣庄一带也需要兵力，不可能全部抽出，希望你部能在外围阻击对方。"井上有备而来，针对龙希贞的提议，提出了自己的对策。

"井上君，我在他们内部有自己的眼线，情报方面应该不是问题。至于你谈到的兵力问题，我可以找到孙友中，毕竟我们还是属同一个政府管辖，大家沟通起来较为方便。如果孙那里能出力，我们三方一齐行动，应该问题不大。"龙希贞早熟虑在胸，从容应答。

井上满意地点点头，正当二人对围攻运河支队的细节进一步沟通时，房门被敲响了，随即进来一个面庞干瘪的中年人。井上一看，立刻起身低头致礼。龙希贞不认识此人，一脸疑惑。井上在旁边介绍道："这位是我们大日本皇军驻徐州特高课长相川一夫先生，来到中国已经多年，是有名的中国通，你们之间的对话不需要翻译。"

相川坐了下来，井上和龙希贞也随后坐下。

相川满脸堆笑，令龙希贞觉得和蔼可亲。喝过一口茶水，相川侃侃而谈——自己来中国已经十年有余，先在沈阳，后到天津，最后来到徐州。明面上是日本驻贾汪商会的副会长，实则负责苏鲁地区的谍报工作。通过朋友结识化名胡怀山的胡轩涛后，对其人品、机智、度量，印象颇为深刻，猜测他绝不是一般的商人和黑道之徒。他对胡轩涛的怀疑是一点一点累积起来的，从第一次与其交往，他就派人到邳县曹八集打探胡怀山、胡怀水兄弟两人的真实情况。

派去的人回来告诉相川，曹八集还真有一对父母双亡叫胡怀山、胡怀水的兄弟。但两人很小就离开了曹八集，跟着舅舅到天津做古玩生意去了，村中无人知晓其下落。相川派人花费很长时间四次前往天津，最后找到了两人的舅舅。舅舅说，两个外甥十年前去了西安，后面听说又去了兰州，到现在自己也没有他们的音讯。虽然没有见到两人，但相川的手下从舅舅那里找到了一张照片。从这张照片上，相川确定了与自己做生意的，并不是曹八集的胡怀山。经过进一步深挖核查，相川发现，"胡怀山"不是别人，正是大名鼎鼎的胡轩涛。

"不说别的，胡轩涛、胡轩宇弟兄两人能找到曹八集一对兄弟，实施天衣无缝又极难核实的身份冒充，真是聪明绝顶啊！"相川说完，长叹了一口气，龙希贞愣了一会儿，也忙不迭地点头称是。

相川还告诉龙希贞，发现这个秘密后，他没有声张，而是布下一张看不见的大网，慢慢掌握了胡轩涛和运河支队的活动规律，发现哪里只要有胡轩涛的身影，很快这个地方就会冒出惊天大事。他几次设计围捕胡轩涛，可惜都被其机智逃脱，就连布置蹲守在柳泉他家门口的便衣，也被其部下干掉，可见此人非等闲之辈，心机狡诈，思路清晰，手段灵活多变。相川最后说，他和胡轩涛虽然各自隐瞒着身份，时到如今，对方是干什么的，彼此已经心知肚明。相川收起笑容，板脸说道，不尽快除掉胡轩涛，对大家都是心腹大患。

三人随后又交头接耳密谋一番，许久才各自散去。

第二天，胡轩涛就从李三定那里得知了三人秘密见面的消息。

三人见面的第二天，龙希贞来到了孙友中处，将和相川、井上的密谈内容润色一番后说与孙友中。孙友中听罢大喜，决定和龙希贞以及日本人联手，先除掉运河支队，再不济也要把运河支队赶出黄邱套，让胡轩涛在此无立锥之地。

运河支队文峰大队，刚渡过运河来到张庄，准备往东赶往李楼和运河支队一连会合，不幸途中被日军盯上了。大队长赵林方见情况不妙，带领队伍继续朝东往古邵集镇赶去。他们没有想到，古邵那里龙希贞的队伍正等着他们的到来。双方激战一个小时后，文峰大队力量不支，便派出人员前去联系附近自己的队伍。战斗持续到天黑，铁道大队二中队赶来救援，文峰大队才得以脱身。但这时的文峰大队，已经减员三分之一。

文峰大队的这次损失，胡轩涛倒没有料到。他本想敌人会大举进攻山套，没料到敌人会在远离山套百十里的运北对文峰大队采取行动。按常理，运河支队一定会实施反击，但胡轩涛没有那样做，因为文峰大队现在还在运北，势必要返回根据地，他的意见是让文峰大队尽快和邵林峰率领的一连会合，继续在鲁南军区的领导下在运北与敌周旋，自己则力保根据地不丢，在山套里与敌继续周旋。

鉴于当前的形势，胡轩涛召开了一次留守山套里的干部会议。会上，胡轩涛强调了三点。一是山套里的群众基础好，部队熟悉里面的地形地势，运河支队留守山套将是长期的，根据地不能丢。但据守山套一定会有困难，一旦敌人把山套围起来，运河支队就难以施展拳脚，对此干部战士要有思想准备。二是从对日作战的局势来看，日军已呈现疲惫之态。根据地周边八路军和新四军的力量如日中天，都在进一步扩大根据地。但附近的顽军也在乘机扩大地盘，和我党领导的抗日武装之间的矛盾将更加表面化。三是运河支队以后的斗争方向要基于根据地，逐步向外拓展。文峰大队的这次失利，会使敌人更为猖狂，但我方一定要积极应对，打几个漂亮仗，往南往北打通与八路军和新四军的联系通道，把邳、铜、滕、峄建成一块生机勃勃的抗日热土。

会后，胡轩涛代表支队和后勤供应部门开了个小会，目的就是加紧筹集物资，以应对敌人即将对周边抗日武装进行的春季大扫荡。

自春节前运河支队攻下西徐塘和涧头集后，部队很快就撤回山套过冬整训。留下的这两处空地，龙希贞心里痒痒，就鼓动三浦派伪军占据西徐塘，孙友中部占据涧头集，自己则悄悄派兵过运河，在黑山以北驻扎，完全切断运河支队西进和北上的道路。

魔高一尺，道高一丈。

胡轩涛决定再来一次一天两战。他和军事参谋人员商定，此次仍采取上次声东击西的策略。上次对外宣称攻打赵圩子，真正目标是西徐塘和涧头集，时间和路线也做了明确。但这次行动的真实意图不同于上次，只有参与行动的指挥人员清楚。这次是真打赵圩子，跳过西徐塘，最后再攻击涧头集。

被蒙在鼓里的潘厚民获悉"情报"后，欣喜若狂，立即把消息送了出去。

队伍按计划西出山套，目标直指赵圩子。

留守赵圩子的，是龙希贞部不到一个连的人马。据点外，大白天只有一个站岗的士兵，竟然靠着树身睡着了。摸掉这个哨兵后，九连战士直接冲进据点，敌人很快就不战而败，缴枪投降。攻取赵圩子后，支队战士一路急行军，向北而去。

赵圩子敌军被歼灭后，消息很快就传到了龙希贞那里。龙希贞赶紧联系三浦，加强西徐塘的防备。西徐塘守军一直等到天黑，也没见到一个人影出现。在北边洞头集驻守的是孙友中的一个连，一百多人占据着有利位置，严密监视着四周的一举一动。

初春的夜晚，依旧寒气逼人，九连和二连的战士们此时正埋伏在洞头集东南的河沟里。凛冽的寒风从战士们头上刮过，身边的芦苇发出"哗啦哗啦"的声响，盖过了战士们吃东西的声响和指挥员低沉的讨论声。

时间到了后半夜，月光下雾气升腾。不久，雾水便凝结成霜，洒在每名战士身上，寒意刺入肌骨。而在洞头集外围蹲守的敌人冻得有点撑不住了，偷偷往房子里面溜。没多长时间，蹲守的士兵就都不见了踪影。

交通员从集镇北边赶了过来，向九连连长报告了北边的情况，文峰大队已经抵达镇子北边，只等这边的信号。

战斗在鸡叫二遍时打响。

一时间洞头集里里外外火光冲天，枪声大作。战斗持续了约一个小时，敌人临时组织起来的几道防线，在运河支队南北夹击下被逐个击破，敌人被压缩到一座院子内。运河支队的战士们一番喊话后，枪声停了下来。战士们冲进院里，里面的敌人高举双手陆续走了出来，最后出来的是个连长。二连连长王铁柱上前拦住对方连长问："你们好像有防备啊！"

"啥球防备，上面要求我们严防死守，我们人都结结实实守了一天啦也没见一个鬼影子，等我们刚睡下，你们就来了。这打的叫什么仗啊！跟小孩藏蚂子（捉迷藏）一样，一点都不按正常路子走。"对方心里明显不服。

王铁柱上前抓过对方的帽子，摔到他脸上，骂道："小兔崽子，兵不厌诈懂吗？瞧你们一个个苦瓜样，根本就不清楚，你们上面的那些人天天吃香喝辣的，吃得肚子像癞咕子，都成猪尿泡了，老脸比关公还红，你们在这儿苦歪歪的，如果我是你，绝不会这样卖命。"

对方反问："那你这么拼命，你们上面给你们啥好处？"

"啥好处？说出来吓死你。"王铁柱鼻子里哼了一声说，"这仗打完，上面给我们每人犒劳一碗红烧肉，发一双千层底，还有两块大洋。"

"这么好啊？那我也想去。"

"你啥球不是，只配给二狗子擦屁股，就是替我们支队长提鞋都不够格，滚一边去！"

王铁柱他们收拾完据点内物资后，一把大火就把十几间军营烧成了乌龟壳，随即带领文峰大队从山套北边进了山。

龙希贞没有料到，运河支队竟会唱这么一出明修栈道、暗度陈仓的大戏，心中不但愤懑，也有诸多不解。运河支队上次主要是偷袭他，难道是他的意图被胡轩涛猜中了？是不是自己的眼线潘厚民并没有真心实意地卖命，或者是反水叛变？运河支队打着抗日的旗号，为什么不偷袭西徐塘的二狗子？还有，孙友中是政府军编制，国共不是合作共同抗日吗，为何反而死揪着他不放呢？

第二天，正当龙希贞迷惑不解之时，孙友中来了电话："龙司令啊，你不是和日本人那边商量好了吗，由日本人挑头，我们跟着，现在倒好，就逮着我一个人剐，现在我的部队死的死伤的伤，你他娘的这是啥球意思？"

龙希贞听到对方说这话，心中大为不悦："孙团长啊，我也被那个姓胡的搞掉一百多人哪，这个理我到哪儿去说去啊？"

"是不是你提前给我说的，日本人在前，我们跟在后面。噢，现在日本人那里反而啥熊事没有，你自己受的损失那是你自己没弄好。我就问你一句话，后面还合作不合作？别给我扯些洋玩意儿，最多我再信你一回。"说完，孙友中就把电话撂了。龙希贞气得朝地上狠狠啐了一口浓痰。这时候的他心里清楚，自己的队伍毕竟不是正规军，又撒得很开，孙友中肯定知道自己今后还得有求于他。

第三天，井上带着曹翻译找上了门，一进门就奉上一通溢美之词："龙先生是一身胆魄，身先士卒，以一己之力试探运河支队的实力和战法，不愧是大日本皇军真正的朋友。"龙希贞听完这话，心里骂起了娘，他妈的混蛋玩意儿，过去都说笑贫不笑娼，救急不救荒，这兔崽子别说救急了，老子损失那么多人，今天你两只胳膊就拎了两个"肉锤"，什么意思？老子损失这么多，你好赖也补偿点东西吧，搞不好还得让老子倒贴一顿酒席。

见龙希贞没有好脸色，井上安慰道："龙先生，实在抱歉，本来我们想等天再暖和点，大家一齐行动，对山套里的八路进行扫荡，没想到八路大大地坏了，给你们来一次突然袭击。龙先生，这样行不行，五天后，我们一起进山如何？"

龙希贞虽然心里藏着委屈，但面子上还要过得去，话中带刺说道："我这边没问题，就看你的，看你如何挑这个头，你别认为自己离运河支队远就磨磨蹭蹭的，反正我这里和他们挨着。如果大家有二心，干脆我回我老家去，把这一大片空出来给你们，你们和八路摆乎去。"

龙希贞说完，井上坐不住了，回答道："龙先生，话不能这么说，你们中国有句俗话，现在我们是一条线上的蚂蚱，八路的，是我们共同的敌人。你放心，我回去一定会请示三浦大队长，你这里也要积极准备，我们这样做也是为了你好，如果我们不出兵，估计你后面的日子将会更煎熬。"

双方话语都捅到了对方的腰眼，大家反而安定了下来，语气也和缓许多。两人开始商量扫荡的细节。

井上离开后的第二天，龙希贞驻扎在燕子埠的一个连又遭到了袭击，一百多人除了被歼被俘的，所剩无几。在山套至台儿庄之间，龙希贞已无险可守。

日军大队长三浦只能出兵进山扫荡，不然的话，龙希贞真有可能把队伍撤回运北。

请示鲁南军区司令张光中后，胡轩涛做出周密部署，应对敌人对黄邱套根据地的大扫荡，原则是避实就虚，避强打弱，专挑各支敌军的连接处进行攻击。

三浦命令中队长秋山率领四百多个日军和四五百人的伪军从山套西边进山，龙希贞调动驻扎在车辅山的一个营从山套东边进山，孙友中的部队从山套北边进山，三股力量同时向山套逼近。秋山带领的一路，来势汹汹。孙友中心里发虚，不敢大张旗鼓地和鬼子合流，仅仅派了两个连配合行动，从白虎山悄悄向山套摸去。

胡轩涛等支队领导经过认真研判，认为此次扫荡，行动最积极主动的是三浦，龙希贞想趁机坐收渔翁之利，扩大自己的地盘，孙友中纯属打个幌子，捞点实惠，至少不能给三浦和龙希贞以口实。三者的想法不同，出力自然也就不同。秋山带领的队伍，在山套里来回转悠，就是碰不到运河支队的影子。龙希贞从东边进山后，运河支队退一步拦一阵，致使龙希贞部进展缓慢。孙友中那里，则完全是另外一番景象。鲁南大队、运河支队所属两个外围农民大队和文峰大队以及山内的二连、八连，在白龙山南北对孙友中的两个连进行了果断拦截，以优势兵力把近三百人的顽军消灭在了山沟里。

东边龙希贞的一个营，进山后紧紧咬住运河支队的警卫连，熟悉地形的

"油麻子"带着小队在前面带路，顺着北部山脊把龙希贞的队伍从龙河北部引到李庄、刘庄附近，龙希贞的这个营进了我方布置好的包围圈，等他们反应过来，为时已晚。战斗持续了大半天，在秋山赶到之前，龙希贞一个营的人马大部被歼，剩下不到一个连的敌军蹚过龙河到达南岸，才算保住了性命。

秋山清楚，在山套里继续转悠下去会得不偿失，决定原路撤回。胡轩涛下令队伍一路追击，日伪军慌不择路，仓皇而逃。等他们狼狈不堪完全逃出山套，队伍后面的一两百人又不见了踪影。

扫荡结束后的几天里，三浦骂秋山，秋山骂井上，井上骂龙希贞，龙希贞骂孙友中，孙友中再骂三浦，形成了一个令人玩味的循环。此后，龙希贞和孙友中少有合作，孙友中再也不相信龙希贞和井上。就这样，运河支队的根据地，在较长时间内得到了平静。

在韩庄投降过来的霍三虎，这时已是运河支队二连的排长，在和胡轩涛密谈后，带着张宏彪去了贾汪。

如果没有重要事情，曹翻译都会到集镇上转转。他嗜好狗肉，但狗肉不常碰到，卤猪蹄就成了替代品。日军为确保煤矿的安全，基本上不出营地，街上难得看见鬼子。集市又活泛了起来了，原来关门歇业的商户和小贩陆续开张，市场上的人渐渐多了起来。

霍三虎和曹翻译在卤肉馆"不期而遇"。曹翻译看到老朋友，十分惊讶："霍老弟，一年多都没见到你人，到哪儿扒食去了？"

霍三虎拉着曹翻译坐了下来，说自己就是跟那个姓古的挣钱去了。曹翻译一听这话，大惊失色，本想将胡轩涛"联手"自己敲了黄标发一大笔钱、自己一分钱也没有到手的事说出来，但考虑这事传到日本人耳朵里对自己不利，话到嘴边，还是咽了回去。

"胡球扯，他是八路，你敢跟他后面混？！他不姓古，姓胡，叫胡轩涛，现在是运河支队的大头子。"说完话，曹翻译马上感觉到哪里有些不对，急忙问霍三虎，"该，该不会你也是八路吧？"

看着闷头啃猪蹄的霍三虎，曹翻译心里不踏实了："老弟，你给我说句实话行不行？你现在是不是跟着那个姓胡的？"霍三虎抬起头笑了笑回答道："老哥，你管跟谁不跟谁，这世道谁也说不清，但有一点，咱不都得给自己留条后路嘛。"

曹翻译连连摆手："霍老弟，你千万别跟我说这个，也别跟我谈啥球道理，我现在哪儿也不去，你就拿我当个瞎和尚算了，我现在当一天和尚，只求能喝到嘴三碗稀的就行，好地方也没留咱的缝儿，好吃的人家也想不到我，算了。"说着话，从碗里面拎出来一个油腻的猪蹄，叽咕道："还是这个来得实在，以后别瞎球琢磨了。"

霍三虎知道曹翻译的想法，并没有打算在他身上多花工夫。二人又吃喝了半个时辰，霍三虎才说："老哥，咱哥俩很早就认识，今天遇到你，也是巧了，兄弟有一事相托。"

"只要不拉我入伙，其他的你只管说。"

霍三虎掏出一封信递到曹翻译面前，用手指了指信封，说："老哥，麻烦你把这封信转交相川先生，不瞒你说，这封信就是胡轩涛写的。"

曹翻译吓得目瞪口呆，直愣愣地站了起来，两手捧着卤猪蹄，全然不顾汤汁淋淋沥沥滴了一身。

"不送是吧？"霍三虎瞪眼问道。

平复片刻后，曹翻译才开口说话："大兄弟！我的亲兄弟！你别看我人模狗样的，我也很难见到相川，虽然他在这里有办公的地方，但一般人很难进去的。"

"那就让井上给他，毕竟相川是井上的直接上司。"

"啊？你把这里的情况摸得这么清？"曹翻译又是一阵吃惊，"我这个翻译就是为井上服务的，三浦那边早就想把我要过去，我也想过去。你不知道，那个叫相川的小老头，我也只见过一次面，感觉很神秘，不是很好接触，他奶奶的，中国话说得比我们还顺溜，人家根本就瞧不上我啊。"

"不管怎么说，你得想法子送到。"

"好吧，好吧。"在霍三虎的"劝导"下，曹翻译苦着脸答应着。

吃完饭，两人离开了馆子。

信件交到井上手里时，井上狂怒不已："你怎么不早点给我说，那个人要是抓起来，我们就能从中了解八路的很多情报。"

曹翻译拨浪鼓似的摇头解释："人家是来送信的，不是来打仗的，中国有句老话，两军对阵不斩来使。再说，你抓到他也没有多大用，他在八路那边，也就一个跑腿的，如果咱把这个送信的逮了，姓胡的那个人再有什么心思，往后的沟通就难了。说不定人家摸过来时，咱还在睡大头觉呢。做事得留条后路，这条线断了以后就再难续上了。"

井上不再说话，看到信没有封口，就掏出信纸瞅了一眼，又通过曹翻译的解说，他才明白了个大概。

相川君，你我相识相知实乃前世排定，你我本非同文同种，相处却甚为投缘。时至今日，你我于彼此处境都心知肚明，虽然信念不为你我所左右，但君之才智和博学，让我钦敬有加。你本从文，我本从商，你可教书，我可成匠，二者大可结下善缘，成为挚友。今日之境况，你我无须辩黑白是非。凡谋大事者，以识为主，以才为辅；凡成大事者，人谋居半，天意居半。作为相川君好友，眼下有两点想法，供君斟酌。一、现今我手头集有不少上好佳品，想邀你前来品鉴；二、欲约见相川君，共商今后之战局，赓续未来之友谊。以你我之学识，理应厌恶战事，崇尚道义，求民生之福祉。如何联络，请君考量。

信，两天后到了相川一夫手里。

相川一看，把烟斗里的灰烬猛地朝烟灰缸里磕了两下，倒吸了一口凉气。从与胡轩涛接触以来，他心里暗生折服，此人不但博学多才，做人义气，处理事情也是张弛有度。信的结尾透出此人的豪气，话语中分明可见胡轩涛气通八方、胸怀四海的格局，字里行间既有对今后中日战局的预判，也暗含着提醒和敲打。

收到信后，相川三天没有出门。

作为情报老手，他十分清楚战局形势的发展。1943年以来，同盟国在苏德、非洲和亚洲战场取得节节胜利，苏联转入战略进攻，意大利的墨索里尼处于溃亡边缘，轴心国在非洲北部已全面溃败，近一年来，德国本土也遭到了战略轰炸；太平洋战场上，自中途岛海战日军战败后，美军占领阿留申群岛，开始跳岛作战；中国战场上，长沙三次会战后，日军开始处于下风，国共合作的战绩渐渐显现出优势。在徐州周边，日军开始收缩，只能据守城市和重要交通线，八路军和新四军及地方武装力量，都已做好战略反攻的准备。

"胡轩涛，看来咱这对老冤家还是要碰头啊！"三天后，相川走出屋门，仰天说了这么一句话。

此时的黄邱山套，春雨绵绵，一连下了七八天，天空水汽弥漫，阳光七彩。漫山遍野的草木长出了新绿，从山脚到山顶到处春意盎然。雾气笼罩着零零落落的山间村舍，在难得安静下来的时间中，得到短暂休整的运河支队的战士们如海绵吸足了水，精神抖擞，意气风发。按照上级要求，队伍将化整为零，走出山套，奔赴山套周边的集镇村庄，伺机对敌发动新一轮的袭击。

胡轩涛从上级那儿得知一个消息：韩世仲的队伍又回来了。

前段时间，运河支队的反围剿取得胜利，龙希贞和孙友中的队伍北撤，留下了一大片空白区域。韩世仲这时返回山套附近，目的不言而喻，既要在该区域增加兵力，阻挡日伪军扩张地盘，又要和运河支队形成分庭抗礼之势。得知消息的胡轩涛摇了摇头，苦笑着感慨道："真是不是冤家不聚头啊！"

驻扎在山套张塘村支队新队部里的胡轩涛，正准备出山套前往贾汪附近的农民大队，值班哨兵前来报告："支队长，有十几人已过龙河，带领他们的是铜山的交通员高家兴，要求见你。"

胡轩涛十分惊喜，连连说："赶快请人家进来。"说着就跑出房门，和身穿便衣的一群人迎面相撞。高家兴朝胡轩涛敬了个军礼后，介绍说："支队长，这位是新四军第四师政治部教育科长奚若同志，他早已到了我们徐州地界，并对铜山县敌我双方情况进行了详细调研。奚科长来这里，是按照新四军军部要求，和你们沟通重要情况并布置工作的。"

奚若长得白白净净，身材修长，戴着一副黑边眼镜，满脸微笑看着胡轩涛。胡轩涛伸出双手，和奚若紧紧握在一起，二人前后进了房门，相邻而坐。

"这次出来，是遵照师部党委决定，前来徐州地区进行调研，调研的情况已汇总交到彭雪枫师长手里。今天来到这里，还有一个很重要的问题，需要我们一起商量并落实。"奚若说。

胡轩涛点点头说："我们支队全力支持，你尽管提。"

奚若说完前面几个问题，与胡轩涛、纪清等人沟通之后，又提出了一个新的问题——建立一条新的秘密交通线。

原来，在党中央所在地延安与华中局及新四军所在地之间，先后建有四条秘密交通线：一条是经津浦铁路以西新四军四师活动区域，向北过陇海铁路，再经冀鲁豫地段，然后去延安；第二条是坐船从海上，经苏北盐阜地区绕道连云港，经鲁南，穿过陇海铁路到延安；第三条从山东分局所在地沂水，往南穿过鲁南前往延安；第四条是从苏北盐城地区的阜宁，往西北经鲁南到延安。

奚若看着胡轩涛几位支队的领导，长叹了一口气："去延安的路很难呐，过去我们就是从以上几条交通线往延安输送大量人员和物资，但结果都不很理想。两个月前，三师参谋长彭雄、第八旅旅长田守尧等人，从阜宁出发，突过重重封锁线，还是在赣榆境内遭到敌人的突然袭击，彭雄、田守尧等十几位同志壮烈牺牲。另外，为了护送人员去延安，我们只能从一线作战部队抽调大量兵力沿途护送，牵制了我方作战力量。所以，建立一条既安全又便捷的新的交通线，势在必行。根据上级指示，新四军军部及下属各师将会有人员陆续赶赴延安。"

在敌我犬牙交错的复杂环境中，要护送十几人甚至几十人穿过封锁线，千里奔袭，前往延安，困难可想而知。在与纪清和副支队长邵林峰、孙振龙几个人短暂沟通后，胡轩涛说道："奚科长，我看新交通线还是从我们这里走更合适。"

"说说理由。"奚若闻听后顿时来了精神。

"萧县有四师独立旅，邳县和灵璧也是四师的管辖范围，都与我们交界，只要三师和四师把人员送到我们附近，后面就由我们来接手，过去走铁路不安全，现在可以走贾汪、利国、微山湖，总体上我部力量能达到护送要求。另外，在我们周边，还有铁道大队和微湖大队，都已经建立了根据地，我们可以联手一段一段地接替护送，过境人员的安全可以得到保证。"胡轩涛说出自己的思路后，紧接着用笔在纸上勾画线路图，胡轩涛边画边说："这是两条线路，一条主路，一条备用路。主路周边虽然有不少敌伪和国民党实控区，但我各连、各分队零零散散分布在路线两侧，活动区域基本上能够衔接起来，没有大的空隙，相对较为安全。备用的路，虽全部在我防区内，但弯弯拐拐的偏僻小路较多，还要爬几座山，总路程较远，花费时间也较多。"看罢胡轩涛画出的线路，奚若放心地点了点头。

上级很快批准了胡轩涛提出的护送方案。

贾汪北边的苏鲁交界地区，虽然鲁南军区领导下的几支抗日武装都占据了一定区域，但更大范围仍在日、伪、顽的控制之下。奚若所说的情况，运河支队自然清楚，如何护送我方人员安全通过这一错综复杂的区域，成了他们迫在眉睫的大事。

接到上级命令，运河支队开始精心谋划。

第一步，胡轩涛决定突袭狡猾多变的龙希贞，压缩其控制范围。支队的攻击地点是台儿庄东北十里的邳庄，那里驻扎着龙希贞的一个嫡系连。运河支队即将突袭邳庄的消息，不经意间传到了潘厚民的耳朵里，他显得十分焦急，因为三天后队伍即将行动，如果这次龙希贞从他手里得到的情报再有误，他将难逃一劫。潘厚民借口食盐短缺，带着两名战士北出山套，赶往运河南岸的南闸村，那里有他和龙希贞的联络点。

南闸村靠着运河，与台儿庄隔河相望，生活物资交易十分便利，潘厚民前去此地采购紧缺物资，在道理上说得通。三人在村北的小集贸市场转了三圈后，才进了一家商铺。潘厚民让两名战士在外面守候，自己一人钻进了铺子，不料里面坐着张宏彪四个人。他心里"咯噔"一下后，顿时明白了一切，但还是强装笑颜问道："宏彪老弟来了呀，哎呀，你需要什么东西给我说一声就行，还能让你来跑一趟啊，周老板人呢？"

"周老板给你备货去了。"张宏彪满脸堆笑。

潘厚民心里敲起了鼓，问："我才来，周老板就知道我买啥？"

张宏彪笑答："支队长知道你很辛苦，怕东西多，就让我们几个提前来了。前两次，你买的东西感觉有些不对，生怕你再出现失误，让我们来给你提提醒。"

潘厚民一脸尴尬，急忙搭话："今天东西不多，买三十斤盐，就不劳你们了。"说着话，他就从口袋里掏出日币放在桌面上，打算独自到后面寻找食盐。张宏彪伸手拦住了潘厚民，淡淡地说道："不急这一会儿，等老周回来再说。"两个人谈到的老周，是本店的店主，属于本分生意人，之前和潘厚民是老关系，此时他在张宏彪的交代下，早已在隔壁屋内候着，潘厚民倒是被蒙在鼓里。

潘厚民的心里七上八下，按照惯例，龙希贞的人应该快来了，再等一会儿，如果接头的人一到，一切都会露馅。他灵机一动，开口说道："宏彪老弟，那你们忙你们的，我拿走东西就离开，东西在哪，我知道。"说完，就转身在货柜前后寻找东西，张宏彪说话了："没事，坐一会儿，喝口水，估计人快来了。"张宏彪很淡定，双眼紧盯着潘厚民。潘厚民心中有鬼，意欲赶紧脱身，笑着对张宏彪说："要不你们先坐，我到其他地方瞅瞅，看看还有没有要买的东西。"潘厚民正要转身，被于顶、葛石头拦住去路。张宏彪脸色阴沉，瞥了一眼潘厚民："急啥？让你坐一会儿你就坐一会儿。"

潘厚民知道事情已经败露，再隐瞒下去，必定死路一条，"扑通"一声跪下求饶。张宏彪一把将他从地上提起，说要想活命，必须配合他们四个，潘厚民只得连连点头。张宏彪低声交代一番后，潘厚民和另外几个人就像是店里的伙计一样忙活起来。

半晌午，从外面进来一个中年人，在和潘厚民对视一眼后，并不说话，悄悄拿走潘厚民放在桌面上的纸条，就匆匆离开了……

第二天下午，运河支队一连从陶沟河西岸向南行进，八连从南渡过运河向北赶，农民大队的三百人堵住邳庄以西敌人增援部队的道路，三支队伍悄无声息地渐渐靠近邳庄。

龙希贞得到情报后，觉得稳操胜算。他先是分析了情报的可靠性，接着又推断出对方可能采取的进攻路线，最后才命令部下做好迎敌准备。人算不如天算，只是他安排好这一切是拿到情报的第三天，而运河支队的偷袭时间是情报发出后的第二天晚上，时间上错了整整一天。

驻扎在邳庄的一个连尚被蒙在鼓里，得到龙希贞命令已是第二天的下午。连长坐在牌桌上已经三天，前两天赢得艳阳高照，第三天输得昏天黑地。听到手下前来禀报，他不耐烦地骂了一句："滚蛋滚蛋，没看老子这会儿背得很吗，明天下午来得及！"

连长如此这般熊样，手下的人有过之而无不及。开小差的有之，喝闲酒的有之，更多的人无所事事，就三五成群吹着牛想着美事，只有锅屋里的三个伙夫忙得热火朝天。

天色暗下来时，随着伙夫的一声高喊"开饭啦"，散落在边边角角的士兵们顿时骚动起来，争先恐后拥向锅屋门口。就在这时，从北边先传来一阵枪声，接着南边的枪声也爆豆似的响起。正在打饭的敌人慌了手脚，打牌正酣的连长听闻枪响，一声"大事不好"后，推倒骨牌，慌着去找家伙……这次突袭作战，指挥者是副大队长孙振龙，他指挥着南北两支队伍呼应射击，冲向敌人老巢。敌人稍作抵抗后，感觉不对头，就准备从两头逃跑，没想到一部分刚冲出村子就被农民大队堵在村口，另一部分人往东溃逃，又被东边一排枪声迎头截住。孙振龙感到纳闷，计划中在东边没安排队伍，因为东边就是陶沟河，是天然的"拦路虎"。敌人开始龟缩于村子里，利用房屋进行反击。四面参与围剿的队伍为了避免误伤自己人，停止射击，接下来改用手榴弹。两波手榴弹爆炸后，敌人的抵抗减弱了下来。随着包围圈里传出来两声："别开枪，我们投降。"敌人渐渐从三间房子里走了出来。经询问，敌连长已被打死，剩下不到一个排的敌人也是伤亡惨重。

从东边进攻的队伍，原来是邳县县大队，正准备渡过陶沟河回邳县，恰遇运河支队一交通员，获悉情报后随即就赶过来参加了这场战斗。战斗结束后，一连往北回到自己驻地，农民大队南撤至运河附近与敌周旋，八连在孙振龙的率领下回到山套。

第三天上午，在台儿庄的龙希贞派人到邳庄检查准备情况时，才得知昨晚邳庄被袭，听到躲藏在地窖里逃过一劫的两个士兵哭诉，才知道整个事情的发生经过。

在支队临时指挥部里，潘厚民瑟瑟发抖。胡轩涛和纪清坐在他面前，一个文书在旁边做着记录。

纪清表情很淡定，开口说道："潘厚民，今天找你谈话，你自己也知道为什么，先谈谈前面的一些情况吧。"

潘厚民紧张起来，不知从哪里谈起，纪清提示道："你就从加入我们部队后，自己的贡献和错误，随便说，这屋子里就我们三个人，我们是有保密纪律的。"

迟疑了一会儿，潘厚民才缓缓说道："支队长，政委，我知道我的问题。我刚加入队伍时，当时是没有准备吃苦的，随着你们对我的教育，逐渐认识到了自己的问题。你们把那么重要的工作交给我，是对我的信任。开始我做得还可以，但时间一长，心中就有了贪念，支队长知道这件事后，狠狠批评了我，我心里便产生了波动。我和龙希贞手下的一个营长是同乡，龙知道我在咱这里后，就一直给我些小恩小惠，也是我犯糊涂，慢慢就上了他们的贼船。我知道龙和日本人之间有联系，当时也想退出，但他抓住我的把柄，并通过我那个同乡捎话给我，如果我不按他们要求做，就把我的事捅到你们这里，并扬言杀我全家。我怕了，只能乖乖听他们的。"

胡轩涛站了起来，一只手扶着潘厚民的肩膀："潘厚民，其实你是一个很聪明的人，做事严谨，也能吃苦，但你就是有一个缺点，贪财占便宜，这才造成今天你这么被动。你两次给对方提供情报，幸亏我们发现得早，要不然得给我们支队造成多大的危害？这一次你暴露后，我们是将计就计，对敌人来了一个突然袭击，结局还是不错的，这一点你还是有功劳的。我和政委经常教育大家，我们是革命的队伍，是共产党领导的队伍，和过去的军阀不一样，和龙希贞这个民族的败类更不一样，那些汉奸就更不用说了，咱天天在这山沟里转来转去，没的吃没的喝，又不能孝顺爹娘善待家人，图的是啥？你在我们队伍里干了这么长时间，你自己心里应该是很清楚的。"

"支队长，政委，我知道自己错了，你们还能饶我一次吗？"潘厚民的眼眶已溢满了泪水。

"本来我们打算按照运河支队的纪律处理你，但支队长没有同意。"纪清说完，看了一眼胡轩涛。

胡轩涛拍拍潘厚民，说道："我和政委商量了，还是给你一次机会。不过你在我们这里就不好再留下来了，一是为了严明纪律，给大家一个警示；再一个呢，你还是回去孝顺父母，照顾一下家里，这样对你对我们支队都是最好的选择。当然你也放心，今天的谈话就在我们这间屋子里打住。等一会儿，你到供应科领十块大洋。你自己心里要清楚，出去后自己该干啥不该干啥，同样的错误希望你不要再犯，日本鬼子在咱中国是长不了的，这是大势所趋，明白吗？"

潘厚民起身要下跪，立马被胡轩涛拦住："咱们队伍不兴这个，好自为之吧。"

临出门时，潘厚民朝两位首长敬了一个标准的军礼，然后洒泪而去。

另一边的龙希贞，则气得浑身发抖，在房间里走来走去，嘴张了几下也不知该骂谁。受前两次假情报影响，日本人没有损失，孙友中没有损失，龙希贞的损失则一次比一次大。不但如此，他还遭到孙友中斥责，日本人那里明显也对他产生了怀疑，自己出力最大，到头来却落了个几头不讨好的结局。

解铃还须系铃人。龙希贞派人去找潘厚民。据回来的人说，潘厚民已离开运河支队，至于到哪儿，谁也说不清。事情到了如此地步，龙希贞眼前最需要考虑的就是自己下一步怎么走。西北边是孙友中部，过了运河是韩世仲部，西边是日伪驻扎地，自己就像牛圈里的卧牛，挪个身都很困难，只能将地处偏远位置的队伍回撤，向台儿庄北边的马兰屯聚拢。

龙希贞部队的调防，令处于西北边的孙友中不高兴了。龙希贞的部队那么多人一下子扎在自己眼皮子底下，孙友中开始没事找事，两边的队伍摩擦不断。人马遭受重创的龙希贞不敢跟孙友中硬杠，只得再把队伍继续向东撤。

所有这一切，正如胡轩涛所料和所盼。

龙希贞遇到了麻烦，韩世仲亦然。

韩世仲的压力，来自江苏省政府主席、苏鲁战区副总司令韩德勤。

按照和新四军达成的驻军协议，韩德勤部应该驻防于宿迁及泗阳一带，其下属王仲廉部驻守津浦线西。在蒋介石授意下，韩王两人一个南下，一个东进，准备对淮北抗日根据地进行合围。没想到新四军在首长指挥下，三师和四师各派一部分兵力对韩德勤部所占领的山子头、盛圩一线的军队发动了突然攻击。战斗进行了一天一夜，歼灭韩部第六旅、保安第三纵队，并活捉了包括韩德勤本人在内的一千多人，越过津浦线的王仲廉部被迫回撤。

韩德勤被俘后，先是盛气凌人，过了两天态度开始软化，并对新四军四师师长彭雪枫提出要面见首长。首长从大局出发，决定释放韩德勤，但要求他撤回至自己的防区。迫不得已，韩德勤答应了新四军要求，率领被俘人员返回涡阳、宿州地区。韩世仲听从韩德勤命令，把自己在徐州南的防区北移，重新回到苏鲁交界位置，在与孙友中部相距三四十里的地方驻扎下来。

胡轩涛的内心变得沉重起来。刚刚宽松的环境，由于韩世仲两千多人马的到来，运河支队的根据地再次如蚕蛹，被丝线紧紧裹了起来，空间极为狭小。与纪清一番商量后，他决定前往汴塘再和这个老冤家碰一次面。

汴塘数度变换主人，韩世仲一来，就大兴土木，建立一圈围墙，把汴塘镇四周箍得如铁桶一般。

胡轩涛三人骑着战马来到韩世仲军营前，士兵进去通报。两口烟工夫，韩世仲热情地迎了出来。他一见胡轩涛，就双手抱拳高声喊道："胡兄，许久不见，甚是想念啊！"

"韩老弟，知道你想我，所以我就来了。今天中午我就不走了，得在你这里吃顿好饭。"胡轩涛回答道。

张宏彪把礼品放在桌上，退到一边。

"韩老弟，知道你的肠胃不适，今天我特意带来了广东的乌龙茶，帮你驱驱肠胃寒气，另一盒是你喜欢的云南烟，给你提神助力。知道你到了这里，早就想来拜访，这不就是等这两样东西耽误了几天嘛！这一下好了，你一来，我心里就踏实了。"胡轩涛笑着说。

韩世仲看着两样贵重礼物，甚是感动。但这时的他，心里其实还是有压力的。韩德勤交代他尽快打开一片区域，和共产党死死相抵，不光是帮他出口被俘的恶气，也是为党国未来与共产党争天下时占得先机。韩世仲本来想着如何与胡轩涛一争高下，没想到对方会来这一手，竟然带着贵重礼品上门来了。气性归气性，韩世仲还是决定，面子上得说得过去。他拍拍自己脑门，满脸堆笑："胡兄，惭愧呀，本来是我应该拜望胡兄的，你这先来，让我感到无地自容啊。"

"一家人不说两家话。咱弟兄俩现在共处一地，应对的都是鬼子和汉奸。今天来，就是和韩老弟在一起聊聊，怎样和他们剋！现在眼看着小日本就像王小二过年一年不如一年了，还有那些汉奸和二狗子，脚踩西瓜皮滑到哪儿算哪儿，但咱不能停呀，小媳妇打孩子，咱得趁早不是？"胡轩涛的话风趣幽默，把气氛调和得轻松了许多。

韩世仲笑笑，先是点了点头，接着又摇了摇头，才开口说话："胡兄，你刚到时，我略显尴尬，你也知道我来这里的原因。哎，时事并非你我兄弟所能掌握，我们韩主席过去丢了一次人，这次又现了眼，还是你们共产党有胸怀啊！其实作为我，从内心来说真不想来这里。过去常说，远香近臭，我在铜山南，你在贾汪东，相距远一点不香吗？你看看，上面非逼着我来这里，当然还是要打鬼子，但我们毕竟相处一地，生怕哪里兄弟我做得不周，让胡兄怪罪于我啊。那今后我们兄弟二人还是要精诚团结的，虽然各为其主，但打击小日本的想法，我韩世仲一直是听从蒋主席训导的，这一点胡兄大可不必担心。"

"老弟，有你这句话，我心里就踏实了。有一件事，想和你商量一下。"

"胡兄，有话尽管说。"

"你应该清楚，龙希贞这个憨熊货私下里和日本人走得很近，但拿的军饷是政府的，日本人那里近期给他提供了大量的武器和日币，虽然之前我们对他重重打击了两次，可他现在的实力仍不可小觑，对我们两个来说，都应该是个威胁。"

"噢！这个情况我还不太清楚。如果他真投靠了日本人，那我们绝不能放过他。"韩世仲的语气透露出坚定。

"那我们可以放出风，联合起来整他一下，这样就能断定他是不是和日本人裹到了一块，借此也可以证明我说的是不是真的。"

"管！如果如你所说，他和日本人穿一条裤子，你看我不干死他个小兔崽子。"

二人爽朗大笑。

龙希贞最近一段时间可谓是春风得意，甚至有点恣肆狂妄。

孙友中了解龙希贞的秉性，清楚他一只萝卜两头切——便宜占尽。国民政府这边的薪水，他拿，日本人暗地里的"贴补"，他也要。店大欺客，峄县县府本身也想靠着他为自己做事，对龙希贞这种骑墙头两边看的做法，更是睁一只眼闭一只眼。

韩世仲的到来，给龙希贞带来极大的压力。二人之间虽有交往，但不深。龙希贞知道韩世仲的立场，既旗帜鲜明地抗击日军，又全力防备共产党的武装力量。在贾汪北的苏鲁交界区域，进来一拨人，就要挤压一大块地盘，所以，韩世仲的再次到来，让龙希贞心里极不畅快。

很快，龙希贞得悉了胡轩涛、韩世仲计划联手对付自己的事情，顿时急得像热锅上的蚂蚁。他先是派出侦察人员散布各个据点，并加强各个据点的外围防范，又派副官前往贾汪找到井上，把自己所了解的情报做了沟通。随后，三浦大队长也得知了此事。

运河支队和韩世仲之间的联合风生水起，双方不仅建立了情报联络员，还定期召开军事商讨会，而运北的龙希贞，心里却是阴霾笼罩。

入夏时节，太阳炙烤大地，枝叶曲卷，蝉鸣不歇，小狗趴在阴凉处吐着舌头，人一动浑身就汗淋淋的。而胡轩涛所在的龙河旁边的张塘是山区，山风阵阵，清澈的河水散发着凉气。运河支队队员住的虽是茅草屋，里面却如同阳春三月般舒适宜人。龙希贞驻扎之地离运河还有一段距离，青砖黛瓦下的日子可并不好过，一是因为天热，另一个原因，是他不知道对手什么时候动手，这种精神上的煎熬更让他痛苦不堪。酷暑难当的季节，三浦大队长也不会轻易派人进山套，主动权完全控制在运河支队手中，龙希贞度日如年。

气温还在一点点上升，计划动手的时间终于到了。韩世仲命令队伍做好出发前的准备，目标直指运河北边的辛庄。辛庄是龙希贞部最南边的一个据点，这里向西防守台儿庄，向南防守龙希贞老巢马兰屯。运河支队一连往南，韩部两个连连夜渡过运河，对龙希贞部形成了南北夹击之势。

辛庄守敌虽有防范，但没有料到对方的攻击会来得如此之快。战斗在半夜时分打响，枪声、爆炸声一阵接着一阵，火光冲天，地动山摇。交火仅仅持续了一个时辰，村子里的龙希贞部已经军心涣散，枪声渐息。这时，从村子西侧及西北方向各来了一队日伪军，战斗又变得激烈起来。龙希贞亲自带队从东边赶来，准备加入守护辛庄的战斗。胡轩涛在命令辛庄北边的一连参加战斗前，留了后手。他早已安排农民大队和龙门大队在一连两侧做好策应，自己率领警卫连和八连堵在龙希贞部可能增援的路上，同时派出二连直捣马兰屯。

韩世仲的队伍，这次也真下了血本，不惜弹药，与增援日军死拼到底。一连、农民大队和龙门大队占领大半个据点后，转而向西增援韩世仲部。警卫连和八连把龙希贞增援队伍堵截在半路上，使之进退两难。二连在王铁柱带领下，发动了对马兰屯的攻击。由于守军不多，二连很快就占领了马兰屯。一通翻箱倒柜后，二连带走了能带的所有东西，王铁柱临走时还把龙希贞的大印揣进了怀里。还在拼力解救辛庄的龙希贞，发现老巢方向火光冲天，大喊一声"不好"后，带领队伍反身回救马兰屯。没有了龙希贞的增援，日军处于三面火力夹击中，很快就掉头往西逃跑了。

辛庄剩下的几十人投降后，据点被一把火烧为灰烬。

天刚蒙蒙亮，韩世仲的队伍回撤至运河南岸，沿途发现大量日军尸体。运河支队按原计划，下辖各部各自退回原驻点，三个直属连返回山套。

从辛庄逃回马兰屯的伤兵向龙希贞汇报，辛庄已被敌人攻下，连长战死。自己的老巢马兰屯被运河支队搅得鸡飞狗跳，龙希贞早已怒火中烧，又听说辛庄被毁，大脑顿时一片空白，气急攻心，几欲晕倒。等卫兵把他搀扶坐下，好一会儿才清醒过来，大声骂道："胡轩涛，你个王八蛋，老子这辈子不弄死你誓不为人！"

山套里凉风轻拂，一间茅草房内，胡轩涛和纪清、童占山围坐一起，正在摆弄从龙希贞那儿缴获的那颗大印。纪清用一口地道的河南话开心地说："怪不赖的！怪不赖的！支队长，这大印握在咱们手上，不知用它来管龙希贞的兵中不中？"

胡轩涛又细细瞅了一眼大印，附和道："中！中！"

童占山也用手颠了颠大印，用家乡湖北话说："蛮扎实的！蛮扎实的！哪个不听，就用它砸哪个脑壳！"

屋子内顿时响起一阵爽朗的笑声。

"这印的料子是不错，羊脂玉整料打磨而成，从色泽上来看应该有些年头了，用手拎拎，不到一斤也差不了多少，就是这上面'龙希贞'三个字有点不值钱，如果我改一改名字，刻上'相川一夫'四个字，兴许老子还能卖他个大价钱。"

众人知道胡轩涛和相川的交往过程，再次笑了起来。童占山风趣地调侃说："老胡啊，我看你还是找个人刻刻，再卖给他吧，你过去也从他那里为我们支队挣了不少钱呢，那个日本小老头有钱！"

"可能挣不到了，我们两个都已摸清了对方的身份，再面对面交往，估计很难了。"胡轩涛说完摇了摇头。

"不一定啊，相川那个家伙这么懂行，一定舍不得放弃。再说，你们都是老朋友了，借此机会可以再续前缘嘛。"纪清说完，一脸坏笑地看着胡轩涛。

胡轩涛指着纪清骂道："你个小舅子货，我知道你安的啥心。你别说，你这么一提，我还真想见见这位老朋友，这样，我把龙希贞这三个字磨平，就送给他模子，应该能行。"

几个人又闲聊了一会儿，一个计划渐渐成形。

这次突袭辛庄，验证了胡轩涛的话，韩世仲开始对龙希贞敬而远之。龙希贞三天两次派人上门求见，均被韩世仲挡了回去。韩世仲担心再和龙有瓜葛被他人拿住把柄，别说其他人，就韩德勤也不会放过他。韩世仲心里十分清楚，韩德勤虽然和共产党不对付，但对抗击日本人是铁了心的，自己千万不能在这种事情上再出任何差错。

韩世仲不见龙希贞，另一个人却找上门来。这个人是沛县县长冯三才。自从去年秋里被运河支队打了一闷棍后，冯三才一直在寻找机会报复。韩世仲调到铜山南后，一个重要的帮衬不在了，他不得不暂时咽下了这口恶气。冯三才的小舅子虽然可以助他一臂之力，但小舅子是个汉奸，细细掂量后，他还是放弃了。韩世仲回来的消息传到冯三才耳朵里后，这小子心思又开始活泛起来了。

两人一见面，甚是热情。你来我往客套一番后，谈话直接进入正题。

"韩司令，上次的事，给我造成的损失很大啊，上面骂我的人一直在对我的人进行打压，这头上的帽子还差点被人家拿掉，你我兄弟一场，对你的事我没有半句怨言，你这一走大半年，我的这个心啊，都碎了。听说你回来了，我就赶快来和你聊聊。那个姓胡的，咱不能就这么算了，得让他咋吃进去的就咋吐出来，再不干点事，我手下的几百号人就要断饷了。"冯三才说。

冯三才一来到，韩世仲就对他的来意猜了个八九不离十。冯三才说完，韩世仲挠挠头，笑过几声后说道："老兄啊，我早也有此意，只是……"

见韩世仲吞吞吐吐，言辞闪烁，冯三才急了，说话如打枪："韩司令，我知道你和姓胡的有来往，但我们才是一条绳上的呀，大是大非上你可不能犯糊涂！咱上面那可都在看着呢！"

"这话咋说呢？"韩世仲起身在屋子里走了起来，过了一会儿，才转身说道，"我和胡是有联系，那是我们政府允许的，统一抗战那可是国共两党签署的协议，但我也不可能和他走得太近，毕竟主义不同，蒋主席私底下也是有另一套说法的，你现在要求我这样，可能有点难。前几天我们才联手对付了峄县的龙希贞，这转脸又要对付他，这个弯儿转得有点大，得容我考虑考虑，别弄出来啥不好的事，到时候你我都难收手。"

韩世仲的话犹如一盆冷水浇到冯三才头上。正当冯三才一脸愁容的时候，韩世仲话锋一转："老兄啊，你看这样行不行……"见情况有转机，冯三才的脸立马由阴转晴："韩司令，你说，你说！"

韩世仲不紧不慢地说："你们可以冠冕堂皇地去干，我不能明着来。道我借给你，再派点兵防着你侧，保证你可进可退，但我不能开枪。你呢，也别以你们县府的名义，还是上次那样，以地方队伍的名义，他们又不属于你直接管辖，就让他们来替你出头，到时候我再出点枪和子弹，这样你不就可以放开手脚了吗？你不知道，我们韩主席前两个月才被新四军抓了，如果再闹出笑话，大家那就更难堪了。"

"可以，可以。"冯三才兴奋异常，"韩司令，你的处境我懂，能有你这样的支持就足够了。事我来安排，这次我就不打断姓胡的一条腿，也得敲掉他三颗门牙。"

韩世仲的目的达到了，他掩饰住内心的喜悦，淡淡地说："稳当点好！你的人来之后，要提前和我商量，然后再走下一步，这里我有个前提，就是绝不能提我的名字。"

"行行行！"

看着冯三才离开的背影，韩世仲转身笑出了声儿。

之后两天，冯三才派出第十九挺进大队大队长郑世宽带领的百十人的队伍，穿过铁路向东开进。由于沿路大多由顽军驻扎，郑世宽很快就赶到山套北边的新河，卡住了运河支队北进和东突的道路。山套西边驻有韩世仲部，运河北又有龙希贞部驻防，对运河支队来说，山套北边一线完全被顽军堵死，还有计划打通的去延安的地下交通线路也被切断了。

在郑世宽带队向东赶路时，运河支队侦察人员很快摸清了他的动向。胡轩涛听到报告后，心里敲起了鼓——郑世宽大老远从沛县赶过来，无非就是想在运河支队伤口上撒把盐。其中一定有冯三才想要报复运河支队的意图，可能也掺杂着韩世仲的一点坏心思。上次韩世仲也参与其中，这次他可能也想以外力震慑震慑运河支队。胡轩涛估计对方不敢贸然出击，后面一定会有新的动作。"屁憋得时间长了，肚子会不舒服的。"胡轩涛对同事说。

胡轩涛要求队伍严密监视敌人动向，非特殊情况，不开第一枪。

果然如胡轩涛所料，冯三才见运河支队没有动静，开始加大赌注。他命令丛恩施带领六七百人的队伍浩浩荡荡出发了，沿路散发抗日口号，就像三岁小孩藏不住口袋里的两个铜板，怎么张扬就怎么喊，生怕没人知道。运河支队这边，胡轩涛命令孙振龙带领一连往南回撤，支队下属的几个大队也向山套附近聚集。胡轩涛认为，最迫切的还是要坚决敲掉郑世宽的队伍，一是敲山震虎，二是消除山套北边的威胁。

郑世宽带领队伍来新河之前，冯三才有过交代，让他在此驻扎，目的是要给运河支队一个信号——自己的手既然敢伸到山套附近，就不用担心运河支队不安分。冯三才还特意交代郑世宽，大可极力造势，有韩世仲部及孙友中部在周边卧着，运河支队是不敢造次的，只要不主动进攻，运河支队对他也只能干瞪眼。但冯三才的判断错了，胡轩涛获悉他又增派七百人部队前来山套蓄意挑衅时，果断决定先一步动手，目的很明确，敲掉新河这个钉子，打通山套往北边东边的通道，确保和八路军、铁道大队、峄县大队之间的联系畅通无阻。

新河附近很快就汇聚了运河支队一连和龙门大队的兵力，战斗定在傍晚时刻打响。

郑世宽没有料到运河支队会真的动手，还在张罗手下晚上喝点辣酒，在热天能睡个好觉时，枪声却如爆竹般响起。没有任何准备的郑世宽被运河支队打了个措手不及，战斗仅仅持续了半个小时，手下二三十人被打死，剩余的全部投降，郑世宽被活捉。

这下子炸了锅，冯三才慌了，韩世仲急了，孙友中忙了。这几路人马都没料到运河支队会果断出手，一仗打得三方心里都没了底。经过一番分析，三人一致认为，既然胡轩涛敢动手，没有周边的支持是不可能的，最明显的信号就是八路军一一五师的两个主力团已出了抱犊崮，一路向南，意欲替运河支队解围。

冯三才又一次来到韩世仲处，一副受了欺负尽是委屈的模样，说道："韩司令，胡轩涛这个人不按套路出牌，一下子把我的计划打乱了，这下面咋弄？"

"继续呗，这个亏你都吃了，你再退缩，自己不感到丢人吗？"韩世仲的态度还是怂恿冯三才接着干。他清楚，脑瓜灵光的胡轩涛，一定会猜到自己暗中参与了此事。这个时候，他韩世仲已经没有退路。

冯三才忧心忡忡："韩司令，我的人要是再被那个姓胡的干一次，麻烦可就大了。"

韩世仲笑笑，劝慰道："这个你不用担心，运河支队统共才两千人，四五百人在运河北，剩下的一千多人，还要布置在好几个地方，每个点的人数都不可能太多，他也不敢把山套里所有的部队都抽到一个地方来对付你，毕竟还有日本人在周边转悠着呢。"

冯三才听完韩世仲的点拨，很认可地点头说道："好，那我的人就尽快赶到，这口恶气不出，我还担心憋出毛病来了。那行，我回，计划正常进行。"

三天后，丛恩施带着七百人的队伍浩浩荡荡穿过韩世仲控制的地区，来到南许阳村。在村南的山头上，丛恩施布置了瞭望哨，严密监视运河支队的动静。

胡轩涛立即和支队其他领导商议应对之策，决定把一连顶在南许阳西侧，八连、九连与敌人正面对峙，警卫连作为机动力量使用，二连和龙门大队进入山套东西两侧监视贾汪、枣庄及涧头集附近的日伪军动向，其他大队驻守山套各隘口以防敌人偷袭。安排妥当后，敌我双方开始进入相持阶段。

时间到了八月中旬，天气渐渐凉爽。山坡上林木繁盛，郁郁葱葱。沟渠旁、湖荡里芦苇随风摇荡，与四周田野里的庄稼连成一片，满眼墨绿。这是一年中植物生长最茂密的时节，路上少有行人。这样的季节，日军最害怕出兵，不敢轻举妄动。运河支队的各支力量与丛恩施的人马都瞪大眼睛，密切关注着对方的动态。

为防止周边日伪敌顽的捣乱，运河支队派出几路交通员，前往铁道大队和新四军四师处请求支援。遗憾的是，铁道大队在邻近地区的兵力仅有百人，力量不足，新四军四师因为宿县、萧县及泗县一带战事紧张，也难以抽出兵力前来支援。

迫不得已，支队领导给各个连队和大队下达命令，严阵以待，坚决击退来犯之敌，但绝不打第一枪。静水流深，丛恩施吃不透运河支队的实情，也不敢轻举妄动，死死守在阵地上。双方都在挖筑工事，绷紧神经，严密监视着对面阵地上的动静，生怕对方会来一个突然袭击。

丛恩施的队伍坚持了三天，军心开始不稳，士兵中怨气滋长。有的士兵开了小差，有的士兵在阵地前闲逛。运河支队八连战士只要看到对方有人接近警戒线，立刻鸣枪示警，迫使对方退回自己阵地。

又过了几天，丛恩施耐不住性子了，去找韩世仲。

"韩司令，我们从出发到现在都七八天了，你倒是说句话啊，老这样耗着，是啥球意思啊？"丛恩施的语气中带着埋怨。

韩世仲本来就看不上这个大字不识几个的丛恩施，没好气地说："冯县长让你来，没有把事情给你说清楚吗？"

"冯县长让我来，说是我们联手，一起对付那个姓胡的，你这边啥球动静也没有，我咋配合？"丛恩施怨气冲天。

看来冯三才没有对丛恩施说实话，韩世仲低头思考一阵，抬头说道："你们冯县长和我说好的，你们来，是要报一箭之仇，我只是压住阵脚，做好配合就行，并没说我必须出兵啊！"

"啥？"丛恩施一脸惊讶，"这怎么可能？就凭我带来的七百来人能和那个姓胡的拼个你死我活，这不是胡屌扯吗？我们从一百多里地外赶过来累得狗喘，现在你这么说话，早知道是这么回事，我就不来了！"

"又不是我让你来的，你冲我发啥球疯？"韩世仲心中不悦。

丛恩施也一脸愤怒："韩司令，你的事我们跑得比兔子还快，去年我们损失那么大，你一点说法都没有。今天这事肯定是你和我们冯县长商量好的，他妈的我夹在你们中间，像狗一样两边转，你说你想咋着？不行，我们就撤，以后咱别瞎球扯，各干各的，老子跑这么远，啥好处没有，到头来还落一身子埋怨。行，老子不干啦！"

韩世仲的参谋长见气氛尴尬，急忙上前和稀泥："别别，丛团长，你咋这么急啊，我们韩司令也不是不帮，可能之前我们司令和你们冯县长都误会对方的意思了，咱再商量商量。"

正在气头上的丛恩施没好气地对参谋长说："别喊我团长，叫我丛司令！"

"好好好，丛司令，你消消气。"参谋长摇摇头，满脸堆笑地继续说道，"丛司令，这样，咱一起合计合计，找个两全其美的办法来。"

三个人这才压住各自的情绪，坐在了一起。双方的矛盾，就是韩世仲想借刀杀人，趁机扩大自己的地盘，而丛恩施想借此机会，对运河支队进行恐吓，过后好邀功请赏，促使上面拨款。两家最大的问题是，谁都不愿意直接出手。

胡轩涛见丛恩施摆了这么大阵仗，这么多天来却一直没有动静，估计到对方内部可能出现了问题，便不动声色地对纪清说："咱不急，急的是对方，只要咱把这个地方守好，吃喝不愁，而对方几百号人马跑这么远，吃喝就难了！再说，他们在这儿待的时间长了，军心肯定不会稳的。"

"那我们就跟他耗着，耗死这些兔崽子。"纪清点点头。

二人相视一笑。

不出胡轩涛所料，韩世仲和丛恩施谈了很长时间，双方意见始终无法统一。对丛恩施来说，如此干耗下去，韩世仲也没法为他们提供一点给养，他自然不同意。这时的韩世仲比丛恩施还着急，无奈之下，他写了一封书信，派人转交胡轩涛，信中提出与胡轩涛再次见面。

胡轩涛打开信，白纸黑字一目了然。

胡兄台鉴：冯县长气量狭小，派丛恩施部前往我防区，欲与胡兄了结旧日恩怨。愚弟数番苦劝，现已稍趋平静。为促丛部尽快退兵，弟意欲与胡兄面晤，就相关事宜求教。如胡兄方便，可于胡兄驻地南许阳一叙。弟　世仲

纪清、童占山先后看了一眼，相视而笑。童占山挤了挤眼，拖长声音说道："韩世仲这家伙，聪明反被聪明误，打错了算盘，这回是真急啦。"

"既然人家发出邀请了，那咱得见。韩世仲这个老小子提出在咱的地盘见面，说明他的态度还是诚恳的，那咱就以礼相待，不能慢待人家嘛。"纪清笑着说。

"那就见一面。"胡轩涛大手一挥，爽朗地说道。

没想到仅仅过了一天，韩世仲就把见面的地点变了，要求在桥头村会面。胡轩涛听了韩世仲卫兵带来的口信后，说："没问题，你回去和韩司令说，我胡轩涛就去桥头村！但我有个要求，到时我带几个人去，你们韩司令得招待我们一顿好的，别就上一大锅萝卜炖粉条子，瞎糊弄人！"

卫兵领命而回，胡轩涛对几个支队领导说："这个老小子还是心虚啊！"

在约定时间和约定地点，胡轩涛如期赴约。

胡轩涛带着张宏彪和黑蛋在韩世仲参谋的引领下，进了一个大院。院子里，十几个士兵列队欢迎。胡轩涛三人径直朝前走，这时候，韩世仲已经在正屋门口迎接。见胡轩涛来了，韩世仲抱拳道："胡兄，你好啊，咱弟兄两个真是一日不见如隔三秋啊，不知啥原因，最近我可是老梦见你啊。"

"哈哈哈！"胡轩涛笑着招呼两名警卫留下，自己一脚踏进门槛，在客厅条几前的方桌边落座。

韩世仲递过一杯茶："胡兄，这是上好的绿茶，一路劳顿，先解解渴。"

胡轩涛抿了一口茶，把茶碗放下，打着哈哈说："韩老弟，刚才你说最近老是梦到我，是好梦还是噩梦啊？咱这儿不是有句老话吗：夜里做梦白变黑，白里做梦黑变白。不知你的梦反不反啊，可不能梦里咒我醒了就夸我，这样

就会老梦到我，甩都甩不掉的！"说完，胡轩涛又是一阵哈哈大笑。

"胡兄说笑了。"韩世仲面部表情有点不自然，尴尬地笑了笑。

继续寒暄已经毫无价值，胡轩涛开门见山地说道："这个冯县长和我无亲无故，无冤无仇，去年是他找我的麻烦，吃了亏，今年咋又想起我来了。我就纳闷，他大老远跑到咱这地方来，舞刀弄枪干吗？韩老弟，你说说这是咋回事。冯县长我也没见过面，韩老弟你和他熟，应该清楚他的小九九呀！"

韩世仲连连摆手，开口说道："胡兄，我和冯县长见是见过，那是我在微山湖一带当差时偶尔遇到的，和他交往不是很深。这个人咋说呢，虽为一县之长，但气量狭小。这次来，他是事先和我说了一下。他谈到这次他的部下丛恩施过来，目的是往邳县北那里去的。都是国府管辖的部队，他也是有责任抗日的，他到邳北，就是去配合邳县和峄县去打鬼子的，上面只是要求老弟我让他通过我的辖区即可。"

胡轩涛淡淡一笑，说："老弟，不是我误解啊，他冯县长管辖的沛县县境里不是有日本人和汉奸吗？他把沛县和丰县的鬼子都剿灭掉，不就行了吗？为啥还舍近求远，跑到邳县去抗日？这个理，咋说起来都有点不顺呢？管，就先按老弟你所说，上面要求他到邳北去抗日，从沛县到邳北的路好几条，最好的也是最近的路，可以沿着不老河两岸走，为啥要绕到南北许阳，嫌路程不够远吗？再说，就是冯县长不知道，韩老弟你不是不知道，南北许阳是由我们运河支队驻防，他这样子明摆着就是想找事吗？"

韩世仲就怕胡轩涛把这个理摆到桌面上。现在，胡轩涛一股脑儿端了出来，他着实无力再圆了，只能说着他自己都无法相信的话："胡兄，丛恩施也是抗日的队伍。既然是抗日的队伍，在咱中国的土地上，哪儿都可以走啊！"

"呵呵！呵呵！"胡轩涛连笑两声，盯着韩世仲的胖脸，朗声说道，"韩老弟，你说得也对，如果抗日，不管是哪儿的部队，我都欢迎！但在姓丛的附近鹿楼那里，就有一百多个日本鬼子，在那里完全可以抗日，为啥非得跑这么远的路，堵到我家门口不走？我家门口没有鬼子驻防，他恐怕是另有所图吧？"

胡轩涛这几句话掷地有声，说得韩世仲额头上虚汗直冒，说话也不利索了，只能佯装镇定："胡兄，不管怎么说，我们还是要精诚团结，一致对外不是？"

面对韩世仲的言不由衷，胡轩涛义正词严："我们运河支队在八路军的领导下是严格执行作战纪律的，但我们对无耻之徒绝不会退让一步。你们的韩主席，听说被我们军队先后抓住了三次，每次韩主席的颜面都是丢了再丢，我相信不会再有第四次了。因为这一次他是写了协议书的。国共两党之间团结一致对外可以，但假抗日决不允许！韩老弟，老哥我想请你给丛恩施捎句话，如果他胆敢开第一枪，我就不会再让他开第二枪！"

胡轩涛的话，句句千钧之力，字字穿云裂石。

虚汗转变成了豆大的汗珠，从韩世仲额角一滴滴掉落，他感到面颊似有蚂蚁爬过，奇痒难忍，顺势抹了一把脸，甩掉手上的汗水说道："好，好！胡兄这话我一定转达，丛恩施这小子不识大局，要抗日早该和鬼子干去，别坏了咱弟兄的情分！"

见韩世仲在给自己找台阶，为了抗日大局，胡轩涛只能就坡下驴："韩老弟啊，你这烟和茶都不错，感谢老弟的热情招待。客不走主不安，我就回去了，欢迎韩老弟改日到我那里坐坐，虽然条件不如你这儿，但山里的野味还是不错的。"

"胡兄，我这里酒菜已经备好了，弄儿杯你再走不迟。"

"不了，你这里的档次太高，改天回请，我可弄不起啊。"

"胡兄，你这笑话我了。"胡轩涛执意要走，韩世仲虚心假意，强装笑颜把胡轩涛三人送到了桥头。

下午，在韩世仲管辖范围的一个据点，于顶、葛石头按照胡轩涛的指示，带领七八个运河支队成员化装成八路军战士从该处路过时，韩世仲的人上前盘问，于顶回答："我们和你们韩司令说好的，大家都互相行个方便，还有，不瞒你们几个，我们几个是八路军一一五师特务连打前站的，马上大部队就会过来，听说这里有点乱，准备敲掉几个假抗日的。"

韩世仲手下一听，大吃一惊，慌忙问："你，你们准备来多少人？"

于顶回答："不算多，大概一个团吧。"

"啊？一千多人还不多！"对方惊得瞪大了眼睛。

消息很快就传到了韩世仲耳朵里，他心里像快马受惊炸了毛，立刻找来丛恩施，见面就说："丛老弟，你还是走吧，这个地方我都不想待啦。"

"咋？还能有人吃了我？我手里几百条枪正闲着呢。"丛恩施一脸横肉，心里更横，浑身不服管的劲儿一下子蹿了上来。

瞥了一眼对面的丛恩施，韩世仲沉住气，就把自己手下碰到的情况一五一十说给丛恩施听。丛恩施嘴上发狠，心里却开始发虚，装作给韩世仲一个面子，说道："小夫妻打架，劝和不劝离。既然韩司令这么说了，我丛恩施也就不驳韩司令的面子。行，我这就回去，但冯县长那里，你韩司令得代我说点理由，我这个人谁都不服，就服我那个父母官。"

　　韩世仲把丛恩施当瘟神一样送走了，回到客厅，一屁股坐在椅子上，嘴里骂上了："两个能屄蛋，一对二百五，都在老子这里揣着明白装糊涂。冯三才这个老狐狸是鬼，胡轩涛这个'街滑子'比鬼还精，他奶奶的生来就不是人。"

丛恩施赖着不走，打又不能打，赶又没法赶，一直跟运河支队鼓对鼓锣对锣地摽着，极大地牵扯了运河支队的精力和兵力，倘若韩世仲借机扩大自己的地盘，后面再想争取，只能从日伪军嘴里夺了。现在，丛恩施走了，胡轩涛和纪清等支队领导这才长长地松了一口气。

运河支队随后对队伍进行重新部署，和韩世仲、孙友中互成掎角之势，但龙希贞又不老实了。

天气转凉，龙希贞又一次见到了相川。

两人一见面，龙希贞就大倒苦水——孙友中那里得罪了，他的部队极力往东往南推进；韩世仲可能清楚自己私底下和日本人接触，也不待见自己；运河支队也想四处开花，打破山套被包围的态势。他被几方挤压后，感到吸一口气都困难，如果日方再不助自己一臂之力，可真得要饭去了。

龙希贞说得可怜兮兮，相川深表同情。等龙希贞把话说完，相川谈了自己的想法。相川说，根据自己掌握的情况，韩、孙、胡三方不和，可以利用他们之间的矛盾加以分化瓦解。韩和孙还好对付，两人都只想保存实力，但运河支队的胡轩涛一直冥顽不灵，是最难对付的人。如果能除掉他，是上上之策。相川还说，他会联系驻徐军部，对运河支队实施清剿。与此同时，他会配合龙贞希做好对韩和孙的安抚。最后，相川拍了拍龙希贞的肩膀，鼓励道，韩、孙两人如果不与胡轩涛联合，单是运河支队是完全可以对付的。

龙希贞赞同相川分化瓦解的想法，但心里还是充满顾虑，想起过去运河支队对自己的两次袭击，至今仍心有余悸。当着相川的面，他提出消灭胡轩涛难度很大，如果韩和孙不合作，万一再走漏风声，反而会让自己陷入更加被动的局面。

看到龙希贞犹犹豫豫，面带难色，相川说："龙团长，哦，应该称龙司令，胡轩涛前些时给我写了一封信，说是他手上有块上好的和田羊脂玉章坯。过去我和他打过几次交道，确实从他手中购得一些精品。我们可以正好利用这个机会，抓住胡轩涛。如果运河支队没有了此人，估计他们的部队一时难以找到合适的人掌握大局，到时我让军方出面，即可一网打尽。"

"呸！"龙希贞这一声惊住了相川。龙希贞感到有点唐突，连忙解释："相川君，不好意思，不是我针对你。那块印章，是我家祖传的宝贝，是被那个姓胡的抢走的，转手就卖给你。这个王八蛋真会弄事，两头赚！不过，相川君，如果你拿到这个印章，我出大价钱买回来。我取回印章，你弄死胡轩涛，咱俩这也算是各取所需了。"

"这个，我们得想个万全之策，我和胡双方都已知晓对方身份，后面的相遇一定要谨慎行事。"相川说。

两个人低头细语，密谋抓捕胡轩涛一事。

很快，胡轩涛就接到了相川的亲笔信。

　　　胡先生安好，一别多日，甚是想念！华翰收悉，备感欣慰。如有闲暇，希冀一叙。相川一夫手笔

"哈哈哈，"胡轩涛看完信仰天大笑，转身对纪清说，"相川这老小子终于憋不住了，开始动歪脑筋喽。过去他派人跟踪我，查到我家具体位置，还派人蹲守，搅黄我的饭庄，甚至还追踪到我大姐家姑娘念书的地方，幸亏我动手快，要不然就出大事了。我怀疑我弟弟轩宇牺牲，也极可能是这个人暗中指使人干的。此人抓了我们不少交通员，破坏了我们的秘密联络点，这些血债，后面我会慢慢让他偿还的。"

纪清问："看样子你是想和他见一面？"

"是的，为啥不见？"胡轩涛拍了一下纪清的肩膀说，"我们得有准备地见，别兔子没逮到反被他咬上一口，这就划不来了，咱得想想办法。"

"那你有什么锦囊妙计？说说看！"

胡轩涛好像早有准备，谈起自己的思路。他和相川都已知道对方底细，这次会面，相川不可能到运河支队的地盘上来，他也不可能到贾汪去自投罗网。"这次还得依靠韩世仲，让他选个合适的地方。这个地方最好处于双方都管不着的位置。孙友中肯定是不想掺和这件事，韩世仲自身不想和日本人有瓜葛，但只要不影响到他的利益，他还是有可能会站到运河支队这一边的。最大的问题还是龙希贞，那个坏熊倒有可能从中捣鬼。"

"那咱得想个万全之策。"纪清一脸严肃地说道。

之后，胡轩涛就自己和相川会面一事与韩世仲作了沟通。韩世仲一口答应做好防卫事宜，并建议将会面地点放在贾汪东北的唐庄。这里是三方势力交会点，互有牵制，也各有退路。

几天后，相川那边也同意会面的地点定在唐庄。

相川带着井上和曹翻译，胡轩涛带着孙振龙、张宏彪和耿叶，来到了唐庄地主李德全家。

"老朋友"见面，虽然彼此都已经知根知底，但表面上的热情还在。胡轩涛和相川友好地握了握手。胡轩涛与曹翻译握手时，曹翻译狠狠地瞪了他一眼。胡轩涛明白其意，还以淡淡一笑。

相川颇为谦逊，让胡轩涛先坐，自己随后也坐了下来。相川点燃手中的烟斗，眼睛瞅着胡轩涛说："胡先生，我们两个相识有缘，一直惺惺相惜，到现在成为莫逆之交，按你们中国的说法差不多是'义结金兰'了。你我虽属不同种族不同国家，在见识上却是非常接近，难得，实在难得啊！"

胡轩涛端起面前茶杯，朝相川示意，说道："中国有句古话，君子和而不同。相川君所言极是，对于你我之间的交往，我的感觉与你一样。我们以茶代酒，为今天再一次相见祝贺。"相川也举起了茶杯。

双方象征性地喝了一口茶，胡轩涛说："相川先生，你我之间虽是朋友，但今日中日两国间的关系走到如此地步，我想听听你的高见。"

相川沉默了一下，然后说道："今日之日中局面，并非你我所愿。对此我思考过忧虑过，走到今天这一步，实在让人难以理解。日中作为邻国，两国关系本不应如此，但日本国内军方态度非一般人所能左右，政府内阁和军方的立场一直难以一致。如此下去，前景堪忧啊！"

胡轩涛微微一笑，淡定地说道："现在国际反法西斯战争形势已趋明朗，苏军已收复全部失地，北非战场德意已投降，太平洋战场，美国日渐占据上风，日方处于守势。再看中国战场，国共双方联手作战，已度过最艰难的阶段，即将展开对日军的战略反攻。中日战争谁胜谁败，形势已经明朗，这是大势所趋，无人能加以改变。历史终究会证明，这场由德意日发起的侵略战争，以点火者的灭亡告终，最终的胜利者一定会属于世界上一切爱好和平的人民。我的观点，不知你是否认同？"

相川盯着胡轩涛的眼睛，不再说话。屋内的气氛一下子变得沉闷起来。胡轩涛笑了笑："相川先生，我们两个这次见面，不是还有其他事吗，政见之争，我们暂且搁置一边，如何？"

相川摆摆手，身体稍微后仰，略加沉思后说道："胡先生，政治和战争，本不应该是你我这类身份的人谈论的。但和你接触这两年来，我也在深刻地反省自己，我本可以做一名学者，或在大学课堂授课，或从事学术研究，可以用自身学识为国家做些贡献。在中国这么多年，我与各色人等都有过接触，有达官显要，也有平民百姓，里面有异类，但更多的人是像胡先生一样，热爱乡土，慷慨仗义。中国传承几千年的儒道法等诸家学说，无不在倡导礼仪和道义，中国人骨子里的东西，还是很令我佩服和敬畏的。中日双方自北平战端始，日本国内本以为时间不长就能与中国达成默契，实现共同繁荣。但正因为大批像胡先生这样的义士存在，使得战争一拖再拖，旷日持久，日本国内也是悲观情绪蔓延。我也很清楚当下的形势，今天，我也为自己过去的狂热懊悔。今天能见到胡先生，你我虽然身份不同，但有你这样的朋友，我还是很高兴的。"

相川的这番话，让胡轩涛、孙振龙感到惊讶，是释放烟幕迷惑对手，是虚与委蛇，还是真情实感，让人摸不着头脑。胡轩涛接过话题："相川先生，你的学识令我敬佩，我相信两国之间的这场战争要不了多长时间就会结束，最终的胜利会属于谁，相信你比我更清楚。今天见面，我们就不多谈这些烦心事，看看给你带来的两样东西。"

张宏彪闻言上前一步，把一个木盒放到胡轩涛面前。胡轩涛从里面拿出一块章坯和一对玉镯，轻轻放在绒布上，双手推到相川面前。相川一一端详后说道："这块和田玉本有人名，从坯面看印色还在，后被人为打磨，成了一个新的章坯，这是块好料；这对玉镯，用料极为考究，每个玉镯上各雕刻一金蝉，都是借助包裹玉石的糖色精雕而成，金蝉的大小、色彩和玉镯的搭配很有讲究，巧夺天工，绝妙无比，好东西！"说完，相川朝胡轩涛竖起了大拇指。

胡轩涛看着相川手里的章坯说："不瞒相川先生，这块章坯是龙希贞的，不知相川是否认识此人？"

"耳闻，但未曾谋面。"

"这对玉镯是我弟媳妇的传家之宝，因生活所迫，需要换得一批钱财补贴家用。"

相川微微地点着头，没有说话。

"相川先生，请你估个价，你我都是老交情了，我不还价。"

"胡先生，这块玉坯我看你还是自己留着做纪念吧，说不定以后会有大用。这对玉镯我确实十分欣赏，我就高估点价格，二十根金条如何？"

"相川先生着实大气，既然这东西能入你法眼，说明这东西差不了，我也做个顺水人情，这块章坯就送给你了。"

"非常感谢，如果你我能一直这样交往下去该多好，唉！"

胡轩涛问："相川先生，不知此话何意？"

相川皱紧眉头，轻轻地叹了一口气后，说道："你我这一别，可能今后难以相见了。我可能会接受指示，返回国内，现在就等国内命令。当然，有你这样的朋友，我还是想继续留在中国的。"

"这场战事很快就会结束，待一切恢复本来面目后，希望我们还能见面。"胡轩涛知道相川说的并非真话，因此也就以客套话应付对方。

双方起身，相川朝胡轩涛深深弯腰，敬了一个日式礼。临出门时，相川随手递给胡轩涛一张纸条，叮嘱胡轩涛上路时再打开这个纸条。说完，和井上、曹翻译转身离开了院子。

胡轩涛三人也上了战马，飞快离去。路上他打开纸条，五个字映入眼帘：途中有埋伏。胡轩涛笑了笑，继续前行。

事后，胡轩涛得知，龙希贞派一个精干小分队埋伏在进山套的坡顶，四挺机枪架在路边树林中，准备在胡轩涛返程途中伺机截杀。胡轩涛三人没有原路返回，而是绕道而行，躲过了一劫。但龙希贞的小分队在返回途中，被韩世仲部堵截，除三人逃走外，其余全部被歼。

事情败露后，龙希贞公开投靠了日本人，不再半遮半掩，从此死心塌地当了汉奸。

相川的一张纸条，提醒自己躲过了一劫，对此，胡轩涛心中疑窦丛生——相川一直把自己当作首要敌人，理应不会放过，但他却给了自己一次生机。还有，这次龙希贞派人半路堵截，是相川与龙二人合计而成，还是龙单独为之？胡轩涛等人直到营地还在琢磨这一系列的问题，百思不得其解。

一天傍晚，新四军四师萧县独立团派来的一位通讯员找到运河支队，给支队领导转呈一项指令，指令来自黄花塘新四军军部——新四军一师师部接上级通知，将从上海来的两名南洋爱国人士护送去延安，同行的还有师部二十几名指挥员及政工干部，其中一部分要到八路军一一五师做交流，另一部分随两名爱国人士前往延安参加军政大学学习。因三师和五师驻防区域作战频繁，难以通过，决定走奚若提议的运河支队这条交通线。为完成此次护送任务，之前一师已经牺牲了几十名指战员，师长粟裕因此寄希望于走苏鲁交界的运河段、微山湖及陇海线，并强调要绝对保证相关人员安全通过该地段。

接到这个任务，支队领导开始研究线路及沿途的敌我形势，考虑到当初计划的两条线路，现在又有不少新的变化，他们将潜在的不安全因素全部考虑了进来。最后决定由警卫连负责沿途的护送，胡轩涛作为总负责人全程指挥。

胡轩涛和纪清两人对护送途中涉及的龙希贞部、孙友中部、韩世仲部驻防区域的情况，及贾汪、利国和铁路沿线的日伪军情形，都做了详细的分析。因为有不少路段是在韩世仲部的控制范围，两人讨论时还谈到能否让韩世仲提供便利。再三斟酌后，为了确保万无一失，两人最后决定还是由运河支队独自护送。

时间转眼到了九月底，酷暑过去了，天气变得凉爽，蝉鸣消歇，荷叶舞动。柳树、榆树、槐树的叶子渐渐泛黄，风一吹，叶片纷纷飘落，地上一片金黄。庄稼已收割完毕，田间劳作的乡民渐少，显得空旷而安静。此时的苏北地区进入干旱少雨季节。大风过处，漫天灰黄的沙土，夹杂着枯叶干草，四处飞舞。

赶赴苏鲁边境的十七人，在我方人员武装护送下，穿过苏中的姜堰，向北再过洪泽湖，来到四师师部所在地泗东半城。休整两天后，由师部特务营一个连护送到睢宁。睢杞独立团接手后，一路向北，到达萧县。在萧县独立团护送下，一行人继续往北行进，经过邳县时，由邳县县大队沿途保卫。数日后，在沂塘镇，运河支队警卫连终于等到了这批重要客人。

在北许阳村，胡轩涛等运河支队的领导热情地接待了他们，对下一步的行动路线做了详细介绍。为完成这次护送任务，支队已先后派出一二十人的侦察人员前往各个隘口和重点位置摸排情况。胡轩涛让大家耐心等候两天，等侦察员把信息反馈回来后，再实施下一步行动计划。

两天后，各路侦察员陆续回到支队总部，把收集到的情报向胡轩涛和纪清做了汇报。几路侦察人员说，与邳县县大队、峄县区中队、鲁南游击大队以及鲁南铁道大队的沟通都比较顺利，但在运河两岸和津浦路沿线，日伪军明显加强了巡逻和防守。另一个值得注意的动向是，孙友中部和龙希贞部辖区没有大的变化，但韩世仲所在区域据点增多，盘查比以前更为严密。听完侦察人员的汇报，胡轩涛等支队领导有些担忧，是走漏风声了，还是日伪军和韩世仲部布防的正常调整？背后原因无从打听，支队护送的客人们还必须从这几个地区通过，怎么办？胡轩涛陷入了沉思。他心里非常清楚，这条秘密交通线虽是自己提出来的，但还从没有护送过我方重要人员。

天无绝人之路，正当胡轩涛一筹莫展之时，一个突发事件让他喜出望外。

韩世仲为了扩大自己的地盘，派出了一个排的兵力在章庄村南的大路上设了一个检查站。章庄在张山子东南边，前一阵还驻扎着伪军的一个排。这个检查站的位置虽然说不上十分重要，但西边是引龙河，东南是山套，东北是涧头集，是几方势力的交会点，同时也是马车和汽车的必经之处。韩世仲这样安排，使得章村的伪军排长龚正刚十分不满，面前的一条大路被生生切断，就如刀尖顶在了他胸口。龚正刚十分气愤，就将这一情况报告给了日军秋山队长。

在秋山眼里，事情不大，但噎人，二话没说，便叮叮咣咣带着一支日军小队赶到章村，和龚正刚一琢磨，下午就对韩世仲的队伍发动攻击。日伪军和韩世仲的队伍一接触，火力强弱立判，韩部二三十号人仓皇溃逃，哪想到对方是冲着消灭这支队伍而来，死死咬住不放。在后面紧追不舍的日伪军快到唐庄时，驻扎在唐庄的农民大队早已做好准备，大队长邵化宇看到后面的太阳旗，立即命令战士们放过前者，集中火力射杀后面的日伪军。

正在铆足劲头穷追不舍的日伪军，突然遭到树林里射出来的密集的子弹，"呼啦啦"被击毙十几个人。后面的人随即卧倒，双方交火一阵，秋山队长发现对方火力不在自己之下，立即命令队伍后撤。刚刚还在惊惧之中的韩世仲部，看到日伪军遭到了埋伏，此时哪肯放过机会，掉头反扑过来。邵化宇没有迟疑，命令一个小队的人员配合对方追击敌人。秋山带领的人马狼狈逃窜，但跑不过以逸待劳的农民大队的战士，等逃到章村附近时，秋山的人马已所剩不多，秋山屁股上挨了一枪，捡了一条性命，狼狈地逃回了老巢。

韩世仲闻讯大喜，立刻派亲信快马赶到运河支队队部，给胡轩涛送上一封简短的亲笔信。上面只有四个字：感谢　求见。

在北许阳，胡轩涛、纪清等运河支队领导热情接待了韩世仲等人。

离大老远，胡轩涛和韩世仲两人就不约而同地伸出了双手。韩世仲一边摇晃着胳膊一边说："胡兄，我来了！"

"欢迎！欢迎啊！"胡轩涛高声说道。

寒暄过后，韩世仲边走边说："胡兄，我们一路走过来，到处是山清水秀，枝繁叶茂，你这儿真是块风水宝地啊！你看看我这脑子，咋就想不到把队伍也拉到这里呢，这里多好啊，既僻静又安全。"

胡轩涛哈哈大笑："韩老弟，你这是说笑了，我要是能在平地上趴着，哪能在石头上晒着？我这里要吃的没吃的，渴了只能喝点山泉水，这泉水可比不上你那里的美酒啊。"

韩世仲指着身后的两辆马车说："就猜到胡兄会提这个要求，喏，后面车上全是酒，山里潮气大，送些酒给你们驱驱湿气。"

纪清赶紧上前和韩世仲打招呼："韩司令，我们这里随时欢迎你啊，别看山里偏僻，这里还是有好东西的，听我们支队长说，你身上经常会起疙瘩，一挠就痒，一抓就破。我特意找到山里的两个老郎中，给你配了中药方子，昨天还在和我们支队长说这个事呢，正巧今天你来，这样就不用我们送过去了。"

韩世仲大为感动，虽然嘴上不说，但自己以前做过的亏心事还是让他心里发虚，再看看人家运河支队，对自己从来都是真诚相待。他握着纪清的手说："纪政委，你太有心了，我韩世仲也是明白人，啥话不说了，谢谢，谢谢！"

几个人坐定，韩世仲说明了来意，并再三对运河支队在唐庄的大力帮助表示感谢。胡轩涛听后，一脸惊讶，反问："有这事？邵化宇这个熊小子啥事都不给我说，到现在我还蒙在鼓里呢。"其实，胡轩涛一天前就得到了邵化宇的报告，表面上装糊涂，但心里却琢磨着，在谈到下面的话题时，就可以顺顺当当提自己的要求。

纪清配合说："韩司令，按说这件事也不大，要是惊天动地的事，他邵化宇要是隐瞒不报，我们就处分他。这个事就顺顺手捎带的事，还能让你韩司令为此跑一趟，太劳驾韩司令了，这不合适。"

韩世仲绷着脸说："纪政委，你这话说得让我不爱听了，这能是小事吗？你们救了我底下几十号人，还把那些黄皮狗也打跑了！咋？按纪政委的意思，是嫌我的诚意不够，还是嫌我带的酒不多？"

说完，几个人都笑了起来。胡轩涛对韩世仲说："老弟，今天中午别走了。昨天我们逮了不少兔子，还有两头野猪。这个季节，这些东西肥，口味错不了。本来我们政委让我们匀着吃几天，但这个天气，东西放不住，干脆咱就一锅炖了，我这个人要吃就要足性。我们政委有点农村小媳妇样，抠抠搜搜的，正好今天你也带了酒，咱就管个够，管不管？"

韩世仲连连摆手："不行不行，你到我那里就喝口水，到你这里我哪好意思大吃大喝啊？"

胡轩涛朝门外喊了一声："来人！"闻声从门外呼啦啦进来几名战士，韩世仲心里一惊。胡轩涛对几名战士说："今天你们几个要是不把韩司令给我留下来喝酒吃肉，明天都给我滚蛋！"战士们丈二和尚摸不着头脑，愣在原地。

"胡兄，别咋呼手下人，承你的美意，我留下来还不行嘛。"说完，韩世仲指着胡轩涛，"我的老哥哟，哪有你这样留人的，看你这架势，我还以为要把我拉出去毙了呢。"

胡轩涛偷偷瞄了一眼纪清，然后回头看着韩世仲，说："我要不把你留下，老纪会让我可着劲儿地吃肉？狗屁味儿他都让我闻不到。"

屋里的几人哈哈大笑。

纪清朝战士们挥挥手，几名战士退出门外。

午饭十分丰盛，众人吃得心满意足。一桌八人，推杯换盏，吆五喝六。酒喝到差不多时，胡轩涛对韩世仲说："老弟，有一件小事，本来不想麻烦你的，今天我们兄弟既然碰到一起了，我就当面说一下。"

"老哥你呀，就喜欢含蓄，有话直说！"

"我在韩庄那里有一支队伍，最近被鬼子逼得紧，损失不少，我想过段时间派些人过去，支援一把。实在不行，我就让他们撤回来也行，现在还拿不定主意。"

韩世仲是聪明人，一听便明白三分，接过胡轩涛的话说道："不就是从我那里过吗？没问题，只要在我的地盘，我负责安全，如果谁敢伸一个手指头，我就把他给剁喽！要不要我跟孙友中说一声，他是我的小老弟，不是我吹牛，我说每一句话他都得听着。"

胡轩涛看了一眼纪清，纪清心领神会，接着说："韩司令，其实这个事也不需要麻烦你，路上我们的人注意点就行，到韩庄也不远，但我们支队长还是有点担心。别看我们支队长说话大大咧咧的，心可细啦！我本是反对这么小的事去麻烦韩司令，小题大做。我们支队长说，韩司令是他的老交情，有啥不能说的。既然我们支队长提出来了，那这件事就麻烦韩司令了。来，我敬韩司令一杯酒！"

见两个人举杯一饮而尽，胡轩涛说："那我就谢谢韩老弟啦。"

酒足饭饱之后，韩世仲告别胡轩涛与纪清，走时已经酩酊大醉。

40

护送任务主要由二连负责。

二连连长王铁柱给三个排安排了任务，一个排打前站，一个排随队负责警卫，一个排作为殿后策应。胡轩涛再三叮嘱王铁柱，一定要随时观察周边情况，万不可冒险，必要时及时改变路线和计划。胡轩涛又把足智多谋的王昌怀参谋派到二连，协助王铁柱。

第一天，四五十人的队伍身着便装，经黄邱、唐庄、杨家埠、郭洼一线，渐渐靠近了张山子。一行人走得人困马乏，在张山子南郭洼一块荒地里停了下来，作短暂休息。大家正准备吃些干粮补充体力，突然从北边冒出来了一支队伍。草黄叶落时节，队伍中的几个人身着深色上衣，很容易分辨。王铁柱命令大家立即散开，形成战斗队形，对方也快速一字拉开，双方形成对峙。一阵惊慌后，对方先开口问话："喂，你们是什么人？到这里干什么？"

躲在草丛里的王昌怀回答："我们是从南京来的大学的师生，准备过运河到河北去参加新学校复课的，你们是哪一部分的？"

"你们为什么不坐火车？步行走这么烂的路，啥时候能到？再说，你们的人身上带着枪是咋回事？"对方再次问话。

"伙计，不瞒你说，我们是韩世仲韩司令的人，奉命保护这些师生去支援北边学校的。"王铁柱不慌不忙地回答。

王铁柱回答后，本以为没事了，没想到对方一声大吼："弟兄们，都给我拉上枪栓，这些人一个也不能放跑，姓韩的才打死了我们几个弟兄，今天就拿这些人为兄弟们祭血。"

气氛一下子紧张起来，双方人员都匍匐在地，准备开枪。就在这当口，从北边又来了一队身穿国军服装的人，刚刚声称要报仇的一队人看势头不对，准备后撤，却被北边走来的一队人马堵住去路。

王铁柱知道刚刚从北边来的队伍是打头阵的一排，就命令护送人员起身朝对方走去。被夹在中间的伪军不敢动弹，愣在原地看着两支人马向自己走来。王铁柱走到对方领头的跟前，命令道："都给我把武器放下！"

伪军们乖乖地放下武器，站在原地。王铁柱问："你们是谁的队伍？是从张山子来的吗？"

打头的伪军排长回答："我们是李三定的队伍，驻守在张山子。请问你们是？"

王铁柱笑笑，停顿了一下问："你们李三定现在是副营长了吧？"

"你认识？"伪军排长感到很惊讶。

王昌怀从队伍中走了出来，笑着说道："到了李三定这里就好办了！这样吧，我们都别傻站在这里了，直接去张山子。"

伪军排长很吃惊，瞅这架势，对方应该和营长是老相识了，就乖乖地带路进了张山子镇。通报后，见到了李三定，王昌怀开门见山："李营长，我们是八路军运河支队，今天想在贵地借住一宿，明天就走，听说我们支队长你认识。"

李三定一脸惊喜："是，是，我结婚的时候他还来了呢，俺媳妇就是他老家柳泉镇上的人。你们来，我非常欢迎，住多少天都无所谓。"

"李营长，这里到运河很近，我们想过河到对面，你这里能提供方便吗？"王铁柱问道。

"你们到河北，完全可以坐火车呀，你们在这儿过河不嫌麻烦吗？"

"日本人不会让我们轻轻松松坐火车前去的，利国和贾汪小日本查得很紧，我们护送的人都是大学的师生，将来对国家都是有大用的人才，这个要绝对安全的。"王昌怀灵机一动，找了个不错的借口。

李三定低头想了一会儿说："船我帮你们联系好，但这事只能我们几个人知道，特别是我这里，任何人都不能知道这事。你们先休息吧，剩下的事我来处理。"

王昌怀和王铁柱点头同意。

第二天天不亮，李三定就带着运河支队和护送的人员赶到运河边，一排先过河，紧接着王铁柱带着十几名重要人员过河。过河后，王铁柱对李三定说："李营长，你就把两条船留在这里，后面还有人。"

李三定和王铁柱握手告别后，带着几个随从迅速离开了岸边。

队伍过河后，来到八里庄东附近的芦苇荡里，本来计划由文峰大队的一个小队在此接应，可是等了半天不见人影。王昌怀急得火烧火燎，就吩咐王铁柱派三个人到附近寻找，再三叮嘱，时间不能太长，中午前人必须回来。

时间一分一秒地过去，众人在芦苇丛中紧张地等待。快到中午时，三个人陆续回到原地，都说没有发现文峰大队的接应人员。王昌怀决定队伍立刻出发，赶往韩庄南三里地的第二个接头地点，按要求天黑之前必须赶到。队伍顺着运河岸边的小路快速向西行进，夕阳西下时，队伍到了津浦铁路边。从一里开外的地方望去，铁路沿线无人防守。但当队伍来到铁路桥洞下时，从南北两侧各冲过来一队日军。王铁柱见状，立刻命令队伍回撤。日军紧追不舍，战斗在铁路东二里地展开。王铁柱担心增援的日军赶来，就命令一部分战士隐藏在芦苇荡里，其他战士阻击敌人。战斗持续了半个多钟头，一排和三排相继赶到，文峰大队也从北边赶来，日军迫于压力方才撤退。

待战士们追到铁路边时，日军增援部队从铁路上冲了下来。王昌怀命令二排带着被护送人员隐藏于芦苇丛中，一排、三排与文峰大队往北方向边打边撤，意图将敌人引开。战斗在继续，敌人一窝蜂朝北追击。

王昌怀赶紧招呼大家继续赶路，从韩庄南侧悄悄靠近了湖边。这时，鲁南铁道大队一个连已在此等候，双方通报过信息，王铁柱他们完成了这次护送任务。接下来将由铁道大队带人进湖，在昭阳湖西上岸，进入单县，再由豫东游击队接手护送。

敌人一路追击我方的两个排和文峰大队到了歪槐树村，由于有鲁南游击大队在此接应，敌人才被迫退去。这一路护送，四十多名战士牺牲，队伍在周营休整了半个月，才返回运河支队。

王铁柱带领一个排的战士，又回到李三定放船的位置。队伍刚准备踏上两只小船，突然遭到了孙友中巡逻队的袭击，慌乱中战士们开枪还击，陆续登上木船。当木船划到河中间时，孙友中的巡逻队已追至岸边，朝河面猛烈射击，站在船头的王铁柱为掩护众人，中弹落入河中。船上的战士大声呼喊着他的名字，但水中的王铁柱没有一点反应。大家眼睁睁看着牺牲的王铁柱面部朝下，在水流中慢慢漂走，团团鲜血在波浪中泛起又散去。

护送任务虽然完成了，巨大的损失让运河支队领导事先没有想到，尤其是连长王铁柱的牺牲，更让胡轩涛悲痛不已。

"铁柱，我的好弟兄，我一定会为你报仇的！"胡轩涛仰望长天，泪如雨下。

参加护送的队伍归队后，胡轩涛召开了总结会，综合各路情况，分析造成重大损失的原因——在韩世仲辖区，队伍没有受阻，进展顺利；在张山子，李三定提供了帮助，人员顺利通过。但过津浦线时，突然出现的两股日军匪夷所思，据铁道大队派出的小分队事先侦察，铁道上只有重点位置才有日军把守，其他地方是不定时巡逻，而两次巡逻之间的时间间隔，足以通过一个正规团。文峰大队之所以没有按时赶到指定地点，是因为在铁路东边的樊庄遇到了日军一个中队，队伍绕路耽误了时间，这也在情理之中。王铁柱牺牲，是因为孙友中的巡逻队到了运河边，据河北交通员提供的信息，孙友中部驻地距运河有七八里地，平时运河边并没有巡逻队，这突然冒出的巡逻队并不合常理。

事出反常必有妖。

问题出在哪儿？是韩世仲那里有了变故，抑或李三定的手下告了密？还是孙友中那里提前得到了什么情报？胡轩涛、纪清、童占山等人陷入了沉思，但有一点大家达成共识：下次再有此类护送任务，一定要慎之又慎，就是护送失败需要撤回，也要做到神不知鬼不觉，并且要做到前进后退都有接应力量。

五天后，四师政治宣传科科长奚若再次来到运河支队。奚若这次来访，是对苏鲁地区斗争形势和敌我情况调查的回访。奚若带来了不少国内外的好消息——苏军大举西进，一路势如破竹，穿过乌克兰大平原后，先头部队已经抵近德国边境；盟军持续轰炸德国重工业区及首都柏林，德军的丧钟已经敲响；9月8日，意大利投降，并加入同盟国一方，以德意日为主体的轴心国事实上已经解体；美军在东南亚完全占据上风，在泰国、缅甸等国，当地政府及游击队配合盟军，压缩日军作战空间；中国援缅远征军在缅北、滇西发动反攻；国内，国民党军队在正面战场和日军的较量，渐渐处于上风；共产党领导的敌后军民在华北、华中、华南等地区，对日伪军发动大面积的反攻，开始由游击战向运动战转变。

听到奚若对国内外形势的介绍，支队领导都备受鼓舞，在座的支队领导一致认为，为了苏鲁地区，为抗战胜利的早日到来，运河支队应该发挥更大的作用。

奚若还带来了一项新的任务。

"抗日形势对我方越来越有利，中央为了加强对地方领导干部的培养，近期会有大批高级干部去延安参加整风学习。山东分局书记朱淇同志将通过新开辟的交通线到延安，千万不能再发生像三师参谋长彭雄遇难那样的悲剧。朱淇是宿迁人，红军时期就担任重要的军政职务，自抗战以来，一直担任八路军重要职务，在山东指挥军队对敌作战。这次他前去延安，是中央的要求。朱淇同志从这一带通过时，运河支队务必保证他的绝对安全。"

胡轩涛把上次护送的情况向奚若做了简要介绍。奚若说："虽然上次护送成功了，但是我方付出了不小的代价。人员是安全通过了，这中间有运气的成分；造成较大的牺牲，也有我方人员大意的因素。上次护送的人员多，难度很大，后面的护送，我会提议尽量压缩人员数量，这次的任务首先是保证首长的绝对安全，出任何差错我们都承担不起。"

对奚若的意见，支队领导点头表示赞同。胡轩涛说："奚科长，你是新四军派来的，我有一个想法，已经想了很长时间，这个想法我还没同支队其他领导沟通。今天你来了，又带来了新的任务，我先说出来，奚科长还有我们几位支队领导帮助分析分析。"奚若笑着朝胡轩涛点点头，示意他说下去。

"我们所在的这一区域，敌顽日伪势力犬牙交错，完成上次护送任务时，我们的损失很大，这也和这里的情况复杂有很大关系。从前面发生的几次突发情况来看，如果把运河支队划归新四军统辖会更好一些。八路军一一五师根据地在抱犊崮那里，离我们这儿有一百大几十里路，我们如遇紧急情况，他们要穿过几道封锁线才能赶到这里，且不说时间上来不及，就那几道封锁线，也会让八路军的支援部队损失不少。你们新四军邳睢铜军区离我们这里只有五六十里地，遇有急事能顾及这里，时间上也来得及，后面我们护送新四军的干部也方便得多。还有一个情况，我们附近运河南北两岸有韩世仲部和孙友中部，他们依仗人员数量比我们多，处处掣肘我们运河支队。如果我们运河支队能加入新四军，距离上很近，来回策应也方便得多，韩、孙二人一定会考虑到这个对他们来说的不利因素，那我们支队在此地的境况就可能大大改观。新四军的力量如果能顾及运河南岸，八路军则在运北抱犊崮持续扩大影响力，我们支队又紧挨着运河，夹在这块区域的国民党军队肯定会有所顾忌，不可能像从前那样轻易和我们产生摩擦。就今年上半年，韩世仲部就抢走了我们不少地盘，使我们的活动处处受限。"

"哟！"奚若惊讶地叫了一声，连连点头，然后说，"支队长的这个建议我确实没有想过，你还别说，这个建议我认为很合理，很符合你们这里的实际情况。我个人赞同，你们几位看呢？"

纪清说："我们支队长心就是细，前面几次遇到险情时去找我们八路军上级，都鞭长莫及，这个建议我赞同。"

副支队长邵林峰、孙振龙均表示同意此建议。副政委童占山提议说："这样，关于这个情况，我们得向上级做详细汇报，把我们这里的实际情况说清楚，上级应该会同意的。我个人认为这个建议很好，很贴合我们这里的情况，我表示赞同。"

奚若兴致高涨，看过大家一圈后，对几位支队领导说："那我回去就向我们首长做汇报，你们这边也尽快向你们的领导做汇报吧，希望这件事能得到两边首长的同意，尽快落实到位。"

胡轩涛对童占山说："占山，去抱犊崮那里的路你比较熟悉，你明天就去，向首长汇报我们这里的情况和我们的这个提议，尽快把首长的意见带回来。"

童占山兴奋地点点头："那我明天就出发。"

奚若在山套里休息了一晚后，第二天就返回了新四军四师。

山东分局书记朱淇很快就由邳县县委派人护送到运河支队，由童占山陪同，见到了几位支队领导。

朱淇一见到大家，就回复了胡轩涛提出的建议——根据一一五师师部的意见，山东分局已经同意把运河支队划归到新四军四师淮北军区，并要求运河支队保持过去的战斗精神和作风，虚心接受四师的领导，按照师部要求，扩大黄邱套根据地，给该地区的敌顽以有力的牵制和打击。

晚上，支队领导陪朱淇吃了顿简单的晚饭后，胡轩涛把自己的房间让了出来。招呼好朱淇休息后，胡轩涛和几位支队领导叫来了警卫连长杜立忠，针对护送首长的任务进行了细致的安排。

在自己休息的房间里，胡轩涛又对张宏彪再三叮嘱，让他在护送过程中一刻也不要离开朱淇左右，要不惜一切代价完成这项重任。

此次护送，胡轩涛又换了一个思路，不走沿河，而是就近过河，直接插向西北阴平、周营方向，在周营转向正西，在离微山岛最近的岸边进湖。

第二天傍晚，二十几人的精干队伍先护送朱淇过了运河，再由葛石头带领一名战士打前站，小心翼翼地进入运北地区。朱淇不愧为军人，体魄健壮，走起路来呼呼生风。队伍的行进速度很快，在半夜时就赶到了阴平沙河的朱庄，离很远就看到村东头三个火把将四周照得通亮，并不时伴随着吵闹声。

杜立忠让队伍停了下来，打前站的葛石头返回报告说，村里一保长手握尖刀，正带着一帮家伙胁迫几个年轻人加入伪军，年轻人不从，双方产生了争执。杜立忠立即将情况向朱淇进行了汇报，朱淇淡淡地说了句："走，去管管这个闲事。"

"朱书记，咱们还是快赶路吧？"张宏彪生怕节外生枝，立刻上前劝说。

"救人要紧，不就一个保长吗，没事，去会会他！"朱淇笑着说道。

出发前，胡轩涛和杜立忠就这种突发情况商量过应对方案。杜立忠立即命令小分队迅速占据有利位置，然后和张宏彪陪着朱淇走近人群。保长见突然间来了几个陌生人，顿觉纳闷，将尖刀收了起来，观望一番后问："你们是哪里的？来这儿干什么？"

"这是隔壁村的马大仙马郎中，人称华佗二世，请他到我们村去给老人瞧病。"杜立忠说。

保长发愣时，朱淇说："三更时辰，正是养肝护肾之时，你们一帮大男人，不在家里卧榻休息，聚在这儿干什么？"

保长又环顾了一圈，见对方仅有三人，底气一下子蹿了上来，命令几个手下把三人围了起来，开始训斥："我才不管啥华佗一世二世的，这是我们村子里的事，你们外人算熊，现在上面要求我们每个村出十个人去当差，这些熊玩意儿还不领情，他们去了除吃喝不愁外，每月还能领赏钱，我这是好心，他们反而……"

一个小伙子打断了保长的话，愤愤地说道："现在都啥时候了，还让我们去当二狗子，我们村里都没有年轻人了，过去被他们哄走的，现在一个都没回来。我们不愿意去，我们走了家里地谁种？老人谁照顾？"

保长身边的一个人调侃道："给自己找什么瞎球理由，不就是舍不得自己的媳妇嘛，到外面同样有女人哪，哪个都比你家里的有味道。"

"放你娘的狗屁！"年轻人随嘴就骂了一句。

双方火气大增，摩拳擦掌，保长再次从腰中抽出尖刀。

朱淇一把从保长手里夺过尖刀，朝双方摆摆手，说："医者仁心！我来当一回和事佬吧，这样，你们两拨人，一边是保长这边的，一边是村里人的，不是出十个人嘛，每边出五个人不就行了嘛，保长既能交差，村里人心里也平衡了，这样大家出去还有个照应。大家伙看看行不行？"

保长这边有人叽咕了一句："这是说的啥球玩意儿，滚，快给你的病人瞧病去！"

又有人跟风："干脆把这三个人抓起来，顶数算熊。"

站在朱淇后面的张宏彪上前一步，指着保长这边的人高声骂道："他妈的，敢骂悬壶济世的华佗二世，不想活了，有种的给我站出来！"

从保长身边还真走出来两个人，走到张宏彪身边，伸手就要反剪张宏彪的胳膊。张宏彪出手一拉一推，两个壮汉瞬间摔倒在地，保长身边的其他人正要冲上来，但四周已传来拉枪栓的"哗哗"声，保长见状，赶紧把自己人拽了回去。

见对方身上有带响的家伙，保长不说话了，倒地的两个壮汉也乖乖地爬回到原来位置，其他人都把目光投向朱淇。朱淇这才慢悠悠地说："我说我当和事佬吧，你们还不同意，那我这和事佬就不当了。"他走到保长跟前，看着保长说："现在都啥时候了，你还在把咱中国人往鬼子那里推，你说你安的什么心？跟你明说，我不是华佗二世，而是八路军，华佗二世救病人，我们救国家。我们打死了不少鬼子，那是他们应有的下场，但我们也打死了不少汉奸和狗腿子。你现在还在给鬼子跑腿，难道就不怕别人找你秋后算账吗？"

保长这边的人，个个一脸惊愕，不敢言语。

保长身边人的枪支被尽数搜走后，朱淇对杜立忠说："你回头给老洪交代一下，这个村要经常过来看看，如果再有替鬼子卖命的，就提前用子弹送他们走吧，早走晚走都一样，只要敢祸害咱老百姓，一个也不留！"

铁道游击队的名气在这里可谓是家喻户晓，面前的这个人竟然能命令老洪，震惊加恐惧的保长带着一群人跪了下来，朱淇转身拂袖而去，这一下保长慌了，哭出了声。

众人离开前，张宏彪朝保长踹了一脚，大声骂道："老子以后再看到你们这样，哼哼，那你们就早点上路吧。"

"不敢，再也不敢了！"保长磕头不止。

队伍转而向西，刹那间消失在夜色里……

护送朱淇的行动，因为布置严密，所以一路顺利。先由运河支队护送到周营西的三合村，再由鲁南铁道大队接替，进入微山湖后再由微湖大队接着护送，在湖西沛县上岸。

一个月后，朱淇安全抵达延安。

去年春上在微山湖战斗中投敌的孙冒生托人捎来了一封信：

> 支队长，这么长时间没有听到你的声音，很是想念。冒生走错了一步，很后悔，平时经常想到你对我的教诲。你是一位大义之人，冒生梦里都以泪洗面，想重新加入你领导的抗日队伍。希望支队长再次敞开胸怀，接纳我这个有过错的人。如支队长不计前嫌，我愿率部回归你麾下。如支队长同意，期待近期会面。

是否由胡轩涛本人和孙冒生见面，支队领导意见不一。

邵林峰首先反对："他孙冒生要想抗日重新归队，直接把队伍带过来不就行了吗？为啥还搞这么一出。事情简单得很，提前和我们说，我们派人做好接应就行了，憨熊一个。"

胡轩涛淡然一笑："他可能有顾虑，不过真想回来我们还是要欢迎的，队伍大了，人数多了，对我们来说是大好事嘛。"

"我不敢相信这个人，他就是我带出来的，他是个啥人，我还不清楚？可能他是看鬼子的日子不好过了，想提前为自己找好后路，他前面能投降，你知道他下面能干出啥事来？"邵化宇坚决不同意。

纪清在旁边解释："老邵，上级一直要求我们要做好统战工作，争取一切愿意抗日的队伍。孙冒生投降是个事实，也有可能为当时情况所迫，人家既然有归队的想法，总体上来说还是好的，我们不能放弃这个机会呀。"

"我说啊，我们派个人前去谈就行了，为啥非要老胡去，那万一是个圈套咋办？"童占山同样心有顾虑。

胡轩涛笑了起来："我的命也不值啥大钱，过去不是常说吗：千里修书只为墙，让他三分又何妨？万里长城今犹在，不见当年秦始皇。再说，孙这个人在我们这里待过，人都是有感情的，哪能做得那么绝情？我看去一次吧，能带过来一两百号人，冒点险，值得！"

纪清补充道："只要把前后过程摸清理顺，做好防范，我建议可以一见。"

看到主要负责人如此思路，其他人也就不好再反驳，大家对见面过程需要注意的细节作了讨论后，胡轩涛决定前往。

见面地点选在了耿山子村。选择这一地点，主要考虑到双方的安全。这儿北靠运河，便于孙冒生乘船回去，西南和南边是伪军和韩世仲的地盘，往东是返回山套的必经之路。运河支队上上下下为了争取孙冒生这支力量，集思广益，力求能把这支队伍拉回来。

在一农户家里，孙冒生见到了胡轩涛。和一年前相比，孙冒生的模样有了很大变化，人也胖了，皮肤也白了。

孙冒生先朝胡轩涛敬了一个军礼，二人坐定。胡轩涛对张宏彪说："宏彪，你先出去吧，我和冒生说几句话。"张宏彪点头走出门外，房间里就剩下胡轩涛和孙冒生二人。

等胡轩涛坐下后，孙冒生才坐了下来。他客气地对胡轩涛说："支队长，一年多没见到您了，您瘦多了。"

"嗨，这有啥，山里的条件毕竟不如外面啊，也习惯了。"胡轩涛笑笑，继续问道："冒生，你情况怎么样？还好吗？"

孙冒生叹了一口气，想了一下才回答："咋说呢？混得马马虎虎，也算是得过且过吧，总感觉在这边心里没有在咱支队那里踏实，一件事弄不好不是被打就是被骂，小日本拿咱中国人根本不当人。支队长，当时在湖上我也没有办法呀，被围住后，我自己还好说，毕竟身边还有几十号弟兄，如果再反抗，那所有的弟兄就是死路一条。这一点，支队长能理解吗？"

胡轩涛点点头，伸手拍拍孙冒生的肩膀，颇有感慨地说道："我理解你的处境，只要能留下命，后面机会还是有的。但这种情况，今后不会很多了。"

"支队长，您说说看！"孙冒生诚恳地瞅着胡轩涛。

胡轩涛侃侃而谈："你在日本人这一边，不会知道我们国家甚至世界大势，日本人现在只是一味宣传他们发动这场战争是帮助咱中国人的。冒生，你也知道日本人在咱中国人的地盘上都干些什么坏事。凭啥咱的煤，咱的铁，让日本人挖？为啥咱累死累活地替日本人干活，过的还是这穷苦日子？如果日本人真心帮咱们，那为啥老百姓都一肚子怨气？日本人在咱这地方，对咱老百姓，想打就打，想杀就杀。他不拿咱当人，咱就得起来反抗。前两天，新四军四师师部来人，讲了很多国际上的大事。德意日三国已日薄西山，意大利已经投降，苏联的军队已经打到德国边境。欧洲这样，小日本的日子就好过了吗？他们也难受。在咱中国南边的亚洲其他地区，日军也在节节败退。咱不谈大的范围，就咱国内，你还没有感觉吗？日本人没有过去狂了吧，为啥？主要是因为咱中国反抗的力量越来越大了。就咱徐州贾汪这一带，鬼子现在轻易不出来了吧？过去集镇乡村到处都能看到太阳旗，现在如何？冒生，今天你能认识到这个形势，还是不错的！现在回到我们革命的队伍里来也为时不晚。今天我胡轩涛就把话撂这里，小日本不超过两年就得滚蛋，你信不信？所以啊，冒生，早做打算不仅为了自己，更是为了还在受鬼子欺辱的咱们的父老乡亲，咱们的兄弟姐妹！"

孙冒生听后，眼含泪花，毕恭毕敬地站起后说道："支队长，您说吧，我咋回来，啥时候回来？"

"你的队伍现在有多少人？现在人在哪里？身边有没有可靠的人？"胡轩涛问。

"支队长，小日本给我一个连长干，现在我手底下有近两百人，队伍驻扎在这附近的三个村子里，主要负责利国铁矿至贾汪矿区之间的沿线防护，防护目标就是龙河沿线。我现在有点担忧，我带的这批人，原来我们运河支队的那些人没啥问题，其他人情况有点复杂，我不敢说能一次把他们全带出来。"

"这没问题，愿意抗日就带来，不愿意的随他们吧！但你自己得留心，别事情没有弄成，再遭受重大损失，这件事一定要谨慎，到时我可以派一个连前去接应。"

孙冒生信心大增，说道："那我回去后，先把咱原来支队的人召集起来，其实我已经和原来咱们支队的几个人谈过了，商议好之后，尽快带人出来，到时咱的队伍前来接应一下指个路就行。"

"好的，没问题，时间和地点你提前派人告诉我。"

两个人又谈了一会儿，准备各自离开，胡轩涛朝门外叫了一声"黑蛋"，黑蛋闻声进屋。胡轩涛对他交代说："黑蛋，你留下来跟着孙连长，好及时按照孙连长的吩咐，把情况传递到山里，路你熟，千万别耽误时间，记着，事事要小心谨慎。"

已长成大小伙子的黑蛋，朝胡轩涛敬了个军礼："是，保证完成任务！"

41

别了孙冒生，胡轩涛带领十几名警卫人员悄悄离开了江庄，朝最近的江崮山方向走去。刚走上小路，张宏彪在胡轩涛耳边低声说道："支队长，孙冒生这次让你来，是个圈套。"

"你咋看出来的？"胡轩涛盯着张宏彪问。

张宏彪赶紧解释："孙冒生带来的几个人里，有一个叫刘志友的，是咱原来支队里的人。你过去救过他，还给钱为他妹妹治过病。这次幸亏你让我出来，见到了刘志友，能看出他是在等我们。他把情况一说，我急得不得了，又没法进去，只能等你出来后再说。"

胡轩涛拧紧眉头，神色冷峻地说道："见到孙冒生时，我就有点感觉不对，才离开多长时间，这家伙就长得白白胖胖的，穿得也不一般，就有几分怀疑他与日伪还有勾连。当时我让你出来，就是让你注意附近有没有什么异常，没想到这王八蛋真会来这一招。我们得马上改变路线，不能再走这条路了，防止有埋伏。哎呀，黑蛋还在他那里，不知道会不会遭到这兔崽子的黑手。"

"现在也不能回去，孙冒生真要是干坏事，老子非让他碎尸万段不可。"情况紧急，张宏彪按照胡轩涛的命令，立刻招呼大家改变路线，朝南疾走。

队伍拐向南边的一条小路，才走了一小会儿，在杏沃村南便遭遇到了一支身穿便衣的日军围堵。敌人明显是有备而来，手里的武器除了短枪，甚至还配了两挺"歪把子"轻机枪。幸亏这次和孙冒生的会面，运河支队也是做足了功课，纪清把三个主力连安排在三条前往山套的道路上。

遭遇日军，双方互相射击，战斗进行得异常激烈。胡轩涛镇定地指挥队伍边打边往北撤。敌人的火力明显占据了上风，胡轩涛在开枪射击的一瞬间，一颗子弹击中了他的肋骨。当时他只是感到胸部一震，仍持枪继续还击。一同前来的十几名队员难以应付日军围攻，胡轩涛忍住剧痛，命令大家边还击边寻机撤退。日军见我方火力减弱，又加大了进攻力度。就在这时，闻讯而来的八连很快就投入了战斗，敌人抵挡一阵后被迫南撤。八连迅速和胡轩涛等人汇合一处，战士们背着胡轩涛进了山套。二连和九连返回后，均报告遭遇到日伪军的进攻。

　　看来这次日本人是有备而来，由此可以证明，孙冒生的投诚归队是敌人抛出的一个诱饵。

　　两天后，从江庄传来噩耗，黑蛋在龙河东岸被孙冒生活埋。

　　胡轩涛的伤口不是贯穿伤，子弹在击穿斜挎的武装带后进入体内，背部没伤口，很明显，弹头留在了体内。当夜，胡轩涛就发起了高烧。支队领导在山套里找来的几个郎中都无济于事，做了外伤口清理，喂下几服汤药后，胡轩涛高烧虽有减轻，但人一直处于低烧状态。

　　支队领导经过商议后，向师部首长彭雪枫做了汇报，师部很快给予了回复："速送胡到师部治疗。"

　　临行前，众人把胡轩涛送到山口。胡轩涛分别和支队领导一一握手告别。他拉着政委纪清的手说："我这次去治疗，时间可能不会短，支队就辛苦你带领了。还有，孙冒生欠了我们黑蛋这笔血债，一定想办法让他偿还，除掉这个狗汉奸！"

　　纪清拍了拍胡轩涛的手，安慰道："你放心去吧，治疗伤口要紧，我们会及时与你联系的。狗日的孙冒生，只要我们抓住机会，一定不会放过他，要不然，黑蛋和八名战士的牺牲，我们真无法交代啊。"

　　此时，运河支队已划归新四军四师淮北第三军分区，名字更改为新四军淮北第三军分区峄滕铜邳总队，胡轩涛担任总队长，纪清担任总队政委。队伍虽然改了名字，但在苏鲁交界地区，人们仍习惯性地将这支队伍称作"运河支队"。

　　胡轩涛在新四军四师战士的护送下，来到师部所在地大王庄，被安排进了四师卫生部，准备接受手术。

第二天一大早，卫生部医院的门口明显比往日热闹了许多。一行人在卫生部齐仲桓部长的陪同下走了进来，后方医院院长跟在后面。

胡轩涛正躺在床上看书，见有人进来：前面的是一位身高一米九以上的高个军人，脸部棱角分明，犹如一座铁塔立在那里；旁边一位中等身材者，戴着一副圆边黑框眼镜，一脸微笑，温文尔雅，俨然一位教书先生。

胡轩涛来到师部之后见过齐部长，没等齐部长开口，他就要下床，但被大高个一把摁住了。此人声如洪钟："轩涛同志，罗政委不止一次赞扬你和运河支队，真是了不得啊！罗政委还说，你们是一支敢在鬼子头上跳舞的队伍，我今天总算见到运河支队的指挥员了。"

齐部长向胡轩涛介绍说："胡总队长，站在你面前的两位首长，就是我们新四军四师彭雪枫师长和邓子恢政委，是专程过来看你的。"

胡轩涛坚持要下床，马上被彭雪枫的一双大手按在了床上。彭雪枫握着胡轩涛的手，叮嘱道："你现在的第一身份是病人，不要在乎礼节了，要好好养病，昨天齐部长介绍了你的伤情，说伤得不轻，今天动手术，希望一切顺利。我们这里的医院还是不错的，麻药少一点，能坚持下来吗？"

胡轩涛微微一笑，回答道："彭师长，邓政委，这一点不算事儿，就把麻药省下来给其他伤员吧。"

邓子恢脸一绷："那哪行？你这算是重伤了，子弹取不出来，后果很严重的，你放心，齐部长亲自为你主刀，他可是从东北来我们师部医院的一把刀啊。"

见众人围着自己，胡轩涛心有不安，略带歉意地说："彭师长，邓政委，你们这么忙还来看我，我都不知该……"

彭雪枫笑了，指着他说："现在你可是我们的人啦，得服从命令，在这里好好养伤，养好后还回到根据地，你可是我们插向敌人胸口的一把尖刀啊，我们还想看你在鬼子头上继续跳舞啊，以后罗政委再想把你要回去，我可舍不得放了。"

众人大笑，两位首长对齐部长交代一番，又对胡轩涛说："放心手术，手术后我和邓政委再来看你。"

看着两位首长离开的背影，胡轩涛心里久久不能平静。胡轩涛平时只是耳闻彭师长战功卓著，没想到这位闻名遐迩的勇将竟如此亲切和蔼，更没想到彭师长足足高了自己大半个脑袋。

当天的手术十分成功。

胡轩涛在新四军师部医院动手术及养伤的这段时间，峄滕铜邳总队接到了一项艰巨的任务——护送新四军首长去延安。

11月初，中央给新四军军部发来电报，希望新四军负责同志尽快赶赴延安，中央即将召开大会，中国共产党领导下的华北、华中、华南等地的军政首长将齐聚延安，参加全党的这一盛会。

接到电报后，新四军首长把军部、家属等事宜安排妥当，11月下旬启程前往延安。为了缩小目标，他仅带了一个参谋、一个厨师和两名警卫，以"老东家"为代号，从驻地出发。一行五人从盱眙黄花塘新四军军部出发，向西北的洪泽湖行进，沿途所经地区主要是新四军根据地，新四军各部已经做好安全保卫工作。"老东家"先是坐船过洪泽湖，来到四师九旅的驻地，旅长热情地招待了"老东家"一行。傍晚时分，旅长派战士驾船进湖下了丝网，捕了不少鱼，炖了一大锅洪泽湖特有的铁锅活鱼贴饼子，因为"老东家"是四川人，饼子上还放了不少辣子。

围着铁锅，"老东家"兴致很高，胃口大开，开着玩笑说："你们这么一摆哈嘛，我都不想走喽，天天鱼啊虾哈，太巴适了喽。"

旅长倒上一碗酒说："首长，你别光吃鱼啊，得喝点酒，这里离湖边近，潮气大，喝点酒晚上好好睡上一觉。"

"老东家"手拿筷子点着旅长的鼻子，风趣地开起玩笑，说："你哟，啷个舍不得我多吃喽？那我明天就走，到彭雪枫那儿打个牙祭。"说完一阵哈哈大笑，旅长赶紧动筷夹一大块鱼放到"老东家"碗里。

大家边吃边喝，旅长说："首长，我给你准备了貂皮夹袄，还给你做了身缎面袍子，要不然别人一看，你哪像当老板的人啊？"

"老东家"低头看看自己的这身打扮，抬头笑着说："要得要得！去延安开会得穿好点，不然，没脸见毛主席、朱老总哟。"

在师部养伤的胡轩涛，得知"老东家"要通过自己的防区，通过师部电台联系总队，和纪清、童占山等人一起逐段研究护送"老东家"的方案。对一些变数比较多的地段，他和大家一起制定了两套甚至三套备选方案。

"老东家"顺利通过四师辖区后，前往的下一站是淮北军区第三军分区。第三军分区司令员赵林山，在泗北接到了"老东家"一行，大家走了一整夜的路，在天蒙蒙亮时赶到了睢宁的古邳镇。

古邳镇位于旧黄河边，北边是邳县，南边是睢宁县城，往东是骆马湖，西边就是徐州辖区。此镇的历史可以追溯到四五千年前，也是三国时期的古战场，有张良和孙权故里之称。古邳镇有八景，以崛山和羊山寺最为著名。"老东家"决定在该镇停留两日，想了解该镇四周的敌我情况。两天里他阅读了该镇存留的古地志，召开当地军政领导会议，并做了几场宣传抗日的演讲。

在邳县县委护送下，"老东家"进入总队的辖区，首先抵达汴塘的北许阳。在该村，"老东家"见到了前来迎接的总队主要领导纪清、童占山等人。赵林山向总队领导下达了安全护送"老东家"的任务。

当夜，"老东家"刚睡下，村子里突然传来一阵狗叫声。警卫连连长杜立忠赶紧带人在"老东家"周边悄悄埋伏起来，过了一会儿，在村中间位置，隐约听到黑暗处有人说话。杜立忠打开手枪保险，厉声喝问："谁？"

说话的人抬腿就朝村东头跑去，杜立忠连开三枪，一路紧追，才在半路上捡到一只鞋子。杜立忠一看，这只鞋子是一双黑面加厚底的新鞋，村子里一般老百姓在平时极少穿。杜立忠立刻向纪清做了汇报。纪清说："此地不可久留，赶快往其他地方转移！"

"老东家"跟随警卫连，沿着山边的小路向北，走了很长时间的山路，天色大亮时才抵达尤窝子村。在这里，"老东家"才安安稳稳地睡了几个小时。

在古邳镇停留的两天时间内，"老东家"接待了附近两个县的县委及军政领导。尽管没有对外声张，但"老东家"到来的消息还是不胫而走。国民党特务早在半城就察觉到了"老东家"北上的动向，由于"老东家"行进的路线十分隐蔽，且大部分路程都在四师辖区，敌人一时无法追踪。但"老东家"在古邳镇的停留，还是让国民党特务找到了蛛丝马迹。

朱浩昌，国民党鲁南专员兼保安司令张余焕的副司令，是个心思缜密、做事极其冷静的老牌特务。在杀害胡轩宇并得到上司的嘉奖后，他没有像其他人那样骄横跋扈，反而低调行事。他之所以这样做，是出于几方面考虑：一是他杀害的人是胡轩涛的弟弟，而胡轩涛是运河支队"当家的"，保持低调才能保护好自己；二是现在国民党和共产党在对日作战上，合作比以前融洽，他不想在这个节骨眼上陷入被动；三是想在蛰伏一段时间，八路军对他的关注下降后，意图再来一次惊人之举。正当这时，从国民党特务组织内部传来消息，中共已发出召开会议的通知，在各个战场指挥作战的中共高层领导人，都将前往延安。军统局局长戴笠也密电各地军统站，秘密截杀前往延安的八路军、新四军领导人及各个根据地前往延安的中共高层人物。"老东家"到达半城的消息，传到朱浩昌的耳中后，他便决定出人意料地大干一场。

经过一番分析，朱浩昌认为"老东家"到达徐州后，前往延安的路线，无非三条：一是经徐州，向西过陇海铁路，转到河南中部；二是过运河，进微山湖，经湖西北进入豫东；三是进入鲁南，再向西转到河北，经过华北八路军根据地去延安。对这三条线路，朱浩昌分析后，认为第二条线路最有可能，距离近且沿途中共方面的力量衔接比较紧密。为了摸清"老东家"的具体动向，他派出了大批特务，撒开大网，寻找出手的机会。昨晚在北许阳村潜伏的人员，就是他派去的。

孙友中因上次抓获胡轩宇，得到朱浩昌一百大洋的奖励，完全成了朱浩昌的铁杆走狗。朱浩昌有了孙友中的帮助，手里也有了兵力可以调遣。

在尤窝子，附近的村民争相赶来，想瞧瞧共产党新四军这位"大官"的真容。"老东家"不顾疲劳，接见了部分总队的战士和群众。已成为民兵小队长的"油麻子"，也屁颠屁颠在"老东家"面前转悠，一直在找机会上前搭话。

等"老东家"讲完国内形势后，"油麻子"上前两步，笑着问道："您说说是八路军厉害，还是新四军厉害？"

这冷不丁的问题，倒是把"老东家"问住了。"老东家""哈哈"笑过两声，反问道："那你说说谁厉害？"

"油麻子"说："我认为新四军厉害。"

"为啥子吗？说说道理。""老东家"乐了。

"油麻子"一本正经地说："我们运河支队在这里好好的，为啥还要让我们加入新四军啊，按说是八路军先来的，再咋样也得有个先来后到的道理嘛。"

这句话说得政委纪清面红耳赤，没想到这个憨子会在"老东家"面前问这么低级的话，现在想拦是拦不住了。"老东家"忍不住哈哈哈大笑起来："你个瓜娃子哟，如果一个爹妈生仨儿，你说哪个亲哪个不亲？我认为嘛，老大会干木匠就让他打家私，老二会划船就让他打鱼，老三脑子转得快就让他做小买卖。那你说，哪个亲哪个远，只要让他干合适的活不就妥了嘛。"

"油麻子"对这句话有点似懂非懂，还想接着问，被杜立忠一把拽到一边。杜立忠瞪大眼睛轻声骂道："你个憨熊，狗掀门帘子，就靠你长的这张破嘴啦，啥球不懂，这里你能瞎球问吗？滚一边去。""油麻子"瞪了他一眼，悻悻地站到了一边。

"老东家"看到了尴尬的"油麻子"，笑呵呵地招呼他再靠近一点，问："你说你是干啥子的？怎么会问这么个问题哟。"

遭到训斥的"油麻子"挠了挠后脑勺，放低声音回答道："我现在是民兵小队长。"

"老东家"刚要说话，从旁边就传来一句话："他原来是土匪。"

"油麻子"扭头呵斥道："说的是啥球话？首长您可别听他们的，我可是打入敌人内部的土匪，那叫卧底，胡队长、纪政委可以做证！"

"老东家"哈哈大笑起来，随后说："能加入我们抗日的军队，就是英雄嘛。你这个问题，等我见到朱老总，就问问他，然后再回答你。"

"油麻子"一听"老东家"都能这样尊重自己，就斜眼白了杜立忠一眼。那表情，引得众人都笑了起来。

小会场异常热烈，"老东家"特别高兴，回答着五花八门的话题，爽朗的笑声不时响起。

晚饭后，"老东家"和总队的几位领导坐在一起，详细讲解了国内外形势，又对该地区的复杂形势做了一番分析和部署。最后，还听取了几位总队领导的工作汇报，才放下工作去休息。等"老东家"房内的灯熄灭后，杜立忠带了两名战士，护送"老东家"悄悄出了后门，转移到了附近的另一个农户人家。在这家房屋内，大家没有点灯，摸黑安置妥当后，杜立忠等人关门退出，悄悄埋伏到了原来房子附近的草丛中。

夜空中，月亮时隐时现。

后半夜，杜立忠隐隐约约看见几个黑影摸近了"老东家"休息的房屋。战士们准备冲上前去，被杜立忠一把拦住，低声对大家说："大家都别动，今天在会场上我就看见了两个生人，估计是来干坏事的，我都安排好了，等这几个人一动手，我们再冲过去，抓个现行。"

话音刚落，随着一声巨响，屋子里顿时燃起一团大火，草房瞬间燃烧起来。杜立忠一声令下："上！"

几个黑影开始向北逃，杜立忠和十几名战士在后面边开枪边追赶。几个黑影没有跑多远，就被北边来的子弹堵住了。经过短暂抵抗，受伤的一个人举手大喊："别开枪，我投降，我投降！"

从四面围堵过来的战士们把黑影控制住，得知一人逃跑，三人被毙，现场没能逃走的，是因为腿上中了两枪。经过审讯，杜立忠得知这个行动小分队是朱浩昌派过来的。被抓的人还交代，朱浩昌不但在尤窝子部署暗杀，还计划在"老东家"前往延安线路上的其他地点进行围堵。

总队领导立即商量对策，征得"老东家"同意后，决定改变原定线路，护送"老东家"先渡过运河。

第二天傍晚，一支三十几人的队伍，护送着一个体形微胖的中年人，在朱庄北运河滩头渡过了河。护送的队伍刚到对岸，还没站稳脚跟，对面芦苇丛中就响起了激烈的枪声。战士们奋勇还击，但终因敌人火力过于猛烈，只得团团护卫着中年人重新坐小船返回南岸。其他战士一边还击，一边往芦苇荡里躲避，最后的几名战士只能跳进冰冷的河水里泅渡过河。

这次护送，牺牲了十几名战士。而对面河岸上，燃起的一排排火把，把整个河岸照得如同白昼。

原计划失败，总队领导立即实施第二套护送方案。

一个钟头后，在尤窝子北的运河岸边，十几个人悄悄上了船，趁着夜色渡过了运河。

夜色里，杜立忠、张宏彪等十几人往北行进一个时辰后，转身向西，临近古邵镇时，队伍在一片树林里停了下来。半个时辰后，前期派出去的交通员返回了树林。在他的带领下，众人进了镇子，在一冯姓开明人士家中安顿了下来。

"老东家"随便吃了点东西后，开始在油灯下看起了书，鸡鸣三遍时才合眼休息。

等众人醒来时，天已大亮。大家正准备洗漱，突然，冯家主人慌慌张张地跑了进来，把杜立忠拽到一边，说："镇东头来了不少国民党兵，快让大家别洗了，赶紧收拾东西，随我来。"

众人随冯家主人进了堂屋，又绕进里间，挪开衣橱，一个洞口出现在面前。十几人顺着台阶进入地下，下面有一间锅房大小的储物间。冯家主人并不认识"老东家"，只是心里揣摩这个微胖的中年人，肯定是位重要人物。他一脸歉意："这位老兄，委屈你们一会儿啦，我马上上去安排把吃的送下来，等外面没啥情况了，我再下来。"

留在上面的张宏彪把双枪藏在柴火堆里，假模假样帮主家干起了家务活，一双眼睛机警地盯着外面的一举一动。

镇子里随着一队国民党兵的开进，一下子热闹起来。过了一会儿，十几个当兵的在一个排长的带领下闯进院里。正在低头干活的张宏彪迎了上去，佯装慌张地问道："长官，你们这是？"

排长瞄了张宏彪一眼，不急不慢地问："这里有生人来过吗？"

张宏彪赶紧回答："没有啊，都是家里人。"

听到院子里有动静，冯家主人急忙从正屋走了出来，满脸堆笑，一边散烟一边说："长官好，来来来，抽支烟。"

排长一把将递上来的香烟挡在一边，盯着冯家主人问："看没看到陌生人进镇子啊？"

"我天天在家，到哪看到生人啊。"冯家主人谦恭地回话，"家里所有人都在这里。"

排长回身看着张宏彪，瞪大眼睛问道："从年龄上看，你肯定不是这家里的人。"

张宏彪点点头，笑着说："长官，你眼睛真厉害，我是他外甥，俺俩就差十来岁。"

冯家主人也解释道："俺大外甥，北边胡庄那里的，来这里帮干点儿体力活。"

张宏彪和冯家主人一唱一和，配合得天衣无缝，排长没有看出破绽。

"进屋看看，没啥问题就给我撤！"最后，排长对手下命令道。

几个兵在屋子里转了一圈后，都回到院里摇摇头。

张宏彪以为危险过去了，但他没有想到，事情远远没有结束。排长看见锅房仍在冒着烟，就走了过去。锅房里几个女人正在炕着厚饼，旁边的筐子里已装得满满当当。排长回身盯着冯家主人问："你们家几口人？"

"大大小小九口人。"

"九口人能要这么多饼，打算吃到过年吗？"

"这哪能？这不是晚上有出戏嘛，按镇里的规矩，今晚这场戏该由我来请，戏班子的饭也该我管。戏班子二三十口子人，打打闹闹的，没有这么多饼扛不住啊。"

"晚上有戏？"排长歪着头问。

"有啊，就在镇北河边的那块空地上。"

排长尬笑几声后，流里流气地嚷道："你们他妈的真是闲得蛋疼，这年头还有劲头看大戏，平时让你们缴点粮捐点钱，跟要你们命一样。一说看戏，乖乖，你们就这样祸祸。"

冯家主人赶紧解释："长官，不是，这戏是早就邀好的，镇里有规矩，如果没有啥天灾人祸的大事，两三月就得来一场。县长今年开春还来过俺这里看戏呢，当时县长还说……"

排长一脸不耐烦，摇摇手说："行啦行啦，别摆乎啦，如果镇子来了生人，都给我盯着点。"说完，头一摆，带着一群"黄皮"出了院子。

院子里的张宏彪和冯家主人对视一眼，长长舒了一口气。

按照胡轩涛等几位领导制定的方案，冯家主人负责邀请与总队关系密切的一个戏班子前来唱戏，护送队员和"老东家"白天在冯家蛰伏，傍晚时分扮成戏班子里的杂役和跑龙套者，分几批离开冯家院子到戏场。待大戏结束后，他们随其他村庄来看戏的人一起，神不知鬼不觉撤离古邵镇，赶往下一站。

傍晚时分，"老东家"从地窖中走了出来，刚呼吸一口新鲜空气，北边戏台的热场锣鼓就响了起来。十几名队员分批携带着吃喝的东西和碗筷杯碟，三三两两来到戏场后台。乔装成杂役的"老东家"手提一个热水罐也来到戏场，杜立忠带着三四名身穿戏服的战士护在他左右。

戏台上，八盏大红灯笼高高挂起，一袭紫色罗幔把戏台隔成前后场。戏台前，本镇和外地的百姓坐得黑压压一片。戏台后，搭起了一个大帐篷和一个小帐篷。普通演员在大帐篷内吃喝和化装，主角则在小帐篷内吊嗓备戏。

"老东家"、杜立忠等人刚走进大帐篷内，正准备与前期到达的张宏彪几个人商量下一步的行动，保长带着两个手下急匆匆走了进来。戏班班主迎了上去，先接过保长打赏的钱，接着毕恭毕敬地聆听保长教诲。保长说："梁营长今天要亲自来，已经到镇头了！等梁营长训完话，你们再开场。"

"行行行。"班主连口答应。

护送队伍没有想到，一个排长白天刚走，晚上又来了一个营长。杜立忠按照胡轩涛制定的紧急预案，立即把"老东家"拉到小帐篷内。经过一番化装，走出小帐篷的"老东家"，俨然成了一个武将。

"老东家"和几个"演职人员"坐在大帐篷内一个长条板凳上，寻找合适机会脱身。大家刚坐定，几十名国民党士兵端着长枪"呼啦啦"来到会场，持枪立在舞台两边。下午到冯家大院的那位排长带人走进大帐篷，看见正在收拾碗筷的张宏彪，说了一句："小子，够辛苦的啊！"

张宏彪上前回答："长官，吃了吗，要是没吃，这里还有呢。"

排长没好气地说道："啥球时间了还没吃，滚一边去！"大帐篷内密密匝匝站满了人，有的在压腿，有的在描眉，还有的在默默背着台词。排长带着两个士兵在后场踅摸一圈后，没有发现异常，走出后场时，用脚踢了踢正撅着屁股干活的张宏彪，问："这唱的啥球戏啊，需要这么多人，要演到天亮啊！"

张宏彪赶紧回话："老总，你不知道，这次戏班子来，根据赏钱多加了几场武戏，到时你就会看到了。"

"呸！看这个咿咿呀呀的有啥意思，累死这些憨熊去球！"说完，排长带着手下继续到人群里搜查去了。

保长上台，双手朝观众方向挥了挥，戏场静了下来。保长说："大家都静下来，今天梁营长也到我们这里慰问来了，大家欢迎梁营长上台讲几句话。"

随着台下稀稀拉拉的一阵掌声，一个身穿国军少校军服的军官走上台，开始讲话："各位老少爷们好啊，虽然时局艰难，但我们这里还能摆上大戏，这说明啥？说明咱们中国的精神还在，为啥有这股子精神在，是因为咱们蒋委员长领导得好嘛……"

营长拖拖拉拉讲了半天，看到台下人个个无精打采，方才打住话题，最后说："虽然现在形势不妙，但我们也不能松懈。我就提醒大家一句，最近会有个杀人如麻的大土匪头子路过这里，如果在场的发现有陌生之人，要立即举报，一旦我们抓住这些人，有重赏，两百大洋的重赏。"

两百大洋对普通百姓来说，可是一笔几辈人也攒不齐的巨款，台下顿时发出一阵嘘声。

大戏正式开场。

杜立忠安排两个画着脸谱的战士，以送碗筷回冯家大院为名，趁机侦察摸清外边的敌情。

台上的大戏进行得如火如荼，台下的人看得津津有味……这时，坐在观众席中的两个便衣摸进大帐篷内，逐个检查准备出场的演员。两个便衣走到口中念念有词的"老东家"面前站住了，其中一人问："哪里人？"

"老东家"捏着嗓子回答："滕县。"

"演啥角色？"

"花脸。""老东家"模仿花脸的动作甩了两下头，神态镇定地说道。

"你这口音，咋有点怪怪的！"一个便衣疑惑地皱起眉头。

"给我们吼一嗓子听听！"另一个便衣上下看了一眼"老东家"，大声说道。

眼看要出事，不远处的杜立忠朝张宏彪示意了一下，张宏彪赶紧上前拦住问话："两位长官，你们这是？他正在默背台词，就别打扰他了。"这时的"老东家"没有丝毫慌张，而是眯起双眼，默默复述着台词。

见有人中间插一杠子，两个便衣怒气冲冲："又没问你，滚开！"

张宏彪朝一人招招手，示意靠近说话："不行啊，在这里吼两嗓子，台上是青衣，台后再来个包公，像什么样子啊。咱借个地，离这里远点，行吗？"

两个便衣点了点头。

张宏彪、"老东家"和两个便衣走出后场时，杜立忠招呼附近两个带妆的总队队员："你俩第一次上台，也跟着他们一块去练练，别到时上台傻脸喽。"

两名队员明白杜立忠的意思，彼此对视一眼后，跟随张宏彪向外走去。

戏台是借着两个大柳树搭建而成，前面是戏场，后面十几步远就是条小河。几个人出了后台，来到了小河边。两个便衣的右手都插在口袋里，一左一右站在"老东家"两边，说："弄两嗓子听听！"

"老东家"瞥了一眼张宏彪，故意清清嗓子，朝前迈上一步，摆开花脸的架势，挺胸抬头，准备大吼一声唱腔……说时快那时迟，张宏彪三人同时扑向了两个便衣。这时，杜立忠几个人赶来，护卫着"老东家"离开了现场。张宏彪出手既狠又准，一拳打在一个便衣脑门上，便衣闷声倒地。两名战士一人卡住便衣的脖子，另外一人的匕首直直插进了他的胸口。确认二人毙命后，张宏彪三人将两名便衣的尸体扔进了河里……

几个人和"老东家"站在大帐篷外商量对策，张宏彪说："此地不能久留，必须马上走！"

杜立忠说："等两个人回来后再说，四周的情况我们不是很清楚。"

张宏彪看了"老东家"一眼，"老东家"淡定地笑笑："莫得事，等会儿再说！"

派去送餐具的两名战士很快赶了回来，向杜立忠报告说，村内外便衣很多，现在撤离戏场非常危险。

正当杜立忠、张宏彪等人焦虑不安时，"老东家"说话了："不要慌，还是按照你们胡队长的方案，安心看戏！等大戏结束后，我们随外村来看戏的群众一起离开。"

"老东家"的话稳定了大家的情绪，等大戏接近尾声时，"老东家"等人悄悄在小帐篷内卸掉戏装，换上便服，分几批混入戏场内，与外地戏迷有说有笑地离开了镇子⋯⋯

一行人趁夜色匆匆赶路，在天亮前穿过周营，并顺利过了津浦铁路，来到毗邻湖边的塘湖村，此地距离鲁南铁道大队约定的位置还有二十多里地。此时，所有人都已气喘吁吁，筋疲力尽，继续行军已不现实，"老东家"决定作短暂休息。根据商定，"老东家"过了运河即可由铁道大队接手护送，但最近日伪对铁道大队的围剿明显加强，铁道大队下面的一个中队也是付出了很大的代价，才赶到微山湖北附近的猛进村，准备从那里向南过运河到济宁的鱼台。

塘湖村很小，一下子拥进十几个人，目标太大，大家只能在靠近湖边处寻找落脚点。巧的是，通往微山湖的一条沟渠边，有一间渔民临时避雨的草房，由于沟渠干涸，草房里明显很久没有人住过。

满身疲惫的一群人靠着墙睡着了。

忽然，隐藏在芦苇丛中的暗哨悄悄爬进门口，轻声对张宏彪说："不好了，远处来了两个人。"

张宏彪"哧溜"一下从草房滑到坡下，朝远处望去，只见两个身穿冬衣的壮汉朝这边走来。杜立忠命令战士做好准备，力图抓活的留个活口。七八个人个个手持短枪，分散开做好准备，静等二人走到跟前。

等两个人快走进草房时，张宏彪从暗中一跃而起，率先扑向二人。二人没来得及反应，就被按倒在地。战士们一拥而上，从二人身上搜出两把手枪。

"你们是干什么的？"张宏彪问。

其中一人反问："你们是干什么的？"

"我们是新四军。"张宏彪回答。

对方回答："我们是八路军，这鬼地方，鬼子也不可能来呀。"

张宏彪又问："那你们来这里干什么？"

对方回答："我们是铁道大队的，受上级指示，来这里侦察，是前来接应运河支队护送的人的。"

"护送什么人？"张宏彪问。

"苏北做布料生意的。"

"什么布料？"

"蓝印花布。"

暗号对上了，但警惕性极高的张宏彪仍然多问了一句："你们怎么知道这个情况？"

"我们不知道护送的是谁，刘大队长要求我们每隔一段时间派出两个人，就是怕我们接不到人，又担心走路会走岔了。"对方回答。

原来是场误会，二人被带到"老东家"面前。经过简单的交谈，"老东家"得知鲁南地委书记早已在猛进村等他了，但现在他还不能赶过去，日军在微山湖周边还有很多支巡逻队，最佳时间还是要在傍晚之后。

最后，杜立忠说："还是先给我们搞点吃的，这一天下来，没吃的可不行。"

鲁南铁道大队的人说："这个好办，我们去一个人，很容易找到我们的一个小队，吃的很快就能送过来，但也只能是一些大饼和咸菜，你们有水壶，先对付着吃点吧。"

"老东家"和众人蛰伏至傍晚，才再次出发。两个时辰后，一行人赶到了猛进村。

此时，鲁南铁道大队的一个连已在此等候。杜立忠和张宏彪顺利地与铁道大队完成了交接。总队人员列队敬礼："首长，在此向您告别了，祝您一路平安！"

"老东家"上前与每位队员握了手，颇有感慨地说道："为了我，为了保护好这条交通线，你们付出了巨大的代价，谢谢你们！咱们后会有期！"

"后会有期！"总队人员昂首挺胸地喊道。

铁道大队带着"老东家"继续向北，顺着熟悉的道路来到曹庄，鲁南地委书记于锦同已早早在此等候。见到"老东家"后，于锦同紧握着他的双手，激动地说道："首长啊，您走这条路十分不易啊！我和总队也是商量了很长时间，如果中间出现任何意外，我们可都是大罪啊！"

"你这是说的啥子话嘛，我的命和大家都一样，哪能有这么值钱？""老东家"连连摆手，低沉着声音说，"这一路走来，我看胡轩涛他们确实不容易

410

呀！条件那么艰苦，环境那么恶劣，要啥没啥子，还要坚守一枪就能打透的根据地，非常难得！就在这么困难的环境中，他们做出了了不起的成绩，影响也很大，我要感谢他们哟！"

于锦同点着头，等"老东家"说完，也不无感慨地说："是啊，我们鲁南的情况比他们好很多，主要还是我们八路军一一五师在这里，我们才顺当得多，运河支队确实比我们困难，也难为胡轩涛他们了。"

"那我就和彭雪枫、邓子恢交代一下，对胡轩涛他们，一定要给予军事和物资上更大的支持，他们真的太不容易了。"说完，"老东家"低头沉思起来。

当天，"老东家"由鲁南铁道大队护送，继续西行，过了微山湖，进入鱼台境内。

一路充满坎坷和险情，经过近四个月的长途跋涉，1944年3月初，"老东家"终于平安抵达延安。

42

胡轩涛做完手术的第二天，彭雪枫便亲自来到医院探望。

处于昏迷状态的胡轩涛，完全不知道彭雪枫站在床前静静等了他很长时间。彭雪枫低声对医生反复交代："你们一定要尽心照顾这个来自敌人心脏的英雄，他唯一的弟弟也牺牲了，一家人四处躲藏，难以见面，他的安全就是你们医院当前最大的任务。"

医生和护士们默默地看着昏迷中的胡轩涛，对彭雪枫说，他们一刻也不会离开病床，直到英雄苏醒。

彭雪枫临走前，又一次叮嘱："对胡轩涛同志，一定要加强营养，有什么困难，可以直接向师部提。"

胡轩涛的伤口很大，子弹穿过皮带后，弹头炸开，旋转着进入胸腔，导致体内创伤腔体很大，所幸的是，子弹没有伤及肝脏。手术三个多小时，仅清理异物就用了两个小时，腔内抽出的血污有小半盆之多。可以想见，手术前的几天，胡轩涛忍受了多么大的痛苦。

在医院的悉心护理下，一个月后，胡轩涛就能下床走路了。当他听说彭雪枫曾再度前来看望过自己，内心既激动又有些愧疚，一心想着能尽快见到彭雪枫，表达感谢。

冬天的暖阳照在静谧的小院里，有的伤病员在护士的照料下晒着阳光，有的拄着双拐在进行恢复性锻炼，医院内一派暖心的场面。胡轩涛走出房门，跨出院子，走在通往师部的大路上，他第一次这么细致地欣赏周边的景致。

走着走着，迎面来了一群人，胡轩涛清晰地看到走在最前面的就是彭雪枫师长。与此同时，彭雪枫也看到了他。两人几乎同时伸出右手，相向疾步而行，两双大手握到了一起。彭雪枫上上下下瞅了几遍胡轩涛，才开口说话："咋样？恢复得中不中？"情急之中，彭雪枫说起了老家河南话。

胡轩涛后退一步，敬了军礼后说："彭师长，恢复得很好，我现在就能回去工作了。"

"不中，不中，再养一段时间，别半截腰里再有啥情况，来回跑不方便。"彭雪枫回身对其他人说，"你们先去吧，我等一会儿就到。"

众人离开，彭雪枫和胡轩涛并肩走在大路上。胡轩涛语带感激又略有歉意地说："彭师长，听说你来看过我两次，我都在睡觉，真的感到很抱歉。"

彭雪枫用手拍拍胡轩涛的肩膀，笑了起来："你啊，不能这么想，你是病人，我理应去看你啊，等你恢复好了，我想见你还不容易呢。"

一句话说得胡轩涛神情放松了下来，彭雪枫接着说道："我去过徐州，对徐州的印象还是蛮深刻的。"

"你到过徐州？什么时候？"胡轩涛甚是惊讶，转脸看着彭雪枫。

彭雪枫开始娓娓道来，1938年春，他作为河南省委主持军委工作的负责人，接上级命令到苏鲁抗日前线学习交流，当时的徐州，国共双方精诚合作，在台儿庄与日方进行了一场殊死较量，最终取得了胜利。他在徐州见到了苏鲁边区特委的同志，大家对国内局势忧心忡忡，但一致认为，共产党虽然暂时不是十分强大，但一定能在抗日战场的前线发挥巨大的作用。没想到经过几年战火的淬炼，八路军和新四军以及他们领导的地方抗日武装发展这么快，已经成了抗日的主力军了。

等彭雪枫说完，胡轩涛也介绍了自己的经历。1937年全面抗战开始后，当时他在济南工务局任副局长，日本人都快打到山东了，政府却仍是贪腐成风。因看不惯国民政府的腐败乱局，他愤然辞职，回到了徐州贾汪柳泉镇老家。当他听说鬼子过了济南，便和身为共产党员的弟弟等人一起着手组织了一支抗日队伍。当时，他们找不到共产党领导的队伍，就想到了担任徐州行政督察专员，同时兼任第五战区游击总指挥部总指挥的李明扬。李明扬不但答应给他们一批枪支弹药，还任命他为游击总指挥部直属特务总队总队长。

"你认识李明扬？"彭雪枫一脸惊喜。

胡轩涛点点头："我曾经帮他解过一次围，也算是救了他一命，所以我们之间关系处得还不错，想想快六年没有见过面了。怎么，彭师长也认识他？"

彭雪枫略显兴奋地说道："你认识李明扬，那就太好了。李这个人很有爱国心，现在任长江下游挺进军总司令兼江苏特别行政区主任、第十战区副司令兼江苏淮南行署主任，驻地在安徽嘉山。我有一个想法，希望你代表我们四师师部前去拜会李明扬，向他介绍一下我们新四军的政策，希望大家联合起来抗日。"

胡轩涛立刻兴奋起来："彭师长，那我马上就去找他。"

"不行，伤不养好就在医院里待着，没任何问题了，你才能去。"彭雪枫佯装生气，训斥的语气里充满着关爱。

"好！我听彭师长的！"胡轩涛郑重地向彭雪枫敬了个军礼。

此时的苏北大地寒风料峭，满地都是冰渣子。寒冷也没有掩盖住胡轩涛内心的火热，很快，他就确定了和李明扬会面的日子。

李明扬的驻地在嘉山权庄，属于新四军二师辖区。胡轩涛通过二师打听到李明扬的具体位置后，就带领三个人策马前往。

一路顺利，一行人到了权庄已是下午。胡轩涛和李明扬见面后，双方都显得十分兴奋，李明扬拿出最好的茶叶和点心招待胡轩涛。胡轩涛也不客气，每样都尝了一下。

老友再次晤面，李明扬甚是开心，调侃道："我想着我们再也不见面了呢，没想到你小子这时候冒出来了。你啊，就像泥鳅，天越干越喜欢藏身，今天咋想着来我这里呢？"

"李总指挥，见您一面也确实不易，您从徐州跑这么远，要不是我们彭师长说您在这里，我到哪儿找您去呀？今天来呢，一是对您当年支援我的枪支弹药表示感谢，要不然我也不可能拉起来队伍；二来，也是我们彭师长指示我来拜访您的，希望我们能精诚团结，共同抗日，一致对外。"胡轩涛开诚布公地说道。

李明扬"哈哈"笑过两声，然后说："国共共同抗日，我李明扬一直是坚持的，咱中国人哪能让小日本在咱这地界上横行霸道啊。以前我听说你属于八路军，现在划到新四军四师了，是不是这样啊？"

"这是上个月的事了，为了方便沟通，能及时获得外部支援，现在我们总队归四师管辖，这样就更方便在徐州贾汪那一带活动，毕竟四师离我们那里更近一些。"胡轩涛解释道。

李明扬接着问:"现在徐州的形势怎么样?"

"现在比过去好多了,咱那时候,只能在犄角旯儿里待着。现在不同了,小鬼子和二狗子都躲在大的城市和集镇,他们现在的主要目标就是保护矿区和交通线,外面的乡村基本上都在我们手里。过去是小鬼子追着我们打,现在是我们围着小鬼子剥,情况大不一样了。"胡轩涛说话时,神采飞扬。

"那就好,那就好!"李明扬稍作停顿,接着说,"现在和世仲那里合作得怎么样啊?听说你们在一起把小鬼子闹腾得不轻,这是好事呀!"

胡轩涛笑笑,先点头,接着又摇了摇头:"李总指挥,韩世仲这个人咋说呢,我说点个人的一点看法,您不要见怪啊!首先他没有您这么强的爱国心,在对待日本人上,只想着投机取巧,不敢硬拼硬剥;其次呢,他没有您这样的胸怀,外族人欺负咱中国人,又在咱这地盘上,按道理说弟兄之间就是有点矛盾,但只要有外人在,咱也得抱成团不是。韩世仲这个人,我总感觉他心里压着事。其实我都清楚,他一直对我们这边存有戒心,生怕我们这边以后能成气候。这有啥啊!兄弟之间的事还不好说吗,眼前咱先把小日本撵滚蛋不是?"

"是啊,世仲这个人是有点小肚鸡肠,他这个人我还是了解的。"李明扬若有所思地点着头。

胡轩涛接着说:"韩世仲这个人,多亏李总指挥当年的训导,现在我们虽然不在一个战壕里,但我们之间的协作沟通不少,总体上还算相处得不错。只是最近我感觉苗头有点不对,他的手下暗地里与日本人有来往,这并非空穴来风,是通过几件事察觉到的。"

"行,到时我来点点他,你这边也帮衬帮衬他,千万别让他走邪路。目前大局已定,小日本在咱中国长不了。"从李明扬的语气中,胡轩涛听出来他还是不想放弃韩世仲这个老部下。

胡轩涛立马答应:"李总指挥,这个您尽管放心,就是他愿不愿意听我的,我有点拿不准。"

李明扬用手指点点桌子:"尽力吧,实在不听,我也没办法。"

两人说话间,一个卫兵突然闯了进来报告:"李司令,村外来了一队鬼子,距离这里已经很近了。"

"撤,赶快派人保护好客人。"李明扬毫不犹豫地下令。

胡轩涛直直站起，对李明扬说道："李总指挥，你们先撤，我们是骑马来的，可以吸引鬼子，掩护您撤退。"

李明扬愣了一下，摇头说道："不，上次就是你帮我解的围，感谢的话就不说了，这次无论如何再不能让你冒险了。"

胡轩涛二话没说，扒下李明扬的衣服套在自己身上，然后拉住李明扬的手就朝门外推："还是您先走！我们的马快，小鬼子的两条小短腿要是能跑过四个马蹄子，今后这马就骑我得了。"胡轩涛说完，"嘿嘿"笑了两声。李明扬愣神之际，他已经带领换上国民党军装的三名战士跨上战马，"哗啦啦"朝李明扬撤退的相反方向冲去。

日军被冲出村庄的四匹战马惊住了，误以为李明扬带人骑马撤退，立即朝马队围拢而来，边追赶边射击。马背上的胡轩涛四人，一字排开向前飞奔，边跑边扭头举枪还击，直到钻进茂密的树林中。

日军乱枪之中，一名战士连带胯下的战马壮烈牺牲。

把敌人引开权庄很远后，胡轩涛才策马扬鞭，朝四师师部一路飞奔。等胡轩涛感到大腿传来阵阵钻心疼痛时，低头一看，鲜血顺着裤腿在往下淌，已浸湿半条裤子。简单包扎了一下伤口，胡轩涛随战士们长途奔走返回了大王庄……

李明扬和胡轩涛这次会面后，深受胡轩涛侠骨义胆感动，与新四军的联系更加密切了。

在大王庄疗养了整整十天后，胡轩涛回到了总队的驻地。胡轩涛回到总队的这一天，正是1944年的第一天。

阳历新年，总队领导和各个连队领导齐刷刷汇聚到了总队办公室，一阵嘘寒问暖后，便向胡轩涛打探起新四军四师的情况来。

杜立忠挠头问道："总队长，听说四师的军马多，到底有多少呀？"

胡轩涛反问："你们警卫连有多少人？"

杜立忠回答："一百二十八人。"

胡轩涛大手一挥："再加三倍。"

"我的乖乖，那马头对着马尾巴排起来，不得排到二里地之外啦。"杜立忠惊得张大了嘴巴。

葛石头问："总队长，听说咱师长个子高，和我比比看，我到他哪儿？"

胡轩涛"嘿嘿"一声坏笑，指着葛石头说："就你这个儿，顶多到彭师长的胳肢窝，彭师长走累了，你可以给他当拐棍儿。"

众人又是一阵开怀大笑。

憋了半天的于顶这时提了个问题："总队长，四师那里听说有个剧团，大伙儿传得很神，说里面的小大姐个顶个的长得都像七仙女下凡，是吗？"

四师剧团，胡轩涛只是听说过，并没有亲眼看见过。听于顶提起剧团，胡轩涛灵机一动，想逗一下他于顶，便瞥了他一眼，调侃道："我看过剧团的演出，彭师长特意安排我坐在第一排看的，主要还是照顾我是重伤员，当时往台上一瞅，用扬州话说，我的乖乖隆地咚，台上的女演员，那长相那身材，咋看咋好看，但最好你别看，反正人家不会相中你。"

一阵热闹的欢笑之后，胡轩涛摆摆手，待大伙儿安静下来后，朗声说道："今天回来见到大家很高兴，我在师部养伤这段时间，多次和总部的领导们接触，聆听了师长和政委的报告，也学习了不少知识，我感到眼界宽了，见识广了。师首长说，我们即将迎来胜利的曙光，到了和小日本算总账的时候了。师首长还指示我们，今天是阳历新年的开端，我们要打好开年第一仗，尽快扩大我们的抗日根据地，压缩鬼子的生存空间。"

有人大声说："总队长，你就说咋打吧，老子憋了很长时间了，现在就想杀鬼子。"

胡轩涛点点头，说："管，那我们就从周边的鬼子和二狗子开刀。哦，我忘了问了，那个孙冒生眼下在哪里？"

童占山说："我们派人偷袭了两次，这个兔崽子不知躲到哪里去了，一直没找到他。"

"那行，我们就先找这小子开刀，为黑蛋报仇。"胡轩涛把攥起来的拳头狠狠地砸在了桌面上。

孙冒生知道自己的诡计败露之后，就不敢再抛头露面，带着十几个人悄悄住进了引龙河西岸的竹园村，把一百多人的部队留在江庄，隔空遥控指挥。他这样做的目的，就是怕运河支队对其发动突然袭击，一旦江庄有动静，他能很快察觉到情况，可以就近躲藏起来。他心里清楚得很，一旦被运河支队逮到，下场只有一个——尸首分家。

胡轩涛想到张宏彪在江庄见到过刘志友，便把张宏彪叫了过来，对他低声吩咐了一番。随后，张宏彪经过一番化装悄悄向江庄赶去。

第二天，江庄村子里出现了一个货郎，手摇拨浪鼓，沿路吆喝招揽着小买卖。货郎不是别人，正是张宏彪。来到孙冒生据点时，站岗的人招呼张宏彪过去，两个伪军在摊子上来回翻找，实在没什么看上眼的玩意儿，最后各拿走了一个糖人。张宏彪借机请求说："两位老总，这个就不要钱了，俺想求一碗水喝，走半天路，火都烧到嗓子眼啦。"

吃人嘴软，拿人手短。一个伪军把张宏彪带进了据点，指着锅房说："你自己进去舀碗水喝吧。"伪军说完，回头走开了。

张宏彪舀了一碗水，站在锅房门口边喝水边观察院子里的一切。挨磨了好大一会儿，才看到刘志友从一排房子里走了出来。此时刘志友也一眼认出了站在锅房门口的张宏彪，就招呼说："你是干啥的？怎么会到我们这里来？"边说边朝锅房走来。

张宏彪赶紧点头哈腰答应道："老总，俺是摇拨浪鼓的，到这里借口水喝，要么你也到外面的摊子上看看有没有喜欢的东西？"

刘志友望了一眼四周，一本正经地说："我要你那球玩意儿干啥用？喝完赶快滚蛋。"说着话，两个人就走到了一起。张宏彪轻声问："总队长命令我来找孙冒生，他现在人在哪儿？"

刘志友低声回答："在西边的竹园村。你赶快走，这里有人认识你。"然后放开嗓门呵斥道："快点，喝完滚蛋！"

张宏彪把没喝完的半碗水泼到地上，连连躬身回话："好好好，这就走，老总，麻烦你了。"说完，张宏彪小跑着出了大院，挑起摊子继续朝西一路叫卖而去。

第二天晚上，北风夹着雪花在空中飞舞，不多久地上就积了厚厚的一层白雪。夜幕下，警卫连在杜立忠的带领下，急匆匆赶往竹园。此时的引龙河处于枯水期，警卫连径直过了引龙河，悄悄摸到了竹园村村口。细细观察了一阵，见村口没有人值守，警卫连不声不响进了村子。这时，村里农家的土狗突然叫了起来，杜立忠赶紧命令战士停下脚步，观察动静。等狗叫停下后，杜立忠带人继续行动。土狗又叫了起来，人再一次停下。来回几次，土狗终于停止了狂吠。警卫连溜着墙根，神不知鬼不觉地摸到了孙冒生所住的房子。屋子里还亮着灯，几个人正抽着大烟打牌，叫骂声一句接着一句。待战士分组包围这里的四间屋子后，杜立忠一脚踹开房门，打牌的几个人顿时愣住了，正要叫骂，看见进来的人个个手里拎着短枪，赶紧齐刷刷站到一边。

"孙冒生在哪儿？"杜立忠一声大喝。

一个年龄大点的伪军壮着胆子回答："他不在这里。"

杜立忠晃着手枪，问："他妈的，废什么话，他人在哪儿？"

伪军回答："在……在小寡妇家。"

杜立忠上前抓住对方的衣领，一把将人提起："走，带我们去！"

伪军口中所说的小寡妇家，距孙冒生所住的房子并不远，仅有四五十步路。一行人踮起脚尖来到房子前，伪军用手指指前方，哆嗦着不敢再向前迈出半步。两名战士把伪军押到一边，杜立忠走到门前，手握短枪，大声喊话："孙连长，起来吧，外面雪下得很大，这种天气新四军最喜欢搞突袭，他们几个只顾着打牌，没人听我的。"

里面传来一声大骂："滚蛋，老子还没躺热乎呢，有事明天再说！"

"孙连长，你都躺好大一会儿啦，你让我也进去躺一会儿呗。"杜立忠说道。

里面的嗓门立刻提高了两倍："你他妈的活腻歪了，有胆你就进来，进来老子就把被窝让给你，什么屌玩意儿？"

杜立忠接着说："孙连长，你让我进去我就真进去了，外面他妈的太冷了。"说完，杜立忠一脚踹开大门，风卷着雪花刮进了房屋。借着风势，杜立忠猛虎般扑了过去。

西屋立刻骚动起来。

"你他妈的还真进来了，看老子不毙了你！"借着窗户透进来的雪光，孙冒生看见眼前站着几个人，顿感不妙，一把抽出枕头下已上膛的手枪。

几把枪同时逼向孙冒生，一名战士走到床边，夺过了孙冒生手中的短枪。这时，有人点燃了桌上的煤油灯。杜立忠双眼瞪着孙冒生，喝令道："好了，快活完了，跟我们走吧！"

"你们是……是……"光猪孙冒生浑身颤抖，慌乱之中去找衣服。

"运河支队！我们支队长派我来邀请你见面，上次是你请他，这次算是他回请。"杜立忠说道。

浑身筛糠的孙冒生穿了半天才穿上一件褂子，杜立忠有点不耐烦："快点，要不然就光着身子跟我们走。"

杜立忠等人押着孙冒生，计划先返回江庄，和二连、八连的战士会合后，再一起返回山里。等他们赶到江庄附近时，远远地看见江庄上空火光冲天，整个夜空都被染成了红色。杜立忠一看，就朝自己身后的孙冒生说："孙连长，你看看，本来我们打算到你老家坐坐呢，这下好啦，被一把火点了！坐不成了，咱还是继续赶路吧。"在江庄东头，三个连会合到一起，押着一长串的俘虏朝山里走去。

　　天亮后，总队领导来到队部，一夜没睡的孙冒生两眼血红，呆坐在凳子上。见胡轩涛走了进来，孙冒生先是"扑通"一声跪下，接着左右开弓，接连扇了自己几记耳光，一脸惊恐地看着胡轩涛。

　　胡轩涛等人坐定后，没有正眼看孙冒生，而是朝参谋王房兵点点头。王房兵出门朝外面一招手，刘志友走了进来。孙冒生抬头瞧见来者是刘志友，一脸惊愕，嘴唇颤动了几下，再也没有发出一丝声音。

　　胡轩涛示意刘志友坐在自己旁边，双眼瞪着孙冒生，孙冒生低下了头。胡轩涛说："孙连长，把头抬起来吧！你也是一条汉子，自始至终都认日本人，还是很爷们的。上次你邀请我去和你见面，我抱了很大的诚意，当时咱俩谈得也很投机，我真认为你会回到运河支队一起打鬼子，没想到你费尽心机就想逮到我。你自己不打鬼子，我也就不计较了，竟然敢和鬼子一起，一而再再而三地和运河支队作对。我真不知道，你爹妈生你图啥，是图你尽孝，还是图你带着鬼子一起祸害他们？要不是刘志友，那天我还真可能就遭你毒手了。今天你到了这里，有啥话尽管说，是谁指使你干的？反正刘志友把他知道的都说了，现在就看你什么态度啦！"

　　孙冒生想了一晚上，本来准备了很多搪塞的借口，但刘志友的出现，让他打消了所有念想，只能如实招供："日军秋山队长抓到我后，就逼我说出自己知道的细节，我受不了他们的折磨，想着先保住命再说。没想到，秋山把我交给了日本特务井上，井上先是逼供，接着又是诱骗。他还把我老家的所有情况都摸得清清楚楚，我见糊弄不过去，只能答应他们的要求。开始时，他们利用我比较熟悉运河支队的情况，联合附近的部队对山里进行围剿。后来，他们还把我从韩庄调到了张山子。半年下来，见我作用不大，一个叫相川的日本人见了我，提出一个要求，就是设计抓住总队长您。听说前面他和总队长有过交往，去年下半年还和总队长见过一面，当时他就想利用那个机

420

会抓人。但相川也清楚，总队长是个精明之人，就把这个事交给我了。这件事本来在去年热天就要实施，但当时情况比较复杂，韩世仲和日本人冲突不断，耽搁了一段时间。后来发生的事，总队长都已经知道了。"

胡轩涛接着问："你们和孙友中之间有没有联系？"

孙冒生回答："我和孙友中没有联系，他级别比我高，根本就看不上我。孙友中和日本人之间联系非常密切，他们之间联系都是通过贾汪的彭二民。彭是孙友中的小舅子，相川和孙友中关系特别好，两年来，孙部和日本人一直没有发生过正面冲突，这绝不是巧合。"

胡轩涛又问："那你为什么杀害我们留下来的联系人？他还是个孩子，今年还不到二十岁，是我弟弟从鬼子手里解救过来的，跟了我两年，你怎么狠心下这个毒手？"

孙冒生一五一十地回答："本来我也不想这样，但相川不同意，怕留下后患。后来我想，只要日本人半路上抓到你，还好说，如果抓不到，自己就一定会露馅，也担心会给自己留祸害，就……"

胡轩涛气得大拍一下桌子，径直走出门外，临出门时撂下一句："你们接着审！"

43

相川上次和胡轩涛会面时，提醒他注意安全，这次又暗藏杀机，如此蹊跷之事胡轩涛想了一整天，也没理出一个头绪来。但有一点胡轩涛心里再清楚不过：相川心智过人，是明修暗度的老手，自己仍得和他周旋下去，不到再次见面，谜底不会揭开。

总队领导商议后，认为留下孙冒生，今后会派上用场，决定暂留他一命。

张山子的李三定是运河支队下一步的争取对象，有了前面打下的基础，胡轩涛决定亲自前往会会这个人。没有提前和李三定打招呼，胡轩涛就带着张宏彪、于顶和葛石头三个人前往张山子。后半夜，胡轩涛四人悄悄摸进镇子，直接到了李三定的家门口。一阵敲门后，里面传出问话："谁呀？"

"李营长，我是胡轩涛。"

灯亮了，李三定睡眼惺忪地拉开门，把胡轩涛迎了进去："胡大哥，您咋这时候来呀，有急事吗？"

"说有也有，说没有也没有。"

李三定朝里屋瞅了一眼，轻声对胡轩涛说："外面还有间闲房子，我们到那里去聊。"

胡轩涛随李三定进了另一间屋子。二人坐定，李三定问："总队长，有啥事您就说吧！"

胡轩涛开口说道："大道理我们就免了，目前的形势对日本人来说，可谓是兔子尾巴——长不了。我今天来，就是想问问，你自己今后有什么打算？"

李三定摇了摇头。

"李营长，人得审时度势。在关键时刻，不能走错一步路，一步错，步步错。我有一个想法，不知当讲不当讲？"

"讲！讲！"

"我想把你这支队伍拉到我们那里去，想听听你的想法。"

"这事太突然了，容我想想。"李三定闻言满是纠结。

胡轩涛直截了当地说："想想当然可以，但不能拖太久，时间不等人！为啥我给你说这话，因为韩世仲那里已准备对你下手了，孙友中也很快会派人来找你。你这个位置对他们都很重要，他们双方的意图就是秃子头上的虱子——明摆着的，宁愿毁掉张山子，也要占领这里。"

李三定说："该不会日本人一走，你们就起内讧了吧？"

"有这种可能，但无论如何，我们都不会先找茬。不说这些了，说说日本人。最近，日本人在贾汪和利国附近的铁路沿线已经加强防守，他们会加大力度往海边运输资源，张山子将来也是他们的必争之地，这绝不是危言耸听，你必须早做决断。"胡轩涛直言不讳。

"总队长，我想听听您的想法。"

"管！孙友中和日本人早有勾结，现在就等形势变化，然后伺机而动。韩世仲那里，已经开始消极抗日，不知是他得到上面的指示，还是本身就不想抗日，整天躺在床上抽大烟，哪有心思去和鬼子斗啊？眼下，两人都对你这里虎视眈眈，估计出不了两个月就会付诸行动。他们急，日本人更急，外面的情况对他们来说很不利，日本人对你这里动手，说不定比孙友中和韩世仲更早。"

"您这一说，还真提醒了我！昨天，三浦派人来，提醒我要严加防范，估计我这支队伍将往北移防，可能就是您说的为他们撤退做好前期准备，现在我也不知道该咋弄。"

"你眼下主要的困难是什么？"

李三定低头略一沉思，然后抬头看着胡轩涛："我这里人员构成很复杂，有原来一直跟着我的，他们没问题。有日本人从其他地方派来的，这些人对我是可听可不听。还有一些原来从土匪和帮会那里转来的，他们见风两面倒。三浦前几天还派来几个日军，就驻扎在据点里面，我想可能是监视我这一块吧。我本人是有走的想法，但担心走不脱或者走不干净，后面就会遇到大麻烦。"

胡轩涛沉吟片刻，提出了自己的想法："当断不断反受其乱。这样，你把镇子里的部署重新调整一下，把你管不住的人调到西边，再把那些土匪弄到北边去，把信得过的人放在东边。天亮后，我在镇子里转转，摸清情况后，下一步就由我们支队来解决。等我们采取行动时，就直接攻打西边，那些人能跑就跑吧，争取过来意义也不大。土匪那拨子一听枪响，跑得比贼都快，你的人就可以跟我们直接进山。你看这样行不行？"

李三定思考了好一阵子，点头同意了胡轩涛的建议，接着问道："你看什么时候动手合适呢？"

胡轩涛毫不迟疑地说道："长痛不如短痛，就这几天！噢，对了，你老婆孩子是由我们派人接走，还是你自己把他们弄回我们柳泉？如果回柳泉，也是麻烦事，干脆我们直接接走算了，到时我把安顿的地点告诉你。"

李三定的心思果然被胡轩涛猜透，他连连点头："总队长，你考虑得太周到了。管！就按你说的办，我这两天就调整部署。"

胡轩涛四人分散开来，在镇子里转了几圈，傍晚时悄悄离开了张山子。

两天后，李三定"老丈人"家里派了一辆马车来到张山子，车夫是支队炊事员葛二黑。

葛二黑一下车，就嚷嚷着大叫："李三定，李三定，你给我出来！"

正捧碗吃午饭的李三定见有人直呼其名，心里便觉有异，就冲出大门，吆喝道："谁呀？"

葛二黑指着李三定，大声吼叫："俺侄女几次写信回去，你咋不让回去？俺哥俺嫂子天天念叨闺女和外孙，你啥意思？把着人不让回去，心让狗吃啦？"

一听这口气，李三定就知道是胡轩涛安排的，立刻接话："俺叔，他娘俩在这儿好好的，您让俺爹别挂念，我又不少他们吃他们喝的。"

"人情世故你不懂啊？俺侄女一年多都没回去了，过大年你这个憨熊货也不拎点东西看看俺哥俺嫂子，节礼也不送，你个熊黄子（傻瓜）一点球礼数都不懂！咋？人嫁给你，就成了你的私货啦？"葛二黑的刀子嘴不依不饶。

李三定赔着笑脸，把人拉进屋里。外面站岗的士兵都抿嘴嘻嘻坏笑，有人还低声叽咕一句："别看我们李营长平时拽得很，这下熊包了，也有怕的人哪！咱没媳妇，不懂里面有啥窍门。"

进了屋子，李三定赶紧招呼茶水和好烟。葛二黑也不客气，对着李三定吼道："赶快去买点好烟好酒，再称几斤好果子，今儿个俺就带俺侄女走。"

"俺叔，管管管，听您的。"李三定点头哈腰，忙得不可开交。

等卫兵把东西准备停当，葛二黑就驾着马车，带着女人和孩子离开了院子，临行前还交代一句："过完年，别忘了到你老丈人家去接人去啊！再说一遍，别空着手啊，啥球不懂的玩意儿！"

站在马车后面的李三定连连弯腰应着："俺叔，您慢走啊。"

看着葛二黑离开，李三定直起腰，在几个士兵面前叨咕了一句："他奶奶的，这叫啥事，娶个老婆多俩爹，三个节一样不少，难听话还一样不落。"

一个毛头士兵说："营长，那你娶媳妇干啥，这么麻烦。"

李三定扭脸骂道："小生瓜蛋子，啥球不懂，不娶媳妇咋生仔，不娶媳妇你天天夜里压床板啊？"说完，李三定转头一脸坏笑："想媳妇了吧？男人啊，熬不住的。"

一句话，说得毛头小伙一会儿挠头，一会儿傻笑。

第二天傍晚，李三定就把酒桌支了起来，叫上一个连长和五个亲信围坐在一起。倒满酒杯后，乐呵呵地说："伙计们，今晚也没啥球事，就招呼哥儿个聚聚，老婆孩子回娘家了，今晚我就陪大家一起当班。"

一个亲信撇嘴问道："营长，咱都到这里一年了，啥球事不干，光守着这个破地方，总不是事啊？"

李三定问："是不是想家了？"

此人笑了笑，侧过身子低声说道："是。但我看苗头不对，日本人躲在碉堡里不出来，给咱的薪水也越来越少，是不是他们想溜啊？"

金连长摆了摆手，说："日本人只要少咱钱，咱就按少钱的活干，这不就行了？操那个熊心！"

又有一个副连长问："营长，你知道大形势，咱得早做打算不是？"

李三定举起酒杯和大家碰杯后仰头饮干，放下酒杯，一声叹息后说："形势不是很妙啊！咱周边都是啥人？国民党和共产党在争地盘，哎，奇怪，这日本人反而没有了动静。大家想想为啥，这不明显吗？日本人不行了，国民党和共产党都心里透亮。咱们也得早点准备，后面的日子才过得稳当些。但到底该咋弄，我也没想出个好法子，真是愁死人了。"

"营长，连长，这后面万一日本人不行了，咱该跟着谁？"李三定的一个亲信说话直来直去。

金连长说："到时再看吧，谁厉害，咱就跟着谁！"

亲信问金连长："那你说后面谁有可能当家？"

金连长没有回答，转脸盯着李三定。李三定清楚大家都在等自己的看法，耸了耸肩，不紧不慢地说道："看眼下这个形势发展，日本人非走不可。那后面的事，就是谁最有可能掌权坐天下。我看呀，很可能就是共产党。啥原因？咱先不说其他地方，在咱周边，韩世仲天天都在干吗？抽大烟搂女人。手下人都忙些啥，他根本就不问。这样的军队会当道，鬼相信我都不相信。"

"我们营长的心现在开始偏了，是不是接受过共产党的宣传哪？"坐在旁边的一个副连长揶揄道。

金连长清了清嗓子："你知道个球！前段时间，咱都见过江庄那个孙冒生，他可是八路那里投奔过来的，后来咋样，还不是被八路一锅煮了？咱营长有这想法也正常，就咱周边，和日本人闹得最凶的，不就是那些游击队吗？他孙友中是啥人，咱还不清楚？基本上算和咱在一个锅里吃过饭吧，就他那熊样，会和日本人干，咋球可能？"

李三定心里踏实了，趁机说道："眼下形势复杂，咱弟兄们得团结，至于以后啥情况，咱先不管，只要保存好咱的实力，谁也不能小瞧咱，我说伙计们，对不对？"

"对！对！对！"大家异口同声回应道。

下面就是一阵"叮叮咣咣"的碰杯声。

众人正酒酣耳热之际，镇中心突然传来了两声枪响，紧接着就是炒豆般的枪声。李三定立刻起身，命令金连长："你马上回到队伍里，摸清情况，不要贸然开枪。其他人，随我来！"

几个人冲到门外，金连长向东，李三定带着几个人朝镇中心跑去。

运河支队一连是从南边进的张山子，事先李三定已换上了自己的哨兵。一连突进镇子后，人员分成两拨，一队朝北，一队朝西。与此同时，按胡轩涛的部署，八连和九连也从镇子西面和北面两个方向发起攻击。警卫连和李三定及时碰了一下头，击毙几个日本兵后，便一起赶到金连长驻守位置，迅速把队伍召集起来。杜立忠站在众人面前，大声说："弟兄们，我们就是新四军运河支队，你们李营长和金连长有民族大义，坚持抗日，是有种的中国人！今天，我们运河支队攻打张山子，不是打你们的，主要是对付那些汉奸和土匪，新四军欢迎你们加入我们的队伍。愿意跟着我们走的，向东撤！不愿意的，现在就可以出列。"

见没有人反对，杜立忠让副连长带金连长的人先行转移，自己则带着警卫连的大部分人投入战斗。此时还被蒙在鼓里的金连长，像被穿上了牛鼻圈子，只能顺应大势随队伍东撤。

正如所料，北边那些由土匪和帮会组成的伪军，一听枪响，便狼奔豕突，趁着天黑自顾自逃命去了。北边腾出手的九连迅速赶到西边，西边的伪军西逃之路被死死堵住，东撤又被镇子里的一连和警卫连火力压制住，拼死抵抗了一段时间后，死伤惨重，不断有人顺着民房偷偷溜走。留在阵地上的伪军见自家人数越来越少，抵抗意志很快瓦解，最后全部缴枪投降。

总队收缴完武器弹药，又把四周的据点一把火点燃，天亮前全部队伍迅速撤出张山子，朝山套方向返回。

总队驻地，所有人都在等出征将士的凯旋。此时，最为忙碌的是炊事班，葛二黑他们把碗筷、酒杯和足足两指厚的大饼堆放在长排桌上，架起的八口大锅一字摆开，正热腾腾地冒着白汽，肉块在滚沸的汤水中上下翻腾，战士们大老远就闻到了香喷喷的羊肉味。胡轩涛等总队领导列队站立，和得胜归来的战士们一一握手。

李三定带着金连长走到胡轩涛面前。李三定说："总队长，这是金连长，也是在他的支持下，我们才安全抵达这里。"

略显局促的金连长敬礼后，和胡轩涛的手握在了一起。胡轩涛说："金连长有民族大义，愿意抗日，我们欢迎呀！"

金连长扭脸看着李三定说："你这话是不是从总队长这里学的，一模一样的，你如果提前给我说有这个事，我还能再帮你做些工作啊。"

李三定说："行啦，总队长一直盼望着我们早点过来，后面你就可以放开手脚和小鬼子干啦！把你过去的不满和委屈全都发泄到小鬼子身上去！"

胡轩涛一阵哈哈大笑后，招呼两人："不说了，累了一晚上了，吃点东西，好好睡上一觉，明天我们还有新的任务。"

"是！"二人向几位总队领导敬了个军礼。

饭后，胡轩涛、纪清把李三定叫到总队办公室。李三定坐下后，纪清说："李营长，你们的到来，给我们总队又增加了新的力量。经过总队领导商议，决定由你担任二连连长，可能委屈你了。二连是我们的主力连，原来的连长王铁柱同志是我们信得过的铁血连长，因护送我方人员，在返回的途中遭到孙友中部围攻，壮烈牺牲。由你来担任二连连长，是我们支队领导共同商议的，认为你很适合挑起这个重担，不知你个人有什么意见？"

李三定立即起身向两位领导敬礼，说道："总队长，政委，非常感谢你们信得过我，我李三定不才，但打鬼子的决心是有的！过去在那边，受到的欺辱我就不说了。谢谢两位领导给我这次机会。请你们放心，我一定要把二连带好！只要是打小日本的活，你们就交给我好啦！还有，我和孙友中那里有联系，今后我们可以用上这层关系。"

胡轩涛笑着说："那我就改口了，李连长，还有两件事我交代一下，金连长就安排在你们二连，你们要尽快转变以前的老观点旧习惯，把二连带成一支能征善战的连队。还有，你媳妇和孩子就在离我们没多远的地方，你马上就能见到他们了。"

李三定闻言顿感鼻子酸酸的，眼泪在眼眶里直打转，声音哽咽地说道："总队长，政委，啥也不说了，能跟着你们，是我李三定上辈子烧了高香啊。"

纪清走到李三定跟前，一只手搭在他的肩膀上，安慰道："不能这么说，是抗日这条路让我们汇聚到一起，我们今天的奋战，就是给老婆孩子一个安定祥和的生活，给广大老百姓一个安生的日子，我们相信你一定能干好自己的工作，去吧，他们娘俩还在等着你呢。"

李三定揉了揉眼睛，敬过军礼后，红着眼眶出了房门。

江庄和张山子的位置都处于日伪军所占地区的前哨，接连被运河支队拔掉，对苏鲁交界地带的日军整条防线是个重大打击。

三浦先是被上级宫泽一顿责骂，相川也间接向徐州日军军部参了三浦一本，驻徐州日军西尾少将接着打电话给三浦，又是一番训斥。三浦气急败坏地命令部队进山围剿运河支队，但被副手洋北队长劝阻了："三浦君，此时万万不可冒失，运河支队最近实力大增，军事部署我们也不得而知，还是先行侦察再做打算吧。"

三浦瞪大眼睛问道："现在我们的人被抓的被抓，投降的投降，逃跑的逃跑，怎么去摸清他们的情况？"

洋北队长眼珠子转溜了两下，回答道："我们可以找相川君啊，他既然能向上面反映我们的情况，我们就得让他出份力，不能让他闲着。再说，他到中国这么多年，说不定还有其他不为人知的路子呢。"

"那你赶快去找他。"三浦气呼呼地转过身，盯着墙上的军用地图，从他肩膀一高一低的抖动能看出，他心里的火气确实不小。

日本人这边密谋不断，胡轩涛这边同样紧锣密鼓地商量着下一步行动。他对支队其他领导说，现在距农历春节没有几天了，为保证根据地百姓能过上一个祥和之年，总队应该主动出击，再拔掉几个靠近根据地的伪军据点，刺激刺激三浦，看他还会出什么幺蛾子。

经过周密细致的部署，距离春节还有三天的时间时，总队各个主力连以及文峰、龙门、农民大队全线出击，经过一天一夜的战斗，把紧贴黄邱套山区的十几个伪军据点一一拔除，缴获枪支两百多支，歼敌三百二十余人。

总队春节前的这几次大行动，为1944年开了一个好头，对根据地周边的百姓来说更是一件喜事，山里山外的百姓相互间的走动也多了起来。

转眼就到大年三十，总队举办了一场军民大联欢，场地就在北许阳村中间的一块空地上。联欢开始前，胡轩涛代表总队领导上台讲话："父老乡亲们，总队的指战员们，运河支队在八路军和新四军首长的带领下，经过几年的浴血奋战，一直守护着黄邱套根据地没有丢失。今天是咱们中国人的大年，总队也是第一次以这样的方式庆祝春节，我非常高兴，十分激动。大家也能感受到这个春节和往年不一样，有啥不一样呢？一句话：小鬼子在咱这里长不了啦！"

言由心生，心声动人。会场内响起了雷鸣般热烈而持久的掌声。

待掌声停息，胡轩涛接着说道："今年有个好的开端，是个好兆头！自从来了小鬼子，多少年了，咱老百姓都不能安安心心地过个年。这种情况再不能继续下去了，今天，我胡轩涛向各位父老乡亲保证，咱一鼓作气，早日打败日本鬼子，打败汉奸走狗，天天就像过大年！"

胡轩涛的话，说到了大家的心坎里，会场再次爆发出经久不息的掌声。

"如果在场的人当中，有和汉奸走狗有联系的，尽早断了关系！如果良心尚存，也可以参加到我们总队。好啦，我的话有点偏了，今天大家一起来庆祝，队部也准备了一些节目，如果还有谁有点绝活有些手艺，都可以上台表演。最后，祝大家新年愉快！老人长寿，姑娘漂亮，小伙精神！"在群众热烈的掌声中，胡轩涛从台上走了下来。

丰富多彩的文艺节目开始了。有手拎石锁的壮汉，有共同表演淮海戏的母女，有现场表演炕煎饼的大嫂，甚至连豫东耍猴的老汉也跑上台，牵着一大一小两个猴子为大家拜年，顺便讨要点喜钱。最后队部推出的是三个小大姐合作演出的徐州梆子戏《胜利的春天早来到》。

演出精彩纷呈，胡轩涛等领导在下面看得津津有味，场内干部群众多少年没有经历过如此欢快之景，喝彩声一阵接着一阵。

梆子戏结束后，一个化过装的小姑娘跳下舞台，径直跑到胡轩涛面前，先是敬了个军礼，喊了一声"大舅"。胡轩涛惊奇地站了起来，一双眼睛直愣愣地看着面前的姑娘，半天都没有回过神儿。姑娘又喊了一声："大舅，我是玲子呀！"

胡轩涛又怔怔地瞅了半天，才惊呼道："你是玲子，真是我们家玲子吗？"
姑娘大大方方地点着头。

眼泪立马从胡轩涛的眼眶里涌了出来，他身子颤抖着，过了好一会儿，才一把把玲子拉进怀里，"呜呜呜"哭出声来。玲子也把持不住，"哇"的一声大哭起来，边哭边说："大舅，我好想你啊，我也想俺姥俺姥爷呀。这都好几年了，你们的一点音讯我都不知道。"

在场的指战员，第一次见到胡轩涛如此动情。

好半天，胡轩涛才恢复平静，对玲子说："走，跟大舅到队部里去，咱俩好好拉拉呱。"玲子随胡轩涛来到队部，纪清、邵林峰和童占山也先后来到。

玲子说："大舅，是纪伯伯找到我的，我现在是新四军四师春晓剧团的一名宣传队员。"

胡轩涛恍然若在梦里，纪清娓娓道来，说出了事情的来龙去脉。原来，胡轩涛几次在纪清面前提及自己的外甥女，总不免表现出些许遗憾。纪清顺藤摸瓜，设法找到了已赴湖北参加统战工作的佟克明。经佟克明的手下打听，得知玲子在邳县中学。纪清派人赶到邳县中学时，才知道玲子已跟着几个爱国学生参加了新四军，并加入了春晓剧团。几天前，纪清派人向剧团提出申请，把玲子还有她的两个同学接到队部参加演出。事先之所以没有告诉胡轩涛，就是想给他一个惊喜。玲子虽然心里十分想念大舅，但还是保持着平静，在演出快要结束时才到了胡轩涛跟前。

胡轩涛听完纪清的描述，一步跨到纪清面前，狠狠地在纪清胸口擂了一拳，嗔道："你这个坏蛋，还跟我留这一手啊！"

众人笑了，纪清对玲子说："有两三年没见到你大舅了吧，现在你就陪他多唠唠，这几年你大舅也确实不容易啊，我们就不打扰你们了。"

几个人离开后，玲子陪着大舅一直唠到后半夜，两人的眼泪擦了一波又一波……

44

过年后，根据地只平静了短短三天。

初四上午，一个浑身是血的中年人闯进队部，令总队领导大吃一惊。

中年人抽泣着说，自己是邳州南张楼的船民，平时在骆马湖靠打鱼维持生计，有时也在运河里帮人跑船挣点吃饭钱。初二接了村里一富户的小活，送一些米面油盐之类的东西给运河北李沟的姥娘家。刚到南定楼上岸，就被一队当兵的拦住了。他们要抢货，中年人和他们争论了几句，就被对方打得鼻青脸肿。中年人和对方说理，对方回答说，讲理可以去找他们龙老大，还说他们就在这一带混，什么时候不服气都可以来。

胡轩涛问："他们穿什么衣服，衣服上、帽子上有什么标志，或者有什么醒目的东西？"

"我哪知道他们是谁啊，眼下在地面上跑的兵都是一个色儿。"

童占山接过话茬："那个地方我知道，官庄、南丁庄、彭庄那几个村子，不是龙希贞的地盘，就是孙友中的地盘，反正这俩货没有一个好鸟。"

"那你咋想着找到这里的？"童占山说完，向中年人提了一个问题。

中年人回答："岸上的村民看我这个样子，就劝我到南岸来找新四军的队伍，说你们年前打了不少地方的汉奸。这些人是不是汉奸我不知道，但我想，只要抢老百姓东西的，都不是好人，我走了大半天才赶到这里来的。"

胡轩涛对警卫员说："你带这个大哥先去看看伤，吃点东西。"

思忖片刻，胡轩涛对几位总队领导说："大家分析一下这个情况，咱不仅仅是为了群众报这个仇，还得狠狠地教训教训那帮坏熊，得让他们知道，这地界可不能由着他们胡作非为，借此我们也可以扩大总队的影响力。"

童占山眨了眨眼，提出自己的意见："我认为是龙希贞手下的可能性不大，他的势力范围已经被大大压缩，手下基本上都在台儿庄的马兰屯、泥沟一带，只有孙友中的部下才会在岸边。孙友中这段时间极为猖狂，和日本人走得很近，就想着怎么样控制住运河两岸，为自己的将来铺路。"

邵林峰搓着手，气愤地说道："管他是孙还是龙，这些人就得给他们一点颜色。"

纪清也表示可以出兵清除这些败类。最后，胡轩涛说："天黑路滑人复杂，咱这里的形势就是再困难，这件事咱也得干，保一方平安是咱总队的责任。第一步，得弄清楚这些人都是谁，只要欺负老百姓，咱就有理由办他。"

众人点头赞同。

胡轩涛让警卫员把李三定叫来，几个人又围坐在一起研究该如何处理这一突发事件。

李三定很快就通过在孙友中部的老关系摸清楚了情况——此事确系孙友中手下人所为，并打听到这些人长期驻扎在彭庄，把彭庄和周边的老百姓祸害得不轻。

童占山提出，自己对那里比较熟悉，由他带队去收拾这帮人，胡轩涛和纪清同意了。胡轩涛让李三定带领二连跟随童占山前去执行此次任务，临行前还交代李三定，要注意斗争方式，造出宣传效果，不能随便杀人，但对罪大恶极的人，也绝不手软。队伍出发前，胡轩涛让李三定把四师师部之前配发的照相机也随身带着。

行动非常顺利，李三定带领二连采用突袭方式，很快把孙友中二十几个手下包了饺子，没费一枪一弹就缴了对方的械。童占山派战士拎着一面铜锣赶往南丁村"叮叮咣咣"做了一圈宣传，两个村的村民便比肩继踵汇聚到了彭庄的据点大院。

童占山搬张凳子站了上去，大手一挥，人群鸦雀无声："乡亲们，我们就是新四军总队，也就是大家熟悉的运河支队，我是副政委兼政治部主任童占山，今天召集大家来，就是要开一场批斗会。这里的二十几个祸害百姓的家伙已被我们抓了起来。现在把人都给我带过来！"

二十几个顽军被战士们押解着从屋里走了出来，在童占山左边站成一排。童占山大声说道："乡亲们，不要怕，你们有苦的诉苦，有冤的说冤，大家放开说，我们今天来就是为大家申冤的。"

老百姓第一次见到这个场面，会场立刻变成了麻雀窝，叽叽喳喳，根本听不清谁在说谁。最后，一个老汉举起胳膊，童占山对老汉说："大爷，你到前面说，大胆指认是哪一个干的坏事！"

老汉走到一排人面前，指着一个矮墩墩的士兵说："就是这个兔崽子，他强奸俺儿媳妇，俺儿媳妇嫁到俺家才半年啊，最后跳河自杀了。俺两个儿要找他们拼命，他们竟然把俺俩儿的腿都给打断了，畜生，畜生啊！"说着一把揪住此人衣领，左右开弓甩出来几个大嘴巴，老汉悲愤不已，老泪纵横。

童占山厉声吼道："给我捆起来！"

两名战士上前，三下五除二就把那人捆得结结实实。这一举动如春雷滚滚在院子上空炸响，老百姓看到新四军总队动真碰硬，纷纷举起了手。控诉人中有老的，有年轻的，有男人，有女人，甚至还有不到十岁的孩子。

带来的照相机，把这一切都摄入了镜头。

控诉大会开了整整一个上午，恶行滔天的孙友中手下都被五花大绑捆了起来。最后，童占山重新跳上凳子，拿出一张纸当众宣读："根据总队部和峄县县委的决定，现在，我宣布，对罪大恶极的九个人执行枪决，立刻执行。"

会场里立刻欢腾起来，九个听到枪决宣判的人面如土色，瘫坐在地。

几声清脆的枪声响过后，童占山率领队伍返回运河南岸。胡轩涛让通讯员当即骑马把胶卷交到了淮北军区第三军分区赵林山手中。

五天后，在苏鲁皖几个主要城市的报纸上刊登了题为"国共合作迎来抗日新高潮　殃民恶行累累遭到惩处"的报道，版面上附有几张醒目的批斗照片。消息一出，在苏鲁皖一带产生了强烈反响。面对汹汹舆情，国民政府、第三战区和国民政府苏鲁挺进军区层层承压，责骂声从上面一层层传下来，孙友中触霉头，先是被罢免了职务，后来又受到军事处罚，被关了整整一个月。

等孙友中再出来时，瘦掉一大圈的他，感觉一口能吞下大半拉猪。

过了二月二，大地回春，暖风轻扬，细雨绵绵。总队经过一个月的休整，如同吸足水的春苗，生机勃勃，以饱满的热情投入到了新的斗争。

蛰伏了一个冬天的三浦大队长，也有了新的招数。他一改过去的做法，先是联系周边的日伪联军，又私下和孙友中及韩世仲等人取得联系，决定几路人马齐头并进，占领一个地方就停下来，再以此地为中心四处开花，步步为营。同时，他还和徐州及枣庄的日军取得联系，让这两处的日军在山套南北牵制住新四军淮北军区第三军分区及鲁南军区的部队，使运河支队成为孤立无援之旅。

　　这时，跳得最欢的还是孙友中。吃了几次闷亏后，他对运河支队恨得咬牙切齿，放出狠话："老子在平地上待够了，想到山套里逛逛。我去，胡轩涛就得滚蛋！"他的顶头上司鲁南行政专员兼保安司令张余焕听闻此言，骂道："这个王八蛋，看来是疯了，事情只能悄悄干，嘴上哪能这么说！"

　　很快，孙友中的话就传到了胡轩涛耳朵里。胡轩涛笑着对其他几位总队领导说："这个憨熊货咋说呢，现在他就是过年时摆到桌面上的一盘咸菜，有他没他一个样，他还真把自己当成一盘大菜了。"

　　众人听后，大笑不止。

　　孙友中说干就干，不久就发动了对总队的袭击。敌人来势汹汹，不利的情报一条条传到总队队部。胡轩涛决定以韩世仲老上级李明扬为说辞，前去面见韩世仲。

　　胡轩涛见到韩世仲时，一个妖艳女人正坐在他怀里，帮他点着烟泡。昏暗的光线下，韩世仲脸色焦黄，嘴唇白里透青，眼睛也眯成了一条线。

　　胡轩涛走到床边，关心地劝道："老弟啊，你天天这样可不行啊，这东西害人！"女人还算识趣，挪开屁股扭着腰进里屋去了。韩世仲眼睛微微一睁，见是胡轩涛，就懒散地坐直上身，有气无力地说道："胡兄，是哪股风把你吹来了？"

　　胡轩涛为自己倒了一杯水，然后坐下，说道："老弟，今天来是和你商量一件事，现在日本人已大举出动，正四处围堵我们总队，不知你对此有什么看法？当然，我是希望你也能出马，我们联合起来，一起来应对，特来听听你的想法。"

　　"唉！"韩世仲长长地吐出一口烟气，把烟锅放在一边，懒洋洋地说道，"胡兄啊，我现在哪儿都不想动，已经跟几个手下弟兄说了，就是鬼子打到家门口了，你们替我出个面就行了。小鬼子还真能上门生事？"

　　眼瞧韩世仲的变化，胡轩涛心中不悦，加重语气说："老弟，你这样我先不说对不对，你过去的精神到哪儿去了？年前我见到了李明扬李专员，他的态度可是和你大不一样啊！从他那里回来时，他还一再要我转告你，打鬼子这事一定不能含糊，必须坚持到底，要不然这后面的情况就会越来越糟。"

韩世仲讪笑着说："胡兄，有你在，不就行了吗？"

胡轩涛绷紧面孔，瞪圆双眼，提高嗓门说道："老弟，你现在和过去比变化为啥这么大，能说说原因吗？"

韩世仲摇摇头，一脸无奈："胡兄，不瞒你说，我他妈的就不该来这地方，原来我在铜山南那边多好，又有李司令照应着，李司令离开后，现在他们一脚把我踢到这个鬼地方，和日本人挨得又这么近，周边不是鬼就是神，上面又没有人支持我，要啥啥没有，我咋弄？下面的人都是想过好日子的，哪受得了这份委屈。"

"那你至少也要把自己的队伍管管好吧，你看看你身边这些人，平时都干些啥？听说竟然有人和鬼子勾结到一块了，你难道就不知道吗？"胡轩涛越说越激动。

韩世仲也来了脾气，没好气地说："兵熊熊一个，将熊熊一窝，你厉害，你来带！"胡轩涛见没有再谈下去的必要，便起身告辞，最后撂下一句话："韩老弟，你会后悔的！"

自己倒的水也没喝一口，胡轩涛就生气地离开了。

胡轩涛回到队部，把韩世仲的情况向大家通报后，众人都感觉到了事态的严重性。韩世仲如此，总队驻地西边的防御形同虚设。面对岌岌可危的形势，总队研究后决定把几个大队和一连调出山外，吸引敌人注意力，其他连队分散到几个重要的山口，与敌对峙，堵住敌人的进攻路线，并派出交通员前往淮北军区第三军分区和鲁南军区汇报这里的紧急情况。

队伍行动时，龙门大队打算绕开韩世仲的队伍，没想到竟遭到其副官王智良带领的两个连拦截。对方连问都没问一声，便开枪射击。龙门大队边还击边撤退，副大队长周祥被子弹击中后背，牺牲在路上。龙门大队被王智良的队伍攻击，立刻惊动了周边的日军。日伪循着枪声沿路截击龙门大队。龙门大队在谢炳云的带领下，一路苦战，在天黑时才转移至唐庄附近。

唐庄开明人士李文辉，春节前遭到日军特务井上的突然袭击，被吊死在家门口槐树下，附近李官庄的李彦治借机侵占了李文辉的家产。一路奔袭且伤亡很大的龙门大队计划赶到唐庄作短暂休整，再转向山套北边，与一连会合。龙门大队二中队队长王宽银，举双手支持谢炳云的决定。但谢炳云并不知道，王宽银是李彦治的外甥，与井上早已暗通款曲。龙门大队沿路遭到袭击与堵截，是相川布好的一盘棋，意在逼迫龙门大队赶到唐庄，由李彦治设法稳住，最后由秋山队长率日军前来偷袭歼灭。

谢炳云知道胡轩涛在唐庄建过办事处，并停留过大半年，没多加思索，就听从了王宽银的建议，率领队伍来到了唐庄。李彦治十分热情，又是安排家人为伤员包扎伤口，又是督促家丁生火做饭。见此情景，谢炳云放松了警惕。

半夜，日军发动了偷袭，被围困的龙门大队经过一番拼死抵抗，在一村民的带领下顺着几座民房之间的空隙突围了出来。等赶到村外清点队伍时，谢炳云发现两百多人的龙门大队仅剩下不到五十人，一夜奔袭，至天亮才赶到尤窝子和一连会合。谢炳云看着惨不忍睹的队伍，号啕大哭，一连连长褚白生眼含泪水，默默招呼大家休息，同时派人进山联系总队领导。

在唐庄带路的村民及时把李彦治的情况向附近的交通员做了汇报。交通员不敢懈怠，立即赶往队部汇报。

胡轩涛闻听消息惊呆了，好长时间才回过神来，抹着泪水发誓严惩汉奸，并下命令撤销龙门大队，把剩下的人员编入新组建的新河大队。

形势仍在恶化。

孙友中又趁机袭击了刚到运河北岸的文峰大队，之前还联系了龙希贞。龙希贞就像打了鸡血一样兴奋，随即带领两个连配合孙友中，与文峰大队激战了一天。损失大半的文峰大队最终由鲁南军区的一个营解救出了包围圈。随后不久，文峰大队被编入农民大队。

几场战斗，让总队外围队伍遭受如此巨大损失，完全出乎总队领导的意料，胡轩涛决定整顿队伍，并及时把情况向第三军分区司令员赵林山做汇报。

此时，日军大队长三浦决定火上浇油，借机挤压总队的活动空间，因新四军的一个团向北开进，三浦的阴谋没有得逞，只得命令部队撤回贾汪。

井上、李彦治、王宽银三个人坐到了一起。

李彦治特意准备了几盘好菜和两瓶好酒，三人互相谦让一番后，便坐下传杯弄盏。酒喝得惬意之时，井上拿出两个盒子，推到李、王二人面前："李桑，王桑，这是对你们二位的奖励，每人五十块大洋外加一把手枪。我们这次合作正如你们中国一句老话所说，叫'天衣无缝'，这也是相川先生的心意。"

李彦治狡黠一笑："相川先生是你们大日本的精英，从他的言谈中就能知道他是个极为精明能干的人。有你们二位在这儿坐镇，这地界一定属于大日本皇军。来，这杯酒算是我敬相川先生和你的。"

二人举杯，一饮而尽。

王宽银收起笑容，轻声问井上："井上君，不瞒你说，我心里总感觉有点不踏实。我这后面该往哪儿走？总不能天天在这里住着吧？你知道，运河支队的人可都是神出鬼没的，万一……"

"王桑，这个你不用担心，我们的人就在附近驻扎，到时我再派十几个人进驻唐庄保护你们。"井上瞥了一眼二人醉意蒙眬的猪肝脸，低声说道："我有一个计划，八路那里肯定知道你们的情况了，相川君清楚胡轩涛的秉性，他一定会派人到这里来。不过你们不要怕，我们会在唐庄周边布上暗哨，一旦有情况，我们的军队会及时将他们包围，统统死啦死啦的！"

王宽银听后，心里非但没有轻松，反而愈加沉重："井上君，我还是跟你走吧，你让我干啥我就干啥，八路那里的情况我很清楚，你让我在这里，这不是明显拿我当诱饵吗，万一你们有点差错，我可就小命不保了！"

井上的脸瞬间阴沉下来，语气跟着生硬了许多："王桑，你是我们大日本皇军的朋友，难道这一点信任都没有吗？我向你保证，只要你和李桑在这里，你们的安全我们通通地负责。"

李彦治瞪了外甥一眼，不屑地说道："宽银，别想多了，咱自己也有十几个人，再加上井上君的人在附近，他八路就敢这么大摇大摆地来？现在的情况和半个月前完全不一样了，别自己吓自己！"

王宽银不再说什么，但心里一直惊悚不安。别的人不清楚，他知道，胡轩涛做起事来，一定是神不知鬼不觉的，到你喊出声来，已经晚了。王宽银强装笑脸，挤出几丝热情，井上的脸色才由阴转晴。

王宽银的担心不是多余的。

魔高一尺，道高一丈。由警卫连连长杜立忠带领的行动小分队很快就赶到了唐庄附近。按照胡轩涛的部署，杜立忠把小分队分成了五个小组，分散在李官庄及唐庄周边，决定在几天内除掉李彦治、王宽银二人。

天一擦黑，北边传来了两声枪响。

午夜时分，东边又传来了三声枪响。

天蒙蒙亮时，西边又是两声枪响。

李彦治和王宽银胆战心惊，一夜没有合眼。天大亮时，李彦治就指派家丁前往大李庄，附近的伪军派人四处搜了一遍，一无所获。二人只能利用白天补觉，李彦治不得已，就把家人撵回了李官庄。

第二天，同样的流程又走了一遍。

第三天依然……

附近的伪军被折腾得黑白颠倒，天昏地暗，最后任李彦治派人再来喊叫，死活也不肯出来了。

王宽银心里越发恐惧，他清楚这枪声就是冲着自己来的。随后几天，一到晚上，他就搂着枪靠墙蹲在地上，能眯一会儿是一会儿。到了第五天，王宽银的精神近乎崩溃，李彦治也被折腾得神情恍惚："算熊，该死尻朝上，不死瞎摇晃，老子不管了，该吃吃，该睡睡。"两人如此，院子里的家丁个个也都像瘟鸡一般，晚上精神，白天打蔫。

第六天大晌午，唐庄四周陆陆续续进来了一些人，把李彦治的院子围得水泄不通。王宽银知道运河支队喜欢在夜里搞偷袭，白天就放宽心和李彦治一起蒙头补觉。被连续折腾了五个晚上的家丁更是集体钻进了小屋，呼呼大睡。

李彦治、王宽银二人被人用脚踹醒，迷迷糊糊看见屋内站满了人。王宽银揉揉眼睛，顿时吓得魂飞魄散，急忙寻找身边的短枪，却发现早已不翼而飞。

王宽银清楚，自己的大限到了。

杜立忠坐在椅子上，一脸笑意："王队长，你也太听话了，咋不离开这里呢？该知道我们会来找你的，他妈的你的心也太宽了。"

杜立忠的话，说得王宽银不知该笑还是哭。

"总队长让我们来唐庄找你，当时我还反驳了他几句，料想你肯定跟着鬼子跑了。但他和我打赌，说你一定不会离开这里。我跟他赌了个大猪肘子，看样子回去我得自己掏钱请他啃肘子啦！他妈的你这个坏熊，就一个猪肘子还让我输，有点不够朋友了吧？"

杜立忠这番轻松的调侃，却让王宽银万念俱灰。

杜立忠转脸面向李彦治，不热不冷地说起话来："我该喊你一声叔吧！你这么精明的一个人，咋还和你外甥一样犯糊涂呢？他不懂事，能理解！你都这么大年纪了，走过的桥该比我走过的路还多啊！我们都知道，你在李官庄咋舒坦咋过。人家李文辉和你又不一个庄子，咋惹到你啦？你把人家逼得家破人亡。是不是李文辉和我们总队长过去处过，你就心里不舒服？你也不想想，你一大家十几口子，后面的日子咋过？"杜立忠说着连连摇头，满脸惋惜。

　　听完杜立忠的话，李彦治满脸豆粒般的汗珠直往下掉。

　　见二人不言语，杜立忠就自顾自地说上一句："还是总队长说得好啊，天阴打孩子，你得有空啊，今天我可算是闲下来了，他奶奶的，终于能过上一天清闲日子啦。"

　　旁边的战士明白杜立忠的意思，李彦治、王宽银不明白他的话意，只是怔怔地瞅着杜立忠。突然，院子里传来一阵杀猪般的号叫，李彦治、王宽银既震惊又诧异，一名战士跑了进来："连长，按你的命令，每人撅断了两根手指。要是按我说，每人剁一只手得了。"

　　杜立忠眼一瞪，脸拉了下来："你是连长，还是我是连长？"

　　战士挠挠头算是回应，接着指着李彦治、王宽银二人说道："这两人要不要也撅断两根？"

　　杜立忠"扑哧"一下笑了："撅上瘾啦？滚蛋！他俩不是一般人，要区别对待！"

　　傍晚时，一个小分队从西边走了进来，进屋后向杜立忠汇报："连长，李官庄那里的事情弄妥了，粮食和家私全都分给百姓了。"

　　杜立忠手一摆："管！你们到外面喘口气，时间不长了，我再和他俩说会儿话，总队长来之前交代我，天太亮见红颜色不吉利，天太黑见吊死鬼会做噩梦，咱得等个好时点不是？"

　　李彦治、王宽银刚才还不清楚"区别对待"的含义，现在明白了。两人听后，几乎同时如丧考妣，呼天号地。杜立忠淡淡地看着两人好一阵，突然站起，手指两人咆哮道："善有善果，恶有恶报，早知现在，何必当初！"

　　杜立忠眯着双眼，想起被害的战友，内心如一团火球在燃烧。

　　太阳西斜，霞光从西边照进屋子里，围观的群众仍没有散去，但屋里屋外静悄悄的。杜立忠起身走到门口，看着西沉的夕阳，喃喃自语："时辰到了，明天又是一场轮回，人生啊，坎坎坷坷，坷坷坎坎，有的人走得顺，有的人走得难，还有的人专拣赖路走。行了，一切都结束了！"

"动手！"杜立忠一声大喝后走出院子。

几名战士冲进屋子，把李彦治、王宽银拖到路边的大槐树下，在两人脖子上各系上一个绳套，悬挂在了日本特务井上吊死李文辉的位置。

李彦治、王宽银二人拼死挣扎一阵后，双腿蹬了几蹬，就没有了动静……

45

大河之水，波涛汹涌。

根据八路军、新四军的统一指挥部署，在峄县、滕县、邳县、铜山地区，新四军二十七团、原运河支队、鲁南铁道大队、微湖大队、鲁南军区游击大队、第三军分区独立团和峄县县大队等抗日武装，在苏鲁徐州段展开了为时一个月的对敌作战。整个苏鲁边界，四处活跃着战士们矫健的身影，大道小路间到处都是老百姓支前的独轮车。

日伪军遭到抗日武装的沉重打击后，开始四处抽调部队，疲于奔命，穷于应付。

在和治安所所长邵金强取得联系后，胡轩涛决定再进贾汪。

傍晚时分，在镇北街一家偏僻的小饭馆里，胡轩涛和邵金强先后走进最里面的一个房间。这家饭馆是总队建立的秘密联络点。张宏彪、葛石头等几名身穿便衣的队员化装成矿工模样，在外面大厅埋头吃着东西，负责警戒。

等邵金强坐定，胡轩涛开口便说："金强，今天找你来，主要是打听一个人。"

"谁？"

"井上。这个人，我们总队几次损失都与他有直接关系，他是相川命令的执行者。相川行踪难以捉摸，但只要把这个井上除掉，相川的意图就难以传到下面去。"

邵金强没有遮掩，回答道："井上我倒是见过两次，相川我有快三个月没见到了。现在，不要说相川，就连井上的行踪我也很难摸清啊。"

胡轩涛皱紧了眉头，接着说："你这话我信，井上也不是个省油的灯，你能不能帮我从其他渠道打听打听。"

"彭二民和井上走得近，但我感觉姓彭的明显和我有点距离，咋打听呢？"邵金强咂着嘴，一时没了主意。

焦急的胡轩涛目不转睛，默默看着邵金强。过了好大一会儿，邵金强一拍大腿，惊喜地说道："有了！被井上逮住的有个叫李家帆的，原来就是你们队伍上的人，他现在就住在离这不远的一间杂货铺内。这事还是彭二民早先给我说的，让我多加关照。李家帆住的杂货铺，我还派了三个人经常去巡逻，他们发现彭二民经常去，你们可以从姓李的那里下手。"

"管，就找这个李家帆。"

稍作停顿，邵金强又低声交代："这个点我们的人都回家了，杂货铺内应该只有姓李的一个人，但他警惕性很高，你们的人要当心点，听说他手里有枪。"

"这个能想到，投降的人最怕原来的人去找他。"胡轩涛笑着说。

胡轩涛又让邵金强把贾汪的情况详细介绍了一遍，便带人匆匆离开了小饭馆。

根据邵金强提供的李家帆位置，胡轩涛几个人朝北走去。此时的贾汪，由于日军遭受的袭击较多，损失也大，主要兵力都放在了矿区、日本会社等几个点上，白天留在街上巡逻的主要是彭二民的保安队。

街上空荡荡的，没有路灯，四周黑黢黢一片。在一个门楼前，两名队员搭人梯悄悄摸进了杂货铺院内。院门从里面被轻轻打开后，张宏彪带着几个精干的战士冲到房门前，葛石头和另外两名战士则绕到后窗。张宏彪连踹两次房门，没想到大门用粗棍从里面顶着。等张宏彪几个人合力将门撞开后，房内空无一人，但被窝却是热的。张宏彪借着月色，看到后窗已经打开，顺势跳出窗外，脚才落地，就看到李家帆已经被葛石头三人死死按在了地上。

重新回到屋子里，点上油灯，李家帆这才看清坐在椅子上的胡轩涛，整个身子一下子软了下来，"扑通"一声跪下，抖抖索索叫了声："总，总队长！"

"李家帆，你做事够谨慎的呀！你也不想想，跟我们作对，躲得过初一，躲得过十五吗？"胡轩涛声音不大，杀伤力十足。

跪在地上的李家帆先是抹眼泪，接着泣不成声："总队长，我知道我对不住那两个牺牲的同志，更对不住你对我的栽培，要不你现在就拿枪打死我吧。"说完，连抽了两下自己嘴巴，恨恨地骂道："都怪我这张破嘴。"

胡轩涛摆了摆手，李家帆才敢战战兢兢地站起来。

胡轩涛一脸平静，说道："李家帆，你不要演戏给我看。你心里应该清楚小日本现在的处境。咱先不谈你现在吃谁的饭，你想过没有，小日本一旦完蛋，你将来咋弄？我今天把话先给你撂这儿，小鬼子在咱这儿，在咱们国家，多则一年，少则半年，就得滚蛋。你不该为自己想想退路吗？"

李家帆抹着眼泪说："总队长，你大人不记小人过，给我指条明路吧。"

"管，我不杀你，给你指条活路。"

李家帆连磕了三个响头，千恩万谢。

胡轩涛喝停李家帆后，严厉说道："你眼前回总队可能不太合适，我想知道特务井上的行踪，这个人给我们造成的破坏十分严重。"

李家帆支支吾吾一阵后，嗫嚅着说："总队长，这个我真的不知道，我和井上没有来往。但，但他和我们彭队长，不不不，是彭二民，关系不错。井上这个人谁都不信。他和彭二民关系为啥还不错，纯粹就是让彭二民替他跑腿，为他冲锋陷阵。"

李家帆的话与邵金强的说法吻合，证明他没有说谎。琢磨片刻，胡轩涛接着问："那我们怎么才能找到彭二民？"

"彭二民很好找，如果他没有任务，要么会找他相好的，要么会喊上几个人到我这里摸个纸牌。他把我安排住在这里，也是想图个方便，井上不允许在保安队打牌。是找相好还是打牌，这个他倒没有啥规律。"

"相川你见过吗？"

"你说那个日本老头啊，我哪能见得到他啊，听说他不在我们贾汪。总队长，我知道啥就说啥，请你一定相信我。"

"说说，怎么让我们尽快见到彭二民？"

李家帆想了想，说道："想见他倒是不难，但不能由我引见啊，他要是知道是我提供的信儿，我非得完蛋不可。"

"这个我能想到，说说其他办法。"

李家帆随即把彭二民相好的住址告诉了胡轩涛。但之后一连三天，彭二民就像人间蒸发了一样，见不到一点踪影。布置人监视好李家帆后，胡轩涛没有停留，带人离开贾汪，顺着河沟到了利国。

在利国，他先后找到自己设在这里的交通站，询问了利国的情况，后又找到利国站站长张国泰，把经停利国站的火车的车次和时间，以及日本兵力调动等情况摸得清清楚楚。

两天后，胡轩涛回到了队部。

令胡轩涛没有料到的是，自己离开队部才七八天时间，孙友中部、龙希贞部以及韩世仲部竟然多次袭击总队，造成总队四五十人的伤亡。纪清妻子过运河时遭到袭击，还差点出了人命；新四军的骑兵排准备过运河到八路军防区，刚到河边就遭到韩世仲部的袭击，排长及五名战士牺牲。为此，总队和韩世仲部几次交涉，均被拒绝。

据从韩部投诚过来的一胡姓营长反映，韩世仲的队伍已人心涣散，有赌气出走的，有阳奉阴违的，有磨洋工扯蛋的，更多的则是在日本特务的鼓动下，叛变投奔日伪，当了汉奸。这位营长还说，袭击总队的韩部，虽然是投降之人所为，但背后也有韩世仲本人的授意。

胡轩涛以总队的名义向上级反映，又以个人名义请求和韩世仲见面。韩世仲接到胡轩涛的亲笔信，看都没看就借着抽大烟的火一把烧了。是可忍孰不可忍，上级下达命令，基于韩部多次袭击我方根据地及军政人员，伤我军民，决定对其以牙还牙，实施打击，但对韩本人力求活捉，不可击毙。

经过几天时间准备，新四军四师二十七团、第三军分区独立团、峄滕铜邳总队、鲁南游击大队一部统一作战，由赵林山和胡轩涛联合指挥，从东、南、北三面对韩世仲部发起进攻。根据上级指示，这次战斗以"教育"为主，尽量减少韩部伤亡，目的就是逼迫对方投降。基于这个目的，这场战斗打打停停，停停打打，整整用了九天时间才降服对方。这几天，韩世仲就像兔子一样被撵得东奔西逃，体力不支已经够他受的了，关键没抽上一口大烟，浑身似有千万只蚂蚁在爬来爬去，身体和精神被彻底整垮了，就在一小山坳口，灰头土脸的韩世仲被生擒了。

在朱家村指挥部里，赵林山见到被绑着的韩世仲，急忙上前给他松绑。赵林山一边解绳子一边道歉："韩司令，我们是老同学啦，我还特意交代过，怎么还把你捆成这样呢？后面我会严厉批评他们的。"

韩世仲晃了几下膀子，揉了揉酸麻的胳膊，没好气地嘟囔道："我还认为是小日本打我的呢，没想到是你们新四军把我灭了。如果真是小日本，我也就认啦，我对你们没有戒心，你们反而出兵把我打了，这算怎么回事？我一定要向蒋委员长上报的，你们太不像话啦！一家人竟干出这种烂档事！"

赵林山笑了起来，端杯茶水递给韩世仲，劝慰道："韩司令，不费点真枪实弹，能把你请到这里来吗？这是老天爷的安排呀，多年没有见面，造个机会让咱们叙叙旧。"

"好笑！"韩世仲冷笑一声，把茶杯放到桌上，"你们把我绑来，就是为了和我叙旧情啊，有你们这样叙旧情的吗？"

赵林山笑着说："韩司令，你别生气，在这里我向你赔不是。"

赵林山站了起来，准备走个道歉仪式。这时，从门外传来警卫员的一声报告："报告，赵司令，政委找你。"赵林山客气地笑了笑："韩司令，你先坐一会儿，喝点水，我去去就来。"

赵林山前脚出，胡轩涛后脚进。韩世仲一看是胡轩涛，更是恼羞成怒："胡轩涛，你给我演戏是吧？你们这是裁缝不带尺——存心不量（良）啊！你们把我弄到这里，心里是不是很痛快呀？"说完，把头扭到一边，气呼呼地把后背给了胡轩涛。

胡轩涛的语气可没有赵林山那么客气，他硬邦邦开口说："韩司令，到今天这个地步，你说是谁的责任，你还气鼓鼓的，你有啥资格？"

韩世仲猛然转过身，看到胡轩涛一脸怒色，心里的火腾的一下蹿了上来："姓胡的，我把我的队伍后撤了不少，对你们是网开一面，既不设防，又无戒备之心！你可倒好，你就逮着这个机会搞突然袭击，你这是小人之心！"

胡轩涛嗓门立刻拉高三分："你的人偷袭我们新四军的骑兵排，打死我们的战士；你的部下堵截我们过河的干部；我们总队政委的妻子差点就死在你们枪下；你的副官和营长投靠日本人，还到处造谣说我们破坏统一战线，破坏联合抗日。难道这些你都不清楚？为了提醒你注意管管你的手下，我写信给你要求见面，你理都不理！咋？只许你官家放火，就不允许我们老百姓点盏小油灯啊？"

"那你也不能搞突然袭击，你这就是小人所为！"

胡轩涛愤怒地拍了一下桌子，指着韩世仲说："韩世仲，你这是人讲的话吗？我看你是棺材里探出脑袋来——死不要脸！你说的都是啥混球话，如果你换成我，你说你咋办，你就能憋死这口气？"

屋子里一下子安静下来，双方都气呼呼地喘着粗气，谁也不看谁。这时，赵林山走了进来，打着哈哈说："哎呀，咋还吵起来啦！离老远就听到这屋子里要冒火。大家都消消气，就是出再大的事都是可以好好谈的嘛，话不说不清，理不摆不明嘛。"

赵林山说完这番话，屋内的气氛才缓和了下来。胡轩涛说话委婉了三分："赵司令，我和韩司令过去相处得一直都不错，他那里我也去过多次，不是我说韩司令不好，近来，特别是今年年后，他那里的情况让人担忧。他自己抽大烟，不问正事，手下的人都干些啥他也不关心。最近几次他的部下打死打伤我们那么多人，我一句话没说，就写了封信，希望找他谈谈，他连信都不回。这小鬼子才是咱共同的敌人啊！我们弟兄俩有啥深仇大恨的？我是担心他的队伍垮了，今后咋对得起乡里乡亲，咋对得住蒋委员长嘛！"

韩世仲端起茶杯送到嘴边呷了一口，掩饰着内心的尴尬，他也知道自己理亏在前。

这时，赵林山打起了圆场，眼睛盯着胡轩涛，话却是说给韩世仲听的："轩涛啊，韩司令在对待小鬼子方面，确实是有过很多成绩的，过去打了不少恶仗，损失也很大，可能我们和韩司令沟通上还是有点欠缺，今后大家各自调整一下不就行了吗？"

"赵司令，韩司令抗日这方面我清楚，说心里话，我十分佩服，如果他不是那样的人，我会请他到我们队部，一下子干了我两头猪，战士们才喝了点肉汤吗？！"

韩世仲的表情缓和了下来，嘴角露出不易察觉又转瞬即逝的一丝笑意。他又端起了茶杯，猛喝两口，对胡轩涛说："我的水喝完啦，去给我再倒点！"

胡轩涛瞄了一眼赵林山，赵林山笑着点点头。胡轩涛鼻子哼了几声，起身拿水瓶，边倒边说："这水得一点一点喝，饭也得一口一口吃，今后与韩老弟还得长期处下去，毕竟咱还是有缘分的嘛。"

韩世仲终于忍不住笑了，指着胡轩涛的鼻子骂了起来："你这家伙就会来这一套，打我一下子再给我揉一下子，坏熊货一个！"这句话引起屋子里一阵大笑。随后，韩世仲对二人说出了心里话："我知道我有错在先，也清楚你们这次并不是真想把我照死里搞，这点我不糊涂。我也清楚手底下有好几个和我不一心，暗地里和鬼子眉来眼去的。但我也难啊！你们不知道我的处境，我那帮子队伍，鱼龙混杂，啥球人都有。管不好管，上面还光要求我扩充队伍，扔个仨瓜俩枣就想打发我！不是我不抗日，我也想抗日，可我实在没有东西来抗日啊！"

赵林山听完，长舒了一口气，说："看看，这样大家把话都说开了，不就啥事都没有了吗！"

"那下面这事咋弄，对我个人的事你们有什么打算？"韩世仲忍不住问道。

胡轩涛反问道："韩老弟，你有啥想法？"

"我想听听你们的想法。"

赵林山说："韩司令，你看这样好不好，我们新四军师部想邀请你过去看看，参观参观，了解一下我们部队的情况，顺便把你的大烟戒掉，然后再做决定。还有，这边你的部队我们先接管，如果你回来，我们还把你的人交还给你，如何？"

韩世仲心情大悦，立刻答复："行，就冲这一点，我韩某人佩服你们共产党。"

当晚，韩世仲留下吃了顿饱饭，由赵林山、胡轩涛、纪清等人作陪，三瓶洋河老窖被几个人喝得一滴不剩。

韩世仲部被歼灭，其属下部队被改编，一部分编入鲁南保安司令张余焕的部队，一部分加入徐州第五战区驻萧县七五〇团，还有一部分加入了胡轩涛的总队。队伍人数大幅度增加后，总队领导研究决定，把各个连队进行扩编，组建了两个营，每个营三个连，另外还有一个机动连，再加上新成立的阚山大队，达到近三千人的规模。

韩世仲原来所占的区域也吸引了几个方面的注意。

为了巩固这次胜利取得的区域上的优势，胡轩涛派新成立的阚山大队及一营两个连占据了原韩部周边的重要位置，二营两个连占领运河南岸的几个村庄，其他主力连驻守山套要隘。这样，驻防在各处的兵力正好拉成一条弧线，拱卫着山套根据地。

三浦这下有点坐不住了，没想到胡轩涛的动作如此迅速。他手下的一千多个日军主要布防在贾汪、利国及沿途的铁路线上。西尾在他再三请求下，又加派了一个中队的日军进入贾汪东边布防。为了和总队相抗衡，三浦还把在鹿楼的黄得意调到了阚山大队对面。

局面又一次热闹起来。

呈锯齿状部署的双方部队，难免要产生摩擦。白天日伪军放明炮，夜里总队这边开冷枪，闹腾了十几天。

黄得意向三浦反映了几次，结果都是遭到一顿训斥。其实，三浦也没有更好的办法，各个地方的情况和黄得意这里都差不多，胡轩涛的机动连就是专干这个"坏事"的。总队顶在最前面的队伍，一天三顿饭按部就班，白天站岗，晚上睡觉，而作为机动连的七连，白天睡觉，晚上放枪。

这一番折腾，持续了一段日子，三浦再也无法忍受，便勒令秋山队长弄出点动静来，务必要狠狠地教训一下胡轩涛手下的这帮夜猫子。但他没有想到，铁道大队分别在枣庄南的薛城、沙沟、韩庄段，原运河支队在利国南北及柳泉段，炸毁了十几处铁路，使津浦线陷入了瘫痪，两列军车冲出轨道，死伤上百人。

秋山在阎村、龙门转了一圈后，无功而返。三浦把主要兵力调往利国至韩庄段，帮助恢复铁路运行并加强沿线警戒。胡轩涛的总队也派了一个连的人在阎村、龙门转了一圈，然后直插黄得意背后的据点，当天深夜就来了个突然袭击，拔掉了该据点。

位置突出的黄得意这下慌了，前面有总队的阚山大队，后面的地盘也被总队占领，腹背受敌，处于前后夹击中，一颗心天天悬在半空难以放下。黄得意心里琢磨，韩世仲那么大的能耐，人家胡轩涛说拿下就拿下，自己算哪根葱啊！于是他决定向三浦求救，但三浦带队到利国一带扫荡去了。打又不敢打，撤又不能撤，黄得意左右为难，备受煎熬。

过了两天，有人给黄得意捎来一封信。黄得意打开一看，是胡轩涛的亲笔信：得意老弟，近日安好？你我兄弟同处一地，理当融洽相处，望见面一叙。胡轩涛。看完信，黄得意惊恐不已，嘴唇动了几下又把话咽了下去，心怦怦直跳，瞬间没了主意。

第二天，又来了一封信，内容十分简单，仅三个字：盼见，胡。黄得意看后抓耳挠腮，担心胡轩涛冷不丁给自己来一下子，自己可承受不了，无可奈何之际，只能硬着头皮回信，愿在双方阵营之间的小树林里见上一面。

胡轩涛欣然同意。

白天的气温很高，人在阳光下很难待上一袋烟工夫。黄得意壮着胆子，一个人从军营里悄悄溜了出来，顺着小道进了树林，正在树林里寻觅时，听见一个声音："黄营长，很准时呀。"黄得意循声望去，只见胡轩涛面前放了一矮方桌，桌上摆着一壶茶和两个碗。黄得意赶紧走上前去，胡轩涛起身招呼他落座。

二人都坐定，胡轩涛说："这天难熬啊，我就备了一壶花茶，降温避暑。我和得意老弟也打过几次交道，虽然见面不多，但很投缘，早就想和老弟聊聊家常，并无他意。"

黄得意慌忙应答："总队长客气了，小弟愚钝，过去有做得不周到之处，还望您海涵。"

"唉！你这话就显得生分啦。"胡轩涛拎起茶壶，把黄得意面前的茶杯斟满，"老弟，今天咱就是叙叙旧，都不要客气。"

黄得意弓腰起身，捧着茶碗连连点头："是，是，不客气。"

胡轩涛问："到了这里，还适应不？"

黄得意答："还行，就是前一段时间，晚上老是有人打枪，睡觉差了点儿。"

"那是我的人干的，这些兔崽子晚上睡不着，就瞎折腾。我感觉不妥，对面不就是老弟你嘛，这不是瞎子买画——不问青红皂白嘛，就不让那些憨子再胡闹了。"胡轩涛笑着说。

黄得意知道这是说辞，但不好戳破，只能顺着话说："谢谢总队长，这两天还好。"

"老弟，今后你有啥要求和想法，都可以和我说，咱靠得这么近，按村里的老百姓说，咱俩就像在一个槽里吃草的两头牛，谁也不抢不占，吃饱就行，你说是这个理吧？"

黄得意心里明白，今天需要谈论的主题来了。他先点点头，说道："总队长，你们把韩司令都逮起来了，是不是我在这里有点碍事呀？不行的话，我搬走就是。"

"胡扯！你一走不就显得我这个大哥不够意思了吗？你不能走！咱俩得处下去。不但要处下去，还得处好，就像咱俩现在这样坐一起喝喝茶，聊聊天，该多好！"胡轩涛的回答出乎黄得意的意料。黄得意猜不透胡轩涛葫芦里卖的是什么药，眼睛眨巴几下，眉头都快揪到一起了。

胡轩涛笑了："老弟啊，你不能走，我也不想让你走。都在一块地界上混，大家只要处得好，就是不在一个锅里吃饭也没啥！我心里就一个问题：咱是想把饭碗端好端稳，但要是有人砸咱的锅，该咋弄？"

黄得意越听越糊涂，不解地问："总队长，你有话就直说。"

"咱兄弟不是外人，我就直说了。"胡轩涛连喝了两口水，接着说，"有这么一句话，万丈红尘三杯酒，千秋大业一壶茶。我一直有个疑惑，兄弟间存在隔阂，相互聊聊，说开了也就放下了，但最怕心术不正的外人掺和进来，小事变大事，最终兄弟俩成为仇人。那咱咋回避这个问题呢？就是咱弟兄俩心得往一处想，劲得往一处使。日本人是在咱这里作威作福，但只要咱弟兄抱成团，日本人又能怎样？今天咱弟兄聊天，我没有说让你去干啥干啥吧，作为兄长，只是给你提醒一句，咱俩都不是三四岁光腚的熊孩子，是大人，都在社会上混，这后面的路咋走咱心里得清楚，对吧？"

黄得意展开眉头，插了一句话："总队长，我知道你的意思，但我现在也有难处呀。"

胡轩涛笑了起来："老弟，我没让你听我的，也没说让你离开吧，你还继续为日本人干着。这个摊你不但要接着守，还要守好。你放心，你这里有什么困难尽管跟我说，我绝不会朝你放冷枪。你明面上听日本人的，但咱弟兄间有啥话可以私下里谈，就像庄子里弟兄分家，那还不是亲哥俩得提前商量好啊？要不然到最后分人又分心不是？但有一点，我们弟兄之间得有个基本共识，日本人在咱这里长久不了，世道还得是咱中国人说了算。"

胡轩涛的话，不温不火，句句在理。黄得意自己也曾经想到过这类问题，也有过类似的想法，甚至也做过最坏的打算，今天经胡轩涛一点拨，心里透亮了。最后，黄得意心服口服地说道："胡兄，刚才你说的我都会铭记在心。我这么多年为小日本卖命，走错了路，办错了事，但你没有嫌弃我，我佩服你的胸怀！你的意思我明白，一定会按照你的想法去做！如果后面小弟再遇到啥问题，一定前来向总队长请教。"

二人起身，两双手握在一起。

46

日伪手忙脚乱折腾了一个来月，津浦沿线才恢复运行，秋山队长又回来了。

阚山大队和黄得意的部队突然交起火来，枪声密集，爆炸声不断。黄得意急忙拨通三浦大队长电话请求支援，并强调损失了一个排的兵力。三浦在电话中交代黄得意，明天中午之前秋山队长一定赶到。

当夜，黄得意就把一个排的队伍调到了阚山大队，以防三浦派人前来核查人数及武器。

第二天一大早，秋山带着近两百日伪军，浩浩荡荡朝黄得意所在的方向赶来。八月份的天气十分炎热，路边的垂柳细枝瘦叶一动不动，稠乎乎的空气仿佛凝固在了一起，气喘吁吁的秋山边抹汗边催促队伍加速前进。队伍过阎村后，立刻遭到胡轩涛总队三个主力连的前后堵截，距离黄得意的驻地尚有五六里地，附近已没有日伪军可以增援。

秋山带的人马只能仓促应战，但与早有准备的总队相比，力量悬殊。总队以逸待劳，战斗打响没多久，日伪就渐渐失去斗志，四处逃窜。当地的地形，除了山岭就是河道，没有其他的道路可逃。战斗从上午九点打到中午，敌人伤亡过半。带队的童占山下令只打日军，生俘伪军。战术的灵活转变，使得日军的伤亡急剧增加。秋山正挥舞军刀指挥前进，一颗子弹击中他的额头，爆出一个红枣般大小的窟窿，他随即仰面倒地。

秋山被击毙后，其他日军不甘心当俘虏，战斗到最后，无一人生还。见大势已去，伪军为保住性命，纷纷举手投降。

这次战斗胜利后的第三天，胡轩涛和纪清接到四师师部命令，前往师部所在地大王庄参加干部轮训学习。

在师部培训班，胡轩涛和纪清见到了也要在这里学习的韩世仲。晚饭后，三个人就凑到了一起，大家都很兴奋。二人发现韩世仲来这儿虽然时间不长，但变化非常大。

胡轩涛问："老弟呀，你来这里一两个月了，感觉咋样？我发现你的变化很大呀。"

"有啥变化？说说看，我看看你说得对不对。"

"哈哈"一阵大笑后，胡轩涛说道："首先呢，感觉你的气色好多了。在徐州最后一次见你时，你的嘴唇乌紫乌紫的，像刚喝过墨水一样。现在脸色变白了，嘴唇也有血色了。其次呢，精气神有了明显变化，又年轻了十岁，是不是我们师长给你开小灶了？还有我感觉你的眼睛里有神了，性格也开朗多了，说话带着过去没有的自信。我说得对不对？"

韩世仲忍不住笑了起来，用手指着胡轩涛对纪清说："这家伙，不但眼睛好使，脑子还转得挺快。"接下来韩世仲的表情严肃起来，"彭师长和邓政委对我戒大烟，那是很用心啊，他们不知从哪里找来的土方子，熬了我十几天不让我出门。每天四顿汤药，开始时我还偷偷摸摸弄两口。后来邓政委就派了两个壮实的小伙子和我睡一屋。整整一个月啊，那罪真不是人受的，现在完全没问题了。后来，彭师长把我派到兴化、高邮前线去锻炼学习，我还见到一师粟裕师长。二十多天的时间里，感触良多啊。我在军队里干的时间长了，非常清楚两党部队的差别有多大，这差别我就不好意思在这儿说了。"

"听到韩司令这番言论，就知道你在我们队伍里看到了不少真实的情况，也学到了不少东西，对我们共产党的政策以及共产党领导下的军队有了全新的认识。这次学习，彭师长和邓政委将会亲自给我们授课，我们还是要认真学习啊。"纪清有感而发。

"纪政委，今后你就别再叫我韩司令啦，我的水平你还不知道吗？人家彭雪枫师长领导那么多人才是师长，我算啥球司令啊！"韩世仲绷着脸对纪清说。

"好好好！"纪清连忙答应。

三人谈笑风生，兴奋不已。

在干部轮训班上，彭雪枫、邓子恢先后为学员讲解了党的政策、抗日新形势及敌后经济文化建设等方面的内容。在学习期间，彭雪枫和邓子恢找到胡轩涛，语重心长地说："总队长，你也要考虑你自己的组织问题了，不能整日光想着和日伪军战斗，这只是一方面，你自己也要从思想上提高认识。当然，你的实际情况我也听说了，做得很好，我们也很赞赏。但你要想到，加入党组织将会更快地提高自己的政治与思想水平，能在党的领导下，发挥出自己最大的能量。我认为你的工作表现，已经符合一个党员的要求，希望你尽快向组织提出申请。"

"你是不是因为自己过去在国民党军队里待过，思想上有顾虑啊？不要有这种想法嘛，古人尚有'英雄各有见，何必问出处'的胸襟，我们共产党人自然更不会这样！"

彭雪枫和邓子恢的话，听得胡轩涛热血沸腾。

其实，胡轩涛心里一直埋藏着加入组织的心愿，但每当提笔撰写入党申请书时，都顾虑重重——自己既在国民党部队里干过，又在济南市府做过副局长，对于这样的出身和经历，他的内心深处多少有些顾忌。

"两位首长，是我想多了！我今天就提交入党志愿书。"

"中！中！"彭雪枫连连点头。

临别时，彭雪枫交给胡轩涛一项任务："韩世仲不是也来师部学习吗？我批你们两天假，你陪他去拜访一下李明扬，人家对我们四师和二师的支持很大，他配合二师和日军打了几个漂亮仗，还送给我们四师不少药品和器械。咱也没啥送给人家的，我就把首长赠送给我的一幅字送给他吧，但要记住，就说这是首长自己要送给他的。"

胡轩涛欣然领命，问彭雪枫："彭师长，到李明扬那里的路顺畅吗？"

彭雪枫说："放心吧，不会再像上次那样了，大家都稳住了自己控制的区域，二师在李明扬那里有代表处。"

第二天，胡轩涛、韩世仲一行十人，骑马奔向李明扬驻地。

二人报上名字，卫兵进去通报后，李明扬甚为高兴，亲自到公署门口迎接。三人彼此寒暄着走进大厅，茶水已备好，胡轩涛和韩世仲分坐在李明扬两边。李明扬看着二人，笑得合不拢嘴："轩涛、世仲，见到你们两个我特别高兴，特别是你们两个能一道儿来，这可是我的愿望啊！"

胡轩涛瞅了一眼韩世仲，对李明扬说："李司令，我和世仲也是不打不相识啊，现在世仲和我都在彭师长那里学习，今天我们俩来您这里，就是我们彭师长的意思。彭师长还特意让我把首长送给您的一幅字带来了。"

"好好好。"李明扬呵呵笑着。韩世仲隔着李明扬指了指胡轩涛，调侃说："喏，坐你旁边这位是新四军的恶鬼，你瞧瞧他过去那做派，对我可狠着呢，一点都不留情面。"

"唉！唉！"李明扬把韩世仲的手扒拉回去，板脸说道，"世仲啊，不是我说你，论军事，你们俩旗鼓相当；论胸怀，你还真得向人家轩涛学习学习。我毫不夸张地说，就是人脱了鞋，光脚你也得追三天三夜，还不一定能追上。"

韩世仲在李明扬面前不敢造次，只能赔着笑脸"嘿嘿"笑了两声，谦卑地点了点头。

李明扬呷了一口茶，接着对二人说："北边的情况我也了解一些，你们之间的矛盾我想也早就解决了。我还得说世仲几句，我在徐州时，当时你做事确实不错。不知咋回事，后来你就有点不着调了。哪能任由自己手下胡作非为呢？自己天天啥事不问，到最后那是一定要出问题的。轩涛他们这样做，至少可以挽救你那里一些愿意抗日的人吧？这一点你咋还不明白？你还给人家上课，冲人家大喊大叫的，你有什么资格？"

"咦，您咋知道得这么清楚呢？"韩世仲忍不住问道。

"我咋知道？憨货！"李明扬说的话虽然是批评，但对韩世仲的关心还是存在骨子里的。这一点，韩世仲自然是清楚的，便诚恳地点了点头："您批评得对，我虚心接受。"

胡轩涛代韩世仲解起了围："李司令，世仲人确实不错，我和他之间本来就没有大的原则上的分歧，世仲性格上有点随性，心直口快，现在我们关系不是很好吗？他和我在一个班学习，经常在一起聊聊天，还别说，这几天俺俩处得就像亲兄弟一样，您就放心吧。"

"那就好，那就好。"李明扬请二人喝茶。

当晚，李明扬摆上一桌好酒好菜，热情地招待了二人。

第二天，胡轩涛、韩世仲二人回到大王庄时，得知师长彭雪枫接到中央命令，已经率领主力部队离开驻地，挺进中原了。

胡轩涛和纪清回到支队，时间已经进入九月。

天气渐渐转凉。这年的秋天，天公不作美，一连十几天阴雨连绵，枝头上的黄叶在雨中簌簌落下，大小河沟都被灌得满满的，乡间小路更是泥泞不堪，庄稼地里的苞谷、红薯、大豆都浸在水里。看着一年里最期盼的秋熟作物即将颗粒无收，庄户人家蹲在地头，长吁短叹。

因长时间雨水的侵蚀，再加上前期疯狂开采，安全措施又不到位，贾汪矿井下多处发生透水，两处发生大面积坍塌，一百多名矿工被困井下，生死未卜。春上到此驻防的日军上尉村野纠夫，言行粗暴，在矿工集体罢工的情况下，依然采用武力实施镇压，打死了七名带头罢工者。这时的矿区如同即将喷发的火山，局势完全失控。村野逼迫从徐州江崮山派到贾汪的伪军营长张志雄出面镇压，企图转嫁矛盾。

在这次透水被掩埋的矿工中，有三人还是矿警副队长的亲戚。工人在罢工，村野纠夫试图让矿警队的人持枪威逼工人复工。矿警中，绝大部分中国人良心尚存，开始撂挑子甩手不干。矿区工人闹事的消息迅速传遍了贾汪周边的村庄和集镇，矿工家属聚集在矿区办公大楼四周，把大楼围得水泄不通。村野纠夫坚持不与矿工谈判，就死扛着命令张志雄出面平息事端。

事态在恶化，徐州的西尾少将，开始加派部队赶往贾汪，三浦大队也做好了最极端的准备。

第三军分区司令赵林山得知此事，迅速向师部反映，师部答复——利用这次矿难，加大对敌斗争力度。胡轩涛接到赵司令的命令后，趁混乱化装进入了贾汪。

日军调来工兵和重型机械，准备清理矿洞，但遭到了矿工阻拦。矿区外站满了荷枪实弹的士兵，矿区内是一千多名矿工，双方就这样僵持着，互不相让。日方急不可耐，矿警队长命令副队长金四强前去和矿工交涉。金四强本就对此事不满，便与队长大吵起来，矿警队长随即向村野打了报告。

夹在激烈冲突的矿工与日方之间的村野，不愿意让事态继续扩大，就派张志雄去找金四强。

张志雄劝金四强说："金队长，你是负责矿区内治安和安全的，你和矿工们的关系处得还不错，说话有分量，这事就这么拖着也不是事，你出面说和说和，这老不开工，工人们也拿不到工钱呀，日子不就越来越难吗？"

金四强反问道："是村野让你来说的吧？"

"不管是不是村野，咱得面对现实吧。"

"这次透水填进去那么多人，当时是可以去营救的，他村野去了吗？上半年瓦斯爆炸，死了几个人，村野咋处理的？就给死者家里多发了一个月的工钱，这说得过去吗？张营长，日本人拿咱不当人啊！行，不当人就不当人吧，咱干活拿钱是天经地义的吧？你可能不知道，这大半年下来了，矿工才拿了四个月的钱，吃食上还克扣。这次一百人哪，张营长，日本人就不应该拿出一笔钱去安抚安抚矿工家属吗？别人先不说，俺姑的三个孩子都在里面埋着呢！换作是你的亲戚，张营长，你说你该咋弄？"

张志雄知道金四强说的情况，也知道自己难以说动对方，叹口气走了。

村野听说之后，亲自找到金四强，质问道："你作为矿警副队长，应该知道自己的职责，怎么还和矿工一起闹事？"

"我没有闹事，矿工堵坑道，又不是我指使的。矿上和矿工谈判，达成一个合理的意见不就行了吗？"

村野拿出一摞子日币放在金四强面前，脸上挤出一丝笑意："金队长，听说里面有你的三个亲戚，这是我私下补偿他们的，请你不要声张出去。"

金四强拿起日币，对村野说："我可以私下里劝我亲戚回去，但要劝其他人，估计有难度，村野队长，我会尽最大努力的。"

村野行了一个日式礼："那就拜托金队长啦。"

金四强回去后，找了几个有点威望的矿工做思想工作，但矿工们均表示自己无力左右他人，目前只有一种选择——工钱补发，满足伤亡补助要求。

这不是一笔小钱，金四强见工作难以做通，就把矿工的要求一五一十地反馈给了村野。村野一听，恶狠狠地骂开了，这帮煤黑子，给脸不要脸，真是不识抬举。第二天他就带着十几个日本宪兵，来到矿警队，矿警队大门前仍围满了黑压压的矿工。村野命令矿警队队长，把几个领头的矿工抓起来，日本矿警队长不敢自己上，就命令副队长金四强去。金四强一听火了："他奶奶的，你们自己去抓就行了，为啥逼着我去？谁想去谁去！"

村野怒火中烧，指着金四强呵斥道："你的，去，你们都是中国人，你去！"

金四强解释："该做的我都做了，你还让我咋样？我的嘴皮子都快磨破了，说不动啊。"

村野不说话，掏出手枪对准了金四强："你的死啦死啦的，给我去！"金四强看到村野拔枪，知道小鬼子的本性露出来了，心想此时就是再去和矿工交涉，也无济于事。早就憋了一肚子火的金四强二话没说，也掏出手枪，对准了村野。

局面一下子僵在了那里，矿警队长一看，吓得赶紧上前劝开二人。金四强和村野互相瞅着对方，好一阵子，才各自慢慢收枪入套。金四强刚把枪收回枪套，没想到村野突然又举起枪对他开了火。金四强一下子惊呆了，赶紧躲在矿警队长身后，拔出手枪进行还击，大喊道："弟兄们，日本人下毒手啦，和他们拼了！"

日本宪兵和中国矿警在狭小的院子里打了起来，早有预谋的日本宪兵占据有利位置，很快就把院子里的金四强等六七个矿警乱枪打死。村野被击中大腿，被抬着出了院子。矿工们见此，大都感到后怕，暂时退出矿警队大门，商议下一步的行动。

住在矿警队仅一墙之隔的张志雄，来到院内，看到地上横七竖八躺着几个矿警，另一侧是四具日军尸体，失魂落魄，心里面顿时变得极度灰暗，兔死狐悲之感油然而生。

日军把重型机械运到矿区，因矿工罢工无法进场。日军上层一次次催促三浦，要他不惜一切代价修复矿洞，恢复施工。村野还在疗伤，三浦就把自己的得力助手洋北派到矿区协调冲突。洋北三十多岁，精明强干，他知道蛮干不但不能正常施工，一旦日本军人强势插手，反而会吓跑一部分矿工，即便矿洞修复能正常作业，没有人干活还是白搭。

洋北找到张志雄，好言相劝并施以恩惠。张志雄没办法，只能硬着头皮去找领头的矿工交涉，但矿工一口咬定，前面的问题如果不给个说法，绝不复工！就这样，张志雄夹在中间，两头为难。

日本人等不及了，各种传闻陆续传到了张志雄的耳朵里——有的说他们抓了矿工威逼利诱，有的说他们计划外出抓劳工下井挖煤，更有人说，如果张志雄的这个营再起不到作用，就让他们顶替矿工进洞挖煤。张志雄如热锅上的蚂蚁，急得团团转，一连几天叫上自己的亲信，下酒馆借酒浇愁。

这时，胡轩涛通过自己在贾汪镇上的亲戚——总队秘密联络员梁湘，找到了张志雄。近两天，日方变得愈发焦躁，而矿工们的态度依然十分强硬。矿工里面已经被总队安插了不少人，这一点，张志雄是清楚的。正在为难之时，张志雄见有人邀约，就权当喝酒消遣一把，爽快地答应了。

距离矿区很远的一家回民饭馆内，张志雄和胡轩涛见了面。

梁湘向张志雄介绍胡轩涛，说："张营长，这是我老表胡镇汪，长年在外做生意。"

"做啥生意呢？"

胡轩涛接过话茬，微笑着自我介绍："开始时做一些稀罕货，后来做一些粮食，再后来看烟土来钱，也做了两年烟土。现在呢，这世道太乱，感觉带响的家伙销路比较好，就打起了这方面的主意。"

"啥？你说啥？"张志雄是河南人，口音重，"我的乖乖，您真会做买卖，啥挣钱您干啥，狠！"随后，他又试探着问："那您给我弄几挺歪把子，中不中？"

胡轩涛一阵大笑："张营长，你太抬举我了，枪支弹药我是做一点，但我是想从你这里弄点东西往外倒，哪是把外面的东西往你这里撂啊？"

张志雄一听，气不打一处来，对梁湘责骂道："去球！你介绍的是哪门子人哪？到我这里找生意来啦？啥球货，还真会找人。"说完，起身就要走。身后传来胡轩涛不紧不慢的一句话："张营长，也不问问，我想把枪卖给谁吗？"

这句话立刻在张志雄心里掀起一阵波澜，他不由得停下脚步，重新坐了下来，伸长脖子问："哟呵，这个我倒是很感兴趣，那您说说，这枪能去哪儿？"

胡轩涛伸出三个手指头，在张志雄面前晃了几下："三个买主，政府军、八路军、新四军。"

"您到底是弄啥哩？"张志雄一脸吃惊，手扶着枪把，眼睛直勾勾盯着胡轩涛。

胡轩涛没有正面回答张志雄的问话，只是淡淡地说道："金队长被日本人打死了，他手下也死了好几个，我想出高价买他们手里的枪。"

"啥意思，为啥只买这几条枪？"张志雄更加疑惑了。

"因为这几条枪是打小日本的，所以很值钱。"

张志雄看看周边，发现靠近门口的几张桌子有几个食客在闷头吃饭。他压低嗓门，用手比画一个"八"字："你是干这个的吧？"

"不，我是打鬼子的。不瞒你说，我家里几个亲戚都让鬼子给害死了，我咽不下这口气，并且这次矿难里也有我几个族亲兄弟。"

张志雄一下子沉默下来，过了一会儿，才皱着眉头说："你说的那几条枪，我是真没有那个鳖本事弄出来，你有点为难我了。"

"不，你误解我的意思了。我不是要枪，我要的是你的态度。"胡轩涛一脸严肃。

张志雄一脸惊讶，满脸不解地看了看旁边的梁湘。梁湘挥挥手，打起了圆场："来来，先吃点菜，整两杯，这事咱慢慢说。"

张志雄有点不耐烦，说："唉，这矿里的事……"胡轩涛截住他的话："张营长，我知道，这事你解决不了，也没法解决，如果日本人不答应矿工的要求，这矿就没法动！死了那么多人，一点儿说法都没有，矿工是不可能答应的。金队长咋死的？大家都清楚吧，所以，张营长，你就难了！日本人自己不想惹这个事，他们喊你来干吗？你要是弄一麻袋钱，也可以安抚那些死者家属，但这一点你根本就做不到，那你咋应付这个场面？"

胡轩涛所说的问题，张志雄早已来来回回琢磨了很长时间，明知道此时日本人将自己推到风口浪尖的险恶用心。张志雄从对方言谈举止中感觉到，面前这个人肯定不是一般人，便忍不住问道："这位兄弟，你，你到底来自哪里？莫非你……你就是胡……"

胡轩涛笑了，摇摇头："张营长，有些事，大家心里清楚就可以了，说出口就多余了。另外，我提醒你，日本特务井上已经盯上了你，他在贾汪到处都是耳目。"

张志雄又是一脸惊讶，说："井上这个人我听说过，但人没见过。"

胡轩涛不疾不徐地叮嘱道："后面多注意点，你要相信一点，小日本是不可能相信咱中国人的。"

说话间，饭馆的伙计带着在外化装侦察的于顶迅速跑了过来。于顶低声对胡轩涛说："老板，鬼子巡逻兵过来了。"

张志雄惊得"哗啦"一声从座位上站起，胡轩涛没有一丝慌乱，摆手让张志雄从后门离开。

胡轩涛迅速和伙计调换了衣服，伙计和两名侦察员围坐在桌旁，而胡轩涛则收拾吃剩的空盘空碗，用托盘举着，离开了包间。

与胡轩涛失之交臂的日本巡逻兵，举着胡轩涛的画像，在包间内逐一对比了若无其事地喝酒吃饭的梁湘几个人后，骂骂咧咧退了出去。

"店伙计"胡轩涛端着一盆刚烧好的地锅鸡，再次走进了包间："这帮憨熊，一直在抓我，我今天亲自送上门来，他们竟然撒手不捆，你说这都是啥事呀？来，快趁热吃硬菜！"

胡轩涛的话，说得于顶、梁湘几个人禁不住哈哈笑出声来。

张志雄第二天被洋北叫去了，村野拄着拐杖也在场。

洋北微笑着问张志雄："张营长，和矿工谈得怎么样了？"

一脸愁容的张志雄硬着头皮如实回答："没啥进展，还是原来的样子。咱是不是再考虑考虑矿工的要求，老这样耽误下去，损失很大呀。"

洋北说："如果我们补偿过了，这些人仍然不开工，这个得怎么处理？"

对洋北的问题，张志雄不清楚日本人下一步的打算，不敢贸然回答，就应付道："只要我们争取，应该可以开工，必要时我再去和这些煤黑子交涉交涉。再不行，咱就来硬的。"

洋北不说话，村野就朝外面叫了一声："进来！"从门外进来一个保安小队长。这个人，张志雄认识，天天像牛皮糖一样粘在村野身边。

村野朝小队长示意，小队长走到张志雄身边，问："张营长，你昨晚在城北回民小饭馆是不是和一个人见了面？据我的人反映，对方不是新四军就是八路军的人，或者是政府军的人。"

张志雄一听，心里暗暗吃惊，但表面上仍然波澜不惊，淡笑一声，反问："老子到哪儿吃饭还需要向你汇报？你他妈的算什么东西！"

小队长并不生气，慢慢地说："据我们的人回来讲，你见的有七八个人，你离开后，他们也相继离开了。只要你说实话，我们村野队长是不会为难你的。"

张志雄冷笑一声："你个兔崽子，我天天在外面吃饭，见的人多了，如果你拿不出证据，看老子不崩了你。"

小队长赶紧退到一边，这时，村野开口说话了："张营长，洋北队长给你交代的任务，你一点进展都没有，还有心情天天喝闲酒？这矿一天不动，你知道我们的损失有多大吗？"

张志雄也不理他，看着洋北说："洋北队长，我是大大地冤啊，我喝了什么球闲酒？我这是吃狗肉喝白酒——里外发烧啊。这几天里里外外、上上下下，我是时时刻刻被架在火上烤啊。"

洋北朝村野点点头，对张志雄说："张营长，这几天你就在我这里休息休息，大家一起商讨事情也方便些。"

"洋北队长，我那里还有不少事。"张志雄辩解道。

"就这么说定了！"洋北不容商量的语气，让张志雄心里凉了半截，看着洋北离开房门，心里顿悟，自己被软禁了。

保安队和日军开始在贾汪镇进行大肆搜捕，一无所获后，洋北和村野开始商议应对矿工的对策。因胡轩涛派去的人在矿工中做工作，矿工坚决不复工，到最后，洋北和村野也没有想出什么好办法，只得拿出一大笔钱分发给矿工，并答应恢复生产后，到年底一并把工钱清清。张志雄被软禁四天后，因缺乏与外人"勾结"的铁证，也被放了出来。此时，他心里反而惦记着是否能再见到胡轩涛，装在心里的苦水想往外倒倒。

张志雄恢复自由的第二天中午，一张纸条从他的门缝中塞进，上面就八个字——傍晚马山北树林见。张志雄看到纸条，心下释然，他知道这是谁在找他。呼呼大睡了一下午，在太阳快落山时，着便装从营地北边鹿寨走出，转了两圈后才朝东径直走去。走完四五里路程，他赶到小树林附近，远远看见梁湘在等他。二人进了树林，一眼就看见十几个年轻人围在胡轩涛身边。等二人靠近，梁湘重新介绍胡轩涛："张营长，这位不是胡镇汪，真名叫胡轩涛。镇汪是我临时起的，就是要镇住贾汪的意思，他是我们新四军总队的队长。"

张志雄并没有感到惊讶，只是淡淡地说道："我知道，这也是我自己早已预料到的，那天见面离开后，我在回去的路上就想到是胡总队长了，幸会啊！"

两人握了手后，在几块石头上坐定，胡轩涛笑着说："张营长是英雄豪杰啊，一般人是不敢出来的。你放心，平时跟踪你的两个人已被我们除掉了，回去时你不走原路就行。”

"不知总队长找我有什么事？"张志雄问道。

胡轩涛这次没有拐弯抹角，直截了当地说："你我今天就谈一件事，我先表明我的态度，希望你能加入我们总队，大家一起来打日本鬼子。为啥我说得这么直接？张营长你应该清楚，现在全国甚至全世界的反法西斯局势已经明朗，日军的形势急转直下，现在到了全国各类抗日武装需要做出重大抉择的时候了。就比如说你们营，别看现在还属于你管，但这个时间不会太长。你们营已经住进去了日本宪兵，是在加强对你们的控制。下一步一定还要试探你，如果你再没有动作，结果你应该能想到的。"

"是的，总队长说得对，我回到营里后就察觉不对头，心里也在嘀咕这件事，但我现在就更难了，主要担心今后该往哪走的问题。"张志雄回答得也很爽快。

胡轩涛说："主动权还在你手里，需要你来把握。你看这样行不行，我们在外围佯装进攻，造成贾汪的紧张形势，到时你趁机带着你的队伍出来，我们就可以会合到一起，中间的细节你我双方都要想好。假如村野能出来最好，老账新账咱跟他一起算，我们会合的地点还是在这里。"

此时的张志雄已无路可走，稍作思考，就铁了心地回复说："中！"

时间又过了两天，柳泉北西堡的铁路被炸成了麻花，游击队攻击了一队前来巡查的日军巡逻队；江庄南的一个伪军据点，遭到了总队二连的攻击，撤回了贾汪。敌人的行动队得知胡轩涛总队的一个连在双顶山南侧准备向贾汪进发。洋北命令张志雄全营出击，消灭这支队伍，村野坐着摩托车在后面压阵。

敌人进入伏击圈后，没想到这次总队动用了五个连的兵力，硬生生把敌人前后截成三段。前两段伪军，像赶鸭子一样被往前赶，与村野的距离越拉越远。村野立刻就明白自己进了总队设好的圈套，急忙命令不到一百人的队伍南撤，但为时已晚。三个连的战士们岂肯放过这次绝佳机会，把村野及所属日军团团包围在一块洼地内，四周的火力全部朝村野部倾泻下来。村野左突右冲未获成功，抵抗的枪声渐渐停了下来。

胡轩涛带人进入洼地，搜查战场。这时，躲藏在一土堆后面的村野突然露出半个头来，举枪向胡轩涛射击。胡轩涛没有发觉危险将至，但他身边的于顶看见了十米开外露出的枪口，奋然向胡轩涛扑去。

"砰"的一声枪响，子弹击中了于顶的胸口。眼疾手快的张宏彪抬手一枪，击中了村野的肩部，村野手上的短枪飞出两米多远。

胡轩涛摇动着于顶："于顶，于顶，你醒醒，你醒醒啊……"无论胡轩涛怎样歇斯底里地呼唤，于顶再也没有醒来。

发狂的胡轩涛走到村野面前，一把将他从地上提起，用头狠狠撞击了村野的前额后，大声咆哮道："村野，你这个沾满鲜血的刽子手听好了，我就是胡轩涛，我要让你看清楚了再进地狱！"

村野被撞得两眼直冒金星，停顿片刻清醒后，缓缓说道："胡，没有亲手抓住你，是我在中国最大的失败！"

"就你这个王八蛋，还想抓到老子，这辈子不可能，下一辈子也不可能！"

"八嘎！"

胡轩涛松开手，村野四脚朝天摔倒在地。紧接着，胡轩涛从腰间拔出手枪，抬手就是"啪啪啪"三枪，三粒子弹，两粒击中村野胸部，一粒击中眉心，爆出了一个血窟窿……

张志雄的队伍在马山和胡轩涛汇聚到一起后，开始占据马山一线。

张志雄的投诚和村野的毙命，给了大队长三浦当头一棒。张山子和涧头集两个集镇在引龙河两岸，靠近运河，位置重要，三浦不得不加强这两镇的兵力。此时，运河北边的孙友中在国民党鲁南专员兼保安司令张余焕的命令下，蠢蠢欲动，要和胡轩涛抢地盘，趁着日军控制力量被大大削弱，先派人过运河占领了涧头集，把该地的伪军收归麾下，并以此为中心对峙山套根据地。

胡轩涛派人前往运北和孙友中交涉，没想到孙友中竟然把人扣下，并传出话来，根据第五战区司令长官李宗仁的命令，鲁南保安司令部所辖部队全面接管苏鲁边界徐州段的运河两岸。

总队领导闻讯后十分愤怒，胡轩涛写信给张余焕。张余焕阳奉阴违玩起了两面手段，表面上答应制止孙友中的行动，反而把信转给了孙友中。孙友中立刻回信：

> 总队诸位，尔等破坏团结抗日，违背蒋委员长统一抗日方针。你部先行破坏双方约定，攻击我韩世仲部在先，难辞其咎。当前你部如维持

现状，一意抗日，则可不咎既往，双方相安无事；倘若一意孤行，则我部必以牙还牙，对凶顽不化者严惩不贷。希望贵部看清形势，明理为上。

孙友中反咬一口，态度狂妄，胡轩涛认为无须再与其交涉，便上报给新四军第三军分区，赵司令命令，寻找战机，给予孙部一次教训性质的打击。

胡轩涛派人叫来孙冒生，开口就问："涧头集的伪军连长你认识，我想让你约一下这人。如果能约出来，谈的结果还不错的话，过去的事咱就一笔勾销。"

被关押将近三个月的孙冒生十分感激，答应道："总队长，原来一个姓周的连长我认识，关系一直不错。他能提升连长，还是因为我在秋山那里替他说了不少好话。"

"但现在情况有变，涧头集已经被孙友中部占领，估计姓周的连长日子也好过不了，我想争取他与我们里应外合，拿下涧头集。你此去切记相机而动，不可勉强，更不要冒险。"

"总队长希望我什么时候去？"

"越快越好。"

第二天，孙冒生在两名战士的陪同下，来到涧头集岗哨前。孙冒生交代两名战士说："里面的情况不清楚，你们在外面等着我，如果中午时我没有出来，你们就赶快回去报告总队长，让他再想其他办法。"

一身粗布夹衣的孙冒生到岗楼前和哨兵沟通。过了一会儿，孙冒生被一个士兵领了进去，没想到，人刚进院子，两个当兵的扑上去就将他捆了起来。

人被带到一间大房子，姓周的连长在，旁边还有一个国民党军官。孙冒生走上前，朝周连长叫道："老周，你咋还把我捆起来了呢？"

周连长一脸怒气，盯着孙冒生说："你是从运河支队那里来的，不捆你捆谁？"

孙冒生笑着说："两军交战，不斩来使，你懂不懂这个道理？再说，人在曹营心在汉，你没听过？我人是从运河支队那里来的，我承认，但心不一定属于运河支队呀。"

周连长看了一眼旁边的军官，见军官点了头，这才赔起笑脸，上前给孙冒生松绑，一边松绑一边说："老哥啊，多有冒犯，现在情况复杂，真假难辨，我也没办法。"

孙冒生反而有点不乐意了："你也太小心眼了，我一个人来，身上啥都没有，你就算不抓我，我还能干啥事？还能在你这地盘上翻天？"

周连长向孙冒生介绍国民党军官："老哥，这位是苏鲁挺进军的马敬明马营长，是孙司令的铁哥们，这次来坐镇涧头集，主要是防范运河支队的。"

"听周连长说，你们是老朋友了，估计来这里一定是有要事的，不知你是代表那个姓胡的，还是代表你自己呀？"马敬明皮笑肉不笑地说着话。

刚刚还露出笑脸的孙冒生，"呼啦"一下变出一张哭丧脸，诉苦说："那个该死的胡轩涛，他妈的把老子关了三个月，现在用得着老子了，才把老子放出来，还说什么让我和周连长里应外合，一起拿下这里。到了你们这里，我才放心了，山里那边我是不打算回去了。他奶奶的，没吃没喝不说，我的命肯定也难保啊。上次我活埋了他手下一个叫黑蛋的人，为这事他根本不会放过我。到今天他为啥不杀我？就是想再利用我。所以，老子只要有一线机会，就得离开那是非之地。"

马敬明为孙冒生端来一杯水，孙冒生诚惶诚恐地伸双手接过来，感激涕零。马敬明问孙冒生："孙连长这次来，给我们带来了什么好消息啊？"

孙冒生低声说道："如果你们信得过我，那我们就来一个反间计。他姓胡的不是惯于用计吗？咱就来一次将计就计，我们合计一个办法，以其人之道还治其人之身。"

周连长说："老哥，那你说说看。"

孙冒生就把胡轩涛交代的和自己所想的一股脑儿倒了出来。说完后，他得意地看着二人。没想到周连长说道："如果这个计划能实施的话，还得麻烦你再回去一趟，然后我们采取里应外合的办法，搞死那个姓胡的，你看咋样？"

"啥？让我回去？"孙冒生大吃一惊，"那我回去还能活吗？"

周连长说："你回去不就算任务完成了吗？到时你给那个姓胡的一说我们这边咋配合、啥时间行动、以什么暗号不就行了吗？"

"噢？"孙冒生立刻变脸，指着周连长的鼻子说，"姓周的，说到底你还是不信任我啊！既然这样，去球，就当我啥话也没说。该杀该剐随你们的便，反正老子这条命今天就撂在这里了。"

气氛一下子尴尬起来，马敬明一看，故作生气地对周连长说："周连长，这就是你的不对了，你这不是明显把人家架到火上烤吗？人家不回去，姓胡的不相信他；回去，人家心里会嘀咕我们不相信他。既然人家有心留到咱这里，就是信任咱，至少咱还能弄清楚胡轩涛下一步的打算。就算咱不相信他说的，只要固守住涧头集，也没啥损失啊，对不对？所以呀，信任很重要。"

马敬明一番精妙的推理，把两个大老粗说得服服帖帖。最后，周连长点头同意让孙冒生留下。孙冒生感激地朝马敬明鞠了好几个躬。

孙冒生没有回来，胡轩涛决定继续执行上级命令，攻打涧头集。

而涧头集这边，周连长请求马敬明向孙友中申请增加兵力。马敬明倒是十分爽快，拍着胸脯保证："不用担心，他姓胡的派不出多少人来。有黄得意营长在他阵前顶着，人马只要一出来，黄得意就会从正面攻打他的阚山大队。这个你放心，我和老黄联系一下，只要运河支队来对付我们，我就通知他拖住姓胡的后腿。现在运河支队也不过两千来号人，散布那么广的地方，哪有多少熊人到我们这里啊？黄营长那里有五六百人，咱这里有个四五百，到时两边一起挤对他，那姓胡的顾得了头就顾不了腚，还不昏头啊？"马敬明说完，忍不住得意地大笑起来。

周连长心里的一块石头落了地，又问马敬明："那孙冒生这里咋弄？他能起啥狗屁作用？"

马敬明贴近周连长耳边说："这种人你还不清楚吗，到哪个山头就唱哪个山头的调，如果咱哥俩被那个姓胡的逮到，他肯定直接就把咱哥俩卖了！到最后掉脑袋的是咱，领赏的还是他，这种人，靠不住！"

周连长牙一咬，恶狠狠地说："只要他有这个苗头，老子先一枪崩了他。"

二人相视一笑，最后周连长说："晚上弄点，把姓孙的也叫上，到时候咱哥俩配合好，日叨日叨（讽刺）他。"

晚上，七个人坐在一起，除了马敬明和周连长，还有一个副营长，外加两个连长。马敬明还特意安排孙冒生坐在自己身边。

几杯酒下肚，话开始多了起来。周连长建议大家举杯敬马敬明，一副慷慨激昂的样子："今天马营长做东，目的很明确，就是希望咱哥几个今后团结一心。我提议，咱弟兄们拧成一股绳，把咱这个地盘看好，到最后谁也不求。"

众人举杯，纷纷献上溜须拍马之词。

敬完马敬明，周连长又为众人倒上酒，提议道："冒生连长从运河支队到了咱这里，是对咱们的信任，还带来运河支队即将攻打咱这里的重要情报。今天马营长也想借这个机会，一来表达对孙连长的谢意；另外还有，如果咱弟兄们这次能把运河支队打得落花流水，那孙连长就是咱哥几个的恩人，孙连长日后高升，咱还得仰仗孙连长多多提携。"

众人又是一圈酒下肚。

马敬明放下酒杯，接过话茬："孙连长和运河支队有着深仇大恨，前天我见他的第一面，心里就有感觉。不是我驳几位的面子，论胆识谋略，咱都在孙连长之下。他能把胡轩涛玩得团团转，这可不是一般人能做到的。哥几个，我说得对不对？认同我这话，兄弟们就干了这一杯。"

众人不敢拂马敬明的面子，举杯向孙冒生敬酒。孙冒生肚子里有酒烧着，脸面上有人捧着，心情舒畅，通体的每一个毛孔都熨帖得很，不禁感慨道："谢谢马营长！谢谢各位兄弟！我孙冒生在落魄之际还能受兄弟们抬爱，真是受宠若惊啊！其他的我不敢说，在做人做事方面，我绝不含糊。不像那个姓胡的，不讲情面，关了老子那么长时间，一次都不见我。噢，今天他用到我了，就拿老子当枪使。狗屁！老子心里清楚得很哩，他自认为很聪明，现在看来，狗屁一个！"

酒桌上的气氛，一次又一次被推向高潮。到了午夜时，众人都已东倒西歪才散了伙。

后半夜，涧头集附近突然响起密集的枪声，四处都是喊杀声。醉眼蒙眬的几个连长，连阵地都没赶到，手下人马就被总队及新四军第三军分区的队伍分割包围。一阵激烈的攻击后，驻扎在涧头集的营长连长们方才发现自己被堵在一个狭小的范围内。

对方开始喊话："你们已经被包围了，缴枪不杀！"

四周都是明晃晃的火把。火光下，几个连长目光齐刷刷地转向马敬明。马敬明没有半点惊慌，盯了几个连长好大一阵子，没好气地说："都看我干吗？不投降，就是死路一条！"

周连长喊道："马营长，你不是说姓胡的那边没这么多人吗？"

马敬明说："啥也别说了，又中了姓胡的奸计了。"

孙冒生惊恐万分，问马敬明："那，那我咋弄？"

马敬明说："识时务者为俊杰，还是投降吧！你从那边来的，这点眼头子（眼力见）你能没有嘛。"

天亮后，胡轩涛和童占山到了涧头集。

来到驻军大院，孙冒生第一个跑上前去，朝胡轩涛郑重地敬了个军礼："总队长，孙冒生向你报告，现在请求归队，我留在这里四天时间，终于等到这一天了，现在这涧头集终于到了我们手里啦，这也是因为总队长你的英明领导才取得的啊。"

胡轩涛朝他示意一下，就走到站成一排被俘的营长、连长面前，淡淡地看了每一个人，最后把目光投向马敬明，退后一步。童占山上前，朝马敬明敬了个军礼："马敬明同志，欢迎你回到总队！"

马敬明回敬军礼，上前和童占山握了握手，又转向胡轩涛再次敬礼："总队长，我回来了。"

胡轩涛拍着他的肩膀说："在外面几年时间，受了不少委屈吧？"

"没有，总队长，我收获还是蛮大的，至少我们张司令还是很信任我的，让我当了两年营长呢，到时我会把张司令发的薪水作为党费一并交到组织手里。"

站在附近的孙冒生傻眼了，怔怔地立在原地，脑袋开始"嗡嗡"作响，许久都没有回过神来，刚放下的一颗心又悬了起来。

胡轩涛站在被俘人员的前面，大声说道："你们都是孙友中的部队，你们抢占这里的目的，每个人都清楚。按照去年年底徐州战区两党会谈要求，这里是我们新四军辖区，但国民党鲁南专员违背合作约定，大肆袭扰我方辖区，今天的结果是你们造成的，你们负有不可推卸的责任。对你们的去留问题，我们党有自己的原则，愿意留下的，我们欢迎；愿意走的，我们欢送并且发给遣散费。但我要提两点要求：一、如果有人再回到汉奸队伍，与日本人一起祸害父老乡亲，被我们抓到，一律严惩不贷；二、离开之前，要把武器留下，包括你们上面配备的所有物资。"

胡轩涛回头看了一眼孙冒生，厉声呵道："孙冒生，给你指一条阳关道做人，你偏要走独木桥当鬼！现在，你还有什么话要说吗？"

孙冒生摇了摇头，耷拉下了脑袋。

童占山走到孙冒生面前，拿出一张纸，大声宣读道："根据黄邱套抗日革命委员会决定，对叛徒汉奸孙冒生执行枪决。"

孙冒生天旋地转，瘫坐在地。

站在孙冒生后面的两名战士上前，把孙冒生捆得结结实实，架到院外，在南边的一条河沟里执行了枪决。

马敬明原来是童占山的部下。

1940年邳县独立团改为邳县总队时，童占山任政治处主任，马敬明当时是政治处干事，但那时的他已经是中共秘密党员。在一次战斗中，马敬明负伤，在附近的老乡家养伤。后来，张余焕在鲁南组织部队，马敬明当时找不到组织，就暂时加入了国民党军队。由于马敬明做事干练，能写一手好字，深得张余焕赏识。1942年3月，童占山任运河支队副政委时，马敬明得知消息，悄悄与他取得了联系。为统战需要，党组织要求马敬明继续留在张余焕那里。这次涧头集战斗，张余焕知道总队不会罢休，就派马敬明到孙友中这里。原因是，孙友中的队伍如同一盘散沙，张余焕特地选派"心腹"马敬明前来监督队伍并整顿军纪，防止胡轩涛偷袭。

48

村野死后，负责利国一带安全的松北队长被调回贾汪，这是三浦下的紧急命令。

此时，驻贾汪的伪军团长方正宜心里面起了波澜，他知道局势走向对日军越来越不利，开始为自己的后路做准备。

井上察觉到了方正宜思想上的变化，就向三浦做了反映。方正宜的驻防范围在贾汪北至大李庄一带，向东防范胡轩涛人马的袭扰，如遇突发情况，进可以支援张山子及韩庄一线，退则可进入微山湖一带。

三浦来到了方正宜的驻地。

三浦不会说中国话，带着曹翻译一道前来。

方正宜和三浦的级别差不多，但贾汪的防务主要由三浦负责，所以他对三浦毕恭毕敬。为三浦让座后，方正宜问："三浦大队长，今天来有何吩咐？"

三浦整了整军容，说："今天来主要想和方团长讨论一下防务问题。现在八路铁道游击队加大了对铁道沿线的破坏，新四军胡轩涛的总队在东边和南边对贾汪的袭扰也大大增多，西尾将军对我们这里的工作颇为不满，宫泽少佐为此承担了责任，被调到枣庄、滕县一带。现在已经是冬天，各地对煤的需求在增加，所以，贾汪矿区的安全很重要。你的队伍过于集中，根据目前的情况，需要扩大防守范围。"

"三浦大队长的意思是？"

"你的人需要分成两部分，一部分到柳泉，负责矿区至津浦路一线的安全；另一部分到黄营长那里去，加强对胡轩涛总队的沿线防范。你的团部可以继续在这里负责统一协调，也可以搬到我那里，我们离得近一点，遇到突发情况可以及时沟通，你看如何？"

方正宜心里敲起了鼓，三浦这小子定是听到了什么风声，打算拆解自己的部队。虽然心里这样想，但方正宜面部表情依然平静："三浦大队长，我这个团说起来是一个团，加起来不过七八百号人，这样一分，我担心遇到八路突然袭击，这里难以应付得了，要不你再考虑考虑？"

"方团长多虑了，松北队长已调回贾汪，他随时可以对你这里进行支援，这个调防也是西尾将军的意见，希望方团长不要推辞。"三浦解释道。

"既然这样，我没什么可说的，服从就是了。"

"方团长心里可不要有什么想法啊，我们都是为了一个目的，同在一个战壕里，希望能精诚团结。如果方团长这里有什么困难，我解决不了，你可以直接向西尾将军那里汇报，拜托你了。"

"什么时候调防？我下面三个营如何安排？"

"一营到柳泉，二营到黄营长那里，留下三营和警卫连在团部，如何？"

一营是方正宜起家的老班底，这么调动，三浦的意图昭然若揭。方正宜心中虽然不快，但言语上并没有反驳，木着脸点了两下头表示赞同。三浦离开时，再次交代方正宜："希望方团长尽快做出调整，因为我还要根据你这里的调防情况做一些相应的变动，毕竟我们是一个整体，这事就拜托方团长了。"

看着三浦离去的背影，方正宜心里五味杂陈，忍不住朝地上啐了一口："他妈的，开始动老子的脑筋啦。"

半个月后，驻扎柳泉的一营营长范大同和日军巡逻队发生冲突，打死了三个日军巡逻兵。事情的过程是这样的——一营驻扎在柳泉车站，要动用仓库军用物资，被日军哨兵强行阻拦。哨兵叫来附近的巡逻队，双方发生争执。范大同命令手下强行搬运生活物资，巡逻队开枪示警，就这样双方发生了交火，日方三人死于火拼。

三浦闻听此事，就派洋北队长赶往方正宜的团部。一进门，洋北就扯开嗓门大声斥责："方团长，你的手下竟然抢夺军用物资，还打死了三名皇军，谁给他的胆子？这么做，你是要负很大责任的。"

方正宜已经从电话里知道了这一消息，见洋北来了，据理力争："洋北队长，你们怎么调防我的人，我都没有意见，但他们也得吃饭吧！你把他们派过去，总不能让他们饿肚子啊。"

"方团长，你们的物资，已经按计划拨给你们了，怎么还这样抢夺东西？"洋北寸步不让。

方正宜的声音不由得高了起来："你们是拨给我们物资了，东西全都在我这里。你自己看看，够多少人用的。还有，一营调到柳泉，你们也该把物资调到那里吧，三浦大队长在和我商量调动队伍前，也给我说了，保证我们的物资和饷银的，怎么现在又变卦了？"

洋北怒不可遏地手指方正宜说："那你随我走，我们一起到三浦大队长那里，去问问到底是什么情况。"

方正宜也没有好脸色，心说诓我去你们那，老子才不去！就板脸回了句："要去你去，凭什么要我去，又不是我的过错。"

见两人争吵不已，脸上有道伤疤、为人狡黠的副团长关少侠上前劝解："方团长，你还是去吧。洋北队长也搞不清楚啥情况，再说咱也不可能把三浦大队长提溜到咱这里吧。你去问问到底是咋回事，再说范营长那里没有结果也不妥，千万别再出啥大问题了！"

方正宜想了一下，觉得也对，便对关少侠说："行，那我当面和三浦大队长说说情况，你在这里守好窝儿。"

"方团长，你放心去吧。"关少侠点点头，眼神里闪过一丝不易察觉的诡诈。

方正宜刚走，井上就打来了电话。关少侠拿起电话，听到是井上的声音，就赶紧关上房门，问道："井上君，什么指示？"电话另一端的井上说："你赶紧打电话到柳泉，稳住范大同，等我们的人赶过去后再处理。"

原来，此前方正宜的动态，副手关少侠一直看在眼里，他暗地里向井上做了报告，方正宜还一直被蒙在鼓里。一到三浦那里，方正宜就被软禁了起来。没多久，人就惨死在洋北手中。

方正宜被软禁的第二天，关少侠就打了电话，力图稳住范大同，但电话一直没有人接。原来范大同发现苗头不对，竟带着十几个亲信偷偷跑掉了。井上派了不少特务，四处拦截，搜查了一天时间，也没能找到范大同的踪迹。

没过几天，关少侠就由副团长升为团长。

范大同带着十几个亲信，从柳泉绕过贾汪，经青山泉、唐庄、河泉、鹿楼、北许阳一线，足足跑了一百多里地，才到达总队队部。

看着一群形同乞丐的年轻人，胡轩涛先让他们吃顿饱饭，洗了个澡，之后才在队部接见他们。

范大同从与接待人员的交谈中，知道来人中有胡轩涛，便快步向前，"扑通"一声单膝跪在胡轩涛跟前，泪如雨下："八路长官，我们是一路躲着藏着才跑到这里的，求求你救救我的大哥吧，他现在被小日本逮起来了，凶多吉少啊。"

胡轩涛把范大同搀扶起来，平静地说道："你也不要太难过，告诉你一个不幸的消息，你们的方团长已经被鬼子杀害了。"

"你从哪里得到消息的？"范大同惊讶地询问。

胡轩涛说："我们也想争取方团长，之前和他有过联系，但方团长做事不够缜密。我们最近一次和他联系后，人就被抓走了。他身边一定有人给小鬼子通风报信，具体是谁，我们还不清楚。"

范大同咬着牙说："一定是那个疤子脸。"

"疤子脸是谁？"胡轩涛吃惊地问道。

"关少侠，是我们的副团长。那个王八蛋惯使阴招，我早就跟大哥说这个人没安好心。我大哥还救过他的命，就是因为他读的书不少，我大哥才这么信任他。为了这个人，我大哥还跟我闹得不愉快。长官，如果你和我大哥有交情，就请你看在我大哥的旧面上，给我们十几个弟兄一些枪，老子这就去毙了那个姓关的。"

胡轩涛摇摇头，心平气和地说："这样不行，太鲁莽，就凭你们十几条枪，去了也就回不来了。你们方团长是条汉子，要不然我们也不会想到去争取他的，但你说奸细就是那个姓关的，这个需要调查甄别后才能确定。如果真是他，那他就是我们共同的敌人。"

范大同等人交换了一下眼神后，恳切地说道："长官，那你就收留我们这些弟兄吧。"

"不是收留，是加入。我们非常欢迎所有愿意抗日的武装一同打鬼子，你们先到我们的连队，了解了解我们的队伍，然后再做决定，如何？"

"反正只要谁让我们打鬼子，我们就坚决跟他干！"

范大同等人在总队里经过十多天的生活，精神面貌焕然一新。一天中午，范大同跑到队部，看见胡轩涛等人在商议事情，就轻轻敲了敲门。胡轩涛回身一看，笑呵呵地问："找我有事？"

"总队长，我想找你聊聊。"范大同有点局促不安。

胡轩涛朝他招招手，说："进来吧！"

范大同说出了自己的想法：他们早期跟着方正宜的几十号人中，有两个当营长，还有四个是连长，都是方正宜的拜把弟兄。关少侠虽然当了团长，但他不一定能完全掌控这个团，并且一营是方正宜的看家底子，关少侠一定会对一营动手的。他认为眼下是去争取一营的最好时机，时间拖得过长，就怕一营内部生变。

胡轩涛思忖片刻，说："我们也正在商量这件事。据我们得到的情报，姓关的这个人很狡猾，没有急着动手，而是在收买人心，越是与方团长亲近的人，他越是特别示好。姓关的心里清楚，如果操之过急，人心不稳，难保队伍不发生哗变，所以，他不急着干这件事。"

"那我现在该干什么？"范大同焦急地问道。

胡轩涛安慰道："你先回去等消息，一旦条件成熟，立刻通知你，这件事离不开你，到时还希望你能出大力呢！"

"是！"范大同敬礼后离开了。

这时，通讯员进来递给胡轩涛一封电报——胡、郑速到三分区。

胡轩涛和新来的政委郑钧即刻带领几名战士朝第三军分区赶去。见到赵林平，人没说二话，就立刻备马，带着胡轩涛等人，朝四师师部方向赶去。一路上，大家都没有说话，赵林平只是说淮北军区党委命令大家立刻赶到师部。

傍晚时分，一行人到了师部。这时，大家才知道，师长彭雪枫已于9月11日在河南境内壮烈牺牲。消息犹如晴天霹雳，在众人头上炸开，大家先是目瞪口呆，随即放声痛哭。师部派人送来晚饭，没一个人动筷子。很快，师部派人来到他们的住处，宣布了整个事件发生的经过——彭雪枫根据中央要求，带领四师主力由大王庄师部出发，经灵璧、固镇、亳州、萧县、永城、夏邑一路向西，希望打开河南至鲁西一带抗日的崭新局面，一路收复了豫苏两省的八个县。但没想到顽军一路拦截，在河南夏邑八里庄围歼国民党顽军李光明部时，亲临前线指挥的彭雪枫不幸被流弹击中胸部，壮烈殉难。为了保证四师的战斗顺利进行，全师上下严守秘密，直到前几天才把他牺牲的消息公布于众。彭雪枫的遗体已由洪泽湖畔运抵四师师部大王庄，经淮北军区党委、四师党委、淮北苏皖边区行政公署党委研究，自明日起为彭雪枫师长公祭三天。

第二天一大早，在师部搭建的公祭台上，彭雪枫的遗像摆放在中央。台下人山人海，万人恸哭。九点钟，新任四师师长张爱萍代表四师公祭致辞：

> 同胞们，同志们，淮北根据地的军民们，我们的彭雪枫师长在河南对敌战斗中壮烈牺牲。彭师长于1926年加入中国共产党，自1930年开始先后担任中国工农红军团长、师长、纵队司令员、中央军委第一局局长、八路军总部参谋处处长、新四军第六支队司令员、新四军四师师长等职，转战大半个中国。
>
> 彭师长是我们新四军杰出的指挥员、军事家。他投身革命二十年，出生入死，南征北战，智勇双全，战功卓著。他短暂而光辉的一生，表现了一个共产党员为民族、为人民忠贞不渝的革命精神和崇高的思想品德；他作为师长，光明磊落，不畏艰苦，克己为人，廉洁奉公，爱护军队，爱护人民，为人民所爱戴；作为指挥员，他睿智机敏，英勇顽强，舍命在先，沉着指挥，为四师的发展，为四师的壮大，立下了不可磨灭的功勋。
>
> 彭师长虽然离我们远去了，但我们不忘彭师长对我们的教导，要继承彭师长的遗志，把彭师长未完成的抗日事业进行到底，把日本侵略者赶出中国，打败一切投降派、汉奸走狗，还全中国人民一个朗朗乾坤……

三天公祭日，彭雪枫的遗骨由大王庄转运到半城雪枫墓园。沿途十里，新四军将士、淮北根据地的百姓、苏皖边区各界代表挥泪迎送，灵柩前跪拜的群众悲痛欲绝，哭声震天动地，一路白酒洒地，烛烟缭绕，整个淮北根据地笼罩在悲恸之中。

胡轩涛三天没进一粒米，白天参加各种祭奠彭师长的集会，晚上一个人躺在床上，满脑子都是彭雪枫的音容笑貌。他想到了第一次在卫生部住院时和彭师长见面的场景，彭师长厚实温暖的大手、开朗直爽的笑声，还有那句"我们还想看你在鬼子头上继续跳舞啊"，还有几次一起并肩走在大路上的场景，让胡轩涛整夜沉浸在悲伤之中。

公祭后的第三天，胡轩涛和郑钧回到总队。一到队部，胡轩涛立刻召开了全体干部大会，公开了彭雪枫壮烈牺牲的消息。在会上，胡轩涛动情地讲道，鬼子可恨，汉奸该杀，但像孙友中这样的顽军是危害最大的。这些人打着抗日的旗号，干着祸害百姓、危害民族的恶行。这些见风使舵的墙头草，谁对他有利，就倒向谁。日本侵略者大势已去，这些人今后还会耍新的花招，趁机扩大地盘，为将来邀功领赏做准备。所以，坚决打击顽军是总队当前的主要任务。

听完胡轩涛的分析，大家都点头表示赞许。

再过几天，又是中国的新年了。自日军入侵中国以来，1945年的春节不同寻常，喜庆欢乐的气氛又回来了。过了腊月二十三，年味就扑面而来。腊月二十六之后，寻常百姓家的锅灶上，又可以听见久违的"嗞嗞啦啦"过油声，门口传来"噼里啪啦"的炮仗声和孩子们的嬉闹声。

胡轩涛从师部回来后，范大同三天两头到队部请令。腊月二十八中午，胡轩涛对他说："范营长，你就陪我回老家看看吧。"

"总队长，你家就在柳泉啊！"

"是啊，有两年多没回去了，该回去看看啦。你把你带来的十几个人一并带上。"

"行。"

胡轩涛和范大同将人员分作两拨，悄悄从贾汪南穿插而行前往柳泉镇。到柳泉镇时，天色已晚。

老房子的大门紧闭着。胡轩涛隐蔽在附近观察一阵后，见没有异常，才推开门。众人跟着胡轩涛，蹑手蹑脚地走进了院子。张宏彪在暗黑中摸来一盏油灯，点上火，把油灯递给胡轩涛。

胡轩涛端着油灯，到父母房间、自己房间，又到大姐轩莺及弟弟轩宇的房间各转了一圈，房间的角落蛛网密布，桌子上、椅子上蒙了厚厚一层灰尘。橱柜位置没有变化，仍在原来的地方摆放着。房间里值钱的东西不复存在，不知是土匪还是盗贼的光顾，就连门上铜制的门锁都已不见踪影。

胡轩涛无声落泪，范大同问："总队长，能看出来，你的老宅还是很风光的，一看就是大户人家。"范大同本是想宽慰一下胡轩涛，但胡轩涛摇着头："一切都过去了。"

站在院子里，胡轩涛对范大同等人说："你们都看到了吧，这就是生我养我的家，现在成了这个样子。大姐被盗贼所杀，弟弟为了打鬼子被国民党军活埋，我自己，也为了与鬼子汉奸作战，有家不能归，有亲不能孝，有子不能养。日本鬼子侵略我们国家，搞得我们家破人亡，这个理应该到哪里去说啊？"

胡轩涛说完，范大同激动地说："总队长，我理解你的心情。咱就和他狗日的拼了，把属于咱的东西都他娘的给夺回来！"

胡轩涛平静地说："是啊，和这些人没有道理可讲。这些王八蛋就是一座生铁铸的山，咱也得给他挪走！"

按照胡轩涛的交代，范大同引路，一行人朝车站走去。在站台东侧的据点外，站着两个哨兵，缩着脖子在门前走来走去。范大同观察了一阵，见四周没有日军，就吩咐一人说："靠过去，看看站岗的是谁，如果是咱的弟兄，就把二子和旺水给我叫出来。"二子和旺水是范大同手下的两个连长。

过了一会儿，三个黑影穿过铁路来到范大同跟前。二子和旺水一见是自己的营长，惊奇地问："哥，你咋这时候来了？"范大同看着站在身旁的胡轩涛，对来人说："你们两个听着，这位就是新四军的总队长胡轩涛，从今以后，他就是咱们的带头大哥。"

二子忍不住问："那咱的大哥呢？他现在怎么样？"

范大同眼圈红了，咬牙切齿低声说："大哥已经被三浦那个王八蛋害死了，姓关的就是三浦的一条狗，是他出卖了大哥。"

二子、旺水惊愕不已。二子抹着眼泪骂道："这个该死的，老子早就看出来他对大哥有二心。哥，你看下面该咋干，干脆咱打过去，直接把姓关的干掉，给咱大哥报仇。"

范大同说："放心，他跑不了。你们这里是啥情况？"

旺水回答："鬼子派了一个人到这里当营长，跟他一块来的就三个人，这几个憨熊好弄。"

"那行，你们赶快回去，把这几个人控制住。办好后，给我晃儿下电光，我们就进去。"范大同交代说。

二子又问道："那后面咱往哪儿去？"

范大同擂了二子一拳："别跟我娘儿们叽叽的，这不是有新四军的队长吗，他会给咱安排得妥妥当当的。快去！"

两人回去没多长时间，就看见据点内发出三下电光。胡轩涛他们快速通过铁道，朝据点跑去。到了据点，见四个人已经被捆了起来。众士兵一看是营长回来了，个个激动不已。范大同朝大家挥挥手说："弟兄们，今晚咱就出发，跟着新四军首长回到山套去。大家都不要慌，立刻做好出发准备，走之前把这里的东西能烧光都给他烧光，这也算是先给咱方团长报个仇。以后咱再去找那个姓关的，还有三浦那个王八蛋，让他们给大哥偿命！"

冲天火光中，范大同带领队伍跟随胡轩涛从北边绕到竹园附近，按照胡轩涛的命令胡乱开了一阵枪后，迅速东撤。在大鹿山附近，一行人马遇到了在此接应的一营二连的战士们。

两天后，是农历除夕夜。

当天，从新四军四师师部传来消息——经政委邓子恢签字批准，胡轩涛光荣地加入了中国共产党。

49

柳泉车站的大火，烧了一天一夜才熄灭。

三浦神色大变，异常恼怒。关少侠更是惊恐失措，白天睁着眼，夜里也不敢闭上，生怕手下冷不丁地对自己暗下杀手。他把警卫连拆开，又加进几个自己的亲信，大门不出二门不迈，吃喝拉撒全在一个窄小的院子里。他几次打电话给三浦，要求调回贾汪，但都被三浦以各种理由搪塞拒绝。不过，三浦为了安抚关少侠，给他送来了大量的物资和日币。

井上装扮成村民模样来见关少侠，对他说道："关团长，秋山队长距你这里也就五六里路，你对自己的安全大可不必担心。现在，外面的形势很不乐观，新四军、八路军的各支小分队，在徐州这个区域闹腾得很厉害，我们不能这样等下去，要主动出击，进攻是最好的防守。根据三浦大队长的命令，你让你的三营主动出击，牵制一部分胡轩涛的兵力。"

关少侠一听，急忙摇头说道："才那几个鸟人，能翻起啥大浪来？况且他们也未必听我的，万一指挥不动，我能咋办？柳泉车站不就是一个例子吗？这些人原来都是方一手带的，我担心他们不会听我的。"

井上冷笑几声后，低声说道："我已派人到黄得意那里了，让他配合你们三营一起出击。运河北那边，我也联系了龙希贞，到了他出头的时候了。如果你们两边一起行动，胡轩涛必将收缩兵力，这样你这里不就安全了嘛！另外，三浦大队长和孙友中部已经取得联系，胡轩涛在涧头集杀了他的人，夺了他的地，我们现在要对付胡轩涛，他肯定高兴。让孙按兵不动，这样孙就能稳住了。"

从井上的话中，关少侠清楚地感觉到，日本人在中国已日薄西山，很难再集中优势兵力对付共产党领导下的抗日力量了，眼下只能鼓动伪军与胡轩涛的队伍对抗。现在，自己对日本人还有用处，什么时候没有用处了，日本人定会将他一脚踢开。想到这些，关少侠的内心不寒而栗，但自己已经走上了不归路，别说胡轩涛，就是方正宜的部下也很难饶恕他，为了眼下的安全，只能全力配合井上。平定心情后，关少侠对井上说："井上君，没问题！我会积极配合三浦大队长和你，你们只要告诉我具体计划就行。"

井上满意地走了。

春节过后不到半个月，总队配合第三军分区独立团，在山套东、南方向拿下了大大小小十几个伪军据点，下一个目标就是汴塘。汴塘原先控制在日军手里，去年下半年日军兵力收缩后，一个反共自卫团趁机钻了进去。团长名叫杜百胜，原是宿迁运河的漕帮成员，新四军四师取得宿迁及泗县后，漕帮、庆安帮及各种枪会、渔霸都遭到了毁灭性打击，回河南的回河南，返山东的返山东，剩下的也纷纷退出江湖。杜百胜不甘偃旗息鼓，带着帮会的一批死党来到邳县和徐州地段。杜百胜有一个优点，身段放得低，说话轻声细语，做人做事也是八面玲珑。韩世仲、孙友中对他印象都不错，龙希贞也愿意和他交往，日本人更想利用他，只有共产党不吃他这一套，所以他就打出了"反共自卫团"的旗号。杜百胜的自卫团，把鸟枪火铳全都算进去，也仅有两百多杆枪而已。

黄得意派亲信给阚山大队送来情报，说刚来到自己驻地附近，原来方正宜手下的三营准备对阚山大队发动袭击。胡轩涛得到情报后，立刻派出一个连赶赴阚山大队处加强防守。

杜百胜也得到了这个情报，心里反而踏实了许多，但他不知，总队和新四军第三军分区独立团一部已悄悄把他包围了起来。元宵节晚上，他大摆宴席，请镇里的乡绅吃饭，答谢过去一年大家对其物资上的"帮助"。八张方桌把庭院挤得满满当当，乡绅地主、伪军军官、富家大户围坐一起。杜百胜开始了简短的开场白："各位乡绅，各位父老，今天我请大家来这里聚聚，有两个意思。首先感谢诸位去年对我杜某人的大力支持；其次呢，希望大家一如既往地帮衬我杜某人。这眼看就要开春了，正是一年当中青黄不接的时候，这么多兄弟跟着我保一方平安，也得吃也得喝啊，希望大家慷慨解囊。当然，我杜某人今天拍着胸脯向大家保证，有我杜某人在，大家尽管安心过日子，该吃吃该喝喝，该搂小老婆就搂小老婆，这方土地的平安就包在我身上！"

"这熊饭吃的，早知道是要东西我就……"不知从哪传来一句骂声。

杜百胜大为光火："他妈的，是哪个憨熊货说的，老子白吃你们东西了吗？"

"不是白吃是什么？！"声音是从大门口传进来的。

杜百胜定神向门口望了一眼，只见大门口站着一个人，因为天黑看不清楚来人的模样，便张口骂道："是哪个放屁不掩门的，给我滚进来！"

门口那人阔步朝杜百胜走来，身后"呼啦啦"跟着几十号人。总队副支队长陈汉龙走到杜百胜面前。杜百胜一看，是熟人，赶紧低声细语道："陈营长，是你啊，你看我喝二两猫尿就管不住这张破嘴，该打该打！不知道是你大驾光临这鸟不筑窝鸡不生蛋之地，有失远迎，有失远迎啊！"

陈汉龙"哈哈"一阵大笑："老话说，'贫居闹市无人问，富在深山有远亲'，你这儿日子过得不错，我们却穷得叮当响，当然惦记你啊！就像在座的各位，你肯定也惦记着他们。没想到两年多不见，你又发达啦。"

陈汉龙、杜百胜两人本来认识。1942年5月，陈汉龙任新四军四师特务营营长。当时在宿迁、泗阳一带运河上，漕帮势力很大。漕帮系封建帮会性质，起初是船民们为了维护自身利益，对抗官府而组建，后来逐渐演变成在运河上垄断漕运的一股势力，也渐渐被一些邪恶之徒所把持，久而久之就成了运河地区祸害乡里的势力。新四军四师到达淮北后，几次打击枪会和帮会，漕帮正是新四军打击的主要对象。杜百胜当时是宿迁一带的分会大哥，陈汉龙自然就找到他，两次交手之后，杜百胜手下大部分被灭。杜百胜被抓后，陈汉龙曾对他说："现在不杀你，希望你今后不要再作恶，如果怙恶不悛，我一定还会再找到你。"

陈汉龙果然没有食言，今天就到了杜百胜门上。杜百胜反复琢磨，此人哪来的胆子，竟敢带这几个人闯进他的地盘？他正百思不得其解时，陈汉龙说话了："杜大团长，我现在是新四军总队的副总队长，来这里已经一年多了，你也不去看看我，今天就借你设的酒宴，大家一起叙叙旧。不急，我已安排了元宵节的烟火，马上就能放起来。"

杜百胜四下张望，想看看烟火在哪里。这时，镇子四周响起了密集的枪声和爆炸声，接着喊杀声震天动地。杜百胜大惊失色，哆哆嗦嗦地对陈汉龙说："陈营长，不，陈大队长，你这是……"

"我这不是来陪你过节的吗？怎么，还不欢迎啊！"陈汉龙看着六神无主的杜百胜，笑了起来。

和杜百胜这帮子乌合之众交手，总队和独立团一部没费吹灰之力，很快就解放了汴塘镇。

杜百胜喝下三杯断头酒后，被枪毙在大门外。

关少侠手下的三营对阚山大队进攻了半天，被阚山大队及二营六连堵在阵地前。侧面的黄得意命令手下激烈开火，但射出的子弹都落在目标区域之外。最后，关少侠的部队被迫停止进攻，等待命令。

涧头集的战况就不一样了。

守在涧头集的一营二连，受到龙希贞和松北的队伍东西夹击，阵地几次被突破，战士们拼死夺回。敌人后退，战士们则严阵以待。激烈的战斗进行了大半天，待总队后续增援赶到后，两股敌人才撤出战场。

消灭关少侠，不光是范大同的要求，更是贾汪抗日形势的需要。如果能夺取关少侠所在位置，贾汪就成了一座孤岛，日军对外的通道就只剩下一条铁路。但眼下龙希贞在运南的队伍急于在贾汪附近立足，从涧头集被迫北撤后，在伊家河南岸的朱庄暂时驻扎了下来。

胡轩涛带着警卫连赶到涧头集，看望在这里参加战斗的部队。

胡轩涛对一连、二连两位连长说："我们绝不能让龙希贞的部队过运河驻扎下来，我们的主力还在打击贾汪周边及运河以南的日伪军，大家要在涧头集牢牢扎下根来。为了加强这里的力量，警卫连也留在这里。大家的任务是要严防孙友中及龙希贞的部队过运河，支队已请求八路军鲁南军区加强对运河以北的攻击，把孙部和龙部死死地拖在运北。等我们这里腾出手，再去收拾这些二鬼子。从形势发展来看，这些顽军今后势必会成为我们斗争的主要对象。国民党在限制我们八路军新四军的发展，想方设法控制我们的活动区域，这一点大家都要有思想准备。鬼子的日子是长不了啦，但对这些与鬼子勾结在一起的败类，我们要未雨绸缪。"

"是！您放心，有我们在，如果他们胆敢过运河，定叫他们有来无回。"两位连长同时答道。

胡轩涛又叮嘱两位连长，要趁龙希贞的队伍在朱庄立足未稳之时，尽快出击。接着，他问两位连长："现在你们准备得怎么样了？"

一连连长说："我们俩已经商量过了，今晚就行动。"

胡轩涛有点担心："是不是有点仓促？"

"总队长，没有问题，我们在你的领导下，打这种疲劳战早已经习惯了。"

"管！今晚我不走，就在这里等你们的好消息，并帮你们守好家。"胡轩涛笑了，欣慰地望着两位连长。

午夜时分，两个整连的人马，携带着十几挺轻重机枪上路了。六七里的路程，战士们半个小时就赶到了。

距朱庄还有很远，两位连长就能看见村东头有几盏马灯在晃动，灯光下一群人在忙碌，估计是在挖壕沟以防偷袭。两人商量后，各派出一支小分队绕开村庄正面，从南北两个方向进入村子，大部兵力实施正面进攻。

黑暗中，战士们匍匐前进，慢慢靠近敌人。一声枪响，马灯下的一人应声倒地，战斗打响了。敌人没想到运河支队会来得这么快，慌乱中开枪还击。因为大部分敌人处在灯光下，成了活靶子，一阵枪响，敌人便躺倒一大片。这时背光处冲出另一群敌人，纷纷跳进战壕开枪射击。两位连长命令轻重机枪同时开火，敌人被压制在壕沟里抬不起头来。战士们趁势发动冲锋，憋足怒火的子弹雨点般朝敌人射去。敌人开始往村内撤离，又被后面的火力赶了回来，只能在狭小的阵地前拼命抵抗。

总队的攻击越来越猛烈，敌人的还击也随之变得愈加顽强。敌人心里清楚，这或许是他们最后的一次机会了。硝烟弥漫中，阵地几易其手。总队的战士们一次次冲锋，一批批倒下，双方战死的尸首已经叠加到了一起，血水四处流淌……最终，在总队强大火力的攻击下，剩余的敌人纷纷被迫举手投降。

一连连长抓着一个俘虏骂道："你们这些王八蛋，咋这么能撑？费了老子这么大的劲儿！"

俘虏哭丧着脸说："不抵抗不行啊，我们龙司令把送我们过河的船都拖回去了，不抵抗也是死路一条。"

"他奶奶的，姓龙的还懂背水一战啊，有狗屁用！"说着，一连连长朝俘虏身上就是一脚。

此役，总队消灭敌人八十多人，俘虏一百多人，自己也付出了近百人伤亡的代价。

关少侠的日子过得越发煎熬。手下一个连长要私带队伍出走，被他发现，为了震慑众人，他开枪打死了这个连长。没想到这一下，竟把事情闹大了。关少侠在这个关键时候走了一步臭棋，竟然以连长出逃为由，把二营营长给免了，任命自己的一个亲信当上了营长。手下人虽然嘴上不说，私底下都怀揣不满，军心愈加不稳。到最后，关少侠派人外出巡逻，竟然无人听其指挥。不得已，关少侠又求助于三浦，洋北带着日军宪兵很快就到了竹园，抓走了几个脾气倔强的士兵，营地里才暂时恢复了平静。

但过了两天，三浦遭到西尾的斥责，电话中西尾口气严厉："你的脑子能不能多转一圈？现在的形势对八路很有利，如果不能安抚军心，贾汪矿区的安全将不复存在。现在中国人已经很难管理，稳住他们的思想，平复他们的情绪极为重要。你马上带着诚意去安抚人心，如果再出问题，你将负全部责任。"

前一天，重要据点大李庄被胡轩涛派人拔掉，三十多个伪军无一生还，再加上矿工中有人挑动消极怠工，出煤量在急剧减少，三浦因此被上面多次责骂。

这时候的三浦成了救火队长，他心里清楚，这些都是井上从中作梗。本来，三浦是可以直接下命令给井上，但井上这么多年一直被三浦压制着，心里有气，自然就会往上面汇报，这一次井上不失时机地抓住了三浦的软肋。无奈之下，三浦只能邀请井上来到自己驻地，客客气气地为井上倒上一杯茶，恭谦地说道："井上君，你我到中国多年，作为朋友，之前有不到之处，请多多包涵。"

井上明白三浦的心思，鞠躬回应道："请允许我称呼你三浦君，你调防贾汪，本来防务是你的职责。刚开始时我能感觉到你做事严谨、果断，有难得一见的智慧。但从去年到现在，你做事刚愎自用，听不得别人意见，特别是在和中国朋友的接触上，你的能力和智慧在一步步下降。现在的形势极其危急，你仍在采用过去的旧办法，从韩世仲、孙友中、龙希贞到现在的黄得意、关少侠，让这么多人对你都颇有微词。你的错误判断和指挥，让相川先生的很多谋略得不到准确实施。你的过度自负，也给我们大日本帝国造成了极大的损失。相川先生是驻徐州特高课的全权代表，在这里他的职务和你一样，但你不知道的是，相川先生早已是少将军衔，职位明显在你之上，没想到你对他的谋略和智慧是如此不屑。"

三浦解释说："我是受徐州占领军军部直接领导，职责明确，理应严格按照上级要求行事，所做的事并没有超出我的权限。"

"宫泽将军、西尾将军多次对你提出严厉批评，鉴于你前期战功卓著，相川先生在他们面前替你说了不少好话。我听命于相川先生，没想到你多次阻拦我的计划和行动。"井上的话很刺耳，但此时三浦背负的压力让他按捺住了暴躁的脾气。

屋子里沉闷的气氛持续了好一阵子，三浦才说道："井上君，由于我的失误给相川先生和你带来了许多麻烦，我深感抱歉，不知相川君下一步如何打算？"

井上说："现在最主要的任务，就是要严防胡轩涛领导的新四军继续扩大战果，防止他的人渗透到我们矿区；对我们的中国朋友要友善，并给予他们实实在在的好处和帮助，比如对关团长及黄营长；加强与龙希贞的联系，使他为我所用；进一步挑动孙友中和胡轩涛之间的矛盾，因为孙的实力很强，他一定在想和运河支队争取更大的地盘，此人十分狡猾，不可不信，也不可全信，只能以利益引诱。所有这些我都可以配合你实施，拜托你了。"

二人终于达成了默契。

第二天，三浦、洋北和井上坐着摩托，后面跟着两辆军用卡车，浩浩荡荡来到竹园。

关少侠喜出望外，离很远就迎了上去。三浦一改以往高傲的神情，笑容可掬地随关少侠进了屋子，请他召集连以上军官会议。

众人在桌边坐定，无不满脸狐疑地瞅着三浦，不明白他今天葫芦里卖的是什么药。三浦先是朝大家鞠躬，然后说："诸位，由于我平时忙于军务，极少有机会和大家坐在一起，这是我的失误，我在此向诸位深表歉意。局势稳定，这离不开大家的付出和团结。为了表示对大家的感谢，这次我调拨了一批物资，并决定为每人增加薪水。怎样分发，会有详细的规则。现在，请洋北队长宣布任命书。"

洋北煞有介事地宣布："现任命二营营长周钦柏为副团长，原二营营长齐茂山恢复原职，仍任二营营长，任命完毕。其他高升为副营长、连长级别的，会后请关团长组织宣布。从今天开始，凡是对大日本帝国有功人员，我们都会在第一时间给予晋升和嘉奖。"

这一连串的动作完全出乎众人的意料，所有人都愣住了。在关少侠的示意下，众人才想起鼓掌。随后，三浦又是分析形势，又是展望前景，紧接着是一番勉励众人再接再厉、精诚协作的话语。

当晚，三浦等人陪着十几个伪军军官吃了顿晚饭，一众伪军军官受宠若惊……

　　和煦的春风拂过苏北大地，运河里的水变得柔和安静，大小船舶也逐渐多了起来。两岸绿意盎然，路边的各色野花，田地里的油菜花，次第绽放开来，放眼望去，五彩缤纷，花团锦簇，爽心悦目。

　　在北许阳的村口，从北边来的一位风尘仆仆的壮年人，在山口处问路时，被两名站岗的战士拦了下来。一名战士上前问道："请问你到哪里去？"

　　来人回答："我找你们支队长胡轩涛。"

　　战士接着问："你从哪里来？叫什么名字？"

　　来人笑答道："不错嘛，做事很谨慎，我从淮北来，名叫张培海。"

　　战士马上放下枪，客气地说："我们总队长在等您呢！"

　　"行，带我去见他。"

　　离很远，战士就喊上了："总队长，总部的人到了。"

　　胡轩涛立刻从屋里走了出来，热情问候说："终于等到你了，师部前几天就通知我们了，大家都在等你呢。"

　　张培海笑着解释："现在好多了，要是过去，十天半个月都不一定能到呢，我在赵司令那里停留了一下，然后才转到这里来的。"

　　"走这么远了，你先休息休息。"胡轩涛接过张培海的包裹，放在旁边的椅子上。

　　张培海连连摇头，对胡轩涛说："总队长，还是带我见见大家伙吧，我来这里是工作的，是来向你们战斗在一线的同志们学习的。"

　　胡轩涛让警卫员召集支队干部来到会议室，等大家到齐后，胡轩涛首先介绍了张培海："同志们，这位是张培海同志，是四师师部及淮北军区政治部派到我们总队担任政治处副主任的，大家都认识一下。"接着，胡轩涛一一向张培海介绍了几位总队领导。

　　张培海谦笑着说："同志们，今后大家就是战友了，我从师部过来，是来向各位学习的。来之前，张师长、邓政委再三叮嘱，让我一定要把他们对大家的问候带到，他们说，等抗战胜利了，一定会来咱这里请大家喝庆功酒的。下面，我把两位首长交代我的事给大家说一下。"

　　众人一阵鼓掌。

"抗战形势已经非常明晰了，日军必将随着国际的大趋势遭到最终的失败。现在，在全国范围，抗日军民已经打响对日的最后一战，四师首长要求我们峄滕铜邳总队，尽快在徐州在贾汪创建出一个新局面，特别是贾汪矿区，再不能让日军将我们的资源运走了。首长还要求我们，在做好对日作战的同时，一定要严防地方武装借机夺取我们的胜利果实，既要求同存异，又要据势力争，对一些破坏团结的顽固分子绝不能手软。还有一个消息，我们这个总队即将重新划入八路军鲁南军区，恢复运河支队的番号，这是发展的需要，也是斗争形势的需要。"

等张培海讲完，政委纪清介绍了当前总队兵力部署及周围敌对情况。

这场会议开得十分热烈，大家心里都燃着一团火，胜利终于要来到了！

鲁南保安总队副司令朱浩昌这两天特别兴奋。南京军统局局长戴笠亲自打电话给他，命令他及时关注苏鲁边界八路军和新四军所属部队动向，争取把周边各支武装收编进国民党队伍，为战后扩充力量扩张地盘做好准备。如果朱浩昌做出突出成绩，苏北军统站站长一职，非他莫属。

自己只是副司令，大权握在司令张余焕手里，对此朱浩昌心知肚明。他悄悄让第五战区司令部联系张余焕，以烘托自己位置的重要性。张余焕和朱浩昌相处多年，知道他的秉性，对他提出的要求，嘴上应承，私底下并没当回事。但这次朱浩昌不一样了，手里有了尚方宝剑，不仅脑洞大开，手脚也麻利，先是组织了一个特别行动队，又向张余焕要了两个装备精良的战斗连直属他指挥，准备大展拳脚。

很快，朱浩昌就收编了枣庄、薛城、沙沟、周营一带的伪军，接着他打电话联系龙希贞，命其尽快在吴林镇与自己会面。

龙希贞和孙友中交往较多，但和朱浩昌并没有多少交集，便私下里从孙友中处打听，了解了朱浩昌的现状后，只得赶往吴林镇。

朱浩昌在自己住处接见了龙希贞。龙希贞对朱浩昌十分恭敬，低声问道："朱司令，您有什么要交代龙某的，尽管吩咐。"

朱浩昌看着龙希贞，笑道："龙团长，哦，应该称呼你龙司令，现在眼看着小日本到了穷途末路，你有什么打算啊？"

对朱浩昌的这一个问题，龙希贞心里没底，说道："我在咱这里土生土长，对这里还是有感情的，不想东奔西走。朱司令，请您给小的明示。"

"我听别人说，你早期立场还是比较明确的，但后来态度有了变化，思想上有些摇摆。还听说你和日本人井上过往密切，这很危险啊！我今天就把话挑明，这小日本是秋后的蚂蚱——蹦跶不了几天了，你得为自己的后路着想啊！"朱浩昌意味深长地说。

听了朱浩昌这番话，龙希贞窝了一肚子火，心想：你他妈的和日本人就没有联系吗？你配合三浦打死了多少共产党？你亲手活埋了胡轩宇，还让孙友中配合你攻打八路，哪桩子事里面没有你啊？现在你跟我装神弄鬼来了？但这时的龙希贞，知道朱浩昌了解自己的老底，生怕这个小人得势后为难自己，只能压住火气回答："朱司令，我龙某无才无德，今后还望您多加照应，龙某愿意鞍前马后为您效劳。"

朱浩昌神秘地笑了笑，朝龙希贞摆摆手说："老弟啊，你我今后当以兄弟相处，这个好说。但有一点，这里今后将是蒋委员长的天下了，你要及时掉转风向啊。如果兄弟你有意跟着我，那你得拿出点东西来。哦，不是我跟你要东西，是说你得做出些实际行动，让蒋委员长看到不是？"

"朱司令，小的明白，我本来就准备安排部队在运南来一场血战的，今天听了朱司令的教诲，我这心里面就更有底气啦！"龙希贞脑子转得很快，听出了朱浩昌话外之音。

从朱浩昌那里回来后，龙希贞找到孙友中，把自己与朱浩昌的谈话复述了一遍。孙友中听完，拍着桌子大声骂道："你别听那个憨熊货瞎摆乎，一副小人得志的傻屌样儿！不过在他面前你得注意点，这小子惯会背后使阴招。但千万记住，咱不能跟着他瞎蹦跶，胡轩涛肯定不会放过他！他害死人家亲弟弟，胡轩涛必定会让他血债血还的，咱就等着看这个兔崽子的小身板挂在哪棵歪脖树上吧，啥球玩意儿！"

龙希贞很快就带领自己全部班底渡过运河，占据龙提山、岗子村、小黄庄、半楼一带，孙友中部一个连压在龙庄和孙楼，这样涧头集和山套之间就被隔离开了。

有龙希贞顶在前，朱浩昌就带着行动队过了运河，在山套北边的徐楼驻扎了下来。

井上得知龙部和孙部的动向后，暗自窃喜，以为他们为自己挡住运河支队向西挺进的道路，是天大的好事。

但他没想到的是，朱浩昌的双手已经伸到了贾汪周边的伪军那里。

50

道高一尺，魔高一丈。

对龙希贞的进犯，胡轩涛先是派小股部队前去袭扰，想不到龙希贞得寸进尺，步步紧逼，又占据了不少地方。最为得意的还是朱浩昌，随着龙希贞队伍的南进，他紧随其后寻找着战机。

朱浩昌派人给黄得意送去一封信，提出要与黄得意会面。黄得意接信后，立刻把情况向胡轩涛做了汇报。胡轩涛叮嘱他，朱浩昌一向行事谨慎，可以前去会面，但地点必须在双方辖区附近。

黄得意回复朱浩昌后，朱浩昌提出将见面的地点换在紧靠运河的南闸，南闸在龙希贞的背后。

胡轩涛迅速将情况向鲁南军区做了汇报。鲁南军区派一个机动连，在南闸对面待命，运河支队派一营一连从西向东，三连从东向西，对南闸形成三面夹击之势。二营大部分兵力全副武装，在龙希贞正面待命出击。

黄得意带着十几个人穿过龙希贞防区，来到南闸。朱浩昌一见黄得意，客气地说道："黄营长，久闻大名，今日相见，是我朱浩昌的一大荣幸啊。"

黄得意双手抱拳，大声说："朱兄，时局这般，还劳你亲力亲为，我黄某不胜感激。"

黄得意坐下后，朱浩昌说："今天来，主要是想向黄营长请教对时局的看法，也谈谈个人的打算，不知黄营长尊意如何？"

"你这么一说，我还真发愁。"黄得意情绪一下子低落下来，"就我这个身份，难哪！"

"不妨细说！"

"那我就直说了。三浦那里天天盯着我，还有那个井上暗中监视着我的一举一动。这局势，我心里也很清楚，小日本在咱这里长不了。运河支队又在我的对面，我现在是走不敢走，留又没法留。难啊！你给我来信后，不瞒你说，我仍在担心，我在日本人那里干了不少年，如果到了你这里，我担心会不会……"

朱浩昌"呵呵"笑了两声，像多年至交那样掏心劝慰道："黄营长，如果你担心我们这边，那你我今天见面就毫无意义了。实不相瞒，今天找你，也是我们蒋委员长的意思。你应该清楚，这小日本败走后，这地盘、这政府应该属于谁。最大的对手还有谁，还不是共产党嘛！关团长那里我也联系了，最近几天就能和他会面。他和你一样，面临同样的问题。但我可以给你们保证，只要你们加入我们国军，过去给谁拎过包，我不说，你们不提，就啥球事也没有！你放一百个心，后面怎么办，我都给你们考虑好了。"

黄得意一听，来了兴趣，向朱浩昌挪动了半个屁股，笑着问道："那我下面该咋弄，才能达到朱副司令的标准啊？"

朱浩昌也探过头来，与黄得意窃窃私语一番。随后，两人相视而笑。

按照和胡轩涛的约定，如果黄得意原路返回，就说明朱浩昌不在此地。黄得意出门后，朝东南方向径直走去。侦察员立刻把情况报告给了指挥员，战士们迅速包围了村子。第一枪打响后，刚准备休息的朱浩昌听到枪声，大呼："上当了！"

毕竟在江湖和战场上厮杀多年，朱浩昌没有慌乱，掏出手枪，大声命令手下组织起防线，并伺机寻找逃跑路线。

在南闸村口，朱浩昌的两个连一字排开，拼死抵抗。运河支队的两个主力连从正面发动进攻，与敌人展开了激战。战斗持续了两个时辰，仍然没有分出胜负。正在这时，鲁南军区的机动连趁机从背后捅了敌人的屁股，敌人开始收缩兵力，退回村子。

朱浩昌观察了一番，率领行动队借助河汊溜出村子，悄悄向运河岸边逃去。

又是一番猛烈的进攻，朱浩昌的手下抵挡一阵后，因伤亡惨重开始放弃阵地，以散兵游勇的方式在村子里进行着零星抵抗。半个钟头后，在运河支队震耳欲聋的追击喊杀声中，陆续缴械投降。

三连的一个排，在南闸村北埋伏着，这是胡轩涛特意安排的。朱浩昌带领行动队溜出村子时，就被三连的这个排盯上了。

"朱浩昌，你跑不了了！"排长一声大喊后，双方开始交火。因朱浩昌的行动队在明处，运河支队在暗处，战斗打响不久，敌人就已死伤过半。朱浩昌命令手下向前冲，自己却带着几个随从偷偷退到运河边，企图乘船逃跑。

河边原来准备好的几条船不见了，对岸还站着一排运河支队的战士，手中个个端着长枪。

朱浩昌仰天长叹："老天绝我啊！"他转过身，面前是步步逼近的运河支队战士。

"你，你们转告胡轩涛，我这条命算是还给他弟弟啦。"朱浩昌说了最后一句话。

"姓朱的，我们支队长算到了你会从这里逃跑，你果真来了！支队长一直在等着这一天，我们运河支队的所有成员，也都在等着这一天！"排长直视朱浩昌，一字一句地说道。

"为胡轩宇同志报仇！"

"为胡轩宇同志报仇！"喊声震撼云天。

战士们举起枪一齐扫射，朱浩昌身中数弹，向后踉跄了两步，"扑通"一声重重地栽进运河里……

朱浩昌被击毙，得到消息的胡轩涛喜极而泣，沉默了好大一会儿后，他才抬头自言自语："小宇，你知道吗，杀害你的朱浩昌，被我们运河支队打死了，大哥给你报仇了！"

擦掉眼泪，胡轩涛立刻写了一封短信，由通讯员骑上快马送到贾汪北边的宗庄。自轩宇牺牲后，雪梅就带着孩子回了娘家。

雪梅接过信件，打开后，信笺上就几句话：雪梅，大哥告诉你一喜讯，杀害小宇的刽子手今日已被我军击毙，小宇可以安息了，你也安心生活吧。等大哥把小鬼子赶跑后，你带着小宝回家吧，你永远是我们胡家的媳妇。雪梅再也忍不住压抑已久的满腔悲愤，号啕恸哭，泪水如雨点般倾泻在这张纸上。

宗贤霖夫妻一直守在自己屋内，默默地猜测着这封信会带给女儿什么，听到雪梅的哭声后，两个老人赶紧拉着外孙小宝来到女儿房间。母亲见状，轻声地问："雪梅，你这是咋啦？"

雪梅抬起泪眼对父母说："爹，娘，小宇大哥把小宇的仇报啦！这一下俺家小宇就能在九泉之下安息了。"两位老人听罢，掩面而泣。

三岁多的儿子小宝看见妈妈哭了，不知发生了什么大事，吓得也哭了起来。雪梅一把将儿子拉到自己怀里，对小宝说："小宝，你快点长大吧，长大后也要做个像爸爸那样的英雄好汉，跟着大伯去打坏蛋。"

母亲搂着雪梅说："雪梅啊，这下面你有啥打算啊？"

雪梅把信纸递给母亲，母亲又转给父亲。最后，母亲哽咽着说："雪梅，虽然小宇走了，但他们胡家二兄弟我们没有看错，你嫁给这样的人家，也是咱的福气啊！等世道太平了，你还是去小宇家孝敬公婆吧，娘不拦你。"

这句话，说得雪梅又"呜呜"地哭了起来。过了好一阵子，雪梅才稳定了情绪，说道："爹，娘，大哥和二哥他们两个，我想还是跟着小宇大哥干去吧，那是正道！还有，小宇大哥那里现在是最困难的时候，他们家里的东西，为购买打鬼子的枪支弹药，卖得干干净净。人家打鬼子，也是为了咱啊！咱家也得出份力，咱家的那两个官窑花瓶，还是卖了吧，卖了钱多买些枪，早日把小日本赶走，咱也早点过上安稳日子！爹，娘，女儿如果说得对，你们就再答应女儿这一回吧！"

这时，站在门外的占虎听到此话，进了屋："我看小妹的提法管，爹，娘，这事就我来办吧。"

看着涕泪涟涟的妹妹，占虎心里一酸，对父母说："爹，娘，大哥被镇子上的汉奸打断了一条胳膊，不就因为他不愿意再给日本人跑腿了吗，大哥的胳膊到现在还没有好。小妹说得对，我们弟兄俩都去参加八路军，都去打那些狗日的，我先去，等大哥胳膊好了也去，人家胡家二兄弟为了啥，一大家子都家破人亡，咱不能再守着这个小家啦。"

看着儿子，又看看雪梅，宗老爷子眼眶里泪光闪闪，用力地点了点头。

三天后，雪梅和占虎二人拎着一个包裹，寻了一路才找到了胡轩涛："大哥，小宇活着时，给我提过好几次，说队伍缺钱，能不能让俺家里多支持支持。昨天，我把家里那套明朝的瓷器变卖了。这钱不多，也是托人兑了几次才换来的，家里又凑了一点，有十三根金条还有两三百大洋。今天来也算是了却小宇的心愿，请你收下。"

胡轩涛沉默了片刻，伸出双手接过沉甸甸的布袋，好一会儿才回过神来，赶紧招呼雪梅坐了下来："雪梅，这些钱你应该留着，大叔大婶年岁也大了，后面需要钱的地方多着呢，你咋能都拿来？"

"大哥，没事，这也是俺爹俺娘的意思，你就放心收下吧，我想小宇要是还活着，也是这个意思。"雪梅的眼圈一红，胡轩涛的泪水也跟着流了下来。

稍停片刻，雪梅又对胡轩涛说："大哥，俺二哥今天随我来，想加入你们的队伍，他已经给我提过好几次了，俺大哥也想来，等他养好胳膊，过一阵子再来吧，你看……"

胡轩涛拉着占虎的手说："没问题，欢迎占虎兄弟加入我们八路军。"

最后，胡轩涛起身朝雪梅郑重地敬了个军礼："雪梅，我代表运河支队全体指战员，向你表示感谢！向胡轩宇同志表示感谢！"

"小宇，你的心愿我完成了，完成了！"雪梅哭着说着……

正在前线忙乎的龙希贞，此时还不知道朱浩昌已经毙命，但他得到了另一个让他心惊肉跳的坏消息——鲁南军区接到胡轩涛的请求后，派出独立团，袭击了孙友中的部队。孙部溃败后，独立团派出一个连迅速占领龙希贞的老巢——马兰屯，截断了龙希贞的后路。

龙希贞的战斗意志渐渐丧失，准备后撤过河。他把部队聚拢汇集到台儿庄南岸的郭庄和南闸，派人泅水过河寻找船只。胡轩涛得到情报后，亲自率领部队一路追击，经过一番激烈战斗，把龙希贞逼到了运河边。

龙希贞站在河边，望着滔滔流水，感叹自己命运多舛，几经沉浮，却总是在关键时刻犯下致命错误。双方的交战仍在继续，等龙希贞带领随身卫队渡过运河，南岸剩下的士兵已开始纷纷举枪投降。

仓皇逃命的龙希贞像钻山鼠一样东躲西藏惶惶不可终日，最终被鲁南军区独立团的巡逻队逮了个正着，很快鲁南军区的通报就到了运河支队。

对龙希贞如何惩处，鲁南军区征询运河支队领导的意见。胡轩涛回复军区领导：

> 龙希贞在运河两岸，勾结日伪，残杀军民，袭扰阵地，作恶多端，罪不可赦。应对其公开审判后处决，以扩大我方抗日力量的影响。

在涧头集，胡轩涛和龙希贞再次相见。

二人面对面坐着，龙的身后站着两名持枪战士。

胡轩涛先开口说话："龙希贞，你我相遇也是缘分，大家相处一地也有三四年了吧？算起来，今天相见是第三次。前面的两次，一次是在你老家，一次是你要加入我们运河支队。今天以这样的形式见面，真让人感慨不已啊！三次见面，你的身份各有不同。第一次，你是作为地方人物在维持当地治安，第二次你是配合我们支队一块参加抗日，这一次你又作为日本人的帮凶和我谈话，不知你作何感想？"

面如死灰的龙希贞缓缓地抬起头，看了一眼胡轩涛，断断续续地说："胡支队长……我……谁也不怪……只能怪自己走错了一步……又走错一步……是我自己把自己……逼上了绝路……我无话可说……任你处置吧。"

胡轩涛冷笑两声，厉声说道："过去听说你为人仗义，和睦乡里，就连吃人家西瓜都分文不少，说明你还是个有情有义的汉子。但小日本一来，你就方寸大乱，做事越来越偏。是你对我们中国人抗日的决心表示怀疑，还是你相信小鬼子一定能统治咱们国家？一些道理你不是不清楚。在东北，有抗日联军在白山黑水之间与日军周旋；在华北，喜峰口有国民革命军第二十九军在与日军用大刀肉搏；在太行山上，有八路军与日军的百团大战；在长沙、在衡阳、在武汉，哪一处中国人不是在用血肉之躯，为自己的国家和民族拼死抗争！而你，就担心自己的一条性命，出卖国家充当汉奸，置民族和百姓于不顾。到最后，你做的事比小日本还要狠毒，你到底为了什么？现在，形势已经如此明朗，难道你就不明白到了悬崖勒马的时候吗？你竟然还再为小日本卖命，一点中国人的良心都没有，还配做中国人吗？简直是猪狗不如啊！"

听着胡轩涛慷慨激昂的言辞，龙希贞浑身一阵战栗，接着木然低头不语，身子一动也不动，不知道是听了胡轩涛的话后羞愧难耐，还是自知罪孽深重难逃一死，或者是心生悔意悔不当初。只见他低着头，眼泪一滴滴地落在脚前。

胡轩涛站起身，最后说了句："你这一辈子就是这样了，好好想想，希望来生再做一条好汉吧。"

听完胡轩涛的话，龙希贞再也控制不住自己，号啕痛哭。

运河支队在涧头集召开公审大会，龙希贞被执行枪决。

张山子的伪军很快被撤回贾汪，关少侠驻防的位置就凸显了出来。这段时间，关少侠犹如惊弓之鸟，情绪低落，天天哀叹。三浦不厌其烦，让井上前去安抚，如若安抚无效，则押回贾汪，另觅他人任团长一职。

井上命令彭二民，做好准备，第二天带队前往。前一天晚上，彭二民和李家帆坐到了一起。李家帆见彭二民很长时间没在自己住处小酌了，今晚突然来访，心里还在想对方是不是有什么好消息要告诉自己。见彭二民闷闷不乐，李家帆就问："彭哥，今天你兴致不高啊，咋回事？说给弟兄听听。"

"老子最近一直感觉左眼皮子在跳，心里堵得慌！"彭二民说完后，长叹一声。

"说说呗！"

"唉！"彭二民喝了一口酒，摇摇头，说道，"老弟啊，现在外面是翻了天啦！你这个憨子天天还窝在屋里，知道不知道，就昨天，龙希贞，那个过去两眼朝天牛皮烘烘的家伙，被运河支队毙啦，孙友中现在也被八路撵得鞋子都找不到，我心里能不堵吗？"

李家帆有点不以为然："他死他的，跟咱有啥关系？"

彭二民伸手就敲了一下李的脑袋瓜子："你个傻屄，怪不得你命短，等着吧，运河支队要不了多长时间就会来找你了。"

"啊！"李家帆惊得变了脸色，"为啥？彭哥说来听听。"

彭二民瞪了李家帆一眼，又呷了一口酒："这小酒今后可能喝不成喽！龙希贞和胡轩涛关系咋样？他先加入运河支队，后又和运河支队对着干，是吧？再说孙友中，一直和运河支队不对付，运河支队的头儿，就是那个姓胡的弟弟是孙友中抓的吧？还听说朱浩昌那个国民党特务，亲手活埋的人家亲弟弟，到最后咋样？龙希贞被枪毙，朱浩昌被枪毙，现在那个姓孙的一直在躲着运河支队，到最后是死是活都难说。咱俩？哼，也等着挨枪子吧。"

李家帆听完话，慌了神："彭哥，那咱还是跑吧！"

"跑个球！能往哪儿跑？"彭二民端起杯子又放下，"老弟，不瞒你说，现在外面都乱成一锅粥了。明天我和井上到竹园去，那个姓关的团长有点稳不住了。三浦让我和井上去，就两个结果，关听话，就让他接着干；不听话，就押回贾汪处置。你还不知道，现在运河支队的人，他妈的比过去多了好几倍，姓胡的手底下的枪比咱贾汪的枪都多。你没发现吗，现在三浦整天都不出门，有点啥熊事都让我们来跑腿，他也怕死。你说咱还咋跑，现在想跑都不知道往哪跑，说不定刚出门就被人家逮住啦。"

听完彭二民的话，李家帆恍惚了好大一阵，最后才冒出一句："彭哥，人该倒霉，树叶子都能砸死你。算熊，咱能快活一天是一天，喝酒！"

"喝吧，喝死你个小舅子货！"说完，彭二民把杯子一摔，气哼哼地走了。

李家帆从门缝里向外观察一阵后，连忙换了身深色衣服，悄悄溜出了门。他知道，涧头集离自己最近，便摸黑跑到涧头集，把自己得到的消息，原原本本报告给了运河支队一营营长。

第二天半晌午，日军的两辆摩托车和一辆卡车，在半路上遭到运河支队的袭击。井上就坐在摩托车上，几十个冒着烟的手榴弹从天而降。被炸伤一条腿的井上，用血把自己的脸抹了个通红，企图装死蒙混过关，但还是被运河支队队员从死人堆里扒了出来。

"井上，你个坏熊，你烧了多少中国的房屋，杀了多少中国人，可谓恶贯满盈，不是一会半会儿就能说得完的。今天来之前，支队长要求我们活要见人，死要见尸，想装死，门都没有！"

"你，你们的，要干什么？"井上惊恐不已。

"中国有句话，叫'以血还血'，血，不能你自己用手抹，得有我们的子弹或者刺刀抹！"一营营长说完，命令一个士兵将井上脸上的血迹擦掉。

井上脸上的血迹被擦干后，人被绑在了路边的一棵树身上。

"井上，你个坏熊，给我听好了，我代表胡支队长，代表运河支队，代表中国人民判处你死刑！"一营营长一字一句说话，举起手枪，对准井上的前额，连开了三枪……狂妄不可一世的日本特务井上，就这样彻底将一身支离破碎的臭皮囊留在了异国他乡。

井上装死没有得逞，但一个人成功了。这个人就是彭二民。手榴弹爆炸时，彭二民从卡车上跳到了路旁的水沟里，装死一动不动，等运河支队的人走了，才孤零零地逃回贾汪。

关少侠的营地，同样遭到了攻击。

关部士兵本无斗志，之前范大同派的几个亲信和关少侠的下属取得了联系，双方早已达成默契，并商量好临阵反水的办法和撤退路线。运河支队攻打关部的战斗刚一打响，就有人偷偷逃跑。枪响一袋烟工夫后，一拨一拨的士兵结伴四散而去。关少侠本想阻拦，但逃遁者人多势众，最后只得带着几个亲信，慌里慌张地朝贾汪方向撤退。见关少侠逃命，其他散兵游勇便扔掉枪支，死伤不计其数。自此，贾汪北边的防控形同虚设，大门洞开。

如落汤鸡般的彭二民逃回贾汪据点，换了身干净衣服，就带着两个人直奔李家帆住处。一推门，看见李家帆还在呼呼大睡，桌子上的残羹冷炙仍在。彭二民拎起睡眼惺忪的李家帆，瞪大双眼问道："你个王八蛋，竟敢通风报信，老子今天毙了你！"

李家帆揉揉眼睛，假装迷糊了好一会儿才看清是彭二民，嗓门一下子高了起来："老子陪你喝那么多酒，我能往哪跑？能跑到你老娘的被窝里去吗？你他妈的敢给老子胡球说！"

彭二民不能确认是李家帆报的信，但一夜时间人的口气完全变了样，让他气不打一处来。彭二民掏出手枪对准李家帆的脑袋，骂道："你他妈的给老子老实点，是不是你干的坏事？差点把老子的命搁在半道上！"

"是我说的！"随着一声大喝，从里间冲出来几个壮汉，下了彭二民三人的手枪后，命令他蹲在地上。站在前面的人说："彭队长，昨晚教育李家帆时，你那个小嘴叽叽叽的，还告诉人家该咋办，自己都这么清楚了，咋还去办这糊涂事呢？报信的确实是他，害得老子一夜没睡，就等着你这条漏网之鱼。还是胡支队长聪明，猜到你这属猫的有九条命，好好的一场战斗愣是没让我参加，就候在这儿等你呢。"

彭二民抬头一看，眼前的壮汉似乎有点眼熟，但一时记不起来。对方似乎猜到了彭二民的心思，笑着说："再细瞅瞅，老子就是张宏彪，是支队长身边的人，我们早已见过面，支队长让我再来会会你，还记得我吗？"

"记得！记得！"彭二民连声地回答。

张宏彪问："问你一个人，相川这会儿在哪里？"

彭二民哭丧着脸回答："我真不知道他在哪儿，我都有大半年没见到他人影了，我说的全是实话，但我可以肯定，相川应该还在贾汪，井上才死，他必定对这里局势不放心，按照他的秉性，他是不会离开这里的。"

张宏彪二话没说，上前用胳膊箍紧了彭二民的脖子，见彭二民的身子渐渐软了下去，才松开手。

另外两个保安队员见彭二民已经命丧黄泉，都吓得魂飞魄散，跪在地上磕头如捣蒜。几名着便装的战士把二人捆好后，往两人嘴里各塞了一只臭袜子，带着李家帆悄悄离开了贾汪……

胡轩涛得到张宏彪汇报的情况后，立刻派出三组精干人员潜入贾汪，在日本商会、矿区办公室、三浦指挥部营地以及日人侨居区附近蹲守。七八天时间过去了，他们没有得到相川的任何音讯，在胡轩涛准备把人员撤回时，一个小组无意中在一家饭馆内抓到了相川的秘书梁鑫。

胡轩涛亲自参加了对梁鑫的审讯，但梁鑫不知道坐在对面的是谁。

"相川在哪里？"胡轩涛问。

"不清楚，我只是他在商会里的助手，其他的都不知道。"

胡轩涛淡淡一笑："据我们所知，他没有离开贾汪。"

梁鑫摇摇头，没有说话。

胡轩涛突然站起，双手紧紧抓起梁鑫的衣领，声如洪钟地喊道："梁鑫，你是中国人，我问你，你还有一点中国人的良心吗？相川利用在商会的幌子，干着那么多祸害咱中国百姓和抗日武装的事，他纠结特务杀害我军民，撺掇周边的汉奸和地方武装，围剿我们的根据地。你别看他表面上文质彬彬，暗地里就是个刽子手，他手上沾满了我们多少中国人的鲜血，对他千刀万剐都不足以解恨。你为他做事不说，现在还在包庇他，你身上还有一点中国人的血性吗？你个憨熊再隐瞒，我枪毙你个王八蛋！"

梁鑫抬头看着胡轩涛怒目圆睁的双眼，渐渐低下了头。

过了一会儿，梁鑫慢慢抬头，开始说话："相川确实还在贾汪，前一段时间他找过我，说时局不稳，要做好撤销商会的准备。在商会里，我只负责一些日常杂事，其他我真的不知道，只是隐约感觉到他干的事很复杂，经常会看到有日本军官出入商会。"

胡轩涛问："他这会儿在哪儿，你应该清楚吧。"

梁鑫回答："他在贾汪有两个住处，一处在街西，那里是他经常去的地方，后来听说这个地方卖掉了，还有一处就在商会东边的小巷子里，还是一次临时去送材料，我才知道的。具体哪一家我不清楚，我在巷口把材料给他后就走了。"

胡轩涛朝外喊了一声："来人！"

张宏彪进来后，胡轩涛立马命令道："马上叫几个人，去抓相川。"

傍晚时分，十几个人身挎短枪分批潜入贾汪，在日本商会附近的巷子口集合后，顺着巷子往南一路查询。巷子左右两边各有七八户人家，大都亮着灯，众人在右边的第五家停了下来。院门虚掩着，张宏彪掏出手枪，推开院门走了进去，葛石头带领两名战士跟着进了院子，静等了一会儿，见屋内没有动静，才打开屋里的电灯。

客厅和几个房间没有发现人影。

留下一部分战士在院门内外值守，胡轩涛进了屋子。整个屋子确属当地富足大户的装饰，古朴典雅，摆放规整，就连墙上的字画也不失名士风度。里间的床上，薄被叠放整齐，织花枕头淡雅素净，床头摆放几本古典书籍，其中打开的一本书里还插着朱靛的书签。

胡轩涛回到客厅，看到竹制茶盘里摆放着六个精致茶碗，一把棕色茶壶另置一边，在桌子靠角处，一个铜制烟灰缸里尚有少量烟灰。他打开壶盖，细细看了一眼，又拿起烟灰缸放到鼻子前嗅了几下，对张宏彪说："没错，相川就在这里住，在他商会里也有一把类似的茶壶，烟缸里的烟灰确为烟斗磕下的，颜色发黑，里面还有没完全烧尽的残渣，大家再仔细搜一下各个房间。"

几名战士在几个房间开始搜索，胡轩涛站在桌前，随手拉开了抽屉，一个白色信封赫然入目。他拿起信封，感觉沉甸甸的，掏出里面的东西，发现竟然是一摞照片。

胡轩涛逐张翻看。翻一张，看一眼，他脸上的表情也就随之变得沉重。照片中，有王智霞从容就义时的面容，有胡轩宇被埋后插在土堆上的木牌，有巨梁桥行刑前的好汉的身影，有方正宜受刑时的相貌，有地下组织成员被杀后的抛尸荒野，更多的是相川和孙冒生、龙希贞、孙友中、梁继路和刘毅生等人的合影。

一张张，一幅幅，如闪电划过，胡轩涛拿照片的手竟不觉地抖动起来。平复好情绪后，胡轩涛马上意识到，这些照片是相川故意留下的，是有意激怒自己，还是另有谋略，胡轩涛心里一直没有答案，但他内心的一种欲望更加强烈：一定要抓到相川，让这个表面和善，但心如毒蝎的人付出代价，偿还所欠多少中国人的血债。

第二天，胡轩涛就派出大量化装后的行动小队队员，在贾汪内外布下一张张隐形大网，发现并抓捕相川。

在贾汪向西出城的西南园，一支小分队拦住了一辆疾驰的黑色轿车，从车上揪下来一个和相川身材、衣着、长相十分相似的中年男子，手里也捏着一个烟斗。经过短暂审讯，此人竟然是相川的替身。替身交代，相川身边有三五个日本便衣护其左右，且个个身手敏捷。

相川仍在贾汪已经确定无疑，胡轩涛冷静思考后，决定通过几种途径寻找相川的下落：把行动小分队分成三五人一组，装扮各种身份，隐藏于市场铺面和街道小巷；指示当地的交通员以各种理由接近矿区和伪军岗哨，通过观察和沟通，寻觅相川的蛛丝马迹；通知邵金强加入寻找相川的行列，他可以利用工作之便接触各类人员。

一连几天均无所获，胡轩涛等支队领导焦虑万分。

正在大家一筹莫展之际，一场突发事件发生了。

在城东的一家杂货铺，葛石头带着一名行动小队成员大清早正在一家店铺找老板了解情况时，房梁上突然射出了一串子弹。等附近的队员赶过去时，店铺内血迹斑斑，被杀的三人都是头顶中弹……据一名队员反映，店铺前的街口斜对面，一辆人力黄包车上坐着一手拿烟斗的人，扭脸看了一眼店铺就匆匆而去，等大家反应过来，黄包车已转入另外一条深巷不见了踪影。

葛石头是胡轩涛特别喜欢的队员，他的牺牲，令胡轩涛悲痛欲绝："石头，是我没有保护好你啊，早知道现在这个样子，你和你爹就别跟着我，还是种西瓜好……"

"石头，石头啊，你死了，爹活着还有什么意思啊！"葛二黑趴在儿子身上一把鼻涕一把泪地号哭，直到昏厥过去。

杀害葛石头，明显是相川在挑衅自己，胡轩涛气得一拳砸在桌面上。纪清劝慰他说："老胡，现在我们千万不能意气用事，有他相川没他相川，日军战败已是大势所趋，我们当前的任务还是按照鲁南军区的统一部署，加大对敌斗争。再说，贾汪城内仍被三浦牢牢把控，我们不能再造成不必要的牺牲啦。"

胡轩涛静静地看着窗外，点了点头。

峄滕铜邳总队划归鲁南军区管辖，更名为八路军鲁南军区运河支队后，经过三四个月的作战和扩编，战斗人员已近四千人。支队领导根据实际情况，对支队组织结构重新调整——支队下辖三个营，每个营三个连；恢复警卫连编制；另外增加了柳河大队，下辖三个中队，台枣大队，下辖两个中队。

长期的战斗加上队伍的扩编，运河支队需要休整和训练。胡轩涛决定，支队开展为期一个月的大练兵大比武活动。各个连队按照支队要求，开展了射击、投弹、劈刀、急行军、队列训练及政治思想教育等活动。支队领导深入各个连队，宣讲形势，鼓舞士气；战士们热情高涨，斗志昂扬，在练兵活动中互帮互助，努力提高实战本领，每个战士都热切地期待着抗战胜利那一天的到来。

此时，运北的张余焕急欲扩大地盘，就以各种理由和鲁南军区下辖部队闹摩擦，几乎是三天一大吵，两天一小闹，最后张部人员竟然开枪，造成我方战士伤亡。鲁南军区司令张光中非常愤怒，决定给张余焕以严惩，命令鲁南军区下属三个军分区和运河支队投入战斗，胡轩涛还特意向张司令请求让自己带领队伍对付孙友中部。

战斗打响后，方圆百里的战场上，枪炮齐鸣，杀声震天。八路军各支部队气势如虹，从各个方向挤压张余焕部的活动空间。

胡轩涛亲临前线，指挥所属部队两千余人，以摧枯拉朽之势对孙友中部发动进攻。孙友中的部队人心涣散，在凌厉的攻势面前，土崩瓦解。

眼看败局已定，无力回天，孙友中对卫兵说："老子这一次可能真走不了多远了，假如无路可走，你就痛痛快快给我一枪，我不想见到那个胡轩涛。"

卫兵回答说："孙司令，那有啥？活着总比死了的好，老话不是说，'留得青山在，不怕没柴烧'嘛。"

这个卫兵跟随孙友中多年，孙友中没有责骂他，只是无奈地说："年轻人哪，你是没见过那个姓胡的，别看他脸上挂着笑容，其实是在逼你哭呢，那滋味生不如死呀。"

"司令，那不看他就是嘛，你们之间怎么会有那么大的冤仇？"卫兵不解。

孙友中摇摇头，一脸绝望："这个姓胡的知道是我抓了他弟弟，虽然人不是我杀的，但他肯定不会放过我，他想找个理由杀了我还不容易吗？咋说呢，我与他之间的争斗，也是国共两党之争，日本人走后，两党之间的斗争一定会更加残酷，到了今天胜败见分晓了，我也只能听天由命啦。"

卫兵说："孙司令，如果真到那种地步，三十六计走为上计，咱就跑得远远的，说不定日后你们两个老对手还真能成好朋友呢。"

孙友中清楚这个卫兵脑子缺根弦，但对自己倒是忠心耿耿，也就没有在意，只是笑骂一声："你个兔崽子，给我滚一边去吧！"

围歼孙友中部的战斗一刻也没有停止。运河支队的主力部队把孙部围得如铁桶一般，掷弹筒和迫击炮等重武器也使用上了。孙友中心里清楚，一旦被运河支队抓到，必定尸首分家，于是命令手下拼死抵抗。胡轩涛坐镇前线，指挥战士轮番进攻，枪声、炮声、喊杀声，震耳欲聋，战士们不时撕开对方阵地缺口，敌人又一拨拨地堵了上去。方圆几里地的战场，双方展开了拉锯战，到处是残垣断壁，火光冲天。在前沿接触地带，阵地几经易手，遍地是士兵的尸体，处处血迹斑斑。就这样一连战斗了七天七夜，运河支队终于在马兰屯坝子村把孙友中团团包围，并把他堵在了一个农家小院内。胡轩涛大手一挥，进攻的枪声停了下来，胡轩涛走到阵前喊话："友中老弟，我们还是见面了，出来吧！"

孙友中躲在土墙后面，听得清清楚楚，再看看身边的卫兵早已不知去向，人也不知是死是活。犹豫了半天，他才鼓起勇气回答："胡兄，谢谢你的美意，我今天这个憨熊样，无颜面对你老兄啊！"

胡轩涛接着说："事到如今，你还有其他路可走吗？我俩虽未曾谋面，但毕竟在这周边相处了几年。"

墙后回话："胡兄，还是算了吧，到了今天的地步，非兄弟我所愿，我已无话可说，更无颜与你论黑白，还是请胡兄给我留个全尸吧。"

胡轩涛高声说道："友中老弟，你我只是政见不同，你不属于罪不可赦之人，我胡轩涛过去也是国民政府的军人和官员，但在民族大义面前，我没有糊涂。老弟你，早先不也是高举义旗，力主抗日嘛，后来你改弦易辙，并不一定是自己主张，我们共产党人，一向尊重历史，不会忘记你曾经做出的贡献的。今天你如果选择抛尸荒野，那你年迈多病的父母由谁来照顾，三个年幼的孩子由谁来抚养？你再想想吧！"

"我就是缴枪投降了，还不是一个结局吗？！不说了，我还是早死早解脱吧。"土墙后传来孙友中绝望的声音。

胡轩涛赶紧说："友中老弟，我最后再提醒一句，男人就是走，也要走得干干净净，明明白白，死在乱枪之下，可不是你孙友中想要的吧？"

静默了几分钟，见对面仍没有回复，胡轩涛最后说："友中老弟，我已经把话说到这份上了，至于你出来不出来已经不是我的事了，能不能留个全尸我难以保证，这样，我数三下，你再不出来，我就让人扔手榴弹了！"

"一！"胡轩涛一声大喊。

"二！"胡轩涛又是一声。

胡轩涛喊第二声时，孙友中从墙缝中看到，胡轩涛身旁的几个人正在将三五颗手榴弹捆绑在一起。

"三！"胡轩涛的第三声刚开个头，孙友中突然打断了胡轩涛："别，别扔，别扔！"

孙友中扔下手枪，双手高举过顶，朝胡轩涛这边走了过来。

走到胡轩涛面前，孙友中垂着头："胡兄，你杀了我吧！"

胡轩涛一把揪住孙友中的衣领，吼叫道："姓孙的，看着我！"

孙友中木然地看着胡轩涛，浑身颤抖。

"姓孙的，现在我杀你，比杀一条狗还容易。我个人心里，也确实想杀你，替我弟弟报仇，替无数牺牲的运河支队的战士报仇！但我是八路军运河支队的支队长，我得服从上级命令！"

战斗结束后，鲁南军区在总结此次作战经验，讨论如何处理俘虏时，大部分人提出审判枪决孙友中，但胡轩涛却提出释放孙友中，令众人惊愕不已。对此，胡轩涛提出了三点理由——一是孙友中早年积极抗日，变卖自己家产购买枪支弹药，积极组建抗日队伍；二是孙友中受特务朱浩昌的煽动与控制，的确干过不少破坏抗战的坏事，但这些都与朱浩昌有着很大关系，朱已得到惩处；三是孙友中有学识，有能力，如果使用得当可为抗日发挥作用，还可以借此教育国民党军队中其他的持反共立场的人。

最终，在胡轩涛的坚持下，孙友中被释放。

再次见到胡轩涛，孙友中长跪于地，连磕数头后，涕泗滂沱地说道："胡兄，你是我的再生父母，再生父母啊！共产党有你这样的人，韩世仲、龙希贞、朱浩昌、关少侠……还有我怎能不败，日本人怎能不败啊……"

进入1945年初夏，天气越来越热，苏鲁交界的抗战烽火也越烧越旺。

在滕县、峄县、沂南、邳县及铜山等广大地区，鲁南军区下辖的各支部队，以摧枯拉朽之势，将方圆二百余里范围内的日伪据点一一清除，仅剩下贾汪、利国、枣庄等矿区还控制在日军之手。日伪军龟缩在这几个地方，负隅顽抗，图谋等待最后的反击机会。

在消灭了原方正宜的三营人马后，胡轩涛代表运河支队给三浦写了一封劝降信：

> 三浦先生：反法西斯战争即将决出胜负，答案只会有一个：我们是胜利者，你们是失败者。如果你尚存应有的自知之明，我敦促你带领残余部队放下武器，向我方投降。我方将按照八路军优待战俘的政策，给你们一线生机，并提供必要的便利。若冥顽不灵，继续作无谓顽抗，最终的结局只能是自取灭亡。期限为7月20日至8月10日。胡轩涛

看完胡轩涛的劝降信，三浦时而在房间里踱来踱去，时而在徐州地图前静默伫立，脑海里展现了一个又一个画面：在山套，游击队如幽灵般时隐时现；在煤矿，爆炸声中矿洞坍塌，现场混乱不堪；在干土塘，王智霞坚强不屈，跳进土坑英勇就义；在巨梁桥，二十九位运河支队勇士，先后毅然沉入滔滔河水之中；在电话中，上级宫泽因自己指挥不力，大声斥责；在柳泉车

站，日军仓库在大火中整整燃烧了一天一夜；在整个徐州，在整个苏鲁边界，到处都是连天不绝的炮火，到处都是奋勇杀敌的运河支队的战士……

绝望惶恐的三浦，直到夜色降临，才手书一封。信中说道：

> 胡君：你我争斗，或许即将了断。我敬佩阁下为人风范，其实，自去年我就对局势有所预判，不料今日的局面，比我预判来得要早，这也是你们争斗的结果。正是如你般中国人的不屈，才使得我等这般结局！但要我们向运河支队放下武器，现在还不是时候。

1945年7月26日，美、英、中共同发表《波茨坦公告》，敦促日本无条件投降，否则将给予日本"最后之打击"。

8月9日，中国共产党毛泽东主席发布《对日寇的最后一战》命令，要求将原本分散的抗日根据地逐步连通，对拒不投降的日军作最后之打击。

8月10日，中央军委延安总部发布命令，命所属八路军、新四军及解放区一切武装部队对日军开展全面大反攻。

胡轩涛的运河支队将贾汪煤矿团团围困，矿区内的矿工也在我地下组织带领下，冲出矿区。就在运河支队与日伪激战正酣时，敌人停止了抵抗。

这一天，是1945年8月15日。

三浦作为驻贾汪日军代表准备接受谈判，然而，日本天皇中午宣布投降，晚上西尾少将就给三浦打来了电话，指令三浦只接受国民政府部队的受降。

这一下子打乱了三浦的计划。他清楚，贾汪周边除了共产党的正规军和游击队，几乎看不到国民党政府军及其下辖的地方武装。三浦闭门盘算了大半天，决定率领部队前往徐州。前往徐州的计划，如能得到八路军和运河支队的允许，便万事大吉；如果对方不同意，三浦决定铤而走险，强行离开。

运河支队这边，胡轩涛针对驻贾汪日军的去留和受降情况，向上级做了汇报，并请示下一步的行动计划。鲁南军区的指示简单明了——人放走，武器和物资必须留下。

运河支队在胡轩涛指挥下，不动声色地展开了与三浦最后一战的准备工作。

贾汪城内，三浦不停地调动着军队。三浦不但在城内设置了撤退通道，还在几个关键路口部署了狙击手，在几处重要的建筑，日军还埋设了炸药，准备在撤退的同时予以炸毁。这一切，都没能逃过胡轩涛派驻贾汪城的侦察员的眼睛。听完侦察员的汇报，胡轩涛迅速把消息向上级首长做了汇报，得到的回复是"严密防范，绝不允许敌人逃脱和实施破坏"。

贾汪城四周，运河支队全部人马兵分几路，把进出贾汪的主要交通要道堵得死死的。

八月中旬，是苏北大地一年当中最为难熬的酷暑季节。

这天早上，太阳一出地面，气温便陡然升高。浑身被汗水浸透的运河支队成员，身边摆放着成堆的手榴弹，手持长短枪一动不动趴在热夯夯的大地上，等待三浦的到来。

负责指挥的胡轩涛，抹了一把汗津津的额头，对大家说："大家一定要做好防备，绝不能让三浦逃脱！这个兔崽子，其他地方都按部就班地缴械投降，他却想跑，门都没有！"

"对三浦，按照上级指示，只要不向我们缴械投降，就和他打到底，直到打服打趴下为止。这个坏熊，他们的天皇都宣布投降了，他竟有别的坏点子，打，狠狠地打，这可能对我们来说，是和三浦这小子最后一仗啦。"纪清满怀激情地做着战前动员。

运河支队三个营、两个大队以及警卫连的所有官兵，个个热血沸腾，盼着这场战斗早点到来。

早八点，六辆军用卡车驶出贾汪岗哨，出西门向石头阵村方向疾驰，目标是柳泉。与此同时，往南向赵庄方向的城门大开，从里面冲出七辆军用卡车，车队后面紧紧跟随一队日军和日籍矿警。三浦如此兵分两路，目的是想分散运河支队兵力，从两个方向试探着突出包围圈。

在石头阵、四湾村这条线上，运河支队二营的全体战士用手榴弹炸掉了第一辆汽车，剩下的五辆汽车见状，慌忙掉头逃跑。五辆车冒着黑烟，刚开到一座涵洞前，一声巨响后，涵洞被炸药掀翻了天。进退维谷，一百多个日军仓皇抵抗。战斗在不到一里地的范围内展开，日军的抵抗仅持续了半小时，就溃败逃进了密密的高粱地。二营官兵把高粱地团团围了起来，并不进攻，而是朝里面不停射击和投掷手榴弹。半个钟头后，大部分日军非死即伤，剩下的几十个日军鬼哭狼嚎，用长枪挑白旗走了出来。

贾汪南边的赵庄一带，沟多桥多，地形复杂。运河支队将几座桥炸掉后，就把七辆车上的日军困在了原地。一营和柳河大队前堵后截，将日军包围在了中间。日军不愿束手就擒，卧倒射击抵抗。这时，运河支队前期缴获的五门迫击炮派上了用场。迫击炮发出的颗颗炮弹，落到哪儿，日军就倒下一大片。几十发炮弹过后，日军阵地上尸体遍地，七辆汽车全部燃烧着火焰，并不时发出爆炸声，滚滚黑烟把垂死挣扎的日军裹挟其中，个个宛若无头苍蝇，左冲右突，哀号不止。随着嘹亮的冲锋号声响起，运河支队两支队伍同时冲入日军阵地……

三浦在指挥室里走来走去，一副焦急万分的模样，随着一西一南两支队伍被歼灭，他的心悬了起来。洋北问："三浦君，我们又损失了三百多人，目前所能指挥的不到千人，请你尽快做出抉择，你要为大日本皇军的性命负责，不能凭意气行事。"

一听这话，三浦回身瞪着洋北说："这是上级的命令，我们要坚决服从，难道此时你愿意退缩吗？"

"我知道三浦君很为难，但这个时候保护士兵的生命更重要，请三浦君三思。如果三浦君坚持自己的意见，我一定服从命令。"洋北低头致礼。

是战是和，就在二人尚未做出定论时，胡轩涛已经命令三营和警卫连从贾汪北的圣泉发起了攻击。日军在第一道防线组织了严密的防守，给进攻的运河支队造成了一些伤亡。三营营长把手里的三个掷弹筒一字排开，开始轮番轰炸。三轮攻击过后，日军的抵抗减弱了许多。战士们一鼓作气，趁机从正面和东西两侧发动攻击。面对运河支队的凌厉攻势，日军边还击边撤退，向自己的第二道防线回撤。此刻，运河支队的战士们个个胸膛里燃着仇恨的火焰，岂肯放下这个良机。嘹亮的冲锋号再次吹响，运河支队一路贴着鬼子的屁股，边追赶边射击。日军丢盔卸甲跑了二三里地后，才退到了第二道防线。面对日军的第二道防线，三营正准备发动大规模进攻，这时日军阵地上飘起了几面白旗。三营营长这才命令大家停止进攻。

根据情报，三浦率部下将于18日早上9点，在贾汪车站乘火车前往徐州，在那里参加投降仪式。

鲁南军区独立团、鲁南铁道大队及邳县、铜山县大队各一部分兵力，从贾汪四周拥进城镇，与已经在车站的胡轩涛等运河支队的领导汇聚在一起。

9点整，大部分日军已登上火车。三浦在十几个日军军官的陪同下，刚走上站台，就看见胡轩涛等人威严地伫立于车门口。三浦走到胡轩涛面前，深深地鞠了一躬，低头聆听胜利者的宣示。

胡轩涛往前走了一步，说："三浦大队长，我就是胡轩涛。"

身边的耿叶及时做了翻译。

三浦上下打量了一番胡轩涛："你……胡……胡……"支支吾吾了好大一阵子，竟没能说出一句话。

"你我打交道，已三年有余，虽未曾谋面，但你我心里都清楚，最终的结果是什么。你们挑起的这场侵略战争，胜利一定是属于我们全体中国人民的。现在，我代表运河支队，代表鲁南军区，代表抗日的兄弟部队正告你，只有解除你们的全部武装，才能安全离开这块土地。"

胡轩涛说完，耿叶逐字逐句进行了翻译，语气和胡轩涛一样高亢激昂。

三浦强压着惊慌，连声解释："胡，胡先生，我承认我们败了，但我们只向你们政府投降，这是中日双方签订的协议。在，在此，恕我不能听从你的命令。"

听完耿叶的翻译，胡轩涛仰天大笑，盯着三浦高声说道："在贾汪，在徐州，你们败给了中国共产党领导下的八路军游击队，不是战败于重庆的国民党政府，这由不得你来选择！你自己问问这周边的中国人，看看他们答应不答应？"

说完话，胡轩涛大喊一声："日本鬼子不缴械，能放他们离开贾汪吗？"

"不能！"

"不能！"

"不能！"

三浦抬眼环顾车站四周，火车前头，堆起了山包似的石子和麻袋，上面架起了四挺机枪，铁轨两边，队伍如山，刀枪林立，吼声震耳欲聋，响彻整个贾汪云霄。

"如，如果我不答应，你，你要干什么？"三浦做最后的挣扎。

"我告诉你，车站已经被我们包围，贾汪同样也被我们包围。如果不答应，你们今天绝对不可能活着离开贾汪！"

前期派出的几百人先头部队，已经被运河支队全部吃掉，今天如果不答应运河支队提出的要求，可能就真的离不开贾汪了。三浦沉吟再三，最终下令，所有日军全部就地缴械。三浦取下腰间的指挥刀，双手奉上，张宏彪一步向前，拿过军刀递给了胡轩涛。

"希望你和你的手下记住这一天！也希望你和你的手下记住，与中国人作对，是没有好下场的！"胡轩涛的话掷地有声。

三浦鞠躬后回答："我，不，我们，记住了！"

胡轩涛侧身让出过道，三浦诚惶诚恐地快步离开，登上了火车。

"日本鬼子滚蛋了！"

"日本鬼子投降了！"

"中国人民胜利了！"

"我们胜利了！"

火车喷着白烟缓缓离开了贾汪，车站周围响起了排山倒海的欢呼声……

胡轩涛带领先头部队随即冲进贾汪城的大街小巷，街上的警察已全部放下武器，不是狼奔豕突，就是跪地投降。邵金强在十字街头遇见了胡轩涛，两人的双手紧紧握在了一起。

邵金强按捺不住激动的心情，说："终于等到这一天了，我们的腰杆可以直起来了，今后再也不受小日本的欺负了。"

胡轩涛说："是啊，日本战败了，我们徐州的老百姓可以过上安生日子啦！过几天，我也把我的父母接回家，一家人终于可以团聚了。"

两个大男人喜极而泣，各自用双手抹起了眼睛。

邵金强突然想起什么，对胡轩涛说："相川没有走，昨天我听我这里的巡逻警察说，相川这两天不知从哪里冒出来了，时不时会出现在商会里。"

胡轩涛闻言，眼中闪过一丝不解："我正要找他，想不到他自己送上门了。走，去看看！"话音一落，胡轩涛带着张宏彪和两名警卫朝日本驻贾汪商会奔去。

整个商会静悄悄的，走廊里看不到一个人，但最里面的一间，正对走廊的房门却大开着。胡轩涛没有直接进屋，和张宏彪耳语一阵后，张宏彪悄悄离去。胡轩涛带领两名警卫轻轻走到门口，探头朝里望去，眼前的一幕让他顿时停下了脚步——几米远的日式条桌前，相川一夫身穿传统男式和服，正襟危坐，脸上露出一丝笑意，抬手示意胡轩涛在桌前落座。

张宏彪和两名警卫手握短枪，同时对准了相川。

胡轩涛摆了摆手，张宏彪两人收起了短枪。

胡轩涛前行几步，慢慢坐了下来，正准备开口说话，相川突然从腰中拔出手枪，抬手就朝胡轩涛开枪。

"砰！砰！"两声枪响过后，胡轩涛仍然坦然坐着，相川手臂中弹，手枪甩出了几米远，张宏彪破窗而入，飞身跃到相川身边，捡走地上的手枪，持枪站在了相川身后。

两名警卫端起短枪，再次对准了相川。

"相川，你我暗战不是一天两天，但打死我胡轩涛并不容易，时局如此，你我的生死更是如此，就如中国有句古话：天意不可违，自有终结时！"胡轩涛的语气不容置疑。

相川手捂住伤口，眼睛直盯着坐在对面的胡轩涛，想说什么，却怎么也说不出来。

胡轩涛看了一眼两名警卫，笑着说道："不必了，收起来吧！我和相川先生聊聊天！"两名警卫放下手枪，一左一右站在了胡轩涛身旁。

胡轩涛看见桌面上一个小玻璃瓶盖子打开，一把黑色烟斗压在一张用毛笔字书写的信笺上。胡轩涛似乎明白了什么，开口说道："相川，你我都不会想到，今天我们会以这样的方式见面。"

相川颔首，冷静地说道："知道你会来，你果真来了。本想让你早死一步，没有成功，这也可能就是你们中国人说的天意吧！也好，以这样的结局见你这位我最为欣赏的中国人，也是最令我敬重的朋友最后一面，此生不留遗憾了。"

胡轩涛坦然一笑："谢谢你的好意，我们难以朋友相称。我是中国人，生活在生我养我的这片土地上，更热爱生我养我这片土地上的人，虽然我们之间曾经惺惺相惜，但这般生活，并不是我所愿，更不是我华夏儿女所愿。今天的结局，是我们运河支队不屈血战的结果，是千千万万中国人英勇斗争的结果。"

相川听完，低头无语很长一段时间，才慢慢抬起头来，说："胡先生，你说得对。你们胜了，我们败了。"

"中日两国本可友好相处，但你们却发动了侵华战争。战争从开始的那一天起，就决定了胜负。"胡轩涛的话铿锵有力，相川动了几下嘴唇，却说不出一句话来。屋子里的气氛变得异常沉闷，看着相川痛苦的表情，胡轩涛追问道："有个问题一直压在我心头，就是上次我们在唐庄会面时，你递给我一张纸条，告诫我返回路上要注意安全，按常理，那次对你来说，是消灭我这个对手最好的时机，不知你为什么这样做？"

相川微微抬起头，先是淡淡一笑，继而解释："我知道你会问我这个问题，这无非有三个方面的原因，其一，最强的对手，我希望自己亲自面对，龙希贞在我眼里就是一个两面小人，如果你丧于其手，我于心不忍；其二，那一次，虽说有机会杀掉你一个人，但除不掉整个运河支队，就临时改变了原来的计划，写了一张纸条放你一马，等待一个将运河支队连窝端掉的机会；还有，我和我的同僚后面几次寻找或者制造机会，意欲除掉你们运河支队，可惜，天不助我，地也不助我，都没有成功……"

"得道多助，失道寡助！你们侵略中国，烧杀抢掠，无恶不作，天地乾坤，岂能容忍？"

相川的目光渐渐失去了光泽。

"好了，一切都该结束了。不知你……"胡轩涛望着相川说话时，只见他身体一震，一缕乌血顺着嘴角淌了出来。

相川用丝巾轻轻抹去，脸上痛苦的表情稍纵即逝，淡淡的笑意又回到面部："胡，胡先生，谢，谢谢有你这样的一位中国对手，这是，是我一生的荣耀！"话音一落，相川身体剧烈地抖动起来，接着口吐白沫，脸色由红变白，又由白变紫……

相川一动不动后，胡轩涛拿起信笺看了起来：

> 　　胡先生或胡先生属下：看这封信的，可能是胡先生本人，也有可能胡先生本人已经看不到了，是家属代他来看。几年来，我和胡先生各为其主，刀光剑影，明争暗斗，成败未决。今日相见之时，胜负已明。我自知罪孽深重，难以诉诸笔墨。行将就木之人，只求胡先生或胡先生的家属宽恕。我和胡先生今日一别，将成永隔；吾妻儿九人于广岛大爆炸中无一幸存，归国之心已死。之前从胡先生处求得之物，置于身后木匣之中，望胡先生或者家属尽为收藏。相川一夫　绝笔　昭和二十年

老对手相川一夫就这样死了，胡轩涛看着已闭上双眼的相川，心中感慨良多——倘若不是这场战争，或许，以相川其人的才识与学问，可以为中日两国的交往做一些实事。

但历史没有假设。

胡轩涛让战士收拾好过去或赠或售予相川一夫的字画器物，在离开房门前，交代随从战士将相川体面安葬。

8月16日，运河支队三千余人编入山东警备九旅十八团。胡轩涛担任团长，童占山担任政委。

9月6日，十八团接到鲁南军区命令开拔，参加后续的清剿残敌战斗。在即将离开这块战斗了六年的热土前，胡轩涛来到台儿庄，走进了胜利中学的校门，悄悄来到一间教室门外，看见孙友中正在讲台上认真地讲课，那姿态，那神情，地地道道一个教书先生的模样。胡轩涛沉思片刻，转过身悄悄地离开了……

在部队开拔的前一天，胡轩涛和已是八路军战士的宗占龙、宗占虎，带着吴瑶、雪梅还有三个孩子，一起来到北许阳原队部南边的山坡上，在一座新建的坟墓前停了下来。

墓碑上，是胡轩涛亲手镌刻的七个大字——胡轩宇烈士之墓。

身披重孝的小宝在母亲雪梅的指引下，跪在碑前，郑重地点燃了三根香，深深地叩首。跪在儿子身边的雪梅再也控制不住感情，一下子哭倒在地，小宝也"哇"的一声哭了起来，铭君、铭亮双双跑上前去，齐刷刷跪拜在碑前……

过了许久，吴瑶上前把雪梅搀扶起来，胡轩涛俯身向火堆中投进一把把黄纸，然后退后一步，庄重地对着弟弟的墓碑三鞠躬后，一字一句地说道："小宇，大哥和大嫂来看你了，还有你最爱最牵挂的雪梅，还有你天天念叨的小宝，你都好好看看吧！小鬼子被我们打败了！柳泉、利国、青山泉、张山子，还有贾汪和徐州，又回到了咱中国人的手里！还有运河，船多起来了，帆挂起来了，两岸的炊烟代替了烽火，船上的号子代替了枪声……大哥，大哥也加入了和你同样的组织，我的好弟弟，我的好战友，我的好同志，你在九泉之下安息吧……"

"小，小宝，你天天说想爸爸，爸爸就在你面前，给爸爸唱唱你刚学会的歌谣，好吗？"雪梅哽咽着说道。

小宝抹掉脸上的泪珠，面朝爸爸的墓碑，先用口琴吹了一段前奏曲，接着扬起头，挺起胸，闭起眼睛唱了起来。清亮的童声如泣如诉，在重峦叠嶂的寂静山谷间飘荡回响。

运河宽宽，

日儿圆圆，
大船运米，小船运盐，
顽皮的孩子数白帆，
白帆如鱼贯，
数也数不完。

一九三七年，
日本鬼子进了中原，
举着东洋刀，
浑了运河滩。

运河宽宽，
月儿弯弯，
大船被烧，小船被掀，
没娘的孩子望星灿，
星灿乌云拦，
望也望不穿……

2020.02—2022.11

写于南京、徐州、贾汪、枣庄、微山湖、台儿庄、上海、扬州